Brisingr

Brisingr

Christopher Paolini

Traducción de Jorge Rizzo y Carol Isern

Rocaeditorial

Título original inglés: *Brisingr*
© 2008 by Christopher Paolini

This translation published by arrangement with Random House Children's Books,
a division of Random House, Inc.

Primera edición: octubre de 2008

© de la traducción: Jorge Rizzo y Carol Isern
© de esta edición: Roca Editorial de Libros, S.L.
Marquès de l'Argentera, 17. Pral. 1.ª
08003 Barcelona
correo@rocaeditorial.com
www.rocaeditorial.com

Impreso por Brosmac, S.L.
Carretera Villaviciosa - Móstoles, km 1
Villaviciosa de Odón (Madrid)

ISBN: 978-84-92429-37-0
Depósito legal: M. 43.271-2008

Como siempre, este libro está dedicado a mi familia,
y también a Jordan, a Nina y a Sylvie,
las brillantes luces de una nueva generación.
Atra estreñí ono thelduin.

Sinopsis de *Eragon* y de *Eldest*

*E*ragon —un granjero de quince años— va caminando por una cadena de montañas conocida como las Vertebradas cuando, de pronto, se encuentra con una piedra pulida de color azul. Eragon se lleva la piedra a la granja donde vive con su tío, Garrow, y su primo, Roran, a las afueras del pueblecito de Carvahall. Garrow y su difunta esposa, Marian, han criado a Eragon. Del padre del chico no se sabe nada; su madre, Selena, era la hermana de Garrow y no se la ha vuelto a ver desde el nacimiento de Eragon.

Días después, la piedra se abre: de su interior sale una cría de dragón. Cuando Eragon la toca, le aparece una marca en la palma de la mano y se crea un vínculo inquebrantable entre la mente de ambos, lo que convierte al chico en uno de los legendarios Jinetes de Dragón. Llama a su dragón Saphira, en recuerdo de un dragón que mencionaba el cuentacuentos del pueblo.

Los Jinetes de Dragón fueron creados miles de años antes, tras la devastadora guerra entre elfos y dragones, con el fin de evitar que las dos razas volvieran a luchar entre sí. Los Jinetes se convirtieron en guardianes de la paz, educadores, sanadores, filósofos naturales e insuperables hechiceros, ya que el estar vinculados a un dragón les daba el poder de efectuar hechizos. Bajo su guía y su protección, la Tierra vivió una edad dorada.

Al llegar los humanos a Alagaësia, se les incorporó a esta orden de élite. Tras muchos años de paz, los belicosos úrgalos mataron al dragón de un joven Jinete humano llamado Galbatorix. La pérdida le hizo enloquecer; cuando sus ancianos se negaron a conseguirle un nuevo dragón, Galbatorix se propuso acabar con los Jinetes.

Robó otro dragón, al que llamó Shruikan, y le obligó a servirle tras recurrir a la magia negra. Luego consiguió reunir a un grupo de trece traidores: los Apóstatas. Con ayuda de estos crueles seguidores, Galbatorix atacó a los Jinetes; mató a su líder, Vrael, y se autoproclamó rey de Alagaësia. Sus campañas obligaron a los elfos a retirarse a su bosque de pinos y a los enanos a ocultarse en sus túneles y cuevas, y desde entonces ninguna de estas dos razas se atreve a salir de sus guaridas secretas. La situación de tablas entre Galbatorix y las otras razas se ha prolongado cien años, tiempo durante el cual los Apóstatas han ido muriendo por diversas causas. Eragon se encuentra de pronto implicado en esta tensa situación política.

Varios meses después de que Saphira saliera del cascarón, dos extraños de aire siniestro y con aspecto de escarabajo, los Ra'zac, llegan a Carvahall, en busca de la piedra que en realidad era el huevo de Saphira. Eragon y su dragón consiguen escapar de ellos, pero no pueden evitar que destruyan la casa de Eragon y maten a Garrow.

Eragon jura encontrar y matar a los Ra'zac. Cuando se dispone a dejar Carvahall, Brom, el cuentacuentos, que sabe de la existencia de Saphira, se ofrece a acompañarle. Le entrega a Eragon una espada roja de Jinete de Dragón, *Zar'roc*, aunque se niega a decirle cómo la ha conseguido.

El chico aprende mucho de Brom durante sus viajes, entre otras cosas cómo luchar con la espada y cómo usar la magia. Cuando pierden el rastro de los Ra'zac se dirigen al puerto de Teirm y van a ver a Jeod, viejo amigo de Brom, del que éste dice que podría ayudarlos a localizar la guarida de los Ra'zac. En Teirm se enteran de que éstos viven en algún lugar próximo a la ciudad de Dras-Leona. Por otra parte, una curandera, Angela, le lee el futuro a Eragon, y su compañero, el hombre gato Solembum, le da dos curiosos consejos.

De camino a Dras-Leona, Brom le revela que es miembro de los vardenos, un grupo rebelde que lucha por derrocar a Galbatorix, y que estaba oculto en Carvahall a la espera de que apareciera un nuevo Jinete de Dragón. Veinte años antes, Brom había participado en el robo del huevo de Saphira de manos de Galbatorix, acción en la que había matado a Morzan, primero y último de los Apóstatas. Sólo existen otros dos huevos de dragón, y ambos están en posesión de Galbatorix.

En Dras-Leona se encuentran con los Ra'zac, que hieren mortalmente a Brom mientras éste protege a Eragon. Un joven misterioso llamado Murtagh ahuyenta a los Ra'zac. Agonizante, Brom confiesa que él en su tiempo también fue Jinete y que su dragón, muerto en combate, también se llamaba Saphira.

Eragon y Saphira deciden unirse a los vardenos, pero el chico es capturado en la ciudad de Gil'ead y conducido ante Durza, un malvado y poderoso Sombra al servicio de Galbatorix. Con la ayuda de

Murtagh, Eragon consigue escapar de la prisión, llevándose consigo a la elfa Arya, otra prisionera de Durza y que es embajadora ante los vardenos. Arya ha sido envenenada y necesita tratamiento médico.

Perseguidos por un contingente de úrgalos, los cuatro se dirigen a toda prisa hacia el cuartel general de los vardenos, en las enormes montañas Beor, de más de 15.000 metros de altura. Las circunstancias obligan a Murtagh —que no quiere unirse a los vardenos— a revelar que es hijo de Morzan. Murtagh, no obstante, reniega de la maldad de su padre muerto; si ha viajado a la corte de Galbatorix era para buscar su propio destino. Le cuenta a Eragon que en otro tiempo la espada *Zar'roc* perteneció al padre de Murtagh. Momentos antes de sucumbir ante el aplastante ataque de los úrgalos, Eragon y sus amigos son rescatados por los vardenos, que viven en Farthen Dûr, una montaña hueca en la que también se encuentra la capital de los enanos, Tronjheim. Una vez en su interior, Eragon conoce al rey de los enanos, Hrothgar, y a la hija de Ajihad, Nasuada, y es puesto a prueba por los Gemelos, dos desagradables magos al servicio de Ajihad. Eragon y Saphira también bendicen a un bebé huérfano de los vardenos. Por otro lado, los médicos curan a Arya del envenenamiento.

La tranquilidad de Eragon se ve interrumpida con las noticias de que un ejército de úrgalos se acerca por debajo, usando los túneles de los enanos. En la batalla que sigue, Eragon se ve apartado de Saphira y obligado a luchar contra Durza en solitario. Durza, mucho más fuerte que cualquier humano, derrota sin problemas a Eragon: le raja la espalda desde el hombro hasta la cadera. En ese momento, Saphira y Arya atraviesan el techo de la sala —un zafiro estrellado de veinte metros— distrayendo lo suficiente a Durza para que a Eragon le dé tiempo a apuñalarle en el corazón. Liberados de los conjuros de Durza que los tenían sometidos, los úrgalos retroceden.

Mientras Eragon yace inconsciente tras la batalla, un ser que se identifica como Togira Ikonoka, «el Lisiado que está Ileso», comunica con él telepáticamente y le apremia a que vaya a encontrarse con él en Ellesméra, la capital de los elfos, para recibir instrucción.

Al despertar, Eragon tiene una enorme cicatriz en la espalda. Decepcionado, se da cuenta de que ha conseguido acabar con Durza por pura suerte, y que necesita desesperadamente un mayor aprendizaje. Al final del primer libro, decide que irá en busca de ese tal Togira Ikonoka y aprenderá de él.

Υ

Eldest empieza tres días después de que Eragon matara a Durza. Los vardenos se están recuperando de la batalla de Farthen Dûr, y Ajihad, Murtagh y los Gemelos han estado dando caza a los úrgalos que han escapado por los túneles situados bajo Farthen Dûr tras la batalla. En un ataque sorpresa por parte de un grupo de úrgalos, Ajihad muere y Murtagh y los Gemelos desaparecen. El consejo de ancianos de los vardenos nombra a Nasuada como sucesora de su padre y nueva líder de los vardenos; Eragon le jura fidelidad y vasallaje.

Eragon y Saphira deciden marcharse a Ellesméra para iniciar su aprendizaje con el Lisiado que está Ileso. Antes de partir, el rey enano, Hrothgar, se ofrece a adoptar a Eragon en su clan, el Dûrgrimst Ingeitum, y el chico acepta, lo que le da todos los derechos como enano y le permite participar en sus asambleas. Arya y Orik, el hijo adoptivo de Hrothgar, acompañan a Eragon y a Saphira en su viaje hasta la tierra de los elfos. Por el camino se detienen en Tarnag, una ciudad de enanos. Algunos de ellos se muestran acogedores, pero Eragon observa que, para un clan en particular, él y Saphira no son bienvenidos: los Az Sweldn rak Anhûin, que odian a los Jinetes y a los dragones debido a las numerosas muertes causadas por los Apóstatas entre los de su clan. La compañía llega por fin a Du Weldenvarden, el bosque de los elfos. En Ellesméra, Eragon y Saphira se presentan ante Islanzadí, reina de los elfos, y se enteran de que es la madre de Arya. También conocen al Lisiado que está Ileso: un antiguo elfo llamado Oromis. Él también es Jinete. Oromis y su dragón, Glaedr, han ocultado su existencia a Galbatorix durante los últimos cien años, y en ese tiempo han estado buscando un modo de derrocarlo.

Antiguas heridas impiden luchar tanto a Oromis como a Glaedr: a éste le falta una pata, y el primero, que fue capturado y torturado por los Apóstatas, es incapaz de controlar la magia en grandes cantidades y tiene tendencia a sufrir ataques que lo dejan muy debilitado.

Eragon y Saphira empiezan su entrenamiento, tanto juntos como por separado. Él aprende la historia de las razas de Alagaësia, esgrima y la lengua antigua, y descubre que cometió un terrible error cuando él y Saphira bendijeron a la niña huérfana de Farthen Dûr: quiso decir: «Que te veas protegida ante la desgracia», pero en realidad lo que dijo fue: «Que te conviertas en protectora de la desgracia», de modo que maldijo a la niña a proteger a los demás de todo dolor y desgracia.

Saphira aprende rápido de Glaedr, pero la cicatriz que lleva Eragon a resultas de su enfrentamiento con Durza ralentiza su aprendizaje. La marca de la espalda no sólo le desfigura, sino que cuando menos se lo espera le incapacita y le provoca dolorosos espasmos. No sabe cómo mejorar como mago y espadachín si han de seguir esas convulsiones.

Eragon empieza a notar que siente algo por Arya. Se le confiesa, pero ella le rechaza y muy pronto parte de regreso a la ciudad de los vardenos.

Entonces los elfos celebran un ritual conocido como Agaetí Blödhren, o Celebración del Juramento de Sangre, durante el cual Eragon sufre una transformación mágica; se convierte en un híbrido entre elfo y humano: ni una cosa ni la otra. De este modo, su cicatriz queda curada y adquiere la misma fuerza sobrehumana que tienen los elfos. Sus rasgos también quedan algo alterados y su aspecto tiene algo de elfo.

En esa época llega a oídos de Eragon la noticia de que los vardenos están a punto de iniciar la guerra contra el Imperio y que los necesitan urgentemente a él y a Saphira. En el tiempo que Eragon ha estado lejos, Nasuada ha trasladado la ciudad de los vardenos de Farthen Dûr a Surda, país al sur del Imperio que se mantiene independiente de Galbatorix.

Eragon y Saphira parten de Ellesméra, junto con Orik, después de prometerles a Oromis y Glaedr que volverán para completar su formación en cuanto puedan.

Mientras tanto, Roran, el primo de Eragon, ha vivido sus propias aventuras. Galbatorix ha enviado a los Ra'zac y a una legión de soldados imperiales a Carvahall para capturar a Roran y poder usarlo contra Eragon. Sin embargo, el chico consigue escapar por las montañas cercanas. Junto a otros habitantes del pueblo, intenta ahuyentar a los soldados. Muchos de sus compañeros mueren. Sloan, el carnicero del pueblo —que odia a Roran y se opone a su noviazgo con su hija, Katrina—, traiciona a Roran y lo entrega a los Ra'zac; estas criaturas con aspecto de escarabajo se lanzan sobre él en su dormitorio, pero Roran escapa, a duras penas. Sin embargo, capturan a Katrina. El chico convence al pueblo de Carvahall para que abandone el poblado y busque refugio con los vardenos, en Surda. Inician la marcha hacia el oeste por la costa, con la esperanza de poder embarcar allí en dirección a Surda. Roran demuestra sus habilidades como líder, conduciéndolos a través de las Vertebradas hasta la costa. En el puerto de Teirm encuentran a Jeod, que le cuenta a Roran que Eragon es un Jinete y que les explica lo que buscaban los Ra'zac en su primera incursión en Carvahall: a Saphira. Jeod se ofrece a ayudar a Roran y a sus compañeros a llegar a Surda, y le explica que, una vez estén a salvo con los vardenos, el chico podrá pedir a Eragon que le ayude a rescatar

13

a Katrina. Jeod y los paisanos de Roran roban un barco y parten en dirección a Surda.

Eragon y Saphira llegan con los vardenos, que se preparan para la batalla. Allí él se entera de lo que ha sido del bebé al que bendijo erróneamente: se llama Elva y, aunque por edad sigue siendo un bebé, tiene el aspecto de una niña de cuatro años y la voz y el aspecto de un adulto hastiado de la vida. El hechizo de Eragon le obliga a sentir el dolor de toda la gente a la que ve y a protegerlos; si se resiste, sufre más.

Eragon, Saphira y los vardenos parten al encuentro de las tropas del Imperio en los Llanos Ardientes, una vasta extensión de tierra abrasada y humeante a causa de los fuegos subterráneos. Asombrados, ven llegar a otro Jinete a lomos de un dragón rojo. El nuevo Jinete mata a Hrothgar, el rey enano; después empieza a luchar con Eragon y Saphira. Cuando Eragon consigue arrancar el casco al Jinete, observa, sorprendido, que se trata de Murtagh.

Murtagh no había muerto en la emboscada de los úrgalos. Los Gemelos lo arreglaron todo; son traidores que habían planeado la emboscada para matar a Ajihad y poder capturar a Murtagh y llevarlo hasta Galbatorix. El rey ha obligado a Murtagh a jurarle lealtad en el idioma antiguo. Ahora Murtagh y su dragón recién nacido, Espina, son esclavos de Galbatorix. Él sostiene que ha jurado fidelidad al rey, aunque Eragon le ruega que abandone a Galbatorix y que se una a los vardenos. Murtagh supera a Eragon y a Saphira con una inexplicable exhibición de fuerza. No obstante, decide liberarlos en honor a su antigua amistad. Antes de irse, Murtagh despoja a Eragon de *Zar'roc*, y afirma que es su legítima herencia como hijo mayor de Morzan. Luego revela que no es el único hijo de Morzan: Eragon y Murtagh son hermanos, hijos de Selena, la consorte de Morzan. Los Gemelos han descubierto la verdad al examinar los recuerdos de Eragon el día en que llegó a Farthen Dûr.

Aún tambaleante tras la revelación de Murtagh sobre su parentesco, Eragon se retira con Saphira, y por fin llegan con él Roran y los habitantes de Carvahall, que han alcanzado los Llanos Ardientes justo a tiempo para ayudar a los vardenos en la batalla. Roran ha luchado heroicamente y ha conseguido matar a los Gemelos.

Finalmente, Roran y Eragon aclaran los malentendidos sobre la responsabilidad de éste en la muerte de Garrow. Eragon jura ayudar a Roran a rescatar a Katrina de manos de los Ra'zac.

Las puertas de la muerte

*E*ragon contempló la oscura torre de piedra en la que se ocultaban los monstruos que habían matado a su tío Garrow.

Estaba estirado boca abajo, al borde de una polvorienta colina salpicada de matojos, zarzas y unos cactus redondos. Los ásperos tallos de las plantas muertas le pinchaban en las manos al intentar ganar centímetros para tener una mejor visión de Helgrind, que se alzaba sobre el terreno como una daga negra que surgiera de las entrañas de la tierra.

El sol del atardecer caía sobre las colinas bajas arrojando unas sombras largas y estrechas y, muy al oeste, iluminaba la superficie del lago Leona, que convertía el horizonte en una ondulada franja dorada.

A su izquierda, Eragon oyó la respiración rítmica de su primo Roran, que estaba estirado a su lado. A Eragon, el soplo de la brisa, inaudible en condiciones normales, le parecía un sonido prodigiosamente intenso, gracias al oído excepcional que había desarrollado, uno de los muchos cambios que le había aportado su experiencia durante el Agaetí Blödhren, la Celebración del Juramento de Sangre de los elfos.

No prestó demasiada atención a lo que ahora le parecía una columna de personas avanzando lentamente hacia los pies de Helgrind, aparentemente procedentes de la ciudad de Dras-Leona, a kilómetros de allí. Un contingente de veinticuatro hombres y mujeres, vestidos con gruesas túnicas de cuero, encabezaban la columna. El grupo avanzaba con un paso irregular: cojeaban, correteaban, arrastraban los pies y se tambaleaban; se apoyaban en bastones o usaban los brazos para potenciar el avance de sus cortas piernas. Eragon se dio cuenta de que aquellas contorsiones eran obligadas, puesto que a todos y a cada uno de los veinticuatro les faltaba una pierna o un brazo, o alguna combinación de ambas extremidades. El líder estaba sentado, erguido, sobre una parihuela transportada por seis grasientos esclavos, posición que a Eragon le pareció un logro bastante considerable, teniendo en cuenta que el hombre —o la mujer, no se distinguía— era únicamente un torso y una cabeza, sobre la que surgía un decorativo penacho de piel de un metro de altura.

—Los sacerdotes de Helgrind —murmuró.

—¿Saben usar la magia? —preguntó Roran.

—Puede que sí. No me atrevo a explorar Helgrind con la mente hasta que se vayan, ya que si alguno de ellos «fuera» mago, percibiría mi incursión, por leve que fuera, y eso les revelaría nuestra presencia.

Tras los sacerdotes marchaba penosamente una fila doble de jóvenes envueltos en tela dorada. Cada uno llevaba un marco metálico rectangular atravesado por doce barrotes horizontales de los que colgaban campanas de hierro del tamaño de un colinabo. La mitad de los jóvenes sacudía vigorosamente el marco cuando avanzaba con el pie derecho, y hacían que los badajos golpearan las campanas de hierro, que emitían un lúgubre tañido que resonaba por las colinas; la otra mitad sacudía sus marcos al echar adelante el pie izquierdo, lo que provocaba una dolorosa cacofonía de notas. Los acólitos acompañaban el sonido de las campanas con sus propios lamentos, gimiendo y gritando en un arrebato extático.

Cerraba la grotesca procesión una estela de habitantes de Dras-Leona: nobles, mercaderes, comerciantes, varios militares de alto rango y una variopinta colección de ciudadanos menos afortunados, como obreros, vagabundos y soldados de a pie. Eragon se preguntó si el gobernador de Dras-Leona, Marcus Tábor, estaría entre ellos.

Hicieron una parada al borde del escarpado pedregal que bordeaba Helgrind y los sacerdotes se reunieron a ambos lados de una roca de color rojizo con la cima brillante. Cuando toda la columna se hubo colocado, inmóvil, ante el rústico altar, la criatura que iba sobre la parihuela se agitó y empezó a cantar con una voz tan discordante como el tañido de las campanas. Las declamaciones del chamán le llegaban interrumpidas una y otra vez por las ráfagas de viento, pero Eragon captó fragmentos en idioma antiguo —alterado con una curiosa pronunciación— salpicado de palabras en la lengua de los enanos y en la de los úrgalos, todo ello combinado con un arcaico dialecto de la lengua del propio Eragon. Lo que entendió le provocó un escalofrío, ya que el sermón hablaba de cosas de las que más valdría no saber nada, de un odio enconado que había macerado durante siglos en los oscuros recovecos del corazón de las personas para luego, en ausencia de los Jinetes, desembocar en sangre, en locura y en malsanos rituales celebrados bajo una luna negra.

Al final de aquella depravada oración, dos de los sacerdotes secundarios se adelantaron e izaron a su maestro —o maestra, era difícil saberlo— desde la parihuela hasta la superficie del altar. A continuación, el Sumo Sacerdote emitió una breve orden. Dos hojas de acero idénticas brillaron como estrellas al elevarse y caer. De los hombros del Sumo Sacerdote manaron sendos regueros de sangre, que fluían por el torso cubierto de cuero hasta cruzar la roca y derramarse por entre la grava del suelo.

Otros dos sacerdotes saltaron hacia delante para recoger el líquido escarlata en cálices que, una vez llenos hasta el borde, se distribuyeron entre los miembros de la congregación, que bebieron de ellos con avidez.

—Gar —susurró Roran—. ¡Olvidaste mencionar que esos carniceros errantes, esos chupasangre idólatras y alucinados, eran «caníbales»!

—En realidad no lo son. No se comen la carne.

Cuando todos los asistentes hubieron saciado su sed, los solícitos novicios devolvieron al Sumo Sacerdote a la parihuela y vendaron los hombros de la criatura con tiras de tela blanca. Las vendas enseguida quedaron manchadas de sangre.

No parecía que las heridas tuvieran ningún efecto sobre el Sumo Sacerdote, ya que el mutilado personaje se volvió hacia los devotos con aquellos labios de color rojo grosella y les dijo:

—Ahora sois realmente mis hermanos, al haber probado la savia de mis venas aquí, a la sombra del todopoderoso Helgrind. La sangre llama a la sangre, y si vuestra familia necesitara ayuda, haced todo lo que podáis por la Iglesia y por todo el que reconoce el poder de nuestro Señor del Miedo... Para afirmar y reafirmar nuestra fidelidad al Triunvirato, recitad conmigo los Nueve Juramentos... «Por Gorm, Ilda, y Fell Angvara, juramos rendir homenaje por lo menos tres veces al mes, en la hora previa al ocaso, y efectuar luego una ofrenda de nosotros mismos para aplacar el hambre implacable de nuestro grande y terrible Señor... Juramos observar las Escrituras tal como se nos presentan en el libro de Tosk... Juramos llevar siempre a nuestro Bregnir en el cuerpo y abstenernos por siempre de los doce de doce y del contacto de una cuerda de nudos, por si estuviera corrupta...».

Una violenta ráfaga de viento oscureció el resto de la declaración del Sumo Sacerdote. A continuación, Eragon vio que los que escuchaban sacaban un pequeño cuchillo curvo y, uno por uno, se corta-

17

ban en la parte interior del codo y mojaban el altar con un chorro de su sangre.

Unos minutos más tarde, la fuerte brisa remitió y Eragon volvió a oír al sacerdote:

—... y esas cosas, todo el tiempo que deseéis, se os darán como recompensa por vuestra obediencia... Nuestra oración ha terminado. ¡No obstante, si alguno de entre vosotros es lo suficientemente valiente como para demostrar la verdadera profundidad de su fe, que se muestre ante nosotros!

La tensión se extendió por entre los presentes, que se echaban hacia delante, absortos: aparentemente, aquél era el momento que estaban esperando. Se hizo un largo silencio en el que parecía que iban a quedar decepcionados, pero de pronto uno de los acólitos se desmarcó y gritó:

—¡Yo lo haré!

Con un rugido de voces complacidas, sus hermanos empezaron a hacer sonar las campanas con un tañido rápido y salvaje, contagiando a toda la congregación de un frenesí tal que empezaron a saltar y aullar descontroladamente. A pesar de la repulsión que le provocaba la escena, en el corazón de Eragon se despertó un atisbo de emoción primitiva y brutal.

El joven, de pelo oscuro, se despojó de su túnica dorada, bajo la que llevaba únicamente unos pantalones de cuero, y saltó a lo alto del altar. Chapoteaba entre charcos de color rubí. Se puso de cara a Helgrind y empezó a temblar y a tambalearse como si estuviera poseído, al ritmo del tañido de las crueles campanas de hierro. La cabeza le daba bandazos a ambos lados del cuello. Una espuma le asomó por la comisura de los labios, y agitaba los brazos como serpientes. Estaba bañado en sudor, cosa que le hacía brillar como una estatua de bronce a la luz del ocaso.

Muy pronto las campanas adoptaron un ritmo desquiciante en el que las notas se sobreponían unas a otras, punto en el cual el joven echó una mano hacia atrás. Un sacerdote depositó en ella el mango de un extraño utensilio: un arma de un solo filo, de medio metro de longitud, de espiga completa, con la empuñadura escamada, una corta guarda cruzada y una hoja ancha y plana que se iba ensanchando hasta acabar en un festón al final, forma que recordaba el ala de un dragón. Era una herramienta diseñada con un único fin: atravesar armadura, piel, músculos y huesos como quien corta un odre de vino.

El joven alzó el arma orientándola hacia el pico más alto de Helgrind. Luego hincó una rodilla y, con un grito incoherente, dejó caer la hoja contra su muñeca derecha. La sangre roció las rocas tras el altar.

Eragon hizo una mueca y apartó la mirada, pero no pudo evitar oír los penetrantes gritos del joven. No era algo que Eragon no hubiera visto en la batalla, pero le parecía inaceptable la automutilación, cuando era tan fácil de por sí quedar desfigurado en el día a día.

Los hierbajos crujieron entre sí con el movimiento de Roran, que emitió una maldición ininteligible y luego volvió a permanecer en silencio.

Mientras un sacerdote se ocupaba de la herida del joven —conteniendo la hemorragia con un hechizo—, un acólito liberó a dos esclavos portadores de la parihuela del Sumo Sacerdote y los encadenó por los tobillos a un aro de hierro incrustado en el altar. A continuación se sacaron una serie de paquetes de debajo de las túnicas y fueron apilándolos en el suelo, fuera del alcance de los esclavos.

La ceremonia se acabó, y los sacerdotes y su séquito partieron de Helgrind en dirección a Dras-Leona, gimoteando y haciendo sonar las campanas durante todo el camino. El fanático manco ahora avanzaba justo por detrás del Sumo Sacerdote.

Una sonrisa beatífica le atravesaba el rostro.

—Bueno —dijo Eragon, y soltó el aire contenido al ver que la columna desaparecía tras una colina a lo lejos.

—¿Bueno qué?

—He viajado con enanos y con elfos y nunca he visto que hicieran nada tan raro como esos humanos.

—Son tan monstruosos como los Ra'zac —dijo Roran, que señaló hacia Helgrind con un gesto de la cabeza—. ¿Puedes ver ya si Katrina está ahí?

—Lo intentaré. Pero puede que tengamos que salir corriendo.

Eragon cerró los ojos y fue extendiendo lentamente el alcance de su conciencia, moviéndose de la mente de un ser vivo a otra, como un reguero de agua extendiendo sus tentáculos por entre la arena. Entró en contacto con abigarradas colonias de insectos desarrollando su frenética actividad, lagartos y serpientes ocultos entre las cálidas rocas, diversas especies de pájaros cantores y numerosos mamíferos de pequeño tamaño. Todos los animales estaban muy activos, preparándose para el ayuno nocturno, retirándose a sus madrigueras respectivas, o, en el caso de los nocturnos, bostezando, estirándose y preparándose para la caza y la rapiña.

Al igual que los demás sentidos, la capacidad de Eragon de entrar en contacto con el pensamiento de otros seres disminuía con la distancia. Cuando su sonda psíquica alcanzó la base de Helgrind, ya sólo percibía a los animales más grandes, y de manera muy leve.

Siguió avanzando con precaución, preparado para retirarse a toda prisa si por casualidad rozaba con el pensamiento la mente de sus presas: los Ra'zac o sus familiares o sus monturas, los gigantescos Lethrblaka. Eragon estaba dispuesto a exponerse de este modo sólo porque la raza de los Ra'zac no era capaz de usar la magia, y no creía que fueran quebrantamentes: seres sin poderes mágicos pero entrenados para combatir con telepatía. Los Ra'zac y los Lethrblaka no necesitaban esos trucos cuando sólo con un bufido dejaban aturdidos a los hombres más fuertes, y aunque con su exploración mental Eragon se arriesgaba a que lo descubrieran, él, Roran y Saphira tenían que saber si los Ra'zac habían apresado a Katrina —la amada de Roran— en Helgrind, ya que la respuesta determinaría si su misión debía ser de rescate o de captura e interrogatorio.

Eragon buscó a fondo y con empeño. Cuando volvió en sí, Roran lo contemplaba con la expresión de un lobo famélico. Sus ojos grises ardían con una mezcla de rabia, esperanza y desespero tales que parecía que sus emociones fueran a estallar y prender fuego a todo lo que hubiera alrededor, con una llamarada de inimaginable intensidad, capaz de fundir hasta las propias rocas.

Eragon lo entendía muy bien.

El padre de Katrina, el carnicero Sloan, había traicionado a Roran y lo había entregado a los Ra'zac. Éstos no habían conseguido capturarlo, pero en su lugar apresaron a Katrina en el dormitorio de Roran y se la llevaron del valle de Palancar sin preocuparse de los habitantes de Carvahall, de los que se ocuparían los soldados de Galbatorix, matándolos o apresándolos. Roran no podía ir tras Katrina, pero convenció justo a tiempo a sus vecinos para que abandonaran sus hogares y le siguieran, atravesando las Vertebradas y siguiendo luego hacia el sur por la costa de Alagaësia, donde unirían sus fuerzas con las de los rebeldes vardenos. Las dificultades que tuvieron que superar habían sido muchas y terribles. Pero por tortuoso que hubiera sido el camino, había acabado reuniendo a Roran con Eragon, que sabía dónde se encontraba la guarida de los Ra'zac y que le había prometido ayuda para salvar a Katrina.

Roran lo había conseguido, como le explicaría posteriormente, porque la intensidad de su pasión le había llevado a extremos temidos y evitados por otros, lo que le había permitido confundir a sus enemigos.

Un fervor similar había invadido a Eragon en aquel momento.

20

Si alguno de sus seres queridos estuviera en peligro se habría lanzado a la acción sin importarle lo más mínimo su propia seguridad. Quería a Roran como a un hermano, y dado que éste debía casarse con Katrina, Eragon la consideraba también parte de la familia. Ese concepto le parecía aún más importante teniendo en cuenta que Eragon y Roran eran los últimos representantes de su línea familiar. Había renunciado a todo vínculo con su hermano de sangre, Murtagh, así que los únicos familiares que les quedaban, tanto a él como a Roran, eran ellos mismos, y ahora Katrina.

Los nobles sentimientos de parentesco no eran la única fuerza que impulsaba a la pareja. Otro objetivo les tenía obsesionados: la venganza. Incluso cuando planeaban cómo arrancar a Katrina de las garras de los Ra'zac, los dos guerreros —tanto el hombre mortal como el Jinete de Dragón— pensaban en el modo de matar a los antinaturales siervos del rey Galbatorix por haber torturado y matado a Garrow, el padre de Roran, que había sido como un padre también para Eragon.

Así pues, la inteligencia de la que hacía gala Eragon también la había desarrollado Roran.

—Creo que la he sentido —dijo—. Es difícil estar seguro, porque estamos muy lejos de Helgrind y nunca le había tocado el pensamiento antes, pero creo que está en ese pico abandonado, escondida en algún lugar cerca de la cima.

—¿Está enferma? ¿Está herida? Vamos, Eragon, no me lo ocultes: ¿le han hecho daño?

—Ahora mismo no siente dolor. No puedo decirte más, ya que he tenido que usar toda mi fuerza para reconocer el aura de su conciencia; no he podido comunicar con ella.

Eragon se calló; había detectado otra presencia, cuya identidad sospechaba y que, de confirmarse, supondría un gran problema.

—Lo que no he encontrado ha sido a los Ra'zac o a los Lethrblaka. Aunque de algún modo he evitado a los Ra'zac, su parentela es tan amplia que su fuerza vital debería brillar como mil lámparas, casi como la de Saphira. Aparte de Katrina y otros tenues reflejos de luz, Helgrind está negro, absolutamente negro.

Roran frunció el ceño, apretó el puño izquierdo y miró hacia la montaña de roca que se desvanecía en la oscuridad envuelta por unas sombras púrpuras. Entonces, con una voz baja y neutra, como si hablara para sí, dijo:

—No importa si tienes o no razón.

—¿Y eso?

21

—Esta noche no debemos atacar: por la noche es cuando los Ra'zac son más fuertes y, si están cerca, sería estúpido enfrentarse a ellos estando en desventaja. ¿De acuerdo?

—Sí.

—Así que más vale esperar al amanecer —concluyó. Hizo un gesto hacia los esclavos encadenados al macabro altar—. Si esos pobres desgraciados ya no están, sabremos que los Ra'zac están aquí, y procederemos como hemos planeado. Si no, maldecimos nuestra mala suerte por permitir que se nos escaparan, liberamos a los esclavos, rescatamos a Katrina y volvemos volando con ella junto a los vardenos antes de que Murtagh nos atrape. De cualquier modo, dudo que los Ra'zac dejen a Katrina sola mucho tiempo, ya que Galbatorix quiere que la mantengan con vida para utilizarla en mi contra.

Eragon asintió. Él querría liberar a los esclavos enseguida, pero si lo hacía podía alertar a sus enemigos de que había pasado algo. Y si los Ra'zac acudían en busca de su cena, él y Saphira no podrían hacer nada para evitar que se llevaran a los esclavos. Una batalla a campo abierto entre un dragón y criaturas como los Lethrblaka atraería la atención de todo hombre, mujer o niño en muchas leguas a la redonda. Y Eragon no creía que él, Saphira y Roran pudieran sobrevivir si Galbatorix se enteraba de que se movían a solas por su imperio.

Echó un vistazo a los hombres encadenados. «Por su bien, espero que los Ra'zac estén en el otro extremo de Alagaësia o, por lo menos, que los Ra'zac no tengan hambre esta noche», pensó.

Como si se hubieran puesto de acuerdo, Eragon y Roran empezaron a bajar arrastrándose de la escarpadura de la colina tras la que se ocultaban. A los pies de la colina se pusieron de cuclillas, se giraron y, sin levantarse del todo, atravesaron el espacio entre las dos filas de colinas a la carrera. El suave valle fue convirtiéndose gradualmente en una estrecha garganta recortada, flanqueada por inestables losas de pizarra.

Eragon levantó la mirada por entre los retorcidos enebros que crecían en la garganta y, a través de sus agujas, vio las primeras estrellas que decoraban un cielo aterciopelado. Parecían frías y afiladas, como brillantes témpanos de hielo. Bajó la vista y se dedicó a mirar dónde ponía los pies, mientras ambos continuaban su carrera al sur en dirección a su campamento.

Alrededor de la hoguera

La pila de brasas palpitaba como el corazón de una bestia gigante. De vez en cuando, unas chispas doradas aparecían y recorrían la superficie de la madera para desaparecer inmediatamente por alguna grieta incandescente.

Los restos agonizantes de la hoguera que habían encendido Eragon y Roran emitían una tenue luz roja alrededor, y dejaban a la vista un trozo de terreno rocoso, unos pocos arbustos grisáceos, la masa informe de un enebro algo más lejos y, más allá, nada.

Eragon estaba sentado con los pies descalzos extendidos hacia el nido de brasas de color rubí y el reconfortante calor que desprendían, con la espalda apoyada contra las nudosas escamas de la gruesa pata derecha de Saphira. Frente a él estaba Roran, de pie, apoyado en la carcasa endurecida y blanqueada por el sol de un antiguo tronco erosionado por el viento. Cada vez que se movía, el tronco emitía un desagradable quejido que a Eragon le perforaba los oídos.

De momento reinaba la calma en la hondonada. Incluso las brasas ardían en silencio; Roran sólo había cogido ramas muy secas, sin ninguna humedad, para evitar cualquier humo que pudiera resultar visible para ojos hostiles.

Eragon acababa de contarle las noticias del día a Saphira. En situaciones normales no tenía que contarle qué había estado haciendo, ya que los pensamientos, los sentimientos y otras sensaciones fluían entre ellos como el agua de una orilla de un lago a la otra. Pero en este caso era necesario porque Eragon había bloqueado cuidadosamente su mente durante la expedición, salvo para buscar por la guarida de los Ra'zac.

Tras un silencio considerable, Saphira bostezó, dejando al descubierto sus terribles dientes.

Serán crueles y malvados, pero me impresiona que los Ra'zac hayan podido hechizar a sus presas para que quieran ser comidas.

Son grandes cazadores, para hacer eso... Quizá yo deba intentarlo algún día.

Pero no con gente —se sintió obligado a puntualizar Eragon—. *Pruébalo con ovejas.*

Personas, ovejas... ¿Qué diferencia hay para un dragón?

A continuación se rio profundamente, y un intenso murmullo que recordaba el sonido del trueno le recorrió la garganta.

Eragon se echó adelante para retirar su peso de las afiladas escamas de Saphira y cogió el bastón de espino que tenía al lado. Lo hizo girar entre las palmas de la mano, admirando el juego de luces a través de la maraña de raíces pulidas de la parte superior y la puntiaguda contera de metal de la base, muy rayada.

Roran le había lanzado el bastón antes de salir de la ciudad de los vardenos en los Llanos Ardientes y le había dicho: «Aquí tienes. Fisk me lo hizo después de que los Ra'zac me mordieran en el hombro. Sé que has perdido tu espada, y he pensado que quizá podrías necesitarlo...Si quieres conseguir otra arma de filo, muy bien, pero yo he observado que hay pocas luchas que no puedas ganar con unos cuantos golpes bien dados con un sólido bastón». Eragon recordaba el bastón que llevaba siempre Brom, así que había decidido renunciar a una nueva espada en favor del largo alcance de la nudosa vara de espino. Aquella noche había fortificado tanto la nudosa madera de espino como el mango del martillo de Roran con varios hechizos que evitarían que se rompieran, a menos que los sometieran a una presión extrema.

Espontáneamente, Eragon dio paso a una serie de recuerdos: un triste cielo anaranjado y púrpura le rodeaba cuando Saphira se lanzó tras el dragón rojo y su Jinete. El viento le aullaba al oído... Tenía los dedos ya insensibles del choque de las espadas en aquel duelo contra el mismo Jinete en el suelo... Arrancando el casco a su enemigo en pleno combate y dejando al descubierto al que había sido su amigo y compañero de viaje, Murtagh, al que creía muerto... La mueca burlona en el rostro de Murtagh al quitarle *Zar'roc*, reclamando la posesión de la espada roja, que le correspondía como hermano mayor de Eragon...

Parpadeó, desorientado, al sentir que la furia y el fragor de la batalla se desvanecían y que el lugar del olor a sangre lo ocupaba el agradable aroma de la madera de enebro. Se pasó la lengua por los dientes superiores, intentando erradicar el sabor a bilis que le llenaba la boca.

Murtagh.

El nombre por sí solo generaba en Eragon un remolino de emociones confusas. Por una parte, le gustaba Murtagh. Los había salvado a él y a Saphira de los Ra'zac tras su primera y desafortunada visita a Dras-Leona; había arriesgado su vida para rescatar a Eragon de Gil'ead; se había desenvuelto con honor en la batalla de Farthen Dûr; y, a pesar de los tormentos que sin duda habría sufrido como consecuencia, había optado por interpretar las órdenes de Galbatorix de modo que le permitieran liberar a Eragon y a Saphira tras la batalla de los Llanos Ardientes en vez de tomarlos presos. No era culpa de Murtagh que los Gemelos lo hubieran abducido, que el dragón rojo, Espina, le hubiera escogido a él como Jinete, ni que Galbatorix hubiera descubierto sus nombres verdaderos, con los que había conseguido obligarles al juramento de fidelidad en el idioma antiguo tanto a Murtagh como a Espina.

A Murtagh no se le podía echar la culpa de nada de aquello. Era una víctima del destino, y lo había sido desde el día en que había nacido.

Y sin embargo… Murtagh serviría a Galbatorix contra su voluntad y renegaría de las atrocidades que el rey le obligaba a cometer, pero una parte de él parecía disfrutar con la ostentación del poder recién adquirido. Durante el reciente enfrentamiento entre los vardenos y el Imperio en los Llanos Ardientes, Murtagh había aislado al rey enano, Hrothgar, y lo había matado, aunque Galbatorix no se lo había ordenado. Había permitido que Eragon y Saphira escaparan, sí, pero sólo después de derrotarlos en una brutal exhibición de fuerza y de que Eragon le suplicara la libertad.

Y Murtagh había disfrutado demasiado con la desazón que había provocado en Eragon al revelarle que ambos eran hijos de Morzan, que era el primero y último de los trece Jinetes de Dragón, los Apóstatas, que habían traicionado a sus compatriotas al aliarse con Galbatorix. Ahora, cuatro días después de la batalla, a Eragon se le ocurría una nueva explicación: «Quizá lo que le gustó a Murtagh fue ver a otra persona soportando la terrible carga que él había llevado toda la vida».

Fuera cierto o no, sospechaba que Murtagh había adoptado su nuevo papel por el mismo motivo que un perro que ha sido azotado sin motivo acaba algún día atacando a su dueño. Murtagh había recibido golpes y más golpes, y ahora se le presentaba la oportunidad de revolverse contra un mundo que había mostrado poca compasión por él. Sin embargo, por mucho que quedara de noble en el pecho de Murtagh, él y Eragon estaban condenados a ser enemigos mortales, puesto que las promesas de Murtagh en el idioma antiguo le vinculaban a Galbatorix con unos grilletes inquebrantables y así sería por siempre.

Ojalá no hubiera ido con Ajihad a perseguir a los úrgalos por los subterráneos de Farthen Dûr. Tal vez si hubiera sido algo más rápido, los Gemelos...

Eragon —dijo Saphira.

Eragon se contuvo y asintió, agradecido por la intervención. Hizo lo posible por evitar cavilar sobre Murtagh o su parentesco, pero eran pensamientos que a menudo le abordaban cuando menos se lo esperaba.

Respiró hondo y soltó el aire lentamente para aclarar la mente, e intentó obligarse a volver a pensar en el presente, pero no lo conseguía. La mañana después de la multitudinaria batalla de los Llanos Ardientes —cuando los vardenos se dedicaban a reagruparse y prepararse para marchar tras el ejército del Imperio, que se había retirado varias leguas por el río Jiet hacia las montañas—, Eragon se había presentado ante Nasuada y Arya, les había explicado la situación de Roran y les había pedido permiso para ayudar a su primo. No lo había obtenido. Las dos se opusieron frontalmente a lo que Nasuada describió como «un plan insensato que, si sale mal, tendrá consecuencias catastróficas para toda Alagaësia».

La discusión se alargó hasta que Saphira la interrumpió con un rugido que hizo temblar las paredes de la tienda de mando. Entonces dijo:

Estoy dolorida y cansada, y Eragon no parece estar expresándose bien. Tenemos cosas mejores que hacer que pasar el rato aquí, refunfuñando como grajos, ¿no? Bien, pues escuchadme.

Eragon pensó que desde luego era difícil discutir con un dragón.

Los detalles de la exposición de Saphira eran algo complejos, pero la estructura básica de su presentación era directa. Saphira apoyaba a Eragon porque comprendía lo mucho que suponía para él la misión propuesta, mientras que éste apoyaba a Roran por su vínculo afectivo y familiar, y porque sabía que Roran saldría en busca de Katrina con o sin él, y su primo nunca conseguiría derrotar a los Ra'zac por sí solo. Además, mientras el Imperio tuviera cautiva a Katrina, Roran —y a través de él Eragon— era vulnerable a la manipulación por parte de Galbatorix. Si el usurpador amenazaba con matar a Katrina, Roran no tendría otra opción que acceder a sus demandas. Por tanto, lo mejor sería reparar aquella brecha en su defensa antes de que sus enemigos la aprovecharan.

En cuanto al momento, era perfecto. Ni Galbatorix ni los Ra'zac

26

se esperarían una incursión por el centro del Imperio cuando los vardenos estaban tan ocupados combatiendo a las tropas de Galbatorix cerca de la frontera de Surda. Murtagh y Espina habían sido vistos volando hacia Urû'baen —sin duda para ser reprendidos en persona—, y Nasuada y Arya estuvieron de acuerdo con Eragon en que aquellos dos probablemente seguirían hacia el norte para enfrentarse a la reina Islanzadí y al ejército a su mando cuando los elfos lanzaran su primer ataque y revelaran su presencia. Y, dentro de lo posible, sería conveniente eliminar a los Ra'zac antes de que empezaran a aterrorizar y a desmoralizar a los guerreros vardenos.

A continuación, Saphira, en el tono más diplomático posible, señaló que si Nasuada ejercía su autoridad como señora de Eragon y le prohibía participar en aquella campaña, mancharía su relación con un rencor y una discordia que podrían acabar minando la causa de los vardenos.

Pero la elección es vuestra —dijo Saphira—. *Retened a Eragon si queréis. No obstante, sus compromisos no son los míos; yo, personalmente, he decidido acompañar a Roran. Me parece una buena aventura.*

Eragon esbozó una sonrisa al recordar la escena.

El peso combinado de la declaración de Saphira y de su lógica incontestable había convencido a Nasuada y Arya, que, aunque a regañadientes, habían dado su aprobación.

Posteriormente, Nasuada había dicho:

—Confiamos en vuestro buen juicio al respecto, Eragon y Saphira. Por vuestro bien y por el nuestro, espero que esta expedición tenga éxito. —Su tono hizo dudar a Eragon de si sus palabras comunicaban un deseo sentido o una sutil amenaza.

Se había pasado el resto del día reuniendo provisiones, estudiando mapas del Imperio con Saphira y lanzando los hechizos que consideraba necesarios, entre ellos uno destinado a frustrar los intentos de Galbatorix o de sus siervos de rastrear el paradero de Roran.

A la mañana siguiente, Eragon y Roran se habían subido a lomos de Saphira y habían emprendido el vuelo: se habían elevado por encima de las nubes anaranjadas que cubrían los Llanos Ardientes y se habían dirigido al nordeste. La dragona voló sin parar hasta que el sol hubo atravesado la bóveda celeste para extinguirse tras el horizonte y luego acabar de nuevo en una espléndida explosión de rojos y amarillos.

El primer tramo de su viaje les llevó hacia los confines del Imperio, donde vivía poca gente. Allí giraron hacia el oeste, hacia Dras-Leona y Helgrind. Desde allí, viajaron de noche para evitar que los

27

vieran desde los numerosos pueblecitos dispersos por las praderas que se extendían entre ellos y su destino.

Eragon y Roran tuvieron que taparse con túnicas y pieles, mitones de lana y gorros de fieltro, ya que Saphira decidió volar por encima de las cumbres heladas de muchas de las montañas —donde el aire era fino y seco y les punzaba en los pulmones—, de modo que si a un granjero que estuviera atendiendo a un ternero enfermo en el campo o a un vigía con buena vista se les ocurría levantar la mirada a su paso, viera a Saphira de un tamaño no superior al de un águila.

Allá donde iban, Eragon observaba muestras de que la guerra ya era una realidad: campamentos de soldados, carros llenos de provisiones amontonadas para la noche y filas de hombres con grilletes en el cuello sacados de sus casas para luchar por Galbatorix. La cantidad de recursos desplegados en su contra era realmente impresionante.

Hacia el final de la segunda noche, Helgrind apareció a lo lejos: una masa de columnas puntiagudas que no presagiaba nada bueno, apenas visible a la luz grisácea que precedía al alba. Saphira había aterrizado en la hondonada en la que ahora se encontraban, y se habían pasado la mayor parte del día anterior durmiendo, antes de iniciar su exploración.

El fuego se agitó y escupió motas de color ámbar cuando Roran echó una nueva rama a las quebradizas brasas. Cruzó una mirada con Eragon y se encogió de hombros.

—Hace frío —dijo.

Antes de que Eragon pudiera responder, oyó el sonido de un roce metálico, parecido al de una espada al desenvainar.

No pensó: se lanzó en dirección contraria, dio una voltereta y quedó en cuclillas, con el bastón de espino levantado para contener el golpe que se le venía encima. Roran fue casi igual de rápido: en pocos segundos, cogió su escudo del suelo, se echó atrás y sacó el martillo del cinturón.

Se quedaron inmóviles, esperando el ataque.

El corazón de Eragon latía con fuerza y los músculos le temblaban mientras escrutaba la oscuridad en busca del mínimo rastro de movimiento.

Yo no huelo nada —dijo Saphira.

Tras unos segundos en los que no pasó nada, Eragon extendió su poder mental por los alrededores.

—Nadie —dijo.

Luego se adentró en las profundidades de sí mismo, hasta el lugar donde podía sentir el flujo de la magia, y pronunció las palabras:

—¡Brisingr raudhr!

Una pálida luz rojiza apareció varios metros más allá y se quedó allí, flotando a la altura de los ojos y pintando la hondonada con un brillo acuoso. Eragon se movió ligeramente y la luz siguió su movimiento, como si estuviera conectada a él por una vara invisible.

Acompañado por Roran, se desplazó hasta el punto en el que habían oído el sonido, por el sinuoso desfiladero que se abría hacia el este. Oyeron resonar el murmullo de sus armas y caminaron deteniéndose tras cada paso, dispuestos a defenderse en cualquier momento. A unos diez metros del campamento, Roran levantó una mano, haciendo que Eragon se detuviera, y luego señaló una placa de pizarra tirada sobre la hierba. Parecía claramente fuera de lugar. Roran se arrodilló y frotó la pizarra con un fragmento más pequeño, creando el mismo sonido de roce metálico que habían oído antes.

—Debe de haberse caído —concluyó Eragon, examinando las paredes del desfiladero.

Dejó que la luz se apagara. Roran asintió, se puso en pie y se sacudió la suciedad de las rodillas.

Mientras volvían junto a Saphira, Eragon analizó la velocidad a la que habían reaccionado. El corazón aún se le contraía en un nudo duro y doloroso a cada latido, le temblaban las manos y sentía la necesidad de echarse a correr varios kilómetros por el bosque sin parar. «Antes no habríamos reaccionado de este modo», pensó. El motivo de tanta tensión no era ningún misterio: cada uno de sus enfrentamientos había ido haciendo mella en su complacencia y dejándole los nervios a flor de piel.

—¿Los ves? —dijo Roran, que debía de estar pensando en algo parecido.

—¿A quiénes?

—A los hombres que has matado. ¿Los ves en tus sueños?

—A veces.

El brillo irregular de las brasas iluminó el rostro de Roran desde abajo y formó densas sombras sobre la boca y la frente, que le daban a sus penetrantes ojos entrecerrados un aspecto siniestro. Hablaba lentamente, como si le costara pronunciar las palabras.

—Yo nunca deseé ser guerrero. Soñaba con sangre y gloria cuando era pequeño, como todos los chicos, pero lo que me importaba era la tierra. Eso y nuestra familia… Y ahora he matado… He matado una y otra vez, y tú has matado aún más —dijo. Tenía la mirada perdida en algún lugar distante que sólo él podía ver—. Estaban aquellos dos hombres de Narda… ¿Te lo he contado alguna vez?

Lo había hecho, pero Eragon sacudió la cabeza y permaneció en silencio.

—Montaban guardia en la puerta principal... Dos, ya sabes, y el hombre de la derecha tenía el cabello de un blanco intenso. Lo recuerdo porque no debía de tener más de veinticuatro o veinticinco años. Llevaban el escudo de Galbatorix, pero hablaban como si fueran de Narda. No eran soldados profesionales. Probablemente no eran más que hombres que habían decidido ayudar a proteger sus casas de los úrgalos, los piratas y los forajidos... No teníamos intención de levantar un dedo en su contra. Te lo juro, Eragon, aquello nunca formó parte de nuestro plan. Pero no tuve elección. Me reconocieron. Apuñalé al hombre de pelo blanco por debajo de la barbilla... Fue como cuando padre degollaba a un cerdo. Y luego el otro, le rompí el cráneo. Aún siento el contacto de sus huesos al ceder... Recuerdo cada golpe que he dado, desde los soldados de Carvahall a los de los Llanos Ardientes... Ya sabes, cuando cierro los ojos, a veces no puedo dormir por la intensidad de la luz del fuego de los muelles de Teirm. En esos momentos me parece que me voy a volver loco.

Eragon se sorprendió apretando el bastón tan fuerte que tenía los nudillos blancos y los tendones se le marcaban en el interior de las muñecas:

—Es cierto —dijo—. Al principio eran sólo úrgalos, luego fueron hombres y úrgalos, y ahora esta batalla final... Sé que lo que hacemos está bien, pero «bien» no significa «fácil». Al ser quienes somos, los vardenos esperan que Saphira y yo nos pongamos al frente de su ejército y matemos a batallones enteros de soldados. Y lo hacemos. Lo hemos hecho.

Se le quebró la voz y permaneció en silencio.

Todo gran cambio viene acompañado de una gran agitación. Y nosotros lo hemos experimentado con creces, ya que somos protagonistas de ese cambio. Yo soy una dragona, y no lamento las muertes de los que nos ponen en peligro. Matar a los guardas de Narda quizá no sea un logro digno de celebración, pero tampoco es algo de lo que sentirse culpable. Tenías que hacerlo. Cuando tienes que luchar, Roran, ¿no te da alas la pasión del combate? ¿No conoces el placer de lanzarte contra un digno rival y la satisfacción de ver los cuerpos de tus enemigos apilados ante ti? Eragon, tú lo has experimentado. Ayúdame a explicárselo a tu primo.

Eragon se quedó mirando las brasas. Saphira había dicho una verdad que a él le costaba reconocer, ya que, si admitía que podía disfrutar con la violencia, quizá se convirtiera en algo que él mismo despreciaba. Así que calló. Al otro lado de la hoguera, Roran parecía igualmente afectado.

Con una voz más suave, Saphira dijo:

No te enfades. No pretendía contrariarte... A veces me olvido de que aún no estás acostumbrado a estas emociones, mientras que yo he tenido que luchar con uñas y dientes para sobrevivir desde el día que nací.

Eragon se puso en pie y se dirigió hacia las alforjas, de donde sacó el pequeño frasquito que le había dado Orik antes de su partida, y echó dos buenos tragos de aguamiel de frambuesa. Sintió una calidez reconfortante en el estómago. Con una mueca, Eragon le pasó el frasco a Roran, que también bebió del brebaje.

Varios tragos más tarde, cuando el aguamiel había hecho su efecto y les había levantado el ánimo, Eragon dijo:

—Puede que mañana tengamos un problema.

—¿A qué te refieres?

Eragon dirigió también sus palabras a Saphira:

—¿Te acuerdas de que te dije que nosotros, Saphira y yo, podíamos enfrentarnos sin problemas a los Ra'zac?

—Sí.

Es cierto —dijo Saphira.

—Bueno, estaba pensando en ello mientras escrutábamos Helgrind, y ya no estoy tan seguro. Hay un número casi infinito de modos de usar la magia. Por ejemplo, si quiero encender fuego, podría hacerlo con el calor del aire o del suelo; o podría crear una llama de energía pura; podría crear un rayo; podría concentrar una ráfaga de rayos de sol en un punto determinado; podría usar la fricción, etcétera.

—¿Y entonces?

—El problema es que, aunque pueda idear numerosos hechizos para realizar esa única acción, para «bloquear» esos hechizos puede bastar con un simple contrahechizo. Si evitas que la acción misma tenga lugar, no tienes que crear un contrahechizo a medida considerando las propiedades específicas de cada hechizo en particular.

—Aún no entiendo qué tiene que ver eso con mañana.

Yo sí —dijo Saphira. Había entendido inmediatamente lo que significaba—. *Significa que, en el último siglo, Galbatorix...*

—... puede haber colocado vigilantes alrededor de los Ra'zac...

... que los protejan contra...

—... un gran número de hechizos. Probablemente yo no pueda...

... matarlos con ninguna...

31

—... de las palabras de muerte que me enseñaron, ni con ninguno...

... de los ataques que podamos inventarnos ahora o entonces. Puede que...

—... tengamos que confiar...

—¡Parad! —exclamó Roran, con una sonrisa angustiada—. Parad, por favor. Cuando hacéis eso me dais dolor de cabeza.

Eragon se quedó con la boca abierta; hasta aquel momento, no se había dado cuenta de que Saphira y él habían estado hablando por turnos. Aquello le gustó: significaba que habían alcanzando un nuevo nivel de cooperación y que actuaban coordinados como una sola entidad, lo que les hacía mucho más poderosos de lo que sería cualquiera de los dos por separado. Pero al mismo tiempo le preocupaba el observar que tal coordinación, por su propia naturaleza, reducía la individualidad de ambos.

Cerró la boca y chasqueó la lengua.

—Lo siento. Lo que me preocupa es que, si Galbatorix ha tenido la previsión de tomar ciertas precauciones, quizá la fuerza de las armas sea el único modo de vencer a los Ra'zac. Si eso es así...

—Yo no haré más que molestaros.

—Tonterías. Puede que seas más lento que los Ra'zac, pero no tengo duda de que les darás motivos para que teman tu arma, «Roran *Martillazos*» —dijo Eragon. Parecía que el halago le había gustado a su primo—. El mayor peligro para ti es que los Ra'zac o los Lethrblaka consigan que te separes de Saphira y de mí. Cuanto más juntos nos mantengamos, más seguros estaremos. Saphira y yo intentaremos tener ocupados a los Ra'zac y a los Lethrblaka, pero puede que alguno se nos escape. Cuatro contra dos sólo es una buena proporción cuando tú estás entre los cuatro.

Eragon le dijo a Saphira:

Si tuviera una espada, estoy seguro de que podría matar a los Ra'zac solo, pero no sé si puedo derrotar a dos criaturas tan rápidas como los elfos, usando únicamente este bastón.

Fuiste tú quien insistió en llevar ese palo seco en vez de un arma de verdad —puntualizó su amiga—. *Recuerda que te dije que quizá no bastara contra enemigos tan peligrosos como los Ra'zac.*

Eragon le dio la razón a regañadientes.

Si mis hechizos nos fallan, seremos mucho más vulnerables de lo que me esperaba... Mañana podríamos acabar realmente mal.

—Esto de la magia es algo peliagudo —intervino Roran, que había permanecido ajeno a la última fase de la conversación. El tronco

en el que estaba sentado emitió un quejido al echarse adelante y apoyar los codos sobre las rodillas.

—Lo es —confirmó Eragon—. Lo más difícil es intentar anticiparse a cualquier hechizo posible. Paso mucho tiempo preguntán-
dome cómo puedo protegerme si me atacan de este modo, o si otro
mago esperaría que le atacara de este otro.

—¿No podrías hacerme tan fuerte y rápido como tú?

Eragon pensó en la sugerencia antes de responder.

—No veo cómo. La energía necesaria para hacer eso tendría que
venir de algún lugar. Saphira y yo podríamos dártela, pero perdería-
mos tanta velocidad y fuerza como la que ganarías tú.

Lo que no mencionó fue que también podría extraer energía de
las plantas y animales de alrededor, sólo que a un precio terrible: la
muerte de esos pequeños seres a los que les arrancaría la fuerza.
Aquella técnica era un gran secreto, y Eragon sintió que no debía re-
velarla así como así; en realidad no debía hacerlo bajo ningún motivo.
Es más, a Roran no le serviría de nada, ya que en Helgrind había bien
poco que pudiera dar energía al cuerpo de un hombre.

—¿Y no puedes enseñarme a usar la magia? —propuso Roran,
que al ver dudar a Eragon, añadió—: Ahora no, desde luego. No tenemos tiempo, y no tengo la pretensión de que pueda convertirme en
mago de la noche a la mañana. Pero a largo plazo… ¿por qué no? Tú
y yo somos primos. Tenemos mucha sangre en común. Y sería algo
muy útil.

—Yo no sé cómo aprende a usar la magia alguien que no es Jinete
—confesó Eragon—. No es algo que haya estudiado —añadió. Miró
a su alrededor, levantó una piedra plana y redonda del suelo y se la
tiró a Roran, que la cogió al vuelo—. Prueba esto: concéntrate en hacer flotar la piedra un palmo más o menos y di: «Stenr rïsa».

—¿Stenr rïsa?

—Exacto.

Roran frunció el ceño, mirando la piedra que tenía en la mano, en
una pose que recordaba tanto el propio entrenamiento de Eragon
que éste no pudo evitar sentir una sensación de nostalgia por los
días que había pasado espoleado por Brom. Las cejas de Roran se
unieron en una única línea, los labios se le tensaron en una mueca y
gritó «Stern rïsa» con tal fuerza que Eragon casi esperó que la piedra
saliera volando hasta perderse de vista.

No pasó nada.

Con una mueca aún más tensa, Roran repitió la orden:

—¡Stenr rïsa!

33

La piedra hizo gala de una profunda y serena inmovilidad.

—Bueno —dijo Eragon—, sigue intentándolo. Es el único consejo que puedo darte. Eso sí —le advirtió—, si alguna vez lo consigues, habla conmigo o con otro mago. Podrías morir o matar a otros si empiezas a experimentar con la magia sin comprender las reglas. Como mínimo, recuerda esto: si efectúas un hechizo que requiera demasiada energía, morirás. No te enfrasques en proyectos que queden más allá de tus capacidades, no intentes resucitar a los muertos y no intentes deshacer ninguna acción.

Roran asintió, sin quitarle el ojo a la piedra.

—Magia aparte, me acabo de dar cuenta de que hay algo mucho más importante que necesitas aprender.

—¿Eh?

—Sí, tienes que ser capaz de ocultar tus pensamientos a la Mano Negra, a los Du Vrangr Gata y a otros como ellos. Ahora sabes muchas cosas que podrían causarles daño a los vardenos. Por eso es esencial que domines esta técnica en cuanto volvamos. Mientras no te puedas defender de los espías, ni Nasuada ni yo ni nadie puede confiarte información que pueda resultar útil a nuestros enemigos.

—Lo entiendo. Pero ¿por qué has incluido a los Du Vrangr Gata en esa lista? Están a tu servicio y al de Nasuada.

—Es cierto, pero incluso entre nuestros aliados hay unas cuantas personas que darían el brazo derecho —se estremeció al pensar en lo apropiado de la frase— por hacerse con nuestros planes y secretos. Y con los tuyos también. Ahora eres «alguien», Roran. En parte por tus hazañas, y en parte por nuestra relación.

—Lo sé. Es una sensación extraña que te reconozca gente que no conoces.

—Sí —convino Eragon. Tenía otras muchas observaciones en la punta de la lengua, pero reprimió la tentación de seguir con el tema; era algo de lo que ya hablarían más adelante—. Ahora que ya sabes lo que se siente cuando una mente entra en contacto con otra, podrías aprender a extender la mente y buscar el contacto con otras.

—No estoy seguro de que sea algo que quiera saber hacer.

—No importa; también es posible que no seas capaz de hacerlo. En cualquier caso, antes de dedicar tiempo a intentar descubrirlo, deberías dedicarte al arte de la defensa.

—¿Cómo? —dijo su primo, levantando una ceja.

—Escoge algo: un sonido, una imagen, una emoción, cualquier cosa. Y deja que crezca dentro de tu mente hasta que emborrone todos los demás pensamientos.

—¿Eso es todo?

—No es tan fácil como crees. Ya verás; pruébalo. Cuando estés listo, dímelo, y veré qué tal lo has hecho.

Pasaron unos momentos. Luego Roran hizo un gesto con los dedos y Eragon expandió su conciencia hacia su primo, deseoso de ver los logros del chico.

Eragon lanzó todo su chorro de fuerza mental, que chocó contra un muro compuesto por los recuerdos de Katrina en la mente de Roran, donde tuvo que detenerse. No encontraba dónde agarrarse, una entrada o una grieta; no podía socavar la impenetrable barrera que tenía delante. En aquel momento, toda la identidad de Roran se basaba en sus sentimientos por Katrina; sus defensas superaban cualquiera de las que se había encontrado Eragon anteriormente, ya que en la mente de Roran no había nada más a lo que Eragon pudiera agarrarse y usar para dominar a su primo.

Roran movió la pierna izquierda y la madera que tenía debajo emitió un quejido seco.

Aquello hizo que el muro contra el que había chocado Eragon se fracturara en decenas de trozos, y que un montón de pensamientos enfrentados distrajeran a Roran: «Qué ha sido... ¡Demonios! No te fijes en eso o conseguirá entrar. Katrina, recuerda a Katrina. No hagas caso de Eragon. La noche que accedió a casarse conmigo, el olor de la hierba y de su pelo... ¿Es él? ¡No! ¡Concéntrate! No...».

Aprovechando la confusión de Roran, Eragon se abrió paso y, con la fuerza de su voluntad, inmovilizó a Roran antes de que éste pudiera volver a protegerse.

Entiendes el concepto básico —dijo Eragon.

A continuación se retiró de la mente de Roran y siguió en voz alta:

—Pero tienes que aprender a mantener la concentración aun cuando estés en plena batalla. Tienes que aprender a pensar sin pensar..., a vaciarte de toda esperanza y preocupación, a excepción de una idea, que es tu armadura. Una cosa que me enseñaron los elfos y que me ha resultado útil es recitar un acertijo o un fragmento de un poema o una canción. Si tienes algo que puedes repetir una y otra vez, es mucho más fácil evitar que la mente se distraiga.

—Trabajaré en ello —prometió Roran.

—La quieres mucho, ¿verdad? —dijo Eragon, en voz baja. Era más una constatación que una pregunta, pues la respuesta era evidente, y no estaba muy seguro de hacerla.

El amor no era un tema del que Eragon hubiera hablado con su primo hasta entonces, a pesar de las largas horas que habían pasado durante años comentando y comparando las cualidades de las diferentes muchachas de Carvahall y alrededores.

—¿Cómo ocurrió?

—Me gustó. Le gusté. ¿Qué importancia tienen los detalles?

—Venga, hombre —dijo Eragon—. Antes de irte a Therinsford estaba demasiado enfadado como para preguntarte, y no nos hemos visto más hasta hace cuatro días. Tengo curiosidad.

Roran se masajeó las sienes y la piel de alrededor de los ojos se le tensó y arrugó repetidamente.

—No hay mucho que contar. Siempre me ha gustado. No significaba gran cosa cuando era chico, pero tras mis ritos de iniciación, empecé a preguntarme con quién me gustaría casarme y quién me gustaría que fuera la madre de mis hijos. Durante una de nuestras visitas a Carvahall, vi que Katrina se detenía junto a la casa de Loring para recoger una rosa silvestre que crecía a la sombra del alero. Miraba a la flor y sonreía… Era una sonrisa tan tierna y tan feliz que en aquel mismo momento decidí que quería ver aquella sonrisa hasta el día en que muriera. —Unas lágrimas brillaron en los ojos de Roran, pero no llegaron a caer, y un segundo más tarde parpadeó y desaparecieron—. Me temo que en eso he fracasado.

Tras una pausa respetuosa, Eragon prosiguió:

—¿La cortejaste? Aparte de usarme a mí para hacerle llegar tus halagos, ¿qué es lo que hiciste?

—Preguntas como si quisieras aprender.

—No es cierto. Imaginaciones tuyas…

—Venga, Eragon —dijo Roran—. Sé cuándo estás mintiendo. Pones esa cara de tonto y las orejas se te ponen rojas. Puede que los elfos te hayan dado una nueva cara, pero esa parte de ti no ha cambiado. ¿Qué es lo que hay entre tú y Arya?

Eragon se incomodó.

—¡Nada! La luna te ha alterado el cerebro.

—Sé sincero. Muestras adoración por cada una de sus palabras, como si fueran diamantes, y la mirada se te queda prendida en ella como si estuvieras muriéndote de hambre y ella fuera un banquete dispuesto apenas un centímetro más allá de tu alcance.

Saphira emitió un ruido parecido a un chasquido y soltó una fumarola de humo de color gris oscuro por los orificios nasales.

Eragon hizo caso omiso a la risita contenida de la dragona y dijo:

—Arya es una elfa.

—Y muy guapa. Las orejas en punta y los ojos rasgados son defectos que pasan desapercibidos entre todos sus encantos. Ahora eres tú el que te defiendes como un gato panza arriba.

—Arya tiene más de cien años.

Aquella constatación pilló a Roran por sorpresa; enarcó las cejas y dijo:

—¡Me resulta difícil de creer! ¡Está en la flor de la vida!

—Pues es cierto.

—Bueno, sea como fuere, eso son motivos racionales, Eragon, y el corazón raramente hace caso a la razón. ¿Te gusta o no?

Si le gustara sólo un poco más —les dijo Saphira a ambos—, *yo misma intentaría besarla.*

—¡Saphira! —exclamó Eragon, avergonzado, y le dio un cachete en la pata.

Roran fue lo suficientemente prudente como para no incordiar más a Eragon.

—Entonces responde a mi primera pregunta y dime cómo están las cosas entre tú y Arya. ¿Le has hablado de esto a ella o a su familia? Por experiencia sé que no es bueno que estas cosas se estanquen.

—Sí —respondió Eragon, con la mirada clavada en el bastón bruñido—, hablé con ella.

—¿Y cómo quedó la cosa? —inquirió Roran, que, al ver que Eragon no respondía enseguida, se lamentó—: Sacarte respuestas es más difícil que arrastrar a *Birka* por el barro. —Eragon chasqueó la lengua al oír el nombre de *Birka*, uno de sus caballos de tiro—. Saphira, ¿me explicas tú este galimatías? Si no, me temo que nunca obtendré una respuesta completa.

—No quedó. De ningún modo. No me quiere —dijo Eragon sin emoción en la voz, como si comentara la desgracia de un extraño, pero de dentro le brotaba un torrente de dolor tan profundo e intenso que sintió que Saphira se retiraba un poco.

—Lo siento —dijo Roran.

Eragon tragó saliva a duras penas, echando hacia abajo el nudo que tenía en la garganta, que le rozó la llaga que sentía en el corazón y se le alojó en el estómago.

—Son cosas que pasan.

—Sé que ahora mismo te parecerá imposible —dijo Roran—, pero estoy seguro de que encontrarás a otra mujer que te haga olvidar a esa Arya. Hay muchísimas doncellas, y unas cuantas mujeres casadas, estoy seguro, que estarían encantadas de que un Jinete se fijara en ellas. No tendrás problema para encontrar esposa entre las bellezas de Alagaësia.

37

—¿Y tú qué habrías hecho si Katrina te hubiera rechazado?

La pregunta dejó a Roran estupefacto; era evidente que no podía imaginarse cómo habría reaccionado. Eragon continuó:

—A diferencia de lo que tú, Arya y todos los demás podáis creer, soy consciente de que existen otras mujeres interesantes en Alagaësia y de que hay gente que se enamora más de una vez. Desde luego, si pasara mis días en compañía de las damas de la corte del rey Orrin, quizá podría decidirme por alguna. No obstante, mi vida no es tan fácil. Independientemente de que el objeto de mi afecto pueda variar algún día o no, y el corazón, como tú dices, es una bestia impredecible, la pregunta sigue ahí: ¿debería?

—Retuerces las frases como las raíces de un abeto —dijo Roran—. No me hables con acertijos.

—Muy bien: ¿qué mujer humana puede llegar a comprender lo que soy, o la dimensión de mis poderes? ¿Quién podría compartir mi vida? Muy pocas, y todas ellas magas. Y de ese grupo selecto, o incluso de entre las mujeres en general, ¿cuántas son inmortales?

Roran soltó una sonora carcajada que resonó en el desfiladero.

—Ya puestos, podrías pedir la Luna, o… —Se detuvo y se quedó tenso como si estuviera a punto de dar un salto; luego se quedó paralizado en una pose forzada—. No es posible que lo seas.

—Lo soy.

—¿Es a causa del cambio que sufriste en Ellesméra o por ser Jinete? —dijo Roran, haciendo un esfuerzo por encontrar las palabras.

—Es por ser Jinete.

—Eso explica por qué Galbatorix no ha muerto.

—Sí.

La rama que Roran había añadido al fuego crepitaba con el calor de las brasas de debajo, que quemaban la nudosa madera. En su interior, alguna bolsa de savia o agua que de algún modo había conseguido escapar a los rayos del sol durante tantos años de sequía explotó en un chasquido sordo al contacto con el fuego, convirtiéndose en vapor.

—La idea es tan… «enorme» que es casi inconcebible —dijo Roran—. La muerte es parte de lo que somos. Nos guía. Nos moldea. Nos vuelve locos. ¿Puedes seguir siendo humano sin ser mortal?

—No soy invencible —señaló Eragon—. Pueden matarme igualmente con una espada o una flecha. Y también puedo contraer alguna enfermedad incurable.

—Pero si evitas esos riesgos, vivirás para siempre.

—Si es así, sí. Saphira y yo resistiremos.

—Suena a la vez como una bendición y una maldición.

—Sí. No puedo, en conciencia, casarme con una mujer que vaya a envejecer y morir mientras para mí no pasa el tiempo; esa experiencia sería cruel para los dos. Además, la idea de tomar una esposa tras otra durante siglos me resulta bastante deprimente.

—¿Puedes hacer inmortal a otra persona con la magia? —preguntó Roran.

—Puedes oscurecer las canas, puedes suavizar las arrugas y eliminar las cataratas, y yendo muy, muy lejos, puedes darle a un hombre de sesenta años el cuerpo que tenía a los diecinueve. Pero los elfos aún no han descubierto un modo de rejuvenecer la mente de una persona sin destruir sus recuerdos. ¿Y quién quiere borrar su identidad cada varias décadas a cambio de la inmortalidad? Sería un desconocido, aunque siguiera viviendo. Y un cerebro viejo en un cuerpo joven tampoco es la respuesta, ya que en las mejores condiciones de salud, los humanos estamos hechos para durar como mucho un siglo, quizás un poco más. Tampoco puedes evitar que alguien envejezca. Eso provocaría muchos otros problemas… Sí, los elfos y los hombres han probado mil y un modos de engañar a la muerte, pero ninguno ha tenido éxito.

—En otras palabras —dijo Roran—, para ti es más seguro amar a Arya que dejar que tu corazón vague libremente y que pueda enamorarse de una mujer humana.

—¿Con quién puedo casarme yo si no es con una elfa? Sobre todo teniendo en cuenta el aspecto que tengo ahora —dijo, y reprimió el deseo de levantar la mano y tocarse las puntas curvadas de las orejas, hábito que ya había adquirido—. Cuando vivía en Ellesméra, era fácil para mí aceptar el nuevo aspecto que me habían dado los dragones. Al fin y al cabo, aquello me había aportado muchas cosas buenas. Por otra parte, los elfos se mostraban más amables conmigo tras el Agaetí Blödhren. Hasta que no volví con los vardenos no me di cuenta de lo diferente que me he vuelto… Eso también me preocupa. Ya no soy del todo humano, ni tampoco un elfo. Soy algo a medio camino, una mezcla, un híbrido.

—¡Anímate! Puede que no tengas que preocuparte por la vida eterna. Galbatorix, Murtagh, los Ra'zac o incluso alguno de los soldados del emperador pueden rebanarnos el pescuezo en cualquier momento —bromeó Roran—. Lo que haría un hombre sabio es no hacer caso del futuro y beber y gozar de la vida mientras tuviera ocasión de disfrutar de este mundo.

—Sé que padre diría eso.

—Y nos daría una buena paliza para empezar.

Se rieron juntos, y luego el silencio que tan a menudo había interrumpido su conversación volvió a hacer acto de presencia, creando un vacío compuesto de preocupación, intimidad y, al mismo tiempo, de las muchas diferencias que había creado el destino entre dos personas que en otro tiempo vivían vidas que no eran más que variaciones de una misma melodía.

Deberíais dormir —les dijo Saphira—. *Es tarde, y mañana tenemos que levantarnos pronto.*

Eragon miró la negra bóveda celeste, calculando la hora por la rotación de las estrellas. La noche había avanzado más de lo que creía.

—Sabio consejo —admitió—. Ojalá tuviéramos unos días más para descansar antes de atacar Helgrind. La batalla de los Llanos Ardientes nos dejó agotados, a mí y a Saphira, y aún no estamos recuperados del todo, después de volar hasta aquí, y con la energía que transferí al cinturón de Beloth *el Sabio*, las dos últimas noches. Aún me duelen piernas y brazos, y tengo más moratones de los que puedo contar. Mira… —Se soltó los nudos del puño de la manga izquierda, se arremangó la suave tela de lámarae, fabricada por los elfos tejiendo lana y hebras de ortiga, y dejó al descubierto una mancha amarillenta justo en el lugar en que le había golpeado el escudo contra el antebrazo.

—¡Ja! —dijo Roran—. ¿A esa marca minúscula la llamas moratón? Yo me he hecho más daño con el golpe que me he dado en el dedo del pie esta mañana. Mira, te enseñaré un moratón del que puede estar orgulloso un hombre. —Se desató la bota izquierda, se la quitó y se levantó los pantalones, dejando a la vista una franja negra de la anchura del pulgar de Eragon, que le cruzaba los cuádriceps—. Me di con el mango de una lanza al echárseme encima un soldado.

—Impresionante, pero tengo algo aún mejor —contestó Eragon. Se quitó la túnica, se sacó los faldones de la camisa de dentro de los pantalones y se giró hacia un lado para que Roran pudiera ver la gran mancha sobre las costillas y el mismo tono sobre el vientre—. Flechas —explicó. Luego se descubrió el antebrazo derecho, y mostró un moratón a juego con el del otro brazo, que había recibido al repeler el ataque de una espada con la guarda del brazo.

Roran, a su vez, descubrió una serie irregular de manchas azules verdosas, cada una del tamaño de una moneda de oro, que se extendían desde la axila izquierda hasta la base de la columna y que se había hecho al caer por entre unas rocas, clavándose la armadura.

Eragon inspeccionó las lesiones, chasqueó la lengua y dijo:

—¡Bah, eso son pinchacitos! ¿Te perdiste y te metiste entre las zarzas? Yo tengo una que deja eso en nada. —Se quitó ambas botas, se puso de pie y se bajó los pantalones, quedándose sólo con la camisa y los calzoncillos de lana—. Supera esto si puedes —dijo, y señaló el interior de sus muslos. Una variopinta combinación de colores le salpicaba la piel, como si Eragon fuera una fruta exótica que maduraba a manchas irregulares, del verde manzana al morado de la fruta podrida.

—¡Vaya! —dijo Roran— ¿Cómo te lo hiciste?

—Salté desde el lomo de Saphira mientras luchábamos contra Murtagh y Espina por el aire. Así es como herí a Espina. Saphira consiguió colarse por debajo y agarrarme antes de que diera contra el suelo, pero aterricé sobre su espalda algo más violentamente de lo que me habría gustado.

Roran hizo un gesto de dolor, estremeciéndose al mismo tiempo.

—¿Sigue hasta…? —preguntó, resiguiendo la marca con el dedo y haciendo un gesto hacia arriba.

—Desgraciadamente.

—Tengo que admitir que es una marca considerable. Deberías estar orgulloso; es un logro considerable lesionarse como lo hiciste tú y en ese lugar… «particular».

—Me alegro de que lo valores.

—Bueno —dijo Roran—, quizá tú tengas el moratón más grande, pero los Ra'zac me dejaron una herida que no puedes igualar, ya que tengo entendido que los dragones te eliminaron la cicatriz de la espalda —dijo, al tiempo que se quitaba la camisa y se alejaba en dirección a la temblorosa luz de las brasas.

En un primer momento, Eragon puso unos ojos como platos; luego supo disimular y ocultó su asombro tras una expresión más neutra. Se reprochó interiormente por su reacción, pensando: «No puede ser tan grave», pero cuanto más estudiaba la cicatriz, más aumentaba su preocupación.

Una larga cicatriz arrugada, roja y brillante, cubría el hombro derecho de Roran, desde la clavícula hasta alcanzar casi el codo. Era evidente que los Ra'zac le habían cortado parte del músculo y que las dos partes no se habían vuelto a unir con la cicatrización, ya que la marca formaba un desagradable bulto que deformaba la piel en el punto en que las fibras musculares se habían replegado sobre sí mismas. Más arriba, la piel estaba hundida, y formaba una suerte de depresión de un centímetro de profundidad.

41

—¡Roran! Deberías de haberme enseñado esto hace días. No tenía ni idea de que los Ra'zac te hubieran provocado una herida tan grave... ¿Tienes algún problema para mover el brazo?

—Hacia los lados o hacia atrás no —dijo, haciendo una demostración—. Pero hacia delante sólo puedo levantar la mano hasta... el pecho. —Con una mueca, bajó el brazo—. E incluso eso me cuesta; tengo que mantener el pulgar en horizontal, de lo contrario pierdo la fuerza en el brazo. Lo que mejor me funciona es lanzar el brazo desde atrás y dejarlo caer en lo que quiero agarrar. Me pelé los nudillos varias veces practicando hasta que le cogí el tranquillo.

Eragon apretaba el bastón entre las manos.

¿Debería? —le preguntó a Saphira.

Creo que debes.

Puede que mañana lo lamentemos.

Tendrás mayor motivo para lamentaciones si Roran muere por no poder atacar con el martillo cuando lo exija la ocasión. Si utilizas los recursos de la naturaleza, puedes evitar fatigarte más todavía.

Ya sabes que odio hacer eso. Sólo hablar de ello me pone enfermo.

Nuestras vidas son más importantes que la de una hormiga —contraatacó Saphira.

La hormiga no pensaría lo mismo.

Pero tú no eres una hormiga, ¿no? No seas simplista, Eragon. No es lo tuyo.

Con un suspiro, Eragon dejó el bastón y se dirigió a Roran:

—Ven, te curaré.

—¿Puedes hacerlo?

—Claro que sí.

El rostro de Roran se iluminó de pronto ante la perspectiva, pero luego dudó y puso cara de preocupación.

—¿Ahora? ¿Crees que es conveniente?

—Tal como ha dicho Saphira, mejor curarte mientras pueda, no sea que tu lesión te cueste la vida o nos ponga en peligro a los demás.

Roran se acercó, y Eragon colocó la mano derecha sobre la roja cicatriz, extendiendo al mismo tiempo su conciencia para llegar a los árboles, plantas y animales que habitaban en el desfiladero, salvo los que temía que fueran demasiado débiles para sobrevivir a su hechizo.

Entonces empezó a recitar en el idioma antiguo. El hechizo que pronunció era largo y complejo. La reparación de una herida así suponía mucho más que la creación de piel nueva y, como poco, resultaba complicado. Eragon recurrió a las fórmulas curativas que había estudiado en Ellesméra; había dedicado semanas a memorizarlas. La marca plateada en la palma de la mano de Eragon, la gedwëy ignasia, emitió un brillo blanco incandescente al liberar la magia. Un segundo más tarde, emitió un gruñido involuntario y se sintió morir tres veces, una por cada uno de los dos pajarillos posados en un enebro cercano y otra por una serpiente oculta entre las rocas. Frente a él, Roran echó la cabeza atrás y abrió la boca en un aullido contenido al sentir el músculo del hombro desplazarse y retorcerse por debajo de la superficie de la piel.

Entonces todo acabó.

Eragon cogió aire fatigosamente y apoyó la cabeza entre las manos, aprovechando al mismo tiempo para secarse las lágrimas sin que lo vieran, antes de dedicarse a examinar el resultado de su obra. Roran encogía los hombros repetidamente y luego estiraba los brazos y los agitaba en rotaciones. Tenía el hombro grande y redondeado a causa de los años que se había pasado cavando huecos para los postes de las vallas, cargando rocas y paleando heno. A pesar suyo, Eragon sintió una pizca de envidia. Podría ganar fuerza, pero nunca había tenido los músculos de su primo.

—¡Está como nunca! ¡Mejor, incluso! ¡Gracias! —exclamó.

—De nada.

—Ha sido de lo más raro. En realidad he sentido como si fuera a salirme de la piel. Y me picaba terriblemente; tenía unas ganas locas de rascarme…

—Dame un poco de pan de las alforjas, ¿quieres? Tengo hambre.

—Acabamos de cenar.

—Necesito tomar un bocado después de usar tanta magia —explicó Eragon. Se sorbió las lágrimas y luego sacó el pañuelo para sonarse. Volvió a sorber.

Lo que había dicho no era del todo cierto. Lo que le turbaba era el precio que se había cobrado su hechizo sobre la vida silvestre, y se temía que le dieran ganas de vomitar a menos que tomara algo para asentar el estómago.

—No estarás enfermo, ¿verdad? —preguntó Roran.

—No —respondió su primo. Con las muertes que había provocado aún en la memoria, cogió la jarra de aguamiel que tenía al lado, esperando que le sirviera para eludir la marea de pensamientos malsanos.

Algo muy grande, pesado y afilado le dio en la mano, que fue a golpear contra el suelo. Hizo un gesto de dolor y giró la cabeza; vio

43

una de las garras de marfil de Saphira que se le clavaban en la carne. El gran ojo de la dragona parpadeó y aquel enorme iris brillante le miró fijamente. Tras un largo momento, Saphira levantó la garra, del mismo modo que una persona levantaría un dedo, y Eragon retiró la mano. Tragó saliva y agarró de nuevo el bastón de espino, haciendo un esfuerzo por olvidarse del aguamiel y concentrándose en lo más inmediato y tangible, en vez de sumirse en una introspección nada beneficiosa.

Roran sacó un trozo irregular de pan de sus bolsas, se quedó inmóvil y, esbozando una sonrisa, dijo:

—¿No preferirías un poco de venado? Yo no me he acabado el mío.

Le mostró la brocheta improvisada de madera de enebro chamuscada, que atravesaba tres trozos de carne tostada. Eragon, con su sensible olfato, sintió aquel olor como algo intenso y penetrante; le recordó las noches que había pasado en las Vertebradas y las largas cenas de invierno en las que él, Roran y Garrow se reunían alrededor de la estufa y disfrutaban de la compañía mutua mientras oían el rugido de la ventisca en el exterior. Se le hizo la boca agua.

—Aún está templado —dijo Roran, que agitaba la carne frente a Eragon.

Haciendo un esfuerzo por resistirse, Eragon negó con la cabeza:

—Dame sólo el pan.

—¿Estás seguro? Está en su punto: ni demasiado dura ni demasiado tierna, y cocinada con la cantidad perfecta de especias. Está tan jugosa que, cuando le des un mordisco, te parecerá un bocado del mejor guiso de Elain.

—No, no puedo.

—Sabes que te gustaría.

—¡Roran, deja de jugar y pásame ese pan!

—Ah, mira, ya tienes mejor aspecto. A lo mejor lo que necesitas no es pan, sino que alguien te toque las narices, ¿eh?

Eragon le miró con cara de pocos amigos y luego, a la velocidad del rayo, le arrancó el pan de las manos.

Aquello pareció divertir a Roran aún más. Mientras Eragon arrancaba un pedazo del pan, le dijo:

—No sé cómo puedes sobrevivir sólo con fruta, pan y verduras. Un hombre tiene que comer carne si quiere mantener la fuerza. ¿No la echas de menos?

—Más de lo que te imaginas.

—Entonces, ¿por qué insistes en torturarte de este modo? Todas las criaturas de este mundo tienen que comer otros seres vivos, aunque sólo sean plantas, para sobrevivir. Así es como somos. ¿Por qué te empeñas en desafiar el orden natural de las cosas?

Yo le dije prácticamente lo mismo en Ellesméra —observó Saphira—, *pero no me escuchó.*

Eragon se encogió de hombros.

—Ya hemos hablado de ello. Tú haz lo que quieras. Yo no te diré a ti ni a nadie cómo tenéis que vivir. No obstante, por conciencia, no puedo comerme a un animal cuyos pensamientos y sentimientos he compartido.

Saphira movió la punta de la cola y sus escamas chocaron contra una roca redondeada que sobresalía del suelo.

Es un caso perdido.

Levantó y estiró el cuello y cogió el venado de un mordisco, con brocheta y todo, de la otra mano de Roran. La madera crujió entre los afilados dientes de la dragona al morder, y luego la carne se desvaneció en las oscuras profundidades de su estómago.

Mmm. No exagerabas —le dijo a Roran—. *Qué bocado más delicado y suculento; tan tierno, tan sabroso, tan delicioso... Me dan ganas de contonearme del gusto. Deberías cocinar para mí más a menudo, Roran Martillazos. Sólo que la próxima vez deberías preparar varios ciervos a la vez. Si no, para mí no será una comida.*

Roran dudó, como si no fuera capaz de decidir si la petición de Saphira iba en serio y, de ser así, cómo podía librarse de una tarea tan inesperada como onerosa. Le echó una mirada de socorro a Eragon, que se echó a reír, tanto por la expresión de Roran como por su apuro.

El breve estruendo de la sonora risa de Saphira se unió a la de Eragon y reverberó por todo el despeñadero. Sus dientes brillaron a la luz rojiza de las brasas.

Una hora después de que los tres se echaran a dormir, Eragon estaba tumbado boca arriba junto a Saphira, envuelto en varias capas de mantas para protegerse del frío de la noche. Todo estaba tranquilo. Era como si un mago hubiera lanzado un hechizo sobre la Tierra y todo el mundo se hubiera sumido en un sueño eterno y se hubiera quedado inmóvil e inmutable para siempre bajo la mirada escrutadora de las titilantes estrellas.

Sin moverse, Eragon susurró en pensamientos:

¿Saphira?

¿Sí, pequeño?

¿Y si yo tengo razón y él está en Helgrind? No sé qué tendría que hacer... Dime qué debería hacer.

45

No puedo, pequeño. Ésa es una decisión que tienes que tomar tú. Los caminos de los hombres no son los caminos de los dragones. Yo le arrancaría la cabeza y me daría un festín con su cuerpo, pero supongo que eso a ti te parecería mal.

¿Te tendré a mi lado, decida lo que decida?

Siempre, pequeño. Ahora descansa. Todo se arreglará.

Reconfortado, Eragon dejó vagar la mirada por el vacío entre las estrellas y respiró más lento, sumiéndose en el trance que había ocupado el lugar del sueño en su vida. Mantenía la conciencia del entorno, pero, como ya era habitual, los personajes de sus sueños pasaban ante sus ojos en confusas y enigmáticas transformaciones en aquel escenario que tenía a las blancas estrellas como telón de fondo.

El ataque a Helgrind

Sólo habían pasado quince minutos desde el amanecer cuando Eragon se puso en pie. Chasqueó los dedos dos veces para despertar a Roran y luego recogió sus mantas y las ató en un fardo apretado. Roran, a su vez, se puso en pie e hizo lo propio con sus mantas.

Se miraron el uno al otro, estremeciéndose de emoción.

—Si yo muero —dijo Roran—, ¿te ocuparás de Katrina?

—Desde luego.

—Dile que fui a la batalla con el corazón alegre y con su nombre en mis labios.

—Lo haré.

Eragon murmuró una frase corta en idioma antiguo. La pérdida de fuerza que sufrió por ello fue casi imperceptible.

—Eso filtrará el aire frente a nosotros y nos protegerá de los efectos paralizantes del aliento de los Ra'zac.

De entre sus bultos, Eragon sacó su cota de malla y desenrolló la tela de esparto en la que estaba envuelta. La prenda, antes reluciente, aún conservaba manchas de sangre de la batalla de los Llanos Ardientes, y la combinación de sangre seca, sudor y falta de limpieza había provocado que el óxido hiciera su aparición por entre los eslabones. No obstante, la cota estaba perfectamente íntegra, ya que Eragon la había reparado antes de salir en busca de las tropas del Imperio.

Eragon se puso la camisa con cuero por detrás, haciendo una mueca al sentir el hedor a muerte y desesperación que tenía prendido, y luego se puso unos puños de metal y grebas en las espinillas. En la cabeza se colocó un pasamontañas, una toca de malla y un casco de acero liso. Había perdido el suyo —el que llevaba en Farthen Dûr—, en el que los enanos le habían grabado el emblema del Dûrgrimst Ingeitum, junto al escudo, durante el duelo aéreo entre Saphira y Espina. En las manos llevaba guantes de malla. Roran se vistió de un modo parecido, aunque además se armó con un escudo de madera.

Una banda de hierro pulido cubría todo el borde del escudo, para soportar mejor los envites de la espada del enemigo. Eragon no llevaba ningún escudo en el brazo izquierdo: necesitaba ambas manos para manipular el bastón de espino correctamente.

A la espalda, Eragon se colgó el carcaj que le había dado la reina Islanzadí. Además de veinte gruesas flechas de roble decoradas con plumas de ganso gris, el carcaj contenía el arco de madera de tejo con remaches de plata que la reina le había entregado, tenso y listo para su uso.

Saphira pateó el terreno con suavidad.

¡Vámonos!

Eragon y Roran dejaron sus bolsas y provisiones colgadas de la rama de un enebro y subieron a lomos de Saphira. No perdieron tiempo ensillándola; había dormido con los arreos puestos. Eragon sintió el cuero curtido templado, casi caliente, bajo sus piernas. Se agarró al cuerno de la silla para no perder el equilibrio con los repentinos cambios de dirección, y Roran le pasó uno de sus gruesos brazos alrededor de la cintura, mientras con el otro agarraba el martillo.

Un trozo de pizarra crujió bajo el peso de Saphira al encogerse y, con un único y rápido salto, se encaramó al borde del despeñadero, donde recuperó un momento el equilibrio y luego desplegó sus enormes alas. Las finas membranas retumbaron al aletear contra el aire. Las estiró hacia arriba y adoptaron el aspecto de dos velas de un azul traslúcido.

—No aprietes tanto —refunfuñó Eragon.

—Lo siento —dijo Roran, que redujo la presión de su abrazo.

Ya no pudieron seguir hablando, puesto que Saphira volvió a saltar. Cuando alcanzó la cima, bajó las alas con un *whuuush* y los tres se elevaron aún más. A cada batir de alas se acercaban más a las nubes finas y lisas.

Al virar hacia Helgrind, Eragon echó un vistazo hacia su izquierda y descubrió un amplio brazo del lago Leona a unos kilómetros de distancia. Una gruesa y lúgubre capa de bruma, grisácea a la luz del amanecer, se levantaba sobre el agua, como si un fuego misterioso ardiera en la superficie del líquido. Eragon lo intentó, pero ni siquiera con su visión de halcón consiguió llegar a la orilla más alejada, ni a las estribaciones al sur de las Vertebradas, del otro lado del agua, y lo lamentó. Hacía mucho tiempo que no veía las montañas de su infancia.

Al norte se levantaba Dras-Leona, una enorme y caótica masa maciza recortada contra el muro de niebla que bordeaba su flanco occidental. El único edificio que pudo identificar fue la catedral donde le habían atacado los Ra'zac; su chapitel, con un reborde característico, se alzaba por encima del resto de la ciudad, como una afilada lanza.

Y Eragon sabía que, en algún lugar del paisaje que pasaba a toda velocidad por debajo, se encontraban los restos del campamento donde los Ra'zac habían herido mortalmente a Brom. Dejó salir toda su rabia y su dolor por los episodios de aquel día —así como por el asesinato de Garrow y la destrucción de su granja— para reunir el valor, o más bien el deseo de enfrentarse en combate a los Ra'zac.

Eragon —dijo Saphira—. *Hoy no tendremos que cerrar la mente y mantener nuestros pensamientos ocultos el uno al otro, ¿verdad?*

No, a menos que aparezca otro mago.

Un abanico de luz dorada hizo su aparición cuando el sol rebasó el horizonte. En un instante, todo el espectro de colores llenó de vida a un mundo antes mortecino: la bruma adquirió un brillo blanco, el agua se volvió de un azul intenso, la muralla de adobe que rodeaba el centro de Dras mostró sus deslucidas superficies amarillentas, los árboles se cubrieron de diversos tonos de verde y la tierra se tiñó de rojo y de naranja. Helgrind, no obstante, conservó su color de siempre: el negro.

La montaña de piedra fue ganando tamaño a gran velocidad según se acercaban. Incluso desde el aire, resultaba imponente.

Al bajar en picado hacia la base de Helgrind, Saphira viró tanto a la izquierda que Eragon y Roran se habrían caído si no se hubieran atado previamente las piernas a la silla. Luego pasó rozando el pedregal y el altar donde celebraban sus ceremonias los sacerdotes de Helgrind. El viento, al pasar, se coló por la ranura del casco de Eragon y produjo un aullido que casi los dejó sordos.

—¿Y bien? —gritó Roran. No veía nada por delante.

—¡Los esclavos ya no están!

Eragon sintió como si un gran peso lo anclara a la silla; Saphira alzó el vuelo y rodeó Helgrind en una espiral, buscando una entrada a la guarida de los Ra'zac.

No hay ni un hueco para una rata —declaró.

Redujo la velocidad y se quedó flotando ante una escarpadura que conectaba el tercer pico más bajo de los cuatro con el promontorio superior. El saliente recortado magnificaba el sonido producido por su aleteo hasta que alcanzó el volumen de un trueno. Eragon sintió que los ojos le lloraban con aquel chorro de aire contra la piel.

Una telaraña de vetas decoraba la parte posterior de peñascos y columnas, donde la escarcha se había concentrado en grietas que recorrían la roca. No había nada más que alterara la impenetrable oscuridad de las murallas de Helgrind, azotadas por el viento. Entre las piedras inclinadas no crecían árboles, ni matojos, ni hierba, ni líquenes; ni siquiera las águilas osaban anidar sobre los salientes recortados de la torre. Helgrind hacía honor a su fama: era un lugar de muerte enclavado entre los afilados pliegues recortados de las escarpaduras y las hendiduras que lo rodeaban como los huesos de un espectro que quisiera sembrar el terror sobre la Tierra.

Escrutando el panorama con la mente, Eragon confirmó la presencia de las dos personas cautivas en Helgrind que había detectado el día anterior, pero no encontró rastro de los esclavos y, peor aún, seguía sin poder localizar a los Ra'zac ni a los Lethrblaka. «Si no están aquí, ¿dónde están?», se preguntó. Volvió a buscar y observó algo que se le había pasado por alto: una única flor, una genciana, que despuntaba a menos de quince metros ante ellos, donde, por lógica, debía haber roca maciza. «¿De dónde sacará la luz para vivir?»

Saphira le dio la respuesta posándose en un saliente medio desmoronado, unos metros a la derecha. Al hacerlo, perdió el equilibrio un momento y agitó las alas para recuperarlo. En vez de rozar la masa rocosa de Helgrind, la punta de su ala derecha se hundió en la roca y volvió a salir.

Saphira, ¿has visto eso?

Lo he visto.

Inclinándose hacia delante, Saphira acercó la punta del hocico hacia la pared de roca, se detuvo a unos centímetros —como si esperara que saltara una trampa— y luego siguió avanzando. Escama a escama, fue metiendo la cabeza en el interior de Helgrind, hasta que Eragon sólo pudo verle el cuello, el torso y las alas.

¡Es una ilusión óptica! —exclamó Saphira.

Con un empujón de sus poderosas ancas, saltó del saliente, e introdujo el resto de su cuerpo tras la cabeza. Eragon tuvo que recurrir a todo el autocontrol del que pudo hacer acopio para no cubrirse la cabeza en un gesto desesperado de protección al ver cómo el risco se le acercaba.

Un instante después se encontró frente a una amplia gruta abovedada, iluminada por la cálida luz de la mañana. Las escamas de Saphira refractaban la luz, emitiendo miles de brillos azules sobre la roca. Al girarse, Eragon vio que tras ellos no había pared alguna; sólo la entrada de la cueva y una vista panorámica del paisaje. Hizo una mueca. Nunca se le había ocurrido que Galbatorix hubiera podido

ocultar la guarida de los Ra'zac con magia. «¡Idiota! Tengo que estar
más despierto», pensó. Infravalorar los recursos del rey era un modo
seguro de conseguir que los matara a todos.

Roran soltó un exabrupto y dijo:

—¡Avísame antes de hacer algo parecido otra vez!

Tras echarse hacia delante, Eragon empezó a desatarse las piernas
de la silla al tiempo que miraba a su alrededor, atento a cualquier peligro.

La abertura de la cueva era un óvalo irregular, de unos quince
metros de altura y de veinte metros de ancho. Daba a una cámara del
doble de su tamaño, que acababa mucho más allá en una irregular pared de gruesas losas de piedra apoyadas unas contra otras en diferentes ángulos. El suelo presentaba numerosas marcas, prueba de las
muchas veces que habían despegado, aterrizado y trotado por encima
los Lethrblaka. Cinco túneles bajos, como misteriosas cerraduras, se
abrían a los lados de la cueva, al igual que un pasaje ojival lo suficientemente grande como para que cupiera Saphira. Eragon examinó
los túneles atentamente, pero estaban oscuros como una boca de lobo
y parecían vacíos, hecho que confirmó con rápidas incursiones con la
mente. Unos extraños murmullos inarticulados llegaban retumbando
bando de las entrañas de Helgrind, lo que sugería la presencia de «cosas» desconocidas que correteaban por la oscuridad, y de un goteo incesante de agua. A este coro de susurros se le sumaba la respiración
constante de Saphira, que resonaba especialmente dentro de aquella
cámara vacía.

El rasgo más distintivo de la caverna, no obstante, era la mezcla de
olores que la impregnaban. Dominaba el olor de la piedra fría, pero
por debajo Eragon distinguió efluvios de humedad y moho, y algo
mucho peor: el empalagoso y enfermizo hedor de la carne en descomposición. Eragon se soltó las últimas correas, pasó la pierna derecha sobre el lomo de Saphira, con lo que quedó sentado de lado, y se preparó
a saltar al suelo. Roran hizo lo mismo pero hacia el lado contrario.

Antes de soltarse, entre los numerosos sonidos que le llegaban al
oído, Eragon oyó una serie de sonidos metálicos simultáneos, como si
alguien hubiera golpeado la roca con una batería de martillos. El sonido se repitió medio segundo más tarde.

Miró en dirección al ruido, al igual que Saphira.

Una enorme forma se asomó, retorciéndose por el pasaje ojival.
Informe, con los ojos negros y un pico de más de dos metros de largo.
Alas de murciélago. El torso desnudo, sin pelo, musculoso. Garras
como lanzas de hierro. Saphira dio una sacudida intentando evitar al

51

Lethrblaka, pero no le valió de nada. La criatura se lanzó contra su costado derecho con una fuerza y una furia que a Eragon le pareció propia de un alud.

No se enteró exactamente de lo que pasó después, pues el impacto lo lanzó, lo que hizo que diera tumbos. Su vuelo a ciegas acabó tan bruscamente como había empezado, cuando algo duro y liso le golpeó en la espalda: cayó al suelo y se golpeó la cabeza por segunda vez. Esta última colisión le dejó sin aire en los pulmones. Aturdido, quedó hecho un ovillo, jadeando y esforzándose por recuperar el mínimo control sobre sus miembros.

¡Eragon! —gritó Saphira.

La preocupación en la voz de la dragona fue el mejor revulsivo. Sus brazos y sus piernas volvieron a la vida, se estiró y agarró su bastón del suelo, a su lado. Clavó el extremo inferior en una grieta cercana y, balanceándose, se apoyó en la vara de espino para ponerse en pie. Veía un enjambre de chispas escarlata bailando ante sus ojos.

La situación era tan confusa que apenas sabía adónde mirar en primer lugar.

Saphira y el Lethrblaka rodaban por la cueva, pateándose, clavándose las garras y mordiéndose con tanta fuerza que hacían saltar esquirlas de la roca bajo sus pies. El fragor de la lucha debía de ser inimaginablemente estruendoso, pero para Eragon era una batalla silenciosa; los oídos no le respondían. Aun así, sentía las vibraciones a través de las plantas de los pies, mientras las bestias colosales daban bandazos de un lado al otro, amenazando con aplastar a cualquiera que se acercara.

De entre las mandíbulas de Saphira salió un torrente de fuego azul que cubrió el lado derecho de la cabeza del Lethrblaka. Las voraces llamaradas, que habrían podido fundir el acero, pasaron alrededor de su enemigo sin hacerle daño. Impertérrito, el monstruo le picoteó el cuello a la dragona, lo que la obligó a parar y defenderse.

Rápido como una flecha disparada por un arco, el segundo Lethrblaka salió velozmente del pasaje ojival, se lanzó sobre el flanco de Saphira y, abriendo su estrecho pico, emitió un horrible e hiriente chillido que le puso el pelo de punta y un nudo en la garganta a Eragon. Soltó un gruñido malhumorado; aquello lo había oído.

Ahora que estaban presentes los dos Lethrblaka, el olor recordaba al insoportable hedor que se obtendría lanzando tres kilos de carne rancia a un colector de aguas residuales en verano y dejándola fermentar una semana.

Eragon apretó los labios, cerró la garganta y buscó otro punto donde fijar la atención para evitar las arcadas.

A unos pasos de allí, Roran yacía encogido junto a la pared de la cueva donde había aterrizado. En el mismo momento que Eragon le miraba, su primo levantó un brazo y, no sin esfuerzo, se puso a cuatro patas y finalmente de pie. Tenía los ojos vidriosos, y trastabillaba como si estuviera borracho.

De un túnel próximo, por detrás de Roran, emergieron los dos Ra'zac. En sus deformadas manos blandían largas hojas de color claro y antiguo diseño. A diferencia de sus progenitores, los Ra'zac tenían aproximadamente el mismo tamaño y la misma forma que los humanos. Un exoesqueleto del color del ébano los cubría de arriba abajo, aunque poco se veía de él, ya que incluso en Helgrind los Ra'zac vestían túnicas y capas oscuras.

Avanzaron con una agilidad sorprendente, con movimientos rápidos y entrecortados, como los de un insecto.

Sin embargo, Eragon no los detectaba, ni a ellos ni a los Lethrblaka. «¿También serán una ilusión?», se preguntó. Pero no, aquello era una tontería: la carne que rasgaba Saphira con sus espolones era absolutamente real. Se le ocurrió otra explicación: a lo mejor era imposible detectar su presencia. Quizá los Ra'zac podían ocultarse de la mente de los humanos, sus presas, del mismo modo que las arañas se escondían de las moscas. Si era así, aquello explicaba por fin por qué los Ra'zac habían tenido tanto éxito dando caza a magos y Jinetes por cuenta de Galbatorix, pese a que no supieran usar la magia.

—¡Cuernos!

Eragon podía haber recurrido a una mayor profusión de improperios, pero era momento de actuar, no de maldecir su mala suerte. Brom afirmaba que los Ra'zac no eran rivales para él a la luz del día, y aunque quizás aquello fuera cierto, dado que Brom había tenido décadas para inventar hechizos que usar contra ellos, Eragon sabía que, sin el factor sorpresa a su favor, él, Saphira y Roran tendrían difícil salir de allí con vida, por no hablar de rescatar a Katrina.

Tras levantar la mano derecha por encima de la cabeza, Eragon gritó:

—¡Brisingr!

Y lanzó una crepitante bola de fuego hacia los Ra'zac. La esquivaron, y la bola de fuego fue a dar contra el suelo de roca, ardió un momento y luego se desvaneció. El hechizo era tonto y algo infantil, y no era de suponer que provocara ningún daño si Galbatorix había protegido a los Ra'zac como a los Lethrblaka. Aun así, a Eragon le satisfizo enormemente el resultado. También distrajo a los Ra'zac lo suficiente como para que Eragon pudiera correr junto a Roran y apretar la espalda contra la de su primo.

53

—Contenlos un minuto —gritó, con la esperanza de que Roran le oyera. Fuera así o no, le entendió, puesto que se cubrió con el escudo y levantó el martillo, presto para el combate.

La cantidad de fuerza desplegada en cada uno de los terribles golpes de los Lethrblaka ya había ido consumiendo la protección física que Eragon había dispuesto alrededor de Saphira. Al ceder ésta, los Lethrblaka habían conseguido infligirle varios arañazos —largos pero poco hondos— en los muslos y tres picotazos que le habían provocado heridas cortas pero profundas, muy dolorosas.

A su vez, Saphira le había dejado las costillas al descubierto a un Lethrblaka y le había arrancado de un mordisco el último metro de la cola al otro. Para asombro de Eragon, la sangre de los Lethrblaka era de un azul verdoso metálico, no muy diferente del óxido que se forma en el cobre viejo.

En aquel momento, los Lethrblaka habían interrumpido su ataque y estaban rodeando a Saphira, embistiéndole de vez en cuando para mantenerla a distancia mientras esperaban que se cansara o hasta poder matarla con un picotazo.

Saphira estaba mejor preparada para el combate a campo abierto que los Lethrblaka gracias a sus escamas —que eran más duras y resistentes que la piel gris de aquellos seres— y a sus dientes —que en distancias cortas eran mucho más letales que los picos de los Lethrblaka—, pero, a pesar de todo, le costaba mantener a distancia a ambas criaturas a la vez, sobre todo porque el techo le impedía saltar y volar por encima de sus contrincantes. Eragon temía que, aunque ella consiguiera imponerse, los Lethrblaka consiguieran lisiarla antes de morir. Respiró hondo y formuló un único hechizo que contenía las doce técnicas mortales que le había enseñado Oromis. Tomó la precaución de pronunciarlo en una serie de fórmulas, de modo que si la barrera defensiva de Galbatorix lo repelía, pudiera detener el flujo mágico. Si no, cabía la posibilidad de que el hechizo le consumiera toda la fuerza y lo matara.

Hizo bien en tomar aquella precaución. Al emitir el hechizo, Eragon enseguida se dio cuenta de que la magia no surtía ningún efecto sobre los Lethrblaka, y abandonó el ataque. No es que esperase triunfar con las tradicionales fórmulas de ataque, pero tenía que intentarlo, por si se daba el caso —improbable— de que Galbatorix hubiera cometido algún descuido o torpeza al proveer de barreras a los Lethrblaka y a su prole.

Tras él, Roran gritó: «¡Yah!». Un instante más tarde, una espada golpeó contra su escudo, seguida del sonido metálico de una malla rota y del tañido de un segundo golpe de espada contra el casco de Roran. Eragon se dio cuenta de que estaba recuperando el oído.

Los Ra'zac volvieron a golpear, pero en cada ocasión sus armas pasaban rozando la armadura de Roran o se quedaban a pocos centímetros de la cara o las extremidades del chico, por muy rápido que agitaran la espada. Frustrados, emitieron una especie de siseo y un chorro continuo de invectivas, que sonaban aún peor en boca de aquellas criaturas de duras mandíbulas que entrechocaban y deformaban el lenguaje.

Eragon sonrió. La barrera mágica que había dispuesto alrededor de Roran había surtido efecto. Esperaba que la invisible red de energía aguantara hasta que él hubiera encontrado un modo de detener a los Lethrblaka.

Eragon sintió un estremecimiento general y vio que todo se teñía de gris cuando los dos Lethrblaka empezaron a chillar a la vez. Por un momento, su determinación le abandonó, dejándolo sin capacidad de movimiento, pero al momento se recuperó y se sacudió como lo habría hecho un perro, repeliendo aquella influencia maligna. El sonido le recordaba más que nada al de un par de niños llorando de dolor. Eragon empezó a recitar todo lo rápido que pudo, atento a no cometer errores en el idioma antiguo. Cada frase que pronunciaba, y eran muchísimas, tenía el potencial de provocar la muerte instantánea, y cada tipo de muerte era diferente. Mientras recitaba su improvisado soliloquio, Saphira recibió otro corte en el flanco izquierdo. A su vez, rompió el ala de su atacante, rasgando la fina membrana voladora en tiras con sus garras. Eragon recibió una serie de duros impactos procedentes de la espalda de Roran, que sufría los ataques y embestidas frenéticos de los Ra'zac. El mayor de los dos Ra'zac empezó a rodearlo para poder atacar a Eragon directamente.

Y entonces, en el fragor de los choques de acero contra acero, y de acero contra madera, y de garras contra piedra, se oyó el corte de una espada a través de una malla, seguido de un crujido húmedo. Roran gritó, y Eragon sintió la sangre que le corría por la pantorrilla derecha.

Por el rabillo del ojo, Eragon vio una figura contrahecha que le saltaba encima, lanzando la hoja de su espada con la intención de ensartarlo. El mundo se redujo a aquel estrecho y fino punto; la punta del arma brillaba como una esquirla de cristal, y cada arañazo en el metal parecía un reguero de mercurio brillando a la luz del alba.

Sólo tenía tiempo para un hechizo más, o tendría que dedicarse a detener la embestida del Ra'zac, que buscaba clavarle la espada entre

55

el hígado y los riñones. Desesperado, dejó de lanzar ataques directos contra los Lethrblaka y gritó: «¡Garjzla, letta!».

Era un hechizo burdo, creado a toda prisa y de léxico pobre, pero funcionó. Los ojos hinchados del Lethrblaka del ala rota se convirtieron en un par de espejos semiesféricos que reflejaban la luz que de otro modo habría entrado por las pupilas del Lethrblaka. La criatura, cegada, trastabilló y aleteó torpemente en un vano intento de golpear a Saphira.

Eragon agitó el bastón de espino en sus manos y desvió la espada del Ra'zac cuando estaba ya a un par de centímetros de sus costillas. El Ra'zac aterrizó frente a él y estiró el cuello. Eragon retrocedió, viendo un corto y grueso pico que aparecía del interior de la capucha. El quitinoso apéndice se cerró con un chasquido a unos centímetros de su ojo derecho. Como si aquello no fuera con él, Eragon fijó su atención en la lengua de los Ra'zac, que era morada y peluda, y que se retorcía como una serpiente sin cabeza. Tras juntar las manos hacia el centro del bastón y extender los brazos, Eragon dio un golpe seco en el pecho al Ra'zac, que salió despedido varios metros hacia atrás. El monstruo cayó de cuatro patas. Eragon se giró hacia Roran, que tenía el flanco izquierdo manchado de sangre y que rechazaba los ataques de la espada del otro Ra'zac. Hizo un amago, golpeó contra la hoja de la espada del Ra'zac y, cuando éste arremetió hacia su garganta, cruzó el bastón frente al cuerpo y rechazó el envite. Sin perder un momento, Eragon se lanzó hacia delante y clavó el extremo del bastón de madera en el abdomen de su enemigo.

Si Eragon hubiera tenido en sus manos a *Zar'roc*, habría matado al Ra'zac en aquel mismo momento. Pero el resultado fue que algo crujió en el interior de aquella criatura y que ésta salió rodando por la cueva unos cuantos metros. Inmediatamente se puso de nuevo en pie, dejando un reguero de sangre azul sobre la roca.

«Necesito una espada», pensó Eragon.

Miró hacia los lados y vio que los dos Ra'zac se lanzaban sobre él; no tenía otra opción que mantener la posición y enfrentarse a su ataque combinado, porque era lo único que se interponía entre aquellos insaciables carroñeros y Roran. Empezó a formular el mismo hechizo que había surtido efecto contra los Lethrblaka, pero los Ra'zac lanzaron ataques por alto y por bajo con sus espadas antes de que pudiera pronunciar una sílaba.

Las espadas rebotaban en el bastón de espino con un ruido sordo. No dejaban siquiera marca en la madera encantada.

Izquierda, derecha, arriba, abajo. Eragon no pensaba: actuaba y reaccionaba en un intercambio frenético de golpes con los Ra'zac. El bastón era ideal para combatir con múltiples rivales, ya que podía golpear y bloquear con ambos extremos, y en muchos casos a la vez, lo que en aquel preciso momento le estaba resultando muy útil. Jadeaba, con la respiración acelerada. El sudor le caía por la frente, se le acumulaba en los extremos de los ojos y le bañaba la espalda y la parte interior de los brazos. El fulgor de la batalla le había reducido el campo de visión y la luz rojiza parecía palpitar con los latidos de su corazón.

Nunca se había sentido tan vivo, o tan asustado, como cuando luchaba.

Él también iba quedándose sin defensas; dado que había centrado su atención en incrementar las defensas de Saphira y Roran, sus propias defensas mágicas iban mermando, y el Ra'zac más pequeño consiguió herirle en la rodilla izquierda. Aquella herida no suponía una amenaza letal, pero aun así era grave, ya que le impediría aguantar todo el peso del cuerpo con la pierna izquierda.

Agarrando el bastón por la punta de la base, Eragon lo balanceó como una maza y golpeó a uno de los Ra'zac sobre la cabeza. Éste cayó al suelo, pero no podía estar seguro de si estaría muerto o inconsciente. Avanzó hacia el otro, aporreándolo en los brazos y los hombros y, con un giro repentino del cuerpo, le arrancó la espada de la mano.

Antes de que Eragon pudiera acabar con los Ra'zac, el Lethrblaka del ala rota, cegado, emprendió el vuelo por la cueva y fue a chocar contra la pared contraria, lo que provocó un desprendimiento de cascotes del techo. La imagen y el estruendo eran tan impresionantes que hicieron que Eragon, Roran y el Ra'zac se encogieran y se giraran por puro instinto. Saphira saltó sobre el Lethrblaka tullido, al que acababa de patear, y clavó los dientes en el dorso del duro cuello de aquella bestia. El Lethrblaka se revolvió en un último esfuerzo por liberarse, pero Saphira agitó la cabeza de lado a lado y le rompió el espinazo. Se apartó de su presa ensangrentada y llenó la cueva con un salvaje rugido de victoria.

El Lethrblaka que quedaba no lo dudó un instante. Embistió a Saphira y le clavó las garras bajo los bordes de las escamas, lo que provocó que se revolcara descontroladamente. Juntos, rodaron hasta el borde de la cueva, se tambalearon medio segundo y luego cayeron, perdiéndose de vista, sin dejar de pelear. Fue una táctica inteligente, puesto que sirvió para apartar al Lethrblaka del alcance de los sentidos de Eragon, y si no podía detectarlo, difícilmente podría lanzarle un hechizo.

57

¡Saphira! —gritó Eragon.

Ocúpate de lo tuyo. Éste no se me escapa.

Eragon se giró justo a tiempo para observar, con un respingo, cómo los Ra'zac desaparecían en las profundidades del túnel más próximo, el más grande apoyado en el pequeño. Tras cerrar los ojos, Eragon localizó las mentes de los prisioneros de Helgrind, murmuró algo en el idioma antiguo y luego le dijo a Roran:

—He sellado la celda de Katrina para que los Ra'zac no puedan usarla como rehén. Ahora sólo tú y yo podemos abrirla.

—Bien —dijo Roran entre dientes—. ¿Puedes hacer algo con esto? —añadió, señalando con la barbilla la herida que se cubría con la mano derecha. Por entre los dedos le manaba la sangre. Eragon examinó la herida. En cuanto la tocó, Roran se estremeció y dio un paso atrás.

—Has tenido suerte —dijo Eragon—. La espada ha dado contra una costilla. —Colocó una mano sobre la herida y la otra sobre los doce diamantes ocultos en el interior del cinturón de Beloth *el Sabio*, que llevaba en la cintura, y recurrió al poder que había almacenado en el interior de las gemas—. ¡Waíse heill! —gritó, y una onda mágica recorrió el costado de Roran, recomponiendo la piel y el músculo.

A continuación, Eragon se curó su herida, el profundo corte en la rodilla izquierda.

Cuando hubo acabado, se enderezó y miró en dirección al lugar por donde había desaparecido Saphira. Su conexión iba haciéndose más tenue a medida que la dragona se acercaba al lago Leona persiguiendo al Lethrblaka. Habría querido ayudarla, pero sabía que, de momento, tendría que arreglárselas sola.

—Date prisa —advirtió Roran—. ¡Se escapan!

—Tienes razón.

Tras levantar el bastón, Eragon se acercó al oscuro túnel y recorrió con la vista cada saliente de la roca, a la espera de que los Ra'zac aparecieran de un salto tras cualquiera de ellos. Avanzó despacio, para que sus pasos no resonaran por la sinuosa galería. Puso la mano sobre una roca para apoyarse y notó que estaba cubierta de un limo viscoso.

Tras unos cuantos metros, curvas y quiebros, la caverna principal quedó fuera del alcance de su vista y la oscuridad se hizo tan intensa que ni siquiera Eragon veía nada.

—A lo mejor tú sí, pero yo no puedo luchar a oscuras —susurró Roran.

—Si enciendo una luz, los Ra'zac no se nos acercarán, ahora que sé un hechizo que funciona con ellos. Se ocultarán hasta que nos vayamos. Tenemos que matarlos mientras podamos.

—¿Y qué se supone que puedo hacer yo? Es más probable que me dé contra un muro y me rompa la nariz antes de que encuentre a esas dos cucarachas... Podrían colocarse detrás de nosotros y apuñalarnos por la espalda.

—¡Shhh! Tú agárrate a mi cinturón, sígueme y estate preparado para agacharte.

Eragon no veía nada, pero aun así conservaba el oído, el olfato, el tacto y el gusto, y tenía estos sentidos lo suficientemente desarrollados como para hacerse una idea bastante exacta de lo que tenía alrededor. El mayor peligro era que los Ra'zac los atacaran a distancia, quizá con un arco, pero confiaba en que sus reflejos bastarían para que ambos se salvaran de cualquier proyectil.

Una corriente de aire acarició la piel de Eragon, se detuvo y luego se invirtió con el cambio de presión del exterior. El ciclo se repitió a intervalos irregulares, creando remolinos invisibles que le rozaban como chorros de agua.

Su respiración, y la de Roran, eran fuertes y entrecortadas, comparadas con el variado conjunto de sonidos que se propagaban por el túnel. Por encima del soplo de su respiración, Eragon distinguía el ruido de alguna piedra rodando por entre el laberinto de túneles y el continuo repiqueteo de las gotas de agua condensada que resonaban contra la superficie de un estanque subterráneo como un tambor. También oía el crujido de la grava que aplastaba con las botas al caminar. Muy por delante percibía un misterioso y sostenido lamento. De los olores que le llegaban, ninguno era nuevo: sudor, sangre, humedad y moho. Paso a paso, Eragon fue abriendo camino por las entrañas de Helgrind. El túnel empezó a descender y en muchos casos se dividía o giraba, por lo que Eragon se habría perdido enseguida si no hubiera tenido la mente de Katrina como referencia. Los diversos agujeros recortados que encontraban eran bajos y estrechos. En un momento dado, Eragon se golpeó la cabeza contra el techo, y un repentino ataque de claustrofobia puso a prueba sus nervios.

Ya estoy aquí —anunció Saphira justo cuando Eragon puso el pie sobre un irregular escalón tallado en la roca bajo sus pies. Se detuvo un momento. Saphira no había sufrido más heridas, lo que le aliviaba.

¿Y el Lethrblaka?

Flotando panza arriba en el lago Leona. Me temo que algunos pescadores nos vieron luchar. Cuando los vi por última vez estaban remando hacia Dras-Leona.

Bueno, no se puede evitar. Mira a ver qué encuentras en el túnel por el que salieron los Lethrblaka. Y atenta a los Ra'zac. Puede que intenten esquivarnos y huir de Helgrind por la entrada que usamos nosotros. Probablemente tengan un refugio a nivel del suelo.

Probablemente, pero no creo que corran ya demasiado.

Tras lo que les pareció una hora atrapados en la oscuridad —aunque Eragon sabía que no podían haber sido más de diez o quince minutos— y después de descender más de treinta metros por el interior de Helgrind, Eragon se detuvo en una plataforma de piedra nivelada. Transmitiendo sus pensamientos a Roran, le dijo:

La celda de Katrina está aquí delante, a unos quince metros, a la derecha.

No podemos arriesgarnos a sacarla hasta que los Ra'zac estén muertos o hayan huido.

¿Y si se ocultan hasta que la saquemos? Por algún motivo, no los detecto. Podrían esconderse eternamente. Así pues, ¿esperamos indefinidamente o liberamos a Katrina ahora que tenemos la posibilidad? Puedo protegerla de la mayoría de los ataques con algunos hechizos.

Roran se quedó pensando un segundo.

Liberémosla, entonces.

Volvieron a ponerse en marcha, tanteando el bajo pasillo de suelo áspero. Eragon tenía que dedicar casi toda su atención a colocar bien los pies para no perder el equilibrio, por lo que casi se le pasa por alto el ruido del roce de una tela sobre otra y el leve ruido elástico que se produjo a su derecha. Se echó contra la pared, empujando a Roran. Al mismo tiempo, algo le pasó frente al rostro, rozándole la mejilla derecha y dejándole un surco en la piel. La fina herida le quemaba como una cauterización.

—¡Kveykva! —gritó Eragon.

De pronto se creó una luz roja, brillante como el sol de mediodía. No tenía una fuente concreta, por lo que iluminaba todas las superficies por igual y sin sombras, dándoles a las cosas un curioso aspecto liso. El repentino resplandor sorprendió al propio Eragon, pero hizo algo más que eso con el Ra'zac solitario que tenía delante; la criatura bajó el arco, se cubrió el rostro encapuchado y soltó un agudo quejido. Un chillido parecido le indicó a Eragon que el segundo Ra'zac estaba tras ellos.

¡Roran!

Eragon se giró justo a tiempo para ver a Roran, que cargaba contra el otro Ra'zac, martillo en ristre. El monstruo, desorientado, retrocedió a trompicones, pero fue demasiado lento. El martillo cayó:

—¡Por mi padre! —gritó Roran. Volvió a golpear—. ¡Por nuestra casa! —insistió. El Ra'zac ya estaba muerto, pero el chico levantó el martillo una vez más—. ¡Por Carvahall!

Su golpe definitivo rompió el caparazón del Ra'zac como la cáscara de una calabaza seca. Con aquella luz implacable de color rubí, el charco de sangre que se iba formando parecía morado. Girando el bastón en un círculo para protegerse de la flecha o la espada que esperaba encontrarse de frente, Eragon volvió a girarse de cara al otro Ra'zac. El túnel que se abría ante él estaba vacío. Soltó una maldición.

Eragon se abalanzó sobre la desfigurada bestia tirada en el suelo. Hizo girar el bastón sobre la cabeza y lo clavó como una estaca en el pecho del Ra'zac muerto con un golpe sordo.

—Hacía mucho tiempo que quería hacer esto —dijo Eragon.

—Igual que yo —respondió Roran. Los dos se miraron.

—¡Ahh! —gritó Eragon, y se llevó la mano a la mejilla, que le dolía cada vez más.

—¡Sale espuma! —exclamó su primo—. ¡Haz algo!

«Los Ra'zac deben de haber mojado la cabeza de la flecha con aceite de Seithr», pensó Eragon. Recordó su entrenamiento, se limpió la herida y el tejido de alrededor con un hechizo y luego reparó la lesión del rostro. Abrió y cerró la boca varias veces para asegurarse de que los músculos funcionaban correctamente. Con una sonrisa forzada, dijo:

—Imagínate en qué estado estaríamos sin la magia.

—Sin la magia, no tendríamos que preocuparnos de Galbatorix.

Dejad la charla para más tarde —intervino Saphira—. *En cuanto esos pescadores lleguen a Dras-Leona, el rey puede enterarse de nuestra incursión por boca de uno de sus magos de la ciudad; y no queremos que Galbatorix se ponga a buscar por Helgrind mientras aún estamos aquí.*

Sí, sí —dijo Eragon.

Apagó la luz roja que lo cubría todo y prosiguió:

—¡Brisingr raudhr!

Apareció una luz roja como la de la noche anterior, sólo que ésta quedó colgada a quince centímetros del techo en vez de acompañar a Eragon allá donde fuera.

Ahora que tenía ocasión de examinar el túnel con detalle, vio que la galería de piedra daba a una veintena de puertas de hierro, unas cuantas a cada lado. Señaló y dijo:

—La novena de la derecha. Ve a buscarla. Yo comprobaré las otras celdas. Puede que los Ra'zac hayan dejado algo interesante en ellas.

Roran asintió. Se agachó y registró el cadáver que tenía a sus pies, pero no encontró ninguna llave.

—Tendré que hacerlo a lo bruto —dijo, encogiéndose de hombros. Fue corriendo a la puerta indicada, dejó el escudo y se puso a golpear las bisagras con el martillo. Cada golpe producía un ruido espantoso. Eragon no se ofreció a ayudarle. Su primo no querría que le ayudaran en aquel momento, y además Eragon tenía otras cosas que hacer. Fue hasta la primera celda, susurró tres palabras y, al oír un chasquido, empujó la puerta. Lo único que contenía la pequeña cámara era una cadena negra y un montón de huesos putrefactos. No esperaba encontrar nada más que aquellos tristes restos; ya sabía dónde se encontraba el objeto de su búsqueda, pero siguió fingiendo ignorancia para evitar despertar las sospechas de Roran.

Dos puertas más se abrieron y se cerraron al contacto de los dedos de Eragon. Luego, en la cuarta celda, la puerta se abrió y dejó paso a los rayos de la mágica luz. Tras ella apareció el hombre que menos habría querido encontrarse: Sloan.

Caminos separados

*E*l carnicero estaba sentado, desplomado contra la pared izquierda, con ambos brazos encadenados a una anilla de hierro sobre la cabeza.

Sus harapos apenas le cubrían el cuerpo, pálido y descarnado; los huesos se le marcaban bajo la piel apergaminada, que también dejaba a la vista unas prominentes venas azules. En las muñecas se le habían formado llagas con el contacto de las argollas. Las úlceras supuraban una mezcla de sangre y un líquido claro. Lo que le quedaba de pelo se le había vuelto gris o blanco y se le caía en mechones lacios y grasientos sobre el rostro picado de viruelas.

Sloan reaccionó ante el estruendo del martillo de Roran y levantó la barbilla hacia la luz. Con una voz temblorosa, preguntó:

—¿Quién es? ¿Quién está ahí?

El cabello se le separó y le resbaló hacia atrás, con lo que dejó al descubierto las cuencas de los ojos. Allá donde debían de estar los párpados, sólo le quedaban unos jirones de piel destrozada colgando sobre unas cavidades que se adentraban en el cráneo. Los tejidos de alrededor estaban llenos de heridas y costras.

Eragon se quedó impresionado al darse cuenta de que los Ra'zac le habían arrancado los ojos.

No podía decidir qué hacer. El carnicero había contado a los Ra'zac que Eragon había encontrado el huevo de Saphira. Es más, Sloan había matado a Byrd, el guardia, y había entregado Carvahall al Imperio. Si lo llevaba ante sus vecinos, sin duda lo juzgarían culpable y lo condenarían a morir en la horca.

Le parecía indudable que el carnicero debía pagar por sus delitos. Aquél no era el motivo de sus dudas, sino más bien el hecho de que Roran amara a Katrina y que ésta, pese a todo lo hecho por Sloan, debía de albergar cierto cariño por su padre. Observar a un árbitro denunciando públicamente las ofensas de Sloan y verlo colgado en la horca no debía de ser nada fácil para ella ni, por extensión, para Roran.

Aquello podría incluso crear un enfrentamiento entre ambos que quizá bastara para poner fin a su compromiso. De cualquier modo, Eragon estaba convencido de que llevarse a Sloan consigo sembraría la discordia entre él, Roran, Katrina y sus vecinos, y que podría provocar diferencias que les distrajeran de su lucha contra el Imperio.

«La solución más fácil —pensó Eragon— sería matarlo y decir que me lo he encontrado muerto en la celda...» Los labios le temblaron; la lengua le pesaba con aquellas palabras de muerte.

—¿Qué queréis? —preguntó Sloan, agitando la cabeza de lado a lado en un intento por oír mejor—. ¡Ya os he dicho todo lo que sé!

Eragon se maldijo por dudar. Sobre la culpabilidad de Sloan no cabía duda; era un asesino y un traidor. Cualquier tribunal habría ordenado su ejecución.

Pero a pesar de lo irrefutable de sus argumentos, el que tenía hecho un ovillo ante sí era Sloan, un hombre al que Eragon conocía desde siempre. Quizás el carnicero fuera una persona despreciable, pero el montón de recuerdos y experiencias que Eragon compartía con él le creaban una sensación de intimidad que le remordía la conciencia. Matar a Sloan sería como levantar la mano contra Horst, Loring o cualquiera de los ancianos de Carvahall.

Una vez más Eragon se dispuso a pronunciar la palabra definitiva.

Una imagen se le apareció en la mente: Torkenbrand, el esclavizador con el que él y Murtagh se habían encontrado durante su travesía hacia la ciudad de los vardenos, de rodillas sobre el polvo, y Murtagh que se le acercaba con paso firme y lo decapitaba. Eragon recordó cómo se había opuesto a la iniciativa de Murtagh y lo que le había afectado días después.

«¿He cambiado tanto —se preguntó— que ahora soy capaz de hacer yo lo mismo? Tal como ha dicho Roran, he matado, sí, pero sólo en el calor de la batalla... Nunca así.»

Miró por encima del hombro al tiempo que Roran reventaba la última bisagra de la puerta de la celda de Katrina. El chico dejó el martillo en el suelo y se preparó para cargar contra la puerta y derribarla, pero aparentemente se lo pensó mejor e intentó arrancarla del marco. La puerta se levantó apenas un centímetro, luego se bloqueó y se tambaleó sin soltarse.

—¡Échame una mano! —gritó—. ¡No quiero que se caiga encima de ella!

Eragon miró de nuevo hacia el carnicero, hecho un despojo. No tenía tiempo para más divagaciones. Tenía que elegir. Una cosa o la otra, tenía que elegir...

—¡Eragon!

«No sé qué es lo correcto», reconoció Eragon. Su propia inseguridad le convenció de que estaría mal matar a Sloan o llevarlo ante los vardenos. No se le ocurría qué otra cosa podía hacer, salvo encontrar un tercer camino, uno que fuera menos obvio y menos violento.

Levantando la mano, como si fuera a bendecirlo, Eragon murmuró:

—Slytha.

Las cadenas de Sloan tintinearon al desplomarse, cayendo en un profundo sueño. En cuanto se hubo asegurado de que el hechizo había funcionado, cerró la puerta de nuevo y volvió a protegerla con su magia.

¿Que te propones, Eragon? —le preguntó Saphira.

Espera a que estemos juntos de nuevo. Entonces te lo explicaré.

¿Explicarme qué? No tienes un plan.

Dame un minuto y lo tendré.

—¿Qué había ahí dentro? —preguntó Roran, cuando Eragon ocupó su lugar frente a él.

—Sloan —respondió su amigo, agarrando bien su lado de la puerta—. Está muerto.

Roran puso unos ojos como platos.

—¿Cómo?

—Parece que le han roto el cuello.

Por un instante, temió que Roran no le creyera. Su primo soltó un gruñido.

—Supongo que es mejor así. ¿Listo? Uno, dos, tres…

Entre los dos sacaron la enorme puerta de su marco y la tiraron en mitad del corredor. El pasaje de piedra devolvió el eco del ruido creado al desplomarse una y otra vez. Roran no perdió un momento y se adentró en la celda, que estaba iluminada por una única vela de cera. Eragon le siguió, un paso por detrás.

Katrina estaba encogida en el extremo de un catre de hierro:

—¡Dejadme en paz, bestias desdentadas! Yo… —empezó, pero se quedó paralizada cuando vio entrar a Roran. Tenía el rostro blanco por la falta de sol y estaba cubierta de suciedad, pero en aquel momento aquella mirada maravillada y llena de amor y ternura iluminó sus rasgos. Eragon pensó que pocas veces había visto a alguien tan bello.

Sin quitarle los ojos de encima a Roran, Katrina se puso en pie y, con una mano temblorosa, le tocó la mejilla.

—Has venido.

—He venido.

65

Con una risa entrecortada por el llanto, Roran la cogió entre sus brazos, apretándola contra su pecho. Se quedaron perdidos en el abrazo durante un largo rato.

Roran se echó atrás y la besó tres veces en los labios. Katrina arrugó la nariz.

—¡Te has dejado barba! —exclamó.

Con todas las cosas que podía haber dicho, aquello fue tan inesperado que Eragon chasqueó la lengua. Ella se dio cuenta de su presencia en aquel momento. Lo miró y se fijó en su cara, que estudió con evidente asombro.

—¿Eragon? ¿Eres tú?

—Sí.

—Ahora es Jinete de Dragón —dijo Roran.

—¿Jinete? Quieres decir… —Katrina se quedó sin palabras; aparentemente aquella revelación la dejó sobrecogida. Miró a Roran, como si buscara protección, estrechó el abrazo y lo interpuso entre ella y Eragon—. ¿Cómo…, cómo nos has encontrado? ¿Quién mas te acompaña?

—Todo eso más tarde. Tenemos que salir de Helgrind antes de que todo el Imperio acuda tras nosotros.

—¡Espera! ¿Y mi padre? ¿Lo habéis encontrado?

Roran miró a Eragon y luego devolvió la mirada a Katrina.

—Hemos llegado tarde —le dijo, suavemente.

Un escalofrío recorrió a Katrina. Cerró los ojos y una lágrima solitaria le surcó la mejilla.

—Así sea.

Mientras hablaban, Eragon intentaba pensar frenéticamente qué hacer con Sloan, aunque ocultaba sus deliberaciones a Saphira; sabía que ella no estaría de acuerdo con la dirección que estaban tomando sus pensamientos. Empezó a pensar en cierta solución. Era un concepto descabellado, lleno de peligros e incertidumbres, pero era la única salida viable, dadas las circunstancias.

Abandonó sus reflexiones y se puso en acción. Tenía mucho que hacer y poco tiempo.

—¡Jierda! —gritó, señalando las argollas de los tobillos de Katrina, que se abrieron con una explosión de chispas azules y fragmentos que salieron volando.

Katrina se puso en pie de un salto, sorprendida.

—Magia… —murmuró.

—Es un simple hechizo.

Ella se encogió, evitando el contacto con él cuando se le acercó.

—Katrina, tengo que asegurarme de que Galbatorix o alguno de sus magos no te ha hechizado con alguna trampa ni te ha obligado a realizar juramentos en el idioma antiguo.

—El idioma…

—¡Eragon! —la interrumpió Roran—. Hazlo cuando acampemos. No podemos quedarnos aquí.

—No —dijo Eragon, cortando el aire con el brazo—. Lo hacemos ahora.

Con el ceño fruncido, Roran se apartó, dejando que Eragon pusiera las manos sobre los hombros de Katrina.

—Tú sólo mírame a los ojos —le dijo. Ella asintió y obedeció.

Aquélla fue la primera vez que Eragon tenía motivo para usar los hechizos que Oromis le había enseñado para detectar el trabajo de otros hechiceros, y le costaba recordar cada palabra de los tratados de Ellesméra. Las lagunas en su memoria eran tan grandes que en tres momentos diferentes tuvo que confiar en algún sinónimo para completar un hechizo.

Durante un buen rato, Eragon se quedó mirando fijamente los brillantes ojos de Katrina y pronunció frases en el idioma antiguo, examinando ocasionalmente —y con su permiso— alguno de sus recuerdos en busca de pruebas de cualquier intromisión. Fue lo más delicado posible, a diferencia de los Gemelos, que habían escrutado en su mente mediante un procedimiento similar el mismo día de su llegada a Farthen Dûr.

Roran montó guardia, caminando adelante y atrás frente a la puerta. A cada segundo que pasaba aumentaba su agitación; hacía girar el martillo y se daba golpecitos con la punta del arma en el muslo, como si siguiera el ritmo de una música.

—Ya está —dijo por fin Eragon, que soltó a Katrina.

—¿Qué has encontrado? —susurró ella, cubriéndose con los brazos y frunciendo el ceño con expresión preocupada a la espera de su veredicto. Roran se quedó inmóvil y el silencio llenó la celda.

—Nada más que tus propios pensamientos. Estás libre de cualquier hechizo.

—Claro que lo está —gruñó Roran, y volvió a rodearla con sus brazos. Los tres salieron juntos de la celda.

—Brisingr, iet tauthr —dijo Eragon, haciendo un gesto hacia el punto de luz que aún flotaba junto al techo del pasillo. En respuesta, la esfera se trasladó a un punto justo sobre su cabeza y allí se quedó, oscilando como un trozo de madera sobre las olas.

Eragon se puso a la cabeza y retrocedieron por el laberinto de túneles hacia la caverna por la que habían entrado. Mientras corrían por la lisa roca, mantuvo la guardia por si aparecía el Ra'zac restante, al tiempo que levantaba barreras de protección para Katrina. Tras él, oía que Roran y ella intercambiaban una serie de frases cortas y palabras sueltas: «Te quiero... Horst y los otros están bien... Siempre... Por ti... Sí... Sí... Sí... Sí». La confianza y el cariño que compartían eran tan evidentes que le provocaban una dolorosa nostalgia en su interior. Cuando estaban a unos diez metros de la caverna y empezaban a vislumbrar la luz frente a ellos, Eragon apagó la esfera de luz. Un par de metros más allá, Katrina redujo el paso, y luego se apretó contra la pared del túnel, cubriéndose el rostro.

—No puedo, hay demasiada luz; me duelen los ojos.

Roran enseguida se le puso delante, cubriéndola con su sombra.

—¿Cuándo fue la última vez que viste el sol?

—No lo sé... —respondió, con voz asustada—. ¡No lo sé! No he vuelto a salir desde que me metieron aquí. Roran, ¿me estoy quedando ciega? —sollozó, y se echó a llorar.

Sus lágrimas sorprendieron a Eragon. La recordaba como una persona muy fuerte. Pero había pasado muchas semanas encerrada en la oscuridad, temiendo por su vida. «En su lugar yo tampoco estaría entero», pensó.

—No, no te pasa nada. Sólo tienes que acostumbrarte de nuevo al sol —la consoló Roran, que le pasó la mano por el cabello—. Venga, no dejes que esto te agite. Todo va a ir bien... Ahora estás segura. Segura, Katrina. ¿Me oyes?

—Te oigo.

Aunque odiaba tener que romper una de las túnicas que le habían dado los elfos, Eragon arrancó una tira de tela de la parte baja de su prenda. Se la pasó a Katrina y le dijo:

—Átatela alrededor de los ojos. Deberías poder ver lo suficiente a través para evitar caerte o chocarte con algo.

Ella le dio las gracias y se tapó los ojos. Volvieron a ponerse en marcha y salieron a la caverna principal, iluminada por el sol y salpicada de sangre por todas partes. Apestaba más incluso que antes, debido a los nocivos vapores que emitía el cuerpo del Lethrblaka. Saphira apareció de las profundidades del túnel ojival que tenían enfrente. Al verla, Katrina soltó un gemido y se aferró a Roran, clavándole los dedos en los brazos.

—Katrina, permíteme que te presente a Saphira —dijo Eragon—. Yo soy su Jinete. Si le hablas, te entenderá.

—Es un honor, señora dragona —consiguió decir Katrina, que flexionó las rodillas en una débil imitación de una reverencia.

Saphira a su vez inclinó la cabeza. Luego se giró hacia Eragon.

He buscado el nido de los Lethrblaka, pero lo único que he encontrado son huesos, huesos y más huesos, entre ellos algunos que olían a carne fresca. Los Ra'zac debieron de comerse a los esclavos anoche.

Ojalá los hubiéramos podido rescatar.

Sí, pero no podemos proteger a todo el mundo en esta guerra.

Haciendo un gesto hacia Saphira, Eragon dijo:

—Venga, subid. Yo vendré dentro de un momento.

Katrina dudó; luego echó una mirada a Roran, que asintió.

—No pasa nada —le susurró—. Saphira fue quien nos trajo aquí.

La pareja rodeó el cadáver del Lethrblaka y se acercó a Saphira, que se estiró sobre el vientre para que pudieran montar. Juntando las manos en forma de estribo, Roran izó a Katrina lo suficiente para que pudiera trepar a la parte superior de la pata izquierda de Saphira. Desde allí trepó por las tiras de cuero de la silla, como si fuera una escalera de cuerda, hasta conseguir sentarse sobre los hombros de Saphira. Como una cabra montés saltando de un risco a otro, Roran trepó tras ella.

Eragon atravesó la caverna después de ellos y examinó a Saphira, evaluando la gravedad de sus diversos arañazos, heridas, rasguños, golpes y picotazos. Para hacerlo, se basó más en lo que sentía ella que en lo que veía él mismo.

Por Dios —dijo Saphira—, guárdate tus cuidados para cuando estemos fuera de peligro. No voy a desangrarme.

Eso no es cierto del todo, y lo sabes. Tienes una hemorragia interna. A menos que la detenga ahora, puede que sufras complicaciones que no puedo curar, y entonces no podremos volver nunca con los vardenos. No discutas; no puedes hacerme cambiar de opinión, y no tardaré ni un minuto.

En realidad, Eragon tardó varios minutos en curar a Saphira. Sus lesiones eran tan graves que, para llevar a cabo sus hechizos, tuvo que agotar la energía del cinturón de Beloth *el Sabio*, y, además, recurrir a las grandes reservas de fuerza de Saphira. Cada vez que pasaba de una gran herida a otra menor, ella protestaba, y le decía que era un inconsciente y que por favor lo dejara, pero él hacía caso omiso a sus quejas, lo que la contrariaba cada vez más.

Por fin, Eragon quedó exhausto de tanta magia y tanto combate. Indicando con el dedo los puntos en los que le habían clavado el pico los Lethrblaka, dijo:

69

Deberías ir a que Arya u otro elfo supervisara la cura que te he practicado en esos puntos. He hecho lo que he podido, pero puede que se me haya pasado algo.

Te agradezco que te preocupes por mi bienestar —replicó ella—, *pero éste es el lugar menos indicado para demostraciones de afecto. ¡Vámonos de una vez por todas!*

Sí. Hora de irse.

Eragon dio un paso atrás y se fue alejando de Saphira en dirección al túnel que se abría tras él.

—¡Venga! —le apremió Roran—. ¡Date prisa!

¡Eragon! —exclamó Saphira.

—No, me quedo aquí —dijo él, sacudiendo la cabeza.

—Pero... —protestó Roran, a quien interrumpió un feroz gruñido de Saphira, que golpeó la cola contra la pared de la cueva y que rascó el suelo con los espolones, con lo que creó un chirrido agónico al rozar el hueso con la roca.

—¡Escuchad! —gritó Eragon—. Uno de los Ra'zac sigue suelto. Y pensad qué más puede esconderse en Helgrind: manuscritos, pociones, información sobre las actividades del Imperio... ¡Cosas que pueden sernos útiles! A lo mejor incluso hay huevos de Ra'zac almacenados en este lugar. Si es así, tengo que destruirlos antes de que Galbatorix los reclame.

A Saphira, Eragon también le dijo:

No puedo matar a Sloan. No puedo dejar que Roran y Katrina lo vean, y no puedo dejar que muera de hambre en su celda o que los hombres de Galbatorix vuelvan a capturarlo. Lo siento, pero tengo que ocuparme de Sloan a mi manera.

—¿Cómo escaparás del Imperio? —le preguntó Roran.

—Correré. Ahora soy tan rápido como un elfo, ya sabes.

Saphira agitó la punta de la cola. Fue el único aviso que recibió Eragon antes de que la dragona saltara en su dirección, extendiendo una de sus brillantes patas. Él echó a correr, metiéndose en el túnel una fracción de segundo antes de que la pata de Saphira pasara por el espacio en el que se encontraba. Saphira frenó al llegar a la boca del túnel y gruñó de rabia por no poder seguirle por el pequeño pasadizo. Su volumen prácticamente bloqueaba la entrada de luz. La piedra que rodeaba a Eragon se agitó cuando Saphira rascó la entrada con uñas y dientes, arrancando gruesos pedazos de roca. Su fiero hocico y la visión de las acometidas de su morro, poblado de dientes más largos que el antebrazo de Eragon, le provocaron una sacudida de miedo que le recorrió el espinazo. Entonces entendió cómo debía de sentirse un conejo oculto en su guarida mientras un lobo excava en la boca de la madriguera.

—¡Gánga! —gritó.

¡No! —Saphira apoyó la cabeza en el suelo y emitió un lamento desconsolado, mirándole con sus ojos grandes y llenos de pena.

—¡Gánga! Te quiero, Saphira, pero tienes que irte.

Ella retrocedió unos metros y resopló, maullando como un gato. *Pequeño…*

Eragon odiaba darle un disgusto, y odiaba separarse de ella; era como si se arrancara una parte de sí mismo. La tristeza de Saphira le llegó a través de su vínculo mental y, combinada con su propia angustia, lo dejó casi paralizado. De algún modo encontró la entereza para decir:

—¡Gánga! Y no vuelvas a buscarme ni envíes a nadie. Estaré bien. ¡Gánga! ¡Gánga!

Saphira soltó un aullido de frustración y, a pesar suyo, caminó hasta la boca de la cueva. Desde su puesto, montado en la silla, Roran dijo:

—¡Venga, Eragon! No seas bobo. Eres demasiado importante como para arriesgar…

Una combinación de ruido y movimiento eclipsó el resto de su frase en el momento en que Saphira se lanzó desde la cueva. En el cielo azul que se abría ante ellos, sus escamas brillaban como un manto de brillantes diamantes azules. Eragon pensó que era majestuosa: orgullosa, noble y más bella que ninguna otra criatura viva. Ningún ciervo ni ningún león podían competir con la majestuosidad de un dragón volando.

Una semana: eso es lo que esperaré. Luego volveré a por ti, Eragon, aunque tenga que enfrentarme a Espina, a Shruikan y a mil magos más.

Eragon se quedó de pie, mirando hasta que la perdió de vista y la conexión mental desapareció. Entonces, con un gran peso en el corazón, se encogió de hombros y dio la espalda al sol, a la luz y a los seres vivos, y se introdujo una vez más por entre las tinieblas de aquellos túneles.

Jinete y Ra'zac

*E*ragon se sentó, bañado por la luz fría de su esfera de luz carmesí, en la sala flanqueada por celdas, cerca del centro de Helgrind. Tenía el bastón atravesado sobre el regazo.

La roca devolvía el eco de su voz, que iba repitiendo una frase en idioma antiguo una y otra vez. No era magia, sino más bien un mensaje al Ra'zac restante. Lo que decía significaba esto: «Ven, comedor de carne humana, acabemos con nuestra lucha. Tú estás herido, y yo estoy cansado. Tus compañeros están muertos, y yo estoy solo. Es una pelea justa. Te prometo que no usaré la magia ni te heriré ni te atraparé con los hechizos formulados antes. Ven, comedor de carne humana, acabemos con nuestra lucha…».

El rato que pasó pronunciando aquellas palabras le pareció interminable: un periodo indefinido en una lúgubre cámara en la que nada cambiaba con el paso de aquella repetición cíclica de palabras cuyo orden y significado dejó de tener sentido para él. Al cabo de un tiempo, sus vociferantes pensamientos dieron paso al silencio y una extraña sensación de calma se apoderó de él.

Por un momento se quedó con la boca abierta, atento a lo que tenía delante.

Ante él, a diez metros, se encontraba el Ra'zac. Por el borde de las ropas de la criatura, hechas jirones, goteaba sangre.

—Mi maessstro no quiere que te mate —siseó.

—Pero eso a ti ahora no te importa.

—No. Si muero bajo tu bastón, Galbatorix que haga lo que quiera contigo. Tiene más corazonesss que tú.

—¿Corazones? —replicó Eragon, riéndose—. Yo soy el defensor del pueblo, no él.

—Niño tonto —dijo el Ra'zac, ladeando ligeramente la cabeza y mirando tras él, hacia donde se encontraba el cadáver del otro Ra'zac, algo más allá—. Eclosionamos de la misma puesta de huevos. Te has vuelto fuerte desssde que nos vimosss la primera vez, Asesino de Sombra.

—No tenía opción.

—¿Quieres hacer un pacto conmigo, Asesino de Sombra?

—¿Qué tipo de pacto?

—Yo sssoy el último de mi raza, Asesino de Sombra. Somos antiguos, y no querría que nos olvidaran. ¿Querrías, en tus cancionesss y tus hissstorias, recordar a los otros humanos el terror que inssspiramos en vuestra raza…? ¡Recuérdanos como criaturas «temibles»!

—¿Por qué iba a hacer eso?

Inclinando el pico hacia su estrecho pecho, el Ra'zac chasqueó y emitió un gorjeo unos momentos.

—Porque te diré algo sssecreto. Sssí, lo haré —respondió.

—Pues dímelo.

—Primero dame tu palabra, no sssea que me engañes.

—No. Dímelo, y decidiré si acepto el trato o no.

Pasó más de un minuto y ninguno de los dos se movió, aunque Eragon mantuvo los músculos tensos y preparados, por si recibía un ataque por sorpresa. Tras otra serie de chasquidos cortantes, el Ra'zac dijo:

—Casssi ha encontrado el «nombre».

—¿Quién?

—Galbatorix.

—¿El nombre de qué?

—¡No puedo decírtelo! —siseó, furioso, el Ra'zac—. ¡El nombre! ¡El nombre real!

—Tendrás que darme más información.

—¡No puedo!

—Entonces no hay trato.

—¡Maldito ssseas, Jinete! ¡Maldito ssseas! Que no encuentres hogar ni casssa, ni paz en esssta tierra tuya. ¡Que tengas que abandonar Alagaësssia para nunca volver!

El vello de la nuca de Eragon se erizó ante el contacto frío del miedo. Recordó las palabras de Angela, la herbolaria, que le había lanzado los huesos de dragón y le había leído el futuro y predicho aquel mismo destino.

Un reguero de sangre separaba a Eragon de su enemigo; el Ra'zac echó atrás su capa empapada y dejó a la vista un arco que levantó, con la flecha ya encajada ante la cuerda. Levantó el arma, tiró y disparó en dirección al pecho de Eragon.

Él desvió la flecha con su bastón.

Como si aquel intento no fuera más que un consabido gesto preliminar que marcara la tradición antes de iniciar el combate real, el Ra'zac se detuvo, dejó el arco en el suelo, se ajustó la capucha y sacó la hoja de su espada de entre los pliegues de tela. Al mismo tiempo, Eragon se puso en pie de un salto y separó las piernas, asiendo el bastón con fuerza.

Se lanzaron uno contra otro. El Ra'zac intentó rajarlo desde la escápula a la cadera, pero Eragon se giró y evitó el golpe. Empujó el extremo del bastón hacia arriba y clavó la punta de metal bajo el pico del Ra'zac, a través de las placas que protegían la garganta de la criatura.

El Ra'zac se estremeció por un momento y luego cayó desplomado.

Eragon se quedó mirando a su enemigo más odiado, observó sus ojos negros sin párpados y de pronto cayó de rodillas y vomitó contra la pared del pasillo. Se secó la boca, liberó el bastón y susurró:

—Por nuestro padre. Por nuestra casa. Por Carvahall. Por Brom... He conseguido vengarme. Púdrete, Ra'zac.

Volvió a la celda de Sloan y lo encontró aún sumido en un sueño profundo. Cargó al carnicero en su hombro y empezó a deshacer el camino hacia la cueva principal de Helgrind. Por el camino tuvo que dejar a Sloan en el suelo varias veces para explorar alguna cámara o desvío que no había visitado anteriormente. En ellos descubrió muchos instrumentos del mal, entre ellos cuatro frascos metálicos con aceite de Seithr, que se aprestó a destruir para que nadie más pudiera usar aquel ácido destructor con retorcidos fines.

La cálida luz del sol golpeó a Eragon en las mejillas cuando salió, trastabillando, del laberinto de túneles. Aguantando la respiración, pasó a toda prisa junto al cadáver del Lethrblaka y se dirigió al borde de la enorme caverna. Una vez allí se quedó mirando la ladera vertical de Helgrind, en las colinas que quedaban por debajo. Al oeste vio una columna de humo anaranjado que surgía del camino que conectaba Helgrind con Dras-Leona, y que indicaba que se acercaba un grupo de jinetes.

El costado derecho le dolía ya de soportar el peso de Sloan, así que Eragon se cambió el peso al otro hombro. Parpadeó para quitarse las gotas de sudor que le colgaban de las pestañas e intentó pensar en cómo iban a bajar hasta el suelo, casi dos mil metros por debajo.

—Hay casi dos kilómetros hasta el suelo —murmuró—. Si hubiera un camino, podría recorrer la distancia sin problemas, incluso con Sloan. Así que tendré que buscar la fuerza para bajar usando la magia... Sí, pero lo que normalmente llevaría cierto tiempo puede resultar demasiado agotador si se quiere hacer al instante, quizá letal. Tal como dijo Oromis, el cuerpo no puede convertir sus reservas de combustible en energía lo suficientemente rápido como para soportar ciertos hechizos más que unos segundos. Sólo puedo disponer de cierta cantidad de energía en cada momento, y si acabo con ella, tengo que esperar a recuperarme… De todos modos, hablar solo tampoco me va a servir de nada.

Agarró bien a Sloan y fijó la vista en una estrecha cornisa unos treinta metros por debajo. «Esto va a doler», pensó, preparándose para el salto. Luego gritó:

—¡Audr!

Eragon sintió que ascendía unos centímetros por encima del suelo de la caverna.

—¡Pram! —añadió, y el hechizo le impulsó desde Helgrind al espacio abierto, donde quedó flotando, como una nube meciéndose por el aire. Pese a estar acostumbrado a volar con Saphira, el no ver nada más que aire bajo sus pies le provocó cierta inquietud.

Manipulando el flujo de magia, Eragon descendió enseguida desde la guarida de los Ra'zac —que volvía a ocultar la insustancial pared de roca— hasta la cornisa. Al aterrizar pisó con la bota un trozo de roca suelta y, durante unos segundos de infarto se tambaleó, buscando un lugar estable donde poner el pie pero sin poder mirar hacia abajo, ya que sólo con mover la cabeza podía provocar que cayeran hacia delante. Pero la pierna izquierda perdió apoyo y, con un grito entrecortado, empezó a caer. Antes de que pudiera recurrir a la magia para salvarse, se detuvo de pronto al conseguir apoyar el pie izquierdo en una grieta. Los bordes de la hendidura se le encajaron alrededor de la pantorrilla, tras la protección para la espinilla, pero no le importó, puesto que le servía de sujeción.

Eragon apoyó la espalda contra Helgrind para sujetar mejor el cuerpo de Sloan.

—No ha ido tan mal —observó. Le había supuesto un esfuerzo, pero no tanto como para que no pudiera seguir adelante—. Puedo hacerlo…

Volvió a fijarse en los jinetes. Estaban considerablemente más cerca que antes y cruzaban el árido terreno al galope, a una velocidad preocupante. «Es una carrera entre ellos y yo —pensó—. Tengo que escapar antes de que lleguen a Helgrind. Seguro que hay magos entre ellos, y no estoy en condiciones de enfrentarme a los hechiceros de Galbatorix.» Miró a la cara a Sloan.

—Quizá podrías ayudarme, ¿eh? —dijo—. Es lo mínimo que puedes hacer, teniendo en cuenta que me estoy jugando la vida y algo más por ti.

La cabeza del carnicero rodó a un lado. Seguía perdido en el mundo de los sueños.

Con un gruñido, Eragon se separó de la pared.

—¡Audr! —volvió a decir, y de nuevo flotó.

Esta vez recurrió a la fuerza de Sloan —por escasa que fuera—, no sólo a la suya. Juntos se lanzaron como dos extraños pájaros por la escarpada ladera de Helgrind, hasta otra cornisa de anchura suficiente como para descansar.

Así fue como Eragon fue dirigiendo el descenso. No procedió en línea recta, sino que fue virando hacia la derecha, de modo que rodearon la ladera de Helgrind, ocultándose de los jinetes tras la masa de dura roca.

Cuanto más cerca estaban del suelo, más lentos iban. Eragon estaba absolutamente exhausto, y cada vez era menor la distancia que podía cubrir en cada tramo y mayor el tiempo que necesitaba para recuperarse durante las pausas entre saltos. Incluso levantar un dedo se convirtió en una tarea que le irritaba en extremo, además de resultar insoportablemente trabajosa. Iba sumiéndose en un cálido y acogedor letargo que insensibilizaba su cuerpo y su mente hasta el punto de que la más dura de las rocas le parecía blanda como una almohada al contacto con sus doloridos músculos.

Cuando por fin se dejó caer en el árido suelo —demasiado debilitado como para evitar que Sloan y él mismo se revolcaran en el polvo—, Eragon se quedó tendido, con los brazos doblados en un ángulo forzado bajo el pecho, y contempló con los ojos entrecerrados los brillos amarillentos del cuarzo citrino incrustado en la pequeña roca que tenía a unos centímetros de la nariz. Sloan, a su espalda, le pesaba como un montón de lingotes de hierro. El aire salía de los pulmones de Eragon, pero no parecía que volviera a entrar. Su campo de visión se oscureció como si el sol estuviera cubriéndose de nubes. Un silencio mortal cubría el espacio entre cada latido de su corazón, y los latidos en sí no eran más que una leve palpitación. Eragon ya no era capaz de pensar con coherencia, pero en algún rincón de su mente tuvo conciencia de que estaba a punto de morir. Aquello no le asustó; al contrario, la perspectiva le reconfortó, puesto que estaba agotado hasta un límite inimaginable, y la muerte le liberaría de la maltrecha carcasa de su cuerpo y le permitiría descansar para siempre. Desde arriba, por detrás de la cabeza, se acercó un abejorro gordo como su dedo pulgar. Revoloteó alrededor de su oreja y se quedó flotando junto a la roca, analizando los puntos de cuarzo, que eran del mismo tono amarillo intenso que las flores que salpicaban las colinas. Los colores del abejorro brillaban a la luz de la mañana —cada pelo destacaba entre los otros a los ojos de Eragon— y sus alas en movimiento generaban un suave repiqueteo, como un tamborileo. Una capa de polen le recubría las puntas de las patas.

El abejorro era algo tan dinámico, tan vivo y tan bello que su mera presencia le devolvió a Eragon las ganas de vivir. Un mundo que contenía una criatura tan asombrosa como aquel abejorro era un mundo en el que valía la pena vivir.

Haciendo un esfuerzo supremo, sacó la mano izquierda del pecho y se agarró al tallo leñoso de un arbusto cercano. Como una sanguijuela, una garrapata u otro parásito, extrajo toda la vida a la planta, dejándola seca y marrón. La energía que le atravesó de pronto le agudizó los sentidos. Tuvo miedo. Ahora que había recuperado el deseo de seguir viviendo, sólo encontraba terror en la oscuridad de lo que se le presentaba por delante.

Arrastrándose, llegó hasta otro arbusto y absorbió su fuerza vital; luego vino un tercer y un cuarto arbusto, y así hasta que consiguió recuperar toda su fuerza. Se puso en pie y miró atrás, hacia el rastro de plantas marrones que se extendían tras él; un sabor amargo le llenó la boca al ver lo que había provocado.

Eragon sabía que había sido descuidado con la magia y que su inconsciencia podía haber condenado a los vardenos a una derrota segura si hubiera muerto. Al analizar lo ocurrido, su torpeza le hizo arrugar la nariz. «Brom me tiraría de las orejas por haberme metido en este lío», pensó.

Volvió junto al demacrado carnicero y lo levantó del suelo. Luego se giró hacia el este y emprendió a paso ligero el camino que le alejaba de Helgrind, en busca de algún lugar donde ocultarse. Diez minutos más tarde, cuando se detuvo para ver si lo seguían, vio una nube de polvo que surgía de la base de Helgrind, con lo que interpretó que los jinetes habían llegado a la oscura torre de piedra.

Sonrió. Los esbirros de Galbatorix estaban demasiado lejos para que uno de aquellos magos de poca entidad detectara su mente o la de Sloan. «Para cuando descubran los cuerpos de los Ra'zac, ya habré corrido una legua o más. Dudo que para entonces sean capaces de encontrarme. Además, buscarán a un dragón con su Jinete, no a un hombre viajando a pie», pensó.

Satisfecho de no tener que preocuparse ante un ataque inminente, Eragon retomó el paso normal: una zancada constante y ligera que podría mantener todo el día.

En lo alto, el sol emitía brillos dorados y blancos. Ante él, un terreno silvestre y sin caminos se extendía a lo largo de muchas leguas hasta llegar a las casas más apartadas de algún pueblecito. Y en su corazón renacieron una alegría y una esperanza nuevas.

¡Por fin habían muerto los Ra'zac!

Por fin su venganza era completa. Por fin había cumplido con su deber para con Garrow y Brom. Por fin podía desterrar el velo de miedo y rabia que se había ido creando desde la primera aparición de los Ra'zac en Carvahall. Le había llevado más tiempo del esperado matarlos, pero ahora había cumplido con su misión, y era una gran misión. Se permitió disfrutar de la satisfacción por haber cumplido con tamaño logro, aunque hubiera sido con la ayuda de Roran y Saphira.

Sin embargo, sorprendentemente, su triunfo era agridulce e iba acompañado de una inesperada sensación de pérdida. La caza de los Ra'zac había sido uno de sus últimos vínculos con la vida en el valle de Palancar, y le pesaba eliminar aquel vínculo, por truculento que fuera. Es más, la misión le había dado un objetivo en la vida, algo de lo que carecía; era el motivo que le había hecho dejar su hogar. Sin él, sólo le quedaba un vacío en el lugar donde había alimentado su odio por los Ra'zac.

El hecho de que pudiera lamentar el fin de una misión tan terrible le consternó, y se juró evitar cometer el mismo error dos veces. «Me niego a implicarme tan a fondo en mi lucha contra el Imperio, Murtagh y Galbatorix como para que pierda el interés por que pase a algo nuevo si llega la ocasión, o, peor aún, que busque prolongar el conflicto en vez de adaptarme a lo que venga después.» A continuación decidió dejar de darle vueltas a aquel pesar enfermizo y concentrarse en el alivio que sentía: alivio por haberse liberado de las exigencias de la campaña que se había impuesto, y por que sus únicas obligaciones eran las que se derivaban de su posición actual.

La euforia le hizo avanzar más ligero. Con la desaparición de los Ra'zac, Eragon sintió como si por fin pudiera crearse una vida propia, basada no en lo que había sido, sino en lo que había llegado a ser: un Jinete de Dragón.

Sonrió al recortado horizonte y se rio mientras corría, indiferente ante la posibilidad de que alguien pudiera oírle. Su voz resonó por el camino, rodeándole, y todo parecía de pronto nuevo, bello y esperanzador.

Caminando solo

*E*l estómago le rugía.

Estaba boca arriba, con las piernas dobladas, estirando los muslos después de una carrera más prolongada y con más peso que nunca cuando oyó aquel sonoro murmullo líquido que le surgía de las entrañas.

El ruido le resultó tan inesperado que Eragon se puso en pie de un respingo, agarrando el bastón.

El viento silbaba por el terreno yermo. El sol se había puesto y, en su ausencia, todo se cubrió de azul y púrpura. Nada se movió, salvo las briznas de hierba que se agitaban y Sloan, cuyos dedos se abrían y cerraban lentamente en respuesta a alguna visión que tenía en sueños. Un frío penetrante anunció la llegada de la noche.

Eragon se relajó y se permitió una breve sonrisa.

Su tranquilidad enseguida desapareció, cuando cayó en la cuenta del origen de su malestar. Luchar contra los Ra'zac, formular tantos hechizos y cargar con Sloan sobre los hombros durante la mayor parte del día le había dejado tan hambriento que se imaginó que, si pudiera retroceder en el tiempo, se podría comer el festín entero que habían cocinado los enanos en su honor durante su visita a Tarnag. El recuerdo del aroma del Nagra asado —el jabalí gigante—, caliente, penetrante, sazonado con miel y especias y chorreante de grasa, bastó para que la boca se le hiciera agua.

El problema era que no llevaba provisiones. Encontrar agua sería bastante fácil; podía extraer la humedad del terreno cuando quisiera. Pero encontrar comida en aquel desolado lugar no sólo resultaba mucho más difícil, sino que le planteaba un dilema moral que querría evitar.

Oromis había dedicado muchas de sus lecciones a los diversos climas y regiones geográficas que existían en Alagaësia. Así que, cuando Eragon abandonó el campamento para explorar los alrededores, pudo identificar la mayoría de las plantas que encontró. Había pocas que fueran comestibles, y de ellas, ninguna era lo suficientemente grande o abundante como para poder elaborar una comida para dos hombres adultos en un tiempo razonable. Seguro que los animales del lugar habrían almacenado reservas de semillas y frutas, pero no tenía ni idea de dónde empezar la búsqueda. Por otra parte, tampoco pensaba que un ratón del desierto hubiera podido almacenar más que unos puñados de comida.

Aquello le dejaba dos opciones, y ninguna de las dos le seducía: podía —como había hecho antes— extraer la energía de las plantas e insectos de los alrededores. El precio sería dejar un rastro de muerte en la tierra, un páramo en el que no quedaría vida, ni siquiera minúsculos organismos en la tierra. Y aunque aquello pudiera servirles para sobrevivir a él y a Sloan, las transfusiones de energía distaban mucho de resultar satisfactorias, ya que no llenaban el estómago.

O podía cazar.

Eragon frunció el ceño y clavó la punta del bastón en el suelo. Después de haber compartido los pensamientos y los deseos de tantos animales, le repugnaba pensar siquiera en comerse uno. No obstante, no podía quedarse sin fuerzas, y quizá permitir que el Imperio lo capturara por saltarse la cena para salvarle la vida a un conejo. Tal como habían señalado Saphira y Roran, todo ser vivo sobrevivía comiéndose a otros. «El nuestro es un mundo cruel —pensó—, y no puedo cambiarlo... Puede que los elfos hagan bien en evitar la carne, pero en este momento tengo una gran necesidad. Me niego a sentirme culpable si las circunstancias me obligan a esto. No es un pecado disfrutar de un pedazo de panceta, de trucha o de lo que tengas a mano.»

Siguió convenciéndose con diversos argumentos, aunque seguía sintiendo la repulsión en el estómago. Durante casi media hora, se quedó inmóvil, incapaz de hacer algo que la lógica le decía que era necesario. Entonces se dio cuenta de lo tarde que era y soltó un exabrupto por el tiempo perdido; necesitaba descansar todo lo que pudiera.

Se armó de valor y extendió los tentáculos de su mente, buscando por el terreno hasta que localizó dos grandes lagartos y, en una madriguera arenosa, una colonia de roedores que le parecieron un cruce entre rata, conejo y ardilla.

—Deyja —dijo Eragon, y mató a los lagartos y a uno de los roedores. Murieron al instante y sin dolor, pero aun así no pudo evitar apretar los dientes al apagar la llama de sus mentes.

Los lagartos los recogió con la mano, tras levantar las rocas bajo las que se ocultaban. El roedor, en cambio, lo extrajo de la madriguera recurriendo a la magia. Durante la extracción del cuerpo a la superficie estuvo atento a no despertar al resto de la colonia; le parecía una crueldad aterrorizarlos viendo que un depredador invisible podía matarlos en lo más recóndito de su guarida.

Destripó, despellejó y dejó limpios los lagartos y el roedor, y enterró las vísceras bien hondo, fuera del alcance de los carroñeros. Recogió unas piedras finas y planas y se construyó un pequeño horno, encendió un fuego en su interior y empezó a cocinar la carne. Sin sal no podía sazonar correctamente ningún alimento, pero algunas de las plantas del lugar emitían un aroma agradable al aplastarlas entre los dedos, así que las usó para frotar la carne y rellenar los cuerpos.

El roedor estuvo listo antes, al ser más pequeño que los lagartos. Eragon lo extrajo del improvisado horno y sostuvo la carne frente a la boca. Hizo una mueca y se habría quedado allí, inmovilizado por el asco, si no fuera porque tenía que seguir atendiendo al fuego y a los lagartos. Aquellas dos actividades le distrajeron lo suficiente como para obedecer a la imperiosa necesidad impuesta por el hambre y para empezar a comer sin pensar.

El primer bocado fue el peor; le golpeó en la garganta, y el sabor de la grasa caliente a punto estuvo de sentarle mal. Se estremeció y tragó dos veces; la sensación de asco desapareció. A partir de aquel momento todo fue más fácil. De hecho, agradeció el hecho de que la carne fuera bastante sosa, ya que la falta de sabor le ayudaba a no pensar en lo que estaba masticando.

Se comió todo el roedor y parte de un lagarto. Mientras arrancaba el último trozo de carne de un fino hueso de una pata, emitió un suspiro de satisfacción y luego dudó, apesadumbrado al darse cuenta de que, a pesar suyo, había disfrutado de la comida. Estaba tan hambriento que aquella cena frugal le pareció deliciosa, una vez superadas sus inhibiciones. «Quizá —reflexionó—, quizá cuando vuelva…, si estoy a la mesa de Nasuada o del rey Orrin y sirven carne…, quizá, si me apetece y resulta maleducado negarse, podría probar algún bocado… No comeré como antes, pero tampoco seré tan estricto como los elfos. La moderación me parece una vía más sensata que el fanatismo.»

A la luz de las brasas del horno, Eragon examinó las manos de Sloan; el carnicero yacía a uno o dos metros, donde lo había dejado Eragon. Un montón de finas cicatrices blancas surcaban sus largos dedos huesudos, con aquellos nudillos exageradamente grandes y sus

81

largas uñas que tan meticulosamente cuidaba en Carvahall y que ahora estaban rotas y negras de la mugre acumulada. Las cicatrices revelaban los errores —relativamente pocos— que había cometido Sloan durante las décadas que había trabajado con cuchillos. Tenía la piel arrugada y envejecida, con las venas abultadas, pero por debajo los músculos eran finos y duros.

Eragon se puso en cuclillas y cruzó los brazos sobre las rodillas.

—No puedo soltarlo sin más —murmuró.

Si lo hacía, Sloan podría seguir la pista a Roran y a Katrina, perspectiva que resultaba inaceptable. Además, aunque no iba a matar a Sloan, consideró que el carnicero debía ser castigado por sus delitos.

Eragon no había sido amigo íntimo de Byrd, pero sabía que era un buen hombre, honesto e inquebrantable, y recordaba a la esposa de Byrd, Felda, y a sus hijos con cierto afecto, ya que Garrow, Roran y Eragon habían comido y dormido en su casa en varias ocasiones. Su muerte le había afectado por su especial crueldad, y sentía que la familia del guardia merecía justicia, aunque nunca lo llegaran a saber.

No obstante…, ¿qué castigo sería el indicado? «Me he negado a hacer de verdugo, y ahora me erijo en juez. ¿Qué sé yo de la ley?»

Se puso en pie, se acercó a Sloan y se inclinó hacia su oreja:

—Vakna.

Sloan se despertó con un respingo, tanteando el suelo con sus nudosas manos. Agitó lo que le quedaba de párpados instintivamente, intentando levantarlos para mirar a su alrededor. Pero seguía atrapado en su propia noche eterna.

—Toma, come esto —le dijo Eragon, acercándole la mitad restante del lagarto al carnicero, que, aunque no podía verlo, sin duda debía de oler el alimento.

—¿Dónde estoy? —preguntó Sloan. Con manos temblorosas, empezó a explorar las rocas y las plantas que tenía delante. Se tocó las muñecas y tobillos magullados. Parecía confuso al notar que las argollas habían desaparecido.

—Los elfos, y también los Jinetes, en otro tiempo, llamaban a este lugar Mirnathor. Los enanos lo llaman Werghadn, y los humanos, el monte Gris. Si eso no responde a tu pregunta, quizá quieras saber que estamos unas cuantas leguas al sudeste de Helgrind, donde estabas preso.

Sloan movió los labios articulando la palabra «Helgrind».

—¿Me has rescatado?

—Sí.

—¿Y...?

—Deja de preguntar. Primero cómete esto —respondió Eragon con dureza.

Aquello tuvo un efecto fulminante sobre el carnicero; Sloan se acercó arrastrándose y buscó el lagarto con los dedos. Eragon se lo entregó, se retiró a su sitio, junto al horno de piedra, y echó unos puñados de tierra sobre las brasas, apagándolas para que su brillo no revelara su presencia en el improbable caso de que hubiera alguien más por los alrededores.

Tras pasar la lengua tímidamente sobre la pieza para saber qué era lo que le había dado Eragon, Sloan clavó los dientes en el lagarto y arrancó un grueso mordisco de la carcasa. Con cada bocado se metía en la boca toda la carne que podía, y sólo la masticaba una o dos veces antes de tragársela y repetir el proceso. Dejó todos los huesos limpios, con la habilidad de alguien que poseía un conocimiento perfecto de la estructura de los animales y de cuál era el modo más rápido para desmontarlos. Dejó los huesos en un montoncito a su izquierda. Cuando dio cuenta del último bocado de la cola del lagarto, Eragon le pasó el otro reptil, que aún estaba entero. Sloan murmuró un agradecimiento y siguió comiendo con fruición, sin preocuparse de limpiarse la grasa de la boca y la barbilla.

El segundo lagarto resultó ser demasiado grande para él. Se detuvo en la penúltima costilla y dejó lo que quedaba del animal sobre la pila de huesos. Luego estiró la espalda, se pasó la mano por los labios, se sujetó los largos cabellos tras las orejas y dijo:

—Gracias, desconocido, por tu hospitalidad. Hacía muchísimo que no comía tanto. Creo que valoro tu comida incluso por encima de mi libertad... ¿Puedo preguntarte si sabes algo de mi hija, Katrina, y de lo que ha sido de ella? Estaba encarcelada conmigo, en Helgrind.

—Su voz contenía una compleja combinación de emociones: respeto, miedo y sumisión ante la presencia de una autoridad desconocida; esperanza e inquietud por el destino de su hija; y una determinación tan inamovible como las cimas de las Vertebradas. El único matiz que esperaba oír Eragon y que no detectó fue el desprecio socarrón con que solía hablarle Sloan cuando se encontraban en Carvahall.

—Está con Roran.

Sloan tragó saliva.

—¡Roran! ¿Cómo ha llegado hasta allí? ¿También lo han capturado los Ra'zac? O...

—Los Ra'zac y sus monturas están muertos.

—¿Los has matado? ¿Cómo? ¿Quién...? —Por un instante,

Sloan se quedó bloqueado, como si le temblara todo el cuerpo, y entonces abrió la boca, aturdido, y dejó caer los hombros, sin fuerza. Se agarró a un arbusto en busca de sostén y sacudió la cabeza—. No, no, no... No... No puede ser. Los Ra'zac hablaban de esto; me pedían respuestas que yo no tenía, pero pensé... Es decir, ¿quién iba a decirlo?

Se agitaba con tal violencia que Eragon temió que se pudiera hacer daño. Con un susurro jadeante, como si le acabaran de dar un puñetazo en la barriga, Sloan dijo:

—No puedes ser Eragon...

Eragon se sintió marcado, condenado por el destino, como si fuera el instrumento de aquellos dos caciques implacables. Respondió en consecuencia, pronunciando muy despacio cada palabra, para que cayeran como martillazos y transmitieran todo el peso de su condición, su responsabilidad y su rabia:

—Soy Eragon, pero no sólo eso. Soy Argetlam, Asesino de Sombra y Espada de Fuego. Mi dragón se llama Saphira, también conocida como Bjartskular o Lengua de Fuego. Nos enseñaron Brom, que fue Jinete antes que yo, los enanos y los elfos. Hemos combatido a los úrgalos, a un Sombra y a Murtagh, que es el hijo de Morzan. Servimos a los vardenos y a los pueblos de Alagaësia. Y te he traído aquí, Sloan Aldensson, para llevarte a juicio por el asesinato de Byrd y por haber traicionado a Carvahall y haberla entregado al Imperio.

—¡Mientes! No puedes ser...

—¿Que miento? ¡Yo no miento! —rugió Eragon.

El chico expandió su mente y engulló la conciencia de Sloan en la suya, obligando al carnicero a aceptar los recuerdos que confirmaban la veracidad de sus afirmaciones. También quería que Sloan sintiera el poder que tenía y que se diera cuenta de que ya no era del todo humano. Y aunque le costara admitirlo, Eragon disfrutaba imponiendo su control sobre un hombre que le había creado tantos problemas y que le había atormentado tan a menudo con sus mofas, insultándoles a él y a su familia. Medio minuto más tarde, se retiró.

Sloan seguía temblando, pero no se hundió ni cayó rendido como Eragon pensó que sucedería, sino que adoptó una actitud fría y dura:

—¡Al diablo contigo! —dijo—. No tengo que darte explicaciones a ti, Eragon, Hijo de Nadie. Que te quede claro esto: hice lo que hice por Katrina y nada más.

—Lo sé. Ése es el único motivo por el que aún sigues con vida.

—Haz lo que quieras conmigo, pues. No me importa, siempre que ella esté a salvo... ¡Adelante! ¿Qué va a ser? ¿Una paliza? ¿Una marca a fuego? Ya me han quitado los ojos, así que... ¿Una de mis

84

manos? ¿O me abandonarás para que muera de hambre o para que vuelva a capturarme el Imperio?

—Aún no lo he decidido.

Sloan asintió con un gesto seco y estiró los jirones de su ropa, cubriéndose las extremidades, para protegerse del frío de la noche. Se sentó con precisión militar, como mirando con las cuencas vacías de los ojos hacia las sombras que rodeaban el campamento. No suplicó. No pidió compasión. No negó sus actos ni intentó aplacar a Eragon. No hizo otra cosa que permanecer sentado y esperar, protegido tras aquella estoica demostración de fuerza interior. Su coraje impresionó a Eragon.

El oscuro panorama que los rodeaba le parecía a Eragon de una inmensidad inimaginable, y sintió como si todo aquello convergiera hacia él, lo que hacía que la decisión que se le planteaba resultara aún más angustiosa. «Mi veredicto marcará el resto de su vida», pensó.

Por un momento abandonó la cuestión del castigo y repasó lo que sabía de Sloan: el amor incondicional que sentía por Katrina —por obsesivo, egoísta e insano que fuera, aunque en otro tiempo hubiera sido puro—; su odio y temor hacia las Vertebradas, lugar que le recordaba el pesar por la muerte de su esposa, Ismira, que había fallecido al caerse por las cimas más altas; su distanciamiento de los familiares que le habían quedado; su orgullo por su trabajo; las historias que había oído Eragon sobre la infancia de Sloan; y el conocimiento de primera mano que tenía el chico sobre la vida en Carvahall.

Eragon reunió toda aquella colección de recuerdos dispersos y fragmentados y los fue combinando mentalmente, buscando establecer su significado. Como si fueran piezas de un rompecabezas, intentó encajarlos. No parecía que lo consiguiera, pero insistió y fue trazando gradualmente una miríada de conexiones entre los hechos y las emociones de la vida de Sloan, y desde ahí fue tejiendo una compleja red que representaba lo que era Sloan en realidad. Gracias a aquello, consiguió sentir cierta empatía hacia él.

Aunque más que empatía, sintió que comprendía a Sloan, que había aislado los elementos básicos de la personalidad del carnicero, las cosas que uno no puede eliminar sin cambiar irrevocablemente a la persona. Entonces se le ocurrieron tres palabras en el idioma antiguo que parecían describir a Sloan y, sin pensarlo, Eragon las susurró.

No era posible que el sonido hubiera llegado hasta él, pero el carnicero, con las manos sobre los muslos, se giró y adoptó una expresión de intranquilidad. Un frío hormigueo le recorrió el costado izquierdo, y mientras miraba a Sloan sintió que se le ponía la piel de gallina en piernas y brazos. Se planteó diversas explicaciones para la reacción de Sloan, a cada cual más elaborada, pero sólo una parecía plausible, e incluso aquella le sorprendió por improbable. Volvió a susurrar las tres palabras. Al igual que antes, Sloan se movió, y Eragon le oyó murmurar:

—... alguien caminando sobre mi tumba.

Eragon soltó un soplido nervioso. Le costaba creérselo, pero su experimento no dejaba lugar a dudas: casi por casualidad, había descubierto el nombre real de Sloan. El descubrimiento le dejó asombrado. Saber el nombre real de alguien era una gran responsabilidad, puesto que proporcionaba un poder absoluto sobre aquella persona.

Debido a los riesgos inherentes, los elfos raramente revelaban sus nombres auténticos, y cuando lo hacían era sólo a alguien en quien confiaran sin reservas.

Era la primera vez que Eragon sabía el nombre real de alguien. Siempre había pensado que, si llegaba la ocasión, sería como un regalo por parte de alguien a quien tuviera un gran afecto. Descubrir el nombre real de Sloan sin su consentimiento suponía un giro en los acontecimientos para el que no estaba preparado y que no estaba seguro de saber gestionar. Se dio cuenta de que para descubrir el nombre real de Sloan debía de haber llegado a comprender al carnicero mejor que a sí mismo, puesto que no tenía la más mínima idea de cuál era el suyo.

Darse cuenta de aquello le resultaba incómodo. Sospechaba que, dada la naturaleza de sus enemigos, desconocer parte de sí mismo podía llegar a suponer un riesgo mortal. Inmediatamente se juró dedicar más tiempo a la introspección y a descubrir su nombre real. «A lo mejor Oromis y Glaedr podrían decirme cuál es», pensó.

Pese a las dudas y a la confusión que le provocó el nombre real de Sloan, también le dio alguna pista sobre cómo tratar al carnicero. Pero incluso con aquel concepto básico de partida, le llevó otros diez minutos trazar el resto de su plan y asegurarse de que funcionaría tal y como él quería.

Sloan giró la cabeza en dirección a Eragon cuando éste se levantó y, alejándose del campamento, empezó a caminar bajo la luz de las estrellas.

—¿Adónde vas? —preguntó Sloan.

Eragon no respondió.

Paseó por el terreno hasta que encontró una roca baja y ancha cubierta de manchas de líquenes y con un hueco cóncavo en el centro.

—Adurna risa —dijo.

Por toda la roca fueron apareciendo minúsculas gotitas de agua que ascendían desde el suelo y que se condensaron en unos chorros plateados homogéneos que superaron el borde de la roca hasta llegar al hueco. Cuando el agua empezaba a rebosar y a caer de nuevo a la tierra, volvía a quedar atrapada por el hechizo. Eragon liberó el flujo mágico y detuvo el ciclo.

Esperó hasta que la superficie del agua quedó perfectamente inmóvil y se convirtió en un espejo. Se colocó ante lo que parecía un cuenco lleno de estrellas.

—Draumr kópa —dijo, y muchas otras palabras después, recitando un hechizo que le permitiría no sólo ver, sino también hablar con otros a distancia. Oromis le había enseñado aquella variación de la visualización dos días antes de que Saphira y él partieran de Ellesméra en dirección a Surda.

El agua se volvió completamente negra, como si alguien hubiera apagado las estrellas como velas. Un momento después, en medio del agua apareció un óvalo de luz. Eragon contempló el interior de una gran tienda blanca, iluminada por la luz fría de un Erisdar rojo, una de las luces mágicas de los elfos.

En condiciones normales, Eragon sería incapaz de comunicarse con una persona o un lugar que no hubiera visto antes, pero el cristal mágico de los elfos estaba encantado de modo que transmitiera una imagen de aquel entorno a cualquiera que contactara con él. A su vez, el hechizo de Eragon proyectaría una imagen de sí mismo y de su entorno a cualquiera que contactara con el cristal. Aquello permitía que dos extraños contactaran entre sí desde cualquier lugar del mundo, algo que resultaba de un valor inestimable en tiempos de guerra.

Un elfo alto con el pelo plateado y una armadura abollada entró en el campo de visión de Eragon, que reconoció al noble Däthedr, asesor de la reina Islanzadí y amigo de Arya. Si a Däthedr le producía alguna sorpresa ver a Eragon, no lo demostró; inclinó la cabeza, se llevó los dos primeros dedos de la mano derecha a los labios y con su voz musical dijo:

—Atra esterní ono thelduin, Eragon Shur'tugal.

Cambiando de patrón mental para conversar en el idioma antiguo, Eragon le devolvió el saludo con los dedos y respondió:

—Atra du evarínya ono varda, Däthedr-vodhr.

—Me alegro de que estés bien, Asesino de Sombra —dijo Däthedr, siempre en su lengua—. Arya Dröttningu nos informó de tu misión hace unos días, y estábamos muy preocupados por ti y por Saphira. Confío en que todo haya ido bien.

87

—Sí, pero me he encontrado con un problema inesperado, y, si pudiera, querría consultar a la reina Islanzadí y recurrir a su sabiduría para resolver el asunto.

Los ojos felinos de Däthedr se entrecerraron casi del todo, convirtiéndose en dos ranuras inclinadas que le daban una expresión fiera e inescrutable.

—Sé que no lo preguntarías si no fuera algo importante, Eragonvodhr, pero ten cuidado: un arco tenso puede tanto quebrarse y herir al arquero como disparar la flecha… Ten la cortesía de esperar, y preguntaré por la reina.

—Esperaré. Te estoy muy agradecido por tu ayuda, Däthedr-vodhr.

El elfo se apartó del cristal. Eragon hizo una mueca. Le cansaba la formalidad de los elfos, pero sobre todo odiaba tener que interpretar siempre sus enigmáticas declaraciones. «¿Me estaba advirtiendo de que consultar a la reina puede resultar peligroso o de que Islanzadí es un arco tenso, a punto de quebrarse? ¿O quería decir algo completamente diferente?»

Eragon pensó que por lo menos podía contactar con los elfos. Los guardas de los elfos impedían cualquier intromisión en Du Weldenvarden mediante magia, incluidas las visualizaciones. Mientras los elfos permanecieran en sus ciudades, sólo se podía comunicar con ellos enviándoles mensajes por el bosque. Pero ahora que los elfos se habían trasladado y que habían abandonado las sombras de sus pinos de agujas negras, sus grandes hechizos ya no los protegían y se podían usar ingenios como el cristal de visualización.

El nerviosismo de Eragon fue en aumento cuando pasó el primer minuto y luego el segundo.

—¡Venga! —murmuró. Echó un vistazo rápido a su alrededor para asegurarse de que no se le acercaba ninguna persona o animal y volvió a mirar al cuenco de agua.

Con un sonido parecido al de la tela al rasgarse, la lona de entrada de la tienda se abrió y la reina Islanzadí avanzó hacia el cristal. Llevaba un brillante corpiño de armadura dorado con escamas, una cota de malla y grebas sobre las espinillas, así como un bonito casco decorado con ópalos y otras gemas preciosas que ocultaba sus bellas trenzas negras. Una capa roja con el borde blanco le caía desde los hombros; a Eragon le recordó la pared de nubes de una gran tormenta al acercarse. En la mano izquierda, Islanzadí llevaba una espada desnuda. En la mano derecha no llevaba nada, pero la tenía teñida de rojo; un momento después, Eragon se dio cuenta de que tenía los dedos y la muñeca cubiertos de sangre.

Islanzadí encogió sus perfiladas cejas al ver a Eragon. Al adoptar aquella expresión, guardaba un sorprendente parecido con Arya, aunque su estatura y su presencia resultaban aún más impresionantes que las de su hija. Era bella y terrible, como una temible diosa de la guerra.

Eragon se tocó los labios con los dedos, luego giró la mano derecha sobre el pecho en el gesto elfo de lealtad y respeto y recitó la primera frase de su saludo tradicional, abriendo el diálogo, como correspondía al que se dirigía a alguien de rango superior. Islanzadí dio la respuesta de rigor y, en un intento por granjearse su simpatía y demostrar su conocimiento de las tradiciones de los elfos, Eragon concluyó con la tercera frase de saludo, en realidad innecesaria:

—Y que la paz viva en su corazón.

La expresión adusta de Islanzadí disminuyó en cierta medida y esbozó una leve sonrisa como reconocimiento a su deferencia:

—Y en el tuyo también, Asesino de Sombra. —Su voz rica y suave contenía el susurro de las agujas de pino, el gorjeo de los arroyos y el sonido de la música de las flautas de juncos. Envainó la espada, cruzó la tienda hasta la mesa plegable y se apartó un poco para lavarse la sangre de la piel con agua de un cántaro—. Hoy en día es difícil vivir en paz, me temo.

—¿La lucha es dura, Su Majestad?

—Pronto lo será. Mi gente se está concentrando por el extremo oeste de Du Weldenvarden, donde podemos prepararnos para matar o morir, cerca de los árboles que tanto amamos. Somos una raza dispersa y no marchamos en formación como otros, dado el daño que eso supone para la naturaleza, así que nos lleva un tiempo concentrarnos desde los diferentes extremos del bosque.

—Lo entiendo. Sólo que… —Eragon buscó un modo de formular su pregunta sin que resultara maleducada— si el combate aún no ha empezado, no puedo evitar preguntarme por qué tenéis la mano manchada de sangre.

Islanzadí se sacudió las gotas de agua de los dedos y levantó su dorado antebrazo a la vista de Eragon, que se dio cuenta de que ella había hecho de modelo para la escultura de dos brazos entrelazados que había en la entrada de su casa árbol de Ellesméra.

—Sólo es un color. Las únicas manchas de sangre que quedan en una persona son las que lleva en el alma, no en el cuerpo. He dicho que el combate se recrudecería próximamente, no que aún no hubiera empezado —aclaró. Se estiró la manga de la cota y la túnica que tenía debajo hasta la muñeca. Del cinturón engastado con piedras que llevaba alrededor de la fina cintura extrajo un guante cosido con hilo de plata y se lo enfundó en la mano—. Hemos estado observando la ciudad de Ceunon, ya que es donde tenemos intención de atacar primero. Hace dos días, nuestros exploradores descubrieron grupos de hombres con mulas que avanzaban desde Ceunon a Du Weldenvarden. Pensábamos que iban a buscar madera en los límites del bosque, ya que suelen hacerlo. Es una práctica que toleramos, puesto que los humanos necesitan madera, y los árboles de los márgenes son jóvenes y prácticamente quedan lejos de nuestro control; además, hasta ahora no queríamos exponernos. Pero la expedición no se detuvo en los límites del bosque. Se adentraron en Du Weldenvarden, siguiendo pistas de caza que evidentemente les eran familiares. Buscaban los árboles más altos y gruesos, árboles antiguos como la propia Alagaësia, árboles que ya eran antiguos y enormes cuando los enanos descubrieron Farthen Dûr. Cuando los encontraron, empezaron a serrarlos. —La voz de Islanzadí estaba llena de rabia—. Por sus comentarios, supimos para qué estaban allí: Galbatorix quería los mayores árboles que pudieran encontrar para reemplazar las catapultas y arietes que habían perdido durante la batalla de los Llanos Ardientes. Si su motivo hubiera sido puro y honesto, podríamos haber permitido la tala de uno de los soberanos de nuestro bosque. Quizás incluso de dos. Pero no de veintiocho.

Eragon sintió un escalofrío.

—¿Qué hicisteis? —preguntó, aunque ya sospechaba la respuesta.

Islanzadí levantó la barbilla y su expresión se endureció.

—Yo estaba presente, con dos de nuestros exploradores. Juntos, «corregimos» el error de los humanos. En el pasado, la gente de Ceunon sabía que no debía penetrar en nuestra tierra. Hoy les hemos recordado por qué. —Sin darse cuenta, se frotó la mano derecha, como si le doliera, y miró algo que pasaba por detrás del cristal—. Tú has aprendido, Eragon-finiarel, lo que significa tocar la fuerza vital de las plantas y los animales que te rodean. Imagina cómo los habrías cuidado si hubieras podido hacerlo durante siglos. Nosotros ponemos de nuestra parte para la conservación de Du Weldenvarden, y el bosque es una extensión de nuestros cuerpos y nuestras mentes. Si sufre cualquier daño, es como si lo sufriéramos nosotros… Nuestro pueblo tarda en levantarse, pero cuando lo hace somos como dragones: enloquecemos de rabia. Hace más de cien años que no derramábamos sangre en la batalla, ni yo ni la mayoría de los elfos. El mundo se ha olvidado de lo que somos capaces. Puede que hayamos perdido fuerzas desde la caída de los Jinetes, pero igualmente vamos a dejar huella en nuestros enemigos; parecerá como si hasta los elementos se hubieran vuelto en su contra. Somos una raza antigua, y nuestras habilidades y conocimientos son muy superiores a los de los hombres mortales. Que Galbatorix y sus aliados se preparen, porque los elfos estamos a punto de abandonar nuestro bosque, y volveremos triunfantes…, o no volveremos.

Eragon sintió un escalofrío. Ni siquiera durante sus enfrentamientos con Durza había observado una determinación tan implacable. «No es humana —pensó, y se sonrió por dentro—. Claro que no. Y haré bien en recordarlo. Por mucho que nos parezcamos, y en mi caso el parecido es mucho, no somos iguales.»

—Si tomáis Ceunon —dijo Eragon—, ¿cómo controlaréis a los humanos? Puede que odien al Imperio más que a la propia muerte, pero dudo de que confíen en vosotros, aunque sólo sea porque son humanos y vosotros sois elfos.

—Eso no es importante —dijo Islanzadí, agitando una mano—. Una vez hayamos atravesado las murallas de la ciudad, tenemos formas de asegurarnos de que nadie nos plantee oposición. No es la primera vez que hemos combatido contra los de tu raza. —En aquel momento se quitó el casco y una cabellera negro azabache le cayó hacia delante, a los lados del rostro—. No me gustó la noticia de tu incursión en Helgrind, pero deduzco que ya acabó y que finalizó con éxito, ¿no?

—Sí, Su Majestad.

—Entonces mis objeciones poco importan. Te advierto, no obstante, Eragon Shur'tugal: no te pongas en peligro en aventuras tan innecesariamente peligrosas. Lo que debo decirte es algo cruel, pero cierto en cualquier caso, y es esto: tu vida es más importante que la felicidad de tu primo.

—Le juré a Roran que le ayudaría.

—Entonces tu juramento fue imprudente, y no tomaste en consideración las consecuencias.

—¿Debo entonces abandonar a mis seres queridos? Si lo hiciera, me sentiría despreciable e indigno de confianza: un vehículo desvirtuado para las esperanzas de la gente que cree que, de algún modo, puedo vencer a Galbatorix. Además, mientras Galbatorix tuviera presa a Katrina, Roran era vulnerable a manipulaciones por su parte.

La reina levantó una ceja afilada como una daga.

—Es un punto vulnerable que Galbatorix no podría aprovechar si hubieras enseñado a Roran ciertos juramentos en este idioma, el de la magia… Yo no te aconsejo que te aísles de los amigos o de la familia. Eso sería una locura. Pero ten bien presente lo que está en juego: la integridad de Alagaësia. Si ahora fracasamos, la tiranía de Galbatorix se extenderá sobre todas las razas, y su reino no tendrá fin. Tú eres la punta de lanza de nuestras fuerzas, y si la punta se rompe y se pierde, nuestra lanza rebotará en la armadura del enemigo, y también estaremos perdidos nosotros.

Una capa de líquenes se desprendió bajo los dedos de Eragon al presionar contra el borde de la roca en un deseo reprimido por hacer una observación impertinente sobre el hecho de que cualquier guerrero bien equipado debería contar con una espada u otra arma en la que apoyarse, además de su lanza. Estaba decepcionado por la dirección que había tomado el diálogo y deseoso de cambiar de tema lo más rápidamente posible; no había contactado con la reina para que pudiera regañarle como si fuera un niño. Sin embargo, permitir que la impaciencia dictara sus acciones no aportaría nada a su causa, así que mantuvo la calma y respondió:

—Creedme, Majestad, que me tomo vuestras preocupaciones muy, muy en serio. Sólo puedo decir que si no hubiera ayudado a Roran me habría sentido tan triste como él, y más aún sí él intentaba rescatar a Katrina por su cuenta y moría en el intento. En cualquier caso, me habría quedado tan desolado que en poco podría haber ayudado a nadie. ¿No podemos al menos aceptar que tenemos opiniones diferentes sobre el asunto? Ninguno de los dos podrá convencer al otro.

—Muy bien —decidió Islanzadí—. Dejemos el asunto… de momento. Pero no creas que te librarás de una investigación formal sobre tu decisión, Eragon Jinete de Dragón. Me parece que te muestras algo frívolo con respecto a tus principales responsabilidades, y que esto es un asunto serio. Lo discutiré con Oromis; él decidirá qué hacer contigo. Ahora dime: ¿por qué has pedido esta audiencia?

Eragon apretó los dientes varias veces, recobró la compostura y explicó los sucesos del día, el motivo de sus acciones con respecto a Sloan, y el castigo que había pensado para el carnicero.

Cuando acabó, Islanzadí se puso a caminar en círculo por la tienda con movimientos ágiles como los de un gato, luego se detuvo y respondió:

—Has decidido quedarte solo, en medio del Imperio, para salvar la vida de un asesino y un traidor. Estás solo con ese hombre, a pie, sin provisiones ni armas, salvo la magia, y tienes cerca a tus enemigos. Veo que mis advertencias anteriores estaban más que justificadas. Tú…

—Su Majestad, si debéis enfadaros conmigo, hacedlo más tarde. Quiero resolver esto pronto para poder descansar un poco antes de que se haga de día. Tengo muchos kilómetros que recorrer mañana.

La reina asintió.

—Tu supervivencia es lo único que importa. Ya me pondré furiosa cuando acabemos de hablar… En cuanto a tu consulta, algo así no tiene precedentes en nuestra historia. En tu lugar, yo habría matado a Sloan y me habría librado del problema allí mismo.

—Sé que lo habríais hecho. Una vez vi a Arya sacrificar a un halcón gerifalte maltrecho, diciendo que estaba herido y que la muerte era inevitable, y que matándolo le ahorraba horas de sufrimiento. Quizá tenía que haber hecho lo mismo con Sloan, pero no pude. Creo que habría sido una decisión que habría lamentado el resto de mi vida, o peor aún, que me habría hecho más fácil matar en el futuro.

Islanzadí suspiró, y de pronto parecía cansada. Eragon recordó entonces que ella también se había pasado el día combatiendo.

—Puede que Oromis haya sido un buen maestro, pero está demostrado que sigues la estela de Brom, no la de Oromis. Sólo Brom se metía en tantos aprietos como tú. Y como él, parece que sientes la necesidad de buscar las arenas movedizas más profundas para meterte en ellas.

Eragon ocultó una sonrisa, complacido con la comparación.

—¿Y qué hay de Sloan? —preguntó—. Ahora su destino depende de vos.

A paso lento, Islanzadí se dirigió a un taburete que había junto a la mesa plegable y se sentó, apoyó las manos en el regazo y miró a un extremo del cristal. Su semblante era muestra de sus enigmáticas elucubraciones: una bella máscara que ocultaba sus pensamientos y sentimientos, y en la que Eragon no conseguía penetrar, por mucho que lo intentara.

—Ya que tú has considerado oportuno salvar la vida de este hombre —dijo por fin—, afrontando con ello no pocos problemas y un gran esfuerzo por tu parte, no puedo rechazar tu petición haciendo que tu sacrificio resulte vano. Si Sloan sobrevive a la dura travesía que se presenta ante vosotros, Gilderien el *Sabio* le permitirá pasar, y Sloan tendrá una habitación, una cama y alimento para comer. Más no puedo prometer, puesto que lo que ocurra después dependerá del propio Sloan; pero si se cumplen las condiciones que has mencionado, entonces sí, podremos iluminar sus sombras.

—Gracias, Su Majestad. Sois extremadamente generosa.

—No, generosa no. Esta guerra no me permite ser generosa, sino únicamente práctica. Ve y haz lo que debas, y ten cuidado, Eragon Asesino de Sombra.

—Su Majestad —añadió, inclinándose—, si puedo pediros un úl-

93

timo favor… ¿Os importaría no explicarles a Arya, a Nasuada ni a ninguno de los vardenos mi situación actual? No quiero que se preocupen por mí más de lo necesario, y ya se enterarán muy pronto a través de Saphira.

—Consideraré tu petición.

Eragon se quedó esperando, pero al ver que ella permanecía en silencio y que era evidente que no tenía intención de anunciar su decisión, hizo una segunda reverencia y dijo de nuevo:

—Gracias.

La brillante imagen de la superficie del agua tembló y luego desapareció en la oscuridad con el final del hechizo que había usado Eragon para crearla. Se echó atrás y levantó la vista a la multitud de estrellas, dejando que los ojos volvieran a adaptarse a la tenue luz parpadeante que arrojaban. Luego dejó la agrietada roca con la balsa de agua y desanduvo el camino a través de hierbas y matojos hasta el campamento donde Sloan permanecía sentado con la espalda erguida, rígido como el hierro colado.

Eragon golpeó un guijarro con el pie, y el ruido reveló su presencia a Sloan, que se giró inmediatamente, rápido como un pájaro.

—¿Ya te has decidido? —preguntó Sloan.

—Sí —respondió Eragon. Se detuvo y se puso en cuclillas frente al carnicero, apoyando una mano en el suelo para mantener el equilibrio—. Escúchame bien, ya que no tengo intención de repetirlo. Tú hiciste lo que hiciste por amor a Katrina, o al menos eso es lo que dices. Lo admitas o no, yo creo que también tenías otros motivos más viles para querer separarla de Roran: ira…, odio…, afán de venganza… y tu propio dolor.

Los labios de Sloan se endurecieron, fundiéndose en una fina línea blanca:

—Te equivocas conmigo.

—No, no creo. Dado que mi conciencia me impide matarte, tu castigo tendrá que ser el más terrible que se me pueda ocurrir sin llegar a la muerte. Estoy convencido de que lo que has dicho antes es cierto, de que para ti Katrina es más importante que ninguna otra cosa. Por tanto tu castigo será este: no verás, tocarás ni hablarás con tu hija nunca más, ni siquiera en tu lecho de muerte, y vivirás sabiendo que está con Roran y que son felices juntos, sin ti.

Sloan, apretando los dientes, aspiró aire por entre los huecos restantes.

—¿Ése es tu castigo? ¡Ja! No puedes asegurarte de que se cumpla; no tienes ninguna prisión donde encerrarme.

—No he acabado. Me aseguraré de que se cumpla haciéndote jurar en el idioma de los elfos, en la lengua de la verdad y en la de la magia que cumplirás los términos de tu condena.

—No puedes obligarme a dar mi palabra —le espetó Sloan—. Ni siquiera torturándome.

—Sí puedo, y no te torturaré. Es más, te crearé una necesidad de viajar hacia el norte hasta que llegues a la ciudad elfa de Ellesméra, situada en el corazón de Du Weldenvarden. Puedes intentar resistirte a esa necesidad si quieres, pero por mucho que te niegues, el hechizo te atacará los nervios como una picadura cuando no puedes rascarte, hasta que cedas y viajes hasta el reino de los elfos.

—¿No tienes agallas para matarme tú mismo? —preguntó Sloan—. ¿Eres demasiado cobarde como para ponerme un cuchillo en el cuello, hasta el punto de hacerme vagar por la Tierra, ciego y perdido, hasta que el mal tiempo o las bestias acaben conmigo? —le increpó, escupiendo a su izquierda—. ¡No eres más que un gallina, hijo de un leproso putrefacto! Eres un bastardo abandonado, un seboso reconcomido por la rabia y cubierto de mierda; un asqueroso sapo tóxico, un alfeñique llorica. No te daría mi último mendrugo ni que estuvieras muriéndote de hambre, ni una gota de agua si estuvieras muriendo de sed, ni la tumba de un mendigo si estuvieras muerto. ¡Tienes pus en lugar de médula y hongos por cerebro, esmirriado lameculos!

Ahí estaba. Eragon pensó que los obscenos improperios de Sloan tenían algo que impresionaba, pero su admiración no evitaba que sintiera deseos de estrangular al carnicero, o al menos de responderle del mismo modo. No obstante, lo que le hizo contenerse fue la sospecha de que Sloan estaba intentando deliberadamente enfurecerle y provocarle para que le atacara, proporcionándole una muerte tan rápida como inmerecida.

—Puede que sea un bastardo —dijo Eragon—, pero no un asesino. —Sloan aspiró profundamente. Pero antes de que pudiera retomar su retahíla de insultos, Eragon prosiguió—: Allá donde vayas, no te faltará la comida ni te atacarán los animales salvajes. Lanzaré unos hechizos que te acompañarán y que harán que no te molesten ni hombres ni bestias, y que los animales te aporten sustento cuando lo necesites.

—No puedes hacer eso —susurró Sloan. Incluso a la luz de las estrellas, Eragon pudo apreciar que su piel, ya de por sí pálida, adquiría una lividez aún mayor, y lo dejaba blanco como la cal—. No cuentas con los medios necesarios. No tienes derecho.

—Soy un Jinete de Dragón. Tengo tanto derecho como un rey o una reina.

Entonces Eragon, que no tenía ningún interés en seguir dándole lecciones, emitió el nombre real del carnicero con suficiente fuerza como para que él lo oyera. Una expresión de horror y revelación invadió el rostro de Sloan y echó los brazos al cielo, aullando como si le hubieran apuñalado. Cayó hacia delante, sobre las manos; se quedó así, sollozando, con el rostro oscurecido por su sucia mata de pelo.

Eragon lo miró, traspuesto ante la reacción de Sloan. «¿Afectará a todo el mundo así el hecho de descubrir su nombre? ¿Me ocurrirá también a mí?»

Hizo de tripas corazón ante aquella imagen de desolación y se puso a hacer lo que le había anunciado. Repitió el nombre real de Sloan y, palabra por palabra, le fue enseñando al carnicero juramentos en el idioma antiguo que le aseguraran que Sloan no fuera al encuentro de Katrina nunca más. Sloan se resistió con sollozos y gemidos, y apretando los dientes, pero por mucho que se opusiera, no tenía otra opción más que la de obedecer cada vez que Eragon invocaba su nombre real. Y cuando acabaron con los juramentos, Eragon lanzó los cinco conjuros que llevarían a Sloan hacia Ellesméra, que le protegerían de cualquier violencia no provocada y que hechizarían a los pájaros, las bestias y los peces de los ríos y lagos para que le proporcionaran alimento. Eragon formuló los hechizos para que extrajeran la energía de Sloan y no de sí mismo.

Para cuando completó su último hechizo, la medianoche era ya un vago recuerdo. Derrotado por el cansancio, se apoyó en el bastón de espino. Sloan yacía, hecho un ovillo ante él.

—Ya está —dijo Eragon.

La figura que tenía a sus pies emitió un lamento confuso. Sonaba como si Sloan estuviera intentando decir algo. Con el ceño fruncido, Eragon se arrodilló a su lado. Sloan tenía las mejillas rojas y ensangrentadas de los arañazos que se había infligido con los dedos. La nariz le goteaba y por la comisura de la cuenca del ojo izquierdo, que era el menos mutilado de los dos, le asomaba alguna lágrima. La piedad y el sentido de culpa se apoderaron de Eragon; no le daba ningún placer ver a Sloan en aquel estado. Era un hombre destrozado, desprovisto de todo lo que valoraba en la vida, incluidas sus falsas ilusiones, y Eragon era el causante de su derrota. Al darse cuenta se sintió sucio, como si hubiera hecho algo vergonzoso. «Era necesario —pensó—, pero nadie tendría que verse obligado a hacer lo que he hecho yo.» Sloan emitió otro quejido y luego dijo:

—Sólo un trozo de cuerda. No quería... Ismira... No, no, por favor, no...

Los lamentos del carnicero cesaron, y en el silencio que se produjo Eragon posó la mano sobre el brazo de Sloan, que se quedó rígido ante el contacto.

—Eragon... —susurró—. Eragon... Estoy ciego, y tú me envías a caminar..., a caminar solo. No tengo nada ni a nadie. Me conozco y sé que no puedo soportarlo. Ayúdame: ¡mátame! ¡Libérame de esta agonía!

Impulsivamente, Eragon le colocó el bastón de espino en la mano derecha y le dijo:

—Toma mi bastón. Él te guiará en tu viaje.

—¡Mátame!

Un grito desgarrado surgió de la garganta de Sloan, que empezó a revolverse de un lado al otro, golpeando el suelo con los puños.

—¡Cruel, cruel es lo que eres! —gritó. Pero sus escasas fuerzas se agotaron, y se recogió en un ovillo aún más apretado, entre jadeos y gimoteos.

Agachándose a su lado, Eragon situó la boca junto al oído de Sloan y susurró:

—No soy tan despiadado, así que te doy un motivo de esperanza: si llegas a Ellesméra, encontrarás un hogar esperándote. Los elfos te cuidarán y te permitirán hacer lo que quieras el resto de tu vida, con una excepción: una vez entres en Du Weldenvarden, no podrás salir... Sloan, escúchame. Cuando estuve entre los elfos, aprendí que el nombre real de una persona muchas veces cambia a medida que envejece. ¿Entiendes lo que significa? No estás condenado a ser el mismo toda la eternidad. Un hombre puede forjarse una nueva identidad si lo desea.

Sloan no respondió.

Eragon dejó el bastón junto a Sloan y se fue al otro lado del campamento para tumbarse en el suelo. Con los ojos ya cerrados, murmuró un hechizo que lo despertara antes del amanecer y luego se sumió en el reconfortante abrazo de su reposo en vigilia.

El monte Gris estaba frío, oscuro e inhóspito. De pronto sonó un leve zumbido en el interior de la mente de Eragon.

—Letta —dijo, y el zumbido cesó.

Estiró los músculos con un bostezo, se puso en pie y estiró los brazos sobre la cabeza, sacudiéndolos para que la sangre le volviera a circular. Sentía la espalda tan magullada que esperaba que pasara mucho tiempo antes de verse obligado a empuñar un arma de nuevo. Bajó los brazos y buscó a Sloan con la mirada.

El carnicero se había ido.

Eragon sonrió cuando vio un rastro de pisadas, acompañadas de la huella redonda del bastón, que salían del campamento. El rastro era confuso y sinuoso, pero en definitiva la ruta que seguía conducía al norte, hacia el gran bosque de los elfos.

«Quiero que lo consiga —pensó Eragon, algo sorprendido—. Quiero que lo consiga, porque significará que todos tenemos una oportunidad de redimirnos de nuestros pecados. Y si Sloan puede corregir los defectos de su personalidad y reconocer el mal que ha infligido, su penitencia no le parecerá tan dura como cree.» Y es que Eragon no le había dicho a Sloan que, si el carnicero demostraba que se arrepentía realmente de sus delitos, se reformaba y se convertía en una persona mejor, la reina Islanzadí ordenaría a sus hechiceros que le devolvieran la vista. En cualquier caso, era una recompensa que Sloan debía ganarse sin saber que existía, ya que de otro modo intentaría engañar a los elfos para que se la concedieran antes de merecerla.

Eragon se quedó mirando las huellas un buen rato. Luego levantó la mirada hacia el horizonte y dijo:

—Buena suerte.

Cansado, pero también satisfecho, dio la espalda a las pisadas de Sloan y echó a correr por el monte Gris. Sabía que al sudoeste se encontraban las antiguas formaciones de arenisca donde yacía Brom en su tumba de diamante. Le habría gustado desviarse e ir a presentarle sus respetos, pero no se atrevió, puesto que si Galbatorix había descubierto el lugar, habría enviado a sus agentes en busca de Eragon.

—Volveré —dijo—. Te lo prometo, Brom: algún día volveré.

Y aceleró el paso.

La Prueba de los Cuchillos Largos

—*P*ero ¡si nosotros somos tu pueblo!

Fadawar, un hombre alto, de piel oscura y nariz respingona, hablaba con el mismo énfasis y las mismas vocales con acento que Nasuada recordaba haber oído durante su infancia en Farthen Dûr, cuando los emisarios de la tribu de su padre llegaban y ella se sentaba en el regazo de Ajihad, adormilada, mientras ellos hablaban y fumaban la hierba del cardo.

Nasuada levantó la mirada hacia Fadawar; le habría gustado medir treinta centímetros más para poder mirar a aquel señor de la guerra y a sus cuatro criados a los ojos. Aun así, estaba acostumbrada a que los hombres la miraran desde arriba. Le resultaba mucho más desconcertante el hecho de encontrarse entre un grupo de personas de tez morena como la suya. Era una experiencia nueva no ser el objeto de las miradas curiosas y de los murmullos de la gente.

Estaba de pie, ante la silla tallada desde la que concedía audiencia —una de las pocas sillas sólidas que habían traído consigo los vardenos en su campaña—, dentro de su pabellón de mando rojo. El sol estaba a punto de ponerse, y sus rayos se filtraban a través del lado derecho del pabellón, como si fuera un vitral, creando un brillo rojizo en su interior. Una larga mesa baja, cubierta de informes y mapas, ocupaba la mitad del pabellón.

Sabía que frente a la entrada de la gran tienda estaban los seis miembros de su guardia personal —dos humanos, dos enanos y dos úrgalos—, esperando con las armas desenfundadas, listos para atacar a la mínima indicación de que estaba en peligro. Jörmundur, su comandante más anciano y de mayor confianza, le había puesto guardaespaldas desde el día de la muerte de Ajihad, pero nunca tantos ni durante tanto tiempo. No obstante, el día tras la batalla de los Llanos Ardientes, Jörmundur expresó su profunda preocupación por su seguridad, algo que, según dijo, muchas veces le hacía pasar las noches despierto con un ardor en el estómago. Dado que ya habían intentado matarla en Aberon, y que Murtagh ya había conseguido asesinar al rey Hrothgar menos de una semana antes, Jörmundur opinaba que Nasuada debía crear una fuerza destinada exclusivamente a su defensa. Ella se había opuesto a tal medida por considerarla exagerada, pero no había conseguido convencer a Jörmundur, que había amenazado con renunciar a su cargo si ella se negaba a adoptar lo que consideraba una precaución necesaria. Al final Nasuada había aceptado, aunque luego se habían pasado una hora discutiendo sobre el número de guardias que debía tener. Él quería una docena o más en todo momento. Ella quería cuatro o menos. Acordaron que fueran seis, cifra que a Nasuada aún le parecía exagerada; no quería que pareciera que estaba preocupada o, peor aún, que intentaba intimidar a sus interlocutores. Pero sus protestas no habían conseguido convencer a Jörmundur. Le acusó de ser un viejo tozudo alarmista, pero él se rio y respondió: «Mejor ser un viejo tozudo alarmista que una jovencita inconsciente que muere antes de su hora».

Como los miembros de su guardia hacían turnos de seis horas, el número total de guerreros asignados para la protección de Nasuada era de treinta y cuatro, incluidos diez de reserva que sustituirían a sus compañeros en caso de enfermedad, lesión o muerte.

La propia Nasuada había insistido en reclutar a los soldados de cada una de las tres razas mortales aliadas contra Galbatorix. Esperaba que, de este modo, se creara una mayor solidaridad entre ellas, dando al mismo tiempo la imagen de que representaba los intereses de todas las razas a su mando, no sólo de los humanos. También habría incluido a los elfos, pero en aquel momento Arya era la única elfa que combatía junto a los vardenos y sus aliados, y los doce hechiceros que había enviado Islanzadí para proteger a Eragon aún no habían llegado. Para decepción de Nasuada, los guardas humanos y enanos se mostraban hostiles ante los úrgalos con los que montaban guardia, reacción que había previsto pero que no había sido capaz de evitar o mitigar. Sabía que haría falta más de una batalla en el mismo bando para suavizar las tensiones entre razas que se habían enfrentado y odiado durante tantas generaciones. Aun así, le pareció alentador que los guerreros decidieran llamar a su cuerpo los Halcones de la Noche, para hacer mención tanto a su color como al hecho de que los úrgalos la llamaban siempre «Acosadora de la Noche».

Aunque nunca lo habría admitido ante Jörmundur, Nasuada enseguida se había sentido más segura con los guardias. Además de ser maestros de sus respectivas armas —los humanos de la espada, los enanos con sus hachas y los úrgalos con su excéntrica colección de instrumentos—, muchos de los guerreros eran hábiles magos. Y todos le habían jurado lealtad eterna en el idioma antiguo. Desde el día en que los Halcones de la Noche iniciaron su labor, no habían dejado a Nasuada a solas con nadie, salvo con Farica, su sierva personal.

Eso, hasta aquel momento.

Nasuada les había mandado salir del pabellón porque sabía que su entrevista con Fadawar podía llevar a un derramamiento de sangre que los Halcones de la Noche, con su sentido del deber, se sentirían obligados a evitar. Aun así, no estaba completamente indefensa. Tenía una daga oculta entre los pliegues de su vestido, y un cuchillo aún más pequeño en el corpiño; además, justo detrás de la cortina situada tras la silla de Nasuada se encontraba Elva, la niña bruja clarividente, lista para intervenir en caso necesario.

Fadawar apoyó en el suelo su cetro, de más de un metro de largo. El bastón grabado estaba hecho de oro sólido, al igual que su fantástica colección de joyas: unos brazaletes de oro le cubrían los antebrazos, un pectoral de oro batido le tapaba el pecho; unas largas y gruesas cadenas de oro le colgaban del cuello; en los lóbulos de las orejas lucía unos discos de oro blanco repujado y en lo alto de la cabeza descansaba una resplandeciente corona de oro de unas proporciones enormes. Nasuada se preguntó cómo podría soportar aquel peso el cuello de Fadawar sin venirse adelante, y cómo conseguía mantener en su sitio aquella monumental pieza de metal. Aquella torre de metal medía al menos setenta centímetros de alto y daba la impresión de que tenía que llevarla atornillada al hueso del cráneo para que no se le moviera.

Los hombres de Fadawar iban engalanados de modo parecido, aunque menos opulento. Parecía ser que todo aquel oro debía servir para proclamar no sólo su riqueza, sino también la clase social y las hazañas de cada uno de ellos y la habilidad de los célebres artesanos de su tribu. Los pueblos de piel morena de Alagaësia, tanto los nómadas como los que vivían en ciudades, gozaban de fama por la calidad de sus joyas, que podían llegar a compararse con las de los enanos.

La propia Nasuada poseía algunas piezas, pero había decidido no ponérselas. Sus pobres joyas no podían competir con el esplendor de Fadawar. Por otra parte, opinaba que no era buena idea alinearse con ningún grupo en particular, por mucho dinero o influencias que tuviera, cuando tenía que tratar y hablar por todas y cada una de las facciones de los vardenos. Si se mostraba más próxima a unos u otros, las posibilidades de controlarlos a todos disminuirían.

Y aquél era el origen de la discusión con Fadawar.

Fadawar volvió a picar con el cetro en el suelo:

—¡La sangre es lo más importante! Lo primero son las responsabilidades para con tu familia, luego con tu tribu, luego con tu señor de la guerra, luego con los dioses de arriba y abajo, y sólo entonces con tu rey y tu nación, si es que los tienes. Así quiso Unulukuna que vivieran los hombres, y así deberíamos vivir si queremos alcanzar la felicidad. ¿Tienes el valor suficiente como para escupir a los pies del Viejo? Si un hombre no ayuda a su familia, ¿en quién podrá confiar cuando necesite ayuda? Los amigos son volubles, pero la familia es para siempre.

—Me estás pidiendo —aclaró Nasuada— que dé posiciones de poder a los tuyos porque eres el primo de mi madre y porque mi padre nació entre vosotros. Estaría encantada de hacerlo si los tuyos pudieran desempeñar esos cargos mejor que ningún otro de los vardenos, pero nada de lo que has dicho hasta ahora me ha convencido de que eso sea así. Y antes de que sigas desplegando tu elaborada verborrea, deberías saber que las demandas que realices apelando a nuestros lazos de sangre para mí no tienen ningún valor. Tu petición me parecería más digna de consideración si hubieras hecho algo más para ayudar a mi padre que enviar baratijas y promesas vacías a Farthen Dûr. Hasta ahora, que tengo a mano la victoria y dispongo de influencias, no te has dado a conocer ante mí. Bueno, mis padres están muertos y no tengo ninguna otra familia. Sois mi pueblo, sí, pero nada más.

Fadawar entrecerró los ojos, alzó la barbilla y dijo:

—El orgullo de una mujer siempre carece de lógica. Sin nuestro apoyo perderás. —Había pasado a usar su lengua autóctona, lo que obligó a Nasuada a responder del mismo modo, muy a su pesar.

Su discurso entrecortado y su entonación hacían evidente lo poco familiar que le era su lengua materna, lo que dejaba claro que no había crecido en su tribu, por lo que más bien era una forastera. La treta socavó su autoridad.

—Siempre agradezco la incorporación de nuevos aliados —dijo ella—, pero no puedo caer en favoritismos, ni vosotros deberíais precisarlos. Vuestras tribus son fuertes y están bien dotadas. Deberían ser capaces de ocupar enseguida un puesto destacado entre los vardenos, sin necesidad de contar con favores de otros. ¿Sois acaso perros muertos de hambre que venís a gemir a mi mesa, u hombres que pueden alimentarse por sí mismos? Si es así, no veo el momento de que trabajemos unidos en favor de los vardenos para derrotar a Galbatorix.

—¡Bah! —exclamó Fadawar—. Tu oferta es tan falsa como tú misma. Nosotros no hacemos el trabajo de los siervos: somos los elegidos. Nos insultas. Te quedas ahí, sonriendo, pero tu corazón está lleno del veneno de los escorpiones.

—No era mi intención ofender a nadie —respondió Nasuada, conteniendo su ira e intentando calmar al señor de la guerra—. Sólo intentaba exponer mi situación. No siento animadversión ninguna por las tribus errantes, ni les tengo ningún cariño especial. ¿Es eso tan malo?

—Es peor que malo: ¡es una traición descarada! ¡Tu padre nos hizo ciertas peticiones apelando a nuestra relación, y ahora tú te olvidas de nuestros servicios y nos despachas como a mendigos, con las manos vacías!

Nasuada se resignó: «Así que Elva tenía razón; es inevitable —pensó. Un escalofrío de miedo y excitación le recorrió el cuerpo—. Si tiene que ser así, no tengo motivo para mantener esta charada».

—Servicios que no rendisteis la mitad del tiempo —dijo, en voz alta.

—¡Sí que lo hicimos!

—No lo hicisteis. Y aunque estuvieras diciendo la verdad, la posición de los vardenos es demasiado precaria como para que yo pueda daros algo a cambio de nada. Me pedís favores, pero decidme: ¿qué podéis ofrecerme a cambio? ¿Ayudaréis a financiar a los vardenos con vuestro oro y vuestras joyas?

—No directamente, pero…

—¿Permitirás que tus artesanos trabajen para mí, sin cobrar por ello?

—No podríamos…

—Entonces, ¿cómo pretendes ganarte esos privilegios? No puedes pagarme con guerreros: tus hombres ya luchan para mí, sea en el ejército de los vardenos o en el del rey Orrin. Conténtate con lo que tienes, señor de la guerra. Y no pretendas más de lo que te corresponde por derecho.

—Tergiversas la realidad para adaptarla a tus objetivos egoístas. ¡Yo busco lo que nos corresponde por derecho! Por eso estoy aquí. No haces más que hablar, pero tus palabras son vacías, ya que con tus acciones nos has traicionado —proclamó. Los brazaletes que llevaba en los brazos chocaban sonoramente entre sí al gesticular como si estuviera ante un público multitudinario—. Admites que somos tu pueblo. ¿Sigues, entonces, nuestras costumbres y rindes culto a nuestros dioses?

103

«Ahí está el quid del asunto», pensó Nasuada. Podría mentir y afirmar que había abandonado las viejas tradiciones, pero si lo hacía, los vardenos perderían a las tribus de Fadawar, y quizás a otros nómadas, cuando se enteraran de lo que había dicho. «Los necesitamos. Necesitamos a todos los hombres posibles si queremos tener una pequeña posibilidad de vencer a Galbatorix.»

—Sí que lo hago —respondió.

—Entonces digo que no estás capacitada para dirigir a los vardenos, y haciendo uso de mi derecho, te desafío a la Prueba de los Cuchillos Largos. Si ganas, te rendiremos pleitesía y nunca más cuestionaremos tu autoridad. Pero si pierdes, tendrás que hacerte a un lado y yo ocuparé tu lugar a la cabeza de los vardenos.

Nasuada observó la chispa de satisfacción que brillaba en los ojos de Fadawar. «Eso es lo que quería desde el principio —observó—. Habría apelado a la prueba aunque hubiera accedido a sus demandas.»

—A lo mejor me equivoco, pero pensaba que era tradición que quien gana asume el control de las tribus de su rival, además de las suyas. ¿No es así? —planteó. Casi le dio la risa al ver la expresión de consternación en el rostro de Fadawar—. No esperabas que supiera eso, ¿verdad?

—Es así.

—Entonces acepto tu desafío, dejando claro que si yo gano, tu corona y tu cetro serán míos. ¿Estamos de acuerdo?

Fadawar frunció el ceño y asintió:

—Lo estamos.

Golpeó con el cetro en el suelo con tal fuerza que se quedó clavado; luego se agarró el primer brazalete del brazo izquierdo y empezó a darle vueltas con la mano.

—Espera —dijo Nasuada. Se dirigió a la mesa que ocupaba el otro lado del pabellón y cogió una pequeña campana de latón; la hizo sonar dos veces y, tras una breve pausa, cuatro veces más.

Sólo un momento después, Farica entró en la tienda. Lanzó una mirada inexpresiva a los visitantes, hizo una reverencia al grupo y dijo:

—¿Señora?

Nasuada miró a Fadawar y asintió.

—Podemos proceder —dijo. Luego se dirigió a su sirvienta—. Ayúdame a quitarme el vestido. No quiero estropearlo.

La mujer se quedó sorprendida ante la petición.

—¿Aquí, señora? ¿Delante de estos… hombres?

—Sí, aquí. ¡Y rápido! No debería tener que discutir con mi propia sirvienta —replicó Nasuada con mayor dureza de la que pretendía, pero el corazón le latía desbocado y tenía la piel increíblemente sensible: la suave tela de su ropa interior le abrasaba como el esparto. No había lugar para la paciencia y las formalidades. En aquel momento sólo podía pensar en lo que se le venía encima.

Nasuada permaneció de pie, inmóvil, mientras Farica separaba y tiraba de las cintas de su vestido, que le cubría de las escápulas a la base de la columna. Cuando las cintas quedaron lo suficientemente sueltas, Farica le ayudó a sacar los brazos de las mangas, y el vestido cayó como una carcasa de tela alrededor de los pies de Nasuada, dejándola casi desnuda, únicamente con una camisola blanca. Contuvo un escalofrío al ver que los cuatro guerreros la examinaban con ojos codiciosos, lo que la hizo sentir aún más vulnerable. Pero hizo caso omiso y dio un paso adelante, despojándose del vestido, que Farica recogió del suelo.

Fadawar, a su vez, se había dedicado a quitarse los brazaletes de los antebrazos, dejando a la vista las mangas bordadas de la camisa. Cuando acabó, se quitó la enorme corona y se la pasó a uno de sus esbirros.

El sonido de unas voces en el exterior del pabellón los interrumpió. Un niño mensajero —Nasuada recordó que se llamaba Jarsha— atravesó la entrada y dio un paso decidido hacia el interior de la tienda.

—El rey Orrin de Surda, Jörmundur de los vardenos, Trianna de Du Vrangr Gata, y Naako y Ramusewa de la tribu inapashunna —proclamó, manteniendo los ojos bien fijos en el techo mientras hablaba.

En cuanto hubo dicho aquello, Jarsha salió y la comitiva anunciada entró, con Orrin a la cabeza. El rey vio primero a Fadawar y le saludó:

—Ah, señor de la guerra, qué inesperada sorpresa. Confío en que… —empezó a decir, pero el asombro tiñó su rostro cuando vio a Nasuada—. Pero, Nasuada, ¿qué significa esto?

—Yo también querría saberlo —bramó Jörmundur, que agarró la empuñadura de su espada, fulminando con la mirada a cualquiera que osara mirar a la reina directamente.

—Os he congregado aquí —dijo ella— para que seáis testigos de la Prueba de los Cuchillos Largos, que llevaremos a cabo Fadawar y yo, y para que podáis explicar después la verdad del resultado a cualquiera que lo pregunte.

Los dos jefes tribales, Naako y Ramusewa, de cabellos grises, parecían alarmados ante aquella revelación; se acercaron el uno al otro y empezaron a murmurar. Trianna cruzó los brazos, dejando al des-

105

cubierto el brazalete en forma de serpiente que tenía enrollado alrededor de una de sus finas muñecas, pero por lo demás no mostró reacción alguna. Jörmundur soltó un exabrupto y dijo:

—¿Has perdido el juicio, mi señora? Esto es una locura. No puedes...

—Puedo..., y lo haré.

—Mi señora, si lo haces, yo...

—Aprecio tu preocupación, pero mi decisión es irrevocable. Y prohíbo que nadie interfiera —ordenó. Se dio cuenta de que él estaba deseando desobedecerla, pero por mucho que quisiera protegerla de cualquier daño, la lealtad siempre había sido el rasgo predominante de Jörmundur.

—Pero Nasuada —inquirió el rey Orrin—. Esta prueba... ¿No es en la que...?

—Lo es.

—Demonios, ¿y por qué no abandonas este loco empeño? ¡Tendrías que estar fuera de tus cabales para hacerlo!

—Ya he dado mi palabra a Fadawar.

El ambiente en el pabellón se volvió aún más sombrío. El hecho de que hubiera dado su palabra significaba que no podía rescindir su compromiso sin perder el honor; si lo hacía se convertiría en blanco del desprecio y las maldiciones de muchos. Orrin dudó por un momento, pero luego insistió:

—¿Con qué fin? Es decir, si perdieras...

—Si pierdo, los vardenos ya no deberán responder ante mí, sino ante Fadawar.

Nasuada se esperaba un estallido de protestas, pero en su lugar se registró un silencio total. El rostro del rey Orrin, hinchado por la rabia, se endureció y por un momento se templó:

—No me parece bien que hayas optado por poner en peligro toda nuestra causa —le dijo a Nasuada. Luego se dirigió a Fadawar—: ¿No querrás mostrarte razonable y liberar a Nasuada de su compromiso? Yo te recompensaré generosamente si abandonas esta enfermiza ambición tuya.

—Ya soy rico —dijo Fadawar—. No tengo ninguna necesidad de tu oro sucio. No, no hay nada más que la Prueba de los Cuchillos Largos que pueda compensarme por las calumnias lanzadas por Nasuada contra mí y contra mi pueblo.

—Ahora sed nuestros testigos —dijo Nasuada.

Orrin apretó rabiosamente los pliegues de sus ropajes con los dedos, pero hizo una reverencia y dijo:

—Está bien. Lo haré.

Del interior de sus voluminosas mangas, los cuatro guerreros de Fadawar extrajeron unos pequeños tambores de piel de cabra. Se pusieron en cuclillas y se colocaron los tambores entre las rodillas. Empezaron a tocar a un ritmo frenético, golpeándolos tan rápido que sus manos se convirtieron en manchas difusas en el aire. La dura percusión se impuso a cualquier otro sonido, así como a la multitud de pensamientos atropellados que invadían la mente de Nasuada. Era como si su corazón siguiera el mismo ritmo enloquecido que le penetraba por los oídos.

Sin perderse una nota, el más anciano de los hombres de Fadawar metió la mano en el interior de su túnica y sacó dos largos cuchillos curvados que lanzó hacia el techo de la tienda. Nasuada observó la evolución de los cuchillos, que giraban, fascinada por la belleza del movimiento rotatorio de la hoja y la empuñadura.

Cuando quedó lo suficientemente cerca, levantó el brazo y agarró su cuchillo. La empuñadura, con incrustaciones de ópalo, le golpeó en la palma de la mano.

Fadawar también interceptó su arma correctamente.

Luego agarró el puño izquierdo de su camisa y se la arremangó por encima del codo. Nasuada siguió la operación mirando fijamente el antebrazo de Fadawar. Tenía el brazo fuerte y musculado, pero aquello no tenía importancia; la fuerza atlética no le serviría para ganar la prueba. Lo que ella buscaba eran las reveladoras marcas que, de existir, le atravesarían el antebrazo.

Vio cinco de ellas.

Pensó que cinco eran muchas. Su confianza se tambaleó al contemplar la prueba de la fortaleza de Fadawar. Lo único que la ayudó a no perder la entereza fue la predicción de Elva: la niña le había dicho que ganaría. Ella se aferró a aquel recuerdo como si fuera lo último que le quedara en el mundo. «Dijo que podía hacerlo, así que tengo que aguantar más que Fadawar… ¡Tengo que poder hacerlo!»

Como Fadawar había sido quien había planteado el desafío, empezó él. Extendió el brazo izquierdo con la palma de la mano hacia arriba, colocó la hoja del cuchillo contra el antebrazo, justo por debajo del pliegue del codo, y deslizó el brillante filo de la hoja por la carne. La piel se le abrió como una ciruela madura y la sangre manó de la herida carmesí.

Cruzó una mirada con Nasuada.

Ella sonrió y colocó su cuchillo contra el brazo. El metal estaba frío como el hielo. Era una prueba de fuerza de voluntad, para descubrir quién podía soportar más cortes. La idea era que quien aspirara a

107

convertirse en jefe de una tribu, o incluso en señor de la guerra, debería estar dispuesto a soportar más dolor que nadie por el bien de su pueblo. Si no, ¿cómo iban a confiar las tribus en que sus jefes ponían los problemas de la comunidad por delante de sus propios deseos? Nasuada opinaba que aquella práctica fomentaba la intransigencia, pero también comprendía que era un gesto que servía para ganarse la confianza de la gente. Aunque la Prueba de los Cuchillos Largos era propia de las tribus de piel morena, esperaba que, venciendo a Fadawar, consolidara aún más su autoridad sobre los vardenos y los seguidores del rey Orrin.

Dedicó un instante a encomendarse a Gokukara, la diosa mantis religiosa, para que le diera fuerzas, y tiró del cuchillo. El afilado acero le abrió la piel con tal facilidad que tuvo que hacer un esfuerzo para evitar que se hundiera demasiado en la carne. La sensación le produjo un escalofrío. Habría deseado tirar el cuchillo, cubrirse la herida y gritar.

Pero no hizo nada de eso. Mantuvo los músculos relajados; si los tensaba, le dolería mucho más. Y mantuvo la sonrisa mientras la hoja le laceraba lentamente la piel. El corte no duró más que tres segundos, pero en ese tiempo su carne, violentada, emitió mil dolorosas protestas, cada una de ellas intensa casi hasta el punto de hacerla parar. Cuando bajó el cuchillo, observó que aunque los hombres de la tribu aún seguían golpeando sus tambores, ella ya no oía más que el latido de su corazón.

Entonces Fadawar se hizo un segundo corte. Los tendones del cuello se tensaron y la yugular se le hinchó como si fuera a explotar mientras el cuchillo trazaba su sangrienta trayectoria.

Era de nuevo el turno de Nasuada. Saber lo que le esperaba no hacía más que aumentar su miedo. Su instinto de conservación —muy útil en cualquier otra circunstancia— se oponía a las órdenes que su cerebro mandaba al brazo y a la mano. Desesperada, se concentró en su deseo por proteger a los vardenos y vencer a Galbatorix, las dos causas a las que se había dedicado en cuerpo y alma. Por su mente pasaron las imágenes de su padre, de Jörmundur y de Eragon, y del pueblo de los vardenos, y pensó: «¡Por ellos! Hago esto por ellos. Nací para servirlos, y así les sirvo».

Trazó el corte.

Un momento más tarde, Fadawar se hizo una tercera incisión en el antebrazo, y lo mismo hizo Nasuada.

El cuarto corte llegó enseguida.

Y el quinto…

Un extraño letargo invadió a Nasuada. Estaba muy cansada, y tenía frío. Se le ocurrió que quizá la prueba no dependiera de la tolerancia al dolor, sino de quién resistiera más tiempo sin desmayarse por la hemorragia. Unos irregulares regueros de sangre le caían por la muñeca y por los dedos, formando un denso charco a sus pies. Un charco parecido, aunque mayor, rodeaba las botas de Fadawar.

La sucesión de cortes en el brazo del señor de la guerra, de color rojo, le recordó a Nasuada las agallas de un pez, idea que por algún motivo le resultaba tan divertida que tuvo que morderse la lengua para evitar soltar una risita.

Con un aullido, Fadawar consiguió rematar su sexto corte.

—¡Supera eso, zorra insensata! —gritó, elevando la voz sobre el ruido de los tambores, y cayó, hasta clavar una rodilla en el suelo.

Nasuada lo hizo.

Fadawar tembló, mientras se pasaba el cuchillo de la mano derecha a la izquierda; la tradición dictaba un máximo de seis cortes por brazo, para no comprometer las venas y los tendones próximos a la muñeca. Nasuada hizo lo propio, pero el rey Orrin se interpuso entre ambos.

—¡Alto! No permitiré que esto siga adelante. ¡Vais a mataros!

Se lanzó hacia Nasuada, pero dio un salto atrás al ver que ella le apuntaba con el cuchillo:

—No te entrometas —masculló entre dientes.

Fadawar se provocó el primer corte en el antebrazo derecho, y de sus músculos rígidos salió un chorro de sangre. «Se está tensando», observó Nasuada. Esperaba que aquel error bastara para que se viniera abajo.

Ella tampoco pudo contenerse y soltó un grito inarticulado cuando el cuchillo le atravesó la piel. La hoja quemaba como un hierro candente. A medio corte, su quebrantado brazo izquierdo se estremeció, provocando que el cuchillo girara bruscamente, abriéndole un tajo largo e irregular doblemente profundo. Aguantó la respiración para soportar aquella agonía. «No puedo seguir —pensó—. No puedo... ¡No puedo! Es insoportable: prefiero morir... ¡Por favor, que acabe ya!» Dejarse llevar por aquellos desesperados lamentos interiores le proporcionó cierto alivio, pero en lo más profundo de su corazón sabía que nunca abandonaría.

Por octava vez, Fadawar colocó su hoja sobre el antebrazo, y lo mantuvo en posición. Se quedó así, mientras el sudor le bañaba los ojos y sus heridas derramaban lágrimas de color rubí. Daba la impresión de que le hubiera abandonado el valor, pero entonces soltó un gruñido y, con un golpe seco, volvió a cortarse el brazo.

109

Sus dudas levantaron el ánimo a Nasuada, que ya veía flaquear sus fuerzas. Sintió una sensación rabiosa que transmutaba su dolor en una sensación casi agradable. Igualó la marca de Fadawar y luego, espoleada por su repentino desprecio por su propio bienestar, bajó de nuevo el cuchillo.

—Supera eso —murmuró.

La perspectiva de tener que hacerse dos cortes seguidos —uno para igualar el número de Nasuada y otro para ponerse por delante— parecía intimidar a Fadawar. Parpadeó, se humedeció los labios y apretó la empuñadura del cuchillo tres veces antes de levantar el arma sobre el brazo.

Una vez más asomó la lengua y se mojó los labios.

La mano izquierda se le agitó en un espasmo, y el cuchillo se le cayó de entre los dedos, crispados, y se clavó en el suelo.

Lo recogió. Bajo la túnica, el pecho se le hinchaba y deshinchaba a un ritmo frenético. Alzó el cuchillo y lo apoyó contra el brazo; enseguida produjo una pequeña gota de sangre. Fadawar apretó los dientes con fuerza. De pronto, un temblor le recorrió la columna y cayó, doblegado, apretándose las heridas de los brazos contra el vientre.

—Me rindo —dijo. Los tambores dejaron de sonar.

El silencio que siguió duró sólo un instante, hasta que el rey Orrin, Jörmundur y todos los demás llenaron el pabellón con sus atropelladas exclamaciones.

Nasuada no prestó atención a sus comentarios. Echó la mano atrás, encontró la silla y se hundió en ella, deseosa de liberar a sus piernas del peso del cuerpo antes de que cedieran. Se esforzó por mantener la conciencia, ya que veía que empezaba a fallarle la vista; lo último que quería era desmayarse frente a los hombres de la tribu. Una suave presión sobre el hombro la alertó de que Farica estaba a su lado, con un montón de vendas en las manos.

—Mi señora, ¿puedo curaros? —preguntó Farica, con una expresión tan preocupada como dubitativa, como si no estuviera segura de cuál iba a ser la reacción de Nasuada.

Nasuada dio su aprobación con un gesto.

Mientras Farica empezaba a vendarle los brazos con tiras de tela, Naako y Ramusewa se acercaron. Le hicieron una reverencia y el primero dijo:

—Nunca antes nadie ha soportado tantos cortes en la Prueba de los Cuchillos Largos. Tanto vos como Fadawar habéis demostrado vuestro temple, pero sin duda vos sois la vencedora. Le contaremos vuestro logro a nuestro pueblo, y ellos os rendirán lealtad.

—Gracias —dijo Nasuada. Cerró los ojos, sintiendo el pulso de los brazos cada vez más fuerte.

—Mi señora.

A su alrededor, Nasuada oyó una amalgama de sonidos que no hizo ningún esfuerzo por descifrar, optando en su lugar por retraerse mentalmente a su interior, donde el dolor no resultaba tan inmediato ni amenazador. Flotaba en un espacio negro infinito, iluminado por burbujas informes de colores cambiantes.

Su descanso se vio interrumpido por la voz de Trianna.

—Deja lo que estás haciendo, criada, y quítale esas vendas a tu señora para que pueda curarla —dijo la hechicera.

Nasuada abrió los ojos y vio a Jörmundur, al rey Orrin y a Trianna frente a ella. Fadawar y sus hombres habían abandonado el pabellón.

—No —dijo Nasuada.

Los demás la miraron sorprendidos, y entonces intervino Jörmundur:

—Nasuada, las nubes oscurecen tus pensamientos. La prueba ya ha concluido. Ya no tienes que soportar esos cortes. En cualquier caso, tenemos que interrumpir la hemorragia.

—Farica está haciendo lo que debe. Haré que un curandero me cosa las heridas y que me haga un emplasto para reducir la hinchazón, y eso es todo.

—Pero ¿por qué?

—La Prueba de los Cuchillos Largos requiere que las heridas se curen de forma natural. Si no, no habremos experimentado en toda su medida el dolor que supone la prueba. Si violo la regla, Fadawar será declarado vencedor.

—¿Me permitiréis por lo menos que alivie vuestro sufrimiento? —preguntó Trianna—. Sé varios hechizos que pueden eliminar el dolor en diferentes medidas. Si me hubierais consultado previamente, habría tomado mis precauciones y habríais podido rebanaros todo el brazo sin sentir molestia alguna.

Nasuada se rio y dejó caer la cabeza hacia el lado, algo mareada.

—Mi respuesta habría sido la misma que ahora: las trampas son una deshonra. Tenía que ganar la prueba sin engaños para que nadie pueda cuestionar mi liderazgo en el futuro.

—Pero… ¿y si hubieras perdido? —dijo el rey Orrin, en un tono de voz sepulcral.

—No podía perder. Aunque me hubiera supuesto la muerte, nunca habría permitido que Fadawar se hiciera con el control de los vardenos.

Con gesto grave, Orrin se la quedó mirando un buen rato.

—Te creo. Pero ¿crees que la lealtad de las tribus vale realmente un sacrificio tan grande? No eres un bien común que se pueda reemplazar fácilmente.

—¿La lealtad de las tribus? No. Pero esto tendrá un efecto mucho más allá de las tribus, como debes saber. Ayudará a unir nuestras fuerzas. Y eso es una recompensa por la que afrontaría la muerte una y otra vez.

—Aun así, dinos: ¿qué habrían ganado los vardenos si hubieras muerto hoy? No habríamos obtenido ningún beneficio. Habrías dejado un legado de desánimo, caos y, probablemente, de ruina.

Cada vez que bebía vino, aguamiel o, especialmente, licores fuertes, Nasuada cuidaba especialmente sus actos y declaraciones, ya que, aunque pudiera no darse cuenta en un primer momento, sabía que el alcohol le alteraba el juicio y la coordinación, y no tenía ninguna intención de comportarse de modo inapropiado o de darles ventaja a los demás a la hora de negociar con ella.

Embriagada de dolor como estaba, no se dio cuenta de que habría tenido que prestar más atención a su discusión con Orrin, la misma que si se hubiera bebido tres jarras del aguamiel de moras de los enanos. Si lo hubiera hecho, su elaborado sentido de la cortesía le habría impedido responder de aquel modo:

—Te preocupas como un viejo, Orrin. Tenía que hacer esto, y lo he hecho. No tiene sentido preocuparse ahora por ello… Corrí un riesgo, sí. Pero no podemos derrotar a Galbatorix a menos que seamos capaces de bailar por el mismo borde de un precipicio sin despeñarnos. Tú eres rey. Deberías entender que el riesgo es una responsabilidad que uno tiene que adoptar cuando ha de decidir los destinos de otros hombres.

—Lo entiendo perfectamente —masculló Orrin—. Mi familia y yo hemos defendido Surda contra el acoso del Imperio cada día de nuestras vidas, durante generaciones, mientras que los vardenos no han hecho más que ocultarse en Farthen Dûr y aprovecharse de la generosidad de Hrothgar —añadió, y desplegó la túnica en un abanico mientras se daba media vuelta y salía, ofendido, del pabellón.

—Eso ha estado mal, mi señora —observó Jörmundur.

Nasuada hizo un mohín mientras Farica le iba aplicando las vendas.

—Lo sé —admitió, jadeando—. Le he herido en su orgullo. Repararé el daño mañana.

Sublimes noticias

*E*n los recuerdos de Nasuada apareció una laguna: una ausencia de información sensorial tan total que no se dio cuenta de aquella carencia hasta que cayó en que Jörmundur estaba agitándole el hombro y diciéndole algo en voz alta. Tardó unos momentos en descifrar los sonidos que salían de su boca, y entonces oyó:

—¡… dejes de mirarme, demonios! ¡Así! ¡No te duermas otra vez! ¡Si lo haces, no volverás a despertarte!

—Ya puedes soltarme, Jörmundur —dijo ella, esbozando una débil sonrisa—. Ya estoy bien.

—Ya. Y mi tío Undset era un elfo.

—¿No lo era?

—¡Bah! Eres igual que tu padre: siempre despreocupada en lo que concierne a tu seguridad. Por mí, las tribus y todas sus viejas tradiciones pueden irse al diablo. Deja que te curen. No estás en condiciones de tomar decisiones.

—Por eso he esperado a que atardeciera. Mira, el sol está a punto de ponerse. Puedo descansar esta noche, y mañana estaré a punto para enfrentarme a los asuntos que requieren mi atención.

Farica apareció a su lado y se inclinó sobre Nasuada.

—Señora, nos ha dado un buen susto.

—De hecho, aún nos tienes asustados —precisó Jörmundur.

—Bueno, ya estoy mejor —dijo Nasuada, irguiéndose en la silla y procurando no hacer caso del ardor que sentía en los antebrazos—. Podéis iros los dos; estoy bien. Jörmundur, comunica a Fadawar que puede seguir gobernando su tribu, siempre que me jure lealtad como señora suya. Está muy capacitado como jefe y no quiero prescindir de él. Y Farica, de vuelta a tu tienda, por favor dile a Angela, la herbolaria, que preciso de sus servicios. Se ofreció a prepararme unos tónicos y unos emplastos.

—No te dejaré sola en este estado —declaró Jörmundur.

Farica asintió.

—Perdóneme, señora, pero estoy de acuerdo con él. Es peligroso.

Nasuada echó un vistazo hacia la entrada del pabellón para asegurarse de que ninguno de los Halcones de la Noche pudiera oírla, y bajó la voz hasta que se convirtió en un leve murmullo:

—No estaré sola —declaró. Jörmundur levantó las cejas de golpe, y una expresión de alarma invadió el rostro de Farica—. «Nunca» estoy sola. ¿Lo entendéis?

—¿Has tomado ciertas... precauciones, mi señora? —preguntó Jörmundur.

—Sí.

Sus dos cuidadores parecían incómodos ante aquella aseveración, y Jörmundur pidió aclaraciones:

—Nasuada, tu seguridad es responsabilidad mía; necesito saber con qué protección adicional cuentas y quién exactamente tiene acceso a tu persona.

—No —respondió ella suavemente. Al ver que en los ojos de Jörmundur se reflejaban su dolor e indignación, añadió—: No tengo duda alguna sobre tu lealtad, ni mucho menos. Pero esto es algo que tengo que guardarme para mí. Por mi propia tranquilidad, llevo una daga que nadie más puede ver: un arma oculta en la manga, si quieres llamarlo así. Considéralo una debilidad, pero no te atormentes imaginándote que mi decisión supone alguna crítica a cómo cumples con tus deberes.

—Mi señora. —Jörmundur respondió con una reverencia, formalidad que casi nunca usaba con ella.

Nasuada levantó la mano, y les dio permiso para retirarse, y Jörmundur y Farica se apresuraron a abandonar el pabellón rojo.

Durante un minuto largo, quizá dos, el único sonido que oyó Nasuada fue el áspero graznido de los cuervos revoloteando sobre el campamento de los vardenos. Luego, tras ella, oyó un ligero susurro, como el sonido de un ratón husmeando en busca de comida. Se giró y vio a Elva saliendo de su escondrijo por entre dos biombos, hasta la cámara principal del pabellón.

Nasuada la estudió con la mirada.

El crecimiento innatural de la niña seguía avanzando. La primera vez que la había visto, no mucho tiempo atrás, Elva tenía el aspecto de una niña de tres o cuatro años. Ahora se acercaba más a los seis. Llevaba un vestido liso y negro, salvo por unos pliegues de color púrpura en el cuello y en los hombros. Su larga y lacia melena era aún más oscura, como una profunda cascada que le caía hasta el final de la espalda. Tenía el rostro anguloso y blanco como un hueso, puesto que raramente salía al exterior. La marca de dragón que llevaba en la frente era plateada; sus ojos, aquellos ojos violetas, desprendían una mirada desencantada, cínica, resultado de la bendición de Eragon, que en realidad era una maldición, puesto que la obligaba a soportar el dolor de los demás y a intentar evitarlo. La lucha que acababa de producirse casi la había matado, sumándose a la agonía de los miles de combatientes que llevaba en la mente, aunque uno de los Du Vrangr Gata la había sumido en un letargo forzado durante todo lo que había durado la batalla para intentar protegerla. Hasta poco antes, la niña no había vuelto a hablar y a interesarse por su entorno.

Se frotó la boca carmesí con el dorso de la mano y Nasuada le preguntó:

—¿Te has sentido mal?

—Estoy acostumbrada al dolor —respondió Elva, encogiéndose de hombros—, pero sigo sin poder resistirme al hechizo de Eragon... No soy muy impresionable, Nasuada, pero eres una mujer muy fuerte, para haber soportado tantos cortes.

Aunque Nasuada la había oído ya muchas veces, la voz de Elva aún le despertaba una sensación de alarma, ya que era la voz amarga y burlona de un adulto hastiado del mundo, no la de una niña. Procuró no pensar en ello y respondió:

—Tú eres más fuerte. Yo no he tenido que sufrir «también» el dolor de Fadawar. Gracias por permanecer a mi lado. Sé lo que te debe de haber costado, y te estoy agradecida.

—¿Agradecida? ¡Ja! Ésa para mí es una palabra vacía, Señora Acosadora de la Noche. —Los pequeños labios de Elva se retorcieron componiendo una extraña sonrisa—. ¿Tienes algo de comida? Estoy muerta de hambre.

—Farica ha dejado algo de pan y vino tras esos biombos —indicó Nasuada, que señaló al otro lado del pabellón. Observó a la niña mientras se acercaba a la comida y empezaba a engullir el pan, que se metía en la boca a grandes trozos—. Por lo menos no tendrás que vivir así mucho más tiempo. En cuanto vuelva Eragon, eliminará el hechizo.

—Quizá —dijo Elva, que, tras devorar media hogaza, hizo una pausa—. Te mentí acerca de la Prueba de los Cuchillos Largos.

—¿Qué quieres decir?

—Yo vi que perderías, no que ganarías.

—¿Cómo?

—Si hubiera dejado que todo saliera como debía, te habrías derrumbado en el séptimo corte y ahora Fadawar estaría sentado donde te encuentras tú. Así que te dije lo que necesitabas oír para vencer.

Un escalofrío recorrió a Nasuada. Si lo que decía Elva era cierto, estaba más en deuda que nunca con la niña bruja. Aun así, no le gustaba que la manipularan, aunque fuera por su propio bien.

—Ya veo. Parece que debo darte las gracias una vez más.

Elva se rio con una débil carcajada:

—Y odias tener que admitirlo, ¿a que sí? No importa. No tienes que preocuparte por si me ofendes, Nasuada. Nos somos útiles la una a la otra, nada más.

Nasuada sintió cierto alivio cuando uno de los enanos de guardia ante el pabellón, el capitán de aquel cuerpo de guardia, golpeó con el martillo en el escudo y proclamó:

—Angela, la herbolaria, solicita audiencia con vos, Señora Acosadora de la Noche.

—Concedido —dijo Nasuada, elevando la voz.

Angela entró en la tienda, cargada con varias bolsas y cestas en los brazos. Como siempre, su melena rizada formaba una nube borrascosa alrededor de su rostro, que denotaba preocupación. Le seguía el hombre gato Solembum, en su forma animal. Inmediatamente se dirigió hacia Elva y empezó a frotársele contra las piernas, arqueando el lomo al mismo tiempo.

Angela depositó los bultos en el suelo, se encogió de hombros y dijo:

—Desde luego…, entre tú y Eragon, me paso la mayor parte del tiempo con los vardenos, curando a gente que no tiene el sentido común necesario para darse cuenta de que no es bueno rebanarse el cuerpo en trocitos —protestó, al tiempo que se acercaba a Nasuada y empezaba a desenrollar las vendas que envolvían su antebrazo derecho. Chasqueó la lengua en señal de desaprobación—. En casos normales, aquí es cuando el sanador le pregunta al paciente cómo está, y el paciente miente entre dientes y dice: «Oh, no demasiado mal», y el sanador responde: «Bueno, bueno, pues ánimo; te recuperarás enseguida». Pero creo que es evidente que no vas a poder ponerte a dirigir campañas contra el Imperio mañana mismo. Ni mucho menos.

—Me recuperaré, ¿verdad? —preguntó Nasuada.

—Lo harías si pudiera usar la magia para cerrar esas heridas. Como no puedo, es un poco más difícil saberlo. Tendrás que sufrir como la mayoría de los mortales y esperar que ninguno de los cortes se infecte —respondió. Hizo una pausa y miró directamente a Nasuada—. Te das cuenta de que quedarán cicatrices, ¿no?

—Será lo que tenga que ser.

—Desde luego.

Nasuada refunfuñó y levantó la mirada hacia Angela mientras ésta le cosía todas las heridas para luego cubrirlas con una gruesa cataplasma de hojas húmedas. Por el rabillo del ojo vio a Solembum subiéndose a la mesa de un salto para sentarse junto a Elva. El hombre gato alargó una de sus grandes y peludas zarpas, enganchó un trozo de pan del plato de Elva y jugueteó con aquel bocado, dejando a la vista sus relucientes colmillos blancos. Los negros mechones de sus enormes orejas se agitaban al tiempo que orientaba las orejas de un lado al otro, escuchando a los guerreros que, enfundados en sus armaduras, pasaban frente al pabellón rojo.

—Barzal —murmuró Angela—. Sólo a los hombres se les ocurriría cortarse los brazos para determinar el liderazgo de la tribu. ¡Idiotas!

A Nasuada le hacía daño cuando se reía, pero no pudo contenerse.

—Desde luego —dijo, cuando se calmó el dolor.

Justo cuando Angela acababa de fijar la última venda alrededor de los brazos de Nasuada, se oyó al capitán enano dando el alto a alguien a la puerta del pabellón; después, un coro de agudos sonidos metálicos al cruzar sus espadas los guardias humanos, que cerraron el paso a quienquiera que quisiera entrar.

Sin pararse a pensar, Nasuada sacó el pequeño cuchillo de la funda cosida en el corpiño de la camisa. Le costaba agarrar la empuñadura, ya que tenía los dedos torpes y embotados; además los músculos del brazo le respondían con lentitud. Era como si la extremidad se le hubiera dormido, salvo por las finas líneas candentes que le surcaban la piel.

Angela también sacó una daga de entre sus ropas y se colocó frente a Nasuada, murmurando algo en el idioma antiguo. Solembum bajó de un salto y se agazapó junto a Angela. Tenía el pelo erizado, por lo que parecía más grande que muchos perros. Emitió un gruñido grave.

Elva siguió comiendo, aparentemente ajena a la conmoción. Examinó el pedazo de pan que tenía entre el pulgar y el índice como podría examinar una rara especie de insecto, lo mojó en una copa de vino y luego se lo metió en la boca.

—¡Mi señora! —gritó un hombre—. ¡Eragon y Saphira se acercan rápidamente por el nordeste!

Nasuada envainó el cuchillo. Se levantó rápidamente de la silla y le dijo a Angela:

—Ayúdame a vestirme.

Angela abrió el vestido y lo sostuvo frente a Nasuada, que se situó dentro. Luego Angela guio suavemente el paso de los brazos de Nasuada por las mangas y, una vez en su sitio, se puso a atar las cintas de la espalda. Elva la ayudó. Entre las dos, la dejaron a punto en un momento.

Nasuada se inspeccionó los brazos; las vendas no se veían.

—¿Debería ocultar mis heridas o dejarlas a la vista? —preguntó.

—Eso depende —respondió Angela—. ¿Crees que mostrarlas aumentará la consideración que tienen de ti, o que animará a tus enemigos, porque supondrán que eres débil y vulnerable? La cuestión en realidad es casi filosófica, y depende de si, al mirar a un hombre que ha perdido el dedo gordo del pie, dices: «Oh, está tullido» o «Oh, fue lo suficientemente fuerte o afortunado para evitar lesiones mayores».

—Haces unas comparaciones rarísimas.

—Gracias.

—La Prueba de los Cuchillos Largos es una prueba de fuerza —dijo Elva—. Eso es bien sabido entre los vardenos y los surdanos. ¿Estás orgullosa de tu fuerza, Nasuada?

—Cortadme las mangas —dijo Nasuada. Al ver que dudaban, insistió—: ¡Venga! Por los codos. No os preocupéis por el vestido, haré que lo reparen más tarde.

Con unos hábiles movimientos, Angela cortó los trozos indicados, después dejó la tela sobrante sobre la mesa. Nasuada levantó la barbilla.

—Por favor, Elva, si notas que estoy a punto de desmayarme, díselo a Angela para que me coja. Así pues, ¿estamos listas?

Las tres se pusieron en marcha en formación, con Nasuada a la cabeza. Solembum caminaba por su cuenta.

Al salir del pabellón rojo, el capitán enano rugió:

—¡En formación!

Los seis miembros de los Halcones de la Noche presentes formaron alrededor de la comitiva: los humanos y los enanos delante y detrás, y los enormes kull —úrgalos de casi dos metros y medio de altura— a los lados.

El ocaso extendió sus alas de oro y púrpura sobre el campamento de los vardenos, dando un aire misterioso a las filas de tiendas de lona que se extendían hasta donde no alcanzaba la vista. Las sombras, cada vez más profundas, presagiaban la llegada de la noche y ya brillaban innumerables antorchas y hogueras que iluminaban con una luz pura y brillante la cálida penumbra. El cielo al este estaba claro. Al sur, una larga nube baja de humo negro ocultaba el horizonte y los

Llanos Ardientes, que estaban a legua y media de distancia. Al oeste, un largo bosque de hayas y álamos marcaba el curso del río Jiet, sobre el que flotaba el *Ala de Dragón*, el barco que Jeod, Roran y otros habitantes de Carvahall habían tomado al asalto. Pero Nasuada sólo miraba al norte, donde se distinguía la brillante silueta de Saphira, cada vez más cerca. Los últimos rayos del sol aún la iluminaban, rodeándola de un halo azulado. Era como un racimo de estrellas cayendo del cielo.

La imagen era tan majestuosa que Nasuada se quedó absorta por un momento, contenta de tener la suerte de poder presenciar aquello. «¡Están a salvo!», pensó, con un suspiro de alivio.

El guerrero que le había comunicado la llegada de Saphira —un hombre delgado con una gran barba descuidada— le hizo una reverencia y señaló al dragón.

—Mi señora, como podéis ver, os he dicho la verdad.

—Sí. Has hecho bien. Debes de tener una vista especialmente aguda para haber distinguido a Saphira desde tan lejos. ¿Cómo te llamas?

—Fletcher, hijo de Harden, mi señora.

—Cuentas con mi agradecimiento, Fletcher. Ya puedes volver a tu puesto.

Tras una nueva reverencia, el hombre volvió al trote hacia el límite del campamento.

Con la mirada fija en Saphira, Nasuada se abrió paso entre las filas de tiendas en dirección al gran claro dispuesto como lugar de despegue y aterrizaje para Saphira. Sus guardias y acompañantes la siguieron, pero no les prestó gran atención, impaciente por encontrarse con Eragon y Saphira. Había pasado gran parte del día preocupada por ellos, no sólo como líder de los vardenos, sino también como amiga, algo que en cierta medida le sorprendía.

Saphira volaba tan rápido como cualquier halcón que hubiera podido ver Nasuada, pero aún estaba a unos kilómetros del campamento, y tardó casi diez minutos en cubrir la distancia. En aquel tiempo, una enorme multitud de guerreros se habían reunido en el claro: humanos, enanos e incluso un contingente de úrgalos de piel gris, encabezados por Nar Garzhvog, que escupía a los hombres que tenía más cerca. Entre los presentes también se encontraban el rey Orrin y su corte, que se situaron frente a Nasuada; Narheim, el embajador enano que había asumido el puesto de Orik desde que este había partido hacia Farthen Dûr; Jörmundur; los otros miembros del Consejo de Ancianos; y también estaba Arya.

119

La espigada elfa se abrió paso entre la multitud en dirección a Nasuada. Aunque Saphira ya prácticamente estaba encima de ellos, hombres y mujeres apartaron la mirada del cielo para observar el paso de Arya, con su imponente imagen. Vestía completamente de negro, con calzas como un hombre, espada al cinto y el arco y el carcaj a la espalda. Tenía la piel del color de la miel clara y el rostro anguloso como el de un gato. Y se movía con una gracia y una agilidad que denotaban su habilidad con la espada, pero también su fuerza sobrenatural. A Nasuada siempre le había parecido que su imagen, en conjunto, tenía algo de indecente; que revelaba demasiado sus formas. Pero tenía que admitir que, aunque llevara una túnica hecha jirones, Arya seguía teniendo un aspecto más regio y digno que cualquier mortal de la nobleza.

Arya se detuvo frente a Nasuada y señaló con elegancia las heridas de sus brazos:

—Tal como dijo el poeta Earne, colocarte en el camino del dolor por el bien del pueblo y del país que amas es lo más elevado que se pueda hacer. He conocido a todos los líderes de los vardenos, y todos han sido grandes hombres y mujeres, aunque ninguno tanto como Ajihad. En esto, no obstante, estoy convencida de que le has superado incluso a él.

—Me honras, Arya, pero me temo que si brillo tanto, pocos acaben recordando a mi padre como se merece.

—Los logros de los hijos son una muestra de la educación que recibieron de sus padres. Brilla como el sol, Nasuada, ya que cuanto más intensa sea tu luz, más gente habrá que respete a Ajihad por haberte enseñado a cargar con las responsabilidades del mando a tan tierna edad.

Nasuada apreció profundamente el consejo de Arya y bajó la cabeza. Luego sonrió y dijo:

—¿A tan tierna edad? Nosotros consideraríamos que soy una mujer adulta.

—Cierto —respondió Arya, con una mirada divertida—. Pero si juzgamos por los años y no por la sabiduría, nosotros no podríamos considerar adulto a ningún humano. Salvo a Galbatorix, claro.

—Y yo —intervino Angela.

—¡Qué dices! —replicó Nasuada—. No puedes ser mucho mayor que yo.

—¡Ja! Confundes el aspecto con la edad. Deberías saber más de eso, con el tiempo que hace que conoces a Arya.

Antes de que Nasuada pudiera preguntar cuántos años tenía Angela en realidad, sintió un fuerte tirón en la parte posterior del vestido. Se giró y vio que era Elva la que se había tomado tal libertad, y que la niña le hacía señas. Nasuada se agachó y acercó el oído a la chica, que le susurró:

—Saphira no trae a Eragon.

El pecho se le tensó, y le impidió respirar bien. Miró hacia arriba: Saphira sobrevolaba el campamento en círculos, a unos cientos de metros de altura. Sus enormes alas, como de murciélago, se veían negras contra el cielo. Nasuada veía la parte inferior de la dragona, y sus talones blancos contra las escamas del vientre, pero no podía saber quién la montaba.

—¿Cómo lo sabes? —preguntó, manteniendo la voz baja.

—No siento su malestar ni sus miedos. Roran sí está ahí, y una mujer que supongo que será Katrina. Nadie más.

Estirando los brazos, Nasuada dio una palmada:

—¡Jörmundur!

Jörmundur, que estaba a unos diez metros, acudió a la carrera, apartando a todo el que encontraba en su camino; tenía suficiente experiencia como para saber cuándo se trataba de una emergencia:

—Mi señora.

—¡Desaloja el lugar! ¡Sacad a todo el mundo de aquí antes de que aterrice Saphira!

—¿Incluidos Orrin, Narheim y Garzhvog?

—No —dijo ella, con una mueca—. Pero no permitas que se quede nadie más. ¡Date prisa!

Mientras Jörmundur empezaba a gritar sus órdenes, Arya y Angela se acercaron a Nasuada. Parecían tan alarmadas como ella.

—Saphira no estaría tan tranquila si Eragon estuviera herido o muerto —dijo Arya.

—¿Donde estará, entonces? —preguntó Nasuada—. ¿En qué lío se ha metido ahora?

Un estentóreo vocerío llenó el lugar cuando Jörmundur y sus hombres ordenaron que todos volvieran a sus tiendas, levantando sus bastones con gesto amenazante cuando los guerreros se entretenían o protestaban más de la cuenta. Se produjo algún altercado, pero los oficiales de Jörmundur enseguida sofocaron las escaramuzas para evitar brotes de violencia. Afortunadamente, al recibir la orden de su comandante, Garzhvog, los úrgalos se fueron sin causar problemas, y Garzhvog se dirigió hacia Nasuada, al igual que el rey Orrin y el enano Narheim.

Nasuada sintió cómo el suelo temblaba bajo sus pies cuando se le acercó aquel úrgalo de casi tres metros de altura. Levantó la huesuda barbilla, dejando a la vista la garganta, como era costumbre en su raza, y dijo:

—¿Qué significa esto, Señora Acosadora de la Noche? —La forma de su mandíbula y sus dientes, combinada con su acento, hacía que a Nasuada le costara entenderle.

—Sí, a mí también me gustaría que me dieras una explicación —le secundó Orrin, con el rostro congestionado.

—Y a mí —dijo Narheim.

A Nasuada se le ocurrió, al mirarlos, que probablemente era la primera vez en miles de años que se reunían en paz miembros de tantas razas diferentes de Alagaësia. Los únicos que faltaban eran los Ra'zac y sus monturas, y Nasuada sabía que ningún ser en su sano juicio invitaría a aquellas inmundas criaturas a sus consejos secretos. Señaló a Saphira y dijo:

—Ella os dará las respuestas que deseáis.

Justo cuando los últimos curiosos abandonaban el claro, Saphira se posó agitando las alas para detener la marcha, creando un vendaval que barrió a los presentes y aterrizando sobre sus patas traseras con un ruido sordo que resonó por todo el campamento. Bajó también las delanteras e inmediatamente Roran y Katrina se desataron de la silla y desmontaron.

Nasuada dio un paso adelante y examinó a Katrina. Tenía curiosidad por saber cómo sería la mujer que había provocado que un hombre se sometiera a tan dura prueba para rescatarla. La joven que tenía delante era de fuerte osamenta y de rostro pálido, enfermizo, con una melena de pelo cobrizo y un vestido tan sucio y destrozado que resultaba imposible determinar su aspecto original. A pesar del precio que se había cobrado su cautiverio, le pareció evidente que Katrina era bastante atractiva, pero no lo que los bardos llamarían una gran belleza. No obstante, sí poseía cierta intensidad en la mirada y un porte que le hizo pensar que si Roran hubiera sido el capturado, Katrina habría sido capaz de levantar a los habitantes de Carvahall en armas, llevarlos hasta Surda, combatir en la batalla de los Llanos Ardientes y seguir hasta Helgrind para rescatar a su amado. Ni siquiera se estremeció ni flaqueó al ver a Garzhvog, sino que se quedó allí, de pie, junto a Roran.

Roran hizo una reverencia a Nasuada y, tras girarse, también al rey Orrin.

—Mi señora —dijo, con tono grave—. Su Majestad. Si me permiten, les presento a Katrina, mi prometida —les dijo, con una reverencia.

—Sé bienvenida entre los vardenos, Katrina —dijo Nasuada—. Aquí todos hemos oído tu nombre, debido a la devoción de Roran, nada común. Las canciones sobre su amor por ti ya suenan por todo el país.

—Sed bienvenidos —añadió Orrin—. Muy, muy bienvenidos.

Nasuada observó que el rey sólo tenía ojos para Katrina, al igual que todos los hombres presentes, incluidos los enanos, y estaba segura de que, antes de que pasara la noche, estarían contando historias sobre los encantos de Katrina a sus camaradas. Lo que Roran había hecho por ella la elevaba muy por encima de las mujeres normales; la convertía en objeto de misterio, fascinación y encanto para los guerreros. El hecho de que cualquiera se sacrificara tanto por otra persona sin duda haría pensar que esa persona debía de tener un valor inestimable.

Katrina se sonrojó y sonrió.

—Gracias —dijo, ruborizada ante tantas atenciones, y en parte orgullosa por la hazaña llevada a cabo por Roran y por haber sido ella, de entre todas las mujeres de Alagaësia, la que había capturado su corazón. Roran era suyo, y aquél era el mayor tesoro o distinción que podía desear.

Nasuada sintió una punzada de soledad: «Ojalá yo tuviera lo que tienen ellos», pensó. Sus responsabilidades le impedían alimentar románticos sueños infantiles de matrimonio —ni, por supuesto, de tener niños—, a menos que se acordara un matrimonio de conveniencia por el bien de los vardenos. Había considerado repetidamente a Orrin como candidato, pero siempre le había faltado valor. Aun así, estaba contenta con lo que le había tocado vivir y no envidiaba a Katrina y a Roran por su felicidad. Lo único que le importaba era su causa: derrotar a Galbatorix era mucho más importante que algo tan insignificante como el matrimonio. Casi todo el mundo se casaba, pero ¿cuántos tenían la oportunidad de ser protagonistas en el nacimiento de una nueva era?

«Esta noche no estoy muy entera. Las heridas han provocado un revuelo en mis pensamientos, que zumban como un nido de abejas», pensó Nasuada. Se recompuso y miró detrás de Roran y Katrina, donde estaba Saphira. Nasuada abrió las barreras mentales que solía interponer para que la dragona pudiera oírle y le preguntó:

—¿Dónde está?

Con el seco entrechocar de sus escamas, Saphira se echó adelante y bajó el cuello hasta que la cabeza le quedó justo enfrente de Nasuada, Arya y Angela. El ojo izquierdo de la dragona brillaba con una

123

llama azulada. Rebufó dos veces, y su lengua carmesí quedó a la vista. Un cálido y húmedo aliento hizo ondear las cintas del vestido de Nasuada, que tragó saliva al sentir cómo la mente de Saphira entraba en contacto con la suya.

La sensación que daba Saphira era distinta a la de cualquier otro ser que hubiera conocido Nasuada: antigua y extraña, pero a la vez feroz y amable. Eso, combinado con la imponente presencia física de la dragona, le hacía pensar que si Saphira hubiera querido comérselos, lo habría podido hacer. Nasuada estaba convencida de que era imposible mostrarse indiferente ante un dragón.

Huelo a sangre —dijo Saphira—. *¿Quién te ha hecho daño, Nasuada? Dime sus nombres, y los abriré en canal y te traeré sus cabezas como trofeo.*

—No hay necesidad de que abras a nadie en canal. Por lo menos de momento. Yo misma empuñaba la hoja. No obstante, no es el momento de profundizar en el asunto. Ahora mismo, lo único que me interesa es el paradero de Eragon.

Eragon —dijo Saphira— *ha decidido quedarse en el Imperio.*

Por unos segundos, Nasuada se sintió incapaz de moverse o pensar. Entonces una acuciante desesperación reemplazó a la negación inicial ante la revelación de Saphira. Los otros reaccionaron de diversos modos, de lo que Nasuada dedujo que la dragona les había hablado a todos a la vez.

—¿Cómo..., cómo has permitido que se quedara? —preguntó.

Saphira rebufó y unas pequeñas lenguas de fuego asomaron por los orificios de su hocico.

Eragon tomó su propia elección. No pude detenerlo. Insiste en hacer lo que considera correcto, cualesquiera que sean las consecuencias para él o para el resto de Alagaësia... Podría haberlo sacudido como a un polluelo, pero estoy orgullosa de él. No temáis; puede cuidar de sí mismo. Hasta ahora, no ha sufrido ningún infortunio. Si estuviera herido, yo lo sabría.

—¿Y por qué tomó esa decisión, Saphira? —preguntó Arya.

Acabaría antes mostrándooslo que explicándooslo con palabras. ¿Puedo?

Todos dieron su consentimiento.

Una riada de recuerdos de Saphira penetró en Nasuada. Vio la oscuridad de Helgrind desde lo alto de una capa de nubes; oyó a Eragon, a Roran y a Saphira discutiendo el mejor modo de atacar; asistió al descubrimiento de la guarida de los Ra'zac; experimentó la batalla épica de Saphira con los Lethrblaka. La procesión de imágenes fascinó a Nasuada. Había nacido en el Imperio, pero no recordaba nada de todo aquello: era la primera vez en su vida adulta que veía algo más que los territorios fronterizos de las posesiones de Galbatorix.

Por fin llegaron Eragon y su discusión con Saphira. Saphira intentaba ocultarlo, pero la angustia que sentía por dejar solo a su amigo seguía siendo intensa e hiriente. Nasuada tuvo que secarse los pómulos con las vendas de sus antebrazos. No obstante, los motivos que dio Eragon para quedarse —matar al Ra'zac y explorar el resto de Helgrind— le parecieron inadecuados: «Puede que Eragon sea impulsivo —pensó, frunciendo el ceño—, pero desde luego no es tan tonto como para poner en peligro todos nuestros objetivos sólo por visitar unas cuantas cuevas y completar su venganza hasta los últimos límites. Tiene que haber otra explicación».

—¡Maldición! —exclamó el rey Orrin—. Eragon no podía haber escogido un momento peor para irse por su cuenta. ¿Qué importa un único Ra'zac cuando todo el ejército de Galbatorix se encuentra a sólo unos kilómetros de aquí? Tenemos que hacer que vuelva.

Angela se rio. Estaba tejiendo un calcetín usando agujas de hueso, que entrechocaban y rascaban entre sí con un repiqueteo constante, aunque peculiar.

—¿Cómo? Estará viajando de día, y Saphira no se atreverá a volar por ahí en su busca mientras el sol esté alto, cuando cualquiera podría verla y alertar a Galbatorix.

—¡Sí, pero es nuestro Jinete! No podemos quedarnos sentados mientras él se encuentra en medio de territorio enemigo.

—Estoy de acuerdo —dijo Narheim—. Sea como sea, tenemos que asegurarnos de que vuelve sano y salvo. Grimstnzborith Hrothgar adoptó a Eragon en su familia y en su clan, que es el mío, como sabéis, y le debemos la lealtad de nuestra ley y de nuestra sangre.

Arya se arrodilló y, ante la sorpresa de Nasuada, empezó a desacordonarse y atar de nuevo la parte superior de sus botas. Con uno de los cordones entre los dientes, dijo:

—Saphira, ¿dónde estaba exactamente Eragon cuando entraste en contacto con su mente por última vez?

En la entrada de Helgrind.

—¿Y tienes alguna idea del camino que pretendía seguir?

No lo sabía aún ni él mismo.

—Entonces tendré que buscar en cualquier lugar posible —dijo Arya, que se puso en pie de un brinco. Como si fuera una gacela, dio un salto adelante y echó a correr por el descampado, y desapareció por entre las tiendas y hacia el norte, rápida como la luz y el viento.

—¡Arya, no! —gritó Nasuada, pero la elfa ya se había ido.

Nasuada se la quedó mirando; estaba a punto de dejarse llevar por la desesperanza. «El centro se está hundiendo», pensó.

Agarrando los bordes de la irregular armadura que le cubría el torso con ademán de quitársela, Garzhvog se dirigió a Nasuada:

—¿Quiere que la siga, Señora Acosadora de la Noche? No puedo correr tan rápido como los pequeños elfos, pero sí cubrir la misma distancia.

—No…, no, quédate. Arya puede pasar por humana a cierta distancia, pero los soldados te perseguirían en cuanto te viera algún granjero.

—Estoy acostumbrado a que me persigan.

—Pero no en pleno territorio del Imperio, con cientos de hombres de Galbatorix merodeando por el campo. No, Arya tendrá que cuidarse sola. Ojalá encuentre a Eragon y lo proteja, porque sin ellos estamos condenados.

Huida y evasión

*E*l suelo resonaba a intervalos regulares bajo los pies de Eragon. El golpeteo constante que producían sus zancadas nacía bajo sus talones, le ascendía por las piernas y le atravesaba las caderas y la columna hasta llegar a la base del cráneo, donde creaba una serie de impactos que le hacían apretar los dientes y le provocaba un dolor de cabeza que aparentemente empeoraba con cada kilómetro que avanzaba. La monótona música de su carrera, al principio era una molestia, pero con el tiempo había acabado por llevarle a una especie de trance en el que ya no pensaba; sólo se movía.

Cada vez que pisaba el suelo con las botas, Eragon oía los frágiles tallos de hierba que se quebraban como pajas y veía pequeñas nubes de polvo que se levantaban del agrietado suelo. Calculó que haría un mes que no llovía en aquella parte de Alagaësia. El aire seco absorbía la humedad de su aliento y le dejaba la garganta seca. Por mucho que bebiera, no conseguía compensar la cantidad de agua que el sol y el viento le robaban.

De ahí el dolor de cabeza.

Helgrind quedaba atrás, muy lejos. No obstante, progresaba menos de lo que esperaba. Había cientos de patrullas de Galbatorix —con soldados y magos— por todo el territorio, y había tenido que esconderse repetidamente para evitarlos. No cabía duda de que lo estaban buscando. La noche anterior, incluso había avistado a Espina volando bajo, a lo lejos, por el oeste, así que había tenido que ocultar su mente durante media hora, hasta que el dragón se perdió más allá de la línea del horizonte.

Eragon había decidido viajar por carreteras y caminos marcados siempre que fuera posible. Los sucesos de la semana anterior le habían llevado a sus límites de resistencia física y emocional. Prefería dejar descansar el cuerpo y recuperarse, en vez de forzarse a avanzar entre zarzas, escalando colinas y atravesando ríos fangosos. Ya llegarían nuevas ocasiones para los esfuerzos violentos y desesperados, pero ahora no era el momento.

Mientras seguía los caminos, no se atrevía a correr todo lo rápido de lo que habría sido capaz: de hecho, habría sido más sensato no correr en absoluto. Había un buen número de pueblos y casas sueltas repartidos por la zona. Si alguno de los habitantes viera a un hombre solo corriendo por el campo como si una manada de lobos lo estuviera persiguiendo, sin duda despertaría curiosidad y sospechas, e incluso podría hacer que algún campesino asustado informara del incidente al Imperio. Aquello podía suponer un grave problema para Eragon, cuya mejor defensa era pasar desapercibido.

En aquel momento corría, pero sólo porque no había en una legua a la redonda ninguna criatura viva, salvo una larga serpiente tendida al sol.

La principal preocupación de Eragon era regresar con los vardenos, y le dolía tener que ir avanzando a trompicones, como un vagabundo cualquiera. Aun así, era una ocasión para encontrarse consigo mismo. No había estado solo, realmente solo, desde el hallazgo del huevo de Saphira en las Vertebradas. Los pensamientos de ella siempre habían acompañado los suyos, y si no, Brom o Murtagh o algún otro estaban siempre a su lado. Además de contar con compañía, Eragon había pasado los meses desde su partida del valle de Palancar enfrascado en un arduo aprendizaje, interrumpido sólo para viajar o para tomar parte en la batalla. Nunca había podido concentrarse tan intensamente durante tanto tiempo, ni enfrentarse con una cantidad tan enorme de miedo y preocupación.

Así pues, acogía con gusto su soledad y la paz que le proporcionaba. La ausencia de voces, incluida la suya, era una dulce canción de cuna que, durante un corto espacio de tiempo, borraba sus miedos con respecto al futuro. No tenía ningún deseo de buscar con la mente a Saphira —aunque estaban demasiado lejos como para entrar en contacto, su vínculo le diría si sufría algún daño— ni a Arya o a Nasuada, con sus reprimendas. Era mucho mejor, pensó, escuchar los gorjeos de los pajarillos y el suspiro de la brisa por entre la hierba y las hojas de las ramas.

El tintineo de unos arneses, el ruido de unas pezuñas y unas voces de hombres sacaron a Eragon de su ensueño. Alarmado, se detuvo y miró alrededor para determinar por dónde se acercaban los jinetes. Un par de grajos ascendían en espiral desde una quebrada cercana.

El único escondrijo que Eragon tenía cerca era una pequeña arboleda de enebros. Se lanzó corriendo hacia ellos y se ocultó entre las ramas bajas, justo a tiempo para evitar a seis soldados que surgían de la quebrada y avanzaban por la polvorienta carretera, y que pasaron a apenas tres metros de él. En circunstancias normales, Eragon habría detectado su presencia mucho antes, pero desde la aparición de Espina en la distancia había mantenido la mente aislada del entorno.

Los soldados frenaron los caballos y se arremolinaron en medio de la carretera, discutiendo entre ellos:

—¡Os digo que he visto algo! —gritó uno de ellos. Era de media altura, rubicundo y lucía una barba amarilla.

El corazón le latía con todas sus fuerzas. Eragon hizo un esfuerzo por respirar despacio y sin hacer ruido. Se tocó la frente para asegurarse de que la tira de tela que se había atado alrededor de la cabeza aún le cubría las cejas arqueadas y las orejas de punta. «Ojalá aún llevara la armadura», pensó. Para evitar atraer una atención no deseada, había hecho un paquete con ella —usando ramas muertas y un trozo de lona que había comprado a un hojalatero— y la había colocado dentro. Ahora no se atrevía a sacarla y ponérsela, por miedo a que los soldados pudieran oírle.

El soldado de la barba amarilla bajó de su caballo zaino y dio unos pasos por el borde del camino, estudiando el terreno y los enebros que lo flanqueaban. Al igual que todos los miembros del ejército de Galbatorix, el soldado llevaba una casaca roja con una lengua de fuego recortada, bordada con hilo dorado, que brillaba al moverse. Su armadura era simple —un casco, un escudo estrecho y una loriga de escamas—, lo que indicaba que era poco más que un explorador montado. En cuanto a sus armas, llevaba una lanza en la mano derecha y una espada al cinto.

Al acercarse hacia su escondite, haciendo sonar las espuelas, Eragon se puso a murmurar un complejo hechizo en el idioma antiguo. Las palabras salían de su boca en un chorro continuo hasta que, de pronto, pronunció mal un grupo de vocales especialmente difícil y tuvo que empezar otra vez desde el principio.

El soldado dio otro paso hacia él.

Y otro.

Justo cuando el soldado se detuvo frente a él, Eragon completó el conjuro y sintió una oleada de fuerza, prueba de que había surtido efecto. No obstante, llegó un instante tarde y no pudo evitar que el soldado lo viera por un momento:

—¡Ajá! —dijo éste, apartando las ramas y dejándolo al descubierto.

Eragon no se movió. El soldado miró en su dirección y frunció el ceño:

129

—¿Qué demonios…? —murmuró. Introdujo entre las ramas la lanza, que pasó a sólo un par de centímetros de la cara de Eragon. Éste apretó los puños; un escalofrío le recorrió los músculos en tensión—. ¡Maldición! —dijo el soldado, y soltó las ramas, que recuperaron su posición original, ocultando de nuevo a Eragon.

—¿Qué pasa? —preguntó otro de los hombres.

—Nada —dijo el soldado, volviendo con sus compañeros. Se quitó el casco y se secó la frente—. Los ojos me juegan malas pasadas.

—¿Qué espera el bastardo de Braethan de nosotros? Apenas hemos dormido nada en dos días.

—Sí, el rey tiene que estar desesperado si nos aprieta tanto… A decir verdad, preferiría no encontrar a quienquiera que estemos buscando. No es que le tenga miedo, pero si ese tipo da tantos quebraderos de cabeza a Galbatorix, más vale evitarlo. Que Murtagh y su monstruo volador den caza al misterioso fugitivo, ¿no os parece?

—A menos que sea Murtagh a quien buscamos —sugirió un tercero.

—Tú has oído lo que dijo el hijo de Morzan tan bien como yo.

Un silencio incómodo se extendió entre los soldados. Entonces, el que estaba en el suelo se giró hacia su caballo, agarró las riendas con la mano izquierda y dijo:

—Cierra el pico, Derwood. Hablas demasiado.

Los seis espolearon a sus monturas y siguieron adelante, hacia el norte.

Cuando el sonido de los cascos desapareció, Eragon puso fin al hechizo, se frotó los ojos con los puños y apoyó las manos sobre las rodillas. Se le escaparon unas risas amortiguadas, y sacudió la cabeza, divertido, pensando en lo estrafalario de la situación, en comparación con sus días en el valle de Palancar. «Desde luego, nunca me habría imaginado que me sucedería algo así», pensó.

El hechizo que había usado se componía de dos partes: la primera desviaba los rayos de luz alrededor de su cuerpo, haciéndolo invisible, y con la segunda esperaba evitar que otros hechiceros detectaran su magia. Los principales inconvenientes del hechizo eran que no podía ocultar las huellas —por lo que había que permanecer inmóvil mientras tenía efecto— y que en muchos casos no conseguía eliminar del todo la sombra. Eragon se abrió paso entre los árboles, estiró los brazos por encima de la cabeza y se encaminó a la quebrada por la que habían aparecido los soldados. Una vez reemprendida la marcha, una única pregunta ocupaba su mente: ¿qué había dicho Murtagh?

Y

Las veladas imágenes que veía en sus sueños de vigilia se desvanecieron de pronto: golpeó al aire con las manos, rodó por el suelo, se plegó casi por la mitad, se arrastró hacia atrás, se puso por fin en pie y echó los brazos hacia delante para rechazar los golpes que le caían encima.

La oscuridad de la noche le rodeaba. En lo alto, las estrellas seguían moviéndose, imparciales, en su eterna danza celestial. Allí abajo no se movía ni un alma, ni oía nada, sólo el suave roce del viento contra la hierba.

Eragon extendió su percepción mental, convencido de que alguien estaba a punto de atacarle. Exploró con la mente en un radio de más de trescientos metros, pero no encontró a nadie en las proximidades. Por fin bajó las manos. Respiraba agitadamente, y la piel le ardía, bañada de sudor. En su mente rugía una tormenta: un torbellino de hojas brillantes y miembros mutilados. Por un momento, pensó que estaba en Farthen Dûr combatiendo contra los úrgalos, y luego en los Llanos Ardientes, empuñando la espada contra hombres como él. Ambos lugares le parecían tan reales que habría jurado que alguna magia extraña le había transportado al pasado por el espacio y el tiempo. Vio ante sí a los hombres y a los úrgalos a los que había matado; le parecían tan reales que se preguntó si podrían hablar. Y aunque ya no llevaba en la piel las cicatrices de sus heridas, su cuerpo recordaba las muchas lesiones que había sufrido, y se estremeció al sentir de nuevo las espadas y las flechas lacerando sus carnes.

Con un grito ahogado, Eragon cayó de rodillas y se cogió el vientre con los brazos, abrazándose y meciéndose adelante y atrás. «Ya está…, ya está.» Apretó la frente contra el suelo, y se hizo un ovillo. Sentía el aliento, cálido, contra el cuerpo.

—¿Qué me está pasando?

Ninguna de las historias que Brom contaba en Carvahall mencionaba a héroes de antaño que hubieran enloquecido con visiones como aquéllas. Ninguno de los guerreros que había conocido Eragon entre los vardenos parecía sufrir por la sangre que había derramado. Y aunque el propio Roran admitía que no le gustaba matar, no se despertaba a medianoche gritando.

«Soy débil —pensó Eragon—. Un hombre no debería sentirse así. Un Jinete no debería sentirse así. Garrow o Brom estarían bien, lo sé. Hacían lo que había que hacer, y ya está. No se lamentaban por ello, no se pasaban el día preocupándose ni apretando los dientes… Soy débil.»

Se puso en pie de un salto y dio unos pasos, intentando calmarse. Al cabo de media hora, con la aprensión aún oprimiéndole el pecho y con la piel irritada como si mil hormigas estuvieran abriéndose paso por debajo, sensible al mínimo ruido, Eragon agarró sus cosas y se puso a correr a toda velocidad. No le importaba lo que encontrara bajo sus pies en la oscuridad, ni quién pudiera presenciar su precipitada carrera. Sólo quería huir de sus pesadillas. Su mente se le había puesto en contra y no podía ahuyentar sus miedos recurriendo a los pensamientos racionales. Su único recurso, por tanto, era confiar en la antigua sabiduría animal de la carne, que le decía que tenía que «moverse». Si corría con la suficiente fuerza y rapidez, quizá pudiera encontrar la estabilidad. Quizás el impulso de sus brazos, el golpeteo de sus pies contra el polvo, el frío húmedo del sudor bajo sus brazos, y un montón de sensaciones más, por su propio peso combinado, le obligarían a olvidar.

Quizá.

Una bandada de estorninos atravesó el cielo de la tarde, como peces por el océano.

Eragon les echó una mirada. En el valle de Palancar, cuando los estorninos regresaban tras el invierno, a menudo formaban grupos tan numerosos que convertían el día en noche. Aquella bandada no era tan grande, pero le recordaba los atardeceres pasados bebiendo té a la menta con Garrow y Roran en el pórtico de su casa, observando una nube negra susurrante que trazaba giros y requiebros por encima de sus cabezas.

Perdido en sus recuerdos, se detuvo y se sentó sobre una roca para atarse los cordones de las botas.

El tiempo había cambiado: ahora hacía fresco, y una mancha gris hacia el oeste apuntaba la posibilidad de una tormenta. La vegetación era más frondosa, con musgo y juncos, y gruesos macizos de hierba verde. A kilómetros de distancia, cinco colinas despuntaban sobre el terreno, por lo demás llano. Un bosque de gruesos robles poblaba la colina del centro. Por encima de las brumosas copas de los árboles, Eragon divisó las desmoronadas paredes de un edificio abandonado, construido por alguna raza muchos años antes.

Aquello le despertó la curiosidad y decidió buscar comida entre las ruinas. Estaba seguro de que albergarían gran cantidad de animales, y la caza le daría una excusa para explorar un poco antes de reemprender la marcha.

Eragon llegó a la base de la primera colina una hora más tarde, y allí encontró los restos de una antigua carretera pavimentada con adoquines. La siguió en dirección a las ruinas, sorprendido por aquella extraña estructura, ya que no se parecía a ninguna obra de humanos, elfos o enanos que él conociera.

Emprendió la ascensión de la colina del centro y sintió el efecto refrescante de las sombras de los robles. Cerca de la cima, el terreno bajo sus pies se allanó y el bosque se abrió, dando paso a un gran claro, donde se levantaba una torre en ruinas. La parte inferior era amplia y tenía nervaduras, como el tronco de un árbol. Luego, la estructura se estrechaba y ascendía más de diez metros, para acabar en una línea afilada y recortada. La mitad superior de la torre yacía desmoronada por el suelo, rota en innumerables fragmentos.

La emoción sacudió a Eragon. Sospechaba que había encontrado un puesto elfo de avanzada, erigido mucho antes de la destrucción de los Jinetes. Ninguna otra raza tenía los conocimientos ni la iniciativa suficientes para construir una estructura así.

Entonces descubrió un huerto en el extremo opuesto del claro.

Entre las hileras de plantas, un hombre encorvado se dedicaba a arrancar las malas hierbas de los guisantes. Tenía la cara entre sombras y una barba gris tan larga que le cubría la barriga, enmarañada como una madeja de lana.

Sin levantar la vista, el hombre dijo:

—Bueno, ¿vas a ayudarme a acabar con estos guisantes o no? Si lo haces, te ganarás una comida.

Eragon dudó, sin saber qué hacer. Entonces pensó: «¿Por qué debería temer a un viejo ermitaño?», y se acercó al huerto.

—Soy Bergan… Bergan, hijo de Garrow.

—Tenga, hijo de Ingvar —gruñó el hombre.

La armadura que llevaba empaquetada Eragon hizo un ruido metálico al depositarla en el suelo. La hora siguiente, trabajó en silencio con Tenga. Sabía que no debía quedarse mucho tiempo, pero le gustó el trabajo; le mantenía la mente ocupada. Mientras arrancaba hierbajos, dejó que su conciencia se expandiera y tocara la multitud de seres vivos del claro. Disfrutó de la sensación de comunión que sentía con ellos.

Cuando hubieron retirado la última brizna de hierba, verdolagas y dientes de león de la plantación de guisantes, Eragon siguió a Tenga hasta una estrecha puerta situada en la fachada de la torre y que daba paso a una amplia cocina y comedor. En el centro de la sala, una escalera de caracol subía al segundo piso. Libros, pergaminos y unos fajos

133

de hojas de vitela cubrían todas las superficies existentes, incluida una buena parte del suelo.

Tenga señaló al pequeño montón de ramas del hogar y la madera se prendió y empezó a crepitar. Eragon se tensó, dispuesto a lidiar física y mentalmente con Tenga.

El anciano no dio muestras de observar su reacción, y siguió trajinando por la cocina, buscando tazas, platos, cuchillos y diversos restos de comida para el almuerzo sin dejar de murmurar en voz baja.

Con todos los sentidos alerta, Eragon se dejó caer en una silla próxima en la que aún quedaba un rincón al descubierto. «No ha formulado el hechizo en el idioma antiguo —pensó—. ¡Aunque lo haya hecho mentalmente, ha arriesgado la vida, por lo menos, para encender un simple fuego!» Porque, tal como le había enseñado Oromis, las palabras eran el medio con el que se controlaba el flujo de la magia. Lanzar un hechizo sin la estructura del lenguaje para controlar su potencia suponía arriesgarse a que un pensamiento o una emoción descontrolados distorsionaran el resultado.

Eragon echó un vistazo a la sala, en busca de pistas sobre su anfitrión. Descubrió un pergamino abierto con columnas de palabras del idioma antiguo y reconoció en él un compendio de nombres reales similar al que había estudiado en Ellesméra. Aquel tipo de pergaminos era algo muy codiciado por los magos, que darían casi cualquier cosa por conseguirlos, puesto que permitían aprender nuevas palabras para los hechizos, y además registrar en ellos las palabras que se iban descubriendo. No obstante, pocos conseguían adquirir algún compendio, ya que eran rarísimos; y los que los poseían casi nunca se desprendían de ellos voluntariamente.

Era extraño, por tanto, que Tenga poseyera uno de aquellos compendios; sin embargo, observó con sorpresa que tenía otros seis por la sala, además de escritos sobre diversas materias, como la historia, la matemática, la astronomía o la botánica.

Tenga le colocó delante una jarra de cerveza y un plato con pan, queso y una porción de pastel de carne frío.

—Gracias —dijo Eragon.

Tenga no hizo caso y se sentó con las piernas cruzadas junto al hogar. Siguió refunfuñando y murmurando tras la barba al tiempo que devoraba su almuerzo.

Eragon dejó limpio su plato y apuró las últimas gotas de cerveza. Tenga también había acabado casi del todo su comida, y Eragon no pudo evitar preguntar.

—¿Esta torre la construyeron los elfos?

—Sí —dijo Tenga, mirándolo fijamente, como si la pregunta le hiciera dudar de la inteligencia de Eragon—. Los astutos elfos construyeron Edur Ithindra.

—¿Y qué hace usted aquí? ¿Está solo o…?

—¡Busco la respuesta! —exclamó Tenga—. La llave de una puerta por abrir, el secreto de los árboles y las plantas. El fuego, el calor, el relámpago, la luz… La mayoría no saben la pregunta y vagan en la ignorancia. Otros conocen la pregunta pero se temen lo que pueda significar la respuesta. ¡Bah! Durante miles de años hemos vivido como salvajes. ¡Salvajes! Yo pondré fin a eso. Daré inicio a la edad de la luz, y todos celebrarán mi hazaña.

—Pero, dígame, ¿qué es exactamente lo que busca?

—¿No conoces la pregunta? —replicó Tenga, frunciendo el ceño—. Pensé que quizá la conocieras. Pero no, me equivocaba. Sin embargo, veo que entiendes mi búsqueda. Tú buscas una respuesta diferente, pero también buscas. En el corazón te arde el mismo estigma que llevo yo en el mío. ¿Quién sino otro peregrino podría darse cuenta de que debemos sacrificarnos para encontrar una respuesta?

—¿La respuesta a qué?

—A la pregunta que elijamos.

«Está loco», pensó Eragon. Buscando algo que pudiera distraer a Tenga, posó la mirada sobre una fila de pequeñas estatuillas de animales de madera dispuestas en la repisa bajo una ventana en forma de lágrima.

—Qué bonitas —dijo, señalando las estatuas—. ¿Quién las ha tallado?

—Ella…, antes de irse. Siempre estaba haciendo cosas.

Tenga se puso en pie y apoyó la punta de su dedo índice en la primera de las estatuas.

—Ésta es la ardilla, con su cola ondulante, tan viva y ágil, siempre burlándose de todo —dijo. Su dedo pasó a la siguiente estatua de la fila—. Éste es el jabalí salvaje, con sus colmillos mortales… Éste es el cuervo, con…

Tenga no se dio cuenta de que Eragon retrocedía, ni vio que levantaba la aldaba de la puerta y salía de Edur Ithindra. Con el paquete al hombro, bajó a la carrera por entre los robles y se alejó de las cinco colinas y del hechicero demente que residía en ellas.

El resto del día, y el siguiente, el número de gente que se encontraba por el camino aumentó, hasta un punto en que daba la impre-

135

sión de que aparecían nuevos grupos de personas constantemente tras cada repecho. La mayoría eran refugiados, aunque también se veían soldados y mercaderes. Eragon evitó a los que pudo, y mantuvo la cabeza gacha el resto del tiempo.

Aquello, no obstante, le obligó a pasar la noche en el poblado de Eastcroft, treinta kilómetros al norte de Melian. Habría querido abandonar la carretera mucho antes de llegar a Eastcroft y buscar una hondonada a cubierto o una cueva donde descansar hasta la mañana, pero dado que el paisaje no le era familiar, calculó mal la distancia y llegó al pueblo justo al mismo tiempo que tres hombres de armas. Si se hubiera marchado entonces, a menos de una hora de la seguridad que ofrecían las murallas y las puertas de Eastcroft y de la comodidad de una cama caliente, hasta el más tonto se habría preguntado por qué intentaba evitar el pueblo. Así que Eragon hizo de tripas corazón y ensayó mentalmente las historias que se había inventado para explicar su viaje.

El sol, adormecido, estaba sólo un par de dedos sobre el horizonte cuando Eragon divisó por primera vez Eastcroft, un pueblo de tamaño medio rodeado por una alta empalizada. Cuando por fin llegó a la alta puerta y la atravesó ya estaba oscuro. Oyó a un centinela que les preguntaba a los soldados si había alguien más tras ellos por el camino.

—No, que yo sepa.

—Pues con eso me basta. Si queda algún rezagado, tendrá que esperar a mañana para entrar —respondió el centinela. Y a otro hombre situado en el lado contrario de la puerta, le gritó—: ¡Ciérrala!

Juntos, empujaron las puertas acorazadas y las aseguraron con cuatro vigas de roble atravesadas, cada una del grosor del pecho de Eragon.

«Deben de esperarse un sitio —pensó Eragon, y luego se sonrió ante su propia inocencia—. Bueno, ¿y quién no espera problemas hoy en día?» Unos meses antes, le habría preocupado quedarse atrapado en Eastcroft, pero ahora confiaba en que podría escalar las fortificaciones con las manos y, ocultándose con la magia, escapar sin dejar rastro en plena noche. Decidió quedarse, no obstante, puesto que estaba cansado; además, formular un hechizo podía atraer la atención de los magos que hubiera por allí, si es que había alguno.

Apenas había dado unos pasos por la callejuela enfangada que llevaba a la plaza del pueblo cuando un vigilante se le acercó, enfocándolo con la luz de un farol.

—¡Alto ahí! Tú no has estado antes en Eastcroft, ¿verdad?

—Es mi primera visita —dijo Eragon.

El rechoncho vigilante ladeó la cabeza.

—¿Y tienes familia o amigos en el pueblo?

—No, nadie.

—¿Qué es lo que te trae entonces a Eastcroft?

—Nada. Viajo hacia el sur en busca de la familia de mi hermana, para llevármelos de vuelta a Dras-Leona —explicó. Su historia no parecía provocar efecto alguno sobre el vigilante. «A lo mejor no me cree —especuló Eragon—. O quizás ha oído tantas historias como la mía que han dejado de importarle.»

—Entonces querrás ir a la Casa del Caminante, junto al pozo principal. Ve allí y encontrarás cama y comida. Y mientras estés en Eastcroft, déjame que te avise: aquí no toleramos el asesinato, los robos ni la obscenidad. Tenemos sólidos cepos y una buena horca, y ambos han tenido numerosos inquilinos. ¿Me he explicado bien?

—Sí, señor.

—Pues ve, y que te acompañe la suerte. Pero ¡espera! ¿Cómo te llamas, forastero?

—Bergan.

Dicho aquello, el vigilante dio media vuelta y volvió a su ronda nocturna. Eragon esperó hasta que la luz del farol del vigilante hubo desaparecido tras la silueta de las casas y luego se dirigió al tablón de anuncios colgado a la izquierda de las puertas.

Allí, claveteadas sobre media docena de órdenes de busca de delincuentes varios, había dos hojas de pergamino de casi un metro de largo. Una representaba a Eragon, la otra a Roran, y ambas los calificaban de traidores a la Corona. Eragon examinó los carteles con interés y se maravilló ante la recompensa ofrecida: un condado por cada uno para quien los capturara. El dibujo de Roran tenía un gran parecido, e incluso mostraba la barba que se había dejado crecer desde su huida de Carvahall, pero el de Eragon lo representaba tal como era antes de la Celebración del Juramento de Sangre, cuando aún tenía un aspecto plenamente humano.

Pensó en cómo habían cambiado las cosas.

Siguió adelante y recorrió el pueblo hasta encontrar la Casa del Caminante. La sala principal tenía el techo bajo, de madera manchada de alquitrán. Unas velas de sebo amarillentas arrojaban una luz tenue e irregular al tiempo que emitían un humo que se iba distribuyendo en capas por el espacio. El suelo estaba cubierto de arena y gravilla, y la mezcla crujía bajo las botas de Eragon. A su izquierda había mesas y sillas, y una gran chimenea donde un chaval hacía girar un cerdo ensartado en un asador. En el lado contrario había una larga barra, una fortaleza con puentes levadizos que protegían los toneles de cerveza de la horda de hombres sedientos que los asediaban desde todas partes.

Por lo menos, unas sesenta personas atestaban la sala. En condiciones normales el volumen de la conversación habría resultado ya bastante duro para Eragon tras tanto tiempo al aire libre, pero con su oído tan sensible le parecía estar en medio de una catarata. Le costaba concentrarse en una única voz. En cuanto oía una palabra o una frase, otra voz le distraía. En un rincón, un trío de trovadores cantaba y tocaba una versión cómica del *Dulce Aethrid o'Dauth*, que desde luego no contribuía a reducir el clamor.

Con una mueca de dolor ante aquel estruendo, Eragon fue abriéndose paso a través de la multitud hasta llegar a la barra. Quería hablar con la camarera, pero estaba tan ocupada que pasaron cinco minutos antes de que le mirara siquiera.

—¿Dígame? —preguntó, con la cara sudorosa y con mechones de pelo cubriéndole los ojos.

—¿Tienen alguna habitación libre, o algún rincón donde pueda pasar la noche?

—No sabría decirle. Tendría que hablar con la señora de la casa. Estará ahí abajo —respondió la camarera, señalando a unas oscuras escaleras.

Mientras esperaba, Eragon se recostó en la barra y estudió a la variopinta congregación que había en la sala. Supuso que la mitad, más o menos, serían habitantes de Eastcroft que habían acudido a disfrutar de una noche de copas. Del resto, la mayoría eran hombres y mujeres —en muchos casos familias enteras— que estaban emigrando a lugares más seguros. Para él era fácil identificarlos por sus camisas deshilachadas y sus pantalones sucios, y por el modo en que se hundían en sus sillas y observaban a cualquiera que se acercara.

No obstante, se cuidaban mucho de evitar mirar al último y más reducido grupo de clientes de la Casa del Caminante: los soldados de Galbatorix. Aquellos hombres, con sus casacas rojas, eran los que más ruido hacían. Se reían, gritaban y golpeaban la superficie de las mesas con sus puños de metal, al tiempo que engullían cerveza y toqueteaban a cualquier doncella lo suficientemente inconsciente como para pasar cerca de ellos.

«¿Se comportan así porque saben que nadie se atreve a enfrentarse a ellos y porque disfrutan haciendo gala de su poder? ¿O porque se vieron forzados a unirse al ejército de Galbatorix y quieren ahogar su sensación de culpa y miedo con sus juergas?», se preguntó Eragon. Los juglares cantaban:

> Con sus cabellos al viento, la dulce Aethrid o'Dauth
> corrió hacia Edel, su señor, y gritó: «¡Libera a mi amado,
> o una bruja te convertirá en una cabra lanuda!».
> Edel rio y dijo: «¡Ninguna bruja me convertirá
> en una cabra lanuda!».

La multitud se movió y a través de la gente, Eragon pudo ver una mesa pegada a la pared; y junto a ella había una mujer solitaria sentada, con el rostro oculto por la capucha de su oscura túnica de viaje. Cuatro hombres la rodearon: eran robustos granjeros de piel áspera y con las mejillas encendidas por el alcohol. Dos de ellos estaban apoyados contra la pared, a ambos lados de la mujer, mientras que otro, sentado en una silla puesta del revés, lucía una sonrisa, y el cuarto, de pie, apoyaba el pie izquierdo en el borde de la mesa y el cuerpo sobre la rodilla. Los hombres hablaban haciendo gestos, con movimientos descuidados. Aunque Eragon no podía oír ni ver lo que decía la mujer, era evidente que su respuesta había airado a los granjeros, porque fruncían el ceño y sacaban pecho, hinchándose como gallos. Uno de ellos la señaló, amenazante, con el dedo.

A Eragon le parecían trabajadores honestos que habían perdido el control en la profundidad de sus jarras de cerveza, error que ya había presenciado repetidamente durante los días de fiesta en Carvahall. Garrow sentía muy poco respeto por los hombres que no aguantaban la cerveza y que aun así insistían en ponerse en evidencia. «Es indecoroso —solía decir—. Es más, si bebes para olvidar, deberías hacerlo donde no molestes a nadie.» El hombre a la izquierda de la mujer de pronto le metió un dedo bajo la capucha, como para echársela atrás. La mujer levantó la mano derecha y agarró al hombre por la muñeca a tal velocidad que Eragon apenas pudo verlo, pero luego la soltó y recuperó su posición inicial. Eragon dudaba de que nadie más en la sala, ni siquiera el hombre al que había agarrado, se hubiera dado cuenta del movimiento.

La capucha le cayó sobre los hombros y Eragon se quedó rígido, anonadado. La mujer era humana, pero se parecía a Arya. Las únicas diferencias entre ambas eran los ojos —que eran redondos y horizontales, no rasgados como los de un gato— y sus orejas, que no acababan en punta como las de los elfos. Poseía la misma belleza que Arya, pero era una belleza menos exótica, más familiar.

139

Sin dudarlo, Eragon sondeó a la mujer con la mente. Tenía que saber quién era en realidad.

En cuanto entró en contacto con su conciencia, chocó mentalmente con algo que acabó con su concentración y luego, en la profundidad de su mente, oyó una voz ensordecedora que exclamaba: *¡Eragon!*

¿Arya?

Sus miradas se cruzaron un momento, justo antes de que la gente volviera a apiñarse y le bloqueara la visión.

Eragon atravesó la sala corriendo hasta la mesa, apartando los cuerpos apretados entre sí para abrirse camino. Los granjeros le miraron con recelo cuando emergió de entre la turba, y uno dijo:

—Eres de lo más maleducado, presentándote así, a empujones, sin que nadie te haya invitado. Esfúmate, ¿quieres?

Con el tono más diplomático que pudo, Eragon respondió:

—Me parece, caballeros, que la señorita preferiría que la dejaran sola. Y ustedes querrán complacer los deseos de una mujer honesta, ¿verdad?

—¿Una mujer honesta? —se rio el que estaba más cerca—. Ninguna mujer honesta viaja sola.

—Entonces deje de preocuparse, porque soy su hermano, y vamos de camino a Dras-Leona, a vivir con nuestro tío.

Los cuatro hombres intercambiaron unas miradas incómodas. Tres de ellos empezaron a apartarse de Arya, pero el más grande se plantó a pocos centímetros de Eragon y, echándole el aliento a la cara, dijo:

—No sé si te creo, amigo. Sólo estás intentando apartarnos para poder quedarte a solas con ella.

«No va tan desencaminado», pensó Eragon.

—Le aseguro que es mi hermana —respondió, tan bajo que sólo él pudiera oírlo—. Por favor, señor. No tengo ningún problema con ustedes. ¿Nos dejarán solos?

—No, porque creo que eres un cagueta mentiroso.

—Señor, sea razonable. No hay necesidad de ser desagradable. La noche es joven, y la bebida y la música no faltan. No discutamos por este pequeño malentendido. Es indigno de nosotros.

Para alivio de Eragon, tras unos segundos el otro hombre se relajó y emitió un gruñido socarrón.

—En fin, tampoco querría tener que pelearme con un niñato como tú —dijo. Se dio media vuelta y se dirigió pesadamente a la barra con sus amigos.

Con la mirada fija en la multitud, Eragon se situó tras la mesa y se sentó junto a Arya.

—¿Qué estás haciendo aquí? —preguntó, sin mover apenas los labios.

—Buscarte.

Sorprendido, la miró, y ella arqueó una ceja. Él volvió a mirar a la muchedumbre y, sonriendo de cara a la galería, preguntó:

—¿Estás sola?

—Ya no... ¿Has alquilado una cama para pasar la noche?

Él negó con la cabeza.

—Bien. Yo tengo habitación. Allí podremos hablar.

Se levantaron a la vez, y él la siguió hasta las escaleras situadas al fondo de la sala. Los desgastados tablones crujían bajo sus pies mientras subían hasta el rellano del segundo piso. Una única vela iluminaba el lúgubre pasillo con las paredes de madera. Arya le llevó hasta la última puerta de la derecha, y de la voluminosa manga de su túnica sacó una llave de hierro. Abrió la puerta, entró, esperó a que Eragon cruzara el umbral tras ella y luego cerró de nuevo con llave.

Un leve brillo anaranjado penetraba por la ventana emplomada que Eragon tenía delante. El resplandor procedía de un farol colgado al otro lado de la plaza mayor de Eastcroft. A la luz del farol pudo distinguir la silueta de una lámpara de aceite sobre una mesita baja a su derecha.

—Brisingr —susurró Eragon, y encendió la mecha con una chispa que apareció en la punta de su dedo.

Incluso con la luz de la lámpara, la habitación seguía a oscuras. Las paredes presentaban los mismos paneles de madera que el rellano, y la madera de color castaño absorbía la mayor parte de la luz que le llegaba, haciendo que la habitación pareciera más pequeña y densa, como si algo la comprimiera. Aparte de la mesa, el único mobiliario que había era una estrecha cama con sólo una manta sobre el colchón. Encima había una bolsa con provisiones.

Eragon y Arya se quedaron de pie, uno frente al otro. A continuación, él se echó las manos a la cabeza y se quitó la tira de tela que llevaba enrollada. Arya se desabrochó el prendedor que le sujetaba la túnica a los hombros y la dejó sobre la cama. Llevaba un vestido de color verde hoja, el mismo que lucía la primera vez que se habían visto.

A Eragon le resultaba raro que ambos hubieran cambiado de aspecto, y que fuera él quien tuviera aspecto de elfo, y Arya de ser humano. El cambio no modificaba en absoluto la impresión que ella le producía, pero le hacía estar más cómodo en su presencia, ya que la hacía más próxima.

Fue Arya quien rompió el silencio:

—Saphira dijo que te habías retrasado para matar al último Ra'zac y explorar el resto de Helgrind. ¿Es eso cierto?

—En parte sí.

—¿Y cuál es toda la verdad?

Eragon sabía que Arya no se conformaría con poco.

—Prométeme que no le dirás a nadie lo que te voy a contar, a menos que te dé permiso.

—Lo prometo —dijo ella en el idioma antiguo.

Entonces él le contó cómo había encontrado a Sloan, por qué había decidido no llevárselo con los vardenos, la maldición que le había lanzado al carnicero y la posibilidad que le había dado de redimirse —por lo menos parcialmente— y recuperar la vista.

—Pase lo que pase —dijo por fin—, Roran y Katrina «jamás» deben saber que Sloan sigue vivo. Si lo hacen, sus problemas nunca acabarán.

Arya se sentó al borde de la cama y se quedó mirando un buen rato a la lámpara y su llama juguetona.

—Tendrías que haberlo matado —dijo entonces.

—Quizá, pero no pude.

—El mero hecho de que tu cometido te resulte desagradable no es razón para evitarlo. Fuiste un cobarde.

Aquella acusación molestó a Eragon.

—¿Lo fui? Cualquiera que tuviera un cuchillo podría haber matado a Sloan. Lo que yo hice fue mucho más duro.

—Físicamente, pero no moralmente.

—No lo maté porque considere que habría estado mal —explicó Eragon, arrugando el rostro mientras se esforzaba en buscar las palabras—. No tenía miedo… Eso no. No después de haber librado batallas… Era otra cosa. Mataré en la guerra, pero no seré yo quien decida quién debe vivir y quién debe morir. No tengo la experiencia ni la sabiduría necesarias… Cada hombre tiene sus límites, Arya, y yo encontré el mío cuando vi a Sloan. Aunque tuviera prisionero a Galbatorix, no lo mataría. Lo llevaría ante Nasuada y el rey Orrin, y si ellos lo condenaban a muerte, estaría encantado de ser yo quien le rebanara la cabeza, pero no antes. Llámalo debilidad si quieres, pero es así como soy, y no voy a pedir disculpas por ello.

—Entonces, ¿serás una herramienta en manos de otros?

—Serviré al pueblo lo mejor que pueda. Nunca he aspirado a dirigir nada. Alagaësia no necesita otro rey tirano.

Arya se frotó las sienes.

—¿Por qué tiene que ser todo tan complicado para ti, Eragon? Allá donde vas, consigues meterte en dificultades. Es como si te dedicaras a buscar zarzas para caminar entre ellas.

—Tu madre dijo prácticamente lo mismo.

—No me sorprende... Muy bien, dejémoslo. Ninguno de los dos va a cambiar de opinión, y tenemos cosas más urgentes que hacer que discutir sobre justicia y moralidad. En el futuro, no obstante, harías bien en recordar quién eres y lo que significas para las razas de Alagaësia.

—Nunca lo he olvidado —protestó Eragon. Hizo una pausa, a la espera de su respuesta, pero Arya no replicó, así que se sentó sobre el borde de la mesa y prosiguió—: No tenías que haber venido a buscarme. Ya sabías que estaba bien.

—Por supuesto.

—¿Cómo me has encontrado?

—Pensé en las rutas que podías tomar desde Helgrind. Por suerte, opté por una que me llevó más de sesenta kilómetros al oeste de aquí, lo suficientemente cerca como para localizarte escuchando los murmullos de la Tierra.

—No entiendo.

—Un Jinete no pasa desapercibido por este mundo, Eragon. Quien tenga orejas para oír y ojos para ver puede interpretar las señales sin dificultad. Los pájaros hablan de tu llegada con sus cantos, las bestias de la Tierra sienten tu olor, y hasta los árboles y la hierba recuerdan tu contacto. El vínculo entre Jinete y dragón es tan potente que quien es sensible a las fuerzas de la naturaleza puede sentirlo.

—Tendrás que enseñarme ese truco en alguna ocasión.

—No es ningún truco; sólo el arte de prestar atención a lo que te rodea.

—Pero ¿por qué viniste a Eastcroft? Habría sido más seguro encontrarse fuera del pueblo.

—Me obligaron las circunstancias, como supongo que te ocurrió a ti. Tú no viniste voluntariamente, ¿no?

—No... —dijo él, encogiéndose de hombros. Estaba cansado de viajar todo el día. Luchando contra el sueño, señaló con la mano el vestido de Arya—: ¿Por fin has dejado de usar pantalones y camisa?

—Sólo mientras dure este viaje —precisó ella, tras esbozar una sonrisa—. He vivido entre los vardenos más años de los que puedo

143

recordar, pero aún me acordaba de que los humanos insisten en separar a sus mujeres de sus hombres. Nunca podría adaptarme a vuestras costumbres, aunque no me haya comportado del todo como una elfa. ¿Quién iba a decirme que sí o que no? ¿Mi madre? Ella estaba en el otro extremo de Alagaësia. —Arya se detuvo, como si hubiera hablado de más. Luego prosiguió—: En cualquier caso, tuve un desafortunado encuentro con un par de boyeros poco después de dejar a los vardenos, y justo después robé este vestido.

—Te queda bien.

—Una de las ventajas de la magia es que nunca tienes que recurrir a un sastre.

Eragon se rio por un momento. Luego preguntó:

—¿Y ahora qué?

—Ahora descansaremos. Mañana, antes de que salga el sol, nos escabulliremos de Eastcroft sin que nadie se entere.

Aquella noche, Eragon se tumbó frente a la puerta, mientras que Arya ocupó la cama. No por cortesía —aunque Eragon habría insistido en dejar la cama a Arya en cualquier caso—, sino por precaución. Si alguien entraba en la habitación, le habría parecido raro encontrar a una mujer por el suelo.

Las horas iban pasando, huecas, y Eragon mantenía la mirada fija en las vigas que tenía sobre la cabeza, siguiendo con los ojos las grietas en la madera, incapaz de calmar sus acelerados pensamientos. Intentó relajarse por todos los medios que conocía, pero la mente se le iba una y otra vez a Arya, a la sorpresa que le había supuesto encontrarla, a sus comentarios sobre lo que había hecho con Sloan y, por encima de todo, a lo que sentía por ella. No estaba seguro de lo que era. Deseaba estar con ella, pero lo había rechazado cuando había intentado acercarse, y aquello había empañado su afecto con dolor y rabia, y también con cierta frustración, porque aunque Eragon se negaba a aceptar que no tenía posibilidades, no se le ocurría cómo debía proceder.

Sintió un dolor en el corazón mientras escuchaba el suave ir y venir de la respiración de Arya. Le atormentaba estar tan próximo a ella y no poder acercársele. Retorció el borde de la casaca entre los dedos: ojalá pudiera hacer algo más que resignarse a un destino no deseado.

Batalló con aquellas emociones rebeldes hasta bien entrada la noche, cuando por fin sucumbió al agotamiento y se dejó llevar por el acogedor abrazo de sus sueños en vigilia y se sumió por unas horas en un descanso irregular hasta que las estrellas empezaron a perder su brillo y llegó la hora de que Arya y él abandonaran Eastcroft.

Abrieron la ventana y saltaron desde el alféizar al suelo, cuatro metros por debajo, aunque aquello no era gran cosa para las habilidades de un elfo. Durante la caída, Arya se agarró la falda del vestido para evitar que se le hinchara con el aire. Cayeron a pocos centímetros el uno del otro y echaron a correr entre las casas, hacia la muralla.

—La gente se preguntará adónde hemos ido —dijo Eragon, entre zancada y zancada—. Quizá tendríamos que haber esperado e irnos como viajeros normales.

—Es más arriesgado quedarse. Ya he pagado la habitación. Eso es lo único que le preocupa al posadero, no si desaparecemos a primera hora. —Los dos se separaron por un segundo, rodeando un carro desvencijado, y luego Arya añadió—: Lo más importante es no dejar de moverse. Si nos entretenemos, seguro que el rey nos encuentra.

Cuando llegaron a la muralla exterior, Arya exploró la empalizada hasta que encontró un poste que sobresalía ligeramente. Lo rodeó con las manos y se colgó de la madera para ver si soportaba su peso. El poste cedió ligeramente y chocó con sus vecinos, pero aguantó.

—Tú primero —dijo Arya.

—Por favor, después de ti.

Con un suspiro de impaciencia, se dio una palmadita en el corpiño.

—Un vestido ondea algo más que un par de mallas, Eragon.

De pronto, lo entendió, y sintió el rubor en las mejillas. Echó las manos arriba, se agarró bien y empezó a trepar por la empalizada, sujetándose con las rodillas y los pies durante el ascenso. En lo más alto, se detuvo, haciendo equilibrios sobre la punta afilada de los postes.

—Sigue —susurró Arya.

—No. Te espero.

—No seas tan…

—¡Un guarda! —dijo Eragon, y señaló hacia un farol que flotaba en la oscuridad, entre un par de casas.

A medida que se acercaba la luz, el perfil dorado de un hombre emergió entre la oscuridad. Llevaba una espada desenvainada en una mano.

Silenciosa como un espectro, Arya se agarró del poste y, recurriendo únicamente a la fuerza de sus manos, trepó hasta donde estaba Eragon. Parecía deslizarse hacia arriba de un modo mágico. Cuando estuvo lo suficientemente cerca, Eragon la cogió del antebrazo y la izó sobre la punta de los postes, dejándola a su lado. Estaban posados en lo alto de la empalizada, como dos extrañas aves, inmóviles y manteniendo la respiración mientras el guardia pasaba por debajo de ellos. Agitaba el farol en todas direcciones en busca de intrusos.

«No mires al suelo —suplicó Eragon, para sus adentros—. Y no mires arriba.»

Un momento más tarde, el vigilante volvió a enfundar la espada y siguió su ronda, tatareando.

Sin una palabra, Eragon y Arya se dejaron caer al otro lado de la empalizada. La armadura que llevaba empaquetada resonó cuando él cayó contra el terraplén cubierto de hierba y se echó a rodar para reducir la fuerza del impacto. Se puso en pie de un salto, se agachó y se alejó de Eastcroft adentrándose en aquel paisaje gris, con Arya tras él. Siguieron las hondonadas y los cauces secos de los ríos, y evitaron las granjas que rodeaban el pueblo. Unas cuantas veces, algún perro furioso salía a su encuentro para protestar ante la invasión de sus territorios. Eragon intentaba calmarlos con la mente, pero el único modo en que consiguió evitar que los perros ladraran fue asegurándoles que sus terribles dientes y garras habían conseguido amedrentarles a él y a Arya. Satisfechos con su éxito, los perros volvían agitando el rabo hacia los graneros, establos y pórticos en los que montaban guardia. A Eragon le hizo gracia su petulante suficiencia.

A menos de diez kilómetros de Eastcroft, cuando resultó evidente que estaban completamente solos y que nadie los seguía, Eragon y Arya hicieron un alto junto a un tocón calcinado. De rodillas, Arya cavó un pequeño hoyo en el suelo y dijo:

—Aduma risa.

Con un leve goteo, empezó a manar agua de la tierra de alrededor, y fue llenando el hoyo que había cavado. Arya esperó hasta que estuvo lleno y entonces dijo:

—Letta.

El flujo cesó. Recitó un hechizo para visualizaciones y el rostro de Nasuada apareció en la superficie del agua quieta. Arya la saludó.

—Mi señora —dijo Eragon, e hizo una reverencia.

—Eragon —respondió ella. Parecía cansada, tenía las mejillas hundidas, como si hubiera sufrido una larga enfermedad. Un mechón se le había soltado del moño y le caía enredándose en un denso tirabuzón. Eragon observó una serie de voluminosas vendas en el brazo cuando ella intentó colocarse el mechón de pelo rebelde en su sitio—. Estás a salvo, gracias a Gokukara. ¡Estábamos tan preocupados!

—Siento haberos preocupado, pero tenía mis motivos.

—Tienes que explicármelos cuando regreses.

—Como deseéis —accedió él—. ¿Cómo os habéis hecho esas heridas? ¿Os ha atacado alguien? ¿Por qué no habéis hecho que os cure alguno de los Du Vrangr Gata?

—Les ordené que no lo hicieran. Y eso te lo explicaré cuando llegues. —Aunque sorprendido, Eragon asintió y se tragó sus preguntas—. Estoy impresionada; lo has encontrado —le dijo Nasuada a Arya—. No estaba segura de que pudieras lograrlo.

—La suerte me sonrió.

—Quizá, pero me inclino a pensar que tus habilidades habrán sido tan importantes como la generosidad de la suerte. ¿Cuánto tiempo tardaréis en volver con nosotros?

—Dos o tres días, a menos que encontremos imprevistos.

—Bien. Os espero para entonces. A partir de ahora, quiero que contactéis conmigo por lo menos una vez antes de cada mediodía y otra antes de cada anochecer. Si no tengo noticias vuestras, supondré que os han capturado y enviaré a Saphira con una patrulla de rescate.

—A lo mejor no siempre disponemos de la intimidad necesaria para utilizar la magia.

—Encontrad un modo de hacerlo. Necesito saber dónde estáis y si estáis bien.

Arya lo consideró por un momento y luego dijo:

—Si puedo, haré lo que pedís, pero no si ello pone a Eragon en peligro.

—De acuerdo.

Aprovechando la pausa que se produjo en la conversación, Eragon intervino:

—Nasuada, ¿está cerca Saphira? Querría hablar con ella… No hemos hablado desde Helgrind.

—Se fue hace una hora a reconocer el perímetro. ¿Puedes mantener el hechizo mientras voy a ver si ya ha vuelto?

—Id —dijo Arya.

Con un paso, Nasuada salió de su campo de visión, dejando en su lugar una imagen estática de la mesa y las sillas del interior de su pabellón rojo. Durante un buen rato, Eragon se quedó contemplando el contenido de la tienda, pero no podía soportar los nervios y apartó la mirada de la balsa de agua para posarla en la nuca de Arya, que tenía la espesa melena negra apartada hacia un lado, dejando a la vista una

147

franja de suave piel justo por encima del cuello del vestido. Aquello lo dejó absorto durante casi un minuto, pero luego sacudió la cabeza y se apoyó en el tocón calcinado.

Se oyó un ruido de madera rota, y luego un mar de relucientes escamas azules cubrió la superficie del agua: Saphira se había abierto paso en el pabellón. A Eragon le resultaba difícil determinar qué parte de Saphira estaba viendo, ya que veía muy poco. Las escamas fueron pasando por la superficie del agua y distinguió la parte inferior de un muslo primero, un pincho de la cola después, la membrana de un ala plegada, y luego la brillante punta de un diente al girarse la dragona, intentando encontrar una posición desde la que pudiera ver cómodamente el espejo que usaba Nasuada para sus comunicaciones arcanas. Por los ruidos que se oían por detrás de Saphira, Eragon dedujo que estaba aplastando la mayor parte de los muebles. Por fin se situó, acercó la cabeza al espejo —de modo que un único ojo de color zafiro llenó toda la superficie de la balsa— y miró a Eragon.

Se quedaron mirándose durante un minuto en el que ninguno de los dos se movió. Eragon se sorprendió del alivio que sintió al verla. No se había sentido seguro del todo desde su separación.

—Te he echado de menos —susurró él.

Ella parpadeó.

—Nasuada, ¿aún estáis ahí?

Una respuesta ahogada le llegó desde algún punto a la derecha de Saphira:

—Sí, más o menos.

—¿Seríais tan amable de comunicarme lo que diga Saphira?

—Estaría encantada, pero en este momento estoy atrapada entre un ala y un poste y por lo que parece no tengo modo de acercarme. Puede que te cueste oírme. Si estás dispuesto a hacer el esfuerzo, lo intentaré.

—Por favor.

Nasuada se mantuvo en silencio un tiempo que Eragon midió por latidos, y luego, en un tono tan parecido al de Saphira que a Eragon casi le dio la risa, dijo:

—¿Estás bien?

—Estoy sano como un toro. ¿Y tú?

—Compararme con un bovino sería a la vez ridículo e insultante, pero estoy más en forma que nunca, si es eso lo que preguntas. Estoy contenta de que Arya esté contigo. Me gusta que tengas a alguien con sentido común al lado para cubrirte las espaldas.

—Estoy de acuerdo. Siempre se agradece contar con ayuda cuando estás en peligro.

Aunque estaba contento de poder hablar con Saphira, aunque fuera con intermediarios, las palabras le parecían un pobre sustituto del libre intercambio de pensamientos y emociones del que disfrutaban cuando estaban cerca el uno del otro. Además, con Arya y Nasuada metidas en su conversación, Eragon no se atrevía a hablar de temas más personales, o preguntarle por ejemplo si ya le había perdonado por obligarle a dejarlo en Helgrind. Saphira debía de pensar igual, porque tampoco ella abordó el tema. Charlaron sobre otras cosas insustanciales y luego se despidieron. Antes de apartarse de la balsa de agua, Eragon se llevó los dedos a la boca y, en silencio, articuló: «Lo siento».

Un mínimo espacio se abrió entre las pequeñas escamas que rodeaban el ojo de Saphira al relajarse la piel en las que se apoyaban. Parpadeó lenta y prolongadamente y él supo que entendía su mensaje y que no le guardaba ningún rencor.

Luego Eragon y Arya se despidieron de Nasuada. Arya puso fin a su hechizo. Se puso en pie y, con el dorso de la mano, se sacudió el polvo del vestido.

Mientras tanto, Eragon no podía parar de moverse, impaciente como nunca: en aquel momento no deseaba nada más que salir corriendo hacia Saphira y acurrucarse en su regazo frente a una hoguera.

—Vámonos —dijo. Pero ella ya se había puesto en marcha.

149

Un asunto delicado

*L*os músculos de la espalda de Roran se hincharon, perfilándose al levantar la piedra del suelo. Apoyó la gran piedra sobre los muslos por un instante y luego, con un gruñido, la levantó sobre la cabeza, estiró los brazos y bloqueó los codos. Sostuvo en alto aquel peso aplastante durante un minuto. Cuando los hombros empezaron a temblarle y amenazaban con fallar, dejó caer la piedra al suelo. Cayó con un golpe sordo, y dejó una marca de varios centímetros de profundidad en la tierra.

A ambos lados de Roran, veinte guerreros vardenos hacían esfuerzos para levantar piedras de un tamaño similar. Sólo dos lo consiguieron: los demás volvieron a las piedras más pequeñas a las que estaban acostumbrados. Roran se sintió satisfecho de que los meses en la forja de Horst y los años de trabajo pasados anteriormente en la granja le hubieran dado la fuerza necesaria para mantener el tipo con hombres que llevaban practicando con la espada desde los doce años de edad. Roran se sacudió el fuego que sentía en los brazos y respiró hondo varias veces, sintiendo el aire fresco contra el pecho desnudo. Levantó el brazo y se frotó el hombro derecho, reconociendo el músculo y explorándolo con los dedos, confirmando una vez más que no quedaba rastro de la lesión que le habían provocado los Ra'zac al morderle. Hizo una mueca, contento de estar de nuevo entero y en forma, algo que antes le había parecido menos probable que ver bailar a una vaca.

Un alarido de dolor le llamó la atención: Albriech y Baldor estaban entrenándose con Lang, un veterano moreno y curtido en mil batallas que les enseñaba el arte de la guerra. Incluso siendo dos contra uno, Lang mantenía su posición y, con la espada de madera de prácticas, había desarmado a Baldor, le había golpeado en las costillas y le había alcanzado en la pierna con tal fuerza que lo había tumbado, todo en pocos segundos. Roran simpatizó con ellos; él mismo había acabado su clase con Lang poco antes, y le había dejado unos cuantos moratones nuevos, a juego con los obtenidos en Helgrind. En general prefería usar su martillo en lugar de la espada, pero sabía que debería ser capaz de usarla si la ocasión lo requería. La lucha con espadas era una disciplina mucho más refinada que la mayoría: si un espadachín recibía un golpe en la muñeca, hubiera perdido o no la espada, sus huesos rotos le preocuparían demasiado como para pensar en defenderse.

Tras la batalla de los Llanos Ardientes, Nasuada había invitado a todos los habitantes de Carvahall a unirse a los vardenos. Todos habían aceptado su oferta. Los que se negaron ya habían optado anteriormente por permanecer en Surda durante la escala en Dauth, de camino a los Llanos Ardientes. Todos los hombres capaces de Carvahall habían optado por armas de lucha —en lugar de sus lanzas y escudos improvisados— y se habían esforzado para convertirse en guerreros tan preparados como cualquier otro de Alagaësia. El pueblo del valle de Palancar estaba acostumbrado a la vida dura. Blandir una espada no era una tarea más ardua que cortar leña, y resultaba mucho más fácil que arar hectáreas de terreno bajo el ardiente sol del verano. Los que dominaban un oficio útil siguieron desempeñándolo al servicio de los vardenos, pero en su tiempo libre seguían practicando con las armas que les habían dado, ya que cuando sonara la llamada a las armas se esperaba que todos los hombres acudieran a la lucha.

Desde su regreso de Helgrind, Roran se había tomado el entrenamiento con una dedicación extrema. Contribuir a la derrota del Imperio y, con ello, de Galbatorix, era lo único que podía hacer para proteger a los aldeanos y a Katrina. No era tan arrogante como para creerse que él sólo pudiera desequilibrar el resultado de la batalla, pero confiaba en su capacidad de aportar algo al mundo y sabía que, si se aplicaba, podría contribuir a mejorar las posibilidades de victoria de los vardenos. No obstante, tenía que mantenerse con vida y eso significaba prepararse físicamente y dominar las herramientas y las técnicas de ataque para no caer ante algún guerrero más experimentado.

Mientras cruzaba el campo de prácticas de regreso a la tienda que compartía con Baldor, Roran atravesó un parterre de hierba de veinte metros de longitud en el que yacía un tronco de seis metros desprovisto de su corteza y pulido por los miles de manos que lo frotaban cada día. Sin detenerse, Roran se giró, deslizó los dedos por debajo del extremo más grueso del tronco, lo levantó y, con un gruñido producto de la tensión, lo puso vertical. Luego le dio un empujón y lo derribó. Entonces lo agarró por el extremo fino y repitió el proceso dos veces más.

Ya sin energías para volver a enderezar el tronco, Roran dejó el lugar y se perdió a paso ligero por el laberinto de tiendas de lona gris, saludando a Loring, a Fisk y a otros que reconoció, así como a media docena de desconocidos que le saludaron cálidamente por el camino.

—¡Hola, Martillazos! —le gritaban.

—¡Hola! —respondía él.

«Es curioso que te conozcan personas a las que no has visto nunca», pensó. Un minuto más tarde llegó a la tienda que se había convertido en su casa y, una vez dentro, guardó el arco, el carcaj con flechas y la espada corta que le habían dado los vardenos.

Cogió su pellejo lleno de agua que estaba junto al catre, salió de nuevo a la luz del sol, lo destapó y se echó el contenido por la espalda y los hombros. Roran no tenía muchas ocasiones para bañarse, pero aquél era un día importante, y quería estar fresco y limpio para lo que se acercaba. Con el borde fino de un bastón pulido, se rascó la suciedad de los brazos y de las piernas y se limpió las uñas, y luego se peinó el cabello y se recortó la barba.

Satisfecho con su aspecto, buscó su casaca recién lavada, se pasó el martillo por el cinto y estaba a punto de ponerse en marcha por el campamento cuando observó que Birgit lo observaba oculta tras la esquina de una tienda. Asía con ambas manos una daga envainada.

Roran se quedó paralizado, dispuesto a sacar su martillo a la mínima provocación. Sabía que estaba en peligro de muerte y, a pesar de su habilidad, no estaba seguro de poder derrotar a Birgit si le atacaba, ya que ella, como él, lo daba todo en la lucha contra sus enemigos.

—Una vez me pediste ayuda —dijo Birgit— y yo accedí porque quería encontrar a los Ra'zac y matarlos por haberse comido a mi marido. ¿No mantuve mi palabra?

—Es cierto.

—¿Y tú recuerdas que te prometí que, una vez estuvieran muertos los Ra'zac, me compensarías por tu responsabilidad en la muerte de Quimby?

—Lo recuerdo.

Birgit retorcía las manos nerviosamente alrededor de la daga; tenía los puños surcados de tendones. La daga salió de su vaina un par de centímetros, dejando al descubierto el brillo de su acero, y luego volvió lentamente a la oscuridad.

—Bien —dijo ella—. No querría que te fallara la memoria. Obtendré mi compensación, Garrowsson. No lo dudes.

Con paso firme y rápido se alejó, y ocultó la daga entre los pliegues de su vestido.

Roran respiró aliviado y se sentó sobre un taburete cercano, frotándose la garganta, convencido de que había escapado por poco de ser degollado por Birgit. Su visita le había alarmado pero no le sorprendía; sabía de sus intenciones desde hacía meses, desde antes de que salieran de Carvahall, y sabía que un día tendría que ajustar cuentas con ella.

Un cuervo surcó el cielo. Lo siguió con la vista, le cambió el humor y sonrió. «Bueno —se dijo—. Es difícil saber el día y la hora en que uno va a morir. Podrían matarme en cualquier momento, y no hay nada que pueda hacer al respecto. Lo que tenga que ocurrir, ocurrirá, y yo no voy a perder el tiempo que me queda sobre la Tierra preocupándome. La desgracia siempre llega a los que la esperan. El truco es encontrar la felicidad en los breves periodos entre desgracias. Birgit hará lo que su conciencia le diga, y yo tendré que enfrentarme a eso cuando corresponda.»

Junto a su pie izquierdo descubrió una piedra amarillenta que recogió y se pasó entre los dedos. Concentrándose en ella todo lo que pudo, dijo:

—Stenr rïsa.

La piedra permaneció indiferente a su orden y se quedó inmóvil entre sus dedos pulgar e índice. Con un bufido, la tiró lejos.

Emprendió la marcha hacia el norte por entre las filas de tiendas. Mientras caminaba, intentaba deshacerse un nudo de la cinta del cuello, pero se resistía, y abandonó sus esfuerzos al llegar a la tienda de Horst, que era el doble de grande que la mayoría.

—¡Hola! —dijo, y llamó golpeando el poste situado en la lona de la entrada.

Katrina salió corriendo de la tienda, con su melena cobriza al viento, y lo rodeó con sus brazos. Entre risas, Roran la levantó por la cintura y le dio una vuelta completa; todo el mundo salvo el rostro de ella se difuminó ante sus ojos. Luego la depositó con cuidado en el suelo. Ella le dio uno, dos, tres besos apresurados en los labios. Luego se detuvo y le miró a los ojos, más feliz de lo que él la había visto nunca.

—Hueles muy bien —le dijo ella.

—¿Cómo estás?

Lo único que empañaba su alegría era ver lo delgada y pálida que estaba tras el cautiverio. Le daban ganas de resucitar a los Ra'zac para hacerles soportar el mismo sufrimiento que habían infligido a Katrina y a su padre.

153

—Me lo preguntas cada día, y cada día te digo lo mismo: mejor. Ten paciencia; me recuperaré, pero llevará tiempo. El mejor remedio para mi dolencia es estar contigo, aquí, bajo el sol. Me hace bien, más de lo que puedo decirte.

—Eso no responde del todo a mi pregunta.

Las mejillas de Katrina adoptaron un tono colorado y ella echó la cabeza atrás, con los labios curvados en una sonrisa maliciosa:

—¡Vaya! Es usted un atrevido, señor mío. De lo más atrevido. No estoy segura de que deba quedarme a solas con usted; temo que pueda tomarse demasiadas libertades conmigo.

El tono de su respuesta le tranquilizó.

—Libertades, ¿eh? Bueno, ya que me consideras un sinvergüenza, no perdería nada disfrutando de alguna de esas «libertades» —respondió. Y la besó hasta que ella rompió el contacto, aunque no se liberó de su abrazo.

—Oh —dijo sin aliento—. Parece que eres un hueso duro de roer, Roran *Martillazos*.

—Seguro que sí. —Hizo una seña con la cabeza en dirección a la tienda que quedaba tras ella, bajó la voz y preguntó—: ¿Lo sabe Elain?

—Lo sabría si no estuviera tan preocupada por su embarazo. Creo que la tensión del viaje desde Carvahall puede haberle hecho perder el niño. Se encuentra mal durante una buena parte del día, y tiene dolores que…, bueno, que no presagian nada bueno. Gertrude la cuida, pero no puede hacer gran cosa por aliviar sus molestias. En todo caso, cuanto antes vuelva Eragon, mejor. No sé cuánto tiempo podré mantener este secreto.

—Lo harás bien, estoy seguro. —La soltó y se alisó el borde de la casaca con la mano—. ¿Qué tal estoy?

Katrina lo estudió con mirada crítica, se humedeció las puntas de los dedos y se los pasó por el pelo, despejándole la frente. Observó el nudo en la cinta del cuello y se puso a deshacerlo.

—Deberías prestar más atención a tus ropas.

—Las ropas no han intentado matarme.

—Bueno, ahora las cosas son diferentes. Eres el primo de un Jinete de Dragón, y deberías hacer bien tu papel. Es lo que la gente espera de ti.

Él dejo que prosiguiera con su revisión hasta que quedó satisfecha con su aspecto. Le dio un beso de despedida y recorrió el kilómetro de distancia que le separaba del centro del inmenso campamento de los vardenos, donde se encontraba el pabellón rojo de mando de Nasuada. El banderín montado en lo alto lucía un escudo negro y dos espadas inclinadas en paralelo por debajo, y ondeaba sacudido por el cálido viento del este.

Los seis vigilantes del pabellón —dos humanos, dos enanos y dos úrgalos— bajaron las armas al llegar Roran, y uno de los úrgalos, una bestia corpulenta de dientes amarillos, le desafió:

—¿Quién va? —Su acento era casi ininteligible.

—Roran *Martillazos*, hijo de Garrow. Nasuada me mandó llamar.

Golpeándose sonoramente el peto con un puño, el úrgalo anunció:

—Roran *Martillazos* solicita audiencia con vos, Señora Acosadora de la Noche.

—Que pase —dijo la voz desde el interior.

Los guardias levantaron las armas, y Roran se abrió paso cautelosamente entre ellos. Se lo quedaron mirando, y él los miró, con el distanciamiento de unos soldados dispuestos a enfrentarse de un momento a otro.

Roran observó, alarmado, que en el interior del pabellón la mayoría de los muebles estaban rotos y volcados. Las únicas cosas que parecían tenerse en pie eran un espejo montado sobre un poste y la gran butaca en la que estaba sentada Nasuada. Roran no hizo caso del mobiliario, hincó una rodilla en el suelo y le hizo una reverencia.

Los rasgos y el porte de Nasuada eran tan diferentes a los de las mujeres con las que se había criado Roran que no sabía cómo actuar. Le parecía extraña y altiva, con su vestido bordado y las cadenas de oro en el pelo y su piel morena, que en aquel momento tenía un reflejo rojizo, debido al color de las telas de las paredes. En claro contraste con el resto de sus atavíos, tenía los antebrazos cubiertos con vendas, testimonio del impresionante valor del que había hecho gala durante la Prueba de los Cuchillos Largos. Su hazaña se había convertido en un tema de conversación recurrente entre los vardenos desde que Roran había vuelto con Katrina. Era el único aspecto de ella con el que se identificaba, porque él también haría cualquier sacrificio para proteger a sus seres queridos. Lo que pasaba es que los seres queridos de ella eran un grupo de miles de personas, mientras que él se sentía comprometido sólo con su familia y con su pueblo.

—Levántate, por favor —dijo Nasuada. Él hizo lo que le decía y apoyó una mano en la cabeza del martillo; luego esperó un momento, en el que se sometió a la mirada escrutadora de ella.

—Mi posición raramente me permite el lujo de hablar claramente y sin tapujos, Roran, pero contigo voy a ser directa. Parece que

155

eres un hombre que aprecia la franqueza, y tenemos mucho de lo que hablar en muy poco tiempo.

—Gracias, mi señora. Nunca me ha gustado jugar a juegos de palabras.

—Excelente. Para ser francos, entonces, me presentas dos problemas, y ninguno de los dos tiene fácil solución.

—¿Qué tipo de problemas? —replicó él frunciendo el ceño.

—Uno de carácter, y otro político. Tus hazañas en el valle de Palancar y durante la lucha mano a mano con tus paisanos son casi increíbles. Me han contado que eres osado y hábil en el combate, en la estrategia y que sabes hacer que la gente te siga con una lealtad incuestionable.

—Puede que me hayan seguido, pero desde luego nunca han dejado de cuestionarme.

Una sonrisa apareció en los labios de Nasuada.

—Quizá. Pero aun así conseguiste que te siguieran, ¿verdad? Posees un valioso talento, Roran, que podría resultar útil a los vardenos. Supongo que querrás ser útil a la causa.

—Así es.

—Como sabes, Galbatorix ha dividido su ejército y ha enviado tropas al sur para reforzar la ciudad de Aroughs, al oeste, hacia Feinster, y al norte, hacia Belatona. Así espera alargar la lucha y desgastarnos lentamente. Jörmundur y yo no podemos estar en una docena de sitios diferentes a la vez. Necesitamos capitanes en los que podamos confiar para que se enfrenten a los numerosos conflictos que surgen a nuestro alrededor. En eso podrías sernos útil. Pero… —De pronto se le apagó la voz.

—Pero aún no sabéis si podéis confiar en mí.

—Efectivamente. La protección de los amigos y la familia hace que uno se endurezca, pero me pregunto cómo reaccionarás sin ellos. ¿Aguantarás la presión? Y al estar en posición de dar órdenes, ¿serás capaz también de acatarlas? No quiero poner en entredicho tu capacidad, Roran, pero el destino de Alagaësia está en juego, y no puedo arriesgarme a poner a alguien incompetente a la cabeza de mis hombres. Esta guerra no perdona errores de ese tipo. Ni tampoco sería justo para los hombres que ya luchan con los vardenos pasarles a alguien por delante sin una causa justa. Debes ganarte el cargo.

—Entiendo. ¿Qué queréis entonces que haga?

—Bueno, no es tan fácil, ya que Eragon y tú sois prácticamente hermanos, y eso complica las cosas inconmensurablemente. Tal como seguramente sabes, Eragon es la pieza clave de nuestras esperanzas.

Es importante, por tanto, protegerle de cualquier distracción para que se pueda concentrar en la tarea que tiene ante sí. Si te mando al frente y mueres, el dolor y la rabia pueden perfectamente desequilibrarlo. He visto cosas parecidas. Además, tengo que calcular bien con quién te pongo a servir, porque habrá quien busque influencias a través de ti por tu relación con Eragon. Así que ya tienes una idea aproximada del alcance de mis preocupaciones. ¿Qué tienes que decir al respecto?

—Si lo que nos jugamos es la tierra y esta guerra está tan reñida como decís, lo que digo es que no podéis permitiros dejarme sin hacer nada. Emplearme como soldado de a pie también sería un desperdicio. Pero supongo que eso ya lo sabéis. En cuanto a la política… —Se encogió de hombros—. No me importa en absoluto con quién me pongáis. Nadie accederá a Eragon a través de mí. Mi única preocupación es acabar con el Imperio para que mis familiares y amigos puedan volver a sus casas y vivir en paz.

—Pareces decidido.

—Mucho. ¿No podríais permitirme dirigir a los hombres de Carvahall? Somos casi como de una misma familia, y trabajamos bien juntos. Ponedme a prueba con eso. Así los vardenos no sufrirán las consecuencias si fracaso.

Nasuada sacudió la cabeza.

—No. Quizás en un futuro, pero aún no. Necesitan un entrenamiento formal, y no podré juzgar tu actuación si estás rodeado de un grupo de personas tan leales que incluso han abandonado sus hogares y atravesado toda Alagaësia por ti.

«Me considera una amenaza —reflexionó Roran—. Mi influencia sobre los hombres del pueblo hace que desconfíe de mí.»

—Les guio su propio sentido común —dijo, en un intento por desarmarla—. Sabían que era una locura quedarse en el valle.

—No puedes darme una explicación convincente para su comportamiento, Roran.

—¿Qué queréis de mí, señora? ¿Me permitiréis servir o no? Y en ese caso, ¿cómo?

—Ésta es mi oferta. Esta mañana, mis magos han detectado una patrulla de veintitrés soldados de Galbatorix que iban hacia el este. Voy a enviar un contingente bajo el mando de Martland *Barbarroja*, conde de Thun, para destruirlos y explorar un poco el terreno. Si estás de acuerdo, puedes servir a las órdenes de Martland. Le escucharás y le obedecerás, y esperamos que aprendas de él. Él, a su vez, te observará y me informará de si te considera apto para un ascenso. Mar-

157

tland tiene mucha experiencia, y su opinión me merece plena confianza. ¿Te parece justo, Roran *Martillazos*?

—Sí. Sólo una cosa: ¿cuándo saldría, y cuánto tiempo duraría la campaña?

—Saldrías hoy mismo y volverías dentro de dos semanas.

—Entonces debo preguntaros algo: ¿podríais esperar y enviarme en otra expedición, dentro de unos días? Me gustaría estar aquí cuando regrese Eragon.

—Tu preocupación por tu primo es admirable, pero los acontecimientos se suceden a un ritmo constante y no podemos retrasarnos. En cuanto tenga noticias de Eragon, haré que uno de los Du Vrangr Gata contacte contigo y te mande noticias, sean buenas o malas.

Roran frotó los afilados bordes de su martillo con el pulgar mientras buscaba una respuesta que pudiera convencer a Nasuada para que cambiara de opinión, pero sin traicionar el secreto del que era depositario. Por fin se rindió y se resignó a revelar la verdad:

—Tenéis razón. Estoy preocupado por Eragon, pero él puede defenderse solo de cualquiera. Verle sano y salvo no es el único motivo por el que quiero quedarme.

—¿Por qué, entonces?

—Porque Katrina y yo deseamos casarnos, y nos gustaría que Eragon oficiara la ceremonia.

Se oyeron unos ruiditos secos, producidos por el tamborileo de los dedos de Nasuada contra los brazos de su sillón.

—Si crees que te voy a permitir perder el tiempo por aquí cuando podrías estar colaborando con los vardenos para que Katrina y tú podáis disfrutar de vuestra noche de bodas unos días antes, estás muy equivocado.

—Es algo urgente, Señora Acosadora de la Noche.

Nasuada detuvo el movimiento de los dedos y entrecerró los ojos:

—¿Cómo de urgente?

—Cuanto antes nos casemos, mejor será para el honor de Katrina. Debéis saber que nunca pediría un favor para mí mismo.

Las sombras sobre la piel de Nasuada viraron al mover su cabeza.

—Ya veo… ¿Y por qué Eragon? ¿Por qué queréis que él oficie la ceremonia? ¿Por qué no algún otro, algún anciano de vuestro pueblo, quizá?

—Porque es mi primo y le tengo mucho afecto, y porque es un Jinete. Katrina prácticamente lo ha perdido todo por mí: su casa, su padre y su dote. No puedo compensar esas cosas, pero por lo menos quiero darle una boda que pueda recordar. Sin oro ni ganado, no puedo pagar una ceremonia espléndida, así que tengo que encontrar otro medio para hacer que la boda sea memorable, y sin dinero me parece que nada sería más memorable que hacer que nos case un Jinete de Dragón.

Nasuada se quedó en silencio tanto tiempo que Roran empezó a preguntarse si esperaba que se retirara. De pronto habló:

—Desde luego sería un honor para vosotros que os casara un Jinete de Dragón, pero sería una pena que Katrina tuviera que aceptar tu mano sin la dote correspondiente. Los enanos me regalaron oro y joyas cuando vivía en Tronjheim. Una parte de esos regalos la vendí para la fundación de los vardenos, pero con lo que me queda, una mujer podría vestirse de visón y sedas durante muchos años. Serán para Katrina, si te muestras dócil.

Sobresaltado, Roran hizo una nueva reverencia.

—Gracias. Vuestra generosidad es abrumadora. No sé cómo podría corresponderos.

—Correspóndeme luchando por los vardenos como luchaste por Carvahall.

—Lo haré, lo juro. Galbatorix maldecirá el día que mandó a los Ra'zac tras de mí.

—Estoy segura de que ya lo hace. Ahora vete. Puedes quedarte en el campamento hasta que Eragon regrese y os case, pero luego espero verte montado y listo para partir a la mañana siguiente.

159

El elfo lobo

«**Q**ué hombre más orgulloso —pensó Nasuada mientras observaba cómo Roran abandonaba el pabellón—. Interesante: Eragon y él son parecidos en muchos aspectos, y sin embargo, tienen personalidades absolutamente diferentes. Quizás Eragon sea uno de los guerreros más mortíferos de Alagaësia, pero no es una persona dura ni cruel. Roran, en cambio, está hecho de una pasta más dura. Espero no tener que enfrentarme nunca con él; tendría que acabar con su vida para pararle los pies.»

Comprobó sus vendajes y, satisfecha al ver que aún estaban limpios, llamó a Farica y le ordenó que le trajera de comer. Después de que la doncella apareciera con la comida y se retirara de la tienda, Nasuada llamó a Elva, que salió de su escondrijo tras la falsa pared de la parte trasera del pabellón, y compartió con ella el almuerzo.

Nasuada se pasó las horas siguientes revisando los últimos informes de inventario de los vardenos, calculando el número de convoyes de carretas que necesitaría para trasladar el campamento más al norte y sumando y restando cifras que determinaban las finanzas de su ejército. Envió mensajes a los enanos y a los úrgalos, ordenó a los herreros que aumentaran la producción de cabezas de lanza, amenazó al Consejo de Ancianos con disolverlo —como hacía cada semana— y se ocupó del resto de los asuntos relativos a los vardenos. Luego, con Elva al lado, Nasuada montó en su semental, *Tormenta de Guerra*, y se reunió con Trianna, que había capturado a un miembro de la red de espías de Galbatorix, Mano Negra, y lo estaba interrogando.

Cuando, acompañada de Elva, salió de la tienda de Trianna, Nasuada cayó en la cuenta de que se había organizado una algarabía hacia el norte. Oyó gritos y vítores, y de entre las tiendas apareció un hombre que se puso a correr hacia ella. Sin mediar palabra, los guardas formaron un círculo compacto a su alrededor, a excepción de uno de los úrgalos, que se plantó en el camino del corredor y levantó la maza. El hombre se detuvo ante el úrgalo y, jadeando, gritó:

—¡Señora Nasuada! ¡Los elfos están aquí! ¡Han llegado los elfos!

Por un momento, Nasuada dejó volar la imaginación y pensó que se refería a la reina Islanzadí y su ejército, pero luego recordó que Islanzadí estaba cerca de Ceunon; ni siquiera los elfos podían trasladar un regimiento por toda Alagaësia en menos de una semana. «Deben de ser los doce hechiceros que ha enviado Islanzadí para proteger a Eragon», pensó.

—Rápido, mi caballo —dijo, y chasqueó los dedos.

Al montar sobre *Tormenta de Guerra* sintió que le ardían los antebrazos. Esperó sólo un momento a que el úrgalo más próximo le pasara a Elva, y luego hincó los talones en el semental. Los músculos del animal se hincharon bajo Nasuada y arrancó al galope. Con la cabeza agachada y próxima al cuello del caballo, lo guio por la irregular calle formada entre las tiendas: esquivó a hombres y animales y saltó por encima de un barril de agua de lluvia que bloqueaba el paso. No parecía que los hombres se molestasen; salieron corriendo tras ella, entre risas, para ver a los elfos con sus propios ojos.

Cuando llegaron a la entrada norte del campamento, Nasuada y Elva desmontaron y escrutaron el horizonte en busca de movimiento.

—Ahí —señaló Elva.

A casi unos tres kilómetros, doce figuras largas y esbeltas aparecieron tras un bosquecillo de enebros. Las siluetas parecían agitarse con el calor de la mañana. Los elfos corrían todos a la vez, tan ligeros y rápidos que sus pies no levantaban polvo; parecía que sobrevolaran el campo. A Nasuada se le puso el vello de punta. Su velocidad era un espectáculo tan bello como innatural. Le recordaron a una manada de depredadores corriendo tras su presa. Tuvo la misma sensación de peligro que cuando había visto un Shrrg, un lobo gigante, en las montañas Beor.

—Impresionantes, ¿verdad?

Nasuada dio un respingo al ver que Angela estaba a su lado. Estaba preocupada y perpleja por el hecho de que la herbolaria se hubiera colocado a su lado tan sigilosamente. Le habría gustado que Elva le hubiera advertido de que Angela se acercaba.

—¿Cómo es que siempre consigues estar presente cuando está a punto de ocurrir algo interesante?

—Bueno, me gusta saber lo que pasa, y estar ahí es mucho más rápido que esperar a que alguien me lo cuente después. Además, la gente siempre se deja datos importantes, como si el dedo anular de alguien es más largo que el dedo medio, o si tienen barreras mágicas de protección, o si el burro que montan resulta tener una mancha sin pelo con forma de cabeza de gallo. ¿No estás de acuerdo?

—Tú nunca revelas tus secretos, ¿verdad? —respondió, frunciendo el ceño.

—¿De qué serviría? Todo el mundo se emocionaría con algún hechizo tonto y tendría que pasarme las horas intentando explicarlo y, al final, el rey Orrin querría que me cortaran la cabeza y tendría que defenderme de la mitad de vuestros hechiceros mientras escapo. Realmente no vale la pena.

—Tu respuesta no me inspira gran confianza. Pero...

—Eso es porque eres demasiado seria, Señora Acosadora de la Noche.

—Pero cuéntame —insistió Nasuada—, ¿por qué querría nadie saber si alguien llega montado en un burro con una calva en forma de cabeza de gallo?

—Ah, es eso. Bueno, el hombre que posee un burro así me hizo trampas en una partida de tabas, y se me llevó tres botones y un buen pedazo de cristal encantado.

—¿Te hizo trampas?

Angela frunció la boca, evidentemente irritada.

—Las tabas estaban cargadas. Yo se las cambié, pero luego él volvió a cambiarlas en cuanto me distraje... Aún no sé muy bien cómo me engañó.

—Así que los dos hicisteis trampas.

—¡Era un cristal muy valioso! Además, ¿a quién se le ocurre engañar a una tramposa?

Antes de que Nasuada pudiera responder, los seis Halcones de la Noche llegaron al trote y tomaron posiciones a su alrededor. Ella ocultó su disgusto al sentir el calor y el olor de sus cuerpos. La peste que emitían los dos úrgalos era especialmente penetrante. Luego, para sorpresa de Nasuada, el capitán de la patrulla, un hombre robusto con la nariz torcida y que se llamaba Garven, se le acercó:

—Mi señora, ¿puedo hablar un momento con vos en privado? —dijo entre dientes, como si estuviera conteniendo una gran emoción.

Angela y Elva miraron a Nasuada esperando que ésta les confirmara que deseaba quedarse a solas. Nasuada asintió y se pusieron en marcha hacia el oeste, en dirección al río Jiet. Cuando Nasuada estuvo segura de que nadie les oía empezó a hablar, pero Garven se adelantó.

—¡Diantres, señora Nasuada, no deberíais haberos alejado de nosotros como habéis hecho!

—Tranquilo, capitán —replicó ella—. Era un riesgo mínimo, y me pareció importante llegar a tiempo para dar la bienvenida a los elfos. La cota de malla de Garven crujió al golpearse una pierna con el puño cerrado.

—¿Un riesgo mínimo? Hace apenas una hora recibisteis pruebas de que Galbatorix aún tiene agentes ocultos entre nosotros. ¡Ha conseguido infiltrarse una y otra vez; sin embargo, juzgáis apropiado abandonar vuestra escolta y salir corriendo por entre una multitud de potenciales asesinos! ¿Habéis olvidado el ataque de Aberon, o cómo los Gemelos asesinaron a vuestro padre?

—¡Capitán Garven! ¡Está yendo demasiado lejos!

—Iré aún más lejos si eso significa asegurar vuestro bienestar.

Nasuada observó que los elfos habían reducido a la mitad la distancia que los separaba del campamento. Enfadada y deseosa de poner fin a la conversación, dijo:

—No estoy desprotegida, capitán.

Garven miró por un momento a Elva.

—Ya nos lo sospechábamos, señora. —Hizo una pausa, como si esperara que ella le diera más información. Al ver que se mantenía en silencio, siguió—: Si realmente estabais a salvo, es inadecuado acusaros de imprudencia, y os pido disculpas. No obstante, la seguridad real y aparente son dos cosas distintas. Para asegurar la efectividad de los Halcones de la Noche, tenemos que ser los guerreros más astutos, duros e implacables sobre la faz de la Tierra, y la gente tiene que «creer» que somos los más astutos, los más duros y los más implacables. Tienen que creer que, si intentan apuñalaros o dispararos con una ballesta, o usar la magia en vuestra contra, nosotros los detendremos. Si creen que tienen las mismas posibilidades de mataros que tiene un ratón con un dragón, es muy posible que abandonen la idea, y la den por imposible, y habremos evitado el ataque sin tener siquiera que levantar un dedo.

»No podemos combatir a todos vuestros enemigos, Señora Nasuada. Para eso haría falta un ejército. Ni siquiera Eragon podría salvaros si todos los que os quieren muerta tuvieran el valor de desplegar su odio y actuar en vuestra contra. Podríais sobrevivir a cien atentados contra vuestra vida, o quizás a mil, pero con el tiempo uno tendría éxito. El único modo de evitar que eso ocurra es convencer a la mayoría de vuestros enemigos de que «nunca» conseguirán superar la barrera de los Halcones de la Noche. Nuestra reputación puede protegeros con tanta efectividad como nuestras espadas y nuestra armadura. De modo que no nos hace ningún bien que la gente os vea

163

cabalgando sin nosotros. Desde luego hemos quedado como un puñado de tontos ahí atrás, intentando alcanzaros desesperadamente. Al fin y al cabo, si vos no nos respetáis, señora, ¿por qué iban a hacerlo los demás?

Garven se acercó y bajó la voz.

—Moriríamos con gusto por vos si debemos hacerlo. Lo único que pedimos a cambio es que nos permitáis llevar a cabo nuestra labor. Es un pequeño favor, al fin y al cabo. Y puede que llegue el día en que agradezcáis nuestra presencia. Vuestra otra protección es humana, y por tanto falible, cualesquiera que sean sus poderes arcanos. No ha pronunciado en el idioma antiguo los mismos juramentos que nosotros. Sus simpatías podrían cambiar, y haríais bien en ponderar vuestro destino si se girara en vuestra contra. Los Halcones de la Noche, en cambio, nunca os traicionaremos. Somos vuestros, señora Nasuada, completa y absolutamente. Así que dejad que los Halcones de la Noche hagamos lo que tenemos que hacer… Dejad que os protejamos.

Al principio, Nasuada se mostró indiferente a sus argumentos, pero su elocuencia y la claridad de su razonamiento le impresionaron. Vio que era un hombre que podía haber utilizado en otro puesto.

—Veo que Jörmundur me ha rodeado de guerreros tan hábiles con la lengua como con la espada —dijo con una sonrisa.

—Mi señora.

—Tiene razón. No os debería haber dejado atrás, lo siento. Ha sido imprudente y desconsiderado. Aún no estoy acostumbrada a tener una escolta a mi lado a todas horas, y a veces me olvido de que no puedo moverme con la libertad de antes. Doy mi palabra de honor, capitán Garven: no volverá a ocurrir. No deseo poner trabas a los Halcones de la Noche.

—Gracias, mi señora.

Nasuada se giró de nuevo en dirección a los elfos, pero estaban donde no alcanzaba la vista, ocultos tras la orilla de un arroyo seco a menos de medio kilómetro.

—Me ha impresionado hace un momento, Garven, cuando ha inventado un lema para los Halcones de la Noche.

—¿Lo he hecho? Si es así, no lo recuerdo.

—Lo ha hecho. Ha dicho: «Los más astutos, los más duros y los más implacables». Eso sería un buen lema, aunque quizá sin la «y». Si los demás Halcones de la Noche dan su aprobación, debería pedirle a Trianna que tradujera la frase en idioma antiguo, y haré que la inscriban en sus escudos y que la borden en sus estandartes.

—Sois muy generosa, mi señora. Cuando volvamos a nuestras tiendas, discutiré el asunto con Jörmundur y con los otros capitanes. Sólo...

Se quedó dudando. Nasuada, que adivinaba lo que le preocupaba, dijo:

—Pero le preocupa que un lema así sea demasiado vulgar para hombres de su posición, y preferiría algo más noble y altruista. ¿No es cierto?

—Exactamente, mi señora —dijo él, con expresión de alivio.

—Supongo que es lícito pensar así. Los Halcones de la Noche representan a los vardenos, y tienen que tratar con nobles de todas las razas y de todos los rangos en el desempeño de su deber. Sería lamentable dar una impresión equivocada... Muy bien, les dejo a usted y a sus compañeros la búsqueda de un lema adecuado. Estoy segura de que harán un trabajo excelente.

En aquel momento, los doce elfos emergieron del cauce seco del río y Garven, después de murmurar su agradecimiento una vez más, se apartó a una distancia discreta de Nasuada. Ésta, recomponiéndose para la visita de Estado, hizo un gesto a Angela y a Elva para que volvieran.

Cuando aún estaban a más de cien metros, el elfo que iba en primer lugar apareció, negro como el carbón de pies a cabeza. Al principio, Nasuada supuso que era de piel morena, como ella, y que llevaba ropas oscuras, pero al acercarse, vio que el elfo no llevaba más que un taparrabos y un cinturón trenzado con un pequeño morral colgando. Por lo demás, estaba cubierto de un manto de pelo azul noche que emitía un brillo vivo a la luz del sol. De media, el pelo tenía medio centímetro de espesor —con lo que podía tenerse por una armadura suave y flexible que reflejaba la forma y el movimiento de los músculos cubiertos—, pero en los tobillos y en la parte inferior de los antebrazos alcanzaba los cinco centímetros, y de entre las escápulas salía una áspera melena que sobresalía un palmo del cuerpo y que iba en disminución por la espalda, hasta la base de la columna. Un flequillo irregular le cubría la frente, y unos mechones felinos despuntaban en el extremo de sus afiladas orejas, pero, por lo demás, el pelo de su rostro era corto y liso, visible únicamente debido a su color. Tenía los ojos de un amarillo intenso. En lugar de uñas, de cada uno de sus dedos medios le nacía una garra. Y al reducir la marcha para detenerse ante ella, Nasuada observó que desprendía un olor particular: una especie de almizcle salado con notas de madera seca de enebro, cuero engrasado y humo. Era un olor muy fuerte, y evidentemente masculino. Nasuada, llena de impaciencia, sintió calor y luego frío en la piel, y se ruborizó pensando que afortunadamente no se le notaría.

El resto de los elfos tenían un aspecto más acorde con lo que se esperaba, con una constitución y complexión parecida a las de Arya, cortas casacas de un naranja tostado y verde hoja. Seis eran hombres y seis mujeres. Todos tenían el cabello negro, salvo dos de las mujeres, que lo tenían como la luz de las estrellas. Resultaba imposible determinar la edad de ninguno, ya que todos tenían el rostro suave y sin arrugas. Eran los primeros elfos, aparte de Arya, con los que se encontraba Nasuada personalmente, y estaba deseosa de descubrir si Arya era representativa de su raza.

Llevándose los dos primeros dedos a los labios, el cabecilla de los elfos hizo una reverencia, al igual que sus compañeros, y luego giró la mano derecha frente al pecho.

—Saludos y parabienes, Nasuada, hija de Ajihad. Atra esterní onto thelduin —dijo, con un acento más marcado que el de Arya; tenía una cadencia ondulante que daba musicalidad a sus palabras.

—Atra du evarínya ono varda —respondió Nasuada, tal como Arya le había enseñado.

El elfo sonrió, dejando a la vista unos dientes más afilados de lo normal.

—Soy Blödhgarm, hijo de Ildrid *la Bella* —se presentó, y luego hizo lo propio con los otros elfos—. Os traemos buenas noticias de la reina Islanzadí; anoche nuestros hechiceros consiguieron destruir las puertas de Ceunon. En este mismo momento, nuestras fuerzas avanzan por las calles hacia la torre donde Lord Tarrant se ha hecho fuerte. Algunos aún nos oponen resistencia, pero la ciudad ha caído, y muy pronto tendremos el control completo sobre Ceunon.

La escolta de Nasuada y los vardenos reunidos tras ella estallaron en vítores al oír las noticias. Ella también celebró la victoria, pero luego una sensación de aprensión e intranquilidad empañó su alegría, al imaginarse a los elfos —especialmente a elfos tan fuertes como Blödhgarm— invadiendo casas humanas. «¿Qué fuerzas sobrenaturales he desencadenado?», se preguntó.

—Desde luego son buenas noticias —dijo—, y me alegro de oírlas. Con Ceunon en nuestras manos, estamos mucho más cerca de Urû'baen, y por tanto de Galbatorix y de la consecución de nuestros objetivos. —Luego, en voz más baja, añadió—: Confío en que la reina Islanzadí será considerada con el pueblo de Ceunon, con los que no sienten ningún aprecio por Galbatorix, pero carecen de los medios o el valor para oponerse al Imperio.

—La reina Islanzadí es considerada y piadosa con sus súbditos, aunque lo sean a la fuerza, pero si alguien se atreve a plantearnos oposición, lo barreremos como hojas muertas en una tormenta de otoño.

—No espero menos de una raza tan antigua y poderosa como la vuestra —respondió Nasuada.

Después de satisfacer las exigencias del protocolo con algunos intercambios triviales más, Nasuada consideró oportuno abordar el motivo de la visita de los elfos. Ordenó que la multitud que los rodeaba se dispersara y luego dijo:

—Vuestra misión aquí, tengo entendido, es proteger a Eragon y a Saphira. ¿Me equivoco?

—No os equivocáis, Nasuada Svit-kona. Y sabemos que Eragon aún está en el Imperio, pero que volverá pronto.

—¿También sabéis que Arya partió en su busca y que ahora los dos viajan juntos?

Blödhgarm agitó las orejas.

—También nos informaron de eso. Es una pena que ambos deban correr ese peligro, pero esperemos que no sufran ningún daño.

—¿Qué pensáis hacer, pues? ¿Saldréis en su busca y los escoltaréis durante el regreso? ¿U os quedaréis y esperaréis, confiando en que Eragon y Arya puedan defenderse solos de los soldados de Galbatorix?

—Seremos vuestros invitados, Nasuada, hija de Ajihad. Eragon y Arya estarán a salvo mientras eviten ser detectados. Si nos unimos a ellos dentro del Imperio, podríamos atraer una atención no deseada. Bajo estas circunstancias, parece más conveniente aguardar aquí, donde podemos aportar algo bueno. Lo más probable es que Galbatorix ataque aquí, donde están los vardenos, y si lo hace, y si Espina y Murtagh reaparecieran, Saphira necesitará toda nuestra ayuda para repeler el ataque.

Nasuada se quedó sorprendida.

—Eragon dijo que sois de los hechiceros más poderosos de vuestra raza, pero ¿realmente tenéis los medios para combatir a ese par de malditos? Al igual que Galbatorix, sus poderes van mucho más allá que los de un Jinete normal.

—Con la ayuda de Saphira, sí, creemos que podemos igualar o superar a Espina y a Murtagh. Sabemos de lo que eran capaces los Apóstatas, y aunque Galbatorix probablemente ha hecho a Espina y a Murtagh más fuertes que a cualquier miembro de los Apóstatas, desde luego no los habrá puesto a su mismo nivel. En eso, por lo menos, su temor a la traición nos beneficia. Ni siquiera tres de los Após-

167

tatas podrían vencernos a nosotros doce y a un dragón, así que confiamos en que podremos imponernos a cualquiera salvo a Galbatorix.

—Eso es alentador. Desde la derrota de Eragon a manos de Murtagh, me he estado preguntando si deberíamos retirarnos y ocultarnos hasta que aumente la fuerza de Eragon. Vuestra convicción me tranquiliza y me da esperanzas. Puede que no tengamos idea de cómo matar al propio Galbatorix, pero hasta que derribemos las puertas de su ciudadela de Urû'baen, o hasta que decida volar a lomos de Shruikan y enfrentarse a nosotros en el campo de batalla, nada nos detendrá. —Hizo una pausa—. No me has dado ningún motivo para desconfiar de ti, Blödhgarm, pero antes de entrar en nuestro campamento, debo pedirte que permitas a uno de mis hombres entrar en contacto con la mente de cada uno de vosotros para confirmar que realmente sois elfos y no humanos disfrazados enviados por Galbatorix. Me duele tener que pediros algo así, pero hemos sufrido una plaga de espías y traidores y no podemos permitirnos aceptar la palabra de nadie. No es mi intención ofenderos, pero la guerra nos ha enseñado que estas precauciones son necesarias. Seguramente vosotros, que habéis protegido el frondoso perímetro de Du Weldenvarden con hechizos protectores, entenderéis mis motivos. Así que tengo que pedíroslo: ¿accedéis?

Blödhgarm puso unos ojos felinos y mostró sus dientes alarmantemente afilados al responder:

—No todo el perímetro de Du Weldenvarden es frondoso. Ponednos a prueba si debéis hacerlo, pero os advierto: la persona a quien asignéis la tarea deberá ir con mucho cuidado y no profundizar demasiado en nuestra mente, o ello podría arrebatarle el juicio. Es peligroso para los mortales explorar nuestros pensamientos: pueden perderse muy fácilmente, sin posibilidad de retorno a su propio cuerpo. Por otra parte, nuestros secretos no están a la vista, para que los inspeccione cualquiera.

Nasuada lo entendió. Los elfos destruirían a cualquiera que se adentrara en territorio prohibido.

—Capitán Garven —dijo.

Tras dar un paso adelante con la expresión de quien se acerca a su condena, Garven se colocó frente a Blödhgarm, cerró los ojos y frunció el ceño con fuerza, para adentrarse en la mente del elfo. Nasuada observó, mordiéndose el labio por dentro. Cuando era niña, un cojo llamado Hargrove le había enseñado a ocultar sus pensamientos a los telépatas y a bloquear y desviar las incursiones de un ataque mental. Ambas técnicas se le daban muy bien, y aunque nunca había conseguido iniciar un contacto mental con otros, los principios le resultaban muy familiares. Entendía perfectamente, pues, lo difícil y delicado que era lo que estaba intentando hacer Garven, más difícil todavía debido a la extraña naturaleza de los elfos.

Angela se le acercó y le susurró:

—Deberías haberme dejado a mí. Habría sido más seguro.

—Quizá —dijo Nasuada. A pesar de todo lo que les había ayudado la herbolaria a ella y a los vardenos, aún se sentía incómoda confiando en ella para los asuntos oficiales.

Garven siguió concentrado unos momentos y de pronto sus ojos se abrieron como platos y resopló sonoramente. Tenía el cuello y el rostro colorados del esfuerzo y las pupilas dilatadas, como si fuera de noche. En cambio, Blödhgarm parecía tranquilo; tenía el pelo terso, la respiración regular y una leve sonrisa divertida asomaba por la comisura de sus labios.

—¿Y bien? —preguntó Nasuada.

Parecía como si Garven tardara un poco más de lo normal en oírla. Luego, el corpulento oficial de nariz torcida dijo:

—Desde luego no es humano, mi señora. De eso no tengo ninguna duda.

Satisfecha pero inquieta, ya que aquella respuesta tenía algo que le producía una vaga incomodidad, Nasuada dijo:

—Muy bien, proceda.

A partir de entonces, Garven tardó cada vez menos tiempo en examinar a cada uno de los elfos, hasta emplear apenas media docena de segundos en el último del grupo. Nasuada lo siguió atentamente con la mirada a lo largo de todo el proceso, y vio cómo los dedos se le quedaban blancos, sin sangre, y cómo la piel de las sienes se le hundía en el cráneo, como los oídos de una rana, y cómo adquiría el aspecto lánguido de una persona buceando a gran profundidad.

Tras completar su misión, Garven volvió a ocupar su posición junto a Nasuada. Le pareció un hombre cambiado. Su determinación y fiereza de antes se habían desvanecido y había adquirido el aire soñador de un sonámbulo, y aunque la miró a los ojos cuando ella le preguntó si estaba bien, y aunque él respondió sin alterar la voz, Nasuada sentía como si su espíritu estuviera lejos, deambulando por entre los polvorientos y soleados claros de los misteriosos bosques de los elfos. Esperaba que se recuperara pronto, pero si no lo hacía, les pediría a Eragon o a Angela, o quizás a los dos a la vez, que se ocuparan de él. Hasta que se encontrara mejor, decidió que no debía seguir sirviendo como miembro activo de los Halcones de la Noche: Jörmun-

169

dur le daría algo sencillo que hacer, de modo que ella no se sintiera culpable porque pudiera sufrir ningún otro daño; por lo menos, él podía consolarse pensando que había tenido el placer de disfrutar de las visiones que le hubiera proporcionado su contacto con los elfos.

Resentida ante aquella pérdida y furiosa consigo misma, con los elfos y con Galbatorix y el Imperio por hacer necesario aquel sacrificio, le resultaba difícil mantener la compostura y controlarse.

—Cuando has hablado de peligros, Blödhgarm, habrías hecho bien en mencionar que incluso los que regresan a sus cuerpos no quedan completamente indemnes.

—Mi señora, yo estoy bien —dijo Garven. Pero su protesta fue tan débil e inefectiva que prácticamente nadie se dio cuenta, y sólo sirvió para reforzar la sensación de rabia de Nasuada.

El pelo de la nuca de Blödhgarm se erizó:

—Si no me he explicado con suficiente claridad, pido excusas. No obstante, no nos culpéis por lo ocurrido; no podemos evitar ser como somos. Ni tampoco os culpéis a vos misma, puesto que vivimos en una era de sospechas. Dejarnos pasar sin más habría sido una negligencia por vuestra parte. Es lamentable que un incidente tan desagradable deba estropear este encuentro histórico entre nosotros, pero al menos ahora sabéis que podéis estar tranquila, segura de haber determinado nuestro origen y de que somos lo que parecemos: elfos de Du Weldenvarden.

Una fresca nube de almizcle cubrió a Nasuada, y aunque estaba tensa por la rabia, sus articulaciones se relajaron y su mente se vio invadida por pensamientos de enramadas decoradas con sedas, copas de vino de cerezas y las lastimeras canciones de los enanos que tantas veces había oído resonar por las salas vacías de Tronjheim. Distraída de su enojo, explicó:

—Ojalá Eragon o Arya estuvieran aquí, ya que ellos habrían podido mirar en vuestras mentes sin temor a perder el juicio.

De nuevo sucumbió a la tentadora atracción del olor de Blödhgarm, imaginándose la sensación de pasarle las manos por el manto de pelo. No volvió en sí hasta que Elva le tiró del brazo izquierdo, obligándola a agacharse y colocar el oído junto a la boca de la niña bruja.

—Marrubio —le dijo Elva en voz baja, pero con un tono áspero—. Concéntrate en el sabor del marrubio.

Siguiendo su consejo, Nasuada recuperó un recuerdo del año anterior, cuando había comido dulce de marrubio en uno de los banquetes del rey Hrothgar. El mero hecho de pensar en el sabor acre del caramelo le secó la boca y contrarrestó el efecto seductor del almizcle de Blödhgarm.

—Mi joven compañera —dijo, intentando justificar aquel lapsus de concentración— se pregunta por qué tienes un aspecto tan diferente al de otros elfos. Debo confesar que yo también siento cierta curiosidad al respecto. Tu aspecto no es el que solemos esperar entre los de tu raza. ¿Serías tan amable de compartir con nosotros el motivo de tus rasgos «animales»?

Blödhgarm se encogió de hombros, agitando su manto de pelo, que brilló al sol.

—Me gustó esta apariencia —dijo—. Algunos escriben poemas sobre el sol y la luna, otros cultivan flores o construyen grandes edificios o componen música. Aprecio enormemente todas esas formas artísticas, pero considero que la belleza verdadera no existe más que en el colmillo de un lobo, en la piel de un gato montés o en el ojo de un águila. Así que adopté esos atributos personalmente. En cien años más quizá pierda interés por las bestias de la Tierra y decida que los animales del mar encarnan todo lo bueno, y entonces me cubriré de escamas, transformaré mis manos en aletas y mis pies en cola y desapareceré bajo la superficie de las olas para no dejarme ver nunca más en Alagaësia.

Si estaba de broma, como creía Nasuada, no lo demostraba en absoluto. Al contrario, estaba tan serio que se preguntó si se estaría burlando de ella.

—Es de lo más interesante —respondió—. Espero que esa necesidad imperiosa de convertirse en pez no te sobrevenga en un futuro próximo, puesto que te necesitamos en tierra firme. Aunque si algún día Galbatorix también decide esclavizar a los tiburones y a las lubinas, desde luego un hechicero que pueda respirar bajo el agua puede resultar útil.

Sin previo aviso, los doce elfos llenaron el aire con sus risas alegres y luminosas, y los pájaros en un radio de más de un kilómetro se pusieron a cantar de pronto. Todo aquel alborozo era tan refrescante como una cascada de agua sobre piedras de cristal. Nasuada sonrió sin querer, y a su alrededor vio expresiones similares en los rostros de sus escoltas. Incluso los dos úrgalos parecían divertidos. Y cuando los elfos volvieron a callar y el mundo volvió a la normalidad, Nasuada sintió la tristeza de un sueño que acaba. Sus ojos se cubrieron de lágrimas y vio borroso durante el tiempo que duran un par de latidos, tras lo cual también aquello pasó.

Sonriendo por primera vez, y presentando así un rostro atractivo y aterrador al mismo tiempo, Blödhgarm dijo:

—Será un honor servir junto a una mujer tan inteligente, capaz y ocurrente como vos, señora Nasuada. Uno de estos días, si vuestros deberes os lo permiten, me encantará enseñaros nuestro juego de runas. Estoy seguro de que seríais un oponente formidable.

El repentino cambio de actitud de los elfos le recordó una palabra que había oído emplear alguna vez a los enanos para describirlos: «caprichosos». Le había parecido una descripción insustancial cuando era niña —reforzaba el concepto que tenía de los elfos como criaturas que pasaban revoloteando de una cosa a la otra, como hadas en un jardín de flores—, pero ahora se daba cuenta de que lo que los enanos querían decir realmente era: «¡Cuidado, porque nunca sabrás qué es lo que va a hacer un elfo!». Suspiró, deprimida ante la perspectiva de tener que lidiar con otro grupo de seres deseosos de controlarla en su propio beneficio. «¿Siempre es tan complicada la vida? ¿O soy yo quien se la complica?», se preguntó.

Por el interior del campamento apareció el rey Orrin cabalgando hacia ellos, a la cabeza de un enorme cortejo de nobles, cortesanos, grandes y pequeños funcionarios, asesores, ayudantes, siervos, caballeros y una plétora de otros personajes que Nasuada no se molestó en identificar, mientras que por el oeste, descendiendo a gran velocidad con las alas extendidas, vio a Saphira. Mientras se hacía a la idea del largo episodio que estaba a punto de dar comienzo, respondió:

—Puede que pasen meses antes de que tenga ocasión de aceptar tu oferta, Blödhgarm, pero la agradezco igualmente. Me iría bien distraerme con un juego tras una larga jornada de trabajo. No obstante, de momento debo postergar ese placer. Está a punto de caeros encima todo el peso de la sociedad humana. Os sugiero que os preparéis para una avalancha de nombres, preguntas y peticiones. Los humanos somos unos curiosos, y ninguno de nosotros ha visto nunca a tantos elfos juntos.

—Estamos preparados para ello, señora Nasuada —respondió Blödhgarm.

Mientras el atronador cortejo del rey Orrin se iba acercando y Saphira se preparaba para aterrizar, aplanando la hierba con el viento creado por sus alas, Nasuada pensó: «¡Cielos! Tendremos que disponer un batallón alrededor de Blödhgarm para evitar que se lo disputen las mujeres del campamento. Y quizá ni siquiera eso resuelva el problema».

¡Piedad, Jinete de Dragón!

*E*l día después de dejar Eastcroft, a media tarde, Eragon sintió que tenían una patrulla de quince soldados por delante.

Se lo comunicó a Arya, que asintió.

—Yo también los he detectado —dijo.

Ni él ni ella manifestaron su preocupación en voz alta, pero Eragon sentía un pellizco en el estómago y vio que Arya bajaba las cejas y adoptaba una expresión temible.

El terreno a su alrededor era llano y liso, sin ningún lugar donde esconderse. Habían encontrado patrullas de soldados anteriormente, pero siempre en compañía de otros viajeros. Ahora estaban solos, en un camino apenas visible.

—Podríamos cavar un hoyo con magia, cubrirlo con maleza, y ocultarnos en él hasta que pasen —dijo Eragon.

Arya sacudió la cabeza sin perder el paso.

—¿Y qué haríamos con la tierra sobrante? Pensarán que han descubierto la mayor madriguera de tejones del mundo. Además, yo ahorraría energías para correr.

Eragon refunfuñó. «No sé cuántos kilómetros más puedo correr aún», pensó. No estaba agotado, pero el trote incesante le estaba desgastando. Le dolían las rodillas, los tobillos, tenía el dedo gordo del pie izquierdo rojo e hinchado, y no dejaban de abrírsele las llagas de los talones, por muy bien que se las tapara. La noche anterior se había curado varios de sus dolores y, aunque aquello le había aliviado en cierta medida, los hechizos no hacían más que exacerbar su agotamiento.

La amarillenta nube de polvo que levantaba la patrulla se veía ya media hora antes de que Eragon pudiera distinguir la silueta de los hombres y de sus caballos. Dado que él y Arya tenían mejor vista que la mayoría de los humanos, era poco probable que los jinetes pudieran verlos a aquella distancia, así que continuaron corriendo diez minutos más. Luego se detuvieron. Arya sacó su falda del paquete y se la puso sobre las calzas que llevaba para correr, y Eragon guardó el anillo de Brom en su hatillo y se echó polvo sobre la palma de la mano derecha para ocultar su gedwëy ignasia plateada. Prosiguieron su viaje con la cabeza gacha y la espalda cargada, arrastrando los pies. Si todo iba bien, los soldados supondrían que no eran más que un par de refugiados más. Aunque Eragon ya sentía el repiqueteo de las pisadas de los caballos acercándose y los gritos de los hombres que los montaban, aún pasó casi una hora antes de que los dos grupos se encontraran en la vasta llanura. Cuando lo hicieron, Eragon y Arya se hicieron a un lado del camino y se quedaron de pie, mirando al suelo. Con la cabeza gacha, Eragon pudo ver por un momento las patas de los caballos al pasar los primeros jinetes, pero luego el polvo asfixiante le cubrió, lo que le impidió ver al resto de la patrulla. El aire estaba tan cargado que tuvo que cerrar los ojos. Escuchando atentamente, contó hasta que estuvo seguro de que más de la mitad de la patrulla había pasado. «¡No van a molestarse en preguntarnos nada!», pensó.

Su alegría duró poco. Un momento después, desde el remolino de polvo que los rodeaba, se oyó un grito:

—¡Compañía, alto!

Un coro de voces —«Soooo», «Quietooo» y «Tranquilo»— los rodeó mientras los quince hombres guiaban sus monturas para que formaran un círculo alrededor de Eragon y Arya.

Antes de que los soldados completaran su maniobra y de que el polvo se posara de nuevo, Eragon se agachó, tanteó el suelo y agarró una gran piedra; luego se puso de nuevo en pie.

—¡Estate quieto! —le susurró Arya.

Mientras esperaba a que los soldados declararan sus intenciones, Eragon se esforzó por calmar su corazón desbocado repitiéndose la historia que Arya y él habían elaborado para explicar su presencia tan cerca de la frontera de Surda. Pero no lo conseguía, ya que a pesar de su fuerza, su entrenamiento, la experiencia de las batallas que había librado y la media docena de barreras que le protegían, sentía en sus carnes la convicción de que le esperaba alguna lesión inminente o la muerte. Tenía el estómago encogido, la garganta cerrada y las piernas y los brazos flojos e inestables. «¡Venga, decidíos ya!», pensó. No veía el momento de romper algo con sus manos, como si un acto de destrucción pudiera aliviar la presión que se iba acumulando en su interior, pero aquella necesidad acuciante no hacía más que acentuar su frustración, ya que no se atrevía a moverse. Lo único que le tranquilizaba era la presencia de Arya. Se habría cortado una mano antes de permitir que ella le considerara un cobarde. Y aunque Arya también era una poderosa guerrera, él sentía igualmente el deseo de defenderla.

La voz que había ordenado a la patrulla que se detuviera se hizo oír de nuevo:

—Dejad que os vea las caras.

Tras levantar la cabeza, Eragon vio a un hombre sentado ante ellos sobre un caballo de batalla ruano, con sus manos enfundadas en guantes apoyadas sobre el cuerno de la silla de montar. Sobre el labio superior lucía un enorme bigote rizado que, tras descender a ambos lados de la boca, despuntaba más de veinte centímetros en ambas direcciones, en claro contraste con el pelo lacio que le caía sobre los hombros. A Eragon le asombró que aquella enorme escultura capilar se sostuviera por sí sola, especialmente dado su tono mate y sin lustre, que dejaba claro que no estaba impregnada con cera de abeja.

Los otros soldados apuntaban con sus lanzas a Eragon y a Arya. Estaban tan cubiertos de polvo que resultaba imposible ver los galones cosidos a sus casacas.

—Así pues —dijo el hombre, y su mostacho basculó como una balanza mal calibrada—, ¿quiénes sois? ¿Adónde vais? ¿Y qué hacéis en las tierras del rey? —De pronto agitó una mano—. No, no os molestéis en responder. No importa. Hoy en día nada importa. El mundo está llegando a su fin, y nosotros perdemos el tiempo interrogando a los campesinos. ¡Bah! Alimañas supersticiosas que corretean de un lugar a otro, devorando todo el alimento de la tierra y reproduciéndose a un ritmo pasmoso. En la finca de mi familia, cerca de Urû'baen, a los tipos como vosotros los azotábamos si los pillábamos vagando de un lado a otro sin permiso, y si nos enterábamos de que le habían robado al patrón, entonces los colgábamos. Lo que me queráis decir será mentira. Siempre lo es…

»¿Qué lleváis en esos paquetes, eh? Alimentos y mantas, sí, pero quizá también un par de buenos candelabros, ¿eh? ¿Algo de plata del arcón familiar? ¿Cartas secretas de los vardenos? ¿Eh? ¿Se os ha comido la lengua el gato? Bueno, esto lo arreglamos. Langward, ¿por qué no vas a ver qué tesoros encuentras en esos morrales? Buen chico.

Eragon se tambaleó hacia delante al sentir el golpe de la empuñadura de una lanza por detrás. Había envuelto su armadura en trapos para evitar que los diferentes trozos entrechocaran, pero los trapos eran demasiado finos para absorber del todo la fuerza del golpe y camuflar el ruido del metal.

—¡Ajá! —exclamó el hombre del bigote.

Agarrando a Eragon por detrás, el soldado le desató el paquete y sacó su brigantina.

—¡Mire, señor!

—¡Una armadura! Y además buena, muy buena, diría. Bueno, realmente eres un saco de sorpresas. Ibas a unirte a los vardenos, ¿verdad? Intento de traición y sedición, ¿eh? —El rostro se le endureció—. ¿O eres uno de esos que dan mal nombre a los soldados honestos? Si es así, eres un mercenario de lo más incompetente; ni siquiera llevas un arma. Te costaba demasiado trabajo tallarte un bastón o una maza, ¿eh? Bueno, ¿qué? ¡Respóndeme!

—No, señor.

—¿No, señor? No se te ocurriría, supongo. Es una pena que tengamos que aceptar a desgraciados tan lerdos como tú, pero supongo que es a lo que nos ha llevado esta maldita guerra; a aprovechar hasta los despojos.

—¿Aceptarme dónde, señor?

—¡Silencio, insolente mentecato! ¡Nadie te ha dado permiso para hablar! —El bigote le temblaba con cada gesto. Unas luces rojas invadieron el campo de visión de Eragon cuando el soldado que tenía detrás le golpeó en la cabeza—. Tanto si eres un ladrón, un traidor, un mercenario o simplemente un tonto, tu destino será el mismo. Una vez cumplas con el juramento de fidelidad, no tendrás otra opción que la de obedecer a Galbatorix y a los que hablan por él. Somos el primer ejército de la historia en el que no se registra ninguna deserción. Nada de parloteo inútil sobre lo que hay y lo que no hay que hacer. Sólo órdenes, claras y directas. Tú también te unirás a nuestra causa, y tendrás el privilegio de hacer realidad el glorioso futuro previsto por nuestro gran rey. En cuanto a tu encantadora amiga, seguro que podrá servir al Imperio de algún otro modo, ¿eh? ¡Atadlos!

Eragon sabía lo que tenía que hacer. Levantó la mirada y vio que Arya ya le estaba mirando, con un brillo decidido en los ojos. Parpadeó. Ella también. Eragon apretó la mano en la que llevaba la piedra. La mayoría de los soldados con los que había combatido en los Llanos Ardientes llevaban algún tipo de escudo protector rudimentario para protegerse de los ataques mágicos, y sospechaba que aquellos hombres estarían equipados con algo parecido. Confiaba en poder romper o esquivar cualquier hechizo ideado por los magos de Galbatorix, pero eso requeriría más tiempo del que disponía en aquel momento. Así que levantó el brazo y, con un movimiento de muñeca, lanzó la piedra al hombre del bigote.

La piedra le perforó el casco por un lado.

Antes de que los soldados pudieran reaccionar, Eragon se giró, arrancó la lanza de las manos al hombre que le había estado atormentando y la usó para derribarlo del caballo. Cuando estuvo en el suelo, le atravesó el corazón, con lo que rompió la hoja de la lanza contra las placas de metal del gambesón del soldado. Soltó el arma, se echó al suelo y pasó por debajo de siete lanzas que volaban en su dirección. Las letales hojas de acero parecían volar hacia el lugar donde se encontraba antes. Nada más soltar la piedra, Arya había trepado de un brinco al caballo más próximo, saltando del estribo a la silla, y le había dado una patada en la cabeza al anonadado soldado sentado sobre la montura, que salió despedido a más de diez metros. Luego Arya saltó de un caballo al otro, y mató a los soldados con las rodillas, los pies y las manos en una increíble exhibición de agilidad y equilibrio.

Eragon siguió rodando por el suelo hasta que las cortantes rocas detuvieron su avance. Con una mueca, se puso en pie. Cuatro soldados que habían desmontado se lanzaban hacia él, espadas en ristre. Cargaron. Con una finta hacia la derecha, agarró la muñeca del primer soldado que levantaba la espada y le golpeó en la axila. El hombre cayó al suelo, inmóvil. Eragon despachó a los dos siguientes retorciéndoles la cabeza hasta romperles el cuello. Para entonces, el cuarto, que corría con la espada en alto, estaba tan cerca que Eragon no pudo esquivarlo, así que hizo lo único que podía: golpeó al hombre en el pecho con todas sus fuerzas. Al conectar el puñetazo, surgió un chorro de sangre y sudor. El golpe le rompió las costillas y envió al soldado a más de cuatro metros por la hierba, donde topó con otro cadáver.

Eragon jadeó y se dobló, agarrándose la mano dolorida. Tenía cuatro nudillos dislocados y a través de la piel destrozada asomaban los blancos cartílagos. «Mierda», pensó, al sentir el calor de la sangre que manaba de sus heridas. Los dedos no le respondían al intentar moverlos y supo que tendría la mano fuera de combate hasta que pudiera curarla. En previsión de un nuevo ataque, miró a su alrededor buscando con la vista a Arya y al resto de los soldados.

Los caballos estaban dispersos. Sólo quedaban tres soldados con vida. Arya estaba lidiando con dos de ellos a cierta distancia, mientras que el otro huía corriendo por el camino hacia el sur. Eragon sacó fuerzas de flaqueza y se puso a perseguirle. Cuando redujo la distancia entre ellos, el hombre empezó a rogar compasión, prometiendo que no le contaría a nadie la masacre y mostrándole las manos para que viera que estaban vacías. Cuando Eragon lo tuvo al alcance de la mano,

177

el hombre se desvió hacia un lado y luego, unos pasos más allá, cambió de dirección, correteando por el campo como un conejo asustado. Mientras tanto, no dejaba de suplicar, con las mejillas cubiertas de lágrimas, diciendo que era demasiado joven para morir, que aún tenía que casarse y tener un hijo, que sus padres le echarían de menos, y que le habían obligado a alistarse y que aquélla era su quinta misión. ¿Por qué no le dejaba escapar?

—¿Qué tienes en mi contra? —sollozó—. Sólo hice lo que tenía que hacer. ¡Soy una buena persona!

Eragon hizo una pausa y, haciendo un esfuerzo, le dijo:

—No puedes mantener nuestro ritmo y no podemos dejarte: cogerás un caballo y nos delatarás.

—¡No, no lo haré!

—La gente te preguntará qué ha sucedido. Tu juramento a Galbatorix y al Imperio no te permitirá mentir. Lo siento, pero no sé cómo liberarte de tu vínculo, a menos que...

—¿Por qué me haces esto? ¡Eres un monstruo! —gritó el hombre.

Con una expresión de puro terror, intentó esquivar a Eragon y volver al camino. Eragon le alcanzó en menos de tres metros, y como el hombre aún lloraba y pedía clemencia, le pasó la mano izquierda alrededor del cuello y apretó. Cuando lo soltó, el soldado cayó a sus pies, muerto.

Al bajar la mirada y ver el rostro inerte del hombre, sintió la boca llena de bilis. «Cada vez que matamos, matamos una parte de nosotros mismos», pensó. Con una sensación a medio camino entre la conmoción, el dolor y la autocompasión, se sacudió y emprendió el regreso hacia el lugar donde se había iniciado la lucha. Arya estaba arrodillada junto a un cuerpo, lavándose las manos y los brazos con agua de la cantimplora que llevaba uno de los soldados.

—¿Cómo es eso? —preguntó Arya—. ¿Has podido matar a ese hombre, pero no te viste con fuerzas como para ponerle la mano encima a Sloan? —Se puso en pie y le miró a los ojos.

—Éste era una amenaza. Sloan no lo era —respondió Eragon sin ninguna emoción en la voz, y se encogió de hombros—. ¿No es evidente?

Arya permaneció en silencio un momento.

—Debería serlo, pero no lo es... Me avergüenzo de que alguien con mucha menos experiencia me dé lecciones de ética. Quizás he sido demasiado arrogante, mostrándome demasiado segura de mis propias decisiones.

Eragon la oía hablar, pero las palabras no significaban nada para él.

Tenía la mirada perdida entre los cadáveres. Se preguntó: «¿Es esto en lo que se ha convertido mi vida? ¿En una serie de batallas sin fin?».

—Me siento como un asesino.

—Entiendo lo difícil que es esto —dijo Arya—. Recuerda, Eragon, que has experimentado sólo una pequeña parte de lo que significa ser un Jinete de Dragón. Con el tiempo esta guerra acabará, y verás que tus obligaciones incluyen otras cosas, aparte de la violencia. Los Jinetes no sólo eran guerreros, eran también maestros, sanadores e intelectuales.

Los músculos de la mandíbula de Eragon se tensaron por un momento.

—¿Por qué estamos combatiendo contra estos hombres, Arya?

—Porque se interponen entre nosotros y Galbatorix.

—Entonces deberíamos encontrar un modo de atacar a Galbatorix directamente.

—No existe. No podemos marchar hacia Urû'baen hasta que derrotemos a sus fuerzas. Y no podemos entrar en su castillo hasta que desarmemos las trampas, hechizos y otras defensas tendidas durante un siglo.

—Tiene que haber un modo —masculló él, inmóvil mientras Arya daba un paso y recogía una lanza.

Cuando colocó la punta de la lanza bajo la barbilla de un soldado muerto y le atravesó la cabeza con ella, Eragon dio un respingo y la apartó del cadáver.

—¿Qué estás haciendo? —le gritó.

El rostro de Arya se tiñó de rabia.

—Te perdonaré eso sólo porque estás trastornado. ¡Piensa, Eragon! Ya eres mayorcito para que te mimen. ¿Por qué es necesario?

De pronto, dio con la respuesta; a regañadientes, dijo:

—Si no lo hacemos, el Imperio observará que la mayoría de los hombres han muerto «a mano».

—¡Exacto! Los únicos capaces de hacer algo así son los elfos, los Jinetes y los kull. Y como hasta un imbécil puede darse cuenta de que esto no es obra de un kull, enseguida sabrán que estamos por aquí, y al cabo de menos de un día Espina y Murtagh estarán sobrevolando la zona buscándonos. —Sacó la lanza del cuerpo y se oyó una especie de chapoteo. Ella le tendió el arma hasta que él la aceptó—. A mí hacer esto me produce la misma repulsión que a ti, así que podrías echarme una mano.

Eragon asintió. Arya fue a buscar una espada, y entre los dos hicieron que pareciera que una tropa de guerreros normales hubiera matado a los soldados. Era un trabajo truculento, pero lo hicieron rá-

179

pido, puesto que ambos sabían exactamente el tipo de heridas que debían presentar los soldados para asegurarse el éxito de la puesta en escena, y ninguno de los dos deseaba entretenerse demasiado. Cuando llegaron al hombre con el pecho destrozado por el puñetazo de Eragon, Arya dijo:

—No podemos hacer mucho para disimular una herida como ésa. Tendremos que dejarla como está y esperar que supongan que un caballo le ha pisado.

Siguieron adelante. El último soldado con el que se encontraron fue el capitán de la patrulla. Ahora el bigote le caía, flácido y desgreñado, y había perdido gran parte de su antiguo esplendor.

Después de agrandar el orificio creado por la piedra para que simulara la marca triangular que deja la punta de un martillo de guerra, Eragon se detuvo un momento, contemplando el triste mostacho del capitán y luego dijo:

—Tenía razón, ¿sabes?

—¿Sobre qué?

—Necesito un arma, un arma de verdad. Necesito una espada. —Se frotó las palmas de las manos contra el borde de la casaca y escrutó la llanura a su alrededor contando los cuerpos—. Ya está, entonces, ¿no? Hemos acabado. Fue a recoger su armadura desperdigada, volvió a envolverla en trapos y la colocó de nuevo en el fondo de su hatillo. Luego se reunió con Arya, que se había encaramado a una loma.

—Lo mejor será que a partir de ahora evitemos los caminos —propuso ella—. No podemos arriesgarnos a encontrarnos de nuevo con los hombres de Galbatorix. —Y señalando su mano derecha deformada, que le estaba manchando la casaca de sangre, añadió—: Deberías ocuparte de eso antes de ponernos en marcha. —Pero no le dio tiempo de responder. Le agarró los dedos paralizados y dijo—: Waíse heill.

A Eragon se le escapó un quejido cuando sus dedos volvieron a ocupar sus articulaciones, cuando sus tendones excoriados y sus cartílagos aplastados recuperaron su forma y cuando los jirones de piel que le colgaban de los nudillos volvieron a cubrir la carne viva. Una vez completado el hechizo, abrió y cerró la mano para confirmar que estaba curada del todo.

—Gracias —dijo. Le sorprendió que ella hubiera tomado la iniciativa cuando él era perfectamente capaz de curar sus propias heridas.

Arya parecía violenta. Mirando a lo lejos, al otro extremo de la llanura, dijo:

—Estoy contenta de haberte tenido a mi lado hoy, Eragon.

—Y yo de haberte tenido a ti.

Ella le dedicó una rápida y ambigua sonrisa. Se quedaron un minuto más sobre la loma; ninguno de los dos tenía demasiadas ganas de reemprender la marcha.

—Deberíamos ponernos en camino —dijo entonces Arya—. Las sombras se están alargando, y puede que aparezca alguien y ponga el grito en el cielo al descubrir este festín para cuervos.

Abandonaron la loma y siguieron en dirección sudoeste, apartándose del camino y atravesando un irregular mar de hierba. Tras ellos apareció en el cielo la primera ave carroñera.

Sombras del pasado

Aquella noche, Eragon se sentó frente a la precaria hoguera que habían encendido, mascando una hoja de diente de león. La cena había consistido en un surtido de raíces, semillas y hojas que Arya había recolectado del campo. Crudas y sin sazonar, no es que resultaran muy apetitosas, pero Eragon había decidido no aumentar la cena con un pájaro o un conejo, que abundaban por las proximidades, ya que no quería ser objeto de la desaprobación de Arya. Es más, tras su lucha con los soldados, la idea de arrebatar otra vida, aunque fuera la de un animal, le ponía enfermo.

Era tarde, y al día siguiente tendrían que ponerse en marcha pronto, pero él no hizo ademán de retirarse, ni tampoco Arya. Estaban situados en ángulo recto y ella tenía las piernas encogidas, agarradas con los brazos, y la barbilla apoyada sobre las rodillas. La falda de su vestido se abría hacia los lados, como los pétalos de una flor agitados por la brisa.

Eragon tenía la barbilla pegada al pecho y se frotaba la mano derecha con la izquierda, intentado calmar un dolor ya arraigado. «Necesito una espada —pensó—. Mientras no la tenga, podría usar algún tipo de protección para las manos, de modo que no me las destroce cada vez que doy un golpe. El problema es que ahora soy tan fuerte que tendría que ponerme guantes con un acolchado de varios centímetros, lo que resulta ridículo. Serían demasiado voluminosos, me darían demasiado calor y, lo que es más, no puedo ir por ahí con guantes el resto de mi vida.» Frunció el ceño. Presionándose los huesos de la mano y alterando su posición normal, estudió cómo cambiaba el juego de luces sobre la piel, fascinado por la maleabilidad de su cuerpo. «¿Y qué ocurre si me encuentro envuelto en una lucha mientras llevo el anillo de Brom? Lo hicieron los elfos, así que probablemente no tenga que preocuparme de si rompo el zafiro. Pero si golpeo algo con el anillo puesto en el dedo, no sólo me dislocaré unas

cuantas articulaciones; me destrozaré todos los huesos de la mano…
Quizá no pueda siquiera reparar el daño después…» Apretó los puños y lentamente fue girándolos, observando las sombras, más inten-
sas entre los nudillos. «Podría inventar un hechizo que detuviera
cualquier objeto que se acercara a una velocidad peligrosa, para evitar
que me tocara las manos. No, espera, eso no serviría de nada. ¿Y si
fuera una piedra? ¿Y si fuera una montaña? Me mataría intentando
pararlo. Bueno, si los guantes y la magia no funcionan, me gustaría
contar con un par de los Ascûdgamln de los enanos, sus "puños de
acero".»

Con una sonrisa, recordó que el enano Shrrgnien tenía una punta
de acero engarzada en una base de metal incrustada en cada uno de
sus nudillos, salvo en los de los pulgares. Las puntas le permitían a
Shrrgnien golpear lo que quisiera sin temor a hacerse daño, y además
eran prácticas porque podía quitárselas a voluntad. El concepto le pareció atractivo, pero no iba a empezar a hacerse agujeros en los nudillos. «Además, mis huesos son más finos que los huesos de los enanos; quizá demasiado como para fijar la base y que las articulaciones
sigan funcionando como deben… Así que los Ascûdgamln son una
mala idea, pero en su lugar quizá pueda…»

Se agachó, mirándose a las manos, y susurró:

—Thaefathan.

El dorso de las manos empezó a temblarle y a picarle como si se
hubiera caído en un parterre de ortigas. La sensación era tan intensa
y desagradable que le daban ganas de rascarse con todas sus fuerzas.
Recurriendo a toda su fuerza de voluntad, mantuvo el tipo y observó
cómo la piel de los nudillos se le hinchaba, formando un callo liso y
blanquecino de un centímetro de grosor sobre cada articulación. Le
recordaban los espolones calcáreos que aparecen en el interior de las
piernas de los caballos. Cuando consideró que las protuberancias tenían un tamaño y una densidad suficiente, detuvo el flujo mágico y
se puso a revisar con el tacto y con la vista aquel nuevo terreno mon-
tañoso que se elevaba entre sus dedos.

Sentía las manos más pesadas y más rígidas que antes, pero aun
así podía mover los dedos perfectamente. «Puede que sea feo —pensó, frotándose las ásperas protuberancias de la mano derecha contra
la palma de la izquierda—, y quizá la gente se ría cuando lo vea, pero
no me preocupa, porque me será útil y quizá sirva para mantenerme
con vida.»

Manteniendo su euforia en silencio, golpeó la cima de una roca redondeada que sobresalía del suelo, entre sus piernas. El impacto le sa-

183

cudió el brazo y produjo un sonido sordo, pero no le provocó mayor incomodidad de la que habría sentido golpeando un tablón cubierto con varias capas de tela. Animado, sacó el anillo de Brom del morral y se colocó la fría banda de oro. Observó que el callo del nudillo sobresalía por encima del perfil del anillo. Comprobó este dato volviendo a golpear la roca con el puño. El único sonido que produjo el golpe fue el del impacto de la piel seca y compacta contra la piedra inerte.

—¿Qué estás haciendo? —preguntó Arya, que lo observaba a través de un velo de cabello negro.

—Nada —dijo él, y le enseñó las manos—. Pensé que sería buena idea, ya que probablemente tenga que golpear a alguien de nuevo.

—Vas a tener dificultades para ponerte guantes —observó Arya, después de estudiar sus nudillos.

—Siempre puedo cortarlos para hacer espacio.

Ella asintió y volvió la mirada hacia el fuego.

Eragon se recostó sobre los codos y estiró las piernas, satisfecho de estar preparado para cualquier lucha que le aguardara en un futuro inmediato. Más allá, no quería especular, porque si lo hacía, empezaría a preguntarse cómo podrían derrotar él y Saphira a Murtagh o a Galbatorix, y entonces sentiría el contacto de las gélidas garras del pánico clavadas en él.

Fijó la mirada en las etéreas profundidades del fuego. Allí, entre aquellas inestables llamas, intentó olvidar sus preocupaciones y responsabilidades. Pero el movimiento constante del fuego enseguida le arrulló, conduciéndolo a un estado de indiferencia en el que pasaban ante él fragmentos de pensamientos, sonidos, imágenes y emociones como copos de nieve que cayeran de un tranquilo cielo de invierno. Y entre aquel torbellino de recuerdos apareció la cara del soldado que había suplicado por su vida. Eragon volvió a verlo sollozando, y de nuevo oyó sus súplicas desesperadas, y una vez más sintió el chasquido de su cuello al romperse como una rama húmeda.

Atormentado por sus recuerdos, apretó los dientes y respiró con fuerza, hinchando la nariz. Un sudor frío le cubría todo el cuerpo. Se agitó e hizo un esfuerzo por desterrar al desagradable fantasma del soldado, sin conseguirlo.

—¡Fuera! —gritó—. ¡No es culpa mía! Deberías echar la culpa a Galbatorix, no a mí. ¡Yo no quería matarte!

En algún lugar de la oscuridad que los rodeaba aulló un lobo. Otros muchos respondieron desde diversos puntos de las llanuras, alzando su voz en una melodía discordante. Aquel inquietante sonido le puso los pelos de punta y la piel de gallina. Luego, por un instante, los aullidos fueron aunándose en un mismo tono similar al grito de guerra de un kull a la carga. Eragon se agitó, incómodo.

—¿Qué pasa? —preguntó Arya—. ¿Son los lobos? No nos molestarán. Están enseñando a sus cachorros a cazar, y no dejarán que sus pequeños se acerquen a criaturas con un olor tan raro como el nuestro.

—No son los lobos de ahí afuera —dijo Eragon, abrazándose el cuerpo—. Son los de aquí dentro. —Y se dio una palmadita en la frente.

Arya asintió con un movimiento seco, como el de un pájaro, que ponía en evidencia que no era humana, aunque hubiera adoptado tal forma.

—Siempre es así. Los monstruos de la mente son mucho peores que los que existen de verdad. El miedo, las dudas y el odio han acabado con más gente que los animales.

—Y el amor —señaló él.

—Y el amor —admitió Arya—. Y también la codicia y la envidia, y cualquier otra pulsión obsesiva de las que son susceptibles las razas sensibles.

Eragon pensó en Tenga, allí solo, en el bastión elfo en ruinas de Edur Ithindra, agazapado sobre su precioso tesoro bibliográfico, buscando, siempre buscando aquella escurridiza «respuesta». Decidió no hacer mención del ermitaño a Arya, ya que no le apetecía hablar de aquel curioso encuentro en aquel momento. Prefirió preguntarle otra cosa.

—¿Te sientes mal cuando matas?

Arya entrecerró sus ojos verdes.

—Ni yo ni ninguno de mi raza comemos carne de animal porque no soportamos hacer daño a otra criatura para satisfacer nuestra hambre, ¿y tú tienes el descaro de preguntar si nos sentimos mal cuando matamos? ¿Realmente nos entiendes tan poco que nos tomas por unos fríos asesinos?

—No, por supuesto que no —protestó él—. No es eso lo que quería decir.

—Entonces di lo que quieres decir, y no insultes, a menos que sea ésa tu intención.

Eragon escogió las palabras con más cuidado esta vez.

—Le pregunté esto mismo a Roran antes de que atacáramos Helgrind, o algo muy parecido. Lo que yo quiero saber es cómo te sientes cuando matas. ¿Qué se supone que tienes que sentir? —Clavó la mirada en la hoguera—. ¿Ves a los guerreros que has matado, mirándote, tan reales como me ves ahora frente a ti?

185

Arya se sujetó las piernas con más fuerza, con mirada pensativa. Una pavesa chisporroteó al quemarse una de las polillas que revoloteaban por el campamento.

—Gánga —murmuró ella, e hizo un movimiento con un dedo. Revoloteando, las polillas se alejaron. Sin levantar la vista del montón de ramas ardiendo, añadió—: Nueve meses antes de convertirme en embajadora, la única embajadora de mi madre, a decir verdad, viajé desde Farthen Dûr, donde estaban los vardenos, hasta la capital de Surda, que en aquellos días aún era un país nuevo. Poco después de que mis compañeros y yo saliéramos de las montañas Beor, nos encontramos con una banda de úrgalos errantes. Nosotros no teníamos ningún interés en desenvainar las espadas y pretendíamos seguir nuestro camino, pero como es habitual en ellos, los úrgalos insistieron en intentar ganar honor y gloria para mejorar su estatus entre sus tribus. Nuestros efectivos eran mayores que los suyos, ya que Weldon, el hombre que sucedió a Brom como líder de los vardenos, estaba entre nosotros, y no nos costó vencerlos... Aquel día fue la primera vez que me llevé una vida. El recuerdo me persiguió durante semanas, hasta que me di cuenta de que me volvería loca si seguía dándole vueltas. Muchos lo hacen, y se vuelven tan rabiosos, tan amargados, que dejan de ser personas de confianza, o el corazón se les vuelve de piedra y pierden la capacidad de distinguir el bien del mal.

—¿Cómo llegaste a asimilar lo que habías hecho?

—Examiné mis motivos para matar, para determinar si eran justos. Tras ver que lo eran y quedar satisfecha, me pregunté si nuestra causa era lo suficientemente importante como para seguir apoyándola, aunque probablemente ello implicaría volver a matar. Entonces decidí que cada vez que empezara a pensar en los muertos, me imaginaría a mí misma en los jardines de la sala Tialdarí.

—¿Funcionó?

Arya se apartó el cabello del rostro y se lo sujetó tras una oreja redondeada.

—Pues sí. El único antídoto para el corrosivo veneno de la violencia es encontrar la paz en tu interior. Es una cura difícil de conseguir, pero merece la pena. —Hizo una pausa y añadió—: Respirar también ayuda.

—¿Respirar?

—Respirar despacio y de forma regular, como si estuvieras meditando. Es uno de los métodos más efectivos para calmarte.

Siguiendo su consejo, Eragon empezó a inspirar y espirar de forma controlada, intentando mantener un ritmo regular y exhalar todo el aire de sus pulmones a cada respiración. Al cabo de un minuto, el nudo de la garganta se le aflojó, relajó la frente y la presencia de sus enemigos caídos no le parecía tan tangible… Los lobos volvían a aullar y, tras un primer respingo, los escuchó sin miedo, ya que sus aullidos habían perdido la capacidad de asustarle.

—Gracias —dijo.

Arya respondió bajando la barbilla con elegancia. Se creó un silencio que duró un cuarto de hora, hasta que Eragon lo rompió.

—Úrgalos —dijo, dejando que la palabra hiciera su efecto durante un momento, como un monolito verbal de ambivalencia—. ¿Qué te parece que Nasuada les haya permitido unirse a los vardenos?

Arya recogió una ramita que había junto al borde de su vestido desplegado y jugueteó con ella con sus afilados dedos, estudiando el retorcido trozo de madera como si contuviera un secreto.

—Fue una decisión valiente, y la admiro por ello. Siempre hace lo mejor para los vardenos, cueste lo que cueste.

—Pues decepcionó a muchos vardenos cuando aceptó la oferta de apoyo de Nar Garzhvog.

—Y volvió a ganarse su lealtad con la Prueba de los Cuchillos Largos. Nasuada es muy inteligente en lo concerniente a mantener su posición. —Arya echó la ramita al fuego—. Yo no siento ninguna devoción por los úrgalos, pero tampoco los odio. A diferencia de los Ra'zac, no son malos en esencia; simplemente les gusta demasiado la guerra. Es una diferencia importante, aunque ello no sirva de consuelo a las familias de sus víctimas. Los elfos ya hemos tratado con úrgalos antes, y volveremos a hacerlo cuando surja la necesidad. No obstante, es una perspectiva fútil.

No tuvo que explicarle por qué. Muchos de los pergaminos que Oromis le había hecho leer trataban del asunto de los úrgalos, y había uno en particular, *Los viajes de Gnaevaldrskald*, con el que había aprendido que toda la cultura de los úrgalos se basaba en las hazañas de la guerra. Los úrgalos varones sólo podían mejorar su estatus arrasando algún pueblo —fuera úrgalo, humano, elfo o enano— o derrotando a sus rivales en el cuerpo a cuerpo, a veces llegando incluso a la muerte. Y cuando se trataba de escoger un compañero, las hembras rechazaban a cualquier candidato que no hubiera derrotado al menos a tres oponentes. El resultado era que cada nueva generación de úrgalos se veía obligada a desafiar a sus iguales y a sus mayores y a batir el terreno en busca de ocasiones para demostrar su valor. La tradición estaba tan arraigada que todos los intentos por cambiarla habían fracasado. «Por lo menos son coherentes con lo que

187

son. Eso es más de lo que puede decir la mayoría de humanos», concluyó Eragon.

—¿Cómo es que Durza fue capaz de tenderos una emboscada a ti, a Glenwing y a Fäolin con úrgalos? —preguntó—. ¿No teníais barreras protectoras contra ataques físicos?

—Las flechas estaban encantadas.

—Entonces, ¿los úrgalos eran hechiceros?

Arya suspiró y sacudió la cabeza.

—No. Fue magia negra, creada por Durza. Presumía de ello cuando fui a Gil'ead.

—No sé cómo conseguiste resistir tanto tiempo. Vi lo que te hizo.

—Bueno…, no fue fácil. Veía los tormentos a los que me sometía como una prueba de mi compromiso, como una oportunidad de demostrar que no me había equivocado y que realmente era digna del símbolo yawë. Como tal, tenía que soportar aquella dura prueba.

—Aun así, ni siquiera los elfos son inmunes al dolor. Es sorprendente que pudieras ocultarle la situación de Ellesméra durante todos aquellos meses.

—No sólo la situación de Ellesméra —dijo, con un punto de orgullo en la voz—, sino también el lugar al que había enviado el huevo de Saphira, mi vocabulario en idioma antiguo y todo lo que pudiera resultarle útil a Galbatorix.

Se creó un silencio, que Eragon rompió cuando dijo:

—¿Piensas mucho en ello? ¿En lo que pasaste en Gil'ead? —Al ver que no respondía, añadió—: Nunca hablas de ello. Explicas lo sucedido durante tu cautiverio sin problemas, pero nunca mencionas lo que supuso para ti ni cómo te sientes ahora al pensar en ello.

—El dolor es dolor —contestó—. No necesita descripción.

—Es cierto, pero no prestarle atención puede provocar más daño que la lesión en sí… Nadie puede vivir eso y quedar indemne. Por lo menos, no por dentro.

—¿Por qué supones que no se lo he confiado ya a alguien?

—¿A quién?

—¿Eso importa? A Ajihad, a mi madre, a una amiga de Ellesméra.

—A lo mejor me equivoco —dijo él—, pero no pareces muy próxima a nadie. Allá donde vas, vas sola, incluso entre los de tu propio pueblo.

Arya se mostró impasible. Su falta de expresión era tan absoluta que Eragon empezó a preguntarse si se dignaría a responder; entonces, ella susurró:

—No siempre fue así.

Aquello despertó el interés de Eragon, que esperó sin moverse, temiendo hacer cualquier cosa que interrumpiera el discurso de Arya.

—Una vez tuve alguien a quien hablar, a alguien que entendía lo que yo era y de dónde venía. Una vez... Era mayor que yo, pero éramos espíritus afines, ambos curiosos sobre el mundo más allá de nuestro bosque, decididos a explorar y a atacar a Galbatorix. Ninguno de los dos soportaba quedarse en Du Weldenvarden, estudiando, haciendo magia, llevando a cabo nuestros proyectos personales, cuando sabíamos que el Asesino de Dragones, la pesadilla de los Jinetes, estaba buscando un modo de dominar a nuestra raza. Él llegó a aquella conclusión más tarde que yo, décadas después de que yo asumiera el cargo de embajadora y unos años antes de que Hefring robara el huevo de Saphira, pero cuando lo hizo, se ofreció a acompañarme allá donde le llevaran las órdenes de Islanzadí. —Parpadeó, y la garganta se le tensó—. Yo no iba a permitírselo, pero a la reina le gustó la idea, y él resultaba muy convincente... —Arya apretó los labios y volvió a parpadear, con los ojos más brillantes de lo normal.

Con la máxima delicadeza, Eragon le preguntó:

—¿Era Fäolin?

—Sí —dijo ella, soltando la confirmación casi como un jadeo.

—¿Le amabas?

189

Tras echar la cabeza atrás, Arya levantó la mirada al cielo estrellado. Su largo cuello reflejaba los tonos dorados del fuego, y su pálido rostro, la blanca luz de las estrellas.

—¿Lo preguntas interesándote como amigo o por interés propio? —Soltó una risita improvisada, algo ahogada, como el sonido del agua al caer sobre la fría piedra—. No te preocupes. Es el aire de la noche, que me ha confundido. Ha anulado mi sentido de la cortesía y me ha hecho decir las cosas más inapropiadas que se me podían ocurrir.

—No pasa nada.

—Sí pasa, porque lo lamento, y no permitiré que ocurra de nuevo. ¿Que si amaba a Fäolin? ¿Cómo definirías el amor? Durante más de veinte años hemos viajado juntos, los únicos inmortales entre unas razas de corta vida. Éramos compañeros... y amigos.

Una punzada de celos atravesó a Eragon. Intentó contenerlos, los aplacó e intentó eliminarlos, pero no lo consiguió del todo. Un leve rastro de aquel sentimiento seguía afligiéndole, como una astilla clavada bajo la piel.

—Durante más de veinte años —repitió Arya, sin dejar de examinar las constelaciones, balanceándose adelante y atrás, aparentemente ajena a Eragon—. Y de pronto, en un momento, Durza me lo quitó. Fäolin y Glenwing fueron los primeros elfos que murieron en combate desde hacía casi un siglo. Cuando vi caer a Fäolin, entendí que la verdadera agonía de la guerra no es resultar herido, sino tener que ver el daño en las personas que te importan. Fue una lección que creía que había aprendido durante mi estancia entre los vardenos, cuando, uno tras otro, los hombres y mujeres que había acabado por respetar morían víctimas de la espada, las flechas, el veneno, por accidentes o por la edad. La pérdida, no obstante, nunca había sido tan personal, y cuando ocurrió pensé: «Ahora sin duda tengo que morir yo también». Ya que todos los peligros a los que nos habíamos enfrentado antes, Fäolin y yo los habíamos superado juntos y, si él no podía escapar, ¿por qué iba a hacerlo yo?

Eragon se dio cuenta de que Arya estaba llorando, con grandes lágrimas que le caían por la comisura de los ojos, le resbalaban por las sienes y se perdían entre el cabello. A la luz de las estrellas, sus lágrimas parecían ríos de cristal plateado. La intensidad de su desazón le asustó. Nunca había pensado que pudiera provocar aquella reacción en ella, ni había sido su intención.

—Entonces llegó Gil'ead —dijo ella—. Aquéllos fueron los días más largos de mi vida. Fäolin había desaparecido. Yo no sabía si el huevo de Saphira estaba a buen recaudo o si se lo había devuelto a Galbatorix sin querer, y Durza… Durza saciaba el ansia de sangre de los espíritus que lo controlaban haciéndome las cosas más horribles que se le ocurrían. A veces, si iba demasiado lejos, tenía que curarme para volver a empezar de nuevo a la mañana siguiente. Si me hubiera dado ocasión de recuperar el sentido, quizás habría sido capaz de engañar a mi carcelero, como hiciste tú, y dejar de consumir la droga que me impedía usar la magia, pero nunca tenía más que unas horas de asueto.

»Durza no necesitaba dormir más que tú o yo, y se quedaba conmigo siempre que yo estaba consciente y se lo permitían sus otras obligaciones. Del tiempo que me dedicaba, cada segundo me parecía una hora, cada hora una semana y cada día una eternidad. Se cuidaba mucho de no volverme loca —a Galbatorix no le habría gustado nada eso—, pero se acercaba. Llegó muy, muy cerca. Empecé a oír cantos de pájaros donde no podía volar ninguno y a ver cosas que no podían existir. Una vez, mientras estaba en mi celda, una luz dorada invadió la estancia y el ambiente de pronto se calentó. Me encontré tirada sobre una rama, en lo alto de un árbol, cerca del centro de Ellesméra. El sol estaba a punto de ponerse, y toda la ciudad brillaba como si estuviera en llamas. Los Äthalvard cantaban por debajo, en el sendero, y reinaba una calma, una paz..., todo estaba tan bonito... Me habría quedado allí para siempre. Pero entonces la luz se desvaneció y volvía a encontrarme en mi catre... Lo había olvidado, pero una vez hubo un soldado que me dejó una rosa blanca en la celda. Fue el único gesto amable que recibí en Gil'ead. Aquella noche, la flor arraigó y maduró, y se convirtió en un enorme rosal que trepó por la pared, se abrió paso por entre los bloques de piedra del techo, los rompió y consiguió atravesar la pared de la mazmorra y salir al aire libre. Siguió ascendiendo hasta tocar la luna y así se quedó, como una gran torre retorcida que prometía una escapatoria, a poco que hubiera tenido fuerzas para levantarme del suelo. Lo intenté, recurriendo a la poca fuerza que me quedaba, pero era incapaz, y cuando aparté la mirada, el rosal se desvaneció...

»Aquél era mi estado mental cuando soñaste conmigo y sentí tu presencia flotando sobre mí. No es de extrañar que no hiciera caso y pensara que aquella sensación no era más que otra ilusión.

Arya le dedicó una lánguida sonrisa.

—Y entonces llegaste tú, Eragon. Tú y Saphira. Cuando había abandonado toda esperanza y estaba a punto de ser llevada ante Galbatorix, en Urû'baen, vino un Jinete a rescatarme. ¡Un Jinete y su dragón!

—Y el hijo de Morzan —dijo él—. «Los dos» hijos de Morzan.

—Llámalo como quieras, pero fue un rescate tan inesperado que a veces pienso que realmente me volví loca y que todo lo que ha ocurrido desde entonces son imaginaciones mías.

—¿Te habrías imaginado que yo iba a causar tantos problemas quedándome en Helgrind?

—No —admitió—. Supongo que no. —Con el puño de la manga izquierda se frotó los ojos, para secárselos—. Cuando me desperté en Farthen Dûr, me costaba demasiado esfuerzo pensar en el pasado. Pero los últimos acontecimientos han sido oscuros y sangrientos, y con frecuencia me sorprendo a mí misma recordando lo que no debería. Me entristece y me revuelve el estómago, y pierdo la paciencia para las cosas normales de la vida. —Cambió de posición, se puso de rodillas, y apoyó las manos en el suelo, a ambos lados del cuerpo, como para mantener el equilibrio—. Tú dices que voy sola a todas partes. Los elfos no suelen ser muy efusivos con las demostraciones de afecto que tanto os gustan a humanos y enanos, y yo siempre he sido bastante solitaria. Pero si me hubieras conocido antes de Gil'ead, si me hubieras conocido tal como era, no me considerarías tan distante. Entonces podía cantar y bailar, y no me sentía bajo una amenaza continua.

Eragon alargó la mano derecha y la posó sobre la izquierda de Arya.

—Las historias sobre los héroes de antaño nunca mencionan que éste es el precio que pagas cuando te enfrentas a los monstruos de las oscuridades y a los monstruos de la mente. Sigue pensando en los jardines de la sala Tialdarí, y estoy seguro de que todo irá bien.

Arya permitió que el contacto entre ellos se prolongara casi un minuto, tiempo que para Eragon no fue de emoción o pasión, sino más bien de sereno compañerismo. No intentó ningún acercamiento, ya que gozar de su confianza era lo más importante para él en el mundo, aparte de su vínculo con Saphira, y habría preferido marchar a la guerra que ponerlo en peligro. Luego, levantando suavemente la mano, Arya le hizo saber que el momento había pasado, y él retiró la mano sin protestar.

Deseoso de aligerar la carga de Arya en lo posible, Eragon buscó por el suelo a su alrededor, y luego, en voz tan baja que resultaba inaudible, murmuró:

—Loivissa.

Guiado por el poder del nombre real, rebuscó por la tierra que tenía junto a los pies hasta que sus dedos dieron con lo que buscaba: un fino disco acartonado del tamaño de la uña de su dedo meñique.

Aguantando la respiración, se lo colocó en la palma de la mano derecha, situándolo sobre su gedwëy ignasia con la máxima delicadeza que pudo. Repasó lo que le había enseñado Oromis sobre el tipo de hechizo que iba a formular para asegurarse de no cometer un error, y entonces empezó a cantar con la entonación de los elfos, suave y fluida:

Eldhrimner O Loivissa nuanen, dautr abr deloi,
Eldhrimner nen ono weohnataí medh solus un thringa,
Eldhrimner un fortha onr fëon vara,
Wiol allr sjon.
Eldhrimner O Loivissa nuanen...

Una y otra vez, Eragon repitió los mismos versos, dirigiéndolos hacia la laminilla marrón que tenía en la mano. La lámina tembló y luego se hinchó, hasta adquirir forma esférica. En la parte inferior del globo aparecieron unos tentáculos blancos de unos cinco centímetros que le hicieron cosquillas, mientras que un fino tallo verde se abrió camino desde la punta y, a su orden, se disparó más de un palmo hacia arriba. Una única hoja, ancha y plana, creció a un lado del tallo.

Luego la punta del tallo se engrosó, se encorvó y, tras un momento de aparente inactividad, se dividió en cinco segmentos que se expandieron hacia el exterior, dejando a la vista los pétalos cerosos de un lirio. La flor era de un azul pálido y tenía forma acampanada.

Cuando alcanzó su máximo tamaño, Eragon detuvo el hechizo y examinó su obra. Dar forma a las plantas era una habilidad que casi cualquier elfo dominaba ya desde niño, pero Eragon sólo lo había practicado unas cuantas veces, y no estaba seguro de si sus esfuerzos se verían recompensados. El hechizo se había cobrado un duro precio; el lirio requirió una cantidad de energía sorprendente para crecer el equivalente a año y medio.

Satisfecho con lo conseguido, le entregó el lirio a Arya.

—No es una rosa blanca, pero... —Sonrió y se encogió de hombros.

—No tenías que haberlo hecho —dijo ella—. Pero te lo agradezco. —Acarició la flor por debajo y la levantó para olerla. Sus líneas de expresión se suavizaron.

Durante unos minutos, se quedó admirando el lirio. Luego hizo un agujero en el suelo, a su lado, y plantó el bulbo, presionando la tierra con la palma de la mano. Tocó de nuevo los pétalos y se quedó mirando el lirio.

—Gracias. Regalar flores es una costumbre que comparten nuestras dos razas, pero los elfos le damos una mayor importancia que los humanos a esta práctica, ya que representa todo lo bueno: la vida, la belleza, el renacimiento, la amistad y más cosas. Te lo explico para que entiendas lo mucho que significa para mí. No lo sabías, pero...

—Lo sabía.

Arya se lo quedó mirando con expresión solemne, como si no supiera muy bien qué decir.

—Perdóname. Es la segunda vez que olvido el alcance de tu educación. No volveré a cometer el mismo error.

Le repitió su agradecimiento en el idioma antiguo y Eragon le respondió en su mismo idioma que el placer era suyo y que se alegraba de que le hubiera gustado su regalo. Sintió un escalofrío; tenía hambre a pesar de la comida que acababan de tomar. Arya se dio cuenta:

—Has gastado demasiadas fuerzas. Si te queda algo de energía en *Aren*, úsala para recuperarte.

Eragon tardó un momento en recordar que *Aren* era el nombre del anillo de Brom; sólo había oído que lo llamaran así una vez, y había sido Islanzadí, el día en que llegó a Ellesméra. «Ahora es mi anillo —se dijo—. Tengo que dejar de pensar en él como si fuera el anillo de Brom. —Echó una mirada crítica al gran zafiro engarzado en oro que brillaba sobre su dedo—. No sé si quedará algo de energía en *Aren*. Yo no lo recargué y nunca comprobé si lo había hecho Brom.» Al tiempo que razonaba, expandió su conciencia hacia el zafiro. En el momento en que su mente entró en contacto con la gema, sintió la presencia de una enorme y turbulenta reserva de energía. Su visión interior le permitía ver que el zafiro estaba rebosante de poder. Se preguntó cómo era que no explotaba con la cantidad de fuerza que contenía entre sus facetas de afiladas aristas. Después incluso de usar la energía para aliviar sus dolores y restaurar la fuerza de sus miembros, las reservas de *Aren* apenas habían disminuido.

Con un escalofrío, Eragon cortó su vínculo con la gema. Encantado con su descubrimiento y con aquella repentina sensación de bienestar, soltó una carcajada y luego le contó a Arya lo que había encontrado:

—Brom debió de acumular toda la energía que pudo ir guardando durante el tiempo en que se ocultó en Carvahall —exclamó. Volvió a reírse, maravillado—. Todos esos años… Con lo que hay en *Aren*, podría derribar todo un castillo con un único hechizo.

—Él sabía que lo necesitaría para mantener a salvo al nuevo Jinete cuando Saphira saliera del huevo —observó Arya—. Además, estoy segura de que en *Aren* tenía un medio para protegerse por si llegaba el momento de enfrentarse a un Sombra o a algún otro oponente igual de peligroso. No es casual que consiguiera escapar de sus enemigos durante buena parte de un siglo… En tu lugar, yo reservaría la energía que te ha dejado para los momentos de mayor necesidad y le añadiría más cuando fuera posible. Es un recurso de un valor inestimable. No deberías derrocharlo.

«No. Eso no lo haré», pensó Eragon. Dio vueltas al anillo alrededor del dedo, admirando su brillo a la luz de la hoguera. «Desde que Murtagh me robó a *Zar'roc*, esto, la silla de Saphira y *Nieve de Fuego* son las únicas cosas que me quedan de Brom, y aunque los enanos trajeron a *Nieve de Fuego* desde Farthen Dûr, ahora apenas lo monto. Realmente *Aren* es el único recuerdo que tengo de él… El único legado suyo que me queda, mi única herencia. ¡Ojalá estuviera vivo! Nunca tuve ocasión de hablar con él de Oromis, de Murtagh, de mi padre… ¡La lista es interminable! ¿Qué habría dicho sobre mis sentimientos hacia Arya?» Eragon se reprendió a sí mismo, puesto que ya sabía lo que le habría dicho: «Me habría regañado por ser un tontaina y dejarme llevar por el amor y por perder mis energías en una causa perdida… Y tendría razón, supongo, pero, ah… ¿Cómo puedo evitarlo? Es la única mujer con la que quiero estar».

El fuego crepitó. Una nube de chispas salió despedida hacia arriba. Eragon se quedó mirando con los ojos entrecerrados, reflexionando sobre las revelaciones de Arya. Luego su mente volvió a un asunto que le preocupaba desde la batalla de los Llanos Ardientes:

—Arya, ¿los dragones macho crecen más rápido que los dragones hembra?

—No. ¿Por qué lo preguntas?

—Por Espina. Sólo tiene unos meses, y ya es casi tan grande como Saphira. No lo entiendo.

Arya recogió una hierba seca y se puso a escribir en la tierra, trazando las formas curvas de los glifos de la escritura elfa, la Liduen Kvaedhí.

—Lo más probable es que Galbatorix haya acelerado su crecimiento para que sea lo suficientemente grande como para plantar cara a Saphira.

—Ah… ¿Y eso no es peligroso? Oromis me dijo que si usaba la magia para darme fuerza, velocidad, resistencia u otras características que necesitaba, no entendería mis nuevas capacidades tan a fondo como si las conseguía del modo normal: trabajando duro. También en eso tenía razón. Incluso ahora, los cambios que provocaron los dragones en mi cuerpo durante el Agaetí Blödhren de vez en cuando me sorprenden.

Arya asintió y siguió trazando glifos en la tierra.

—Es posible reducir los efectos secundarios no deseados con ciertos hechizos, pero es un proceso largo y arduo. Si deseas conseguir una verdadera maestría sobre tu cuerpo, lo mejor sigue siendo hacerlo por el medio normal. La transformación que Galbatorix ha forzado en Espina debe de provocarle una gran confusión. Ahora Espina tiene el cuerpo de un dragón casi adulto, y sin embargo posee la mente de uno jovencito.

Eragon se palpó los callos recién creados en los nudillos.

—¿Sabes también por qué Murtagh es tan poderoso…? ¿Más poderoso que yo?

—Si lo supiera, desde luego también comprendería cómo ha conseguido aumentar Galbatorix su fuerza hasta límites innaturales, pero no, no lo sé.

«Pues Oromis sí», pensó Eragon. O por lo menos eso le había dado a entender el elfo. No obstante, aún no había compartido aquella información con Eragon y con Saphira. En cuanto pudieran volver a Du Weldenvarden, Eragon tenía intención de preguntarle al anciano Jinete la verdad de la cuestión. «¡Tiene que contárnoslo ya!

195

Murtagh nos derrotó debido a nuestra ignorancia, y podía habernos llevado fácilmente hasta Galbatorix.» Eragon estuvo a punto de mencionar los comentarios de Oromis a Arya, pero se mordió la lengua, ya que se daba cuenta de que Oromis no habría ocultado algo tan importante durante más de cien años a menos que fuera de vital importancia mantener el secreto.

Arya puso fin a la frase que había escrito sobre el suelo. Inclinándose, Eragon leyó: «Navegando por el mar del tiempo, el dios solitario vaga de una distante orilla a otra, confirmando las leyes de las estrellas del cielo».

—¿Qué significa?

—No lo sé —dijo ella, y borró la frase barriéndola con el brazo.

—¿Por qué será —preguntó él, hablando despacio, mientras organizaba sus ideas— que nadie llama a los dragones de los Apóstatas por su nombre? Decimos «el dragón de Morzan» o «el dragón de Kialandí», pero nunca decimos el nombre de los dragones. ¡Y seguro que fueron tan importantes como sus Jinetes! Ni siquiera recuerdo haber visto sus nombres en los pergaminos que me dio Oromis…, aunque debían de estar allí… Sí, estoy seguro de que estaban, pero, por algún motivo, no se me quedaron en la memoria. ¿No es raro?

Arya se dispuso a responder, pero cuando apenas había abierto la boca, Eragon la interrumpió:

—Por una vez estoy contento de que Saphira no esté aquí. Me avergüenzo de no haberme dado cuenta antes de esto. Incluso tú, Arya, y Oromis, y todos los demás elfos que he conocido, se niegan a llamarlos por su nombre, como si fueran animales inútiles, que no merecen tal honor. ¿Lo hacéis a propósito? ¿O es porque fueron vuestros enemigos?

—¿De verdad ninguna de tus lecciones hablaba de esto? —preguntó Arya, que parecía realmente sorprendida.

—Creo que Glaedr le mencionó algo al respecto a Saphira —dijo—, pero no estoy seguro. Yo estaba en plena contorsión, durante la Danza de la Serpiente y la Grulla, así que no prestaba mucha atención a lo que hacía Saphira. —Se rio un poco, avergonzado por su confesión, y le pareció que tenía que explicarse—. A veces resultaba algo confuso, cuando Oromis me hablaba y yo estaba escuchando los pensamientos de Saphira, que se comunicaba mentalmente con Glaedr. Y lo que es peor, Glaedr casi nunca usa con Saphira un lenguaje reconocible; tiende a usar imágenes, olores y sensaciones en lugar de palabras. En vez de nombres, comunica impresiones de las personas y de los objetos a los que hace referencia.

—¿No recuerdas nada de lo que dijo, fuera con palabras o no? Eragon dudó.

—Sólo que tenía que ver con un nombre que no era nombre, o algo así. No pude sacar el agua clara.

—De lo que hablaba —dijo Arya— es del Du Namar Aurboda, el Destierro de los Nombres.

—¿El Destierro de los Nombres?

Tras apoyar de nuevo en el suelo la hierba seca que tenía en la mano, Arya se puso a escribir otra vez.

—Es uno de los episodios más significativos que tuvo lugar durante la lucha entre los Jinetes y los Apóstatas. Cuando los dragones se dieron cuenta de que trece de los suyos los habían traicionado, que esos trece estaban ayudando a Galbatorix a acabar con el resto de su raza y que era poco probable que nadie pudiera detener su masacre, los dragones se enfadaron tanto que todos los que no estaban entre los Apóstatas combinaron sus fuerzas y lanzaron uno de sus inexplicables hechizos. Juntos, les arrancaron a los trece sus nombres.

—¿Cómo es posible eso? —respondió Eragon, impresionado.

—¿No te acabo de decir que es algo inexplicable? Lo único que sabemos es que, después de que los dragones lanzaran su hechizo, nadie pudo pronunciar los nombres de aquellos trece dragones: los que los recordaban, muy pronto los olvidaron; y aunque se pueden leer sus nombres en los pergaminos y las cartas donde están registrados, e incluso copiarlos si miras los glifos de uno en uno, resultan ininteligibles. Los dragones sólo perdonaron a Jarnunvösk, el primer dragón de Galbatorix, ya que no fue culpa suya morir a manos de los úrgalos, y también a Shruikan, ya que no escogió servir a Galbatorix, sino que fue obligado por éste y por Morzan.

«Qué horrible destino, perder tu nombre —pensó Eragon, y sintió un escalofrío—. Si hay algo que he aprendido desde el día en que me convertí en Jinete, es que nunca, nunca hay que tener a un dragón por enemigo.»

—¿Qué pasó con sus nombres reales? —preguntó—. ¿También los eliminaron?

Arya asintió.

—Los nombres reales, los nombres de nacimiento, los apodos, los nombres de familia, títulos…, todo. Y el resultado fue que los trece se convirtieron en poco más que animales. Ya no pudieron decir nunca más: «Esto me gusta» o «Esto no me gusta», ya que eso supondría nombrarse a sí mismos. No podían ni siquiera defi-

197

nirse como dragones. Palabra por palabra, el hechizo borraba todo lo que los definía como criaturas pensantes, y los Apóstatas no podían hacer más que observar, desesperados, cómo sus dragones se sumían en la más completa ignorancia. La experiencia era tan perturbadora que por lo menos cinco de los trece, y varios de los Apóstatas, enloquecieron. —Arya hizo una pausa, se quedó repasando el perfil de un glifo, luego lo borró y volvió a trazarlo—. El Destierro de los Nombres es el principal motivo por el que tanta gente cree que los dragones no eran más que monturas para ir de un lugar a otro.

—No creerían eso si conocieran a Saphira —dijo Eragon.

—No —coincidió Arya, con una sonrisa.

Con una floritura, completó la última frase en la que había estado trabajando. Ladeó la cabeza y se acercó un poco para descifrar los glifos que había trazado. Decían: «El que hace trampas, el que cuenta enigmas, el que mantiene el equilibrio, el que tiene tantas caras y encuentra la vida en la muerte, y el que no teme a ningún mal; el que atraviesa las puertas».

—¿Qué es lo que te ha impulsado a escribir esto?

—La idea de que muchas cosas no son lo que parecen. —Dio unas palmaditas sobre la tierra para borrar los glifos del suelo y el polvo le cubrió la mano.

—¿No ha intentado nadie adivinar el nombre real de Galbatorix? —preguntó Eragon—. Da la impresión de que sería el modo más rápido de poner fin a esta guerra. A decir verdad, creo que podría ser la única esperanza que tenemos de vencerle en la batalla.

—¿No me eras sincero antes? —preguntó Arya, con los ojos brillantes.

Su pregunta obligó a Eragon a soltar una risita entre dientes.

—Claro que no. No es más que un modo de hablar.

—Un modo de hablar muy pobre —precisó ella—, a menos que tengas costumbre de mentir.

Eragon se quedó un momento sin saber qué decir hasta que recuperó el habla:

—Sé que sería difícil encontrar el nombre real de Galbatorix, pero si todos los elfos y todos los miembros de los vardenos que conocen el idioma antiguo lo buscaran, seguro que lo conseguiríamos.

Como un penacho pálido, blanqueado por el sol, la hierba seca colgaba de entre los dedos pulgar e índice de la mano izquierda de Arya, temblando levemente a cada latido de las venas. Pellizcándolo por el extremo con la otra mano, rompió la hierba por la mitad longitudinalmente y luego hizo lo mismo con las dos hebras resultantes, dividiendo la hierba en cuatro. Luego empezó a trenzar las tiras, formando un bastoncillo compacto.

—El nombre real de Galbatorix no es un gran secreto —dijo—. Tres elfos diferentes, uno de ellos Jinete, y los otros hechiceros de a pie, lo descubrieron cada uno por su cuenta, con muchos años de diferencia.

—¿Lo hicieron? —exclamó Eragon.

Imperturbable, Arya recogió otra brizna de hierba, la dividió en hebras, introdujo los fragmentos en los huecos de su bastón trenzado y siguió trenzando en otra dirección.

—Sobre la posibilidad de que el propio Galbatorix conozca su nombre real sólo podemos especular. Yo creo que no lo conoce, porque cualquiera que sea, debe de ser tan terrible que no podría seguir viviendo si lo oyera.

—A menos que sea tan perverso o tan demente que la verdad sobre sus acciones no pueda perturbarle.

—Quizá. —Sus ágiles dedos volaban tan rápidos, retorciendo, trenzando, tejiendo, que resultaban prácticamente invisibles. Cogió dos briznas más de hierba—. De cualquier modo, no hay duda de que Galbatorix es consciente de que tiene un nombre real, como todas las criaturas y cosas, y que eso es un potencial punto débil. En algún momento, antes de embarcarse en su campaña contra los Jinetes, lanzó un hechizo que mata a quienquiera que use su nombre real. Y como no sabemos exactamente cómo mata ese hechizo, no podemos protegernos de él. Ya ves, por tanto, por qué hemos abandonado esa línea de investigación. Oromis es uno de los pocos lo suficientemente valientes como para seguir buscando el nombre de Galbatorix, aunque de un modo indirecto.

Con expresión satisfecha, abrió las manos, con las palmas a la vista, en las que tenía un exquisito barquito hecho de hierbas verdes y blancas. No tenía más de diez centímetros de largo, pero estaba hecho con tanto detalle que Eragon pudo distinguir bancos para los remadores, diminutas barandillas por todo el perímetro de la cubierta y ojos de buey del tamaño de semillas de frambuesa. La proa, curvada, tenía una forma que recordaba la cabeza y el cuello de un dragón encabritado. Tenía un solo mástil.

—Es bonito —dijo él.

Arya se echó hacia delante y murmuró:

—Flauga.

Sopló suavemente sobre el barquito, y éste se despegó de sus ma-

199

nos y sobrevoló el fuego; luego, tomando velocidad, ascendió y se perdió en el oscuro cielo estrellado de la noche.

—¿Cuánto tiempo volará?

—Para siempre —dijo ella—. Toma la energía necesaria para flotar de las plantas del suelo. Allá donde haya plantas, puede volar.

A Eragon la idea le pareció divertida, pero también era algo triste pensar en el bonito barco de hierba vagando por entre las nubes para el resto de la eternidad, sin nada más que los pájaros por compañía.

—Imagínate las historias que contará la gente en los años venideros.

Arya entrecruzó los dedos, como si así evitara que se dedicaran a otra cosa.

—Existen muchas rarezas como ésa por el mundo. Cuanto más vivas y cuanto más viajes, más verás.

Eragon echó un vistazo al movimiento de las llamas por un momento, y luego dijo:

—Si es tan importante proteger el propio nombre, ¿debería formular un hechizo para evitar que Galbatorix use mi nombre real en mi contra?

—Puedes hacerlo si quieres —dijo Arya—, pero no creo que sea necesario. No es tan fácil como crees descubrir nombres reales. Galbatorix no te conoce lo suficientemente bien como para adivinar tu nombre, y si estuviera en el interior de tu mente y pudiera examinar cada uno de tus pensamientos y recuerdos, ya estarías perdido, con o sin nombre real. Si te sirve de consuelo, dudo incluso de que yo pudiera adivinar tu nombre real.

—¿No podrías? —preguntó. Le gustaba y le disgustaba al mismo tiempo que ella considerara que había una parte de él que era un misterio. Ella se le quedó mirando y bajó los ojos.

—No, no creo. ¿Tú podrías adivinar el mío?

—No.

El silencio engulló el campamento. En lo alto, las estrellas emitían un resplandor blanco y frío. Se levantó un viento del este que atravesó la llanura, agitando la hierba y ululando con una voz larga y fina, como un lamento por la pérdida de la persona querida. Al alcanzar la hoguera, las brasas se encendieron de nuevo y un remolino de chispas salió disparado hacia el oeste. Eragon encorvó los hombros y se ciñó el cuello de la casaca. Aquel viento tenía algo de desagradable; le golpeó con una fiereza poco habitual, y parecía aislarlos del resto del mundo. Se quedaron inmóviles, aislados en su minúscula isla de luz y calor, mientras la enorme corriente de aire pasaba a su lado como un torrente, aullando su furioso lamento por la enorme y desolada llanura.

Cuando las ráfagas se hicieron más violentas y empezaron a llevarse las pavesas más allá del claro sin vegetación en el que Eragon había hecho la hoguera, Arya echó un puñado de tierra sobre la madera. Avanzando de rodillas, Eragon se puso a su lado, paleando la tierra con ambas manos para acelerar el proceso. Con el fuego apagado, veía con dificultad; el campo se había convertido en un espectro de sí mismo, lleno de sombras inestables, formas indistintas y hojas plateadas.

Arya se dispuso a levantarse, pero se detuvo a medias, con los brazos abiertos para mantener el equilibrio y el rostro en tensión. Eragon también lo sintió: el aire era penetrante y murmuraba como si estuviera a punto de producirse un relámpago. El vello del dorso de las manos se le puso de punta y notó que se agitaba al viento.

—¿Qué pasa? —preguntó.

—Nos están observando. Pase lo que pase, no uses la magia o podrían matarnos.

—¿Quiénes…?

—¡Shhh!

Tanteando el terreno, encontró una piedra del tamaño de un puño; la arrancó del suelo y la levantó, calibrando su peso.

En la distancia apareció un grupo de luces de colores. Se dirigieron como una flecha hacia el campamento, sobrevolando la hierba a poca altura. Cuando se acercaron, Eragon observó que cambiaban constantemente de tamaño, desde una esfera no mayor que una perla a varios palmos de diámetro; y sus colores también variaban, adoptando todos los tonos del arcoíris sucesivamente. Una aureola chisporroteante envolvía cada una de las esferas, un halo de tentáculos líquidos que se agitaban y chasqueaban, como si estuvieran deseosos de agarrarse a algo. Las luces se movían a tal velocidad que no pudo determinar exactamente cuántas habría, pero supuso que serían unas dos docenas.

Las esferas alcanzaron el campamento y formaron un cerco alrededor de Eragon y de Arya. Su rápido movimiento giratorio, combinado con la frenética combinación de colores, resultaba mareante. Eragon apoyó una mano en el suelo para mantener el equilibrio. El murmullo que emitían era ya tan intenso que sentía que los dientes le chasqueaban entre sí de la vibración. La boca le sabía a metal y tenía el cabello de punta. El de Arya también estaba de punta, a pesar de lo largo que era, y cuando la miró la imagen le pareció tan ridícula que tuvo que aguantarse la risa.

—¿Qué quieren? —gritó Eragon, pero ella no respondió.

Una esfera se separó del cerco y se quedó colgando frente a Arya, a la altura de los ojos. Se comprimía y se dilataba como un corazón latiendo, pasando del azul cobalto al verde esmeralda, con algún destello rojo ocasional. Uno de sus tentáculos agarró un mechón del cabello de Arya. Se oyó un ruido seco y, por un momento, el mechón brilló como un trozo de sol; luego desapareció. El aire transportó el olor a pelo quemado hasta Eragon.

Arya no se inmutó, ni hizo ningún gesto de alarma. Con el rostro sereno, levantó un brazo y, antes de que Eragon pudiera saltarle encima para detenerla, apoyó la mano sobre la esfera luminosa. La esfera se volvió blanca y amarilla y se hinchó hasta alcanzar un grosor de más de un metro. Arya cerró los ojos y echó la cabeza hacia atrás, con una alegría radiante cubriéndole el rostro. Movía los labios, pero dijera lo que dijera, Eragon no la oía. Cuando acabó, la esfera adoptó un tono rojo sangre e inmediatamente pasó del rojo al verde y al violeta, y luego a un naranja rojizo y a un azul tan brillante que Eragon tuvo que apartar la mirada, y luego a un negro puro rodeado de una corona de tentáculos blancos que se retorcían, como las llamas del sol durante un eclipse. Entonces se mantuvo estable por un momento, como si únicamente la ausencia de color pudiera transmitir adecuadamente su estado de ánimo.

Se apartó de Arya y se acercó a Eragon; era un agujero en el tejido del mundo, rodeado por una corona de llamas. Se quedó flotando frente a él, emitiendo un zumbido tan fuerte que hacía que le lloraran los ojos. Parecía como si tuviera la lengua cubierta de cobre, la piel tensa, y unos cortos filamentos eléctricos le saltaban de las puntas de los dedos. Algo asustado, se preguntó si debía tocar la esfera como había hecho Arya. La miró en busca de apoyo. Ella asintió y le indicó con un gesto que procediera.

Acercó la mano derecha hacia el vacío que era la esfera y se sorprendió al notar resistencia. La esfera era incorpórea, pero le empujaba la mano del mismo modo que un torrente de agua. Cuanto más cerca estaba, mayor era la fuerza. Con un esfuerzo, superó los últimos centímetros y entró en contacto con el centro de aquel ser.

Unos rayos azulados saltaron entre la palma de la mano de Eragon y la superficie de la esfera, un chisporroteo en abanico que eclipsaba la luz de las otras esferas y que tiñó todo de un azul blanquecino. Eragon gritó de dolor cuando los rayos le penetraron en los ojos, y agachó la cabeza, cruzando los ojos. A continuación algo se movió en el interior de la esfera, como un dragón dormido estirándose, y una «presencia» penetró en su mente, barriendo sus defensas como si fueran hojas secas en una tormenta de otoño. Jadeó. Una alegría trascendente le llenó: fuera lo que fuera aquella esfera, parecía estar compuesta de felicidad pura. Gozaba por el simple hecho de estar viva, y todo lo que le rodeaba le gustaba en mayor o menor medida. Eragon habría llorado de placer, pero ya no controlaba su cuerpo. La criatura le sostenía, y los brillantes rayos seguían centelleando por debajo de su blanca mano, revoloteando por entre sus huesos y músculos, deteniéndose en los lugares donde había sufrido heridas y volviendo después a su mente. Eragon estaba eufórico, pero la presencia de la criatura le resultaba tan extraña y tan sobrenatural que quería huir de ella; aun así, en el interior de su conciencia no había escondrijo posible. Tuvo que permanecer en contacto íntimo con la implacable alma de la criatura mientras rebuscaba entre sus recuerdos, pasando de uno al otro con la velocidad de una flecha de elfo. Se preguntó cómo podía asimilar tanta información a tal velocidad. Mientras la esfera le escudriñaba por dentro, él intentó sondearla a su vez, para saber algo de su naturaleza y sus orígenes, pero aquello superaba su capacidad de comprensión. Las pocas impresiones que pudo recoger eran tan diferentes a las que había encontrado en las mentes de otros seres que le resultaban incomprensibles.

Al final, la criatura creó un circuito casi instantáneo por todo su cuerpo y a continuación se retiró. El contacto entre ellos se rompió como un cable sometido a una tensión excesiva. El espectro de rayos que rodeaba la mano de Eragon se desvaneció, y dejó tras de sí unos refulgentes brillos rosados que ocupaban todo su campo de visión.

Cambiando de colores una vez más, la esfera frente a Eragon se encogió hasta alcanzar el tamaño de una manzana y se reunió con sus compañeras en el torbellino de luz que los rodeaba a él y a Arya. El zumbido ascendió de tono hasta un agudo casi insoportable, y entonces el vórtice explotó hacia el exterior y las esferas salieron disparadas en todas direcciones. Se reagruparon a unos treinta metros del oscuro campamento, atropellándose desordenadamente unas a otras, como gatitos jugando; luego salieron disparadas hacia el sur y desaparecieron, como si nunca hubieran existido. El viento amainó y se convirtió en una suave brisa.

Eragon cayó de rodillas, con los brazos estirados en la dirección que habían tomado las esferas, sintiéndose vacío al perder aquella sensación.

—Qué… —preguntó, pero tuvo que toser y empezar de nuevo; tenía la garganta seca—. ¿Qué son esas cosas?

—Espíritus —dijo Arya. Y se sentó.

203

—No se parecían a los que salieron de Durza cuando lo maté.

—Los espíritus pueden adoptar aspectos muy diferentes, según se les antoje.

Eragon parpadeó varias veces y se secó las comisuras de los ojos con el dorso de un dedo.

—¿Cómo puede esclavizarlos nadie con magia? Es monstruoso. Yo me avergonzaría de llamarme hechicero si lo hiciera. ¡Ah! Y Trianna presume de serlo. Haré que deje de usar espíritus o la expulsaré de los Du Vrangr Gata y le pediré a Nasuada que la destierre de los vardenos.

—Yo no me precipitaría.

—¿No te parecerá bien que los magos obliguen a los espíritus a que los obedezcan? Son tan bellos que... —Se interrumpió y sacudió la cabeza, sobrecogido por la emoción—. Cualquiera que les haga daño debería ser azotado sin piedad.

Arya esbozó una sonrisa.

—Supongo que Oromis aún no había tratado el tema cuando tú y Saphira dejasteis Ellesméra.

—Si te refieres a los espíritus, los mencionó varias veces.

—Pero me atrevería a decir que no con gran detalle.

204

—Quizá no.

En la oscuridad, Arya se inclinó hacia un lado y Eragon vio el movimiento de su silueta.

—Los espíritus siempre inducen una sensación de éxtasis cuando deciden comunicarse con los seres materiales, pero no te dejes engañar. No son tan benevolentes, alegres o joviales como te quieren hacer creer. Dar satisfacción a aquellos con los que interactúan es su modo de defenderse. Odian estar atados a un lugar, y hace tiempo que se dieron cuenta de que, si la persona con la que tratan es feliz, es menos probable que los someta y los ponga a su servicio.

—No sé —dijo Eragon—. Te hacen sentir tan bien que se puede llegar a entender que haya quien desee asegurarse su compañía en vez de dejarlos libres.

Arya se encogió de hombros.

—A los espíritus les cuesta tanto predecir nuestro comportamiento como a nosotros el suyo. Es tan poco lo que comparten con las otras razas de Alagaësia que tratar con ellos, incluso en las condiciones más básicas, es todo un reto, y cualquier encuentro implica siempre un riesgo, ya que nunca se sabe cómo van a reaccionar.

—Nada de todo eso explica por qué no debería ordenar a Trianna que dejara de usarlos para sus hechizos.

—¿Alguna vez la has visto convocar a los espíritus a su antojo?
—No.
—Me lo imaginaba. Trianna lleva casi seis años con los vardenos, y en ese tiempo ha demostrado su maestría con los hechizos sólo una vez, y eso después de una gran presión por parte de Ajihad y con gran consternación y largos preparativos por su parte. Está dotada para ello, no es ninguna clase de estafadora, pero convocar a los espíritus es extremadamente peligroso, y nadie se embarca en esa suerte de tarea a la ligera.

Eragon se frotó la palma de la mano derecha, aún luminosa, con el pulgar izquierdo. El tono de la piel cambió al volver a circularle la sangre, pero pese a ello la cantidad de luz que irradiaba no disminuyó. Se rascó la gedwëy ignasia con las uñas. «Espero que esto no dure más que unas horas —pensó—. No puedo ir por ahí brillando como un farol. Podría suponer la muerte. Y además es algo tonto. ¿Dónde se ha visto un Jinete de Dragón con una parte del cuerpo luminosa?»

Eragon pensó en lo que le había dicho Brom:
—No son espíritus humanos, ¿verdad? Ni tampoco elfos ni enanos, ni de ninguna otra criatura. Es decir, no son fantasmas. No nos convertimos en eso al morir.
—No. Y por favor, no me preguntes a mí lo que son realmente; sé que estás a punto de hacerlo. Esa respuesta debe dártela Oromis, no yo. El estudio de la hechicería, si se realiza bien, es una tarea larga y ardua a la que hay que enfrentarse con precaución. No quiero decirte nada que pueda interferir con las lecciones que Oromis tiene programadas para ti, y desde luego no quiero que te hagas daño probando cosas que yo haya mencionado hasta que no tengas la formación adecuada.
—¿Y cuándo se supone que voy a volver a Ellesméra? —preguntó Eragon—. No puedo volver a dejar a los vardenos, no de este modo, mientras Espina y Murtagh sigan vivos. Hasta que no derrotemos al Imperio o el Imperio nos derrote, Saphira y yo tenemos que apoyar a Nasuada. ¡Si Oromis y Glaedr realmente quieren que acabemos nuestra preparación, tendrían que venir con nosotros, y que reviente Galbatorix!
—Por favor, Eragon —dijo ella—. Esta guerra no acabará tan rápido como tú crees. El Imperio es grande, y no hemos hecho más que darle un zarpazo. Mientras Galbatorix no sepa nada de Oromis y Glaedr, será una ventaja para nosotros.
—¿Qué ventaja es, si nunca la aprovechamos a fondo? —refunfuñó Eragon.

205

Arya no respondió y, al cabo de un momento, él se sintió infantil por haber protestado. Oromis y Glaedr deseaban destruir a Galbatorix como el que más, y si decidían quedarse en Ellesméra, sería porque tenían excelentes motivos para hacerlo. Eragon incluso podría citar varios, si se lo proponía: entre ellos, el más importante era que Oromis no podía formular hechizos que requirieran grandes cantidades de energía.

Eragon sintió frío; se bajó las mangas y cruzó los brazos.

—¿Qué es lo que le has dicho al espíritu?

—Quería saber por qué habíamos estado usando la magia: eso es lo que les había hecho fijarse en nosotros. Se lo he explicado, y también le he explicado que tú eras quien había liberado a los espíritus atrapados en el interior de Durza. Parece que eso les ha agradado mucho. —Se hizo el silencio, y entonces ella se inclinó hacia el lirio y lo tocó de nuevo—. ¡Oh! ¡Desde luego son agradecidos! ¡Naina!

Aquello creó una suave luz que iluminó todo el campamento y que permitió a Eragon ver que la hoja y el tallo del lirio eran de oro macizo, y los pétalos de un metal blanquecino que no conseguía reconocer; el interior de la flor, que Arya puso a la vista levantándola un poco, estaba compuesto de rubíes y diamantes. Asombrado, Eragon pasó un dedo por las curvas de la hoja y sintió los finos pelitos metálicos que le hacían cosquillas. Echándose hacia delante descubrió la misma serie de protuberancias, hendiduras, orificios, nervaduras y hasta el mínimo detalle que ya tenía la planta al crearla; la única diferencia es que ahora era toda de oro.

—¡Es una copia perfecta! —exclamó.

—Y sigue viva.

—¡No puede ser!

Eragon se puso a buscar pequeños signos indicadores de temperatura y movimiento, algo que le dijera que el lirio era algo más que un objeto inanimado. Los localizó, y tenían la fuerza habitual entre las plantas durante la noche.

—Esto va más allá de todo lo que sé de magia —dijo, tocando de nuevo la hoja—. Por pura lógica, el lirio debería estar muerto. En cambio, vive. No puedo ni siquiera imaginar lo que habría que hacer para convertir una planta en un ser vivo de metal. Quizá Saphira pueda hacerlo, pero nunca sería capaz de enseñarle el hechizo a nadie.

—Lo realmente importante —dijo Arya— es si esta flor producirá semillas fértiles.

—¿Podría reproducirse?

—No me sorprendería que lo hiciera. Existen numerosos ejemplos de hechizos que se perpetúan solos por toda Alagaësia, como el del cristal flotante de la isla de Eoam o el pozo de los sueños de las cuevas de Mani. Esto no sería más raro que cualquiera de esos dos fenómenos.

—Desgraciadamente, si alguien descubre esta flor o los retoños que pueda producir, las arrancarán. Cualquier cazafortunas acudiría en busca de los lirios de oro.

—No creo que sean tan fáciles de destruir, pero sólo el tiempo lo dirá.

Eragon sintió que se le escapaba la risa. Con una expresión divertida apenas contenida, dijo:

—Gracias por hablarles bien de mí, pero nunca se me había ocurrido que los espíritus fueran a «echarnos flores» así. —Y se echó a reír, dejando que sus carcajadas llenaran el vacío de la llanura.

Arya se sonrió.

—Bueno, su intención era noble. No creo que hayan pensado en hacer un juego de palabras.

—No, pero… ¡Ja, ja, ja, ja!

Arya chasqueó los dedos y la luz que los cubría se desvaneció.

—Nos hemos pasado la mayor parte de la noche de charla. Es hora de descansar. Cada vez queda menos para el alba, y tendremos que ponernos en marcha en cuanto amanezca.

Eragon buscó un trozo de suelo sin piedras y se tumbó, aún sonriéndose mientras se sumía en sus sueños de vigilia.

207

Una llegada en olor de multitudes

Cuando por fin avistaron el campamento de los vardenos era media tarde. Eragon y Arya se detuvieron en la cresta de una loma y examinaron la inmensa ciudad de tiendas grises que se extendía ante ellos, poblada por miles de hombres, caballos y humeantes hogueras. Al oeste de las tiendas discurría sinuoso el río Jiet, flanqueado de árboles. Aproximadamente a un kilómetro al este había un segundo campamento, más pequeño, como una isla que flotara cerca de la costa de un enorme continente, donde residían los úrgalos, con Nar Garzhvog a la cabeza. En un perímetro de varios kilómetros alrededor de los vardenos se podían ver numerosos grupos de jinetes. Algunos componían patrullas de reconocimiento; otros eran mensajeros identificados con banderas, y otros formaban parte de patrullas que salían o volvían de alguna misión.

Dos de las patrullas detectaron a Eragon y a Arya y, tras hacer sonar los cuernos, se dirigieron hacia ellos a galope tendido. Una amplia sonrisa cruzó el rostro de Eragon, que se rio, aliviado.

—¡Lo hemos conseguido! —exclamó—. Murtagh, Espina, cientos de soldados, los magos al servicio de Galbatorix, los Ra'zac…, ninguno de ellos ha podido apresarnos. ¡Ja! ¿Qué tal le sentará al rey? Seguro que se tira de la barba cuando lo sepa.

—Entonces será el doble de peligroso —advirtió Arya.

—Lo sé —dijo él, sonriendo aún más—. Quizás entonces se enfade tanto que olvide pagar a sus tropas y todos tiren sus uniformes y se unan a los vardenos.

—Hoy estás de buen humor.

—¿Y por qué no? —preguntó.

Eragon, dando saltitos de puntillas, abrió la mente todo lo que pudo y, con todas sus fuerzas gritó: *¡Saphira!*, lanzando el pensamiento por encima de los campos como una lanza.

La respuesta no tardó en llegar:

¡Eragon!

Se abrazaron mentalmente, cubriéndose de cálidas ondas de amor, alegría y cariño. Intercambiaron recuerdos de los días que habían pasado separados, y Saphira consoló a Eragon por haber tenido que matar a aquellos soldados, acabando con el dolor y la rabia que había ido acumulando desde el incidente. Eragon sonrió. Con Saphira tan cerca, daba la impresión de que todo estaba en su sitio.

Te he echado de menos —intervino él.

Y yo, pequeño. —Luego le mandó una imagen de los soldados a los que se habían enfrentado Eragon y Arya, y dijo—: *Desde luego, cada vez que te dejo solo, te metes en problemas. ¡Cada vez! Odio tener que dejarte, porque siempre pienso que, a la que te quite el ojo de encima, te vas a enfrascar en un combate mortal.*

Sé justa: también me he metido en muchos problemas estando contigo. No es algo que me ocurra cuando estoy solo. Parece que tenemos un imán para lo inesperado.

No, tú tienes un imán para lo inesperado —rebufó ella—. *A mí no me ocurre nada fuera de lo normal cuando estoy sola. Pero tú atraes duelos, emboscadas, enemigos inmortales, criaturas oscuras como los Ra'zac, parientes perdidos y misteriosas demostraciones de magia como si fueran comadrejas muertas de hambre y tú un conejito paseándose frente a su madriguera.*

¿Y cuando tú estuviste en manos de Galbatorix? ¿Te parece algo normal?

Aún no había salido del huevo —dijo ella—. *Eso no cuenta. La diferencia entre tú y yo es que a ti te ocurren cosas, mientras que yo hago que ocurran cosas.*

Quizá, pero eso es porque aún estoy aprendiendo. Dame unos cuantos años, entonces hacer que ocurran cosas se me dará tan bien como a Brom, ¿eh? No puedes decir que no tomé la iniciativa con Sloan.

Mm. Aún tenemos que hablar de eso. Si alguna vez vuelves a sorprenderme así, te clavaré al suelo y te lameré de pies a cabeza.

Eragon se estremeció. La lengua de Saphira estaba cubierta de barbas ganchudas que podían arrancar el pelo, la piel y la carne de un ciervo con una sola pasada.

Sí, ya sé, pero ni yo mismo estaba seguro de si debía matar a Sloan o dejarle libre hasta que me encontré ante él. Además, si te hubiera dicho que iba a quedarme, habrías insistido en detenerme.

Eragon notó un leve gruñido que retumbaba en el pecho de Saphira.

Deberías de haber confiado en mi criterio para decidir lo correcto —dijo ella—. *Si no podemos hablar abiertamente, ¿cómo se supone que vamos a actuar como dragón y Jinete?*

¿Lo correcto habría supuesto llevarme lejos de Helgrind haciendo caso omiso a mis deseos?

Quizá no lo habría hecho —se defendió ella.

Eragon sonrió.

De todos modos, tienes razón. Debería de haber discutido mi plan contigo. Lo siento. A partir de ahora, te prometo que te consultaré antes de hacer nada inesperado. ¿Te parece aceptable?

Sólo cuando tenga que ver con armas, magia, reyes o familiares —dijo ella.

O flores.

O flores —acordó Saphira—. *No necesito saber si vas a comer pan con queso a medianoche.*

A menos que fuera de la tienda me esté esperando un hombre con un cuchillo muy largo.

Si no pudieras derrotar a un solo hombre con un cuchillo muy largo, serías un Jinete un poco penoso...

Y además, un Jinete muerto.

Bueno...

De acuerdo con tu propio planteamiento, deberías consolarte sabiendo que, pese a que quizá atraiga más problemas que la mayoría de la gente, soy perfectamente capaz de escapar de situaciones que acabarían casi con cualquier otro.

Hasta los guerreros más grandes pueden caer víctimas de la mala suerte —dijo ella—. *¿Recuerdas al rey enano Kaga, que murió ante un espadachín novato al tropezar con una roca? No deberías bajar la guardia, porque por muy hábil que seas, no puedes prevenir y evitar la mala suerte.*

De acuerdo. ¿Ahora podemos dejar este tema tan pesado? Estoy agotado de tanto pensar en el destino, la justicia y otros temas igual de lúgubres en los últimos días. Por lo que a mí respecta, las cuestiones filosóficas confunden y deprimen tanto como ayudan a mejorar el estado de las personas. —Girando la cabeza, Eragon escrutó la llanura y el cielo, buscando el distintivo brillo azul de las escamas de Saphira—. *¿Dónde estás? Siento que estás cerca, pero no te veo.*

¡Justo encima de ti!

Con un rugido de alegría, Saphira salió de la panza de una nube a cientos de metros de altura, trazando una espiral hasta el suelo, con las alas pegadas al cuerpo. Tras abrir sus temibles mandíbulas, soltó una llamarada que se dispersó hacia atrás, y que le rodeó la cabeza y el cuello como una crin de fuego. Eragon se rio y la esperó con los brazos abiertos. Los caballos de la patrulla que galopaba en su dirección relincharon al ver y oír a Saphira y dieron media vuelta, mientras sus jinetes intentaban frenarlos desesperadamente tirando de las riendas.

—Esperaba poder entrar en el campamento sin atraer mucho la atención —dijo Arya—, pero supongo que tenía que haber pensado que no podemos pasar desapercibidos con Saphira por aquí. Es difícil pasar por alto la llegada de un dragón.

Te he oído —intervino Saphira, que abrió las alas y aterrizó con un tremendo estrépito. Sus enormes muslos y sus hombros vibraron al absorber la fuerza del impacto.

Eragon sintió una ráfaga de aire en la cara, y la tierra tembló bajo sus pies. Flexionó las rodillas para no perder el equilibrio.

Puedo ser sigilosa si quiero —explicó Saphira, tras plegar las alas junto al cuerpo. Luego ladeó la cabeza y parpadeó, agitando la cola de un lado al otro—. *Pero hoy no quiero serlo. Hoy soy una dragona, no un pichón asustado intentado evitar que lo vea un halcón de caza.*

¿Cuándo no eres tú una dragona? —preguntó Eragon.

Corrió hacia ella, ligero como una pluma, saltó de la pata izquierda de Saphira a su hombro y de allí al hoyuelo de la base del cuello, donde solía sentarse. Una vez situado, puso las manos a ambos lados del cálido cuello de la dragona y sintió cómo se hinchaban y deshinchaban sus músculos al respirar. Volvió a sonreír, profundamente satisfecho.

Aquí es donde debo estar, contigo.

Sus piernas vibraron con el ronroneo de satisfacción de Saphira, al que siguió una sutil melodía que Eragon no pudo reconocer.

—Saludos, Saphira —dijo Arya, que giró la mano frente al pecho, en el gesto de respeto de los elfos.

Tras agachar y flexionar su largo cuello, Saphira tocó a Arya en la frente con la punta del morro, tal como había hecho al bendecir a Elva en Farthen Dûr, y dijo:

Saludos, tilfa-kona. Bienvenida, y que el viento se eleve bajo tus alas.

Le habló a Arya con el mismo tono de afecto que, hasta aquel momento, había reservado para Eragon, como si ya considerara a Arya parte de su pequeña familia y digna del mismo trato y la misma intimidad que compartían ellos. Su gesto sorprendió a Eragon, pero tras un momento de celos, dio su aprobación. Saphira seguía hablando:

Te estoy agradecida por haber ayudado a Eragon a volver ileso. Si le hubieran capturado, no sé qué habría hecho.

—Tu gratitud significa mucho para mí —dijo Arya, con una reverencia—. En cuanto a lo que habrías hecho si Galbatorix hubiera apresado a Eragon, bueno, le habrías rescatado, y yo te habría acompañado, aunque fuera al propio Urû'baen.

Sí, me gusta pensar que te habría rescatado, Eragon —dijo Saphira, girando el cuello hacia él—, *pero me temo que me habría rendido al Imperio para salvarte, cualesquiera que fueran las consecuencias para Alagaësia.* —Entonces sacudió la cabeza y arañó el suelo con sus garras—. *Pero, bueno, eso son elucubraciones sin sentido. Estáis aquí, sanos y salvos, y eso es lo que cuenta. Pasarse el día contemplando los males que podrían haber sido es emponzoñar la felicidad que tenemos...*

En aquel momento, una patrulla llegó al galope y se detuvo a unos treinta metros, ya que los caballos estaban nerviosos. Los soldados se ofrecieron a escoltarlos y acompañarlos en presencia de Nasuada. Uno de los hombres desmontó y le cedió la montura a Arya y, luego, todos juntos, avanzaron al sudoeste, hacia el mar de tiendas. Saphira marcó el paso: un ritmo tranquilo que les permitió a Eragon y a ella disfrutar de la compañía antes de sumergirse en el ruido y el caos que se cernirían sobre ellos en cuanto se aproximaran al campamento.

Eragon le preguntó por Roran y Katrina, y luego le dijo:

¿Comes suficientes hierbas para el ardor de estómago? Parece que el aliento te huele más fuerte de lo normal.

Claro que sí. Lo notas sólo porque has estado lejos muchos días. Huelo exactamente como tiene que oler un dragón, y te agradeceré que no hagas comentarios despreciativos sobre ello, a menos que quieras que te deje caer de cabeza. Además, los humanos no podéis presumir al respecto, con lo sudorosos, grasientos y apestosos que sois. Las únicas criaturas salvajes que huelen tanto como los humanos son los machos cabríos y los osos al hibernar. Comparado con el tuyo, el olor de un dragón es un perfume tan delicioso como el de un prado cubierto de flores de montaña.

Venga ya, no exageres. Aunque —arrugó la nariz—... *desde el Agaetí Blödhren he observado que los humanos suelen oler bastante. De todos modos, no puedes meterme en el mismo saco, porque yo ya no soy del todo humano.*

¡Quizá no, pero aun así necesitas un baño!

Mientras cruzaban la llanura, cada vez eran más los hombres que se congregaban alrededor de Eragon y de Saphira, hecho que les proporcionaba una escolta absolutamente innecesaria pero impresionante. Después de tanto tiempo por los campos de Alagaësia, el estrecho contacto con los cuerpos, la cacofonía de voces y los gritos de emoción, la tormenta de pensamientos y emociones desprotegidos y el confuso movimiento de las personas y las cabriolas de los caballos…, todo eso a Eragon le resultaba sobrecogedor.

Se retiró a las profundidades de su interior, donde el coro de pensamientos discordantes se oía más tenue que el distante rumor de las olas al romper. Incluso a través de las barreras, sintió que se acercaban doce elfos, corriendo en formación desde el otro extremo del campamento, ligeros y ágiles como gatos monteses de ojos amarillos. Eragon quería dar una buena impresión, así que se peinó con los dedos y estiró el cuerpo, pero también reforzó las defensas mentales para que nadie más que Saphira pudiera oír sus pensamientos.

Los elfos habían acudido para protegerle a él y a Saphira, pero, en último extremo, eran súbditos de la reina Islanzadí. Aunque agradecía su presencia y estaba seguro de que, dada su gran educación, no le espiarían, no quería darle a la reina de los elfos ninguna oportunidad de enterarse de los secretos de los vardenos, ni que adquiriera una posición de ventaja sobre él. Sabía que, si pudiera arrebatarle a Nasuada aquel privilegio, lo haría. En general, desde la traición de Galbatorix, los elfos no confiaban en los humanos, y por ese y otros motivos estaba seguro de que Islanzadí preferiría tenerles a Saphira y a él bajo su control directo. Además, de las figuras de poder que conocía, Islanzadí era la que menos confianza le inspiraba. Era demasiado autoritaria y errática. Los doce elfos se detuvieron frente a Saphira. Hicieron una reverencia y giraron la mano tal como había hecho Arya y, uno por uno, se presentaron a Eragon con la frase inicial del saludo tradicional de los elfos, a la que él respondió como correspondía. Luego el elfo al mando, un macho alto y atractivo con un brillante manto de pelo negro azulado que le cubría todo el cuerpo, anunció el objetivo de su misión a todo el que estuviera lo suficientemente cerca como para oírlo y preguntó formalmente a Eragon y Saphira si los doce podían incorporarse al servicio.

—Podéis —dijo Eragon.

Podéis —coincidió Saphira.

—Blödhgarm-vodhr —intervino Eragon—, ¿por casualidad no te vi en el Agaetí Blödhren? —Recordaba haber visto a un elfo con un manto de pelo similar retozando por entre los árboles durante la fiesta.

Blödhgarm sonrió, mostrando aquellos colmillos de animal.

—Creo que verías a mi primo Liotha. Tenemos un parecido asombroso, aunque su pelo es marrón y moteado, mientras que el mío es azul oscuro.

—Habría jurado que eras tú.

—Desgraciadamente, en aquel momento estaba ocupado y no pude asistir a la celebración. Quizá tenga ocasión de ir la próxima vez, dentro de cien años.

¿No te parece —le dijo Saphira a Eragon— *que desprende un agradable olor?*

Eragon olisqueó el aire.

No huelo a nada. Y lo notaría, si hubiera algo que oler.

Qué raro. —Saphira le transmitió la gama de olores que había detectado, y de pronto él se dio cuenta de lo que quería decir. El almizcle de Blödhgarm le rodeó como una nube espesa y empalagosa, un cálido y denso aroma que contenía notas de bayas de enebro y que le produjo un temblor en la nariz—. *Parece que todas las mujeres de los vardenos se han enamorado de él. Le persiguen por todas partes, desesperadas por hablar con él, pero demasiado tímidas como para emitir más que algún gemidito cuando las mira.*

A lo mejor sólo las hembras pueden olerle. —Eragon echó una mirada preocupada a Arya—. *Pero a ella no parece afectarle.*

Ella está protegida contra las influencias mágicas.

Espero... ¿Tú crees que deberíamos ponerle límites a Blödhgarm? Lo que está haciendo es ganarse el corazón de las mujeres de un modo furtivo y ladino.

¿Acaso es más ladino que adornarse con buenas ropas para atraer la mirada de tu amada? Blödhgarm no se ha aprovechado de las mujeres que caen rendidas ante él y parece improbable que haya creado las notas de su aroma para atraer específicamente a las mujeres humanas. Yo diría, más bien, que eso es una consecuencia involuntaria y que lo creó con otro fin muy distinto. A menos que de pronto pierda la decencia, creo que no deberíamos intervenir.

¿Y Nasuada? ¿Es vulnerable a sus encantos?

Nasuada es sabia y desconfiada. Hizo que Trianna le colocara una barrera protectora contra la influencia de Blödhgarm.

Bien hecho.

Cuando llegaron a las tiendas, la multitud fue creciendo en volumen hasta que llegó un punto en que parecía que la mitad de los vardenos se hubieran congregado alrededor de Saphira. Eragon levantó la mano en respuesta al pueblo, que gritaba: «¡Argetlam!» y «¡Asesino de Sombra!», y oyó a otros que decían: «¿Dónde has estado, Asesino de Sombra? ¡Cuéntanos tus aventuras!». Un número considerable le llamaba la «Pesadilla de los Ra'zac», algo que le producía una satisfacción tan inmensa que se repitió la frase mentalmente cuatro veces. La gente también le gritaba bendiciones dirigidas a él y a Saphira, y le ofrecía invitaciones a cenar y regalos de oro y joyas, o le hacía lastimosas peticiones de ayuda: que si por favor curaría al hijo de alguien, que había nacido ciego, o que si eliminaría un bulto que estaba matando a la mujer de otro, o que si curaría la pata rota de un caballo o repararía una espada curvada que, según el hombre que vociferaba, era de su abuelo. Dos veces se oyó la voz de una mujer que gritó: «Asesino de Sombra, ¿te quieres casar conmigo?», y, aunque miró, no fue capaz de identificar el origen de la voz.

Durante todo el tiempo que duró aquella conmoción, los doce elfos se mantuvieron muy cerca. A Eragon, saber que ellos observaban lo que él no podía ver y que escuchaban lo que él no podía oír le reconfortaba, y aquello le permitió relacionarse con los vardenos concentrados con una tranquilidad que no habría tenido en el pasado.

Entonces, de entre las filas de tiendas de lana, empezaron a aparecer los que habían sido sus vecinos de Carvahall. Eragon desmontó y se dirigió a pie hacia sus amigos y conocidos de la infancia, estrechando manos, dando palmadas en los hombros y riéndose de bromas que resultarían incomprensibles para cualquiera que no hubiera crecido en Carvahall. Horst estaba allí, y Eragon agarró el musculoso antebrazo del herrero.

—Bienvenido, Eragon. Bien hecho. Estamos en deuda contigo por vengarnos de los monstruos que nos hicieron abandonar nuestras casas. Estoy contento de ver que has vuelto de una pieza.

—¡Los Ra'zac tendrían que haberse movido un poco más rápido para haberme quitado alguna pieza! —bromeó Eragon.

Poco después saludaba a los hijos de Horst, Albriech y Baldor; y luego a Loring, el zapatero, y a sus tres hijos; a Tara y a Morn, los que fueran propietarios de la taberna de Carvahall; a Fisk, a Felda y a Calitha; a Delwin y a Lenna; y luego a Birgit, con su fiera mirada, que le dijo:

—Gracias, Eragon, Hijo de Nadie. Te agradezco que te hayas asegurado de que las criaturas que se comieron a mi marido hayan recibido su castigo. Mi corazón está contigo, ahora y por siempre.

Antes de que Eragon pudiera responder, la multitud los separó. «¿Hijo de Nadie? ¡Ja! Tengo un padre, y todo el mundo le odia», pensó. Entonces, para su regocijo, Roran llegó abriéndose paso por entre la multitud, con Katrina a su lado. Eragon y Roran se abrazaron, y éste refunfuñó:

—Eso de quedarte atrás ha sido una tontería. Tendría que darte una paliza por abandonarnos de esa manera. La próxima vez, avísame antes cuando vayas a ir de excursión tú solito. Se está convirtiendo en una costumbre. Y tendrías que haber visto lo triste que estaba Saphira durante el vuelo de regreso.

Eragon puso una mano sobre la pata izquierda de Saphira.

—Siento no haberte dicho antes que pensaba quedarme, pero no me di cuenta de que era necesario hasta el último momento.

—¿Y exactamente por qué te quedaste en aquellas apestosas cavernas? —preguntó Roran.

—Porque tenía algo que investigar.

Al ver que no ampliaba su respuesta, el anguloso rostro de Roran se endureció, y por un momento Eragon se temió que insistiera en obtener una explicación más satisfactoria. Sin embargo, dijo:

—Bueno, ¿qué esperanza tiene un hombre normal y corriente como yo de entender las razones y motivos de un Jinete de Dragón, aunque sea mi primo? Lo único que importa es que me ayudaste a liberar a Katrina y que ahora estás aquí, sano y salvo. —Estiró el cuello, como si intentara ver lo que había en lo alto de Saphira, y luego miró a Arya, que estaba unos metros por detrás—. ¡Has perdido mi bastón! —exclamó entonces—. Crucé toda Alagaësia con aquel bastón. ¡Qué poco tiempo has tardado en perderlo!

—Fue a parar a un hombre que lo necesitaba más que yo —se justificó Eragon.

—¡Venga, deja de incordiarlo! —le dijo Katrina a Roran, y tras un momento de dudas, abrazó a Eragon—. En realidad está muy contento de verte. Es sólo que le cuesta encontrar las palabras para decirlo.

Con una mueca avergonzada, Roran se encogió de hombros.

—Tiene razón, como siempre.

Los dos intercambiaron una mirada cariñosa.

Eragon examinó a Katrina con atención. Su cobriza melena había recobrado el brillo natural y, en su mayor parte, las marcas que le había dejado su cautiverio se habían desvanecido, aunque aún estaba más delgada y pálida de lo normal.

Se le acercó, para que ninguno de los vardenos arracimados a su alrededor pudiera oírla, y le dijo:

—Nunca pensé que llegaría a deberte tanto, Eragon; que «llegaríamos» a deberte tanto. Después de que Saphira nos trajera aquí, me he enterado de que arriesgaste mucho por salvarme, y te estoy muy agradecida. Una semana más en Helgrind me habría matado, o me habría hecho perder el juicio, lo que sería una muerte en vida. Por salvarme de ese destino, y por reparar el hombro de Roran, tienes mi más sentido agradecimiento, pero sobre todo te doy las gracias por unirnos de nuevo. Si no hubiera sido por ti, nunca lo habríamos conseguido.

—Algo me dice que Roran habría encontrado algún modo de sacarte de Helgrind, incluso sin mi ayuda —afirmó Eragon—. Tiene una gran capacidad de convicción cuando le interesa. Habría convencido a otro mago para que le acompañara, quizás a Angela, la herbolaria, y lo habría conseguido igualmente.

—¿Angela? —se burló Roran—. Esa tonta no habría sido rival para los Ra'zac.

—Te sorprenderías. Es mucho más de lo que parece —dijo Eragon, que acto seguido se atrevió a hacer algo que nunca habría intentado cuando vivía en el valle de Palancar, pero que le pareció apropiado desde su posición como Jinete: besó a Katrina en la frente y luego hizo lo propio con Roran, y dijo—: Roran, eres como un hermano para mí. Y Katrina, eres como una hermana para mí. Si alguna vez os encontráis en apuros, mandad a buscarme, y tanto si necesitáis a Eragon el granjero como si es a Eragon el Jinete, todo lo que soy estará a vuestra disposición.

—Lo mismo digo —respondió Roran—. Si alguna vez tienes problemas, no tienes más que mandar a buscarnos, y correremos a ayudarte.

Eragon asintió en reconocimiento y evitó mencionar que probablemente poco pudieran hacer para ayudarlo con los problemas que muy probablemente se encontraría en el futuro. Los agarró a ambos por los hombros y dijo:

—Espero que viváis muchos años, que siempre estéis juntos y felices y que tengáis muchos niños.

Katrina dejó de sonreír por un momento, y Eragon se preguntó por qué sería. Pero Saphira le apremió y siguieron caminando hacia el pabellón rojo de Nasuada, en el centro del campamento. Al final, acompañados por el séquito de alegres vardenos, llegaron hasta el umbral de la puerta, donde los esperaba Nasuada, con el rey Orrin a su izquierda y una representación de nobles y otros notables reunidos tras una doble fila de guardias a cada lado.

Nasuada llevaba un vestido de seda verde que brillaba al sol como las plumas del pecho de un ruiseñor, en claro contraste con el tono oscuro de su piel. Las mangas del vestido acababan en unos lazos a la al-

217

tura de los codos. Unas vendas blancas le cubrían el resto de los brazos, hasta las finas muñecas. De todos los hombres y mujeres reunidos ante ella, era la más distinguida, como una esmeralda depositada sobre un lecho de hojas secas de otoño. Sólo Saphira tenía un brillo que pudiera competir con el suyo.

Eragon y Arya se presentaron a Nasuada y luego al rey Orrin. Nasuada les dio una bienvenida formal en nombre de los vardenos y los alabó por su valentía. Acabó diciendo:

—Puede que Galbatorix tenga un Jinete y un dragón que luchen por él como Eragon y Saphira luchan por nosotros. Puede que tenga un ejército tan numeroso que oscurezca el mundo. Y puede que sea capaz de operar hechizos extraños y terribles, abominaciones del arte de la magia. Pero con todo su truculento poder, no ha podido evitar que Eragon y Saphira invadieran su reino y mataran a cuatro de sus siervos más próximos, ni que Eragon atravesara el Imperio impunemente. El brazo del farsante se ha vuelto muy débil, cuando no es capaz de defender sus fronteras ni proteger a sus agentes del mal en el interior de su propia fortaleza oculta.

Rodeado por los vítores de los entusiasmados vardenos, Eragon se concedió sonreír discretamente ante la habilidad de Nasuada para jugar con las emociones de todos, inspirando confianza, lealtad y dando ánimo cuando la situación real era mucho menos positiva de lo que ella hacía creer. No les mintió; por lo que él sabía, Nasuada no mentía, ni siquiera cuando tenía que tratar con el Consejo de Ancianos ni con algún rival político. Lo que hizo fue poner de manifiesto las verdades que más reforzaban su posición y sus argumentos. En ese aspecto, pensó Eragon, era como los elfos.

Cuando los gritos y la excitación de los vardenos disminuyeron, el rey Orrin dio la bienvenida a Eragon y a Arya tal como había hecho antes Nasuada. Su discurso fue contenido en comparación con el de Nasuada, y aunque la multitud escuchó educadamente y aplaudió posteriormente, a Eragon le pareció evidente que, por mucho que el pueblo respetara a Orrin, no le quería como quería a Nasuada, ni podía despertar la imaginación de la gente como lo hacía ella.

El rey tenía un rostro amable y estaba dotado de una inteligencia superior. Pero tenía una personalidad demasiado particular, excéntrica y apagada como para poder ser el depositario de las esperanzas desesperadas de los que se enfrentaban a Galbatorix.

Si vencemos a Galbatorix —dijo Eragon a Saphira—, *Orrin no debería sucederlo en Urû'baen. No sería capaz de unir el territorio del mismo modo que Nasuada ha unido a los vardenos.*

Estoy de acuerdo.

Por fin el rey Orrin acabó su discurso.

—Ahora te toca a ti dirigirte a los que se han reunido para poder ver al célebre Jinete de Dragón —le susurró Nasuada a Eragon. Sus ojos brillaban de alegría contenida.

—¿Yo?

—Lo están esperando.

Eragon se giró hacia la multitud, con la lengua seca como la arena. Tenía la mente en blanco, y durante unos segundos en los que le invadió el pánico pensó que la dialéctica volvería a jugarle una mala pasada y le dejaría en evidencia frente a todos los vardenos. En algún lugar se agitó un caballo, pero por lo demás en el campamento reinaba un pavoroso silencio. Fue Saphira quien rompió su parálisis tocándole el codo con el morro:

Diles lo honrado que estás de contar con su apoyo y lo contento que te sientes al volver a estar entre ellos.

Con su apoyo, Eragon, dubitativo, consiguió encontrar las palabras y, tras las mínimas necesarias, hizo una reverencia y dio un paso atrás.

Con una sonrisa forzada mientras los vardenos aplaudían, lo vitoreaban y golpeaban sus escudos con las espadas, exclamó:

¡Ha sido horrible! Preferiría combatir con un Sombra que volver a hacerlo.

¿De verdad? No ha sido tan duro, Eragon.

¡Sí lo ha sido!

Una bocanada de humo surgió del hocico de Saphira, que rebufó, divertida.

¡Pues sí que eres un buen Jinete, si te da miedo hablar ante un grupo numeroso! Si Galbatorix se entera, te tendrá a su merced con sólo pedirte que pronuncies un discurso ante sus tropas. ¡Ja!

No le veo la gracia —refunfuñó él, que, no obstante, se reía entre dientes.

Responder a un rey

$\mathcal{T}$ras las palabras de Eragon a los vardenos, Nasuada le hizo un gesto a Jörmundur, que enseguida se colocó a su lado:

—Que todo el mundo vuelva a sus puestos. Si nos atacaran ahora, nos aplastarían.

—Sí, mi señora.

Nasuada hizo una seña a Eragon y a Arya; a continuación, apoyó su mano izquierda sobre el brazo del rey Orrin, con quien entró en el pabellón.

¿Y tú qué? —le preguntó Eragon a Saphira, mientras los seguía.

Luego entró en el pabellón y vio que habían levantado una lona de la parte trasera y la habían atado a la estructura de madera para que Saphira pudiera introducir la cabeza y participar de la reunión. Tuvo que esperar un momento para ver su brillante cabeza aparecer por la abertura, oscureciendo el interior al ocupar su lugar. Las paredes se iluminaron con los brillos púrpuras proyectados sobre la tela roja por sus azules escamas.

Eragon examinó el resto de la tienda. Estaba desnuda en comparación con su última visita, como resultado de la destrucción provocada por Saphira al meterse en el pabellón para ver a Eragon en el espejo de Nasuada. Con sólo cuatro muebles, la tienda tenía un aspecto austero, incluso para ser un pabellón militar. Conservaba, no obstante, la brillante butaca de alto respaldo donde se sentó Nasuada, con el rey Orrin de pie, a su lado; el célebre espejo, montado a nivel de los ojos sobre un soporte de latón forjado; una silla plegable y una mesa baja cubierta de mapas y otros documentos importantes. Una elaborada alfombra anudada, obra de los enanos, cubría el suelo. Además de Arya y de Eragon, unas cuantas personas más se habían congregado frente a Nasuada. Todos le miraban. Entre ellos reconoció a Narheim, el comandante de las tropas enanas; a Trianna y a otros hechiceros de los Du Vrangr Gata: Sabrae,

Umérth y el resto del Consejo de Ancianos, excepto Jörmundur; y un variopinto surtido de nobles y funcionarios de la corte del rey Orrin. Los que no conocía supuso que ostentarían cargos distinguidos en alguna de las facciones que componían el ejército de los vardenos. Seis de los escoltas de Nasuada estaban presentes —dos situados en la entrada y cuatro tras Nasuada—, y Eragon detectó el enrevesado patrón de pensamientos de Elva, oscuros y retorcidos, procedentes del lugar donde se ocultaba la niña bruja, en el extremo más alejado del pabellón.

—Eragon —dijo Nasuada—. No os conocéis, pero déjame que te presente a Sagabato-no Inapashunna Fadawar, jefe de la tribu inapashunna. Es un hombre valiente.

La hora siguiente, Eragon soportó lo que le pareció una interminable sucesión de presentaciones, felicitaciones y preguntas que no podía responder directamente sin revelar secretos que más valía mantener ocultos. Cuando todos los invitados hubieron hablado con él, Nasuada los despidió del pabellón, dio unas palmadas y los guardias del exterior hicieron entrar a un segundo grupo y luego, cuando el segundo grupo acabó de disfrutar del dudoso placer de la charla con él, apareció un tercero. Eragon no dejó de sonreír durante todo el proceso. Estrechó una mano tras otra. Intercambió vacuos cumplidos y se esforzó en memorizar la plétora de nombres y títulos de los que le acorralaron, ajustándose con la máxima educación al papel que se esperaba que interpretara. Supo que le honraban no sólo porque fuera su amigo, sino porque personificaba las posibilidades de victoria de los pueblos de Alagaësia, por su poder y por lo que esperaban conseguir gracias a él. En su fuero interno, aullaba de frustración y deseaba liberarse de las agobiantes demostraciones de buena educación y cortesía que se le imponían para subirse a lomos de Saphira y salir volando a algún lugar tranquilo.

Lo que sí disfrutó Eragon fue la experiencia de ver la reacción de los visitantes ante los dos úrgalos apostados tras la silla de Nasuada. Algunos fingían no ver siquiera a los corpulentos guerreros, aunque por la rapidez de sus movimientos y el estridente tono de sus voces, era evidente que aquellas criaturas les ponían nerviosos. Otros, en cambio, se quedaban mirando a los úrgalos y mantenían las manos sobre la empuñadura de sus espadas o dagas, y otros adoptaban una pose desafiante, desmereciendo la gran fuerza de los úrgalos y presumiendo de la suya. Sólo unos cuantos se comportaban con naturalidad ante la presencia de los úrgalos. Entre ellos estaba Nasuada, pero también el rey Orrin, Trianna y un conde que había manifestado ha-

221

ber visto a Morzan y a su dragón arrasar toda una ciudad cuando no era más que un niño.

Cuando Eragon no pudo más, Saphira hinchó el pecho y soltó un grave y vibrante gruñido, tan profundo que el espejo se agitó en su marco. El pabellón quedó mudo como una tumba. El gruñido no era una amenaza manifiesta, pero captó la atención de todos y dejó claro que se estaba impacientando. Ninguno de los visitantes fue tan incauto de querer poner a prueba su aguante. Con excusas precipitadas, recogieron sus cosas y salieron a toda prisa del lugar, aligerando el paso cuando Saphira empezó a tamborilear con sus garras sobre el suelo del pabellón.

Nasuada suspiró cuando la lona de la salida se cerró tras el último visitante.

—Gracias, Saphira. Siento haber tenido que someterte a la tortura de las presentaciones públicas, Eragon, pero estoy segura de que serás consciente de que ahora ocupas una posición destacada entre los vardenos y que ya no puedo tenerte sólo para mí. Ahora perteneces al pueblo. Exigen que les des la palabra y parte de tu tiempo, algo que consideran que les corresponde. Ni tú ni Orrin ni yo podemos oponernos a los deseos de la multitud. Incluso Galbatorix, en su oscura sala del trono de Urû'baen, teme a las volubles masas, aunque se lo niegue a todos, incluso a sí mismo.

Cuando se fueron las visitas, el rey Orrin abandonó la rigidez propia de su rango. Su expresión contenida se relajó y adoptó una más humana, de alivio, irritación e implacable curiosidad. Encogiéndose de hombros bajo su farragosa casaca, miró a Nasuada y le dijo:

—No creo que haga falta ya que tus Halcones de la Noche nos hagan compañía.

—Tienes razón —dijo Nasuada, que dio unas palmadas y despidió a los seis guardias que quedaban dentro de la tienda.

Acercando la silla que quedaba libre a la de Nasuada, el rey Orrin se sentó formando un lío de piernas y ondulantes telas:

—Bueno —dijo, mirando alternativamente a Eragon y Arya—; ahora contadnos vuestras aventuras, Eragon Asesino de Sombra. Sólo he oído vagas explicaciones sobre el motivo de tu permanencia en Helgrind, y ya me han dado bastantes evasivas y respuestas decepcionantes. Estoy decidido a averiguar la verdad del asunto, así que te advierto: no intentes ocultarme lo que pasó realmente mientras estabas en el Imperio. Hasta que no me expliques todo lo que hay que contar, ninguno de nosotros dará ni un paso fuera de esta tienda.

—Supones demasiado…, Majestad —dijo Nasuada, en un tono

frío—. No tienes autoridad para retenerme, ni tampoco a Eragon, que es mi vasallo; ni a Saphira ni a Arya, que no responde ante ningún señor mortal, sino ante alguien más poderoso que nosotros dos juntos. Ni tampoco nosotros tenemos autoridad para obligarte. Los cinco somos todo lo iguales que se pueda ser en Alagaësia. Harías bien en recordarlo.

La respuesta del rey Orrin fue igual de dura:

—¿He sobrepasado los límites de mi potestad? Bueno, quizá sí. Tienes razón: no tengo ningún privilegio sobre ti. No obstante, si realmente somos iguales, no veo que eso se refleje en cómo me tratas. Eragon responde ante ti, y sólo ante ti. Con la Prueba de los Cuchillos Largos, has ganado el control sobre las tribus errantes, muchas de las cuales se han contado durante mucho tiempo entre mis súbditos. Y gobiernas a voluntad sobre los vardenos y los hombres de Surda, que durante tanto tiempo han servido a mi familia con un coraje y una decisión superiores a las de cualquier otro hombre.

—Fuiste tú mismo quien me pediste que organizara esta campaña —respondió Nasuada—. Yo no te he destronado.

—Sí, a petición mía asumiste el comando de nuestras fuerzas, tan dispares. No me avergüenza admitir que tenías más experiencia y que has obtenido mayores logros que yo en la guerra. Nuestras perspectivas son demasiado precarias como para que tú, yo o cualquiera de nosotros pueda permitirse caer en un falso orgullo. No obstante, desde vuestra investidura parece que has olvidado que yo sigo siendo el rey de Surda, y que la dinastía de la familia Langfeld se remonta al propio Thanebrand, el Dador del Anillo, que sucedió al viejo loco Palancar, que fue el primero de nuestra raza en sentarse al trono en lo que es ahora Urû'baen.

»Teniendo en cuenta nuestra historia y la colaboración que te ha prestado la Casa de Langfeld en esta causa, resulta insultante que hagas caso omiso a los derechos inherentes a mi rango. Actúas como si tus veredictos fueran los únicos válidos y como si las opiniones de los demás no contaran, como si pudieras pisotearlas para lograr cualquier objetivo que consideres prioritario para la porción de ciudadanos libres que tiene la suerte de tenerte como soberana. Negocias tratados y alianzas, como la firmada con los úrgalos, por iniciativa propia, y esperas que yo y que otros acatemos tus decisiones como si tú hablara por todos. Organizas visitas de Estado precipitadas, como la de Blödhgarm-vodhr, y no te molestas siquiera en comunicarme su llegada, ni esperas a que esté presente para recibir juntos, como iguales, a su embajada. Y cuando yo cometo la temeridad de pregun-

223

tar por qué Eragon —el hombre cuya mera existencia ha provocado la participación de mi país en este conflicto—, cuando cometo la temeridad de preguntar por qué esta persona tan importante ha decidido poner en peligro las vidas de los surdanos y de todas las criaturas que se oponen a Galbatorix permaneciendo en medio de nuestros enemigos, ¿cómo me respondes? Tratándome como si no fuera más que un subordinado demasiado celoso e inquisitivo cuyas infantiles preocupaciones te distraen de asuntos más importantes. ¡Bah! No lo aceptaré, te lo advierto. Si no eres capaz de respetar mi posición y aceptar una división justa de las responsabilidades, como debería ser entre dos aliados, entonces opino que no eres apta para dirigir una coalición como la nuestra, y me opondré a ti en todo lo que pueda.

Qué tipo más charlatán —observó Saphira.

¿Qué debo hacer? —exclamó Eragon, alarmado por la deriva que había tomado la conversación—. *No quería contarle a nadie más lo de Sloan, salvo a Nasuada. Cuanta menos gente sepa que está vivo, mejor.*

Un brillo azul marino recorrió el cuello de Saphira, desde la base del cráneo hasta los hombros, al levantar las puntas de las afiladas escamas romboides apenas un centímetro. Las recortadas capas de escamas protectoras le dieron un aspecto tenso y fiero.

No puedo decirte qué es lo más conveniente, Eragon. Para eso tendrás que confiar en tu sentido común. Escucha bien lo que te dicte el corazón y quizá veas claro cómo superar esos tropiezos traicioneros.

En respuesta al ataque del rey Orrin, Nasuada cruzó las manos sobre el regazo, con lo que el blanco de sus vendas destacaba aún más sobre el verde de su vestido, y con una voz tranquila y pausada dijo:

—Si te he hecho un desaire, se ha debido a un descuido y no a deseo alguno por mi parte de desmerecer ni tu persona ni tu dinastía. Por favor, perdona mis errores. No volverán a suceder; te lo prometo. Tal como has señalado, llevo poco tiempo en este cargo y aún no domino todos los detalles de protocolo.

Orrin aceptó sus excusas inclinando la cabeza en un gesto frío pero elegante.

—En cuanto a Eragon y a sus actividades en el Imperio, no podría haberte ofrecido información detallada, ya que ni siquiera yo disponía de ella. Como puedes comprender, no era algo de lo que quisiera hacer gala.

—No, por supuesto.

—Por tanto, me parece que el modo más rápido de solucionar esta controversia que nos afecta es dejar que Eragon nos exponga los hechos de su viaje, para que podamos valorar su expedición y formarnos una opinión al respecto.

—En sí, eso no es un remedio —puntualizó el rey Orrin—. Pero es el principio del remedio, y escucharé con mucho gusto.

—Entonces no nos demoremos más —dijo Nasuada—. Demos ese primer paso y acabemos con tanto suspense. Eragon, es hora que inicies tu relato.

Con Nasuada y los demás observándolo impacientemente, Eragon tomó una determinación. Levantó la barbilla y dijo:

—Lo que os diré es una confidencia. Sé que no puedo esperar de vos, rey Orrin, o de vos, señora Nasuada, que juréis que mantendréis esto en secreto hasta el día que muráis, pero os ruego que actuéis como si lo hubierais hecho. Si estas palabras llegaran a oídos de quien no corresponde, podrían causar un gran pesar.

—Un rey no dura mucho en el trono a menos que sepa apreciar el valor del silencio —declaró Orrin.

Sin más dilación, Eragon describió todo lo que le había ocurrido en Helgrind y durante los días siguientes. Después, Arya explicó lo que había hecho para localizar a Eragon y corroboró su relato sobre el viaje de ambos, aportando datos y observaciones propias. Cuando ambos terminaron de hablar, el pabellón se quedó en silencio. Orrin y Nasuada estaban inmóviles en sus sillas. Eragon se sintió como cuando era niño y esperaba a que Garrow le dijera cuál iba a ser su castigo por haber hecho alguna tontería en la granja.

Orrin y Nasuada se sumieron en sus reflexiones durante varios minutos; luego Nasuada se alisó la falda del vestido y declaró:

—Puede que el rey Orrin tenga una opinión diferente, y si es así, espero oír sus motivos, pero por mi parte creo que hiciste lo correcto, Eragon.

—Yo también —dijo Orrin, sorprendiéndolos a todos.

—¿Cómo? —exclamó Eragon, dubitativo—. No quiero parecer impertinente, ya que estoy muy contento de que deis vuestra aprobación, pero no esperaba que vierais con buenos ojos mi decisión de perdonarle la vida a Sloan. Si puedo preguntar, ¿por qué...?

—¿Por qué damos nuestra aprobación? —le interrumpió el rey Orrin—. Las leyes deben respetarse. Si te hubieras erigido en verdugo de Sloan, Eragon, habrías estado ejercitando por tu cuenta el poder que ostentamos Nasuada y yo. Porque quien tiene la audacia de determinar quién debe vivir y quién debe morir no se pone al servicio de la ley, sino que dicta la ley. Y por muy benevolente que pudie-

225

ras ser, eso no sería nada bueno para nuestra especie. Nasuada y yo, por lo menos, respondemos ante el señor ante quien hasta los reyes deben arrodillarse. Respondemos ante Angvard, en su reino de penumbra eterna. Respondemos ante el Hombre Gris a lomos de su caballo gris. La Muerte. Podríamos ser los peores tiranos de la historia, y con el tiempo, Angvard nos haría pagar nuestros errores... Pero no a ti. Los humanos somos una raza de vida corta y no deberíamos ser gobernados por uno de los inmortales. No necesitamos otro Galbatorix. —A Orrin se le escapó una extraña risa y su boca esbozó una sonrisa nada divertida—. ¿Lo entiendes, Eragon? Eres tan peligroso que estamos obligados a reconocer ese peligro ante ti y a esperar que seas una de las pocas personas capaces de resistirse a la atracción del poder.

El rey Orrin cruzó los dedos bajo la barbilla y se quedó mirando un pliegue de su casaca.

—He dicho más de lo que pretendía... Así que, por todos esos motivos, y por otros, estoy de acuerdo con Nasuada. Hiciste bien en encoger la mano cuando descubriste a Sloan en Helgrind. Por inconveniente que haya resultado este episodio, habría sido mucho peor, también para ti, si hubieras decidido matar por satisfacción personal y no en defensa propia o en acto de servicio a otros.

Nasuada asintió:

—Bien dicho.

Durante toda la explicación, Arya escuchó con una expresión inescrutable. Cualquiera que fuera su opinión al respecto, no la reveló.

Orrin y Nasuada asediaron a Eragon con una serie de preguntas sobre los juramentos que había impuesto a Sloan, así como sobre el resto de su viaje. El interrogatorio se prolongó tanto que Nasuada hizo que trajeran una bandeja con sidra fría, fruta y tartas de carne al pabellón, así como una pata de buey para Saphira. Nasuada y Orrin tuvieron abundantes ocasiones de comer entre pregunta y pregunta, pero Eragon estuvo tan ocupado hablando que sólo consiguió dar dos bocados a la fruta y unos sorbos a la sidra para aclararse la garganta. Por fin el rey Orrin se disculpó y se retiró para revisar el estado de su caballería. Arya se fue un minuto más tarde, después de explicar que debía informar a la reina Islanzadí y, tal como dijo: «calentar un balde de agua, lavarme la arena de la piel y recuperar mis rasgos originales. No me siento yo misma, sin las puntas de las orejas, con los ojos redondos y los huesos de la cara en donde no deben estar».

Cuando se quedó sola con Eragon y Saphira, Nasuada suspiró y apoyó la cabeza contra el respaldo de la silla. Eragon se quedó impresionado de lo cansada que parecía. Su vitalidad y presencia de ánimo de antaño habían desaparecido, al igual que el fuego de sus ojos. Eragon se dio cuenta de que Nasuada había estado fingiendo ser más fuerte de lo que era para evitar que sus enemigos se envalentonaran y para que los vardenos no se desmoralizaran al ver su debilidad.

—¿Estáis enferma? —le preguntó.

Ella se señaló los brazos con un gesto de la cabeza.

—No exactamente. Estoy tardando en recuperarme más de lo que había previsto… Algunos días son peores que otros.

—Si queréis, yo puedo…

—No. Gracias, pero no. No me tientes. Una regla de la Prueba de los Cuchillos Largos es que debes dejar que tus heridas se curen de forma natural, sin magia. Si no, los participantes no soportan el dolor de sus cortes en toda su magnitud.

—Pero ¡eso es una barbaridad!

—Quizá —respondió ella, con una leve sonrisa—, pero es así, y llegados a este punto de la prueba, no voy a rendirme ahora por no poder soportar un poco de dolor.

—¿Y si las heridas se infectan?

—Pues se infectan, y entonces yo tendría que pagar el precio de mi error. Pero dudo que lo hagan, mientras tenga a Angela para controlarlas. Tiene unos conocimientos prodigiosos en cuanto a plantas medicinales. Estoy casi convencida de que podría decirte el nombre real de cada especie de hierba al este de la llanura del lugar simplemente con tocarla.

En aquel momento, Saphira, que se había quedado tan quieta que parecía dormida, bostezó —casi tocando el suelo y el techo con los extremos de su mandíbula abierta— e hizo girar los brillos que reflejaban sus escamas por toda la tienda, a una velocidad mareante.

Irguiéndose en su silla, Nasuada exclamó:

—Ah, lo siento. Sé que ha sido pesado. Habéis tenido mucha paciencia los dos. Gracias.

Eragon se arrodilló y colocó su mano derecha sobre las de ella.

—No tenéis que preocuparos por mí, Nasuada. Sé cuál es mi obligación. Nunca he aspirado a gobernar: no es mi destino. Y si alguna vez me ofrecen la oportunidad de sentarme en un trono, lo rechazaré y veré qué tal le va a alguien más indicado que yo para regir el destino de nuestra raza.

—Eres una buena persona, Eragon —murmuró Nasuada, y le apretó la mano entre las suyas. Luego soltó una risita—. Pero entre

227

tú, Roran y Murtagh, me paso la mayor parte del tiempo preocupándome por los miembros de tu familia.

Eragon dio un respingo al oír aquello.

—Murtagh no es familiar mío.

—Desde luego. Perdóname. Pero, aun así, debes admitir que es impresionante la de quebraderos de cabeza que habéis causado los tres tanto al Imperio como a los vardenos.

—Tenemos ese talento —bromeó Eragon.

Lo llevan en la sangre —dijo Saphira—. *Allá donde van, se meten en los mayores peligros que encuentran.* —Dio un empujoncito a Eragon en el brazo—. *Especialmente éste. ¿Qué otra cosa puedes esperar de la gente del valle de Palancar? Son todos descendientes de un rey loco.*

—Pero ellos no están locos —precisó Nasuada—. Por lo menos yo no lo creo. Aunque a veces es difícil decirlo. —Se rio—. Si os encerraran a ti, a Roran y a Murtagh en la misma celda, no estoy segura de quién sobreviviría.

Eragon también se rio.

—Roran. No iba a dejar que una pequeñez como la muerte se interpusiera entre él y Katrina.

La sonrisa de Nasuada se tensó ligeramente.

—No, supongo que no lo permitiría. —Luego permaneció en silencio durante el tiempo de unos latidos. Después reaccionó—: ¡Dios mío, qué egoísta soy! El día está a punto de acabar, y yo me dedico a entreteneros, sin dejaros disfrutar de un minuto para charlar.

—Para mí es un placer.

—Sí, pero hay mejores lugares que éste para charlar con amigos. Después de todo lo que has pasado, supongo que te apetecerá darte un baño, cambiarte de ropa y disfrutar de una comida sustanciosa, ¿no? ¡Debes de estar muerto de hambre!

Eragon echó un vistazo a la manzana que aún tenía en la mano y, muy a su pesar, llegó a la conclusión de que sería impropio seguir comiendo ahora que su audiencia con Nasuada llegaba a su fin.

—Tu cara habla por ti, Asesino de Sombra —dijo Nasuada, tras cruzar la mirada con la suya—. Tienes el aspecto de un lobo famélico tras el invierno. Bueno, no voy a atormentarte más. Ve a bañarte y ponte tu mejor casaca. Cuando estés presentable, para mí sería un honor invitarte a cenar conmigo. Por supuesto, no serás mi único invitado, ya que los asuntos de los vardenos exigen de mí una atención constante, pero me animarías considerablemente la noche si accedieras.

Eragon tuvo que contener una mueca ante la perspectiva de tener que pasar más horas esquivando los ataques verbales de quienes le veían como un modo de satisfacer su curiosidad sobre los Jinetes y los dragones. Pero no podía decirle que no a Nasuada, así que, haciendo una reverencia, aceptó su invitación.

229

Un festín entre amigos

Eragon y Saphira abandonaron el pabellón escarlata de Nasuada con el contingente de elfos en formación a su alrededor y fueron caminando hasta la tienda que se le había asignado a Eragon al unirse a los vardenos en los Llanos Ardientes. Allí encontró una cuba de agua hirviendo esperándole; las volutas de vapor creaban irisaciones a la luz oblicua del gran sol del atardecer. Eragon pasó de largo y se metió en la tienda.

Después de asegurarse de que ninguna de sus escasas posesiones había sufrido cambios durante su ausencia, Eragon se liberó de su carga y, con cuidado, se quitó la armadura, colocándola bajo el catre. Habría que limpiarla y engrasarla, pero eso tendría que esperar. A continuación, metió la mano bajo el catre, alargando el brazo y rascando con los dedos la pared de lona que había al fondo, y tanteó en la oscuridad hasta que sus manos dieron con un objeto largo y duro. Agarró y sacó el pesado fardo envuelto en tela. Lo apoyó sobre las rodillas, abrió los nudos del envoltorio y luego, empezando por el extremo más grueso del fardo, empezó a desenvolver las ásperas tiras de lona. Centímetro a centímetro, fue apareciendo la empuñadura de cuero, cubierta de marcas, de la espada de Murtagh, que medía palmo y medio. Eragon se detuvo tras dejar al descubierto la empuñadura, la guarda y una buena parte de la brillante hoja, que estaba dentada como una sierra por la parte donde Murtagh había parado los golpes de Eragon con *Zar'roc*.

Eragon se sentó y se quedó mirando el arma, sin saber qué pensar. No sabía qué era lo que le había impulsado, el día después de la batalla, a volver a la meseta y recuperar la espada de entre el amasijo de despojos donde había caído. Pese a haber estado una sola noche expuesto a los elementos, el acero había adquirido un velo de motas de óxido. Con una palabra, había eliminado la capa de corrosión. Quizás era el hecho de que Murtagh le hubiera robado su espada lo que le había llevado a buscar la de Murtagh, como si el intercambio, por desigual e involuntario que fuera, minimizara su pérdida. Quizá se debiera a que deseaba conservar un recuerdo de aquel sangriento conflicto. O quizá fuera porque aún albergaba un sentimiento latente de afecto por Murtagh, a pesar de las nefastas circunstancias que los habían enfrentado. Por mucho que Eragon aborreciese aquello en lo que se había convertido Murtagh y que se compadeciera de él por esta razón, no podía negar la conexión que había existido entre ellos. Compartían el mismo destino. Si no hubiera sido por circunstancias accidentales en su nacimiento, Eragon habría crecido en Urû'baen, y Murtagh en el valle de Palancar, y en aquel momento su situación podría ser justo la contraria. Sus vidas estaban inexorablemente entrelazadas.

Mientras contemplaba el plateado acero, Eragon formuló un hechizo para suavizar las irregularidades de la hoja, que cerrara las melladuras de los bordes y que le devolviera la fuerza del templado. Se preguntó, no obstante, si debía hacerlo. La cicatriz que le había hecho Durza, la había conservado como recordatorio de su encuentro, por lo menos hasta que los dragones se la habían borrado durante el Agaetí Blödhren. ¿Debería conservar entonces esa otra cicatriz? ¿Sería bueno para él cargar con aquel doloroso recuerdo al cinto? ¿Y qué tipo de mensaje comunicaría al resto de los vardenos ver que había optado por empuñar la espada de otro traidor? *Zar'roc* había sido un regalo de Brom; Eragon no podía negarse a aceptarla, ni lamentaba haberlo hecho. Pero en cambio no se sentía obligado a reclamar como suya la espada sin nombre que descansaba ahora sobre sus muslos.

«Necesito una espada, pero no ésta», pensó.

Volvió a envolver el arma en la lona y la metió de nuevo bajo el catre. Luego, con una camisa y una casaca nuevas bajo el brazo, salió de la tienda y fue a bañarse.

Cuando estuvo limpio y vestido con sus elegantes prendas de lámarae, se dirigió a su encuentro con Nasuada cerca de las tiendas de los sanadores, tal como ella le había pedido. Saphira fue volando porque, tal como dijo, entre las tiendas había demasiado poco espacio y siempre acababa tirando alguna al suelo.

Además —adujo—, *si camino contigo, se congregará tanta gente a nuestro alrededor que apenas podremos movernos.*

Nasuada le esperaba junto a una fila de tres mástiles de los que colgaba media docena de estandartes que ondeaban empujados por la fresca brisa. Se había cambiado de ropa y ahora llevaba un fresco vestido de verano de color pajizo. Llevaba el pelo, espeso como el musgo,

231

peinado sobre la cabeza en una complicada masa de nudos y trenzas. Una única cinta blanca sostenía el peinado.

Le sonrió. Él le devolvió la sonrisa y aceleró el paso. A medida que se acercaba, sus escoltas se mezclaron con los de ella, provocando evidentes expresiones de desconfianza entre los Halcones de la Noche y una estudiada indiferencia por parte de los elfos.

Nasuada se cogió de su brazo y, charlando tranquilamente, guio sus pasos por entre el mar de tiendas. Por encima de sus cabezas, Saphira sobrevolaba el campamento, esperando a que llegaran a su destino antes de iniciar la búsqueda de un lugar donde aterrizar. Eragon y Nasuada hablaron de muchas cosas. No dijeron nada de gran trascendencia, pero el ingenio, la alegría y la delicadeza de las observaciones de Nasuada hacían que la conversación fuera un placer. A Eragon le resultó fácil hablar y más aún escuchar, y aquella tranquilidad hizo que se diera cuenta del cariño que le tenía. El modo de agarrarse Nasuada denotaba una confianza que excedía a la de una señora sobre su vasallo. El vínculo entre ambos era una sensación nueva para él. Aparte de su tía Marian, cuyo recuerdo era tan leve, había crecido en un mundo de hombres y niños, y nunca había tenido ocasión de hacer amistad con una mujer. Su inexperiencia le hacía albergar dudas, y sus dudas le hacían sentirse extraño, pero no parecía que Nasuada lo notara.

Se detuvieron frente a una tienda iluminada por dentro con la luz de numerosas velas y en la que se oía el murmullo de multitud de voces ininteligibles.

—Ahora tenemos que sumergirnos de nuevo en las ciénagas de la política. Prepárate.

Nasuada levantó la entrada de la tienda y Eragon entró, al tiempo que un coro de voces gritaba:

—¡Sorpresa!

Una ancha mesa cubierta de comida dominaba el centro de la tienda, y alrededor estaban Roran y Katrina, una veintena de sus vecinos de Carvahall —incluidos Horst y su familia—, Angela —la herbolaria—, Jeod y su esposa, Helen, y varias personas que Eragon no reconoció pero que parecían marineros. Media docena de niños interrumpieron sus juegos, junto a la mesa, y se quedaron mirando a Nasuada y a Eragon con la boca abierta, aparentemente incapaces de decidir cuál de aquellos dos extraños personajes merecía más su atención.

Eragon hizo una mueca, sobrecogido. Antes de que pudiera pensar algo que decir, Angela levantó su jarra y exclamó:

—¡Bueno, no te quedes ahí como un pasmarote! Venga, siéntate. ¡Tengo hambre!

Entre las risas de los presentes, Nasuada llevó a Eragon hasta las dos sillas vacías que había junto a Roran. Eragon la ayudó a sentarse y luego se hundió en su silla.

—¿Habéis organizado esto vos misma?

—Roran me sugirió los invitados que habrías querido, pero sí, la idea original fue mía. E hice algunos añadidos a la lista, como puedes comprobar.

—Gracias —dijo Eragon, abrumado—. Muchísimas gracias.

Vio que Elva estaba sentada, con las piernas cruzadas, en la esquina opuesta de la tienda, a la izquierda, con una bandeja de comida sobre el regazo. Los otros niños la rehuían —a Eragon no le parecía que tuvieran gran cosa en común— y ninguno de los adultos, salvo Angela, parecían estar cómodos en su presencia. La pequeña niña, de hombros estrechos, levantó aquellos horribles ojos violeta hacia él, y le miró por entre el negro flequillo; articuló algo que él interpretó como: «Saludos, Asesino de Sombra».

—Saludos, Ojos Profundos —respondió él.

Los pequeños labios rosados de la niña esbozaron lo que habría sido una sonrisa encantadora de no ser por los lúgubres ojos que la acompañaban.

Eragon se agarró a los brazos de su silla; la mesa se agitaba, los platos entrechocaban y las paredes de lona de la tienda ondeaban. Entonces la parte posterior de la tienda se hinchó y acabó por abrirse al meter Saphira la cabeza en el interior.

¡Carne! —dijo— *¡Huele a carne!*

Durante las horas siguientes, Eragon se dejó llevar, disfrutando del frenesí de la comida y la bebida y del placer de la buena compañía. Era como volver a casa. El vino corría como el agua, y cuando todos hubieron vaciado sus copas una o dos veces, los aldeanos olvidaron las distancias y empezaron a tratarle como a uno de ellos, que era el mejor regalo que podían hacerle. Fueron igualmente generosos con Nasuada, aunque evitaron hacer bromas sobre ella, algo que sí hacían con Eragon. Un pálido humo fue llenando la tienda a medida que se consumían las velas. A su lado, Eragon oía las sonoras carcajadas de Roran una y otra vez y, al otro lado de la mesa, el estruendo aún más ensordecedor de la risa de Horst. Para deleite de todos, Angela murmuró un hechizo y puso a bailar un hombrecillo que había hecho con una corteza de pan. Los niños fueron superando el miedo a Saphira y acabaron por atreverse a acercarse a ella y tocarle el morro. Poco des-

233

pués ya estaban subiéndosele al cuello, colgándose de sus púas y tirándole de las crestas de encima de los ojos. Eragon soltó unas carcajadas al verlo. Jeod se puso a cantar una canción que había aprendido de un libro tiempo atrás. También bailó una giga. Nasuada echaba la cabeza atrás, divertida, mostrando el brillo de sus dientes. Y Eragon, por petición popular, contó algunas de sus aventuras, incluida una descripción detallada de su salida de Carvahall con Brom, algo que interesaba especialmente a quienes le escuchaban.

—¡Y pensar que teníamos un dragón en el valle —dijo Gertrude, la curandera de cara redonda, ajustándose el chal— y que nunca lo supimos! —Con un par de agujas de hacer calceta que se sacó de las mangas, señaló a Eragon—. ¡Y pensar que te cuidé cuando te despellejaste las piernas volando a lomos de Saphira y que nunca sospeché la causa! —Sacudió la cabeza, chasqueó la lengua y se puso a tejer con una lana marrón, a una velocidad que sólo podía ser producto de décadas de práctica.

Elain fue la primera en abandonar la fiesta, tras alegar un agotamiento producto de su avanzado embarazo; uno de sus hijos, Baldor, la acompañó. Media hora más tarde, Nasuada también se excusó, explicando que los compromisos de su cargo no le permitían quedarse todo lo que habría querido, pero que les deseaba salud y felicidad y que esperaba que siguieran apoyándola en su lucha contra el Imperio. Al apartarse de la mesa, le hizo un gesto a Eragon, que fue hasta ella, junto a la entrada.

—Eragon, sé que necesitas tiempo para recuperarte de tu viaje y que tienes asuntos propios que debes atender —le dijo, de espaldas al resto de los presentes—. De modo que mañana y pasado mañana dispón de tu tiempo como quieras. Pero la mañana del tercer día preséntate en mi pabellón y hablaremos de tu futuro. Tengo para ti una misión de importancia crucial.

—Mi señora —respondió—, tendréis siempre cerca a Elva, allá donde vayáis, ¿verdad?

—Sí, es mi protección contra cualquier peligro que pudiera escapárseles a los Halcones de la Noche. Por otra parte, su capacidad de adivinar lo que provoca dolor a la gente se ha revelado enormemente útil. Es mucho más fácil conseguir que alguien coopere cuando se sabe lo que le atormenta en secreto.

—¿Estáis dispuesta a renunciar a eso?

Nasuada lo escrutó con una mirada penetrante.

—¿Piensas eliminar la maldición de Elva?

—Pienso intentarlo. Recordad que le prometí que lo haría.

234

—Sí, yo estaba presente. —El ruido de una silla al caer le distrajo por un instante; luego prosiguió—: Tus promesas serán nuestra condena... Elva es irreemplazable; no hay nadie que tenga sus poderes. Y el servicio que nos aporta, tal como te he dicho, vale más que una montaña de oro. He llegado incluso a pensar que, de todos nosotros, ella es la única que podría derrotar a Galbatorix por sí sola. Podría prever todos sus ataques, y gracias a tu hechizo sabría cómo combatirlos. Siempre que ello no supusiera sacrificar su vida, vencería... Por el bien de los vardenos, Eragon, por el bien de todos los habitantes de Alagaësia, ¿no podrías fingir que intentas curar a Elva?

—No —dijo él, articulando claramente, como si le ofendiera—. No lo haría ni aunque pudiera. Estaría mal. Si obligamos a Elva a seguir como está, se volverá en nuestra contra, y no la quiero como enemiga. —Hizo una pausa; luego, al ver la expresión de Nasuada, añadió—: Además, hay muchas posibilidades de que no lo consiga. Eliminar un hechizo formulado de un modo tan vago es, cuando menos, una tarea ardua... ¿Puedo sugeriros algo?

—¿Qué?

—Sed honesta con Elva. Explicadle lo que significa para los vardenos, y preguntadle si querrá seguir cargando con eso por el bien de toda la gente libre. Puede que se niegue; tiene todo el derecho a hacerlo, pero si lo hace, querrá decir que tampoco podemos fiarnos de ella. Y si acepta, será por voluntad propia.

Frunciendo ligeramente el ceño, Nasuada asintió.

—Hablaré con ella mañana. Tú también deberías estar presente, para ayudarme a persuadirla y a eliminar tu hechizo si fracasamos. Ven a mi pabellón tres horas después del amanecer.

Dicho aquello, salió y se perdió en la noche, iluminada únicamente por las antorchas. Mucho más tarde, cuando las velas ya se habían fundido en los candelabros y los aldeanos de Carvahall habían empezado a dispersarse en grupitos de dos o tres, Roran le agarró del brazo a Eragon por detrás y se lo llevó a la parte trasera de la tienda, junto a Saphira, donde los demás no pudieran oírlos.

—Lo que dijiste antes sobre Helgrind..., ¿eso fue todo? —preguntó Roran. Su mano era como una tenaza de hierro agarrada a la carne de Eragon; su mirada era dura e inquisitiva, a la vez que vulnerable como nunca.

Eragon le aguantó la mirada.

—Si confías en mí, Roran, no me vuelvas a preguntar eso nunca más. No es algo que quieras saber —le dijo.

Sin embargo, al tiempo que lo decía, sentía una profunda inquietud por tener que ocultar la existencia de Sloan a Roran y a Katrina. Sabía que era necesario defraudarle en aquel momento, pero aun así le resultaba incómodo mentir a su propia familia. Por un momento, se planteó contarle la verdad a Roran, pero luego recordó todos los motivos por los que había decidido no hacerlo y se mordió la lengua.

Roran, evidentemente confundido, dudó. Luego aflojó la tenaza y soltó a Eragon.

—Confío en ti. Para eso es la familia, a fin de cuentas, ¿no? Para confiar.

—Para eso, y para matarse unos a otros.

Roran se rio y se frotó la nariz con el dedo.

—Para eso también. —Encogió sus fornidos hombros y levantó la mano para frotarse el derecho, costumbre que había adquirido desde el mordisco de los Ra'zac—. Tengo otra pregunta.

—¿Eh?

—Es un favor…, algo que te quiero pedir. —Puso una sonrisa pícara y se encogió de hombros—. Nunca pensé que te hablaría de algo así. Eres más joven que yo, apenas has llegado a la edad adulta y, por si fuera poco, eres mi primo.

—¿Hablarme de qué? Déjate de rodeos.

—De matrimonio —dijo Roran, y levantó la barbilla—. ¿Quieres casarnos a Katrina y a mí? Me gustaría que lo hicieras, y aunque no he querido comentárselo a ella hasta obtener tu respuesta, sé que para Katrina sería un honor y que supondría una gran alegría que consintieras en unirnos en matrimonio.

Anonadado, Eragon se quedó sin palabras. Por fin consiguió balbucir algo.

—¿Yo? —tartamudeó—. Me encantaría, desde luego, pero… —dijo a trompicones—. ¿Yo? ¿Realmente es lo que quieres? Estoy seguro de que Nasuada accedería a casaros… Podríais optar incluso a que lo hiciera el rey Orrin… ¡Un rey de verdad! Él accedería con mucho gusto a presidir la ceremonia, si eso le sirve para ganarse mis favores.

—Quiero que lo hagas tú, Eragon —dijo Roran, y le dio una palmada en el hombro—. Tú eres Jinete, y además eres la única persona en el mundo con quien comparto la sangre; Murtagh no cuenta. No se me ocurre nadie mejor para sellar el vínculo entre ella y yo.

—Entonces lo haré —dijo Eragon, que se quedó sin aire cuando Roran lo abrazó y lo estrujó con aquella fuerza prodigiosa.

Jadeó ligeramente cuando lo soltó; luego, una vez recuperado el resuello, dijo:

—Pero ¿cuándo? Nasuada tiene una misión para mí. No sé aún qué será, pero me imagino que me tendrá ocupado un buen tiempo. Así pues…, ¿quizá el mes que viene, si las circunstancias lo permiten?

Roran se encogió y sacudió la cabeza como un buey agitando los cuernos a través de una zarza.

—¿Qué tal pasado mañana?

—¿Tan pronto? ¿No estás corriendo un poco? Apenas tendremos tiempo para preparaciones. La gente pensará que es algo raro.

Roran se irguió y las venas de las manos se le hincharon al abrir y cerrar los puños.

—No puedo esperar. Si no nos casamos, y rápidamente, las viejas tendrán algo mucho más interesante que mi impaciencia de lo que cotillear. ¿Lo entiendes?

Eragon tardó un momento en comprender lo que quería decir Roran, pero cuando lo hizo, no pudo evitar que una gran sonrisa le cruzara el rostro. «¡Roran va a ser padre!», pensó.

—Creo que sí —respondió, sin dejar de sonreír—. Que sea pasado mañana —dijo, resoplando.

Roran volvió a abrazarlo, dándole palmadas en la espalda, hasta que Eragon se liberó, no sin dificultad.

—Estoy en deuda contigo —dijo Roran, con una mueca—. Gracias. Ahora tengo que contárselo a Katrina, y tendremos que hacer todo lo necesario para preparar un banquete de bodas. Te diré la hora exacta en cuanto lo decidamos.

—Me parece muy bien.

Roran empezó a caminar hacia la tienda; luego se dio media vuelta y alzó los brazos al aire, como si quisiera agarrar el mundo entero y llevárselo al pecho.

—¡Eragon, voy a casarme!

Entre risas, su amigo le saludó con la mano.

—¡Venga, tontorrón! ¡Te estará esperando!

Eragon se montó en Saphira en cuanto la abertura de la tienda se cerró tras Roran.

—¿Blödhgarm? —llamó. Silencioso como una sombra, el elfo apareció de pronto, con los ojos amarillos brillando como brasas—. Saphira y yo vamos a volar un poco. Nos encontraremos en mi tienda.

—Asesino de Sombra —respondió Blödhgarm, y ladeó la cabeza.

Entonces Saphira levantó sus enormes alas, se dio impulso con tres pasos y se lanzó sobre las filas de tiendas, que se agitaron azotadas por el viento que creó al mover sus alas con gran fuerza y rapidez.

237

Con los movimientos de su cuerpo zarandeó a Eragon, que se agarró a la púa que tenía delante para no caer. Saphira ascendió en una espiral por encima de las titilantes luces del campamento hasta que se convirtieron en un manchón borroso de luz, minúsculo en comparación con el oscuro paisaje que lo rodeaba. Allí permaneció, flotando entre el cielo y la tierra, y todo quedó en silencio.

Eragon apoyó la cabeza sobre el cuello de ella y se quedó mirando la franja de polvo de estrellas que se extendía de un lado al otro del cielo.

Descansa si quieres, pequeño —dijo Saphira—. *No dejaré que te caigas.*

Y él descansó. Le vinieron a la mente imágenes de una ciudad circular de piedra situada en el centro de una llanura infinita y de una niña que vagaba por las estrechas y sinuosas callejuelas sin dejar de cantar una inquietante melodía.

Y la noche fue dando paso a la mañana.

Historias entrecruzadas

*A*cababa de amanecer. Eragon estaba sentado en su catre, engrasando su cota de malla, cuando uno de los arqueros vardenos se le acercó y le rogó que curara a su mujer, que sufría de un tumor maligno. Aunque se había comprometido a estar en el pabellón de Nasuada al cabo de menos de una hora, Eragon accedió y acompañó al hombre a su tienda. Encontró a la mujer muy debilitada por el cáncer, y tuvo que aplicarse a fondo para extraer los insidiosos tentáculos del tumor de entre sus carnes. El esfuerzo le dejó cansado, pero estaba contento de haberle evitado a la mujer una agonía larga y dolorosa hasta la muerte.

Después, Eragon se reunió con Saphira en el exterior de la tienda del arquero y se quedó con ella unos minutos, frotándole los músculos próximos a la base del cuello. Ronroneando, Saphira agitó su sinuosa cola y giró la cabeza y los hombros para facilitarle el acceso a la suave piel bajo las escamas.

Mientras estabas ocupado ahí dentro, han venido otros a pedir audiencia contigo —dijo Saphira—, *pero Blödhgarm y los suyos los han despachado, porque sus peticiones no eran urgentes.*

¿De verdad? —respondió, sumergiendo los dedos bajo el borde de una de sus grandes escamas del cuello y rascando aún más fuerte—. *Quizá tendría que emular a Nasuada.*

¿Y eso?

El sexto día de cada semana, de la mañana al mediodía, concede audiencia a todo el que desea plantearle peticiones o disputas. Yo podría hacer lo mismo.

Me gusta la idea —dijo Saphira—. *Sólo que tendrás que tener cuidado de no gastar demasiada energía en satisfacer las demandas de la gente. Tenemos que estar listos para combatir al Imperio en cualquier momento.* —Apretó el cuello contra la mano de Eragon, ronroneando aún más fuerte.

Necesito una espada —dijo Eragon.

Pues consíguela.

Mmm...

Eragon siguió rascándola hasta que ella se apartó:

A menos que te apresures vas a llegar tarde a tu cita con Nasuada.

Juntos, emprendieron el camino hacia el centro del campamento y el pabellón de Nasuada. Estaba sólo a unos cientos de metros, así que Saphira caminó a su lado en vez de elevarse entre las nubes, como había hecho anteriormente.

Un centenar de pasos antes de llegar al pabellón se toparon con Angela, la herborista, que estaba arrodillada entre dos tiendas, señalando un cuadrado de cuero estirado sobre una piedra baja y lisa. Sobre el cuero había un puñado de huesos del tamaño de un dedo, cada uno con un símbolo diferente dibujado en cada faceta: eran las tabas de un dragón, con las que había leído el futuro de Eragon en Teirm.

Frente a Angela estaba sentada una mujer alta de anchas espaldas, con la piel morena y ajada por el tiempo; llevaba el pelo recogido en una gruesa trenza negra que le caía por la espalda; y su rostro aún resultaba atractivo a pesar de las duras líneas que los años habían trazado alrededor de su boca. Llevaba un vestido de color rojizo que había pertenecido antes a alguna mujer más baja; las muñecas le sobresalían bastantes centímetros más allá de las mangas. Se había atado una tira de tela oscura alrededor de cada muñeca, pero la de la izquierda se había soltado y se le había desplazado hacia el codo. En el lugar que había dejado al descubierto, Eragon vio unas gruesas cicatrices que sólo podían ser producto de la rozadura de unas esposas. A decir de las heridas, habría sido apresada por sus enemigos y se habría resistido, abriéndose las muñecas hasta el hueso. Se preguntaba si tendría un pasado de delincuencia o de esclavitud, y sintió que se le oscurecía el rostro al pensar en alguien tan cruel como para permitir que un prisionero a su cargo sufriera aquellas lesiones, aunque fueran autoinfligidas.

Junto a la mujer había una adolescente de rostro serio en la que apenas despuntaba la belleza de la edad adulta. Los músculos de sus antebrazos eran inusitadamente grandes, como si hubiera sido aprendiz de un herrero o hubiera practicado con la espada, algo muy improbable en una chica, por muy fuerte que fuera.

Angela acababa de decirles algo a la mujer y a su acompañante cuando Eragon y Saphira se detuvieron tras la bruja de cabellos rizados. Con un único movimiento, Angela recogió todos los huesos con el pedazo de cuero y se los guardó bajo el fajín amarillo que le rodeaba la cintura. Se puso en pie y les presentó a Eragon y a Saphira una brillante sonrisa:

—Vaya, vosotros dos tenéis un sentido de la puntualidad impecable. Parece que siempre aparecéis allá donde gira la rueda del destino.

—¿Donde gira la rueda del destino? —preguntó Eragon.

—¿Qué? —respondió ella, encogiéndose de hombros—. Bueno, no puedes esperar siempre expresiones brillantes, ni siquiera de mí. —Hizo un gesto a las dos extrañas, que también estaban en pie, y dijo—: Eragon, ¿te importaría darles tu bendición? Se han enfrentado a muchos peligros y aún les queda un duro camino por delante. Estoy segura de que agradecerían cualquier protección que les pudiera aportar la bendición de un Jinete de Dragón.

Eragon dudó. Sabía que Angela raramente lanzaba los huesos de dragón a quienes solicitaban sus servicios —generalmente sólo a aquellos con los que se dignaba a hablar Solembum—, ya que la predicción con los huesos no era ningún acto de falsa magia, sino más bien un auténtico acto de videncia que podía revelar los misterios del futuro. El hecho de que Angela hubiera decidido hacerlo para la atractiva mujer de las cicatrices en las muñecas y la adolescente con los antebrazos de guerrero le hizo suponer a Eragon que serían personas destacadas, personas que habían tenido y que tendrían un papel importante en la futura composición de Alagaësia. Sus sospechas se confirmaron al ver a Solembum en su forma habitual de gato, con sus grandes orejas peludas asomando tras la esquina de una tienda cercana, observando los acontecimientos con sus enigmáticos ojos amarillos. Y sin embargo, Eragon seguía dudando, acechado por el recuerdo de la primera y última bendición que había formulado, y que, debido a su relativo desconocimiento del idioma antiguo, había arruinado la vida de una niña inocente.

¿Saphira? —dijo.

Saphira agitó la cola.

No tengas tanto miedo. Has aprendido de tu error y no volverás a cometerlo. ¿Por qué vas a negarle la bendición a quienes se pueden beneficiar de ella? Bendícelas, y hazlo bien esta vez.

—¿Cómo os llamáis? —les preguntó.

—Si no te importa, Asesino de Sombra —dijo la mujer alta de pelo negro, con un mínimo acento que Eragon no consiguió ubicar—, los nombres tienen poder, y preferiríamos que los nuestros permanecieran en secreto. —Mantenía la mirada ligeramente gacha, pero

241

su tono era firme e inflexible. La niña contuvo un pequeño gemido, como si le sorprendiera el descaro de la mujer.

Eragon asintió, ni decepcionado ni sorprendido, aunque la reticencia de la mujer le había despertado aún más la curiosidad. Le habría gustado saber sus nombres, pero no eran imprescindibles para lo que se disponía a hacer. Tras quitarse el guante de la mano derecha, apoyó la palma derecha en el centro de la cálida frente de la mujer. Ella se estremeció al sentir el contacto, pero no se retiró. Hinchó la nariz, las comisuras de los labios se le afinaron y arrugó la frente; Eragon sintió su temblor, como si su contacto le doliera y ella estuviera conteniendo la tentación de apartarle el brazo de un manotazo. Eragon sentía levemente la presencia de Blödhgarm en las proximidades, preparado para abalanzarse sobre la mujer si ésta se mostraba hostil.

Desconcertado por la reacción de ella, Eragon abrió su mente y se sumergió en el flujo de magia y, con todo el poder del idioma antiguo, dijo:

—Atra guliä un ilian tauthr ono un atra ono waíse sköliro fra rauthr.

Cargó la frase de energía, como habría hecho con las palabras de un hechizo, para que modelara los acontecimientos y mejorara la suerte de aquella mujer en la vida. Tuvo la precaución de limitar la cantidad de energía que transfería a la bendición, ya que, de no acotarlo, un hechizo como aquél habría absorbido toda la vitalidad de su cuerpo, y lo hubiera dejado convertido en una carcasa vacía. A pesar de sus precauciones, la pérdida de fuerza fue superior a lo que se esperaba; la visión le falló por un momento y las piernas le temblaron, amenazando con venirse abajo.

Al cabo de un momento se recuperó.

Levantó la mano de la frente de la mujer con una sensación de alivio, aparentemente compartida por ella, ya que dio un paso atrás y se frotó las manos. Era como si intentara limpiarse y quitarse de encima alguna sustancia nociva.

Eragon procedió a repetir la maniobra con la adolescente. En el momento de liberar el hechizo, el rostro de la chica se relajó, como si lo sintiera integrándose en su cuerpo.

—Gracias, Asesino de Sombra —le dijo, con una reverencia—. Estamos en deuda contigo. Espero que consigas derrotar a Galbatorix y al Imperio.

Se giró para marcharse, pero se detuvo cuando Saphira rebufó y pasó la cabeza por delante de Eragon y Angela, hasta colocarse justo por encima de las dos mujeres. Tras doblar el cuello, Saphira respiró primero sobre la cara de la mujer mayor y luego sobre la de la más joven, y proyectando sus pensamientos con fuerza suficiente para atravesar las más sólidas defensas —ya que Eragon y ella misma habían observado que la mujer de pelo negro tenía una mente muy bien protegida—, dijo:

Buena caza, Almas Salvajes. Que el viento se eleve bajo vuestras alas, que siempre tengáis el sol a vuestras espaldas y que cojáis a vuestras presas desprevenidas. Y tú, Ojos de Lobo, espero que cuando encuentres el que te prendió las garras con sus trampas, no lo mates demasiado rápido.

Cuando Saphira empezó a hablar, ambas mujeres se quedaron rígidas. Después, la mayor se golpeó con los puños contra el pecho y dijo:

—No lo haré, Bella Cazadora. —Luego le hizo una reverencia a Angela y dijo—: Prepárate duro y golpea primero, vidente.

—Adiós, Espada Cantora.

Con un revuelo de faldas, ambas mujeres emprendieron la marcha y muy pronto se perdieron entre el laberinto de tiendas grises, todas idénticas.

¿Y eso? ¿No les has hecho la marca en la frente? —le preguntó Eragon a Saphira.

Elva fue única. No volveré a marcar a nadie del mismo modo. Lo que ocurrió en Farthen Dûr ocurrió… así. Me dejé llevar por el instinto. No tiene más explicación.

Mientras los tres caminaban hacia el pabellón de Nasuada, Eragon se quedó mirando a Angela.

—¿Quiénes eran?

—Peregrinas que llevan a cabo su propia búsqueda —dijo ella, con una mueca.

—Eso no es una gran respuesta —protestó él.

—No tengo la costumbre de ir contando secretos como quien despacha almendras garrapiñadas en el solsticio de invierno. Especialmente si se trata de los secretos de otros —respondió Angela, que luego se mantuvo en silencio durante unos pasos.

—Cuando alguien se niega a contarme algo, eso sólo hace que me decida a descubrir la verdad con mayor ahínco —respondió Eragon—. Odio quedarme en la ignorancia. Para mí, una pregunta sin responder es como una espina clavada en el costado, que me duele cada vez que me muevo, hasta que consigo arrancármela.

—Mis condolencias.

—¿Y eso por qué?

—Porque, si es así, debes pasarte todas las horas del día sufriendo mortalmente, ya que la vida está llena de preguntas sin respuesta.

A unos veinte metros del pabellón de Nasuada, un contingente de lanceros que marchaban por el campamento les cortó el paso. Mientras esperaban que pasaran los guerreros, Eragon se estremeció y se sopló las manos.

—Ojalá tuviéramos tiempo para comer algo.

—Es la magia, ¿no? —dijo Angela, rápida como siempre—. Te ha desgastado.

Él asintió, y ella metió una mano en una de las bolsas que le colgaban del fajín y sacó una pastilla de algo rebozado de brillantes semillas de linaza.

—Toma, esto te ayudará a aguantar hasta el almuerzo.

—¿Qué es?

—Come —insistió ella, acercándoselo—. Te gustará. Confía en mí.

Eragon cogió la oleosa pastilla de entre los dedos de Angela, que le agarró la muñeca con la otra mano y se la sujetó para inspeccionar los callos de sus nudillos, de más de un centímetro de altura.

—¡Qué inteligente! —dijo—. Son más feos que las verrugas de un sapo, pero ¿a quién le importa si con eso mantienes la piel intacta, eh? Me gusta. Me gusta mucho. ¿Te inspiraste en los Ascûdgamln de los enanos?

—No se te escapa nada, ¿verdad?

—Deja que se me escape lo que se escapa. Yo sólo me preocupo de las cosas que existen.

Eragon parpadeó, superado, como solía ocurrir, por sus juegos de palabras. Ella le tocó un callo con la punta de una de sus cortas uñas.

—Me lo haría yo también, sólo que se me enredaría la lana a la hora de hilar o tejer.

—¿Tejes con tu propio hilo? —dijo él, sorprendido de que ella se dedicara a una labor tan ordinaria.

—¡Por supuesto! Es un modo estupendo de relajarse. Además, si no lo hiciera, ¿dónde conseguiría un suéter, con la protección de Dvalar contra los conejos locos, cosido en el Liduen Kvaedhí, por la parte interior del pecho, o una redecilla que fuera amarilla, verde y rosa intenso?

—¿Conejos locos…?

—Te sorprendería saber la cantidad de magos que han muerto por la mordedura de un conejo loco —le aclaró ella, mesándose los gruesos rizos—. Es mucho más común de lo que podrías imaginarte.

Eragon se la quedó mirando.

¿Crees que está bromeando? —le preguntó a Saphira.

Pregúntaselo tú mismo.

Se limitaría a responder con otro acertijo.

Los lanceros ya habían pasado, así que Eragon, Saphira y Angela siguieron hacia el pabellón, acompañados por Solembum, que se había unido a ellos sin que Eragon se hubiera dado cuenta. Abriéndose paso por entre los montones de estiércol dejados por la caballería del rey Orrin, Angela dijo:

—Así pues, aparte de tu lucha con los Ra'zac, ¿te ocurrió algo terriblemente interesante durante tu viaje? Sabes que me encanta que me cuenten cosas «interesantes».

Eragon sonrió, pensando en los espíritus que les habían visitado a él y a Arya. No obstante, no quería discutir de aquello, así que evitó el tema.

—Ya que lo preguntas, me ocurrieron bastantes cosas interesantes. Por ejemplo, conocí a un ermitaño llamado Tenga que vivía en las ruinas de una torre elfa. Poseía una biblioteca sorprendente, con siete…

Angela se detuvo tan de pronto que Eragon dio tres pasos más antes de darse cuenta y girarse. La bruja parecía impresionada, como si se hubiera dado un buen golpe en la cabeza. Solembum se le acercó, se apoyó contra sus piernas y levantó la mirada. Angela se humedeció los labios.

—¿Estás…? —Tosió—. ¿Estás seguro de que se llama Tenga?

—¿Lo conoces?

Solembum bufó, y se le erizó el pelo del lomo. Eragon se apartó del hombre gato para distanciarse de sus garras.

—¿Conocerle? —respondió Angela, que con una sonrisa amarga se plantó las manos sobre las caderas—. ¿Conocerle? ¡Hice algo más que eso! Fui su aprendiz durante…, durante un desafortunado número de años.

Eragon nunca se habría esperado que Angela revelara algo sobre su pasado voluntariamente. Deseoso de saber más, preguntó:

—¿Cuándo lo conociste? ¿Y dónde?

—Hace mucho tiempo, muy lejos de aquí. No obstante, acabamos mal, y no lo he visto desde hace muchos, muchos años. —Angela frunció el ceño—. De hecho, pensé que ya estaría muerto.

Entonces habló Saphira.

Dado que fuiste la aprendiz de Tenga, ¿sabes cuál es la pregunta que está intentando responder?

—No tengo ni idea. Tenga siempre tenía una pregunta a la que buscaba respuesta. Si lo conseguía, inmediatamente escogía otra, y así sucesivamente. Puede que haya respondido un centenar de preguntas desde la última vez que lo vi, o quizá siga devanándose los sesos con el mismo interrogante que cuando le dejé.

Que era...

—Si las fases de la luna influían en el número y la calidad de los ópalos que se forman en las raíces de las montañas Beor, como sostienen los enanos.

—Pero ¿cómo se puede demostrar eso? —objetó Eragon.

Angela se encogió de hombros.

—Si alguien puede hacerlo, es Tenga. Puede que esté trastornado, pero no por ello ha perdido brillantez.

Es un hombre que da patadas a los gatos —dijo Solembum, como si aquello acabara de definir el carácter de Tenga.

Entonces Angela dio una palmada y dijo:

—¡Ya está bien! Cómete el dulce, Eragon, y vamos a ver a Nasuada.

Errores que corregir

—*L*legáis tarde —dijo Nasuada.

Eragon y Angela encontraron una fila de sillas dispuestas en semicírculo ante el trono de Nasuada, sillas de alto respaldo. En el semicírculo se encontraban también sentadas Elva y su aya, Greta, la vieja que le había rogado a Eragon que la bendijera en Farthen Dûr. Como antes, Saphira se posó junto al pabellón y metió la cabeza por una abertura practicada en un lado, de modo que pudiera participar en la reunión. Muy cerca de su cabeza, Solembum se había acurrucado hecho un ovillo. Parecía estar profundamente dormido, salvo por alguna sacudida ocasional de la cola.

Al igual que Angela, Eragon se disculpó por su tardanza, y luego escuchó cómo Nasuada le explicaba a Elva la importancia de sus capacidades para los vardenos —«Como si ella no lo supiera ya», le comentó Eragon a Saphira— y le suplicó que liberara a Eragon de su compromiso de intentar deshacer los efectos de su bendición. Dijo que entendía que lo que le estaba pidiendo a Elva era difícil, pero que el destino del mundo estaba en juego, y que se planteara si no valía la pena sacrificar el propio bienestar para contribuir a rescatar a Alagaësia de las malvadas garras de Galbatorix. Fue un discurso magnífico: elocuente, apasionado y lleno de argumentos que pretendían apelar a los sentimientos más nobles de Elva.

Elva, que tenía apoyada su pequeña y afilada barbilla sobre los puños, levantó la cabeza y dijo:

—No. —El silencio se extendió en el pabellón. Todos estaban estupefactos. Sin pestañear, paseó la mirada por todos los presentes, uno tras otro, y elaboró su respuesta—: Eragon, Angela, ambos sabéis qué se siente al compartir los pensamientos y las emociones de alguien cuando muere. Sabéis lo horrible, lo desgarrador que es, la sensación de que una parte de ti mismo se ha desvanecido para siempre. Y eso es sólo con que muera una persona. Ninguno de vosotros tiene que soportar esa experiencia a menos que queráis, mientras que yo… Yo no tengo otra opción más que la de compartirlas todas. Siento todas las muertes que se producen a mi alrededor. Incluso ahora puedo sentir cómo se apaga la vida de Sefton, uno de los guerreros de Nasuada que resultó herido en los Llanos Ardientes, y sé qué palabras podría decirle para reducir el peso de su agonía. ¡Su miedo es tan grande que me hace temblar! —Con un grito incoherente levantó los brazos frente al rostro, como para protegerse de un golpe—. ¡Ah! Ya se ha ido. Pero hay más. Siempre hay más. La línea de la muerte nunca acaba. —El tono amargo y sarcástico de su voz se intensificó; era como una parodia del habla normal de un niño—. ¿De verdad te das cuenta, Nasuada, Señora Acosadora de la Noche, futura reina del mundo? ¿De verdad te das cuenta? Todo el dolor de los que me rodean cae sobre mí, sea físico o mental. Lo siento como propio, y la magia de Eragon me permite aliviar el malestar de todos aquellos que sufren, sin entrar a evaluar lo que ello me cuesta. Y si me resisto a esa necesidad, como en este preciso momento, mi cuerpo se rebela contra mí: el estómago me genera acidez, la cabeza me palpita como si un enano me estuviera dando martillazos, y me resulta difícil hasta moverme, y más aún pensar. ¿Es esto lo que me deseas, Nasuada?

»Día y noche sufro sin descanso el dolor del mundo. Desde que Eragon me «bendijo», no he conocido nada más que dolor y miedo, nunca felicidad o placer. La cara más amable de la vida, las cosas que hacen soportable esta existencia se me han negado. Nunca las veo. Nunca tomo parte de ellas. Sólo de lo oscuro. Sólo del sufrimiento combinado de todos los hombres, mujeres y niños de mi alrededor, que se cierne sobre mí como una tormenta a medianoche. Esa «bendición» me ha privado de la oportunidad de ser como otros niños. Ha obligado a mi cuerpo a madurar más rápido de lo normal, y a mi mente a hacerlo aún más rápido. Quizás Eragon pueda eliminar esta horrenda prerrogativa que tengo y las obligaciones que me reporta, pero no podrá hacer que recupere lo que yo era antes, al menos no sin destruir aquello en lo que me he convertido. Soy un bicho raro, ni un niño ni un adulto, condenada para siempre a permanecer apartada. No estoy ciega, ¿sabéis?, y me doy cuenta de cómo os echáis atrás cuando me oís hablar. —Sacudió la cabeza—. No, eso es mucho pedir. No seguiré así por ti, Nasuada, ni por los vardenos ni por toda Alagaësia. Ni siquiera lo haría por mi querida madre, si aún viviera. No vale la pena, a ningún precio. Podría ir a vivir sola, alejándome de las aflicciones de la gente, pero no quiero vivir así. No, la única solución es que Eragon intente corregir su error. —Sus labios se curvaron, trazando una sonrisa taimada—. Y si no estáis de acuerdo, si pensáis que estoy siendo inconsciente y egoísta, haríais bien en recordar que apenas soy un bebé y que aún no he celebrado mi segundo cumpleaños. Sólo los tontos esperan que un niño se erija en mártir por el bien general. Sea como fuere, bebé o no, ya he tomado mi decisión, y nada de lo que podáis decir me convencerá de lo contrario. Es inamovible.

Nasuada siguió intentando hacerla razonar, pero tal como había prometido Elva, fue en vano. Al final, la reina le pidió a Angela, a Eragon y a Saphira que intervinieran. Angela se negó, argumentando que no podría mejorar los planteamientos de Nasuada, y que creía que la decisión de Elva era personal, y que por tanto debería permitírsele a la niña que hiciera lo que quisiera, sin acosarla como si fuera un águila hostigada por una bandada de arrendajos. Eragon tenía una opinión similar, pero accedió a intervenir:

—Elva, yo no puedo decirte lo que tienes que hacer; sólo tú puedes decidirlo. Pero no rechaces de plano la petición de Nasuada. Ella intenta salvarnos a todos de Galbatorix, necesita nuestro apoyo para poder contar con alguna oportunidad de éxito. No puedo ver el futuro, pero creo que tu habilidad podría ser el arma perfecta contra Galbatorix. Podrías predecir cada uno de sus ataques. Podrías decirnos exactamente cómo contrarrestar sus defensas. Y, por encima de todo, podrías percibir sus puntos flacos, por dónde es más vulnerable, y lo que podríamos hacer para atacarle.

—Tendrás que hacerlo mejor, Jinete, si pretendes que cambie de opinión.

—No quiero hacerte cambiar de opinión —rebatió Eragon—. Lo único que quiero es asegurarme de que tomes en consideración todas las implicaciones de tu decisión y de que no te precipites.

La niña se movió, pero no respondió. Entonces fue Saphira la que habló.

¿Qué tienes en el corazón, Frente Brillante?

—He hablado con el corazón, Saphira —respondió Elva suavemente, sin ningún tono malicioso—. Cualquier otra cosa que dijera sería redundante.

Si Nasuada se sentía frustrada por la obstinación de Elva, no dejó que se notara, aunque tenía una expresión severa, como correspondía a una discusión como aquélla.

—No comparto tu decisión, Elva —dijo—, pero la acataremos, ya que es evidente que no podemos convencerte. Supongo que no puedo juzgarte, ya que no he experimentado el sufrimiento al que estás expuesta a diario, y si yo estuviera en tu lugar, es posible que actuara del mismo modo. Eragon, por favor…

Inmediatamente, Eragon se arrodilló frente a Elva. Sus brillantes ojos violetas le taladraron en el momento en que colocó sus pequeñas manitas sobre sus grandes manos. Estaba ardiendo, como si tuviera fiebre.

—¿Le dolerá, Asesino de Sombra? —preguntó la anciana Greta, con la voz entrecortada.

—No debería, pero no estoy seguro. Eliminar hechizos es una práctica mucho más inexacta que formularlos. Los magos raramente lo intentan siquiera, debido al desafío que supone.

Greta le dio una palmadita a Elva en la cabeza. Las arrugas de su rostro reflejaban su preocupación.

—Sé valiente, cariño, sé valiente —le dijo, aparentemente ajena a la mirada irritada que le lanzaba Elva.

Eragon no hizo caso de la interrupción.

—Elva, escúchame. Hay dos formas diferentes de romper un hechizo. Una es que el mago que lo formuló originalmente se abra a la energía que alimenta nuestra magia…

—Ésa es la parte con la que suelo tener más dificultades —dijo Angela—. Por eso confío más en las pociones, en las plantas y en los objetos que tienen magia propia, en lugar de en los hechizos.

—Si no te importa…

—Lo siento —dijo Angela, hundiendo los pómulos—. Procede.

—Bueno —gruñó Eragon—. Una es que el mago se abra…

—O la maga —precisó Angela.

—¿Me harás el favor de dejarme acabar?

—Lo siento.

Eragon vio que Nasuada contenía una sonrisa.

—Abre su cuerpo al flujo de energía y, hablando en el idioma antiguo, se retracta no sólo de las palabras de su hechizo, sino también de la intención que había detrás. Eso puede resultar bastante difícil, como te puedes imaginar. A menos que el mago ponga la intención adecuada, acabará alterando el hechizo original en vez de retirarlo. Y entonces tendría que eliminar dos hechizos entrelazados.

»El otro método consiste en formular un hechizo que contrarreste directamente los efectos del original. No elimina el primero, pero, si se hace bien, lo vuelve inocuo. Con tu permiso, éste es el método que pretendo usar.

—Una solución muy elegante —declaró Angela—, pero dime: ¿de dónde saldrá el flujo continuo de energía necesario para mantener el contrahechizo? Y ya que alguien tendrá que preguntarlo, ¿qué riesgos tiene este método?

Eragon no apartó la mirada de Elva.

—La energía tendrá que provenir de ti —le dijo, apretándole las manos—. No será mucho, pero te quitará una pequeña cantidad de fuerza. Si lo hago, nunca podrás correr tanto o levantar tanta leña como alguien que no tenga un hechizo como el tuyo absorbiéndole la energía.

—¿Por qué no puedes aportar tú la energía? —preguntó Elva, arqueando una ceja—. Al fin y al cabo, tú eres el responsable de mi situación.

—Lo haría, pero cuanto más me alejara de ti, más difícil me sería enviártela. Y si me fuera demasiado lejos —a un par de kilómetros, por ejemplo, o quizá algo más—, el esfuerzo me mataría. En cuanto a lo que puede salir mal, el único riesgo es que pronuncie el contrahechizo incorrectamente y que no bloquee mi bendición por completo. Si eso ocurre, sencillamente formularé otro contrahechizo.

—¿Y si con eso tampoco basta?

Eragon hizo una pausa.

—Entonces siempre puedo recurrir al primer método que te he explicado. No obstante, preferiría evitarlo. Es el único modo de eliminar un hechizo por completo, pero si fracasara en el intento, y es algo muy posible, podrías acabar peor de lo que estás ahora.

Elva asintió.

—Lo entiendo.

—Así pues, ¿tengo tu permiso para proceder?

Ella bajó la barbilla de nuevo y Eragon respiró profundamente, preparándose. Con los ojos entrecerrados por la concentración, empezó a hablar en el idioma antiguo. Cada palabra salía de su boca y caía con el peso de un martillazo. Prestó atención a pronunciar bien cada sílaba, cada sonido extraño a su propio idioma, para evitar un posible error de consecuencias trágicas. Tenía el contrahechizo grabado a fuego en su memoria. Desde su viaje desde Helgrind, había pasado muchas horas pensándolo, repasándolo, retándose a encontrar mejores alternativas, y todo en previsión del día en que iba a intentar enmendar el daño que le había provocado a Elva. Mientras hablaba, Saphira canalizaba su fuerza y se la transmitía, y Eragon sintió cómo le apoyaba y lo observaba de cerca, leyendo su mente y lista para intervenir si veía que estaba a punto de enredarse. El contrahechizo era muy largo y muy complicado, ya que había procurado no dejarse ninguna interpretación razonable de su hechizo. El resultado fue que

251

tardó cinco minutos en llegar a la última frase, a la última palabra y, por fin, a la última sílaba.

Se hizo el silencio, pero la decepción aún se reflejaba en el rostro de Elva.

—Aún los siento —dijo.

Nasuada, sentada en su trono, se echó hacia delante.

—¿A quiénes?

—A ti, a él, a ella, a todos los que sufren. ¡No han desaparecido! La necesidad imperiosa de ayudarlos ha desaparecido, pero esta agonía aún me atraviesa como una maldición.

—¿Eragon? —inquirió Nasuada.

—Debo de haberme dejado algo —dijo él, frunciendo el ceño—. Dadme un momento para pensar y crearé otro hechizo que pueda servir. Hay alguna otra posibilidad que consideré, pero... —Se interrumpió, preocupado por que el contrahechizo no hubiera hecho el efecto previsto.

Además, formular un hechizo específico para bloquear el dolor que sentía Elva sería mucho más difícil que intentar contrarrestar el hechizo en bloque. Una palabra equivocada, una frase de construcción pobre, y podría destruir su capacidad de empatía, o impedirle aprender a comunicarse con la mente, o inhibir su sensación de dolor, de modo que si se hería no lo notaría de inmediato.

Eragon estaba concentrado, consultando con Saphira, cuando Elva dijo:

—¡No!

Desconcertado, la miró. Parecía como si un aura de éxtasis emanara de la niña. Sus dientes redondeados, como perlas, brillaban al sonreír, y los ojos desprendían una triunfante alegría.

—No, no vuelvas a intentarlo.

—Pero, Elva, ¿por qué no...?

—Porque no quiero más hechizos que se alimenten de mí. ¡Y porque acabo de darme cuenta de que «puedo evitar hacer caso»! —Se agarró a los brazos de su silla, temblando de la emoción—. Sin la necesidad de ayudar a todo el que sufre, puedo no hacer caso a sus problemas sin que eso me haga sentir mal. Puedo pasar por alto al hombre de la pierna amputada, a la mujer que se acaba de escaldar la mano, puedo no hacerles caso a ninguno, ¡y no me siento peor por ello! Es cierto que no puedo bloquearlos a la perfección, por lo menos de momento, pero ¡qué alivio! ¡Silencio, bendito silencio! No más cortes, rozaduras, moratones o huesos rotos. Se acabaron las preocupaciones tontas de jovencitos exaltados. Se acabaron las angustias de las esposas abandonadas o de los maridos cornudos. Se acabaron las miles de heridas insoportables producto de una guerra. Se acabó el pánico atenazador que precede a la oscuridad del final. —Con lágrimas en las mejillas, se rio con un gorjeo ronco que hizo que a Eragon se le pusieran los pelos de punta.

¿Qué locura es ésta? —preguntó Saphira—. *Aunque puedas quitártelo de la mente, ¿por qué vas a quedarte encadenada al dolor de los demás cuando Eragon puede liberarte de él?*

Los ojos de Elva brillaron con un regocijo malsano.

—Nunca seré como la gente normal. Si tengo que ser diferente, dejadme que conserve lo que me hace distinta. Mientras pueda controlar este poder, como parece que ocurre ahora, no tengo ningún problema en soportar esta carga, ya que será por decisión mía y no obligada por tu magia, Eragon. ¡Ja! A partir de ahora, no responderé a nadie ni ante nada. Si ayudo a alguien, será porque yo quiera. Si presto servicio a los vardenos, será porque mi conciencia me dice que debo hacerlo, y no porque me lo pidas tú, Nasuada, ni porque vaya a sentir ganas de vomitar si no lo hago. Haré lo que quiera, y pobre del que se me oponga, porque sabré todos sus miedos y no dudaré en jugar con ellos para satisfacer mis deseos.

—¡Elva! —exclamó Greta—. ¡No digas esas cosas tan horribles! ¡No puedes decirlo en serio!

La niña se giró hacia ella tan bruscamente que su cabello creó un abanico a sus espaldas.

—Ah, sí, me había olvidado de ti, mi niñera. Siempre fiel. Siempre metiéndote en todo. Te estoy agradecida por haberme adoptado tras la muerte de mi madre y por los cuidados que me has prestado desde Farthen Dûr, pero ya no preciso de tu ayuda. Viviré sola, cuidaré de mí misma y no le deberé nada a nadie.

Intimidada, la anciana se tapó la boca con el borde de la manga y se echó atrás. Lo que Elva acababa de decir consternó a Eragon. Decidió que no podía permitirle conservar aquel poder si iba a abusar de él. Con la ayuda de Saphira, que estaba de acuerdo, escogió el más prometedor de los nuevos contrahechizos que se había estado planteando anteriormente y abrió la boca para enunciarlo.

Rápida como una culebra, Elva le cerró los labios con una mano, impidiéndole hablar. Dado que todo el mundo vacilaba, salvo Elva, que mantenía la mano apretada contra la cara de Eragon, Saphira dijo:

¡Suéltalo, criatura!

Atraídos por el rugido de Saphira, seis guardias de Nasuada entraron a la carga, blandiendo sus armas, mientras Blödhgarm y los otros

253

elfos acudieron junto a Saphira y se situaron a ambos lados de sus hombros, y retiraron la pared de la tienda para que todos pudieran ver lo que sucedía. Nasuada hizo un gesto y los Halcones de la Noche bajaron las armas, pero los elfos se mantuvieron en guardia, listos para la acción. Sus espadas brillaban como el hielo.

Ni la conmoción que había provocado ni las espadas en ristre parecían perturbar a Elva. Ladeó la cabeza y miró a Eragon como si fuera un escarabajo raro que hubiera encontrado reptando por el borde de la silla, y luego sonrió con una expresión tan dulce e inocente que le hizo preguntarse por qué no había tenido más fe en su carácter. Con una voz dulce como la miel, dijo:

—Eragon, detente. Si formulas ese hechizo, me harás daño una vez más. Y no quieres hacerlo. Cada noche, cuando te acuestes, pensarás en mí y el recuerdo del daño que me has hecho te atormentará. Lo que estabas a punto de hacer era malvado, Eragon. ¿Eres acaso el juez del mundo? ¿Me condenarás sólo porque no apruebas mi conducta? Eso sería rendirte al depravado placer de controlar a los demás para tu propia satisfacción. Galbatorix estaría orgulloso de ti.

Entonces lo soltó, pero Eragon estaba demasiado agitado como para moverse. Elva le había dado en lo más hondo, y él no tenía argumentos para contrarrestar los suyos y defenderse, ya que sus planteamientos y observaciones eran exactamente las mismas que se hacía él. Ver hasta qué punto le entendía le provocaba escalofríos.

—Por otra parte te estoy agradecida, Eragon, por haber venido hoy aquí a corregir tu error. No todo el mundo se muestra dispuesto a reconocer sus fracasos y enfrentarse a ellos. No obstante, hoy no te has ganado mis favores. Has equilibrado las cosas lo mejor que has sabido, pero eso no es más que lo que cualquier persona decente debería hacer. No me has compensado por lo que he sufrido, ni podrás nunca. Así que la próxima vez que se crucen nuestros caminos, Eragon Asesino de Sombra, no me consideres ni amiga ni enemiga. Tengo sentimientos ambivalentes hacia ti, Jinete; estoy tan dispuesta a odiarte como a quererte. Eso dependerá sólo de ti… Saphira, tú me diste la estrella que llevo en la frente, y siempre has sido amable conmigo. Soy, y seré siempre, tu fiel servidora. —Y alzando la barbilla para dar el máximo efecto visual a su metro de altura, Elva repasó con la mirada el interior del pabellón—: Eragon, Saphira, Nasuada…, Angela. Buenos días —se despidió, y se dirigió hacia la entrada.

Los Halcones de la Noche se retiraron a un lado y ella pasó por en medio y salió al exterior.

Eragon se quedó de pie, inseguro de sí mismo: «¿Qué monstruo he

254

creado?», pensó. Los dos Halcones de la Noche úrgalos se tocaron la punta de los cuernos, algo que sabía que hacían para protegerse contra el mal.

—Lo siento —le dijo a Nasuada—. Parece que no he hecho más que poneros las cosas peor..., a vos y a todos nosotros.

Tranquila como un lago de montaña, Nasuada se estiró los pliegues del vestido antes de responder:

—No importa. El juego se ha complicado un poco más, eso es todo. Es algo que tenía que suceder cuanto más nos acercáramos a Urû'baen y a Galbatorix.

Un momento después, Eragon oyó el sonido de un objeto que atravesaba el aire en su dirección. Se encogió, pero, pese a su rapidez, aquello no bastó para evitar un doloroso bofetón que le hizo girar la cabeza y le mandó, trastabillando, contra una silla. Rodó por el asiento y se puso en pie de un salto, con el brazo izquierdo levantado en previsión de un nuevo golpe, y con el derecho hacia atrás, listo para soltar una cuchillada con el machete de caza que se había sacado del cinto durante la maniobra. Para su asombro, vio que había sido Angela quien le había golpeado. Los elfos estaban situados a centímetros de la vidente, listos para reducirla si volvía a atacar o para apartarla si Eragon se lo ordenaba. Solembum estaba a sus pies, mostrando garras y dientes, y con el pelo erizado.

—¿Por qué has hecho eso? —dijo Eragon. En aquel preciso momento, los elfos no le importaban lo más mínimo. Hizo un gesto de dolor al forzar el labio inferior, que tenía abierto, y al abrirse aún más la herida. Notó el contacto cálido de la sangre, de sabor metálico, bajándole por la garganta.

Angela echó la cabeza atrás.

—¡Ahora voy a tener que pasarme los próximos diez años enseñándole a Elva a comportarse! ¡No es lo que tenía pensado para la próxima década!

—¿Enseñarle? —exclamó Eragon—. No te dejará. Te parará los pies tan fácilmente como a mí.

—¡Bah! No es probable. No sabe qué es lo que me preocupa, ni lo que podría hacerme daño. Me encargué de eso el primer día que nos encontramos.

—¿Compartirás ese hechizo con nosotros? —preguntó Nasuada—. En vista de cómo han ido las cosas, me parecería prudente contar con un medio para protegernos de Elva.

—No, me parece que no —dijo Angela, que también salió del pabellón, seguida de Solembum, que agitaba el rabo elegantemente.

Los elfos envainaron las espadas y se retiraron a una distancia discreta de la tienda.

Nasuada se frotó las sienes con un movimiento circular.

—Magia —se lamentó Nasuada.

—Magia —confirmó Eragon.

Los dos se quedaron mirando a Greta, que estaba en el suelo y había empezado a llorar y a gemir al tiempo que se tiraba del fino cabello, se golpeaba en la cara y se rasgaba las vestiduras:

—¡Mi pobrecilla! ¡He perdido a mi niña! ¡La he perdido! ¿Qué será de ella, tan sola? ¡Pobre de mí, que mi mismo retoño me rechaza! Vergonzosa recompensa para el trabajo que he hecho, rompiéndome el espinazo como una esclava. Qué mundo este, duro y cruel, siempre robándote la felicidad —gimió—. Mi cerecita, mi rosa, mi dulce niña... ¡Se ha ido! Y sin nadie que la cuide... ¡Asesino de Sombra, no la pierdas de vista, por favor!

Eragon la agarró del brazo y la ayudó a ponerse en pie, asegurándole que Saphira no le quitaría el ojo de encima.

Sí —dijo Saphira—, *aunque sólo sea para evitar que nos clave un cuchillo entre las costillas.*

Regalos de oro

*E*ragon se quedó junto a Saphira, a cincuenta metros del pabellón escarlata de Nasuada. Aliviado al sentirse libre de toda la conmoción generada alrededor de Elva, levantó la vista al claro cielo azul y dejó caer los hombros, ya agotado de los acontecimientos del día. Saphira quería volar al río Jiet y bañarse en sus profundas y lentas aguas, pero Eragon no tenía las ideas tan claras. Aún tenía que acabar de engrasar su armadura, prepararse para la boda de Roran y Katrina, visitar a Jeod, buscarse una espada a la altura y también... Se rascó la barbilla.

¿Cuánto tardarás en volver? —preguntó.

Saphira desplegó las alas, preparándose para el vuelo.

Unas horas. Tengo hambre. Después de limpiarme, voy a coger dos o tres de esos ciervos rellenitos que he visto mordisqueando la hierba en la orilla oeste del río. No obstante, los vardenos han abatido ya a tantos que quizá tenga que volar cinco o seis leguas hacia las Vertebradas para encontrar alguna presa que valga la pena.

No vayas demasiado lejos —le advirtió él—, *o podrías encontrarte con el Imperio.*

No lo haré, pero si me encuentro algún grupo de soldados solitarios... —dijo, relamiéndose—, *no me importaría librar una batallita rápida. Además, los humanos saben igual de buenos que los ciervos.*

¡Saphira, no serías capaz!

Una chispa apareció en los ojos de Saphira.

Quizá sí, quizá no. Depende de si llevan armadura. No me gusta nada morder metal, y tener que rebañar la comida de dentro de un cascarón es igual de molesto.

Ya veo —dijo Eragon, dirigiendo la mirada al elfo más próximo, una mujer alta de pelo plateado—. *Los elfos no quieren que vayas sola. ¿Te importa llevar a un par de ellos sobre el lomo? Si no, les será imposible seguir tu ritmo.*

¡Hoy no! ¡Hoy cazo sola! —Agitando las alas, despegó, eleván-

dose. Mientras viraba al oeste, hacia el río Jiet, su voz resonó en la mente de Eragon, más apagada que antes debido a la distancia—. *Cuando vuelva, volaremos juntos, ¿verdad Eragon?*

Sí, cuando vuelvas volaremos juntos, los dos solos.

El placer que sintió Saphira al oír aquello le hizo sonreír, pues la veía lanzarse como una flecha hacia el oeste.

Eragon bajó la mirada justo en el momento en que Blödhgarm se le acercaba corriendo, ágil como un gato montés. El elfo le preguntó adónde iba Saphira y pareció insatisfecho con la explicación de Eragon, pero si tenía alguna objeción, se la guardó para sí.

«Bien —se dijo Eragon, mientras Blödhgarm se reunía con sus compañeros—. Lo primero es lo primero.»

Atravesó el campamento hasta llegar a una gran plaza abierta donde una treintena de vardenos practicaban con una amplia gama de armas. Para su alivio, estaban demasiado ocupados entrenando como para observar su presencia. Se agachó y apoyó la mano derecha, con la palma hacia arriba, sobre la tierra pisoteada. Eligió las palabras necesarias del idioma antiguo y luego murmuró:

—Kuldr, rïsa lam iet un mathinae unin böllr.

El suelo junto a su mano no mostraba ningún cambio, pero sentía que el hechizo se extendía por la tierra a lo largo de casi cien metros en todas direcciones. Apenas cinco segundos después, la superficie de la tierra empezó a hervir como un cazo de agua olvidado demasiado tiempo a fuego vivo y adquirió un brillante tono amarillo. Eragon había aprendido de Oromis que, allá donde fuera, la tierra siempre contenía minúsculas partículas de casi todos los elementos que, aunque fueran demasiado pequeñas y estuvieran demasiado dispersas como para extraerlas con los métodos tradicionales, podían ser extraídas usando la magia con pericia y esfuerzo.

En el centro de la mancha amarilla fue formándose una fuente de polvo brillante que brotó hasta aterrizar en la palma de la mano de Eragon, donde cada mota iba fundiéndose con la anterior, hasta que tuvo en la mano tres esferas de oro puro, cada una del tamaño de una gran avellana.

—Letta —dijo Eragon, y puso fin al hechizo.

Se echó atrás, apoyando el peso del cuerpo sobre los talones, y se agarró las piernas con los brazos; sintió que le invadía una oleada de cansancio. Dejó caer la cabeza hacia delante, y los párpados se le entrecerraron al tiempo que sentía que le fallaba la vista. Respiró hondo y admiró las pulidas esferas que tenía en la mano, brillantes como un espejo, a la espera de recuperar las fuerzas. «Qué bonitas —pensó—.

Ojalá hubiera podido hacer esto cuando vivíamos en el valle de Palancar... Aunque casi habría sido más fácil ponerse a buscar el oro en las minas. No me agotaba tanto con un hechizo desde que bajé a Sloan de las cumbres de Helgrind.» Se metió el oro en el bolsillo y volvió a atravesar el campamento.

Encontró una de las cocinas del campamento y comió un abundante almuerzo. Lo necesitaba, después de haber formulado tantos y tan arduos hechizos. Luego se puso en marcha hacia la zona donde se alojaban los aldeanos de Carvahall. Al acercarse, oyó un ruido de metales entrechocando. Aquello le despertó la curiosidad y giró en aquella dirección.

Rodeó una fila de tres carros que bloqueaban la entrada del callejón y vio a Horst de pie en el espacio de diez metros que separaba las tiendas, sosteniendo el extremo de una barra de acero de metro y medio. El otro extremo de la barra estaba al rojo vivo, apoyado sobre la superficie de un enorme yunque de noventa kilos clavado en lo alto de un tocón ancho y bajo. A ambos lados del yunque, los fornidos hijos de Horst, Albriech y Baldor, golpeaban el acero alternativamente con sus mazos, que hacían girar sobre la cabeza trazando un amplio bucle para dejarlos caer con fuerza. A unos metros del yunque brillaba una forja improvisada. El martilleo era tan intenso que Eragon mantuvo la distancia hasta que Albriech y Baldor acabaron de allanar el acero y Horst devolvió la barra a la forja.

259

—¡Eh, Eragon! —dijo Horst, agitando su brazo libre. Luego levantó un dedo, anticipándose a la respuesta de Eragon, y se quitó un tapón de algodón de la oreja izquierda—. ¡Ah, ahora ya oigo! ¿Qué te trae por aquí, Eragon? —preguntó.

Mientras tanto, sus hijos iban metiendo en la forja paladas de carbón de un cubo, y se pusieron a ordenar las tenazas, los martillos, los moldes y otras herramientas que había por el suelo. Los tres hombres estaban bañados en sudor.

—Quería saber de dónde procedía el estruendo —dijo Eragon—. Debería de haber adivinado que eras tú. Sólo alguien de Carvahall puede organizar un jaleo así.

Horst se rio, apuntando con su espesa y afilada barba hacia arriba hasta agotar las risas.

—¡Ja, ja, eso de algún modo me enorgullece, desde luego! Y tú eres la prueba fehaciente de ello, ¿eh?

—Todos lo somos —respondió Eragon—. Tú, yo, Roran, todos los de Carvahall. Alagaësia nunca será la misma cuando desaparezcamos todos nosotros. —Señaló con la mano hacia la forja y el resto del equipo—. ¿Por qué estás aquí? Pensaba que todos los herreros estabais…

—Están, Eragon. Están. No obstante, convencí al capitán que está al cargo de esta parte del campamento para que me dejara trabajar más cerca de nuestra tienda —dijo Horst, tirándose del extremo de la barba—. Es por Elain, ya sabes. Este niño le está haciendo pagar un alto precio, y no es de extrañar, teniendo en cuenta lo que sufrimos para llegar hasta aquí. Ella siempre ha estado delicada, y ahora me preocupa que…, bueno… —Se sacudió como un oso intentando librarse del ataque de las moscas—. A lo mejor tú podrías echarle un vistazo cuanto tengas ocasión y ver si puedes aliviar su malestar.

—Lo haré —prometió Eragon.

Con un gruñido de satisfacción, Horst levantó parcialmente la barra de las brasas para ver mejor el color del acero. Volvió a hundir la barra en el centro del fuego y orientó la barba hacia Albriech:

—Ven aquí, dale un poco de aire. Ya está casi lista —le dijo. Albriech se dispuso a operar el fuelle de cuero y Horst siguió hablando con una mueca—: Cuando les dije a los vardenos que era herrero se mostraron encantados. Era como si les hubiera dicho que era otro Jinete de Dragón. No tienen suficientes herreros, ¿sabes? Y me dieron las herramientas que me faltaban, incluido ese yunque. Cuando salimos de Carvahall estaba desolado ante la perspectiva de no poder seguir practicando mi oficio nunca más. Yo no soy fabricante de espadas, pero aquí hay suficiente trabajo como para tenernos ocupados a Albriech, a Baldor y a mí los próximos cincuenta años. No lo pagan muy bien, pero por lo menos no estamos presos entre grilletes en alguna mazmorra de Galbatorix.

—Ni nos mordisquean los huesos los Ra'zac —observó Baldor.

—Sí, eso también. —Horst hizo un gesto a sus hijos para que volvieran a tomar los martillos y entonces, ajustándose la almohadilla de fieltro junto a la oreja izquierda, dijo—: ¿Deseas algo de nosotros, Eragon? El acero está listo, y no puedo dejarlo en el fuego más tiempo. Se debilitaría.

—¿Sabes dónde está Gedric?

—¿Gedric? —Horst frunció el ceño—. Debería estar practicando con la espada y la lanza, junto al resto de los hombres, a medio kilómetro hacia allá —dijo, señalando con el pulgar.

Eragon le dio las gracias y se puso en marcha en la dirección que le había indicado Horst. El tañido repetitivo del choque de un metal contra otro volvió a empezar, claro como el repique de una campana y penetrante como una aguja de cristal atravesando el aire. Eragon se tapó los oídos y sonrió. Le reconfortaba que Horst conservara su determinación y que, a pesar de la pérdida de riquezas y de su casa, aún fuera la misma persona que en Carvahall. De algún modo, la solidez y el ánimo del herrero le sirvieron para renovar su fe en que, si conseguían vencer a Galbatorix, al final todo volvería a estar bien, y que su vida y la de sus vecinos de Carvahall volverían a adoptar un aire de normalidad.

Eragon enseguida llegó al campo donde los hombres de Carvahall practicaban con sus nuevas armas. Allí estaba Gedric, tal como le había indicado Horst, entrenándose con Fisk, Darmmen y Morn. Eragon apenas tuvo que decir una palabra al veterano manco que dirigía los ejercicios para que Gedric quedara excusado por un rato.

El curtidor corrió hasta Eragon y se le colocó delante, mirando hacia el suelo. Era bajo y robusto, con la mandíbula como la de un mastín, cejas pobladas y unos brazos gruesos y fibrados debido al tiempo pasado removiendo las apestosas cubas donde curaba sus pieles. Aunque distaba mucho de ser atractivo, Eragon sabía que era un hombre amable y honesto.

—¿Qué puedo hacer por ti, Asesino de Sombra? —murmuró Gedric.

—Ya lo has hecho. Y he venido a darte las gracias y corresponderte.

—¿Yo? ¿Qué he hecho para ayudarte, Asesino de Sombra? —preguntó muy despacio, con prudencia, como si se temiera que Eragon le estuviera tendiendo una trampa.

—Poco después de que yo huyera de Carvahall, descubriste que alguien había robado tres pieles de buey de la cabaña de secado que tenías junto a las cubas. ¿No es cierto?

El semblante de Gedric se oscureció; empezó a mover los pies, inquieto.

—Ah, bueno… No cerré la cabaña, ya sabes. Cualquiera podía haberse colado y llevarse las pieles. Además, dado todo lo que ha ocurrido desde entonces, no veo que sea demasiado importante. Destruí la mayor parte de las existencias que me quedaban antes de partir hacia las Vertebradas, para que el Imperio y esos asquerosos Ra'zac no pudieran echar mano de nada útil. Quienquiera que se llevara aquellas pieles me ahorró tener que destruir tres más. Así que, como digo yo, lo pasado, pasado está.

—Quizá —dijo Eragon—. Pero me siento igualmente obligado a decirte que fui yo quien te robó esas pieles.

Gedric le miró entonces a los ojos, como si fuera una persona nor-

261

mal, sin miedo, sin admiración ni respeto desmedido, como si el curtidor estuviera reconsiderando su opinión sobre Eragon.

—Las robé yo, y no estoy orgulloso de ello, pero necesitaba las pieles. Sin ellas, dudo de que hubiera sobrevivido lo suficiente como para llegar hasta Du Weldenvarden, con los elfos. Siempre quise pensar que había tomado prestadas las pieles, pero la verdad es que las robé, ya que no tenía ninguna intención de devolvértelas. Por tanto te presento mis disculpas. Y como no te voy a devolver las pieles, o lo que queda de ellas, me parece justo pagártelas.

Del interior de su cinturón, Eragon sacó una de las esferas de oro —dura, redonda y cálida por el contacto con la carne— y se la entregó a Gedric.

Gedric se quedó mirando aquella brillante perla metálica sin despegar su enorme mandíbula, con aquella boca de finos labios apretada sin expresión. No insultó a Eragon sopesando el oro con la mano, ni mordiéndolo, pero cuando por fin habló dijo:

—No puedo aceptar esto, Eragon. Fui un buen curtidor, pero la piel que hice no valía tanto. Tu generosidad te honra, pero me sentiría mal quedándome con este oro. Me sentiría como si no me lo hubiera ganado.

Eragon no se sorprendió.

—No negarías a otro hombre la ocasión de negociar un precio justo, ¿no?

—No.

—Bien. Entonces no puedes negarme esto. La mayoría de las personas regatean a la baja. En este caso yo he decidido regatear al alza, pero aun así lo haré con tanto ahínco como si estuviera intentando ahorrarme un puñado de monedas. Para mí, esas pieles valen cada gramo de este oro, y no te pagaría ni un céntimo menos, ni aunque me pusieras un cuchillo en el cuello.

Los gruesos dedos de Gedric se cerraron alrededor de la esfera dorada.

—Ya que insistes, no seré tan grosero como para seguir negándome. Nadie podrá decir que Gedric, hijo de Ostven, dejó que la suerte le pasara de largo por obstinarse en demostrar su integridad. Gracias, Asesino de Sombra. —Se metió la esfera en una bolsita del cinto, tras envolver el oro en un trapo de lana para evitar que se rayara—. Garrow lo hizo bien contigo, Eragon. Lo hizo bien tanto contigo como con Roran. Puede que fuera áspero como el vinagre y duro y seco como un colinabo de invierno, pero os educó bien a los dos. Creo que estaría orgulloso de vosotros.

Eragon sintió una inesperada emoción que le atenazó el pecho. Gedric se dispuso a volver con sus vecinos, pero dijo:

—Si me permites la pregunta, Eragon, ¿por qué fueron tan valiosas para ti aquellas pieles? ¿Para qué las usaste?

—¿Para qué? —Eragon soltó una risita—. Con la ayuda de Brom, me hice con ellas una silla para montar a Saphira. Ya no la lleva tan a menudo como antes, al menos desde que los elfos nos dieron una silla construida especialmente para ella, pero nos dio muy buen resultado en muchas luchas y escaramuzas, e incluso en la batalla de Farthen Dûr.

Gedric levantó las cejas, asombrado, dejando al descubierto la pálida piel que normalmente le quedaba oculta bajo los profundos pliegues. Como una grieta en el granito azul grisáceo, una amplia sonrisa le atravesó el rostro, transformando sus rasgos.

—¡Una silla! —suspiró—. ¡Imagínate, yo, curtiendo la piel para la silla de montar de un Jinete! ¡Y sin tener ni idea de lo que estaba haciendo! No, no para «un» Jinete, sino ¡para «el» Jinete! ¡El que por fin derrotará al tirano negro en persona!

Gedric dio un bote y se puso a bailar una giga improvisada. Sin dejar de sonreír ni por un instante, le hizo una reverencia a Eragon y volvió dando saltitos a ocupar su lugar entre sus compañeros, donde empezó a contar su relato a todo el que tenía cerca.

Eragon decidió salir de allí antes de que toda aquella gente pudiera salir a su encuentro y se perdió por entre las filas de tiendas, contento con lo que había conseguido. «Puede que tarde un poco —pensó—, pero siempre pago mis deudas.»

No tardó mucho en llegar a otra tienda, cerca del extremo oriental del campamento. Llamó picando con los dedos sobre el poste que quedaba entre las dos solapas frontales. Con un movimiento brusco, se abrió una de las solapas y en la abertura apareció la esposa de Jeod, Helen. Se quedó mirando a Eragon con una expresión fría.

—Habrás venido a hablar con él, supongo.

—Si está en casa —dijo Eragon, aunque sabía perfectamente que estaba allí, ya que detectaba la presencia de la mente de Jeod tan claramente como la de Helen.

Por un momento, Eragon pensó que ella podría negarle la presencia de su marido, pero se encogió de hombros y se apartó.

—Pasa, entonces.

Eragon se encontró a Jeod sentado sobre un taburete, enfrascado en el estudio de una serie de pergaminos, libros y hojas sueltas de papel apiladas sobre un catre desnudo. Sobre la frente le caía un fino

263

mechón de pelo que disimulaba la curva de la cicatriz que le iba de lo alto del cráneo hasta la sien izquierda.

—¡Eragon! —exclamó, cuando lo vio. Las líneas de concentración de su rostro se borraron—. ¡Bienvenido, bienvenido! —Le estrechó la mano y luego le ofreció el taburete—. Siéntate, yo me siento en la esquina de la cama. No, por favor, eres nuestro invitado. ¿Te apetece algo de comer o de beber? Nasuada nos da una ración extra, así que no te contengas por miedo a que pasemos hambre por tu culpa. La comida será pobre en comparación con lo que te ofrecimos en Teirm, pero nadie que vaya a la guerra puede esperarse comer bien, ni siquiera un rey.

—Una taza de té estaría bien —dijo Eragon.

—Entonces que sea té con galletas —dijo Jeod, mirando a Helen.

Ella cogió la tetera del suelo y se la apoyó contra la cadera, encajó la boquilla de un odre en el extremo del pico y apretó. La tetera reverberó con un ruido sordo al golpear el chorro de agua contra el fondo. Helen apretó con los dedos el cuello del odre, reduciendo el flujo a un lento goteo, y se quedó así, con la expresión distante de alguien que realiza una tarea desagradable, mientras las gotas de agua repiqueteaban a un ritmo frenético contra el interior de la tetera.

En el rostro de Jeod apareció una sonrisa de disculpa. Se quedó mirando un recorte de papel que tenía junto a la rodilla a la espera de que Helen acabara. Eragon fijó la vista en un pliegue a un lado de la tienda.

El estentóreo goteo se prolongó más de tres minutos.

Cuando por fin se llenó la tetera, Helen retiró el odre deshinchado, lo colgó en un gancho del poste central de la tienda y salió.

Eragon miró a Jeod y arqueó una ceja. Jeod abrió los brazos.

—Mi posición entre los vardenos no es tan prominente como ella esperaba, y me culpa por ello. Accedió a huir de Teirm conmigo, esperando, o eso creo, que Nasuada me incluyera en el reducido círculo de sus asesores, o que me concediera tierras y riquezas dignas de un señor, o alguna otra extravagante recompensa por haber contribuido al robo del huevo de Saphira hace muchos años. Lo que Helen no se esperaba era la sencilla vida de un combatiente de a pie: dormir en una tienda, hacerse su propia comida, lavarse sus propias ropas, etcétera. No es que las riquezas y el prestigio sean sus únicas preocupaciones, pero tienes que entender que nació en una de las familias de navieros más ricos de Teirm; además, durante la mayor parte de nuestro matrimonio no me ha ido mal en los negocios. No está acostumbrada a privaciones como éstas, y aún tiene que adaptarse. —Encogió los hombros apenas un centímetro—. Lo que yo esperaba era que esta aventura, si es que se le puede dar un nombre tan romántico, estrechara la grieta que se ha abierto entre nosotros en los últimos años, pero, como siempre, nada es tan sencillo como parece.

—¿Crees que los vardenos deberían mostrarte una mayor consideración? —preguntó Eragon.

—Por mí no. Por Helen... —Jeod vaciló—. Quiero que sea feliz. Mi recompensa fue la de escapar de Gil'ead con vida cuando Brom y yo fuimos atacados por Morzan, su dragón y sus hombres; la satisfacción de saber que contribuí a darle un duro golpe a Galbatorix; la de poder recuperar mi vida anterior y poder seguir contribuyendo a la causa de los vardenos; y la de poder casarme con Helen. Ésas fueron mis recompensas, y estoy más que satisfecho con ellas. Cualquier duda que pudiera tener se desvaneció en el instante en que vi a Saphira elevándose entre el humo de los Llanos Ardientes. No obstante, no sé qué hacer con Helen. Pero, perdóname, eso son problemas míos, y no debería agobiarte con ellos.

Eragon tocó un pergamino con la punta de su dedo índice.

—Entonces dime: ¿por qué tantos papeles? ¿Te has convertido en copista?

—Pues no —respondió Jeod, divertido—, aunque el trabajo a menudo resulta igual de tedioso. Como fui yo quien descubrió el pasaje oculto para entrar en el castillo de Galbatorix, en Urû'baen, y ya que conseguí traerme algunos libros únicos de mi biblioteca de Teirm, Nasuada me ha encargado buscar puntos débiles en otras ciudades del Imperio. Si pudiera encontrar alguna mención a un túnel por debajo de las murallas de Dras-Leona, por ejemplo, quizá nos ahorraríamos un gran derramamiento de sangre.

—¿Dónde buscas?

—Por todas partes. —Jeod se echó atrás el mechón del flequillo que le colgaba sobre la frente—. Historias, mitos, leyendas, poemas, canciones, textos religiosos, los relatos de Jinetes, magos, vagabundos, locos, oscuros potentados, generales varios, cualquiera que pudiera tener conocimiento de alguna puerta oculta o algún mecanismo secreto, o algo parecido que pudiéramos utilizar a nuestro favor. La cantidad de material que tengo que cribar es inmensa, ya que todas las ciudades llevan ahí cientos de años; hay algunas que son anteriores a la llegada de los humanos a Alagaësia.

—¿Qué probabilidades reales hay de que encuentres algo?

—No muchas. Nunca hay muchas posibilidades de éxito cuando de lo que se trata es de rebuscar entre los secretos del pasado. Pero aun así es posible, si cuento con el tiempo suficiente. No tengo ninguna duda de que lo que busco existe en todas las ciudades; son demasiado antiguas como para no contar con alguna entrada o salida oculta a través de sus murallas. No obstante, lo que es otra historia es si realmente hay «constancia» de esos pasajes y si poseemos esos apuntes. La gente que tiene conocimiento de pasos ocultos y cosas parecidas suele quedarse la información para sí. —Jeod agarró un puñado de papeles que tenía al lado, sobre el catre, y se los acercó a la cara, soltó un gruñido y los apartó de un manotazo—. Intento resolver acertijos inventados por personas que no querían que se resolvieran.

Jeod y Eragon siguieron hablando de otros asuntos menos importantes hasta que reapareció Helen con tres tazas de humeante té de trébol rojo. Eragon aceptó el suyo y observó que su rabia de antes parecía aplacada, por lo que se preguntó si habría estado escuchando desde fuera lo que había dicho Jeod sobre ella. Le dio a su marido una taza y, de algún lugar por detrás de Eragon, sacó una bandeja de hojalata con galletas planas y una pequeña vasija de miel. Luego se apartó un par de metros y se quedó de pie, apoyada sobre el poste central, soplando su taza de té.

Tal como mandaba la cortesía, Jeod esperó a que Eragon hubiera cogido una galleta de la bandeja y que le hubiera dado un bocado antes de decir:

—¿A qué debemos el placer de tu compañía, Eragon? O mucho me equivoco, o no estás aquí por casualidad.

Eragon dio un sorbo al té.

—Después de la batalla de los Llanos Ardientes, te prometí que te diría cómo murió Brom. Por eso he venido.

—Oh —exclamó Jeod. El color de sus mejillas desapareció y dio paso a un gris pálido.

—No tengo por qué hacerlo, si no quieres —se apresuró a señalar Eragon.

—No, sí que quiero —dijo Jeod, sacudiendo la cabeza con cierto esfuerzo—. Es sólo que me has pillado por sorpresa.

Como Jeod no le pidió a Helen que se fuera, Eragon no estaba seguro de si debía seguir adelante, pero entonces decidió que no importaba si ella o cualquier otra persona oían aquella historia. Con deliberada lentitud, inició el relato de los sucesos que habían tenido lugar después de que Brom y él salieran de la casa de Jeod. Describió su encuentro con la banda de úrgalos, la búsqueda de los Ra'zac en Dras-Leona, la emboscada que les habían tendido los Ra'zac fuera de la ciudad y cómo habían acuchillado a Brom cuando huían del ataque de Murtagh. A Eragon se le cerró la garganta al recordar las últimas horas de Brom, la fría cueva de arenisca donde yacía, la sensación de impotencia que le había asaltado al ver cómo Brom se le escapaba de las manos o el olor a muerte que había sentido en el aire seco, las últimas palabras de Brom, la tumba de piedra que le había hecho Eragon recurriendo a la magia y cómo Saphira la había transformado en diamante puro.

—Si hubiera sabido lo que sé ahora —dijo Eragon—, lo habría podido salvar. En cambio...

El nudo que tenía en la garganta creaba una barrera por la que no podían fluir las palabras. Se secó los ojos y se bebió el té, aunque le habría gustado que fuera algo más fuerte que té.

A Jeod se le escapó un suspiro.

—Y así acabó Brom. Desde luego, todos estamos mucho peor sin él. No obstante, si hubiera podido escoger el modo de morir, creo que habría decidido morir así, al servicio de los vardenos, defendiendo al último Jinete de Dragón libre.

—¿Tú sabías que él también había sido Jinete?

Jeod asintió.

—Los vardenos me lo dijeron antes de conocerlo.

—Parece que era de los que revelan pocas cosas de sí mismos —observó Helen.

Jeod y Eragon se rieron.

—Eso, desde luego —le contestó su marido—. Aún no me he recuperado de la impresión de veros juntos, Eragon, a la puerta de casa. Brom siempre se reservaba la opinión, pero nos hicimos amigos íntimos al viajar juntos, y no entiendo por qué me hizo creer que estaba muerto durante dieciséis o diecisiete años. Demasiado tiempo. Es más, ya que fue Brom quien entregó el huevo de Saphira a los vardenos después de matar a Morzan en Gil'ead, los vardenos no podían revelarme que tenían el huevo sin explicarme que Brom seguía vivo. Así que me pasé casi dos décadas convencido de que la gran aventura de mi vida había acabado en fracaso y que con ello habíamos perdido nuestra única esperanza de contar con un Jinete de Dragón que nos ayudara a derrotar a Galbatorix. Aquel peso no era fácil de llevar, te lo puedo asegurar... —Con una mano, Jeod se frotó la frente—. Cuando abrí la puerta de casa y me di cuenta de quién era el que tenía delante, pensé que los fantasmas del pasado habían acudido a perseguirme. Brom me dijo que se había mantenido oculto para asegurarse de seguir con vida y poder entrenar al nuevo Jinete cuando

267

apareciera, pero su explicación nunca me satisfizo del todo. ¿Por qué tenía que apartarse de casi todos sus seres próximos? ¿De qué tenía miedo? ¿Qué es lo que protegía?

Jeod pasó el dedo por el asa de su taza.

—No puedo demostrarlo, pero me parece que Brom debió de descubrir algo en Gil'ead mientras luchaba contra Morzan y su dragón; algo tan tormentoso que le hizo abandonar todo lo que era su vida hasta entonces. Es una conjetura descabellada, lo admito, pero no encuentro sentido a las acciones de Brom, a menos que supiera algo que no compartió nunca conmigo ni con ninguna otra alma viviente —concluyó. Una vez más suspiró y se pasó la mano por el largo rostro—. Tras tantos años de separación, esperaba que Brom y yo pudiéramos salir a cabalgar juntos de nuevo, pero parece ser que la fortuna nos deparaba otras cosas. Y perderlo una segunda vez, a las pocas semanas de descubrir que aún estaba vivo, fue una cruel broma del destino. —Helen pasó junto a Eragon, se colocó junto a Jeod y posó una mano en su hombro. Él le ofreció una lánguida sonrisa y pasó un brazo alrededor de su fina cintura—. Estoy contento de que Saphira y tú le dierais a Brom una tumba que sería la envidia hasta de un rey de los enanos. Se merecía eso y más, por todo lo que hizo por Alagaësia. Aunque una vez la gente descubra su tumba, tengo la horrible sospecha de que no durarán en romperla para quedarse con el diamante.

—Si lo hacen, lo lamentarán —murmuró Eragon, que decidió volver al lugar a la primera ocasión y colocar defensas alrededor de la tumba de Brom para protegerla de los saqueadores de tumbas—. Además, estarán demasiado ocupados buscando lirios de oro como para molestar a Brom.

—¿Qué?

—Nada. No importa. —Los tres dieron unos sorbos al té. Helen mordisqueó una galleta. Entonces Eragon preguntó—: Tú conociste a Morzan, ¿verdad?

—No fue en circunstancias de lo más agradables, pero sí, me lo topé.

—¿Cómo era?

—¿Como persona? Realmente no podría decírtelo, aunque estoy muy al corriente de las historias que se cuentan sobre sus atrocidades. Cada vez que su camino se cruzaba con el de Brom y el mío, intentaba matarnos. O más bien capturarnos, torturarnos y luego matarnos, y ninguna de esas cosas facilita el establecimiento de una relación íntima. —Eragon estaba demasiado concentrado como para responder al humor de Jeod, que cambió de posición—. Como guerrero, Morzan era terrorífico. Nos pasamos mucho tiempo huyendo de él, o eso creo recordar..., de él y de su dragón, claro. Pocas cosas son más aterradoras que un dragón rabioso que te persiga.

—¿Qué aspecto tenía?

—Parece que tienes un gran interés por él.

Eragon parpadeó.

—Tengo curiosidad. Fue el último de los Apóstatas en morir; Brom fue quien lo mató. Y ahora su hijo es mi enemigo mortal.

—Déjame pensar, entonces —dijo Jeod—. Era alto, de anchos hombros, con el pelo oscuro como las plumas de un cuervo, y los ojos de diferentes colores. Uno era azul y el otro negro. No llevaba barba, y le faltaba la punta de uno de los dedos, no recuerdo de cuál. Tenía cierto atractivo, pero su aspecto era cruel y altivo, y cuando hablaba era de lo más carismático. Su armadura siempre estaba brillante, desde la cota de malla al peto, como si no tuviera miedo de que lo vieran sus enemigos, algo que supongo que era cierto. Cuando se reía, sonaba como si le doliera.

—¿Y su compañera, Selena? ¿También la conociste?

Jeod se rio.

—Si la hubiera conocido, no estaría ahora aquí. Puede que Morzan fuera un guerrero temible, un mago formidable y un traidor asesino, pero fue aquella mujer la que inspiraba más terror en la gente. Morzan sólo la usaba para las misiones que eran tan repugnantes, difíciles o secretas que nadie más las habría aceptado. Era su mano negra, y su presencia siempre indicaba muerte inminente, tortura, traición o algún otro tipo de horror. —Eragon sintió náuseas al oír aquella descripción de su madre—. Era absolutamente implacable, carecía de piedad o compasión. Se decía que, cuando le dijo a Morzan que quería entrar a servir con él, él la puso a prueba enseñándole la palabra correspondiente a «sanar» en el idioma antiguo, ya que ella era hechicera, además de guerrera, y luego la enfrentó a doce de sus mejores espadachines.

—¿Cómo los derrotó?

—Les curó su miedo y su odio y todas esas cosas que llevan a un hombre a matar. Y entonces, cuando ellos se quedaron ahí, mirándose unos a otros como borregos, fue hacia ellos y les cortó la garganta... ¿Te encuentras bien, Eragon? Estás pálido como un muerto.

—Estoy bien. ¿Qué más recuerdas?

Jeod tamborileó con los dedos sobre el lateral de la taza.

—Sobre Selena, poco más. Siempre fue un enigma. Nadie más

que Morzan supo su nombre real hasta unos meses antes de que él muriera. Para todos nunca ha sido otra cosa que la Mano Negra; la Mano Negra que tenemos ahora, la colección de espías, asesinos y magos que llevan a cabo los encargos más viles de Galbatorix son un intento por su parte de recrear el útil servicio que le prestaba Selena a Morzan. Incluso entre los vardenos, sólo hay un puñado de personas que conozcan su nombre, y la mayoría de ellas son ya pasto de los gusanos. Por lo que recuerdo, fue Brom quien descubrió su identidad real. Antes de que yo acudiera a los vardenos con la información relacionada con el pasaje de entrada al castillo de Ilirea —que construyeron los elfos hace milenios y que Galbatorix expandió hasta crear la ciudadela negra que domina actualmente Urû'baen—, Brom había pasado una cantidad de tiempo considerable espiando los dominios de Morzan con la esperanza de poder descubrir alguna debilidad insospechada hasta entonces... Creo que Brom consiguió entrar en su casa disfrazándose y haciéndose pasar como uno de los miembros del servicio. Fue entonces cuando descubrió lo que llegó a averiguar de Selena. Aun así, nunca llegó a saber por qué estaba tan unida a Morzan. Quizá le amara. En cualquier caso, le fue absolutamente leal, incluso hasta el punto de la muerte. Poco después de que Brom matara a Morzan, corrió la voz entre los vardenos de que Selena había enfermado. Es como si el halcón domado tuviera tanto afecto a su dueño que no pudiera vivir sin él.

«Ella no le fue del todo leal —pensó Eragon—. Desafió a Morzan por mí, aunque con ello perdiera la vida. Ojalá también hubiera podido rescatar a Murtagh.» En cuanto a los relatos de las fechorías de Selena, prefirió creer que Morzan había pervertido su alma, buena por naturaleza. Si no quería perder el juicio, Eragon no podía aceptar que tanto su padre como su madre habían sido tan malvados.

—Ella le quería —dijo, con la mirada fija en los turbios posos del fondo de la taza—. Al principio le quería; quizá no tanto al final. Murtagh es hijo suyo.

—¿De verdad? —Jeod levantó una ceja—. Supongo que te lo habrá dicho el propio Murtagh.

Eragon asintió.

—Bueno, eso explica una serie de preguntas que nunca he podido responder. La madre de Murtagh... Me sorprende que Brom no me revelara ese secreto en particular.

—Morzan hizo todo lo que pudo por ocultar la existencia de Murtagh, incluso ante los otros miembros de los Apóstatas.

—Conociendo la historia de esos bellacos traidores, probablemente eso salvara la vida a Murtagh. Es una lástima.

El silencio se instaló entre ellos, como un tímido animal dispuesto a escapar corriendo ante el mínimo movimiento. Eragon siguió con la mirada fija en su taza. Un montón de preguntas le acechaban, pero sabía que Jeod no podía respondérselas y que era poco probable que pudiera hacerlo ningún otro: ¿por qué se había ocultado Brom en Carvahall? ¿Para vigilar a Eragon, el hijo de su enemigo más acérrimo? ¿Había sido una broma cruel el hecho de darle *Zar'roc*, la espada de su padre, a Eragon? ¿Y por qué no le había dicho Brom la verdad sobre su origen? Aferró la taza con más fuerza y, sin querer, rompió la arcilla.

Los tres se sobresaltaron ante aquel ruido inesperado.

—Déjame que te ayude —dijo Helen, que se echó hacia delante y le frotó la casaca con un trapo.

Azorado, Eragon se disculpó repetidamente, a lo que Jeod y Helen respondieron asegurándole que era una tontería y que no debía de preocuparse por ello.

Mientras la mujer recogía los fragmentos de arcilla endurecida al fuego, Jeod empezó a revolver las capas de libros, pergaminos y hojas sueltas que cubrían la cama y dijo:

—¡Ah, casi se me olvida! Tengo algo para ti, Eragon, que podría resultarte útil. A ver si consigo encontrarlo... —Con una exclamación de satisfacción se irguió y sacó un libro, que entregó a Eragon.

Era el *Domia abr Wyrda*, el *Dominio del destino*, una historia completa de Alagaësia escrita por Heslant *el Monje*. La primera vez que la había visto Eragon había sido en la biblioteca de Jeod, en Teirm. No se esperaba volver a tener la ocasión de examinarla. Saboreando aquel instante, pasó las manos por encima de la piel grabada de la cubierta, envejecida por el tiempo, y luego abrió el libro y admiró las claras filas de runas de su interior, escritas con una tinta roja y brillante. Impresionado por la dimensión del tesoro de conocimientos que tenía en las manos, dijo:

—¿Quieres que yo me quede con esto?

—Sí —afirmó Jeod, mientras se apartaba para que Helen pudiera extraer un fragmento de la taza que había quedado bajo la cama—. Creo que le sacarás provecho. Estás implicado en acontecimientos históricos, Eragon, y las raíces de los conflictos a los que te enfrentas nacen en los sucesos ocurridos hace décadas, siglos o milenios. En tu lugar, yo aprovecharía cada oportunidad que tuviera para estudiar las lecciones que tiene que enseñarnos la historia, ya que eso podría ayudarte con los problemas de la actualidad. En mi caso, la lectura de los

271

textos del pasado en muchos casos me ha proporcionado el valor y la perspectiva necesarios para elegir el camino correcto.

Eragon deseaba aceptar el regalo, pero aun así dudaba.

—Brom decía que el *Domia abr Wyrda* era tu mayor tesoro. Y por otra parte es único... Además, ¿qué hay de tu trabajo? ¿No lo necesitas para tu investigación?

—El *Domia abr Wyrda* es valioso y único —dijo Jeod—, pero sólo en el Imperio, donde Galbatorix quema cada ejemplar que encuentra y donde cuelga a sus desdichados propietarios. Aquí, en el campamento, ya he conseguido seis ejemplares de los miembros de la corte del rey Orrin, y esto no es lo que podría llamarse un gran centro del saber. No obstante, desprenderme de él no es algo que me sea indiferente, y lo hago sólo porque tú puedes darle mejor uso que yo. Los libros deberían de ir a parar donde más valor se les dé, y no deben quedar almacenados, acumulando polvo en algún estante olvidado.

—Le daré un buen uso —dijo Eragon, que volvió a cerrar el *Domia abr Wyrda* y a reseguir los trazos de la cubierta con sus dedos, fascinado por los elaborados diseños labrados en el cuero—. Gracias. Para mí será un tesoro y lo cuidaré bien. —Jeod agachó la cabeza y se apoyó contra la pared de la tienda con expresión de satisfacción. Eragon miró el lomo del libro y examinó la inscripción—. ¿De qué orden era monje Heslant?

—De una pequeña secta misteriosa llamada Arcaena, creada por Kuasta. La orden, que lleva activa por lo menos quinientos años, considera que todo conocimiento es sagrado. —Una leve sonrisa le dio al rostro de Jeod un aire misterioso—. Se han dedicado a recopilar información de todo el mundo y a preservarla en una época en que consideran que alguna catástrofe indeterminada podría destruir todas las civilizaciones de Alagaësia.

—Parece una religión extraña —observó Eragon.

—¿No lo son todas las religiones para los que no participan de ellas? —planteó Jeod.

—Yo también tengo un regalo para vosotros o, más bien, para ti, Helen.

La mujer ladeó la cabeza, con expresión de sorpresa.

—En tu familia eran comerciantes, ¿verdad?

Ella asintió con la cabeza.

—¿Tú también estás familiarizada con el negocio?

Un brillo iluminó los ojos de Helen.

—Si no me hubiera casado con él —dijo, indicando a Jeod con un movimiento del hombro—, me habría quedado con el negocio familiar a la muerte de mi padre. Era hija única, y mi padre me enseñó todo lo que sabía.

Aquello era lo que esperaba oír. Entonces se dirigió a Jeod:

—Tú afirmas que estás satisfecho de tu suerte con los vardenos.

—Y así es. Bastante.

—Lo entiendo. No obstante, arriesgaste mucho para ayudarnos a Brom y a mí, y arriesgaste aún más para ayudar a Roran y al resto de Carvahall.

—Los Piratas de Palancar.

Eragon se rio entre dientes y continuó:

—Sin tu ayuda, el Imperio, sin duda, lo habría capturado. Y debido a tu acto de rebelión, los dos perdisteis lo que más queríais en Teirm.

—Lo habríamos perdido igualmente. Yo estaba en bancarrota y los Gemelos me habían traicionado al entregarme al Imperio. Sólo era cuestión de tiempo que Lord Risthart me arrestara.

—Quizá, pero aun así ayudaste a Roran. ¿Quién puede culparte si al mismo tiempo protegías vuestras cabezas? El hecho es que abandonasteis vuestra vida en Teirn para robar el *Ala de Dragón* con Roran y con el resto de los aldeanos. Y siempre te estaré agradecido por tu sacrificio. Así que esto es parte de mi agradecimiento…

Tras deslizar un dedo por debajo del cinturón, Eragon extrajo la segunda de las tres esferas de oro y se la entregó a Helen. Ella la cogió con delicadeza, como si fuera una cría de petirrojo. Se la quedó mirando, maravillada, y Jeod alargó el cuello para ver por encima del borde de la mano.

—No es una fortuna —dijo Eragon—, pero si eres lista, deberías poder hacer que crezca. Lo que hizo Nasuada con el comercio de los encajes me enseñó que, en tiempos de guerra, abundan las ocasiones para prosperar.

—Oh, sí —suspiró Helen—. La guerra es el paraíso para los comerciantes.

—Por ejemplo, Nasuada me mencionó anoche en la cena que los enanos van escasos de aguamiel y, como puedes imaginarte, tienen recursos para comprar los barriles que quieran, aunque el precio fuera mil veces el de antes de la guerra. No obstante, eso no es más que una sugerencia. Puede que buscando por tu cuenta encuentres a otros más desesperados para negociar.

Eragon dio un paso atrás cuando Helen se le echó encima y le dio un abrazo. Sus cabellos le hicieron cosquillas en la barbilla. Ella lo soltó en un arranque de timidez, pero luego la emoción volvió a estallar y levantó la bola de color miel frente a la nariz y dijo:

—¡Gracias, Eragon! ¡Muchas gracias! Puedo sacarle partido —dijo, señalando el oro—. Sé que puedo. Con esto, construiré un imperio aún mayor que el de mi padre. —La brillante esfera desapareció en el interior de su puño—. ¿Crees que tengo más ambición que capacidad? Será como te digo. ¡No fracasaré!

Eragon le hizo una reverencia.

—Espero que tengas éxito y que tu éxito nos beneficie a todos —dijo. Y observó que los tendones del cuello de Helen se le marcaban mientras le devolvía la reverencia:

—Eres muy generoso, Asesino de Sombra. Gracias una vez más.

—Sí, gracias —dijo Jeod, que se levantó de la cama—. No veo por qué nos merecemos esto —Helen le fulminó con una mirada furiosa, a la que él no hizo ningún caso—, pero es igualmente bienvenido.

—Y para ti, Jeod —improvisó Eragon—, el regalo no es mío, sino de Saphira. Ha decidido dejarte volar con ella cuando ambos tengáis una o dos horas libres.

A Eragon le dolía compartir a Saphira, y sabía que ella se disgustaría por no haberle consultado antes de ofrecer sus servicios, pero después de darle el oro a Helen, se habría sentido culpable si no le daba a Jeod algo del mismo valor.

Los ojos de Jeod se cubrieron de lágrimas. Agarró la mano de Eragon y se la estrechó y, sin soltarla, dijo:

—No puedo imaginar un honor mayor. Gracias. No sabes lo mucho que has hecho por nosotros.

Tras liberarse de la tenaza de Jeod, Eragon se dirigió hacia la entrada de la tienda, excusándose con la máxima cortesía de que fue capaz y despidiéndose. Por fin, tras una ronda más de agradecimientos por parte de ellos y de frases de modestia —«No ha sido nada»— por su parte, consiguió salir al exterior.

Sopesó el *Domia abr Wyrda* y luego echó un vistazo a la posición del sol. Saphira no tardaría en volver, pero aún tenía tiempo de atender otro asunto. No obstante, antes tenía que pasar por su tienda; no quería arriesgarse a estropear el *Domia abr Wyrda* llevándolo consigo por todo el campamento.

«Tengo un libro», pensó, encantado.

Y salió al trote, agarrando el libro contra el pecho, con Blödhgarm y los otros elfos siguiéndole a poca distancia.

¡Necesito una espada!

*U*na vez guardado convenientemente el ejemplar del *Domia abr Wyrda* en la tienda, Eragon se dirigió a la armería de los vardenos, un gran pabellón abierto lleno de soportes cargados de lanzas, espadas, picas, arcos y ballestas. Había cajones llenos de montones de escudos y accesorios de cuero. Las cotas, túnicas, tocas y calzas colgaban de percheros de madera. Cientos de cascos cónicos brillaban como plata bruñida. A los lados del pabellón se amontonaban los fardos de flechas, y en medio había un equipo de arqueros muy ocupados reparando flechas a las que se les habían estropeado las plumas durante la batalla de los Llanos Ardientes. Un flujo constante de hombres entraban y salían del pabellón: algunos traían armas y armaduras para reparar, otros portaban nuevas adquisiciones que querían adaptar, y otros se llevaban material a diferentes partes del campamento. Aparentemente todos gritaban a pleno pulmón. Y en el centro de todo aquel jaleo estaba el hombre que Eragon quería ver: Fredric, el maestro armero de los vardenos.

Blödhgarm acompañó a Eragon a través del pabellón, hasta llegar a Fredric. En cuanto pusieron el pie bajo el techo de lona, los hombres de su interior se callaron y fijaron los ojos en ellos dos. Luego retomaron su actividad, aunque de un modo más sigiloso y con la voz más baja.

Fredric levantó un brazo a modo de saludo y se les acercó a toda prisa. Como siempre, llevaba su armadura de piel de buey —que tenía un olor casi tan ofensivo como el que debía de tener el animal en vida— y un enorme mandoble cruzado a la espalda, con la empuñadura que sobresalía por encima de su hombro derecho.

—¡Asesino de Sombra! —rugió—. ¿Qué puedo hacer para ayudarte?

—Necesito una espada.

A través de la barba de Fredric apareció una sonrisa.

—¡Ah, me preguntaba si vendrías a visitarme por eso! Cuando te pusiste en marcha hacia Helgrind sin una espada al cinto pensé que…, bueno, que quizá ya estuvieras por encima de todo eso. A lo mejor ya puedes librar todas tus batallas sólo con la magia.

—No, aún no.

—Bueno, no puedo decir que lo sienta. Todo el mundo necesita una buena espada, por muy bueno que se sea con los conjuros. Al final, todo acaba decidiéndose acero contra acero. Tú espera y verás: así es como se resolverá la lucha contra el Imperio, con una punta de espada clavada en el corazón de ese maldito de Galbatorix. ¡Ja! Me apostaría el sueldo de un año a que incluso Galbatorix tiene una espada propia y que también la usa, a pesar de que sea capaz de degollar a cualquiera como un pescado moviendo un solo dedo. No hay nada comparable a la sensación de un buen acero en la mano.

Mientras hablaba, Fredric los acompañó hacia un muestrario de espadas apartado de los demás.

—¿Qué tipo de espada buscas? —preguntó—. *Zar'roc* era de una mano, si recuerdo bien. Con una hoja de unos dos dedos de ancho, dos de los míos, en cualquier caso, y con una forma que permitía tanto el corte como la estocada, ¿verdad? —Eragon le indicó que sí, y el maestro armero soltó un gruñido y empezó a sacar espadas del soporte y a agitarlas al aire para después volver a ponerlas en su sitio, aparentemente insatisfecho—. Las hojas de los elfos suelen ser más finas y ligeras que las nuestras o las de los enanos, debido a los hechizos que usan para forjar el acero. Si hiciéramos las nuestras tan delicadas como las de ellos, tras un minuto de lucha se doblarían, se romperían o se astillarían tanto que no servirían ni para cortar queso fresco. —Sus ojos se posaron en Blödhgarm—. ¿No es así, elfo?

—Exactamente como tú dices, humano —respondió Blödhgarm con una voz perfectamente modulada.

Fredric asintió y examinó el filo de otra espada, luego resopló y volvió a dejarla en el soporte.

—Y eso significa que cualquier espada que escojas probablemente te pesará más de lo que estás acostumbrado. Eso no debería suponerte una gran dificultad, pero el peso de más podría retrasar tus golpes.

—Te agradezco la advertencia —dijo Eragon.

—De nada —respondió Fredric—. Para eso estoy: para evitar el mayor número posible de muertes entre los vardenos y para ayudarlos a matar a todos los soldados de Galbatorix que sea posible. Es un buen trabajo.

Se alejó del soporte y se dirigió a otro oculto tras un montón de escudos rectangulares.

276

—Encontrar la espada ideal para alguien es en sí mismo un arte. Una espada debe sentirse como la extensión del propio brazo, como si hubiera crecido de tu propia carne. No deberías tener que pensar en cómo quieres que se mueva; simplemente deberías moverla instintivamente, como una garceta el pico o un dragón las garras. La espada perfecta es el reflejo de la intención del guerrero: lo que tú quieres, ella lo hace.

—Hablas igual que un poeta.

Con aire de modestia, Fredric encogió ligeramente los hombros.

—Llevo veintiséis años escogiendo armas para quienes entran en combate. Se te va metiendo en los huesos y, al cabo de un tiempo te hace pensar en el destino y en si ese jovencito que enviaste a la guerra con una pica con gancho aún estará vivo, o si habrías hecho mejor en darle una maza. —Fredric se detuvo con una mano colocada sobre la espada del centro de un soporte y se quedó mirando a Eragon—. ¿Prefieres luchar con o sin escudo?

—Con —dijo Eragon—. Pero no puedo llevarlo encima todo el rato. Y da la impresión de que nunca tienes el escudo a mano cuando te atacan.

Fredric tocó la empuñadura de la espada y luego se mesó la barba.

—¡Umpf! Así que necesitas una espada que puedas usar sola pero que no sea demasiado larga, para que puedas usarla con cualquier tipo de escudo, desde uno de puño a uno de cuerpo entero. Eso significa una espada de longitud media, fácil de sostener con una mano. Tiene que ser una hoja que puedas llevar en cualquier ocasión, lo suficientemente elegante para una coronación y lo suficientemente dura como para repeler a más de un kull. —Hizo una mueca—. No es natural, eso que ha hecho Nasuada de aliarse con esos monstruos. No puede durar. No estamos hechos para entremezclarnos… —Sacudió la cabeza—. Es una pena que sólo quieras una espada. ¿O me equivoco?

—No. Saphira y yo viajamos demasiado para ir cargando con media docena de espadas.

—Supongo que tienes razón. Además, un guerrero como tú no suele tener más de un arma. Es la «maldición de la espada con nombre», como lo llamo yo.

—¿Y eso qué es?

—Todo gran guerrero lleva una espada, suele ser una espada, que tiene nombre. O se lo pone él o, una vez ha demostrado su valor con alguna hazaña extraordinaria, se lo ponen los bardos. A partir de entonces «tiene que usar» esa espada. Es lo que se espera de él. Si aparece en una batalla sin ella, sus compañeros de armas le preguntarán por qué, y se extrañarán de que se avergüence de su éxito, sintiéndose insultados al ver que rechaza las alabanzas de las que ha sido objeto, e incluso sus enemigos insistirán en esperar hasta que lleve su famosa espada. Tú fíjate: en cuanto combatas con Murtagh o hagas alguna otra cosa memorable con tu nueva espada, los vardenos insistirán en ponerle nombre. Y a partir de entonces querrán vértela colgada del cinto. —Siguió hablando mientras pasaba a un tercer expositor—. Nunca pensé que tendría la suerte de ayudar a un Jinete a escoger su arma. ¡Qué ocasión! Es como si fuera la culminación de mi trabajo con los vardenos.

Fredric sacó una espada de su soporte y se la entregó a Eragon, giró el filo de la espada a derecha e izquierda y luego sacudió la cabeza: la forma de la empuñadura no le encajaba bien en la mano. El maestro armero no parecía decepcionado. Al contrario, el rechazo de Eragon pareció darle alas, como si disfrutara con el desafío que se le planteaba. Le presentó otra espada, y una vez más Eragon sacudió la cabeza; tenía el punto de gravedad demasiado lejos, para su gusto.

—Lo que me preocupa —dijo Fredric, volviendo al expositor— es que cualquier espada que te dé tendrá que soportar impactos que destruirían una hoja normal. Lo que necesitas es una espada hecha por los enanos. Sus herreros son los mejores, junto a los de los elfos, y a veces incluso mejores aún —precisó, mirándole a los ojos—. ¡Un momento! ¡Me he equivocado con las preguntas que te he hecho! ¿Cómo te enseñaron a bloquear y a esquivar los golpes? ¿Filo contra filo? Me parece que recuerdo que hiciste algo así cuando te enfrentaste a Arya en Farthen Dûr.

—¿Y qué tiene que ver? —preguntó Eragon, frunciendo el ceño.

—¿Que qué tiene que ver? —Fredric soltó una risotada—. No quiero faltarte el respeto, Asesino de Sombra, pero si golpeas el filo de una espada contra otra, provocarás graves daños a las dos. Eso quizá no fuera un problema con una hoja encantada como la de *Zar'roc*, pero no puedes hacerlo con ninguna de las espadas que tengo aquí, a menos que quieras cambiar de espada después de cada batalla.

A Eragon le vinieron a la mente los bordes mellados de la espada de Murtagh, y se reprendió mentalmente por haber olvidado algo tan obvio. Se había acostumbrado a *Zar'roc*, que nunca perdía el brillo, nunca se desgastaba y, por lo que él sabía, era inmune a la mayoría de los hechizos. No estaba seguro siquiera de si era posible destruir la espada de un Jinete.

—No debes preocuparte; protegeré la espada con magia. ¿Tenemos que perder todo el día para conseguir un arma?

—Una pregunta más, Asesino de Sombra: ¿durará la magia indefinidamente?

—Ya que lo preguntas, no. —Eragon arrugó aún más la frente—. Sólo una elfa conoce los secretos de la fabricación de la espada de un Jinete, y nunca los ha compartido conmigo. Lo que sí puedo hacer es transferir cierta cantidad de energía a la espada. La energía evitará que quede dañada hasta que los golpes que habrían dañado la espada agoten las reservas de energía, punto en el cual la espada recuperará su estado original y, probablemente, se me romperá en las manos en cuanto reciba un golpe de mi oponente.

Fredric se rascó la barba.

—A ver si lo entiendo, Asesino de Sombra: entonces eso quiere decir que si atacas a los soldados durante mucho tiempo con tu espada, eso desgastará tus hechizos y, cuanto más fuerte golpees, antes desaparecerá el hechizo, ¿no?

—Exactamente.

—Entonces deberías evitar hacer chocar el filo contra otro filo, ya que eso mermará tu hechizo más rápidamente que cualquier otro lance.

—No tengo tiempo para eso —espetó Eragon, cada vez más impaciente—. No tengo tiempo para aprender una técnica de lucha completamente diferente. El Imperio puede atacar en cualquier momento. Tengo que concentrarme en practicar lo que ya sé hacer, no en intentar dominar toda una serie de técnicas nuevas.

Fredric dio una palmada.

—¡Entonces sé exactamente lo que necesitas!

Tras dirigirse a un arcón lleno de armas, empezó a escarbar sin dejar de hablar.

—Primero éste, luego ése, y luego veremos qué tal vamos. —Del fondo del arcón, sacó una gran maza negra con un reborde en la cabeza. Fredric dio unos golpecitos con los nudillos sobre la maza—. Con esto puedes romper espadas. Puedes destrozar mallas y agujerear cascos, y no le harás ningún daño, por muy duro que golpees.

—Es una maza —protestó Eragon—. Una maza de metal.

—¿Y qué? Con tu fuerza, puedes agitarla como si fuera un junco. Serás el terror de los campos de batalla, seguro.

Eragon sacudió la cabeza.

—No. Ir aplastando cosas no me parece el modo más indicado de luchar. Además, nunca habría podido matar a Durza atravesándole el corazón si hubiera llevado una maza en lugar de una espada.

—Entonces sólo tengo una sugerencia más, a menos que insistas en usar una hoja tradicional.

De otro extremo del pabellón, Fredric le trajo un arma que identificó como un bracamarte. Era una espada, pero no el tipo de espada al que estaba acostumbrado Eragon, aunque ya la había visto antes entre los vardenos. El bracamarte tenía un pomo bruñido en forma de disco, brillante como una moneda de plata; una corta empuñadura hecha de madera y cubierta de cuero negro; una guarda curva con una línea de runas de los enanos grabada; y una hoja de un solo filo larga como su brazo y con un fino acanalamiento a cada lado, cerca del lomo. El bracamarte trazaba una línea recta hasta los últimos quince centímetros, donde el dorso de la hoja se levantaba y formaba un pequeño pico para luego seguir una suave curva hasta la punta, afilada como una aguja. Este ensanchamiento de la hoja reducía la posibilidad de que la punta se pudiera doblar o partir al atravesar una armadura y le daba al extremo del bracamarte un aspecto de colmillo. A diferencia del mandoble, de doble filo, el bracamarte estaba hecho para sostenerse con la hoja y la guardia en perpendicular al suelo. El aspecto más curioso del arma, no obstante, estaba en el centímetro inferior de la hoja, hasta llegar al filo, que era de un gris perla, considerablemente más oscuro que el brillante acero de arriba, suave como un espejo. El punto de encuentro entre ambas superficies trazaba unas ondas que recordaban las de un pañuelo de seda agitado por el viento.

Eragon señaló hacia la banda gris.

—Eso no lo he visto nunca. ¿Qué es?

—El thriknzdal —dijo Fredric—. Lo inventaron los enanos. Templan el borde y el lomo de la espada por separado. El filo lo hacen duro, más duro de lo que nosotros nos atrevemos a hacer nuestras espadas. La parte central de la hoja y el lomo los templan de modo que el dorso del bracamarte sea más flexible que el borde, lo suficiente como para aguantar los golpes y resistir la tensión de la batalla sin fracturarse como una lima al congelarse.

—¿Los enanos tratan así todas sus hojas?

Fredric sacudió la cabeza.

—Sólo las espadas de un solo filo y las más elaboradas de doble filo —respondió. Vaciló y su mirada reflejó la duda—. Entiendes por qué he elegido esta arma para ti, ¿verdad, Asesino de Sombra?

Eragon lo entendió. Al tener la hoja en ángulo recto con el suelo, a menos que girara la muñeca, el bracamarte recibiría todos los golpes por la parte lisa de la hoja, lo que protegería el filo, reservándolo para sus ataques. Y para empuñar el bracamarte sólo tendría que ajustar ligeramente su estilo de lucha.

Eragon salió del pabellón y adoptó la posición de lucha con el bracamarte. Tras pasárselo sobre la cabeza, lo dejó caer sobre la cabeza de un enemigo imaginario; luego giró y embistió, apartó una lanza invisible, saltó seis metros a la izquierda y, en un movimiento brillante pero poco práctico, hizo girar la espada tras la espalda, pasándosela de una mano a la otra. Con la respiración y el pulso inalterados, volvió a donde le esperaban Fredric y Blödhgarm. La velocidad y el equilibrio del bracamarte le habían impresionado. No era como *Zar'roc*, pero aun así era una espada espléndida.

—Has elegido bien —dijo.

Fredric, no obstante, detectó ciertas reticencias, porque le respondió:

—Y, sin embargo, no estás satisfecho del todo.

Eragon hizo girar el bracamarte trazando un círculo y luego esbozó una mueca.

—Lo único que pasa es que preferiría que no tuviera el aspecto de un gran cuchillo de desollar. Me siento algo ridículo.

—Bueno, no te preocupes por las risas de tus enemigos. En cuanto les rebanes el pescuezo dejarán de reírse.

Eragon asintió, divertido.

—Me lo quedo.

—Un momento, entonces —dijo Fredric, y desapareció en el pabellón, para luego volver con una vaina decorada con volutas de plata. Le entregó la vaina a Eragon y le preguntó—: ¿Te enseñaron a afilar una espada, Asesino de Sombra? Con *Zar'roc* no habrás tenido necesidad, ¿verdad?

—No —admitió Eragon—, pero no manejo mal la piedra de afilar. Puedo afilar un cuchillo tanto que, apoyando un hilo sobre el filo, se parta en dos. Además, en caso necesario siempre puedo repasar el filo usando la magia.

Fredric soltó un gruñido y se golpeó los muslos con las manos, haciendo que cayeran una docena de pelos de sus calzas de piel de buey.

—No, no: un filo fino como el de una navaja es justo lo que «no» tiene que tener una espada. El bisel tiene que ser grueso, grueso y fuerte. ¡Un guerrero ha de ser capaz de mantener su equipo en orden, y eso incluye saber cómo afilar su espada!

Entonces, allí sentados, junto al pabellón, Fredric insistió en facilitarle una nueva piedra de afilar a Eragon y en enseñarle exactamente cómo dejar el filo del bracamarte listo para la batalla. Una vez satisfecho y convencido de que Eragon podría sacarle un nuevo filo a una espada, le dijo:

—Puedes combatir con una armadura oxidada. Puedes luchar con un casco mellado. Pero si quieres volver a ver salir el sol, nunca luches con una espada roma. Si acabas de sobrevivir a una batalla y estás tan cansado como si acabaras de escalar las montañas Beor y tu espada no está afilada como ahora, no importa cómo te sientas: debes pararte en cuanto puedas, sacar tu piedra de afilar y pulirla. Del mismo modo que te ocuparías de tu caballo, o de Saphira, antes de preocuparte de tus propias necesidades, debes ocuparte de tu espada. Sin ella, no eres más que una presa indefensa para tus enemigos.

Llevaban sentados al sol de la tarde más de una hora cuando el maestro armero por fin dio por acabadas a sus instrucciones. En ese momento, una fría sombra se deslizó sobre ellos y Saphira aterrizó cerca de allí.

Has hecho tiempo —dijo Eragon—. *¡Has esperado deliberadamente para venir! Podías haberme rescatado hace un montón, pero has preferido dejarme aquí, aguantando el rollo de Fredric sobre piedras de afilar, de pulir, y sobre si el aceite de linaza es mejor que la grasa para proteger el metal del agua.*

282

¿Y lo es?

En realidad, no. Sólo que no huele tanto. Pero ¡eso es irrelevante! ¿Por qué me has dejado aquí, soportando esta tortura?

Uno de los gruesos párpados de Saphira cayó en un lánguido guiño.

No exageres. ¿Tortura? A ti y a mí nos esperan peores torturas si no estamos debidamente preparados. Lo que te estaba diciendo el hombre de la ropa apestosa me parecía importante.

Bueno, quizá sí —concedió él.

La dragona arqueó el cuello y se lamió las garras de la pata derecha.

Después de darle las gracias a Fredric y de despedirse de él, Eragon acordó un lugar de encuentro con Blödhgarm y se ajustó el bracamarte al cinturón de Beloth *el Sabio*. Se subió al torso de Saphira, soltó un grito y ella, con un rugido, abrió las alas y se lanzó a volar.

Algo mareado, Eragon se agarró a la púa que tenía delante, y observó la gente y las tiendas que, por debajo de ellos, iban convirtiéndose en versiones planas y en miniatura de sí mismas. Desde lo alto, el campamento era una cuadrícula de picos triangulares grises, cuyo lado oriental quedaba sumido en la sombra, dándole a toda la extensión un aspecto de tablero de ajedrez. Las fortificaciones que rodeaban el campamento eran una sucesión de púas como las de un puercoespín; y las puntas blancas de los distantes postes brillaban a la luz del sol de poniente. La caballería del rey Orrin era una masa de puntos arremolinados en el cuadrante noroeste del campamento. Al este estaba el campamento de los úrgalos, bajo y oscuro, en medio de la gran llanura.

Se elevaron más aún.

El aire frío y puro golpeaba a Eragon en las mejillas y le quemaba los pulmones. Respiraba aspirando muy poco aire cada vez. A su lado flotaba una gruesa columna de nubes que parecían tan sólidas como nata montada. Saphira las rodeó trazando una espiral, proyectando su recortada sombra sobre aquel blanco penacho. Una ráfaga de aire húmedo cayó sobre ellos, cegando a Eragon por unos segundos y llenándole la nariz y la boca con gélidas gotitas. Jadeó y se limpió la cara.

Se elevaron por encima de las nubes.

Un águila roja les chilló al pasarles al lado.

A Saphira empezaba a costarle agitar las alas, y Eragon notaba que se le iba la cabeza. Sin mover las alas, Saphira planeó de una corriente térmica a la siguiente, manteniendo la altitud pero sin ascender más.

Eragon miró hacia abajo. Estaban tan altos que la altura había dejado de importar y las cosas del suelo ya no parecían reales. El campamento de los vardenos parecía un tablero de juego de formas irregulares, cubierto de diminutos rectángulos grises y negros. El río Jiet era una cinta plateada con borlas verdes a los lados. Al sur, las nubes sulfurosas que ascendían de los Llanos Ardientes formaban una cadena de brillantes montañas anaranjadas que albergaban sombríos monstruos que aparecían y desaparecían. Eragon enseguida evitó su mirada.

Durante cerca de media hora, se dejaron llevar por el viento, relajados y disfrutando de la reconfortante compañía que se ofrecían mutuamente. Con un hechizo inaudible, Eragon consiguió aislarse del frío. Por fin estaban juntos, solos, como lo estaban en el valle de Palancar antes de que el Imperio se hubiera entrometido en sus vidas.

Saphira fue la primera en hablar:

Somos los reyes del cielo.

Aquí, en el techo del mundo —dijo Eragon, alzando los brazos, como si desde su silla pudiera rozar las estrellas.

Virando a la izquierda, Saphira dio con una ráfaga de aire templado ascendente, pero luego volvió a equilibrarse.

Mañana casarás a Roran y a Katrina.

283

Qué extraño me parece. Extraño que Roran se case, y extraño que yo oficie la ceremonia... Roran, casado. Pensar en ello me hace sentir mayor. Ni siquiera nosotros, que no éramos más que unos niños hace tan poco tiempo, podemos escapar al inexorable paso del tiempo. Las generaciones pasan, y muy pronto nos tocará a nosotros mandar a nuestros hijos a la tierra, a hacer el trabajo que haya que hacer.

Eso, si conseguimos sobrevivir los próximos meses.

¡Ah! Es cierto.

Saphira se agitó al recibir el impacto de unas turbulencias. Luego se giró a mirarle y preguntó:

¿Listo?

¡Venga!

Hundiendo el morro, pegó las alas a los costados y se lanzó en picado hacia el suelo, más rápido que una flecha. Eragon se rio al sentir aquella sensación de ingravidez. Apretó las piernas contra Saphira para evitar salir despedido y luego, en un arranque de temeridad, soltó las manos y las levantó sobre la cabeza. Saphira inició una barrena y Eragon vio el disco de la tierra, bajo sus pies, que giraba como una rueda. Saphira redujo la velocidad de giro y, una vez estabilizada, se ladeó hacia la derecha hasta que quedaron boca abajo.

—¡Saphira! —gritó Eragon, y la golpeó en el lomo.

Desprendiendo una estela de humo desde el morro, Saphira se enderezó de nuevo y volvió a encarar el suelo, que estaba cada vez más cerca. A Eragon se le destaparon los oídos y se le tensó la mandíbula con el aumento de la presión. A menos de trescientos metros de altura sobre el campamento de los vardenos y a sólo unos segundos de estrellarse contra las tiendas y excavar un enorme y sangriento cráter, Saphira dejó que el viento se colara bajo sus alas. El topetazo lanzó a Eragon hacia delante, y la púa a la que se había agarrado antes casi se le clava en el ojo.

Con tres poderosos aletazos, Saphira detuvo su caída por completo. Estirando las alas, empezó a planear suavemente hacia abajo.

¡Ha sido divertidísimo! —exclamó Eragon.

No hay deporte más excitante que el vuelo, ya que si pierdes, mueres.

Ya, pero yo tengo una confianza total en tu pericia: nunca permitirías que nos estrelláramos.

Saphira se hinchó de orgullo por el cumplido. Mientras viraba hacia la tienda de Eragon, sacudió la cabeza y dijo:

Ya debería de estar acostumbrada, pero cada vez que salgo de

284

una barrena así, el pecho y las alas me duelen tanto que a la mañana siguiente apenas puedo moverme..

Bueno, mañana no deberías tener que volar. Nuestra única obligación es la boda, y puedes ir andando —le contestó, tras darle una palmadita.

Ella resopló y aterrizó entre una nube de polvo, y derribó involuntariamente con la cola una tienda vacía.

Eragon desmontó y la dejó aseándose con seis de los elfos cerca, y con los otros seis atravesó el campamento a la carrera hasta que localizó a Gertrude, la sanadora. Ella le informó de los ritos del matrimonio que tendría que llevar a cabo al día siguiente, y los ensayó juntos para evitar embarazosos titubeos cuando llegara el momento.

Luego volvió a su tienda, se lavó la cara y se cambió de ropa, antes de salir con Saphira a cenar con el rey Orrin y su séquito, tal como había prometido.

A última hora de la noche, cuando por fin acabó el banquete, Eragon y Saphira volvieron caminando a su tienda, mirando las estrellas y charlando de lo que había sido y lo que podría ser. Y estaban contentos. Cuando llegaron a su destino, Eragon hizo una pausa y levantó la vista a Saphira, y sintió el corazón tan lleno de amor que pensó que podría parar de latir en cualquier momento.

Buenas noches, Saphira.

Buenas noches, pequeño.

285

Visitas inesperadas

$\mathcal{A}$ la mañana siguiente, Eragon fue detrás de su tienda, se quitó la pesada casaca y empezó a practicar una tras otra las posturas del segundo nivel del Rimgar, la serie de ejercicios que habían inventado los elfos. Enseguida se le pasó el frío. Empezó a jadear por el esfuerzo, y el sudor le cubrió los miembros, lo que hacía que resultase más difícil agarrarse los pies o las manos en posiciones tan contorsionadas que le daba la impresión de que los músculos se le iban a despegar de los huesos.

Una hora más tarde acabó con el Rimgar. Se secó las palmas de las manos con la lona de una esquina de la tienda, sacó el bracamarte y practicó el arte de la espada otros treinta minutos. Habría preferido seguir familiarizándose con la espada el resto del día —ya que sabía que su vida podía depender de su habilidad con ella—, pero la hora de la boda de Roran se acercaba y a los aldeanos les iría bien toda la ayuda disponible para completar los preparativos a tiempo.

Ya descansado, Eragon se bañó en agua fría y se vistió, y luego fue con Saphira hasta donde estaba Elain, que supervisaba la preparación del banquete de boda de Roran y Katrina. Blödhgarm y sus compañeros les siguieron unos diez metros por detrás, colándose por entre las tiendas con gran agilidad y sigilo.

—¡Ah, qué bien, Eragon! —dijo Elain—. Esperaba que vinieras.

Se quedó de pie, apoyando ambas manos contra la zona lumbar de la espalda para aliviar el peso de su embarazo. Señalando con la barbilla más allá de donde se encontraban una fila de asadores y calderos colgados sobre un lecho de brasas, un grupo de hombres que despiezaban un jabalí, tres hornos improvisados construidos de adobe y piedra y una pila de barriles, le mostró una serie de tablones apoyados en tocones, que servían de superficie de trabajo a seis mujeres, y dijo:

—Aún hay que amasar veinte hogazas de pan. ¿Te puedes encargar tú, por favor? —Luego frunció el ceño al observar los callos de sus nudillos—. Y procura no meter esos callos en la masa, ¿quieres?

Las seis mujeres que estaban frente a los tablones, entre las que se contaban Felda y Birgit, se quedaron en silencio cuando Eragon ocupó su lugar entre ellas. Los pocos intentos que hizo por iniciar una conversación fracasaron, pero al cabo de un rato, cuando ya había abandonado la esperanza de romper el hielo y estaba concentrado en amasar, volvieron a arrancar a hablar por iniciativa propia. Hablaron de Roran y de Katrina y de la suerte que tenían los dos, y de la vida de los aldeanos en el campamento, y de su viaje hasta allí, y luego, sin más preámbulos, Felda miró a Eragon y le dijo:

—Parece que tu masa está algo pegajosa. ¿No le añadirías un poco de harina?

Eragon comprobó la consistencia de la masa.

—Tienes razón. Gracias.

Felda sonrió y, a partir de entonces, las mujeres lo integraron en su conversación.

Mientras Eragon trabajaba la cálida masa, Saphira se estiró a descansar en un campo de hierba cercano. Los niños de Carvahall jugaban a su alrededor y se le subían encima, soltando ruidosas carcajadas que destacaban sobre el ruido sordo de las voces de los adultos. Cuando un par de perros sarnosos se pusieron a ladrar a Saphira, ésta levantó la cabeza del suelo y les gruñó. Los perros huyeron gimoteando.

Todos los que estaban en el claro eran personas que Eragon había conocido durante su infancia. Horst y Fisk estaban al otro lado de los asadores, construyendo mesas para el banquete. Kiselt se estaba lavando la sangre del jabalí de los brazos. Albriech, Baldor, Mandel y otros jóvenes cargaban postes decorados con cintas hacia la loma donde deseaban casarse Roran y Katrina. El tabernero Morn estaba mezclando la bebida de la boda con su esposa, Tara, que le sostenía tres botellones y un barril. A unos cien metros, Roran le gritaba algo a un mulero que intentaba pasar con su carga a través del claro. Loring, Delwin y el niño Nolfavrell lo observaban de cerca. Maldiciendo en voz alta, Roran agarró el arnés de la mula que iba en cabeza para hacer girar a los animales. A Eragon le divirtió aquella imagen; nunca había visto a su primo tan nervioso, ni con tan poco aguante.

—Los nervios del poderoso guerrero antes de la contienda —observó Isold, una de las seis mujeres que estaban con Eragon. El grupo se rio.

—A lo mejor —propuso Birgit, vertiendo agua en la harina— le preocupa que la espada se le doble en el combate.

Las mujeres estallaron en carcajadas. Eragon se sonrojó. Mantuvo la mirada fija en la masa que tenía delante y aceleró el ritmo del amasado. Las bromas picantes eran frecuentes en las bodas, y él las había disfrutado anteriormente, pero oírlas en referencia a su primo le resultaba desconcertante.

Los que no podrían estar en la boda estaban tan presentes en la mente de Eragon como los que asistirían: Byrd, Quimby, Parr, Hida, el joven Elmund, Kelby y los otros que habían muerto por culpa del Imperio; se acordó de todos ellos. Pero sobre todo pensó en Garrow y deseó que su tío aún estuviera vivo para poder ver a su único hijo aclamado como héroe por los aldeanos y por los vardenos, y para que le viera tomar la mano de Katrina y convertirse por fin en un hombre completo.

Cerrando los ojos, Eragon giró la cara hacia el sol del mediodía y sonrió al cielo, satisfecho. El tiempo era agradable. El aroma de la levadura, la harina, la carne asada, el vino recién servido, las sopas hirviendo, los pasteles y los dulces se extendía por todo el claro. Sus amigos y su familia estaban reunidos a su alrededor para la celebración y no por un duelo. Y de momento él estaba a salvo y Saphira también.

«Así es como tendría que ser la vida.»

Un cuerno resonó, fuerte, por todo el campamento, excepcionalmente alto.

Otra vez.

Y otra.

Todo el mundo se quedó helado, dudando de lo que significaban los tres toques.

Durante un instante, todo el campamento se quedó en silencio, salvo por los animales; luego empezaron a sonar los tambores de guerra de los vardenos. Estalló el caos. Las madres corrían en busca de sus hijos y los cocineros apagaban sus fuegos mientras el resto de los hombres y de las mujeres salían corriendo en busca de sus armas.

Eragon corrió hacia Saphira al tiempo que ella se ponía en pie. Abrió la mente y buscó con la conciencia a Blödhgarm y, una vez el elfo bajó ligeramente las defensas, le dijo:

Reuniros con nosotros en la entrada norte.

Oímos y obedecemos, Asesino de Sombra.

Eragon montó sobre Saphira de un salto. En cuanto hubo pasado la pierna al otro lado de su cuello, Saphira saltó cuatro filas de tiendas, aterrizó y luego volvió a saltar, esta vez con las alas entreabiertas, no volando, sino más bien saltando por el campamento como un gato montés que cruzara un río de aguas bravas. El impacto de cada contacto con el suelo, a Eragon le sacudía los dientes y la columna, y amenazaba con hacerle caer. Entre salto y salto, rodeados de asustados guerreros que los esquivaban, Eragon contactó con Trianna y con los otros miembros del Du Vrangr Gata, identificó la situación de cada hechicero y los organizó para la batalla.

Alguien que no era de los Du Vrangr Gata entró en contacto con sus pensamientos. Eragon retrocedió, levantando una muralla alrededor de su mente, hasta que se dio cuenta de que era Angela, la herbolaria, y permitió el contacto.

Estoy con Nasuada y con Elva —dijo ella—. *Nasuada quiere que Saphira y tú os encontréis con ella en la entrada del norte...*

En cuanto podamos. Sí, sí, vamos de camino. ¿Qué hay de Elva? ¿Percibe algo?

Dolor. Mucho dolor. El tuyo. El de los vardenos. El de los otros. Lo siento, ahora mismo no es muy coherente. Es demasiado para ella. Voy a dormirla hasta que acabe la violencia —respondió Angela.

Como un carpintero disponiendo sus herramientas y examinándolas antes de un nuevo proyecto, Eragon revisó las defensas que había dispuesto a su alrededor, alrededor de Saphira, de Nasuada, de Arya y de Roran. Todas parecían estar en orden.

Saphira frenó de un patinazo frente a su tienda, y creó sendos surcos en la tierra aplastada con los talones. Eragon bajó de un salto y rodó por el suelo. Dio un respingo, se puso en pie y entró a toda prisa al tiempo que se soltaba el cinturón. Dejó caer en el suelo el cinturón y el bracamarte que sostenía y rebuscó bajo su catre hasta encontrar su armadura. Sintió los fríos y pesados eslabones de su cota de malla que le pasaban alrededor de la cabeza, para posarse en los hombros con un tintineo como el de un puñado de monedas. Se colocó la protección enguatada, el casquete de cuero y luego se encajó el casco encima. Recogió el cinturón y volvió a atárselo alrededor de la cintura. Con las grebas y los brazales en la mano izquierda, introdujo el dedo meñique a través de la cincha del escudo, agarró la pesada silla de Saphira con la mano derecha y salió de la tienda como una exhalación.

Ya fuera, dejó caer la armadura ruidosamente, lanzó la silla sobre el espinazo de Saphira, entre los hombros, y se subió. Con las prisas y los nervios, por no hablar de sus temores, tuvo dificultades para atar las correas.

Saphira cambió de postura.

Date prisa. Estás tardando mucho.

¡Sí! ¡Voy todo lo rápido que puedo! ¡No me ayuda mucho que seas tan enormemente grande!

289

Ella gruñó.

El campamento bullía de actividad, atravesado por ruidosos torrentes de hombres y enanos que corrían hacia el norte, apresurándose a responder a la llamada de los tambores de guerra. Eragon recogió su armadura del suelo, montó sobre Saphira y se colocó sobre la silla. Con un aletazo, un salto para coger velocidad, un remolino de aire y el amargo quejido de los brazales al chocar contra el escudo, Saphira emprendió el vuelo. Mientras iban ganando velocidad, avanzando en dirección al extremo norte del campamento, Eragon se ató las grebas a las espinillas, sujetándose a la dragona únicamente con la fuerza de las piernas. Los brazales los tenía sujetos entre la barriga y el cuerno de la silla. El escudo colgaba de una púa del cuello de Saphira. Una vez aseguradas las grebas, introdujo las piernas a través de la fila de lazadas de cuero a ambos lados de la silla y luego apretó el nudo corredizo de ambas lazadas.

Frotó con la mano el cinturón de Beloth *el Sabio*, y refunfuñó al recordar que lo había vaciado para curar a Saphira en Helgrind.

¡Argh! ¡Tenía que haber repuesto parte de su energía!

Todo irá bien —dijo Saphira.

Estaba aún ajustándose los brazales cuando Saphira arqueó las alas y redujo la marcha, hasta detenerse en el momento en que rebasaba la cresta de uno de los terraplenes que rodeaban el campamento. Nasuada ya estaba allí, sentada sobre su enorme caballo de batalla, *Tormenta de Guerra*. A su lado estaba Jörmundur, también a caballo; Arya, a pie, y los Halcones de la Noche, que ya eran una imagen habitual, dirigidos por Khagra, uno de los úrgalos que Eragon había conocido en los Llanos Ardientes. Blödhgarm y los otros elfos surgieron de entre el bosque de tiendas tras ellos y se situaron cerca de Eragon y de Saphira. De otra parte del campamento aparecieron al galope el rey Orrin y su séquito, montados en sus corceles, haciendo cabriolas al llegar cerca de Nasuada. El jefe de los enanos, Narheim, les pisaba los talones, así como tres de sus guerreros, todos ellos a lomos de ponis provistos de armadura de cuero y metal. Nar Garzhvog llegó corriendo de los campos al este, aunque el ruido de las pisadas del kull se oyó varios segundos antes de que apareciera. Nasuada dio un grito y a su orden los guardias de la entrada norte abrieron la tosca puerta de madera para permitir el acceso de Garzhvog, aunque de haberlo querido probablemente el kull habría podido echarla abajo.

—¿Quién nos desafía? —gruñó Garzhvog, que escaló el terraplén con cuatro zancadas de amplitud inhumana. Los caballos se echaron atrás al ver llegar al gigantesco úrgalo.

—Mira —señaló Nasuada.

Eragon ya estaba estudiando a sus enemigos. A unos tres kilómetros, cinco barcos de líneas elegantes, negros como el hollín, habían atracado cerca de la orilla del río Jiet. De los barcos salía un enjambre de hombres ataviados con los colores distintivos del ejército de Galbatorix. La fuerza de ataque brillaba como agua agitada por el viento a la luz del sol del verano, que se reflejaba en las espadas, las lanzas, los escudos, los cascos y las cotas de malla.

Arya se protegió los ojos del sol con la mano y echó un vistazo a los soldados:

—Yo calculo que serán entre doscientos setenta y trescientos.

—¿Por qué tan pocos? —se preguntó Jörmundur.

—Galbatorix no puede estar tan loco como para creer que puede destruirnos con un ejército tan mísero —exclamó el rey Orrin, con una mueca. Se quitó el casco, que tenía forma de corona, y se secó la frente con la esquina de su túnica—. ¡Podríamos aniquilar a todo el grupo sin perder un solo hombre!

—Quizá —dijo Nasuada—. Quizá no.

Mascando las palabras, Garzhvog añadió:

—El Rey Dragón es un traidor y un tramposo, una bestia sin principios, pero no es débil de mente. Es astuto como una comadreja sedienta de sangre.

Los soldados se colocaron en formación y empezaron a marchar hacia los vardenos.

Un niño llegó corriendo hasta Nasuada con un mensaje. Ella se agachó desde lo alto de su silla, le escuchó y luego le despidió.

—Nar Garzhvog, tu gente está segura dentro de nuestro campamento. Están concentrados cerca de la puerta Este, listos para recibir tus órdenes.

Garzhvog emitió un gruñido, pero se quedó donde estaba.

Nasuada volvió a fijar la vista en los soldados que se acercaban.

—No veo ningún motivo para salir a su encuentro. Podemos diezmarlos con los arqueros cuando estén a tiro. Y cuando lleguen a nuestros parapetos, chocarán con las trincheras y las empalizadas. No escapará con vida ni uno —concluyó con evidente satisfacción.

—Cuando ya estén en plena acción —dijo Orrin—, mis jinetes y yo podríamos atacarlos por la espalda. Será tal sorpresa que no tendrán siquiera ocasión de defenderse.

—La evolución de la batalla podría... —empezó a responder Na-

291

suada, pero se interrumpió cuando el duro sonido del cuerno que había anunciado la llegada de los soldados se repitió, tan fuerte que Eragon, Arya y el resto de los elfos tuvieron que taparse los oídos.

Eragon dibujó una mueca de dolor.

¿De dónde viene eso? —le preguntó a Saphira.

Más importante, diría yo, es preguntarse por qué querrían advertirnos los soldados de su ataque, si es que son ellos los responsables de ese estruendo.

A lo mejor es una maniobra de distracción, o...

Eragon se olvidó de lo que iba a decir cuando vio algo que se agitaba en la otra orilla del río Jiet, tras una cortina de sauces llorones. Rojo como un rubí bañado en sangre, rojo como un hierro candente, rojo como una brasa ardiendo de odio y de rabia, Espina se elevó por encima de los lánguidos árboles. Y a lomos del refulgente dragón estaba Murtagh con su brillante armadura de acero, blandiendo *Zar'roc* por encima de la cabeza.

Han venido a por nosotros —dijo Saphira.

A Eragon se le encogió el estómago, y sintió también el miedo de Saphira en forma de una sensación nauseabunda que le atravesó la mente.

Fuego en el cielo

$\mathcal{M}$ientras Eragon veía a Espina y a Murtagh elevándose en lo alto del cielo del norte, oyó a Narheim susurrar «Barzûl» y luego maldecir a Murtagh por haber matado a Hrothgar, el rey de los enanos.

Arya se giró de inmediato al ver aquello:

—Nasuada, Su Majestad —dijo, dirigiendo la mirada a Orrin—, tenéis que detener a los soldados antes de que lleguen al campamento. No podéis permitir que ataquen nuestras defensas. Si lo hacen, rebasarán las fortificaciones como una ola empujada por la tormenta y provocarán una catástrofe sin precedentes entre nosotros, entre las tiendas, donde no podemos maniobrar con efectividad.

—¿Una catástrofe sin precedentes? —se burló Orrin—. ¿Tan poca confianza tienes en nuestra capacidad, embajadora? Quizá los humanos y los enanos no tengan los dones de los elfos, pero no debería suponernos ninguna dificultad librarnos de estos miserables despojos, te lo aseguro.

Los rasgos de Arya se tensaron.

—Vuestra capacidad queda fuera de toda discusión, Alteza. No la pongo en duda. Pero escuchad: esto es una trampa tendida para Eragon y Saphira. Ésos —dijo, extendiendo un brazo hacia la silueta de Espina y Murtagh— han venido para capturarlos y llevárselos a Urû'baen. Galbatorix no habría enviado tan pocos hombres a menos que estuviera seguro de que podrían mantener ocupados a los vardenos el tiempo suficiente para que Murtagh supere a Eragon. Debe de haberlos dotado de algún hechizo para que los ayude en su misión. No sé de qué naturaleza serán, pero de lo que sí estoy segura es de que los soldados son más de lo que parecen y de que debemos evitar que entren en este campamento.

Eragon se recuperó de la impresión inicial y confirmó lo dicho por Arya:

—No debemos permitir que Espina sobrevuele el campamento; podría prender fuego a la mitad con una sola pasada.

Nasuada agarró con las dos manos el pomo de su silla, aparentemente ajena a Murtagh, a Espina y a los soldados, que estaban a menos de kilómetros de distancia.

—Pero ¿por qué no nos han querido pillar desprevenidos? —preguntó—. ¿Por qué alertarnos de su presencia?

—Porque no querrían encontrarse con Eragon y Saphira en tierra en plena lucha —respondió Narheim—. No, a menos que me equivoque, su plan es que Eragon y Saphira se encuentren con Espina y Murtagh en el aire, mientras los soldados atacan nuestras posiciones en tierra.

—¿Debemos entonces satisfacer sus deseos y enviar voluntariamente a Eragon y Saphira a esa trampa? —se preguntó Nasuada, levantando una ceja.

—Sí —insistió Arya—, porque contamos con una ventaja que no podían sospechar. —Señaló a Blödhgarm—. Esta vez Eragon no se enfrentará a Murtagh solo. Contará con la fuerza combinada de trece elfos a su favor. Murtagh no se lo esperará. Detened a los soldados antes de que lleguen hasta nosotros y habréis frustrado parte del plan de Galbatorix. Enviad a Saphira y a Eragon acompañados de los más poderosos hechiceros de mi raza para potenciar su ataque, y desbarataréis el resto del esquema creado por Galbatorix.

—Me has convencido —accedió Nasuada—. No obstante, los soldados están demasiado cerca como para interceptarlos lo suficientemente lejos del campamento con hombres a pie. Orrin…

Antes de que pudiera acabar la frase, el rey había hecho girar a su caballo y se dirigía a la carrera hacia la puerta Norte del campamento. Uno de sus hombres sacó una corneta para dar la orden a la caballería del rey Orrin de que formaran para la carga.

Nasuada se dirigió a Garzhvog:

—El rey Orrin precisará asistencia. Envía a tus carneros en su ayuda.

—Señora Acosadora de la Noche —respondió Garzhvog, que echando do atrás su enorme cabeza ganchuda, soltó un salvaje bramido. A Eragon se le puso el vello de los brazos y del cuello de punta al oír el feroz aullido del úrgalo. Garzhvog cerró las mandíbulas con un chasquido, poniendo fin a su grito, y a continuación gruñó—: Acudirán.

Luego emprendió un pesado trote que sacudió el terreno y se dirigió hacia la puerta donde estaban concentrados el rey Orrin y sus jinetes.

Cuatro vardenos abrieron la puerta. El rey Orrin levantó la espada, gritó una consigna y salió al galope del campamento, dirigiendo a sus hombres hacia los soldados de túnicas doradas. Los cascos de los caballos levantaron una estela de polvo de color crema que hizo desaparecer de la vista la formación en forma de flecha.

—Jörmundur —dijo Nasuada.

—¿Mi señora?

—Manda a doscientos hombres con espadas y a cien con lanzas tras ellos. Y aposta cincuenta arqueros a setenta u ochenta metros del lugar de la batalla. Quiero a esos soldados aplastados, Jörmundur, borrados del mapa. Los hombres deben entender que no tienen que dar cuartel, ya que tampoco lo recibirán.

Jörmundur hizo una reverencia.

—Y diles que, aunque yo no pueda unirme a ellos en la batalla con los brazos en estas condiciones, mi espíritu va con ellos.

—Señora.

Mientras Jörmundur salía a la carrera, Narheim acercó su poni a Nasuada.

—¿Qué hay de mi pueblo, Nasuada? ¿Qué papel debemos desempeñar?

Nasuada esbozó una mueca, con los ojos puestos en la nube de espeso y agobiante polvo que iba avanzando por las amplias praderas.

—Podéis proteger nuestro perímetro. Si los soldados por algún motivo consiguieran librarse de… —empezó a decir, pero se vio obligada a detenerse al ver a unos cuatrocientos úrgalos, número que había crecido desde la batalla de los Llanos Ardientes, atravesando con gran estrépito el centro del campamento, saliendo por la puerta y dirigiéndose a los campos, gritando incomprensibles rugidos de guerra durante todo el trayecto. Una vez desaparecieron entre el polvo, Nasuada siguió hablando—. Si los soldados consiguieran librarse de nuestro ataque, vuestras hachas serán más que bienvenidas en la primera línea.

El viento sopló en su dirección, trayendo consigo los gritos de los hombres y de los caballos agonizantes, el ruido de los metales entrechocando, el impacto de las espadas rebotando contra los cascos y, por debajo de todo aquello, la tétrica risa procedente de una multitud de gargantas, que se prolongaba sin interrupción por todo aquel paisaje caótico. Eragon pensó que era la risa de los locos.

Narheim se golpeó el pecho contra la cadera.

—¡Por Morgothal, no somos de los que podemos quedarnos sin hacer nada cuando hay una lucha por librar! ¡Déjanos marchar, Nasuada, y rebanaremos unos cuantos cuellos!

—¡No! —exclamó Nasuada—. ¡No, no y no! Ya te he dado mis órdenes y espero que las cumplas. Esto es una batalla de caballos, hombres y úrgalos, y quizás incluso de dragones. No es el lugar indicado para los enanos. Os pisotearían como a niños.

Narheim protestó, preso de la rabia, pero ella levantó una mano.

—Soy muy consciente de que sois unos guerreros temibles. Nadie lo sabe mejor que yo, que luché a vuestro lado en Farthen Dûr. No obstante, pese a que pueda sonar mal, sois bajitos comparados con nosotros, y no querría poner en peligro a vuestros guerreros en una lucha como ésta, donde vuestra altura puede ser una desventaja. Es mejor esperar aquí, en terreno elevado, donde quedaréis por encima de cualquiera que intente escalar esta berma, y dejar que los soldados vengan hasta vosotros. Si llegan, serán guerreros de una gran valía, y quiero que seáis tú y tu pueblo quienes repeláis el ataque, ya que para ellos enfrentarse a vosotros será como querer arrancar una montaña de cuajo.

Aún molesto, Narheim respondió refunfuñando, pero sus palabras se perdieron en el aire, ya que los vardenos, a la orden de Nasuada, empezaban a desfilar por la abertura de la empalizada donde antes estaba la puerta. El ruido de sus pasos y el chasquido metálico del equipo fue apagándose al ir alejándose los hombres del campamento. Entonces el viento se convirtió en una brisa sostenida; desde el lugar del combate seguían llegando aquellas macabras risitas.

Un momento más tarde, un grito mental de una fuerza increíble arrolló las defensas de Eragon y logró introducirse en su conciencia, invadiéndola de un dolor agónico. Oía a un hombre que decía: «¡Ah, no! ¡Socorro! ¡No mueren! ¡Que Angvard se los lleve! ¡No mueren!». Entonces la conexión mental se rompió y Eragon tragó saliva al darse cuenta de que el hombre había muerto.

Nasuada se agitó sobre su montura, con la expresión tensa:

—¿Quién era ése?

—¿También vos lo habéis oído?

—Parece que todos lo hemos oído.

—Creo que ha sido Barden, uno de los hechiceros que cabalga con el rey Orrin, pero…

—¡Eragon!

Espina había volado en círculos, cada vez más alto, mientras el rey Orrin y sus hombres salían al encuentro de los soldados, pero ahora el dragón flotaba inmóvil en el cielo, a medio camino entre los soldados y el campamento, y la voz de Murtagh, amplificada con la magia, resonaba por todas partes:

—¡Eragon! Te veo, escondiéndote detrás de la falda de Nasuada.

¡Ven a luchar conmigo, Eragon! Es tu destino. ¿O tan cobarde eres, Asesino de Sombra?

Saphira respondió por Eragon levantando la cabeza y rugiendo con una potencia incluso superior a la del atronador alegato de Murtagh, y emitió un chorro de crepitante fuego azul de más de seis metros. Los caballos próximos a Saphira, incluido el de Nasuada, retrocedieron alejándose, dejando a Saphira y a Eragon solos en el terraplén, acompañados únicamente por los elfos.

Acercándose a Saphira, Arya apoyó una mano sobre la pierna izquierda de Eragon y le miró con aquellos ojos verdes y rasgados.

—Déjame que te dé esto, Shur'tugal —dijo.

Eragon sintió una inyección de energía que le fluía por el cuerpo.

—Eka elrun ono —le murmuró él.

Ella también le respondió en el idioma antiguo:

—Sé prudente, Eragon. No querría verte abatido por Murtagh. Yo… —Parecía que iba a decir algo más, pero dudó, luego retiró la mano de la pierna y se echó atrás, situándose junto a Blödhgarm.

—¡Buen vuelo, Bjartskular! —entonaron los elfos, mientras Saphira emprendía el despegue.

Saphira se lanzó hacia Espina, pero primero Eragon conectó mentalmente con ella y luego con Arya y, a través de ésta, con Blödhgarm y los otros once elfos. Usando a Arya como punto de conexión con los elfos, Eragon podía concentrarse en los pensamientos de Arya y de Saphira; las conocía tan bien que sabía que sus reacciones no le distraerían en plena lucha.

Agarró fuerte el escudo con la mano izquierda y desenvainó el bracamarte, sosteniéndolo en alto para asegurarse de no clavárselo a Saphira con el movimiento de las alas, ni cortarle en los hombros o el cuello, que estaban en constante movimiento.

Me alegro de haberme dedicado anoche a reforzar el bracamarte con magia —les dijo a Saphira y a Arya.

Esperemos que tus hechizos aguanten —respondió Saphira.

Recuerda —dijo Arya—. *Mantente lo más próximo que puedas a nosotros. Cuanto más te alejes, más difícil nos será mantener esta conexión.*

Espina no se lanzó contra Saphira ni la atacó al acercarse, sino que más bien planeó con las alas rígidas, permitiéndole elevarse hasta su altura sin problemas. Los dos dragones se equilibraron apoyándose en las corrientes térmicas, uno frente al otro, a unos cincuenta metros, con la punta de las recortadas colas agitándose y los hocicos arrugados en una mueca feroz.

Ha crecido —observó Saphira—. *No han pasado siquiera dos semanas desde nuestro último enfrentamiento y ha ganado más de un metro, o más.*

Tenía razón. Espina había ganado en longitud y tenía el pecho más robusto que cuando se habían enfrentado por primera vez sobre los Llanos Ardientes. Era poco más que una cría, pero ya era casi tan grande como Saphira.

Eragon lanzó una mirada desdeñosa al dragón y luego a su Jinete. Murtagh llevaba la cabeza descubierta y su larga melena negra se agitaba como una suave crin al viento. Presentaba una expresión dura, como nunca antes, y Eragon supo que esta vez Murtagh no tendría, no podría tener piedad.

—Saphira y tú nos habéis causado un gran daño, Eragon —dijo Murtagh, con un volumen de voz considerablemente más bajo, pero aún superior al normal—. Galbatorix se puso furioso con nosotros por dejarte escapar. Y después de que matarais a los Ra'zac, estaba tan furioso que mató a cinco de sus siervos y luego dirigió su ira contra Espina y contra mí. Ambos hemos sufrido horriblemente por tu culpa. No volveremos a hacerlo.

Echó atrás el brazo, como si Espina estuviera a punto de cargar contra ellos y Murtagh se preparara para lanzar la espada contra Eragon y Saphira.

—¡Espera! —gritó Eragon—. Conozco un modo para que los dos podáis liberaros del juramento prestado a Galbatorix.

De pronto el rostro de Murtagh se transformó, dando paso a una expresión de desesperado anhelo, y bajó *Zar'roc* unos centímetros. Luego frunció el ceño y escupió al suelo.

—¡No te creo! ¡No es posible! —gritó.

—¡Sí lo es! Déjame explicártelo.

Murtagh parecía estar luchando consigo mismo, y por un momento Eragon pensó que se negaría. Girando la cabeza, Espina miró a Murtagh y algo pasó entre ellos.

—Maldito seas, Eragon —dijo Murtagh, y dejó *Zar'roc* atravesada sobre la parte delantera de su silla de montar—. Maldito seas por tus trampas. Ya habíamos aceptado nuestro destino, y ahora tú te pones a tentarnos con el fantasma de una esperanza que habíamos abandonado. Pero como se trate de una falsa esperanza, hermano, te juro que te cortaré la mano derecha antes de llevarte ante Galbatorix… No la necesitarás para lo que te espera en Urû'baen.

A Eragon también se le ocurrían amenazas para Murtagh, pero se contuvo. Bajó el bracamarte y se explicó.

—Galbatorix no os lo habrá contado, pero cuando estuve entre los elfos...

¡Eragon, no reveles nada más de nosotros! —le dijo Arya.

—... aprendí que si tu personalidad cambia, también cambia tu nombre real en el idioma antiguo. ¡Tu personalidad no está grabada al fuego, Murtagh! Si tú y Espina cambiáis algo de vosotros mismos, vuestros juramentos dejarán de tener efecto, y Galbatorix perderá el poder que tiene sobre vosotros.

Espina se acercó unos metros a Saphira.

—¿Por qué no lo mencionaste antes? —preguntó Murtagh.

—En aquella época estaba demasiado confundido.

Espina y Saphira se encontraban a apenas cinco metros de distancia. La mueca hostil del dragón rojo se había convertido en una leve curva de su labio superior, y en sus radiantes ojos escarlata asomó una mirada confundida y de gran tristeza, como si esperara que Saphira o Eragon pudieran explicarle por qué le habían traído al mundo sólo para que Galbatorix pudiera esclavizarlo, abusar de él y obligarle a destruir la vida de otros seres. Espina olisqueó a Saphira y la punta del morro le tembló. Ella también le olisqueó y sacó la lengua de la boca, absorbiendo su olor. Tanto Eragon como Saphira sintieron pena por Espina; habrían deseado poder hablar directamente con él, pero no se atrevían a abrirle su mente.

Tan poca era la distancia entre ellos que Eragon podía ver los tensos tendones que surcaban el cuello de Murtagh y la vena hinchada que le cruzaba la frente.

—¡Yo no soy malvado! —dijo Murtagh—. He hecho lo que podía, dadas las circunstancias. Dudo que hubieras sobrevivido como yo si nuestra madre hubiera decidido dejarte «a ti» en Urû'baen y ocultarme a mí en Carvahall.

—Quizá no.

Murtagh se golpeó el peto con el puño.

—¡Muy bien! ¿Y cómo se supone que puedo seguir tu consejo? Si ya soy un buen hombre, si ya he hecho todo el bien que se podría esperar de mí, ¿cómo puedo cambiar? ¿Debo convertirme en alguien peor de lo que soy? ¿Debo abrazar la oscuridad de Galbatorix para después liberarme? Eso no me parece una solución muy razonable. Si consiguiera alterar mi identidad de ese modo, no te gustaría la persona en la que me convertiría, y me maldecirías con la misma fuerza con la que me ha maldecido Galbatorix.

—Sí, pero no tienes que volverte mejor o peor de lo que eres —respondió Eragon, frustrado—, sólo diferente. Hay muchos tipos

299

de personas en el mundo, y muchos modos de actuar honrosamente. Fíjate en alguien a quien admires pero que haya elegido un camino diferente al tuyo en la vida y tómalo de referencia. Puede que te lleve un tiempo, pero si puedes cambiar lo suficiente tu personalidad, podrás alejarte de Galbatorix, dejar el Imperio, y Espina y tú podríais uniros a los vardenos, donde seríais libres de hacer lo que quisierais.

—*¿Y qué hay de tu juramento de vengar la muerte de Hrothgar?* —le preguntó Saphira.

Eragon no le respondió.

—Así que me pides que sea lo que no soy —dijo Murtagh, desdeñoso—. Si Espina y yo queremos salvarnos, tenemos que destruir nuestra actual identidad. Tu cura es peor que nuestro mal.

—Lo que os pido es que os permitáis convertiros en algo diferente a lo que sois ahora. Es algo difícil, lo sé, pero la gente rehace su vida constantemente. Liberaros de vuestra ira de una vez por todas y podréis dar la espalda a Galbatorix para siempre.

—¿Liberar mi ira? —se rio Murtagh—. Yo liberaré mi ira cuando tú olvides la tuya contra el Imperio por haber matado a tu tío y haber arrasado tu granja. La ira nos define, Eragon, y sin ella tú y yo no seríamos más que comida para los gusanos. Aun así… —Con los ojos entrecerrados, Murtagh tocó la guarda de *Zar'roc* y los tendones de su cuello se suavizaron, aunque la vena que le surcaba la frente siguió tan hinchada como siempre—. La idea es interesante, lo admito. Quizá podamos trabajar en ello juntos cuando estemos en Urû'baen. Es decir, si el rey nos permite encontrarnos a solas. Desde luego, puede que decida mantenernos alejados el uno del otro para siempre. En su lugar, yo lo haría.

Eragon apretó los dedos alrededor de la empuñadura del bracamarte.

—Parece que piensas que te acompañaremos a la capital.

—Claro que lo haréis, hermano. —Una sonrisa retorcida cruzó el rostro de Murtagh—. Aunque quisiéramos, Espina y yo no podríamos cambiar en un instante. Hasta que tengamos la ocasión, seguiremos ligados a Galbatorix, y él nos ha ordenado explícitamente llevaros ante él. Ninguno de los dos desea provocar su ira de nuevo. Ya os hemos derrotado antes. No nos costará demasiado volver a hacerlo.

A Saphira se le escapó una pequeña llama de entre los dientes, y Eragon tuvo que contenerse para no emitir una respuesta equivalente en palabras. Si perdía el control de sus nervios, el baño de sangre sería inevitable.

—Por favor, Murtagh, Espina, ¿por qué no probáis por lo menos lo que os he sugerido? ¿No tenéis ningún deseo de resistiros a Galbatorix? Nunca romperéis vuestros grilletes a menos que os planteéis desafiarle.

—Estás subestimando a Galbatorix, Eragon —gruñó Murtagh—. Lleva manipulando el nombre de la gente y creando esclavos desde hace más de un siglo, desde el momento en que reclutó a nuestro padre. ¿Crees que no es consciente de que el nombre real de una persona puede cambiar en el transcurso de su vida? Seguro que ha tomado precauciones contra esa eventualidad. Si mi nombre real cambiara en este mismo momento, o el de Espina, lo más probable es que ello desencadenara un hechizo que alertara a Galbatorix del cambio y que nos obligara a volver a Urû'baen, ante él, para que pudiera volver a someternos a su voluntad.

—Pero sólo si consigue adivinar vuestro nombre real.

—Tiene mucha práctica en ello —dijo Murtagh, levantando *Zar'roc* de la silla—. Puede que hagamos uso de tu sugerencia en el futuro, pero sólo después del estudio y la preparación pertinentes; no querríamos recuperar nuestra libertad y que Galbatorix nos la arrebatara inmediatamente después. —Alzó la espada, y la hoja iridiscente de *Zar'roc* brilló—. Así que no tenemos otra opción que la de llevarte con nosotros a Urû'baen. ¿Vendrás por las buenas?

Eragon no pudo contenerse más:

—¡Antes me arrancaría el corazón yo mismo!

—¡Mejor me arranco los míos! —replicó Murtagh, y agitó *Zar'roc* sobre su cabeza, al tiempo que lanzaba un salvaje grito de guerra.

Rugiendo, Espina dio dos aletazos para colocarse por encima de Saphira. Al tiempo que se elevaba giró en semicírculo, de modo que la cabeza le quedara por encima del cuello de Saphira, y así poder inmovilizarla con un solo mordisco en la base del cráneo.

Pero Saphira no se quedó esperando. Se echó adelante, girando las alas de modo que, por un momento, quedó con el cuerpo en vertical, mientras las alas seguían en paralelo al polvoriento suelo, sosteniendo precariamente todo su cuerpo. Entonces encogió el ala derecha, giró la cabeza a la izquierda y la cola a la derecha, rotando en dirección de las agujas del reloj. Su musculosa cola golpeó a Espina en el costado izquierdo en el mismo momento que éste se lanzaba sobre ella, rompiéndole el ala por cinco puntos diferentes. Los extremos rotos de los huesos huecos del ala de Espina le atravesaron la piel, despuntando por entre sus brillantes escamas. Una lluvia de sangre de dragón cayó sobre Eragon y Saphira. Una de las gotas salpicó a Eragon en la cogotera y le atravesó la cota de malla, hasta alcanzar su piel

301

desnuda. Quemaba como aceite hirviendo. Se llevó la mano al cuello, intentando limpiarse la sangre.

El rugido inicial de Espina se convirtió en un gemido quejumbroso al tiempo que caía dando tumbos por delante de Saphira, incapaz de mantenerse a flote.

—¡Bien hecho! —le gritó Eragon a Saphira, mientras recuperaba la posición.

Eragon vio desde arriba que Murtagh se quitaba un pequeño objeto redondo del cinturón y que lo apretaba contra el hombro de Espina. Eragon no sintió ningún flujo mágico procedente de Murtagh, pero el objeto que tenía en la mano emitió un brillo y el ala rota de Espina se agitó y los huesos volvieron a su lugar, los músculos y los tendones se enderezaron y las roturas quedaron reparadas. Por último, las heridas superficiales de Espina cicatrizaron.

¿Cómo ha hecho eso? —preguntó Eragon.

Debe de haber aplicado previamente un hechizo sanador a ese objeto —respondió Arya.

Nosotros también debimos de haber pensado en eso.

Ya curado, Espina detuvo su caída y empezó a ascender hacia Saphira a una velocidad prodigiosa, atravesando el aire con una funesta llamarada de fuego rojo. Saphira se lanzó en picado sobre él, girando al alcanzar el borde de la punta de la llama. Le dio un mordisco a Espina en el cuello —lo que le hizo recular— y le dio un zarpazo en el torso y en el pecho, al tiempo que lo zarandeaba con sus enormes alas. Con el borde del ala derecha alcanzó a Murtagh, a quien tumbó sobre la silla. Pero se recuperó enseguida y lanzó la espada contra Saphira, abriéndole un tajo de un metro en la membrana del ala.

Con un gemido, Saphira soltó a Espina con una patada de las patas traseras y soltó una llamarada que se abrió en dos y pasó a ambos lados de Espina sin provocarle ningún daño.

Eragon sintió a través de Saphira el dolor lacerante de su herida. Se quedó mirando la sangrienta abertura, pensando a toda velocidad. Si hubieran estado luchando contra algún mago, además de contra Murtagh, no se habría atrevido a lanzar un hechizo en plena batalla, ya que con toda probabilidad el mago creería que estaba a punto de morir y contraatacaría con un ataque mágico desesperado, poniendo en ello todas sus fuerzas.

Pero con Murtagh era diferente. Eragon sabía que Galbatorix le había ordenado que les capturara a él y a Saphira, no que los matara. «Haga lo que haga —pensó Eragon—, no intentará matarme.» Así que decidió que era seguro curar a Saphira. Y, aunque tarde, se dio cuenta de que podía atacar a Murtagh con cualquier hechizo sin temor a que éste pudiera responder con una fuerza mortal. Pero se preguntó por qué Murtagh habría usado un objeto encantado para curar las heridas de Espina en lugar de formular un hechizo él mismo.

A lo mejor quiere conservar fuerzas —dijo Saphira—. *O quizá quería evitar asustarte. A Galbatorix no le gustaría que Murtagh te atemorizara hasta el punto de que te mataras o mataras a Espina o a él mismo. Recuerda que la gran ambición del rey es tenernos a los cuatro a su mando, no muertos y lejos de su alcance.*

Será eso —asintió Eragon, que se dispuso a curar el ala a Saphira.

Espera, no lo hagas. —Era la voz de Arya.

¿Qué? ¿Por qué? ¿No sientes el dolor de Saphira?

Deja que los míos y yo nos ocupemos de ella. Eso confundirá a Murtagh, y así el esfuerzo no te debilitará.

¿No estáis demasiado lejos para conseguirlo?

No, si todos unimos nuestras fuerzas. Y Eragon, te recomendamos que evites atacar a Murtagh con magia hasta que él te ataque con la mente o con su magia. Puede que aún sea más fuerte que tú, aun cuando los trece te prestemos nuestra fuerza. No lo sabemos. Lo mejor es no medirte con él hasta que no haya más alternativa.

¿Y si no consigo vencerle?

Entonces toda Alagaësia caerá en manos de Galbatorix.

Eragon sintió que Arya se concentraba, y luego del corte del ala de Saphira dejaron de manar lágrimas de sangre y los bordes abiertos de la delicada membrana cerúlea se volvieron a unir sin costra ni cicatriz alguna. El alivio de Saphira era palpable. Con voz fatigada, Arya dijo:

Protégete mejor si puedes. No ha sido fácil.

Tras la patada asestada por Saphira, Espina salió dando tumbos y perdió altura. Debió suponer que Saphira quería hostigarlo hacia abajo, donde le habría costado más evitar sus ataques, porque huyó volando medio kilómetro hacia el oeste. Cuando por fin se dio cuenta de que Saphira no le perseguía, ascendió en círculos hasta quedar más de trescientos metros por encima de ella.

Tras encoger las alas, Espina se lanzó hacia Saphira con las fauces abiertas y despidiendo fuego, los espolones de marfil bien abiertos y Murtagh blandiendo *Zar'roc* sobre sus espaldas.

Eragon estuvo a punto de perder el bracamarte cuando Saphira plegó un ala y se situó panza arriba con un quiebro vertiginoso, para extender después el ala y suavizar la caída. Echando la cabeza atrás,

Eragon podía ver el suelo por debajo. ¿O era por encima? Apretó los dientes y se concentró en mantenerse bien sujeto a la silla.

Espina y Saphira colisionaron y a Eragon le dio la sensación de que su dragona había chocado contra la ladera de una montaña. La fuerza del impacto lo lanzó hacia delante, y se golpeó con el casco contra la púa del cuello que tenía delante, mellando el grueso acero. Mareado, se soltó de la silla y se quedó viendo el disco celeste y el terrestre invirtiéndose, girando el uno con el otro sin una forma precisa. Sintió que Saphira se encogía al recibir el golpe de Espina sobre el vientre, que había dejado al descubierto. Eragon deseó haber tenido tiempo de ponerle la armadura que le habían dado los enanos.

Una pata de un color rubí brillante apareció tras el torso de Saphira y le clavó sus duras garras. Sin pensarlo, Eragon le pegó un tajo, lo que provocó que saltara toda una fila de escamas y le cortara un haz de tendones. Tres de los dedos de la pata se quedaron inertes. Eragon le asestó un nuevo mandoble.

Con un gruñido, Espina soltó a Saphira. Arqueó el cuello, y Eragon oyó el sonido de una ráfaga de aire al llenar el dragón los pulmones. Eragon se cubrió, escondiendo la cara bajo el brazo. Un fuego abrasador envolvió a Saphira. La tremenda temperatura no podía causarles ningún daño —las barreras de Eragon lo impedían—, pero el torrente de llamas incandescentes resultaban cegadoras.

Saphira viró a la izquierda, huyendo del remolino de fuego. Murtagh ya había reparado las heridas de la pata de Espina, y el dragón volvía a lanzarse sobre Saphira, forcejeando con ella mientras caían en picado, dando vertiginosos bandazos hacia las tiendas grises de los vardenos. Saphira consiguió agarrar con los dientes la cresta puntiaguda que nacía de la nuca de Espina, a pesar de que las púas de hueso se le clavaban en la lengua. Espina aulló y se agitó como un pez en la caña, intentando separarse, pero no podía hacer nada contra los férreos músculos de la mandíbula de Saphira. Los dos dragones cayeron a la deriva, uno junto al otro, como un par de hojas de un árbol unidas a la misma rama.

Eragon se inclinó y lanzó un golpe cruzado contra el hombro derecho de Murtagh, sin intención de matarlo, pero sí con la de provocarle una grave herida que bastara para poner fin a la lucha. A diferencia de cuando se habían enfrentado en los Llanos Ardientes, Eragon estaba descansado; movía el brazo con la rapidez de un elfo y confiaba en que Murtagh estuviese indefenso frente a su ataque.

Pero Murtagh levantó el escudo y bloqueó el golpe del bracamarte.

Su reacción le sorprendió tanto que Eragon titubeó y apenas tuvo tiempo de echarse atrás y esquivar el contraataque de Murtagh, que lanzó *Zar'roc* en su dirección. La hoja de la espada cortó el aire a una velocidad inusitada, haciéndolo vibrar, y fue a dar contra el hombro de Eragon. Murtagh intensificó el ataque golpeándole en la muñeca y, cuando Eragon se zafó de *Zar'roc*, introdujo la espada por debajo del escudo de Eragon y la clavó por el borde de la cota de malla y la túnica, al borde de la muslera, y le alcanzó en la cadera izquierda. La punta de *Zar'roc* quedó empotrada en el hueso.

El dolor sacudió a Eragon como un baño de agua helada, pero también le dio una claridad de pensamiento sobrenatural y le ayudó a concentrar una cantidad de fuerza extraordinaria en las piernas.

Murtagh retiró la espada y Eragon soltó un gritó. A su vez atacó a Murtagh que, con un giro de muñeca, bloqueó el bracamarte por debajo de *Zar'roc*. Murtagh dejó los dientes al descubierto, trazando una sonrisa siniestra. Sin perder un momento, Eragon liberó el bracamarte de un tirón, hizo una finta hacia la rodilla derecha de Murtagh y luego asestó el golpe en dirección contraria, para provocarle un corte en el pómulo.

—Deberías de haberte puesto casco —dijo Eragon.

Estaban ya tan cerca del suelo —apenas unos treinta metros— que Saphira tuvo que soltar a Espina, y los dos dragones se separaron antes de que Eragon y Murtagh pudieran intercambiar más golpes.

Saphira y Espina ascendieron en espiral, compitiendo por llegar antes a una nube de un color blanco nacarado que se extendía sobre las tiendas de los vardenos. Eragon se levantó la cota y la túnica y se examinó la cadera. Tenía lívido un trozo de piel del tamaño de un puño, por el lugar donde *Zar'roc* había aplastado la cota y se había introducido en la carne. En medio de aquella mancha blanca había una fina línea roja, de cinco centímetros de longitud, por donde había penetrado la espada. De la herida manaba sangre, que le empapaba la parte superior de los calzones.

Haber sido herido por *Zar'roc* —una espada que nunca le había fallado en momentos de peligro y que aún consideraba suya por derecho propio— le desconcertaba. Que su propia arma fuera usada en su contra «estaba mal». Era una distorsión del mundo, algo contra lo que se rebelaba su propio instinto.

Saphira atravesó un remolino de aire y se agitó. Eragon se estremeció, sintiendo una nueva punzada de dolor en el lado. Pero pensó que tenía suerte de no estar luchando a pie, ya que probablemente la cadera no pudiera soportar todo su peso.

305

Arya —dijo—, *¿quieres curarme tú, o lo hago yo mismo y dejo que Murtagh me detenga si puede?*

Nos ocuparemos nosotros —respondió Arya—. *Así quizás aún puedas pillar a Murtagh por sorpresa, si cree que aún estás herido.*

Entonces espera.

¿Por qué?

Tengo que darte permiso. Si no, mis barreras bloquearán el conjuro.

La frase no le vino a la mente en un principio, pero al final recordó la construcción de la barrera y, en idioma antiguo, susurró:

—«Permito que Arya, hija de Islanzadí, efectúe un hechizo sobre mí.»

Cuando no estés tan ocupado hablaremos de tus barreras. ¿Y si estuvieras inconsciente? ¿Cómo íbamos a curarte?

No me pareció una mala idea después de los Llanos Ardientes. Murtagh nos inmovilizó a los dos con magia. No quiero que él, ni ningún otro, pueda lanzarnos hechizos sin nuestro consentimiento.

Y no deben hacerlo, pero hay soluciones más elegantes que la tuya.

Eragon se agitó en la silla al sentir el efecto de la magia de los elfos, y la cadera empezó a hacerle cosquillas y a picarle como si le estuviera atacando un ejército de pulgas. Cuando el picor cesó, deslizó una mano por debajo de la túnica y observó, aliviado, que no palpaba nada más que la suave piel.

Bien —dijo, echando atrás los hombros—. *¡Vamos a enseñarles a cogerles miedo a nuestros nombres!*

La nube de un blanco nacarado se cernía, enorme, ante ellos. Saphira giró a la izquierda y entonces, mientras Espina hacía un esfuerzo por virar a su vez, se sumergió en la profundidad de la nube. Todo se volvió frío, húmedo y blanco, hasta que de pronto Saphira emergió por el otro extremo, sólo un par de metros por encima y por detrás de Espina.

Con un rugido triunfal, Saphira se dejó caer sobre Espina y le agarró por el flanco, hundiéndole las garras en los muslos y por la columna. Estiró la cabeza hacia delante, agarró el ala izquierda de Espina con la boca y apretó, haciendo crujir la carne con la presión de sus afilados dientes.

Espina se retorció y aulló con un sonido horrible que Eragon no sospechaba que pudieran emitir los dragones.

Lo tengo —dijo Saphira—. *Podría arrancarle el ala, pero preferiría no hacerlo. Haz lo que tengas que hacer, pero hazlo antes de que caigamos demasiado.*

Murtagh, con su pálido rostro salpicado de sangre, apuntó a Eragon con *Zar'roc*. La espada temblaba en el aire, y un rayo mental de inmenso poder invadió la conciencia de Eragon. Aquella presencia extraña le tanteaba, intentando llegar a sus pensamientos para hacerse con ellos, subyugarlos y someterlos a la voluntad de Murtagh. Al igual que en los Llanos Ardientes, Eragon observó que la mente de Murtagh daba la sensación de contener multitud de mentes, como si un confuso coro de voces murmurara por debajo del caos de los propios pensamientos de Murtagh.

Eragon se preguntó si Murtagh tendría a un grupo de magos asistiéndolo, del mismo modo que a él le asistían los elfos.

Por difícil que resultara, Eragon vació la mente, dejando únicamente en ella una imagen de *Zar'roc*. Se concentró en la espada con todas sus fuerzas, sumiendo el plano de su conciencia en la calma de la meditación para que Murtagh no encontrara dónde agarrarse. Y cuando Espina empezó a agitarse frenéticamente y Murtagh se distrajo por un instante, lanzó un furioso contraataque, aferrándose a la conciencia de Murtagh. Los dos lucharon en un tétrico silencio mientras iban cayendo, forcejeando en los confines de sus mentes. A veces parecía que Eragon ganaba terreno; otras lo ganaba Murtagh, pero ninguno de los dos conseguía derrotar a su enemigo. Eragon echó un vistazo al suelo, que se acercaba a gran velocidad, y se dio cuenta de que aquella lucha tendría que resolverse por otros medios.

Bajando el bracamarte hasta ponerlo al nivel de Murtagh, gritó:

—¡Letta!

Era el mismo hechizo que había usado Murtagh con él durante su anterior combate. Era un hechizo muy sencillo —no haría nada más que mantener inmóviles los brazos y el torso de Murtagh—, pero les permitiría ponerse a prueba directamente y determinar cuál de los dos disponía de más energía.

Murtagh articuló un contrahechizo, pero las palabras se perdieron tras el grito de Espina y el aullido del viento.

Eragon sintió que el pulso se le aceleraba, al tiempo que la fuerza abandonaba sus miembros. Cuando ya casi había agotado sus reservas y estaba debilitándose por el esfuerzo, Saphira y los elfos le proporcionaron energía de sus propios cuerpos, manteniendo el hechizo. Murtagh, frente a él, parecía seguro de sí mismo en un principio, pero Eragon seguía refrenándolo y a medida que pasaba el tiempo fruncía más el ceño y apretaba más los labios, hasta dejar los dientes al descubierto. Y en ningún momento redujo ninguno de los dos el acoso sobre la mente de su rival.

Eragon sintió que la energía que le infundía Arya decaía una vez, y luego otra, y supuso que dos de los hechiceros a las órdenes de Blödhgarm se habían desvanecido. «Murtagh no puede aguantar mucho más», pensó, y luego tuvo que hacer un esfuerzo por recuperar el control mental, ya que aquel lapso de concentración había permitido a Murtagh adentrarse.

La fuerza que le transmitían Arya y los otros elfos se redujo a la mitad, e incluso Saphira empezó a agitarse, fatigada. Justo cuando Eragon empezó a convencerse de que Murtagh se impondría, éste emitió un grito angustiado y Eragon sintió como si le quitaran un gran peso de encima, al desaparecer la resistencia de Murtagh, que parecía atónito ante el éxito de Eragon.

—¿Y ahora qué? —preguntó Eragon a Arya y a Saphira—. ¿Nos los llevamos como rehenes? ¿Podemos hacerlo?

—Ahora tengo que volar —respondió Saphira.

Soltó a Espina y agitó las alas, haciendo un esfuerzo por mantenerse a flote. Eragon miró por encima de Saphira y por un momento vio una imagen de caballos y hierba bañada por el sol acercándose a gran velocidad; luego fue como si un gigante los golpeara por debajo, y todo se volvió negro.

308

Lo siguiente que Eragon vio fue un fragmento de las escamas del cuello de Saphira a unos centímetros de su nariz. Las escamas brillaban como un hielo de color azul cobalto. Eragon apenas tenía conciencia, pero sintió que alguien penetraba en su mente desde una gran distancia, proyectando en su interior una sensación de gran urgencia. Al ir recuperando el sentido, se dio cuenta de que era Arya:

—¡Pon fin al hechizo, Eragon! Si lo mantienes, nos matará a todos. Ponle fin: ¡Murtagh está demasiado lejos! ¡Despierta, Eragon, o caerás en el vacío!

Dando un respingo, Eragon se enderezó y observó que Saphira estaba agazapada, rodeada de un círculo de jinetes del rey Orrin. Arya no estaba a la vista. Tras recuperar la conciencia, se dio cuenta de que el hechizo que había lanzado sobre Murtagh seguía absorbiéndole fuerzas, cada vez más. Si no hubiera sido por la ayuda de Saphira, de Arya y de los otros elfos, ya habría muerto.

Eragon concluyó el hechizo y luego buscó a Espina y a Murtagh por el suelo.

—Ahí —dijo Saphira, y señaló con el morro.

Eragon vio la brillante silueta de Espina, que surcaba el cielo del noroeste, en vuelo rasante, siguiendo el curso del río Jiet en dirección al ejército de Galbatorix, a unos kilómetros de allí.

¿Cómo puede ser?

Murtagh volvió a curar a Espina, y éste tuvo la suerte de aterrizar sobre la ladera de una colina. La bajó corriendo y luego despegó antes de que tú recuperaras la conciencia.

Desde lo lejos, resonó la voz amplificada de Murtagh:

—No creáis que habéis vencido, Eragon, Saphira. ¡Volveremos a vernos, lo prometo! ¡Espina y yo os derrotaremos! ¡Entonces seremos aún más fuertes que ahora!

Eragon agarró con tanta fuerza el escudo y el bracamarte que le sangraron los dedos por debajo de las uñas.

¿Crees que podrías atraparlo?

Podría, pero los elfos no podrían ayudarte desde tan lejos, y dudo que pudiéramos imponernos sin su apoyo.

Quizá podríamos... —Eragon se interrumpió y se dio un golpe de frustración en la pierna—. ¡Demonios! ¡Soy un idiota! *Me he olvidado de Aren. Podríamos haber usado la energía del anillo de Brom para derrotarlos.*

Tenías otras cosas en la mente. Cualquiera podría haber cometido ese error.

Quizá, pero ojalá hubiera pensado antes en Aren. Aún podríamos usarlo para capturar a Espina y Murtagh.

¿Y entonces qué? —preguntó Saphira—. *¿Cómo los mantendríamos prisioneros? ¿Los drogarías como te drogó Durza en Gil'ead? ¿O quieres matarlos?*

¡No lo sé! Podríamos ayudarlos a cambiar su nombre real, a poner fin a su juramento de fidelidad a Galbatorix. Es demasiado peligroso dejarles vagar por ahí, sin control.

En teoría tienes razón, Eragon —dijo Arya—, *pero estás cansado, Saphira está cansada y yo prefiero que Espina y Murtagh escapen a perderos por no estar en vuestra mejor forma.*

Pero...

Pero no estamos preparados para detener con garantías a un dragón y a su Jinete durante un periodo largo de tiempo, y no creo que matar a Espina y a Murtagh sea tan fácil como crees, Eragon. Da gracias de que los hemos ahuyentado y descansa tranquilo sabiendo que podemos volver a hacerlo la próxima vez que se atrevan a enfrentarse a nosotros.

Dicho aquello, Arya se retiró de su mente.

309

Eragon se quedó mirando hasta que Espina y Murtagh desaparecieron del alcance de la vista. Luego soltó un suspiro y frotó a Saphira en el cuello.

Podría dormir un par de semanas.

Yo también.

Deberías de estar orgullosa. Superaste a Espina en cada lance.

Sí, ¿verdad? —respondió ella, lamiéndose las escamas—. *Pero no fue un enfrentamiento justo. Espina no tiene mi experiencia.*

Ni tu talento, diría yo.

Girando el cuello, Saphira lamió la parte superior del brazo de Eragon, haciendo tintinear la cota de malla, y luego le miró con sus luminosos ojos.

Él consiguió esbozar una sonrisa.

Supongo que tenía que habérmelo esperado, pero aun así me sorprende que Murtagh fuera tan rápido como yo. Más magia por parte de Galbatorix, sin duda.

Pero ¿por qué tus defensas no consiguieron repeler a Zar'roc? Te protegieron de golpes más duros cuando nos enfrentamos a los Ra'zac.

No estoy seguro. Quizá Murtagh o Galbatorix hayan inventado un hechizo en el que no haya pensado o contra el que no me haya protegido. O quizá sea simplemente que Zar'roc es el arma de un Jinete, y tal como dijo Glaedr...

... las espadas que forjó Rhumön destacan por...

... poder atravesar hechizos de cualquier tipo, y...

... raramente les afecta...

... la magia. Exacto. —Eragon se quedó mirando los restos de la sangre de dragón sobre la hoja del bracamarte, abatido—. *¿Cuándo seremos capaces de derrotar a nuestros enemigos nosotros solos? Yo no podría haber matado a Durza si Arya no hubiera roto el zafiro estrellado. Y sólo conseguimos imponernos a Murtagh y a Espina gracias a la ayuda de Arya y los otros doce.*

Tenemos que ganar fuerza.

Sí, pero ¿cómo? ¿Cómo ha acumulado tanta fuerza Galbatorix? ¿Ha encontrado un modo de alimentarse de los cuerpos de sus esclavos aunque estén a cientos de kilómetros de distancia? ¡Grrr! No lo sé.

Un reguero de sudor le atravesó la frente y fue a parar a la comisura de su ojo derecho. Se secó con la palma de la mano, volvió a parpadear y observó a los jinetes reunidos alrededor de él y de Saphira.

¿Qué hacen aquí?

Mirando más allá, se dio cuenta de que Saphira había aterrizado cerca de donde el rey Orrin había interceptado a los soldados de los barcos. No muy lejos, a su izquierda, cientos de hombres, úrgalos y caballos se arremolinaban, presas del pánico y de la confusión. Ocasionalmente, el entrechocar de las espadas o el grito de un hombre herido se elevaban entre el fragor de la batalla, acompañados de carcajadas aisladas de una risa demencial.

Creo que están aquí para protegernos —dijo Saphira.

¿A nosotros? ¿De qué? ¿Por qué no han matado ya a los soldados? Dónde... —Dejó la frase a medias al ver a Arya, a Blödhgarm y a otros cuatro elfos demacrados procedentes del campamento que corrían hacia Saphira.

Eragon levantó una mano a modo de saludo y gritó:

—¡Arya! ¿Qué ha sucedido? No veo quién está al mando.

Alarmado, Eragon observó que Arya respiraba con tanta dificultad que le costó recuperar el aliento.

—Los soldados han resultado ser más peligrosos de lo que esperábamos. No sabemos cómo. El Du Vrangr Gata no ha recibido más que mensajes incoherentes de los hechiceros de Orrin.

Recuperando el aliento, Arya empezó a examinar los cortes y las magulladuras de Saphira. Antes de que Eragon pudiera seguir preguntándole, una serie de voces exaltadas procedentes del escenario de la contienda eclipsaron el tumulto general, y oyó al rey Orrin, que gritaba:

—¡Atrás, atrás todos! ¡Arqueros, mantened la formación! ¡Diantres, que nadie se mueva, lo tenemos!

Saphira pensó lo mismo que Eragon. Colocando las patas bajo el cuerpo, dio un salto por encima del anillo de jinetes —espantando a los caballos, que se asustaron y echaron a correr— y se abrió paso por entre el campo de batalla, sembrado de cadáveres, hacia el lugar de donde provenía la voz del rey Orrin, apartando a hombres y úrgalos como si fueran briznas de hierba. El resto de los elfos salieron corriendo tras ella, espadas y arcos en ristre.

Saphira encontró a Orrin sentado sobre su caballo de batalla en primera fila de una formación compacta, con la mirada fija en un único hombre a unos quince metros. El rey estaba congestionado, tenía los ojos desorbitados y la armadura cubierta de suciedad del combate. Había resultado herido bajo el brazo izquierdo, y del muslo izquierdo le sobresalía varios centímetros el palo de una lanza. Cuando se apercibió de la llegada de Saphira, el alivio se leyó en su rostro de pronto.

311

—Bien, bien, estáis aquí —murmuró, mientras Saphira se colocaba junto a su caballo—. Te necesitábamos, Saphira, y a ti, Asesino de Sombra. —Uno de los arqueros se adelantó unos centímetros. Orrin agitó la espada—. ¡Atrás! —le gritó—. ¡Al que no se quede en su posición le cortaré la cabeza, lo juro por la corona de Angvard! —Luego volvió a mirar fijamente al hombre solitario.

Eragon siguió con la vista su mirada. El hombre era un soldado de altura media, con una marca de nacimiento morada en el cuello y el pelo castaño aplastado a causa del casco que había llevado. Su escudo estaba hecho añicos. Su espada estaba doblada, rota y llena de muescas, y le faltaban los últimos quince centímetros. Su cota de malla estaba cubierta del fango del río. De un corte en las costillas le manaba sangre. Una flecha decorada con plumas blancas de cisne le había atravesado el pie derecho y lo mantenía clavado al suelo, con tres cuartas partes del asta hundidas en la dura tierra. De la garganta del hombre emanaba una tétrica risa borboteante que subía y bajaba de intensidad con una cadencia obsesiva, pasando de una nota a la siguiente como si el hombre estuviera a punto de estallar en gritos de pánico.

—¿Qué eres tú? —le gritó Orrin. El soldado no respondió de inmediato, por lo que el rey soltó una maldición e insistió—. Respóndeme o te dejaré en manos de mis hechiceros. ¿Eres hombre, bestia o algún siniestro demonio? ¿En qué apestosa fosa os ha encontrado Galbatorix a ti y a los tuyos? ¿Eres pariente de los Ra'zac?

Aquella última pregunta le sentó a Eragon como si le clavaran una aguja; se enderezó de golpe y todos los sentidos se le agudizaron. La risa se detuvo por un momento.

—Hombre. Soy un hombre.

—No eres como ningún hombre que yo conozca.

—Sólo quería asegurar el futuro de mi familia. ¿Te resulta eso tan extraño, surdano?

—¡No me respondas con acertijos, deshecho de lengua viperina! Dime cómo llegaste a ser lo que eres y sé sincero, si no quieres que te eche plomo fundido por la garganta y veamos si eso te duele.

La risita demencial se intensificó y luego el soldado respondió.

—No puedes hacerme daño, surdano. Nadie puede. El propio rey nos hizo insensibles al dolor. A cambio, nuestras familias vivirán cómodamente el resto de sus vidas. Podéis ocultaros de nosotros, pero nosotros nunca dejaremos de perseguiros, ni siquiera en las circunstancias en las que un hombre cualquiera caería rendido de agotamiento. Podéis combatirnos, pero nosotros seguiremos matándoos mientras nos quede un brazo que levantar. No podéis ni siquiera rendiros ante nosotros, ya que no hacemos prisioneros. No podéis hacer nada más que rendiros y devolver la paz a esta tierra.

Con una mueca horripilante, el soldado rodeó, con la mano que sostenía el destrozado escudo, el asta de la flecha y se la arrancó del pie. Se oyó el sonido de la carne desgarrándose y apareció la cabeza de la flecha con trozos de materia ensangrentada. El soldado les mostró la flecha, agitándola, y luego se la tiró a uno de los arqueros, hiriéndole en la mano. Se rio con más fuerza que antes y se echó hacia delante, arrastrando el pie herido tras él. Levantó la espada, como si pretendiera atacar.

—¡Disparad! —gritó Orrin.

Las cuerdas de los arcos resonaron como laúdes desafinados y un instante después una batería de flechas cayó sobre el torso del soldado. Dos de las flechas rebotaron en su gambesón; el resto penetró en su caja torácica. Su risa se convirtió en un borboteo sibilante al llenársele los pulmones de sangre, pero el soldado siguió avanzando, tiñendo la hierba del suelo de un rojo intenso. Los arqueros volvieron a disparar y las flechas le atravesaron los hombros y los brazos, pero él no se detuvo. Otra lluvia de flechas siguieron a las anteriores. El soldado trastabilló y se cayó cuando una flecha le abrió la rótula, otras le desgarraron los muslos y una le atravesó completamente el cuello —abriendo un agujero a través de su marca de nacimiento— y siguió volando por el campo, dejando tras de sí un reguero de sangre. Y aun así el soldado se negaba a morir. Empezó a arrastrarse, empujándose con los brazos, poniendo muecas y con aquella risita, como si todo el mundo fuera una broma obscena que sólo él supiera apreciar.

Al ver aquello, Eragon sintió un escalofrío que le recorría la columna. El rey Orrin lanzó un violento improperio y Eragon detectó un punto de histeria en su voz. Bajó de su caballo de un salto, lanzó la espada y el escudo al suelo y señaló al úrgalo más próximo.

—Dame tu hacha.

Atónito, el úrgalo de piel gris dudó un momento, pero luego le entregó su arma.

El rey Orrin se acercó cojeando al soldado, levantó la pesada hacha con ambas manos y, de un solo golpe, le arrancó la cabeza.

La risita cesó.

El soldado echó la vista atrás, hasta clavar los ojos en el cielo, y la boca siguió moviéndosele unos segundos; luego quedó inmóvil.

Orrin agarró la cabeza por el pelo y la levantó para que todos pudieran verla.

—Pueden matarse —declaró—. Haced correr la voz de que el único modo seguro de detener a estas abominaciones es decapitarlas. Eso o aplastarles el cráneo con un martillo, o dispararles a los ojos desde una distancia de seguridad... Diente Gris, ¿dónde estás?

Un robusto jinete de mediana edad se acercó a su montura. Orrin le lanzó la cabeza, que el jinete cogió al vuelo.

—Clávala en lo alto de un poste, junto a la puerta Norte del campamento. Clava todas sus cabezas. Que sirvan de mensaje a Galbatorix, para que sepa que no nos dan miedo estos sucios trucos y que ganaremos pese a ellos —añadió el rey, que devolvió el hacha al úrgalo y luego recogió sus propias armas.

A unos metros de allí, Eragon vio a Nar Garzhvog rodeado de un puñado de kull. Eragon le dijo unas palabras a Saphira y se desplazó junto a los úrgalos. Después de intercambiar unos saludos, Eragon se dirigió a Garzhvog:

—¿Todos los soldados eran así? —preguntó, señalando con la cabeza hacia el cadáver cubierto de flechas.

—Todos hombres insensibles al dolor. Los alcanzas y piensas que están muertos; les das la espalda y te cortan el gaznate —gruñó Garzhvog—. Hoy he perdido a muchos carneros. Me he enfrentado a montones de humanos, Espada de Fuego, pero nunca antes a estos monstruos burlones. No es natural. Da la impresión de que están poseídos por espíritus, que quizá los propios dioses se han vuelto en nuestra contra.

—Tonterías —protestó Eragon—. No es más que un hechizo de Galbatorix, y pronto tendremos un modo de protegernos contra él.

A pesar de la imagen de confianza que quería dar, la idea de enfrentarse a enemigos que no sintieran dolor le inquietaba tanto como a los úrgalos. Es más; por lo que había dicho Garzhvog, supuso que a Nasuada le iba a costar mucho más mantener la moral alta entre los vardenos cuando la noticia corriera entre los soldados.

Mientras los vardenos y los úrgalos se disponían a retirar a sus compañeros caídos, quitándoles el equipo que pudiera ser de utilidad, y a decapitar a los soldados y a arrastrar sus cuerpos mutilados para formar pilas para quemarlos, Eragon, Saphira y el rey Orrin volvieron al campamento, acompañados por Arya y los otros elfos.

Por el camino Eragon se ofreció a curarle al rey Orrin la pierna, pero éste se negó.

—Tengo mis propios médicos, Asesino de Sombra.

Nasuada y Jörmundur los esperaban junto a la puerta Norte. Acercándose a Orrin, Nasuada preguntó:

—¿Qué ha pasado?

Eragon cerró los ojos mientras Orrin explicaba que el primer ataque a los soldados parecía haber ido bien. Los jinetes habían arrasado las filas enemigas, asestando lo que pensaban que serían golpes mortíferos a diestra y siniestra, y sólo habían sufrido una baja durante la carga. No obstante, al enfrentarse a los soldados restantes, muchos de los que habían abatido se habían puesto en pie y habían reemprendido la lucha.

—Entonces perdimos la compostura —explicó Orrin, echando los hombros atrás—. Le habría pasado a cualquiera. No sabíamos si los soldados eran invencibles, o si eran hombres siquiera. Cuando ves a un enemigo que se acerca con el hueso saliéndole de la pantorrilla, con una lanza atravesándole la barriga y con media cara colgándole, y que además no deja de reírse de ti, pocos hombres aguantan el tipo. Mis guerreros se aterrorizaron. Rompieron la formación. Fue el caos. Una matanza. Cuando los úrgalos y vuestros guerreros, Nasuada, nos alcanzaron, quedaron atrapados en aquella locura. —El rey sacudió la cabeza—. Nunca he visto algo parecido, ni siquiera en los Llanos Ardientes.

Nasuada se había quedado pálida, pese a su tez morena. Miró a Eragon y después a Arya.

—¿Cómo ha podido hacer esto Galbatorix?

—Ha bloqueado la mayor parte de la capacidad de las personas para sentir dolor, aunque no toda —respondió Arya—, dejándoles únicamente una sensación mínima para que sepan dónde están y lo que están haciendo, pero no tanta como para que el dolor pueda incapacitarlos. El hechizo habrá requerido sólo una pequeña capacidad de energía.

Nasuada se humedeció los labios. Volvió a dirigirse a Orrin.

—¿Sabes a cuántos hemos perdido?

Orrin se estremeció. Se doblegó, se presionó la mano contra la pierna, apretó los dientes y soltó un gruñido.

—Trescientos soldados contra… ¿Qué fuerza enviaste tú?

—Doscientos hombres con espadas. Cien lanceros. Cincuenta arqueros.

—Eso, más los úrgalos, más mi caballería… Digamos unos mil soldados. Contra trescientos soldados a pie a campo abierto. Matamos hasta al último de ellos. No obstante, el precio que hemos pagado… —El rey sacudió la cabeza—. No lo sabremos con certeza hasta que contemos los muertos, pero me dio la impresión de que tres cuartas partes de vuestros espadas han caído. Y más lanceros. Y algunos arqueros. De mi caballería, quedan pocos: cincuenta, setenta. Muchos de ellos eran amigos. Quizás haya cien o ciento cincuenta úrgalos muertos. ¿En total? Quinientos o seiscientos cadáveres, y la mayor parte de los supervivientes heridos. No sé... No sé. No...

Orrin se quedó con la boca abierta y se ladeó en su montura. Se habría caído si no fuera porque Arya dio un salto para evitarlo.

Nasuada chasqueó los dedos y acudieron dos vardenos de entre las tiendas. Les ordenó que se llevaran a Orrin a su pabellón y que luego fueran a buscar a sus médicos.

—Hemos sufrido una dura derrota, aunque hayamos conseguido exterminar a los soldados —murmuró Nasuada. Apretó los labios con una expresión que combinaba la pena y la desesperanza en igual medida. Los ojos le brillaban, cubiertos de lágrimas no derramadas. Pero irguió la cabeza y se quedó mirando a Eragon y Saphira con ojos duros—. ¿Qué tal os ha ido a vosotros dos?

Escuchó, inmóvil, la descripción que hizo Eragon de su encuentro con Murtagh y con Espina. Después, asintió.

—El simple hecho de que escaparais de sus garras era más de lo que nos atrevíamos a esperar. No obstante, habéis conseguido más que eso. Habéis demostrado que Galbatorix no ha hecho a Murtagh tan poderoso como para que no haya esperanza de derrotarlo. Con algunos hechiceros más que os ayudaran, Murtagh habría quedado a vuestra merced. Así que supongo que no se atreverá a enfrentarse al ejército de la reina Islanzadí por sí solo. Si podemos reunir los suficientes hechiceros a vuestro alrededor, Eragon, creo que por fin podremos matar a Murtagh y a Espina la próxima vez que vengan a por vosotros.

—¿No queréis capturarlos? —preguntó Eragon.

—Quiero muchas cosas, pero dudo de que llegue a conseguir muchas de ellas. Murtagh y Espina quizá no intenten mataros, pero si se presenta la ocasión, tenemos que matarlos a ellos sin dudarlo. ¿O tú lo ves de otro modo?

—No.

—¿Ha muerto alguno de vuestros hechiceros durante la lucha? —le preguntó Nasuada a Arya.

—Algunos se desmayaron, pero todos se han recuperado, gracias.

Nasuada respiró hondo y miró hacia el norte, con los ojos perdidos en el infinito.

—Eragon, por favor, informa a Trianna de que quiero que los Du Vrangr Gata descubran cómo reproducir el hechizo de Galbatorix. Por despreciable que sea, tenemos que imitarle. No podemos permitirnos no hacerlo. No sería práctico que todos nos volviéramos insensibles al dolor, nos heriríamos con demasiada facilidad, pero deberíamos tener unos cientos de guerreros voluntarios que fueran inmunes al sufrimiento físico.

—Mi señora.

—Todos esos muertos… —dijo Nasuada, retorciendo las riendas entre las manos—. Llevamos demasiado tiempo parados en el mismo sitio. Es hora de que obliguemos al Imperio a defenderse de nuevo. —Espoleó a *Tormenta de Guerra*, apartándolo de la carnicería que se extendía frente al campamento y el semental levantó la cabeza y mordió el bocado—. Tu primo, Eragon, me pidió que le dejara tomar parte en el combate de hoy. Me negué, debido a su inminente boda, lo cual no le gustó… Aunque sospecho que su prometida piensa diferente. ¿Me harás el favor de notificarme si aún desean proceder con la ceremonia hoy mismo? Tras este baño de sangre, a los vardenos les animaría asistir a una boda.

—Os lo comunicaré en cuanto lo sepa.

—Gracias. Puedes retirarte, Eragon.

Lo primero que hicieron Eragon y Saphira tras dejar a Nasuada fue visitar a los elfos que se habían desmayado durante su batalla con Murtagh y Espina y agradecerles, a ellos y a sus compañeros, la ayuda recibida. Luego Eragon, Arya y Blödhgarm se ocuparon de las heridas que Espina le había provocado a Saphira, reparando sus cortes y rasguños y alguna magulladura. Cuando hubieron acabado, Eragon localizó a Trianna con la mente y le comunicó las instrucciones de Nasuada.

Sólo entonces fueron en busca de Roran. Blödhgarm y sus elfos los acompañaron; Arya se fue a atender sus asuntos. Roran y Katrina estaban discutiendo en voz baja pero con intensidad cuando Eragon los encontró, junto a la esquina de la tienda de Horst. Cuando se acercaron Eragon y Saphira, se callaron. Katrina cruzó los brazos y apartó la vista de Roran, mientras que Roran agarró la cabeza del martillo que tenía amarrado al cinto y sacudió el tacón de la bota contra una roca.

Eragon se detuvo frente a ellos y esperó unos momentos, con la esperanza de que le explicaran el motivo de su discusión, pero no fue aquello lo primero que oyó.

—¿Estáis heridos alguno de los dos? —preguntó Katrina, pasando la mirada del uno a la otra.

—Lo hemos estado, pero ya no.

—Eso es tan… extraño. En Carvahall oímos historias de magia, pero nunca me las había creído. Parecían tan imposibles... Y aquí, en cambio, hay magos por todas partes... ¿Habéis hecho mucho daño a Murtagh y a Espina? ¿Han huido por eso?

—Los vencimos, pero no les causamos ningún daño permanente —explicó Eragon. Hizo una pausa y, al ver que ni Roran ni Katrina se disponían a hablar, preguntó si aún querían casarse aquel mismo día—. Nasuada ha sugerido que sigáis con la boda, pero quizá sea mejor esperar. Aún hay que enterrar a los muertos, y hay mucho que hacer. Quizá sea mejor mañana..., más apropiado.

—No —dijo Roran, y picó con la puntera de la bota en la roca—. El Imperio podría volver a atacar en cualquier momento. Mañana podría ser demasiado tarde. Si..., si yo muriera antes de que nos casáramos, ¿qué sería de Katrina o de nuestro...? —Roran se quedó sin palabras y se ruborizó.

La expresión de Katrina se suavizó, se giró hacia Roran y le cogió la mano.

—Además, la comida ya está preparada —dijo ella—, la decoración ya está lista y nuestros amigos se han reunido para la boda. Sería una pena que todos esos preparativos no sirvieran para nada. —Katrina levantó la mano, le frotó la barba a Roran, que la rodeó con un brazo, sonriendo.

No entiendo ni la mitad de lo que está pasando entre ellos —le dijo Eragon a Saphira.

—Así pues, ¿cuándo queréis entonces que tenga lugar la ceremonia?

—Dentro de una hora —dijo Roran.

Marido y mujer

Cuatro horas más tarde, Eragon se encontraba en lo alto de una loma salpicada de flores silvestres amarillas.

Alrededor de la loma se extendía un frondoso prado que bordeaba el río Jiet, que discurría unos treinta metros a la derecha de Eragon. El cielo estaba brillante y límpido y los rayos del sol iluminaban todo con una suave luz. El aire era fresco y suave y olía a fresco, como si acabara de llover.

Reunidos frente a la loma estaban los aldeanos de Carvahall, ninguno de los cuales había resultado herido durante la lucha, y lo que aparentemente era la mitad de las fuerzas de los vardenos. Muchos de los guerreros sostenían largas lanzas decoradas con penachos bordados de todos los colores. Varios caballos, entre ellos *Nieve de Fuego*, pacían atados a unas estacas en el extremo del prado. A pesar de los esfuerzos de Nasuada, la organización de la ceremonia había llevado más tiempo de lo que nadie podía haberse imaginado.

El viento alborotaba el cabello de Eragon, aún húmedo tras habérselo lavado. En aquel momento, Saphira planeó sobre la congregación y aterrizó a su lado, batiendo las alas. Él sonrió y le tocó en el hombro.

Pequeño…

En circunstancias normales, habría estado nervioso por tener que hablar frente a tanta gente y dirigir una ceremonia tan solemne e importante, pero tras la lucha anterior todo había asumido un aire de irrealidad, como si no fuera más que un sueño especialmente vívido.

En la base de la loma se encontraban Nasuada, Arya, Narheim, Jörmundur, Angela, Elva y otros personajes importantes. El rey Orrin no acudió, ya que sus heridas resultaron ser más graves de lo que parecía en principio y sus médicos aún le estaban tratando en su pabellón. En su lugar, asistió Irwin, el primer ministro del rey.

Los únicos úrgalos presentes eran los dos de la guardia privada de

Nasuada. Eragon había estado presente cuando Nasuada había invitado a Nar Garzhvog a la celebración, y se había sentido aliviado cuando éste había tenido el buen criterio de declinar la invitación. Los aldeanos nunca habrían tolerado a un grupo numeroso de úrgalos en la boda. Nasuada incluso había tenido dificultades para convencerles de que aceptaran la presencia de sus guardas.

Con el murmullo provocado por el roce de las ropas, los aldeanos y los vardenos se echaron a los lados y abrieron un largo pasillo desde la loma hasta el lugar hasta donde se extendía la multitud. Entonces, los aldeanos unieron sus voces y empezaron a cantar las antiguas canciones de boda del valle de Palancar. Los tradicionales versos hablaban del ciclo de las estaciones, de la cálida tierra que daba origen a una nueva cosecha cada año, de los partos en primavera, de los tordos que anidaban y del desove de los peces, y de que el destino dictaba que los jóvenes ocuparan el lugar de los viejos. Una de las hechiceras de Blödhgarm, una elfa con el pelo plateado, sacó una pequeña lira de oro de una funda de terciopelo y acompañó a los aldeanos con sus propias notas, embelleciendo aquellas sencillas tonadas y dándole a las familiares melodías un aire melancólico.

Con pasos lentos y regulares, Roran y Katrina aparecieron uno a cada extremo del pasillo abierto entre la multitud, se dirigieron hacia la loma y, sin tocarse, empezaron a avanzar hacia Eragon. Roran llevaba una casaca que había tomado prestada de uno de los vardenos. Se había cepillado el pelo y recortado la barba, y llevaba las botas limpias. El rostro le brillaba con una alegría indescriptible. En conjunto, a Eragon le pareció que tenía un aspecto muy atractivo y distinguido. No obstante, era Katrina la que llamaba más su atención. Su vestido era de color azul claro, tal como correspondía a una novia en sus primeras nupcias, de corte sencillo pero con una cola de encaje de más de tres metros de largo, sujetada por dos niñas. Sus tirabuzones destacaban contra la pálida tela como cobre bruñido. En las manos llevaba un pomo de flores silvestres. Se la veía orgullosa, serena y bella.

Eragon oyó algún suspiro entre las mujeres al contemplar la cola del vestido, y decidió dar las gracias a Nasuada por encargar a los Du Vrangr Gata que le hicieran el vestido a Katrina, ya que supuso que era ella la responsable del regalo.

Horst caminaba tres pasos por detrás de Roran. A una distancia similar por detrás de Katrina caminaba Birgit, atenta a no pisar el vestido.

Cuando Roran y Katrina estaban a medio camino de la loma, un par de palomas blancas salieron volando de los sauces llorones que flanqueaban el río Jiet. Las palomas llevaban un aro de narcisos amarillos agarrado a las patas. Katrina aflojó el paso y se detuvo cuando se le acercaron. Los pájaros la rodearon tres veces y luego bajaron hasta depositarle el aro de flores sobre la cabeza para luego volver al río.

—¿Eso es cosa tuya? —le preguntó Eragon a Arya.

Arya sonrió.

En lo alto de la loma, Roran y Katrina se quedaron inmóviles ante Eragon mientras esperaban que los aldeanos acabaran de cantar. Cuando la estrofa final dio paso al silencio, Eragon levantó las manos y dijo:

—Sed bienvenidos todos. Hoy nos hemos reunido para celebrar la unión entre las familias de Roran, hijo de Garrow, y Katrina, hija de Ismira. Ambos tienen buena reputación y, por lo que yo sé, no están comprometidos con nadie más. No obstante, si ése no fuera el caso, o si alguien conoce alguna otra razón por la que no debieran convertirse en marido y mujer, que la exponga ante estos testigos, para que podamos juzgar la validez de tales argumentos. —Eragon hizo la pausa correspondiente y luego siguió—. ¿Quién de vosotros habla por Roran, hijo de Garrow?

—Roran no tiene padre ni tío —dijo Horst, dando un paso adelante—, así que yo, Horst, hijo de Ostrec, hablo por él como si fuera de mi propia sangre.

—¿Y quién de vosotros habla por Katrina, hija de Ismira?

Birgit dio un paso adelante.

—Katrina no tiene ni madre ni tía, así que yo, Birgit, hija de Mardra, hablo por ella como si fuera de mi propia sangre.

A pesar de sus cuentas pendientes con Roran, la tradición decía que Birgit tenía el derecho y la obligación de representar a Katrina, al haber sido amiga íntima de su madre.

—Es justo y correcto. ¿Qué tiene entonces, Roran, hijo de Garrow, que aportar a este matrimonio, para que él y su esposa puedan prosperar?

—Aporta su nombre —dijo Horst—. Aporta su martillo. Aporta la fuerza de sus manos. Y aporta la promesa de una granja en Carvahall, donde ambos puedan vivir en paz.

El asombro se extendió por toda la multitud, al darse cuenta la gente de lo que estaba haciendo Roran: estaba comprometiéndose y declarando públicamente que el Imperio no evitaría que volviera a casa con Katrina para darle la vida que ella tendría en aquel momento de no ser por la sangrienta intervención de Galbatorix. Roran estaba comprometiendo su honor, como hombre y como marido, condicionándolo a la caída del Imperio.

321

—¿Aceptas lo que se ofrece, Birgit, hija de Mardra? —preguntó Eragon.

—Acepto —dijo Birgit, asintiendo.

—¿Y que aporta Katrina, hija de Ismira, a este matrimonio, para que ella y su esposo puedan prosperar?

—Aporta su amor y devoción, con los que servirá a Roran, hijo de Garrow. Aporta su habilidad en la organización de una casa. Y aporta una dote.

Sorprendido, Eragon observó a Birgit, que hacía un gesto a dos hombres situados junto a Nasuada y que, a su vez, se acercaron con un cofre de metal sujeto entre los dos. Birgit abrió el cierre del cofre, levantó la tapa y mostró a Eragon su contenido. Él echó un vistazo y vio el montón de joyas de su interior.

—Aporta un collar de oro con diamantes incrustados. Aporta un prendedor de coral rojo del mar del Sur y una redecilla con perlas para el pelo. Aporta cinco anillos de oro y oro blanco. El primer anillo… —Al tiempo que Birgit describía cada pieza, la sacaba del cofre y la levantaba, para que todos pudieran ver que decía la verdad.

Eragon continuaba atónito; echó una mirada a Nasuada y observó la sonrisa satisfecha que lucía.

Cuando Birgit acabó con su letanía y cerró el cofre, Eragon preguntó:

—¿Aceptas lo que se ofrece, Horst, hijo de Ostrec?

—Acepto.

—Así pues, vuestras familias se convierten en una sola, de acuerdo con la ley de la tierra. —Luego, por primera vez, Eragon se dirigió a Roran y a Katrina directamente—. Los que han hablado por vosotros han acordado los términos del matrimonio. Roran, ¿estás satisfecho de cómo ha negociado Horst, hijo de Ostrec, en tu nombre?

—Lo estoy.

—Y Katrina, ¿estás satisfecha de cómo ha negociado Birgit, hija de Mardra, en tu nombre?

—Lo estoy.

—Roran *Martillazos*, hijo de Garrow: ¿juras, por tu nombre y por tu linaje, que protegerás y cuidarás a Katrina, hija de Ismira, mientras ambos viváis?

—Yo, Roran *Martillazos*, hijo de Garrow, juro, por mi nombre y por mi linaje, que protegeré y cuidaré a Katrina, hija de Ismira, mientras ambos vivamos.

—¿Juras defender su honor, serle leal y fiel en los años venideros, y tratarla con el respeto, la dignidad y la amabilidad debidos?

—Juro defender su honor, serle leal y fiel en los años venideros, y tratarla con el respeto, la dignidad y la amabilidad debidos.

—¿Y juras darle las llaves de tus posesiones, si las hubiera, y de la caja donde guardarás tu dinero, mañana al ponerse el sol, para que pueda ocuparse de tus negocios como debe hacer una esposa?

Roran juró que lo haría.

—Katrina, hija de Ismira: ¿juras, por tu nombre y tu linaje, que servirás y cuidarás a Roran, hijo de Garrow, mientras ambos viváis?

—Yo, Katrina, hija de Ismira, juro por mi nombre y por mi linaje que serviré y cuidaré a Roran, hijo de Garrow, mientras ambos vivamos.

—¿Juras defender su honor, serle leal y fiel en los años venideros, tener sus hijos si los hubiera y ser una madre cariñosa con ellos?

—Juro defender su honor, serle leal y fiel en los años venideros, tener sus hijos si los hubiera y ser una madre cariñosa con ellos.

—¿Y juras hacerte cargo de sus riquezas y posesiones y gestionarlas responsablemente, para que él pueda concentrarse en las tareas que le conciernen sólo a él?

Katrina juró que lo haría.

Sonriendo, Eragon se sacó una cinta roja de la manga y dijo:

—Cruzad las muñecas.

Roran y Katrina extendieron los brazos izquierdo y derecho, respectivamente, e hicieron como les decía. Apoyando la parte central de la cinta contra sus muñecas, Eragon la pasó tres veces a su alrededor y ató los extremos con un lazo.

—¡Haciendo uso de mi potestad como Jinete de Dragón, os declaro marido y mujer!

La multitud estalló en vítores. Acercándose, Roran y Katrina se besaron y el público redobló sus gritos. Saphira acercó la cabeza hacia la radiante pareja y, al separarse, tocó a Roran y a Katrina en la frente con la punta del morro.

Que viváis muchos años, y que vuestro amor se vuelva más profundo con cada año que pase —les dijo.

Roran y Katrina se giraron hacia los presentes y levantaron sus brazos unidos hacia el cielo.

—¡Que empiece el banquete! —declaró Roran.

Eragon siguió a la pareja mientras descendían de la loma y caminaban por entre la bulliciosa muchedumbre hacia las dos sillas que habían colocado a la cabeza de una fila de mesas. Se sentaron en ellas, como rey y reina de su fiesta, y los invitados empezaron a ponerse en fila para presentarles sus felicitaciones y sus regalos. Eragon fue el

323

primero. Lucía una sonrisa tan amplia como la de ellos. Estrechó la mano libre de Eragon y luego inclinó la cabeza en dirección a Katrina.

—Gracias, Eragon —dijo ella.

—Sí, gracias —añadió Roran.

—El honor ha sido mío. —Se los quedó mirando y luego estalló en una carcajada.

—¿Qué pasa? —preguntó Roran.

—¡Vosotros dos, que parecéis bobos, de lo contentos que estáis!

Con los ojos brillantes, Katrina se rio y abrazó a Roran.

—¡Es que lo estamos!

Eragon se puso serio y continuó:

—Tenéis que saber la suerte que tenéis de estar hoy aquí. Roran, si no hubieras podido convencer a todos para ir hasta los Llanos Ardientes, y si los Ra'zac se te hubieran llevado, Katrina, a Urû'baen, ninguno de los dos habría...

—Sí, pero lo conseguí, y no lo hicieron —le interrumpió Roran—. No empañemos este día con pensamientos desagradables de lo que podría haber sido y no es.

—No lo digo por eso. —Eragon echó un vistazo a la fila de gente que esperaba tras él, para asegurarse de que no estaban lo suficientemente cerca como para oírle—. Los tres somos enemigos del Imperio. Y tal como se ha demostrado hoy, no estamos seguros, ni siquiera entre los vardenos. Si Galbatorix puede, nos atacará a cualquiera de los tres, incluida tú, Katrina, para hacer daño a los otros. Así que os he hecho esto.

Del bolsillo de su cinturón, sacó dos anillos de oro lisos, pulidos y brillantes. Los había moldeado la noche anterior a partir de la última de las esferas de oro que había extraído de la tierra. Le dio el más grande a Roran y el más pequeño a Katrina.

Roran giró su anillo, examinándolo, y luego lo miró tras levantarlo hacia el cielo, intentando descifrar los glifos tallados en idioma antiguo en el interior del metal.

—Es muy bonito, pero ¿cómo puede contribuir a protegernos?

—Los he encantado para que hagan tres cosas —dijo Eragon—. Si alguna vez necesitáis mi ayuda, o la de Saphira, dadle una vuelta al anillo en el dedo y decid: «Ayúdame, Asesino de Sombra; ayúdame, Escamas Brillantes», y os oiremos y vendremos lo más rápidamente posible. Por otra parte, si alguno de los dos está próximo a la muerte, vuestro anillo nos alertará a nosotros y a ti, Roran, o a ti, Katrina, dependiendo de quién esté en peligro. Y mientras tengáis los anillos en contacto con la piel, siempre sabréis cómo encontrar al otro, por muy lejos que estéis. —Dudó un momento, y luego añadió—: Espero que estéis de acuerdo en llevarlos puestos.

—Por supuesto que sí —dijo Katrina.

Roran hinchó el pecho y la voz se le volvió algo ronca.

—Gracias —le dijo—. Gracias. Ojalá los hubiéramos tenido antes de que nos separaran en Carvahall.

Dado que sólo tenían una mano libre cada uno, Katrina le deslizó el anillo a Roran en el dedo medio de la mano derecha, y él le puso el suyo a Katrina, colocándoselo en el dedo medio de la mano izquierda.

—Tengo otro regalo para vosotros —dijo Eragon. Girándose, emitió un silbido y agitó los brazos. A través de la multitud se abrió paso un mozo que traía a *Nieve de Fuego* cogido por la brida. El mozo le dio a Eragon las riendas del semental, hizo una reverencia y se retiró—. Roran, necesitarás una buena montura. Éste es *Nieve de Fuego*. Fue de Brom, luego mío y ahora te lo doy a ti.

Roran recorrió a *Nieve de Fuego* con la vista.

—Es un animal magnífico.

—De lo mejor. ¿Lo aceptas?

—Encantado.

Eragon volvió a llamar al mozo y le devolvió a *Nieve de Fuego*, indicándole que Roran era el nuevo propietario del semental. Cuando el mozo se fue, Eragon echó un vistazo a la gente haciendo cola con regalos para Roran y Katrina.

—Vosotros dos quizá fuerais pobres esta mañana, pero para cuando llegue la noche seréis ricos. Si alguna vez Saphira y yo podemos dejar de vagar por el mundo, tendremos que ir a vivir con vosotros, en el salón gigante que construyáis para todos vuestros hijos.

—Sea lo que sea lo que construyamos, me temo que difícilmente será lo suficientemente grande como para que quepa Saphira —dijo Roran.

—Pero siempre seréis bienvenidos —añadió Katrina—. Los dos.

Después de felicitarlos una vez más, Eragon se instaló en el extremo de la mesa y se entretuvo lanzándole pedacitos de pollo asado a Saphira y viendo cómo los atrapaba en el aire. Allí se quedó hasta que Nasuada acabó de hablar con Roran y Katrina, dándoles algo pequeño que no consiguió ver. Entonces detuvo a Nasuada, que abandonaba la fiesta.

—¿Qué hay, Eragon? —le preguntó—. No puedo entretenerme.

—¿Fuisteis vos quien le dio a Katrina su vestido y su dote?

—Sí. ¿Lo desapruebas?

—Os estoy agradecido por vuestra generosidad con mi familia, pero me pregunto…

—¿Sí?

—¿No necesitan tanto los vardenos ese oro?

—Lo necesitamos —dijo Nasuada—, pero no tan desesperadamente como antes. Desde mi plan de los encajes y desde que triunfé en la Prueba de los Cuchillos Largos y las tribus errantes me juraron lealtad absoluta y me dieron acceso a sus riquezas, es menos probable que muramos de hambre y más probable que lo hagamos por no tener un escudo o una lanza. —Sus labios dibujaron una sonrisa—. Lo que le he dado a Katrina es insignificante comparado con las enormes cantidades que necesita este ejército para funcionar. Y no creo haber malgastado mi oro. Más bien creo que he hecho una valiosa adquisición. He adquirido prestigio y dignidad para Katrina y, de paso, me he asegurado la buena voluntad de Roran. Puede que sea demasiado optimista, pero sospecho que su lealtad me será mucho más valiosa que cien escudos o cien lanzas.

—Siempre procuráis mejorar las expectativas de los vardenos, ¿no es cierto? —dijo Eragon.

—Siempre. Como debe ser. —Nasuada se dispuso a alejarse, pero volvió atrás y dijo—: Poco antes de la puesta de sol, ven a mi pabellón y visitaremos a los hombres que resultaron heridos hoy. Hay muchos que no podemos curar, ya sabes. Les hará bien ver que nos preocupamos por su bienestar y que apreciamos su sacrificio.

—Allí estaré —dijo Eragon tras asentir.

—Bien.

Pasaron las horas, y Eragon comió, bebió y rio, e intercambió anécdotas con viejos amigos. El aguamiel corrió como el agua, y el banquete de bodas cada vez estaba más animado. Abrieron un espacio entre las mesas y los hombres pusieron a prueba su destreza en pulsos, pruebas de tiro con arco y enfrentamientos con lanzas largas. Dos de los elfos, uno de cada sexo, demostraron su habilidad con los juegos de espadas, sorprendiendo a los presentes con la velocidad y la elegancia en la manipulación de las armas, e incluso Arya accedió a interpretar una canción, que hizo que Eragon se estremeciera.

Durante todo aquel rato, Roran y Katrina dijeron poco y optaron por quedarse sentados, intercambiando miradas, ajenos a todo lo que los rodeaba.

Cuando la panza anaranjada del sol entró en contacto con el horizonte, Eragon, a su pesar, se excusó. Con Saphira al lado, dejó atrás el jolgorio y se encaminó al pabellón de Nasuada, respirando a fondo el fresco aire de la noche para aclararse la mente. Nasuada le esperaba frente a su tienda de mando, con los Halcones de la Noche rodeándola. Sin decir una palabra, ella, Eragon y Saphira cruzaron el campamento hasta llegar a las tiendas de los sanadores, donde yacían los guerreros heridos.

Durante más de una hora, Nasuada y Eragon visitaron a los hombres que habían perdido algún miembro o los ojos, o que habían contraído alguna infección incurable durante la lucha contra el Imperio. Algunos de los guerreros habían resultado heridos aquella misma mañana. Otros, tal como descubrió Eragon, habían recibido heridas en los Llanos Ardientes y aún no se habían recuperado, a pesar de todas las hierbas y los hechizos que les habían administrado. Nasuada le había advertido que no se agotara aún más intentando curar a todo el que encontrara, pero no pudo evitar murmurar algún hechizo aquí y allá para aliviar el dolor, drenar un absceso, recolocar un hueso roto o eliminar alguna desagradable cicatriz.

Uno de los hombres que vio Eragon había perdido la pierna izquierda por debajo de la rodilla, así como dos dedos de la mano derecha. Tenía una barba corta y gris y los ojos cubiertos con una tira de tela negra. Cuando Eragon le saludó y le preguntó cómo se encontraba, el hombre alargó la mano y agarró a Eragon por el codo con los tres dedos de su mano derecha. Con una voz ronca, el hombre dijo:

—Ah, Asesino de Sombra, sabía que vendrías. Te he estado esperando desde la luz.

—¿Qué quieres decir?

—La luz que iluminó la carne del mundo. En un solo momento, vi a todos los seres vivos a mi alrededor, desde el más grande al más pequeño. Me vi los huesos brillando dentro de los brazos. Vi los gusanos de la tierra y los cuervos en el cielo, y los ácaros en las alas de los cuervos. Los dioses me han tocado, Asesino de Sombra. Me dieron esta visión por algún motivo. Yo te vi en el campo de batalla, a ti y a tu dragón, y eras como un sol radiante en medio de un bosque de tenues velas. Y vi a tu hermano, a tu hermano y a su dragón, y ellos también eran como un sol.

A Eragon el vello de la nuca se le puso de punta.

—No tengo ningún hermano —dijo.

El soldado tullido se rio, socarrón.

—No puedes engañarme, Asesino de Sombra. Sé muy bien lo que digo. El mundo arde a mi alrededor, y desde el fuego oigo el murmullo de las mentes, y esos murmullos me dicen cosas. Ahora te escondes de mí, pero aun así puedo verte, un hombre de llama amarilla con doce estrellas flotando alrededor de la cintura y con otra estrella, más brillante que las demás, en la mano derecha.

Eragon se cubrió con la mano el cinturón de Beloth *el Sabio*, para comprobar que los doce diamantes cosidos en su interior seguían bien ocultos. Lo estaban.

—Escúchame, Asesino de Sombra —susurró el hombre, tirando de Eragon para acercárselo a la cara surcada de arrugas—. Vi a tu hermano, y ardía, pero no ardía como tú. Oh, no. La luz de su alma brillaba «a través de él», como si procediera de otra persona. Él, «él» era una forma vacía, la silueta de un hombre. Y a través de aquella forma llegaba el brillo ardiente. ¿Lo entiendes? Eran otros quienes lo iluminaban.

—¿Dónde estaban esos otros? ¿También los viste?

El soldado dudó.

—Podía sentirlos cerca, expresando su furia ante el mundo como si odiaran todo lo que hay en él, pero sus cuerpos estaban ocultos. Estaban allí y no lo estaban. No puedo explicarlo mejor... No querría acercarme más a esas criaturas, Asesino de Sombra. No son humanas, de eso estoy seguro, y su odio era como la mayor tormenta que hayas visto nunca, concentrada dentro de una minúscula botellita de cristal.

—Y cuando la botellita se rompa... —murmuró Eragon.

—Exactamente, Asesino de Sombra. A veces me pregunto si Galbatorix habrá conseguido capturar a los mismos dioses y convertirlos en sus esclavos, pero entonces me río y me digo lo loco que estoy.

—Pero ¿los dioses de quién? ¿De los enanos? ¿De las tribus errantes?

—¿Eso importa, Asesino de Sombra? Un dios es un dios, independientemente de su procedencia.

Eragon soltó un gruñido.

—Quizá tengas razón.

Mientras se alejaba del camastro del hombre, una de las cuidadoras se acercó a Eragon.

—Perdonadle, señor. El trastorno provocado por las heridas le ha hecho enloquecer. Siempre va contando historias de soles y estrellas, y de luces brillantes que afirma ver. A veces parece como si supiera cosas que no debería, pero no os engañéis, las saca de los otros pacientes. Se pasan el día chismorreando. Es lo único que pueden hacer, los pobres.

—No me llames «señor» —dijo Eragon—. Y él no está loco. No

estoy seguro de lo que le pasa, pero tiene una habilidad poco común. Si mejora o empeora, por favor, informe a alguno de los Du Vrangr Gata.

La cuidadora hizo una reverencia.

—Como deseéis, Asesino de Sombra. Disculpad mi error.

—¿Cómo le hirieron?

—Un soldado le cortó los dedos cuando intentó parar una espada con la mano. Después, uno de los proyectiles de las catapultas del Imperio le cayó en la pierna: se la aplastó, y no había posibilidad alguna de salvarla: tuvimos que amputar. Los hombres que estaban a su lado dijeron que, cuando le alcanzó el proyectil, inmediatamente empezó a gritar, hablando de la luz y que, cuando lo recogieron, observaron que los ojos se le habían quedado completamente blancos. Hasta las pupilas le habían desaparecido.

—Ah. Me ha sido de gran ayuda. Gracias.

Cuando Eragon y Nasuada salieron por fin de las tiendas de los heridos, ya había anochecido.

—Ahora no me iría nada mal una jarra de aguamiel —dijo Nasuada tras lanzar un suspiro.

Eragon asintió, con la mirada fija entre los pies. Emprendieron el regreso al pabellón de ella.

—¿En qué piensas, Eragon? —le preguntó al cabo de un rato.

—En que vivimos en un mundo extraño, y en que tendré suerte si alguna vez llego a entender aunque sólo sea una mínima parte.

Luego le explicó su conversación con el hombre, que a ella le pareció tan interesante como a él.

—Deberías explicárselo a Arya —sugirió Nasuada—. Quizás ella sepa quiénes pueden ser esos «otros».

Se separaron ante el pabellón; Nasuada entró para acabar de leer un informe, mientras que Saphira y él prosiguieron hacia su tienda. Allí la dragona se acurrucó en el suelo y se dispuso a dormir, mientras Eragon se sentaba a su lado y observaba las estrellas, como un desfile de hombres heridos paseando ante sus ojos.

Lo que muchos de ellos le habían dicho seguía resonándole en la mente: «Luchamos por ti, Asesino de Sombra».

Susurros en la noche

*R*oran abrió los ojos y se quedó mirando al techo de lona que colgaba por encima de su cabeza. Una tenue luz gris invadía la tienda, sustrayendo a todos los objetos su color y convirtiéndolos en una pálida sombra de su imagen diurna. Se estremeció. Las mantas se habían ido bajando hasta el nivel de la cintura, dejándole el torso expuesto al frío aire de la noche. Al tirar de ellas de nuevo, observó que Katrina ya no estaba a su lado.

La vio sentada a la entrada de la tienda, mirando el cielo. Llevaba una capa sobre el camisón. El cabello le caía hasta el cogote en una maraña de color oscuro.

A Roran se le hizo un nudo en la garganta al observarla.

Arrastrando las mantas consigo, se sentó a su lado. Le pasó un brazo sobre los hombros y ella se apoyó en él, colocando la cabeza y el cálido cuello sobre su pecho. Él la besó en la frente. Durante un buen rato, Roran contempló el brillo de las estrellas con ella y escuchó el ritmo constante de su respiración, el único sonido, junto al suyo, que se oía en aquel mundo de sueño. Entonces ella susurró:

—Las constelaciones aquí tienen una forma diferente. ¿Te has dado cuenta?

—Sí. —Movió el brazo, ajustándolo a la curva de la cintura de ella y sintiendo la ligera prominencia de su vientre—. ¿Qué es lo que te ha despertado?

—Estaba pensando —dijo Katrina, y se estremeció.

—Oh.

La luz de las estrellas se le reflejó en los ojos al levantar la mirada hacia Roran, girando entre sus brazos.

—Estaba pensando en ti y en nosotros… y en nuestro futuro juntos.

—Eso es mucho pensar, para estas horas de la noche.

—Ahora que estamos casados, ¿qué piensas hacer para cuidarme a mí y a nuestro hijo?

—¿Es eso lo que te preocupa? —Sonrió—. No te morirás de hambre: tenemos oro suficiente para asegurarnos de eso. Además, los vardenos no permitirán que a los primos de Eragon les falte la comida o el techo. Aunque me ocurriera algo a mí, seguirían ocupándose de ti y del niño.

—Sí, pero ¿tú qué piensas hacer?

Desconcertado, escrutó el rostro de Katrina en busca de la causa de su agitación.

—Voy a ayudar a Eragon a poner fin a esta guerra para que podamos volver al valle de Palancar e instalarnos sin miedo a que puedan venir los soldados a llevarnos a Urû'baen. ¿Qué otra cosa puedo hacer?

—Entonces, ¿lucharás con los vardenos?

—Sabes que sí.

—¿Como habrías luchado hoy si Nasuada te lo hubiera permitido?

—Sí.

—¿Y qué hay de nuestro bebé? Un ejército en campaña no es un lugar indicado para criar a un hijo.

—No podemos huir y escondernos del Imperio, Katrina. A menos que ganen los vardenos, Galbatorix nos encontrará y nos matará, o encontrará y matará a nuestros hijos, o a los hijos de nuestros hijos. Y no creo que los vardenos consigan la victoria a menos que todo el mundo ponga el máximo de su parte para ayudar.

Ella le colocó un dedo sobre los labios.

—Tú eres mi único amor. Ningún otro hombre conquistará nunca mi amor. Haré todo lo que pueda para aligerar tu carga. Te prepararé la comida, te remendaré la ropa y te limpiaré la armadura… Pero cuando dé a luz, dejaré este ejército.

—¡Dejarlo! —Roran se quedó rígido—. ¡Eso es una tontería! ¿Dónde ibas a ir?

—Quizás a Dauth. Recuerda que Lady Alarice nos ofreció su santuario, y que parte de nuestra gente aún está allí. No estaría sola.

—Si crees que voy a permitir que te vayas con nuestro recién nacido a cruzar Alagaësia, estás…

—No hace falta que grites.

—No estoy…

—Sí, lo estás haciendo. —Agarrándole las manos entre las suyas y presionándoselas contra el corazón, Katrina le dijo—: Aquí no es-

331

tamos seguros. Si se tratara sólo de nosotros, podría aceptar el peligro, pero no cuando tengamos que poner a nuestro niño por delante de todo lo que deseamos para nosotros. Si no es así, no mereceremos llamarnos padres. —Los ojos se le llenaron de lágrimas, y Roran también sintió que se le humedecían los suyos—. Fuiste tú, al fin y al cabo, quien me convenció para salir de Carvahall y ocultarme en las Vertebradas cuando atacaron los soldados. Esto no es muy diferente.

Al empañársele la visión, le pareció que las estrellas nadaran ante él.

—Preferiría perder un brazo que separarme otra vez de ti.

Entonces Katrina empezó a llorar también; sus silenciosos sollozos le sacudían todo el cuerpo.

—Yo tampoco quiero dejarte.

Él apretó más el brazo y se balanceó adelante y atrás con ella bien agarrada. Tras las lágrimas, le susurró al oído:

—Antes preferiría perder un brazo que separarme de ti, pero también preferiría morir que dejar que alguien te hiciera daño a ti… o a nuestro hijo. Si vas a irte, deberías hacerlo ahora, cuando aún te resultará fácil viajar.

Ella sacudió la cabeza.

—No. Quiero que Gertrude sea mi comadrona. Es la única en la que confío. Además, si tengo alguna dificultad, preferiría estar aquí, donde hay magos experimentados en curaciones.

—No habrá problemas —dijo él—. En cuanto nazca nuestro hijo, irás a Aberon, no a Dauth; es menos probable que reciba un ataque. Y si Aberon se vuelve demasiado peligroso, entonces irás a las montañas Beor y vivirás con los enanos. Y si Galbatorix ataca a los enanos, entonces irás con los elfos, a Du Weldenvarden.

—Y si Galbatorix ataca Du Weldenvarden, volaré a la Luna y criaré a nuestro hijo entre los espíritus que habitan en el cielo.

—Y se inclinarán ante ti y te proclamarán su reina, como te mereces.

Ella se apretó aún más contra él. Juntos, se quedaron mirando cómo desaparecían una a una las estrellas, fundiéndose en la luz que se iba extendiendo desde el este. Cuando sólo quedó a la vista el lucero del alba, Roran dijo:

—Sabes lo que significa eso, ¿no?

—¿Qué?

—Que tendré que asegurarme de que matamos hasta el último soldado de Galbatorix, de que tomamos todas las ciudades del Imperio, de que derrotamos a Murtagh y a Espina y de que Galbatorix y el

332

traidor de su dragón son decapitados antes de que te llegue el momento. Así no tendrás necesidad de irte.

Ella se quedó en silencio un momento y luego dijo:

—Si lo consiguieras, sería muy feliz.

Estaban a punto de volver a su catre cuando, entre la tenue luz del cielo, vieron acercarse flotando un barco en miniatura tejido con hebras secas de hierba. El barco se quedó flotando frente a su tienda, balanceándose sobre unas olas invisibles, y casi parecía que los mirara con su proa, que tenía forma de cabeza de dragón.

Roran se quedó petrificado, al igual que Katrina.

Como una criatura viva, el barco prosiguió su ruta por el camino que había frente a su tienda y luego se puso a trazar eses tras la estela de una polilla errante. Cuando la polilla escapó, el barco volvió a deslizarse hacia la tienda, deteniéndose apenas a unos centímetros del rostro de Katrina.

Antes de que Roran pudiera decidir si debía cazar el barco flotante, éste viró y salió volando en dirección al lucero del alba, y desapareció una vez más en el infinito mar del cielo y los dejó atrás, atónitos y observando cómo se alejaba.

Órdenes

*E*ntrada la noche, en los sueños de Eragon aparecieron imágenes de muerte y violencia que a punto estuvieron de atenazarlo de pánico. Se revolvió, incómodo, intentando liberarse, pero incapaz de hacerlo. Ante sus ojos pasaban breves e inconexas imágenes de espadas lacerantes, de hombres gritando y del iracundo rostro de Murtagh. Entonces sintió que Saphira penetraba en su mente. Se introdujo en sus sueños como un fuerte viento, barriendo aquella angustiosa pesadilla. Aquello dio paso a un silencio, y ella suspiró:

Todo va bien, pequeño. Descansa tranquilo; estás seguro, y yo estoy contigo... Descansa tranquilo.

Una sensación de profunda paz inundó a Eragon. Se dio media vuelta y se dejó llevar por recuerdos más felices, reconfortado por la presencia de Saphira.

Cuando Eragon abrió los ojos, una hora antes del alba, se encontró bajo una de las venosas alas de Saphira. Ella le había rodeado con la cola, y Eragon sentía su costado caliente contra la cabeza. Sonrió y salió de debajo del ala al tiempo que ella levantaba la cabeza y bostezaba.

Buenos días —dijo él.

Saphira volvió a bostezar y se estiró como un gato.

Eragon se bañó, se afeitó recurriendo a la magia, limpió los restos de sangre seca del día anterior que habían quedado en el bracamarte y se vistió con una de sus casacas elfas.

Una vez satisfecho con su aspecto y después de que Saphira se hubiera lavado bien con la lengua, fueron caminando hasta el pabellón de Nasuada. Los seis Halcones de la Noche que estaban de guardia formaban en el exterior, con su habitual expresión adusta en el rostro. Eragon esperó mientras un robusto enano los anunció. Luego entró en la tienda, y Saphira se arrastró hasta el panel abierto donde podía introducir la cabeza y participar en la discusión.

Eragon le hizo una reverencia a Nasuada, que estaba sentada en su butaca de respaldo alto con tallas de cardos en flor.

—Mi señora, me pedisteis que acudiera para hablar sobre mi futuro; me dijisteis que teníais una misión importantísima que asignarme.

—Es cierto —dijo Nasuada—. Por favor, siéntate. —Le indicó una silla plegable que tenía al lado. Ladeando la espada por el cinto para que no le molestara, se acomodó en la silla—. Como sabes, Galbatorix ha enviado batallones a las ciudades de Aroughs, Feinster y Belatona para evitar que las tomáramos sitiándolas o, por lo menos, para retardar nuestro avance y obligarnos a dividir las tropas y ser así más vulnerables a los ataques de los soldados acampados al norte. Tras la batalla de ayer, nuestros exploradores informaron de que los últimos hombres de Galbatorix se retiraron a lugares desconocidos. Yo ya iba a atacar a esos soldados días atrás, pero tuve que esperar, porque tú no estabas. Sin ti, Murtagh y Espina podrían haber masacrado a nuestros guerreros impunemente, y no teníamos modo de saber si alguno de los dos estaba entre los soldados. Ahora que vuelves a estar entre nosotros, nuestra posición ha mejorado algo, aunque no tanto como me esperaba, dado que también tenemos que enfrentarnos al último artificio de Galbatorix: esos hombres insensibles al dolor. Lo único que nos anima es que vosotros dos, junto a los hechiceros de Islanzadí, habéis demostrado que podéis repeler los ataques de Murtagh y de Espina. De esa esperanza dependen nuestras perspectivas de victoria.

335

Ese alfeñique rojo no es rival para mí —dijo Saphira—. Si no tuviera a Murtagh protegiéndolo, lo aplastaría contra el suelo y lo zarandearía del cuello hasta que se sometiera y me reconociera como líder de la manada.

—Estoy segura de que lo harías —dijo Nasuada, sonriendo.

—¿Qué tipo de acción habéis decidido entonces? —preguntó Eragon.

—He decidido emprender varias acciones, y tenemos que llevarlas a cabo todas simultáneamente, si queremos triunfar. En primer lugar, no podemos penetrar más en el Imperio, dejando tras de nosotros ciudades aún controladas por Galbatorix. Hacer eso supondría exponernos a ataques por el frente y por la retaguardia, e invitar a Galbatorix a invadir y dominar Surda en nuestra ausencia. Así que ya he ordenado que los vardenos marchen hacia el norte, al punto más próximo por donde podamos vadear con seguridad el río Jiet. Una vez estemos en el otro lado del río, enviaré guerreros al sur para capturar Aroughs, mientras el rey Orrin y yo seguiremos con el resto de nuestras fuerzas hasta Feinster, que, con tu ayuda y la de Saphira, debería caer sin demasiados problemas.

»Mientras nos dedicamos a la tediosa labor de avanzar por el campo, tengo otras responsabilidades para ti, Eragon. —Nasuada echó la espalda hacia delante—. Necesitamos toda la ayuda de los enanos. Los elfos están luchando por la causa al norte de Alagaësia, los surdanos se nos han unido en cuerpo y mente, e incluso los úrgalos se han aliado con nosotros. Pero necesitamos a los enanos. No podemos vencer sin ellos. Especialmente ahora que tenemos que enfrentarnos a soldados que no sienten dolor.

—¿Los enanos ya han elegido nuevo rey o nueva reina?

—Narheim me asegura que el proceso avanza a buen ritmo —respondió Nasuada con una mueca—, pero, al igual que los elfos, los enanos tienen una percepción del tiempo mucho más lenta que la nuestra. «A buen ritmo» para ellos puede implicar meses de deliberaciones.

—¿No se dan cuenta de la urgencia de la situación?

—Algunos sí, pero muchos se oponen a ayudarnos en esta guerra y buscan retrasar el proceso lo más posible para colocar a uno de los suyos sobre el trono de mármol de Tronjheim. Los enanos han vivido ocultos tanto tiempo que se han vuelto peligrosamente desconfiados con los extraños. Si alguien contrario a nuestros objetivos alcanza el trono, perderemos a los enanos. No podemos permitir que eso ocurra. Ni podemos esperar a que los enanos resuelvan sus diferencias a su ritmo normal. Pero... —levantó un dedo— desde tan lejos no puedo intervenir con garantías en su política. De hecho, aunque estuviera en Tronjheim, no podría asegurar un resultado favorable; los enanos no aceptan de buen grado que alguien que no sea de sus clanes se entrometa en su gobierno. Así que quiero que tú, Eragon, viajes a Tronjheim en mi lugar y hagas lo que puedas para asegurarte de que los enanos eligen a un nuevo monarca lo más rápidamente posible..., y de que eligen a un monarca que simpatice con nuestra causa.

—¡Yo! Pero...

—El rey Hrothgar te adoptó en el Dûrgrimst Ingeitum. Según sus leyes y costumbres, «eres» un enano, Eragon. Tienes derecho a participar en las asambleas de los Ingeitum, y dado que Orik, que es tu hermano adoptivo y amigo de los vardenos, debería convertirse en su jefe, estoy segura de que accederá a que le acompañes a las reuniones secretas de los trece clanes donde eligen a sus gobernantes.

A Eragon aquella propuesta le pareció descabellada.

—¿Y Murtagh y Espina? Cuando vuelvan, que sin duda volverán, Saphira y yo somos los únicos que podemos plantarles cara, aunque necesitemos ayuda. Si no estamos aquí, nadie podrá evitar que os maten a vos, a Arya, a Orrin o al resto de los vardenos.

El espacio entre las cejas de Nasuada se estrechó.

—Ayer asestaste a Murtagh una dolorosa derrota. Lo más probable es que él y Espina estén volviendo a Urû'baen en este mismo momento para que Galbatorix pueda interrogarlos sobre la batalla y castigarlos por su fracaso. No los volverá a enviar para atacarnos hasta que tenga la confianza de que pueden vencerte. Sin duda, Murtagh ahora tiene dudas sobre los límites reales de tu fuerza, así que ese desgraciado encuentro aún puede tardar en producirse. Mientras tanto, creo que tienes tiempo suficiente para ir y volver de Farthen Dûr.

—Podríais equivocaros —adujo Eragon—. Además, ¿cómo evitaréis que Galbatorix se entere de nuestra ausencia y que os ataque mientras no estamos? Dudo de que hayáis descubierto a todos los espías que ha colocado entre nosotros.

Nasuada tamborileó los dedos sobre el brazo de su butaca.

—He dicho que quería que tú fueras a Farthen Dûr, Eragon. No he dicho que quisiera que también fuera Saphira.

La dragona giró la cabeza y soltó un pequeño fogonazo de humo que se elevó hasta el techo puntiagudo de la tienda.

—No voy a…

—Déjame acabar, por favor, Eragon.

Él apretó la mandíbula y se la quedó mirando, con la mano izquierda tensa, apretando el pomo del bracamarte.

—Tú no me debes fidelidad, Saphira, pero espero que accedas a quedarte aquí mientras Eragon viaja con los enanos para que podamos crear una falsa idea sobre el paradero de Eragon entre el Imperio y entre los vardenos. Si podemos ocultar tu partida a las masas —le dijo a Eragon—, nadie tendrá motivo para sospechar que no sigues aquí. Sólo tendremos que idear una excusa adecuada para justificar tu repentino deseo de permanecer en la tienda durante el día: quizá que Saphira y tú efectuáis incursiones nocturnas en territorio enemigo y que, por tanto, debéis descansar de día.

»No obstante, para que la artimaña funcione, Blödhgarm y sus compañeros también tendrán que quedarse aquí, tanto para evitar

337

las sospechas como por motivos defensivos. Si Murtagh y Espina vuelven a aparecer mientras tú no estés, Arya puede ocupar tu lugar sobre Saphira. Entre ella, los hechiceros de Blödhgarm y los magos del Du Vrangr Gata, deberíamos de tener buenas posibilidades de derrotar a Murtagh.

—Si Saphira no vuela conmigo hasta Farthen Dûr —protestó Eragon elevando el tono—, ¿cómo se supone que voy a viajar hasta allí en un tiempo razonable?

—Corriendo. Tú mismo me dijiste que corriste durante gran parte del trayecto desde Helgrind. Espero que, sin tener que esconderte de los soldados ni de los campesinos, puedas recorrer más leguas al día de camino a Farthen Dûr que cuando atravesabas el Imperio. —Una vez más Nasuada tamborileó con los dedos sobre la madera pulida de la butaca—. Por supuesto, sería insensato ir solo. Incluso un poderoso mago puede morir a causa de un simple accidente en medio de la naturaleza si no tiene a nadie que le ayude. Hacer que alguien te guíe por entre las montañas Beor sería desperdiciar el talento de los elfos, y la gente se daría cuenta si uno de los de Blödhgarm desaparece sin dar explicaciones. Así que he decidido que te acompañe un kull, ya que, aparte de los elfos, ellos son las únicas criaturas capaces de seguir tu ritmo.

—¡Un kull! —exclamó Eragon, incapaz de contenerse más—. ¿Queréis enviarme con los enanos acompañado de un kull? No existe ninguna otra raza que los enanos odien más que la de los úrgalos. ¡Se hacen arcos con sus cuernos! Si me presentara en Farthen Dûr con un úrgalo, los enanos no escucharían nada de lo que pueda decirles.

—Soy perfectamente consciente de ello —dijo Nasuada—, motivo por el que no irás directamente a Farthen Dûr, sino que primero pararás en la fortaleza Bregan, en el monte Thardûr, que es la cuna ancestral de los Ingeitum. Allí encontrarás a Orik, y podrás dejar al kull, para seguir hasta Farthen Dûr acompañado por Orik.

Con la vista perdida por detrás de Nasuada, Eragon replicó:

—¿Y si no estoy de acuerdo con la ruta que habéis cogido? ¿Y si creyera que hay otros modos más seguros de conseguir lo que deseáis?

—¿Qué modos serían ésos? Dime, te lo ruego —preguntó Nasuada, interrumpiendo de pronto su tamborileo.

—Tendría que pensar en ello, pero estoy seguro de que existen.

—Yo «ya he pensado» en ello, Eragon, largo y tendido. Enviarte como emisario es la única esperanza de ejercer alguna influencia sobre el proceso de sucesión que afrontan los enanos. Yo fui criada entre enanos, recuerda, y los comprendo mejor que la mayoría de los humanos.

—Aun así creo que es un error —gruñó Eragon—. Mandad a Jörmundur en mi lugar, o a alguno de vuestros comandantes. Yo no iré, no mientras...

—¿No irás? —dijo Nasuada, elevando la voz—. Un vasallo que desobedece a su señor no es mejor que un soldado que no hace caso a su capitán en el campo de batalla, y puede recibir el mismo castigo. Como señora tuya, Eragon, te ordeno que corras hasta Farthen Dûr, quieras o no, y que supervises la elección del próximo soberano de los enanos.

Furioso, Eragon respiró hondo por la nariz, aferrando una y otra vez con la mano el pomo de su bracamarte.

Con un tono más suave pero aún tenso, Nasuada concluyó:

—¿Qué vas a hacer, Eragon? ¿Harás lo que te pido, o me destronarás y dirigirás a los vardenos tú mismo? Ésas son las únicas opciones.

—No —respondió, atónito—. Puedo razonar con vos. Puedo convenceros de actuar de otro modo.

—No puedes, porque no puedes ofrecerme una alternativa que tenga las mismas probabilidades de éxito.

Eragon la miró a los ojos.

—Podría rechazar vuestra orden y dejar que me castigarais como considerarais apropiado.

Su sugerencia impresionó a Nasuada.

—Verte atado a un poste y azotado haría un daño irreparable a los vardenos. Y acabaría con mi autoridad, ya que la gente sabría que puedes desafiarme cada vez que quieras, con la única consecuencia de un puñado de heridas que podrías curarte un instante más tarde, teniendo en cuenta que no podemos ejecutarte del mismo modo que podemos ejecutar a cualquier otro guerrero que desobedezca a un superior. Preferiría abdicar de mi cargo y cederte el mando de los vardenos que dejar que ocurriera algo así. ¡Si crees que estás mejor dotado para el cargo, ocupa mi puesto, toma mi trono y declárate jefe de este ejército! Pero de momento yo hablo por los vardenos y tengo el derecho de tomar estas decisiones. Si son errores, eso también será responsabilidad mía.

—¿No aceptaréis ningún consejo? —preguntó Eragon, preocupado—. ¿Dictaréis el destino de los vardenos sin hacer caso de lo que os aconsejen los que os rodean?

La uña del dedo medio de Nasuada resonó contra la madera pulida de su butaca.

—Escucho los consejos. Escucho un flujo continuo de consejos cada hora de cada día de mi vida, pero a veces mis conclusiones no son las mismas que las de mis súbditos. Ahora decide tú si quieres mantener tu juramento de fidelidad y acatar mi decisión, aunque no estés de acuerdo con ella, o si quieres erigirte en un fiel reflejo de Galbatorix.

—Yo sólo quiero lo mejor para los vardenos —dijo él.

—Yo también.

—No me dejáis más opción que una que no me gusta.

—A veces es más duro seguir que marcar el camino.

—¿Puedo tomarme un momento para pensar?

—Puedes.

¿Saphira? —llamó Eragon.

Unos reflejos de luz púrpura danzaron por el interior del pabellón cuando la dragona giró el cuello y fijó los ojos en los de Eragon.

¿Pequeño?

¿Debo ir?

Yo creo que debes.

Eragon apretó los labios trazando una línea rígida.

¿Y tú qué?

Ya sabes que odio separarme de ti, pero los motivos de Nasuada están bien razonados. Si puedo ayudar a mantener lejos a Murtagh y a Espina quedándome con los vardenos, quizá deba hacerlo.

Sus emociones y las de Saphira se entremezclaban en sus mentes como la marea de un mar de rabia, expectativas, escepticismo y ternura. De él partían la rabia y el escepticismo; de ella, sentimientos más amables —aunque tan ricos como los de él— que moderaban la vehemencia de Eragon y que le aportaban perspectivas de las que él, de otro modo, no dispondría. No obstante, se aferraba testarudamente a su negativa al plan de Nasuada.

Si fuera volando contigo a Farthen Dûr, no pasaría tanto tiempo lejos, lo que significa que Galbatorix tendría menos oportunidades de organizar un nuevo ataque.

Pero sus espías le dirían que los vardenos son vulnerables en el momento en que nos fuéramos.

No quiero separarme de ti tan pronto otra vez, después de lo de Helgrind.

No podemos anteponer nuestros deseos a las necesidades de los vardenos, pero no, yo tampoco quiero separarme de ti. Aun así, re-

cuerda lo que dijo Oromis, que la grandeza de un dragón y su Jinete se miden no sólo por lo bien que trabajan juntos, sino también por lo bien que pueden funcionar por separado. Los dos somos lo suficientemente maduros como para operar independientemente, Eragon, por poco que nos guste la idea. Tú ya lo demostraste durante tu viaje desde Helgrind.

¿Te molestaría luchar llevando a Arya a la espalda, como ha sugerido Nasuada?

Ella sería la que menos me importaría. Ya hemos luchado juntas antes, y fue ella quien me llevó de un lado a otro durante veinte años, cuando aún estaba en el huevo. Eso ya lo sabes, pequeño. ¿Por qué planteas esa cuestión? ¿Estás celoso?

¿Y si lo estoy?

Un brillo iluminó sus ojos de color zafiro, que lo miraron divertidos. Saphira le dio un lametón.

Es muy tierno por tu parte... ¿Tú preferirías que me quedara o que me fuera?

Tienes que decidirlo tú, no yo.

Pero nos afecta a los dos.

Eragon clavó la punta de la bota en el suelo.

Si debemos tomar parte en este alocado esquema —dijo—, deberíamos hacer todo lo que podamos para sacarlo adelante. Quédate, y procura que Nasuada no pierda la cabeza con este condenado plan.

No pierdas el ánimo, pequeño. Corre rápido, y nos reuniremos pronto.

Eragon levantó la vista y miró a Nasuada.

—Muy bien —dijo—. Iré.

La pose de Nasuada se relajó ligeramente.

—Gracias. Y tú, Saphira, ¿irás o te quedarás?

Proyectando sus pensamientos para que llegaran a Nasuada además de a Eragon, Saphira le dijo:

Me quedaré, Acosadora de la Noche.

—Gracias, Saphira —dijo Nasuada, inclinando la cabeza—. Te agradezco mucho tu apoyo.

—¿Habéis informado de esto a Blödhgarm? —preguntó Eragon—. ¿Está de acuerdo?

—No, supuse que tú le darías los detalles.

Eragon dudaba de que a los elfos les gustara la idea de que él se fuera a Farthen Dûr con la única compañía de un úrgalo.

—¿Puedo hacer una sugerencia? —dijo.

341

—Ya sabes que tus sugerencias son bienvenidas.

Aquello le hizo detenerse un momento.

—Una sugerencia y una petición, entonces. —Nasuada levantó un dedo, indicándole que continuara—. Cuando los enanos hayan elegido a su nuevo rey o reina, Saphira debería reunirse conmigo en Farthen Dûr, tanto para hacer los honores al nuevo soberano de los enanos como para cumplir la promesa que le hizo al rey Hrothgar tras la batalla de Tronjheim.

Nasuada adquirió la expresión de un felino al acecho.

—¿Qué promesa era ésa? —preguntó—. No me habías dicho nada de eso.

—Que Saphira repararía el zafiro estrellado, el Isidar Mithrim, para compensar que Arya lo rompiera.

Nasuada abrió los ojos, estupefacta, y miró a Saphira.

—¿Eres capaz de hacer algo así?

Sí, pero no sé si conseguiré concentrar la magia que necesitaré cuando me encuentre ante el Isidar Mithrim. Mi capacidad de formular hechizos no está sujeta a mis propios deseos. En ocasiones, es como si adquiriera un sentido suplementario y pudiera sentir dentro de mi propia carne el pulso de energía que, dirigido a mi voluntad, puede modelar el mundo a mi antojo. El resto del tiempo, en cambio, tengo la misma capacidad para los hechizos que los peces para el vuelo. En cualquier caso, que pudiera reparar el Isidar Mithrim, nos ayudaría mucho a granjearnos la buena voluntad de todos los enanos, no sólo de unos cuantos que tengan la suficiente amplitud de miras para apreciar la importancia de su cooperación con nosotros.

—Haría más de lo que te imaginas —dijo Nasuada—. El zafiro estrellado ocupa un lugar especial en el corazón de los enanos. A todos los enanos les encantan las gemas, pero por el Isidar Mithrim sienten un amor y una devoción incomparables, debido a su belleza y, sobre todo, a su inmenso tamaño. Devuélvele su gloria de antaño y estarás devolviéndoles el orgullo de su raza.

—Aunque Saphira no consiguiera reparar el Isidar Mithrim —dijo Eragon—, debería estar presente en la coronación del nuevo soberano de los enanos. Podríais justificar su ausencia durante unos días corriendo la voz entre los vardenos de que hemos realizado un breve viaje a Aberon, o algo parecido. Cuando los espías de Galbatorix se den cuenta de que los habéis engañado, el Imperio ya no estará a tiempo de organizar un ataque antes de nuestra vuelta.

Nasuada asintió.

—Es una buena idea. Contacta conmigo en cuanto los enanos hayan fijado una fecha para la coronación.

—Lo haré.

—Ya has hecho tu sugerencia; ahora haz tu petición. ¿Qué es lo que deseas de mí?

—Dado que insistís en que haga este viaje, con vuestro permiso me gustaría volar con Saphira de Tronjheim a Ellesméra, tras la coronación.

—¿Con qué propósito?

—Para consultar con los que nos enseñaron durante nuestra última visita a Du Weldenvarden. Les prometimos que, en cuanto tuviéramos la ocasión, volveríamos a Ellesméra para completar nuestra formación.

La línea entre las cejas de Nasuada se hizo más profunda.

—No hay tiempo para que paséis semanas o meses en Ellesméra prosiguiendo con vuestra educación.

—No, pero quizá tengamos tiempo para una breve visita.

Nasuada apoyó la cabeza contra el respaldo de su silla tallada y contempló a Eragon por debajo de sus pesados párpados.

—¿Y quiénes son exactamente vuestros profesores? He observado que siempre evitas las preguntas directas sobre ellos. ¿Quién fue quien os enseñó en Ellesméra, Eragon? $\qquad$ 343

Tocando *Aren*, el anillo, Eragon dijo:

—Juramos a Islanzadí que no revelaríamos su identidad sin su permiso, el de Arya o de quien sucediera a Islanzadí en el trono.

—Por todos los demonios de los cielos y los infiernos —exclamó Nasuada—, ¿cuántos juramentos habéis hecho Saphira y tú? Parece que os comprometéis con todo el que se topa con vosotros.

Algo avergonzado, Eragon se encogió de hombros y abrió la boca para hablar, pero fue Saphira la que se dirigió a Nasuada:

Nosotros no lo buscamos, pero ¿cómo podemos evitar comprometernos si no podemos vencer a Galbatorix y al Imperio a menos que contemos con el apoyo de todas las razas de Alagaësia? Los juramentos son el precio que pagamos por ganarnos la ayuda de los que tienen el poder.

—Hum —murmuró Nasuada—. ¿Así que si quiero saber la verdad sobre el asunto tengo que preguntarle a Arya?

—Sí, pero dudo que os lo diga; los elfos consideran que la identidad de nuestros profesores es uno de sus secretos más preciados. No se arriesgarán a compartirlo a menos que sea absolutamente necesario, para evitar que llegue la voz a Galbatorix. —Eragon se quedó mirando la gema de azul intenso engarzada en su anillo, preguntándose hasta dónde le permitirían hablar su juramento y su honor—. Sabed esto, no obstante: no estamos tan solos como suponíamos en otro tiempo.

A Nasuada pareció interesarle aquello.

—Ya veo. Bueno es saberlo, Eragon... Sólo querría que los elfos se mostraran más comunicativos conmigo. —Después de apretar los labios por un momento, prosiguió—: ¿Por qué tenéis que viajar hasta Ellesméra? ¿No tenéis forma de comunicaros con vuestros tutores directamente?

—Ojalá pudiéramos —dijo Eragon, abriendo los brazos en un gesto de impotencia—. Pero aún está por inventar el hechizo que pueda atravesar las barreras que protegen Du Weldenvarden.

—¿Los elfos no dejaron ni siquiera una abertura para un caso especial?

—Si lo hubieran hecho, Arya habría contactado con la reina Islanzadí en cuanto se recuperó, en Farthen Dûr, en vez de ir personalmente a Du Weldenvarden.

—Supongo que tienes razón. Pero, entonces, ¿cómo es que pudiste consultar a Islanzadí sobre el destino de Sloan? Según dijiste, cuando hablaste con ella, el ejército de los elfos aún estaba en el interior de Du Weldenvarden.

—Y estaban —dijo él—, pero en un extremo del bosque, pasadas las barreras protectoras.

El silencio que se hizo entre los dos mientras Nasuada tomaba en consideración su petición era palpable. En el exterior de la tienda, Eragon oyó a los Halcones de la Noche discutiendo entre ellos sobre si lo mejor para combatir a grandes cantidades de hombres a pie era un pico de cuervo o una alabarda y, más allá, oyó el crujido de una carreta de bueyes al pasar, el ruido metálico de la armadura de unos hombres que corrían a paso ligero en dirección contraria y cientos de otros sonidos indiferenciados que se entremezclaban en el campamento.

—¿Qué es lo que esperas obtener con esa visita? —dijo por fin Nasuada.

—¡No lo sé! —refunfuñó Eragon, que dio un golpe con el puño al pomo de su bracamarte—. Y ése es el quid del problema: no sabemos lo suficiente. Puede que no sirva para nada, pero, por otra parte, quizás aprendamos algo que nos ayude a vencer a Murtagh y a Galbatorix de una vez por todas. Ayer ganamos por los pelos, Nasuada. ¡Por los pelos! Y me temo que cuando volvamos a enfrentarnos a

Espina y a Murtagh, éste sea más fuerte que antes, y se me hielan los huesos cuando pienso que el poder de Galbatorix supera con mucho al de Murtagh, a pesar de la enorme fuerza con que ha dotado a mi hermano. El elfo que me enseñó, él... —Eragon dudó, pero teniendo en cuenta lo que suponía lo que estaba a punto de decir, siguió adelante— dejó entrever que sabe cómo es posible que la fuerza de Galbatorix aumente cada año, pero se negó a revelarme nada más en aquel momento porque no estábamos lo suficientemente avanzados en nuestra formación. Ahora, tras nuestros encuentros con Espina y Murtagh, creo que compartirá esos conocimientos con nosotros. Es más, hay disciplinas enteras de la magia que aún tenemos que explorar, y cualquiera de ellas podría aportarnos los medios para derrotar a Galbatorix. Si vamos a jugárnosla con este viaje, Nasuada, permitid que no nos arriesguemos por mantener nuestra posición actual, sino por mejorar nuestra posición y ganar la partida.

Nasuada se quedó inmóvil durante más de un minuto.

—No puedo tomar esta decisión hasta después de que los enanos celebren la coronación. El que vayas o no a Du Weldenvarden dependerá de los movimientos del Imperio en aquel momento y de las informaciones de nuestros espías sobre las actividades de Murtagh y Espina.

A lo largo de las dos horas siguientes, Nasuada le dio información a Eragon sobre los trece clanes de los enanos. Le instruyó sobre su historia y su política; sobre los productos en los que basaba cada clan la mayor parte de su comercio; en los nombres, familias y personalidades de los jefes de los clanes; en la lista de túneles importantes excavados y controlados por cada clan; y en lo que consideraba los mejores modos para convencer a los enanos para que eligieran un rey o una reina afines a los objetivos de los vardenos.

—Lo ideal sería que fuera Orik quien ascendiera al trono —dijo ella—. El rey Hrothgar estaba muy bien considerado por la mayoría de sus súbditos, y el Dûlrgrimst Ingeitum sigue siendo uno de los clanes más ricos e influyentes, todo lo cual beneficia a Orik, que está comprometido con nuestra causa. Ha servido entre los vardenos, es amigo tuyo y mío y es tu hermano adoptivo. Creo que está capacitado para convertirse en un rey excelente para los enanos. —Entonces adoptó una expresión divertida—. Aunque eso no sirve de mucho, ya que para los enanos es demasiado joven, y su relación con nosotros puede convertirse en una barrera insuperable para los jefes de los otros clanes. Otro obstáculo es que los otros grandes clanes, Dûrgrimst Feldûnost y Dûrgrimst Knurlcarathn, por poner dos ejemplos, están deseosos, tras más de cien años de gobierno de los Ingeitum, de ver la corona en manos de otro clan. Apoya por todos los medios a Orik si eso puede ayudarle a acceder al trono, pero si se hace evidente que no tiene futuro y que con tu apoyo podrías garantizar el éxito del jefe de otro clan que apoye a los vardenos, apóyalo a él, aunque al hacerlo puedas ofender a Orik. No puedes permitir que la amistad interfiera con la política; no en este momento.

Cuando Nasuada acabó su exposición sobre los clanes de los enanos, ella, Eragon y Saphira pasaron varios minutos pensando en cómo podía desaparecer Eragon del campamento sin que le vieran. Cuando por fin fijaron los detalles del plan, Eragon y Saphira volvieron a su tienda y le dijeron a Blödhgarm lo que habían decidido.

Para sorpresa de Eragon, el peludo elfo no puso objeciones.

—¿Te parece bien? —preguntó sin poder reprimir su curiosidad.

—No me corresponde decir si me parece bien o no —respondió Blödhgarm con un suave ronroneo—. Pero dado que la estratagema de Nasuada no parece poneros a ninguno de los dos en un peligro inaceptable, y que con ello puede que tengáis la ocasión de ampliar vuestros conocimientos en Ellesméra, ni yo ni los míos pondremos objeciones. —Inclinó la cabeza—. Si me disculpáis, Bjartskular, Argetlam.

Tras rodear a Saphira, el elfo salió de la tienda, haciendo que un destello de luz atravesara la oscuridad del interior al abrir la solapa de lona de la entrada.

Eragon y Saphira permanecieron sentados en silencio; luego él se llevó la mano a lo alto de la cabeza.

Digas lo que digas, voy a echarte de menos.

Y yo a ti, pequeño.

Ten cuidado. Si te ocurriera algo, yo...

Y tú también.

Eragon suspiró.

Llevamos juntos sólo unos días, y ya tenemos que separarnos de nuevo. Me costará perdonar a Nasuada.

No la culpes por hacer lo que debe.

No, pero me deja un amargo sabor de boca.

Muévete ligero, pues, para que pueda reunirme pronto contigo en Farthen Dûr.

No me importaría estar tan lejos de ti si pudiera mantener el contacto mental contigo. Eso es lo peor: la horrible sensación de vacío. No podremos siquiera hablar a través del espejo de la tienda de

Nasuada, ya que la gente se preguntará por qué la visitas si yo no estoy.

Saphira parpadeó y agitó la lengua, y él sintió un extraño cambio en sus emociones.

¿Qué?... —preguntó.

Yo... —Volvió a parpadear— *Estoy de acuerdo. Ojalá pudiéramos mantener el contacto mental cuando estamos tan lejos el uno del otro. Tendríamos menos preocupaciones y menos problemas, y ello nos permitiría combatir al Imperio con mayor facilidad.*

Eragon se sentó a su lado y Saphira ronroneó satisfecha mientras él le rascaba las pequeñas escamas de detrás de la mandíbula.

Huellas de Sombra

Saphira, dando unos saltos vertiginosos, llevó a Eragon a través del campamento hasta la tienda de Roran y de Katrina. Fuera de la tienda, Katrina estaba lavando un vestido en un cubo lleno de agua jabonosa y frotaba la tela blanca sobre una tabla de lavar. Saphira aterrizó a su lado levantando una nube de polvo y ella se cubrió los ojos con la mano para protegerse.

Roran salió de la tienda abrochándose el cinturón, tosiendo y achinando los ojos ante la polvareda.

—¿Qué os trae por aquí? —preguntó mientras Eragon desmontaba.

Eragon les habló rápidamente de su partida e insistió en la importancia de que mantuvieran en secreto su ausencia en el campamento.

—No importa que se sientan desairados por que me haya negado a verlos, no podéis revelarles la verdad, ni siquiera a Horst ni a Elain. Es mejor que piensen que me he convertido en un grosero a que digáis una palabra sobre el plan de Nasuada. Os lo pido por todos aquellos que se han enfrentado al Imperio. ¿Lo haréis?

—Nunca te traicionaríamos, Eragon —dijo Katrina—. De eso no debes tener ni una duda.

Entonces Roran les dijo que también iba a marcharse.

—¿Adónde? —exclamó Eragon.

—Acabo de conocer mi misión. Vamos a asaltar los trenes de suministro del Imperio en algún punto al norte de donde nos encontramos, detrás de las líneas del enemigo.

Eragon los miró: primero a Roran, serio y decidido, nervioso ya ante la expectativa de la batalla; luego, a Katrina, preocupada, aunque intentaba disimularlo; y por último, a Saphira, cuyas fosas nasales despedían unas pequeñas lenguas de fuego que chisporroteaban al ritmo de su respiración.

Roran agarró a Eragon del brazo, lo atrajo hacia él y le dio un abrazo. Luego lo soltó y lo miró a los ojos.

—Ten cuidado, hermano. Galbatorix no es el único a quien le gustaría clavarte un cuchillo entre las costillas si te despistas.

—Tú también. Y si te encuentras ante un hechicero, sal corriendo en dirección contraria. Las protecciones que te he puesto no van a durar siempre.

Katrina le dio un abrazo a Eragon y susurró:

—No tardes demasiado.

—No lo haré.

Juntos, Roran y Katrina se acercaron a Saphira y le acariciaron la frente y el largo y huesudo morro. El pecho de Saphira vibró con una nota baja y profunda que le resonó en la garganta.

Recuerda, Roran —dijo—, *no cometas el error de dejar a tus enemigos con vida. Y, Katrina, no te recrees en aquello que no puedes cambiar. Solamente conseguirás prolongar tu aflicción.*

Saphira desplegó las alas con un susurro de escamas y cálidamente rodeó con ellas a Roran, a Katrina y a Eragon, aislándolos del mundo.

Cuando Saphira volvió a levantar las alas, Roran y Katrina se apartaron. Eragon trepó a su grupa. Con un nudo en la garganta, saludó con la mano a la pareja recién casada y continuó haciéndolo mientras Saphira levantaba el vuelo. Luego, parpadeando para quitarse las lágrimas de los ojos, se recostó en una púa de la espalda de Saphira y levantó la vista hacia el cielo.

¿A las tiendas del cocinero, ahora? —preguntó Saphira.

Sí.

Saphira se elevó unos treinta metros antes de dirigirse hacia el extremo suroeste del campamento, donde se levantaban unas columnas de humo procedentes de hileras de hornos y de grandes hogueras. Una fina corriente de aire los envolvió mientras Saphira se deslizaba hacia abajo en dirección a una franja de tierra que quedaba entre dos tiendas de paredes abiertas, cada una de ellas de unos quince metros de longitud. La hora del desayuno ya había pasado, así que cuando Saphira aterrizó con un golpe sordo, encontraron las tiendas vacías.

Eragon se apresuró en dirección a las hogueras que se encontraban detrás de las mesas de tablones y Saphira le siguió. Los cientos de hombres que se afanaban cuidando las hogueras, cortando carne, cascando huevos, amasando, removiendo misteriosos líquidos en cazos de hierro colado, frotando enormes montones de sartenes y cacerolas sucias y que estaban dedicados a la ingente e interminable tarea de preparar comida para los vardenos no se detuvieron a contemplar a Eragon y a Saphira. ¿Qué importancia tenían un dragón y un Jinete en comparación con las despiadadas exigencias de la voraz criatura de múltiples bocas cuya hambre se esforzaban por saciar?

Un hombre corpulento que llevaba una corta barba blanca y negra y que era casi tan bajito que podía pasar por enano se acercó trotando a Eragon y a Saphira y los saludó con una inclinación de cabeza.

—Soy Quoth Merrinsson. ¿En qué puedo ayudaros? Si quieres, Asesino de Sombra, tenemos un poco de pan recién horneado. —Hizo un gesto en dirección a una doble hilera de hogazas de pan que reposaban encima de una bandeja en una de las mesas.

—Me comería media hogaza, si te sobra —dijo Eragon—. De todas maneras, mi hambre no es el motivo de nuestra visita. A Saphira le gustaría comer algo; no hemos tenido tiempo de que cazara, como hace habitualmente.

Quoth apartó la vista de él y la dirigió hacia Saphira. Inmediatamente, se puso pálido.

—¿Qué cantidad acostumbra…? Eh, es decir, ¿cuánto comes normalmente, Saphira? Puedo hacer que traigan seis medios bueyes asados inmediatamente, y dentro de unos quince minutos estarán listos otros seis. ¿Eso será suficiente? —Tragó saliva.

Saphira emitió un gruñido suave que hizo que Quoth soltara un chillido y diera un salto hacia atrás.

—Ella preferiría un animal vivo, si es posible —dijo Eragon.

Con voz aguda, Quoth repuso:

—¿Posible? Oh, sí, es posible. —Asintió con la cabeza mientras retorcía el delantal entre las manos manchadas de grasa—. Completamente posible, por supuesto, Asesino de Sombra, dragona Saphira. En la mesa del rey Orrin no faltará nada esta tarde, oh, no.

Y un barril de hidromiel —le dijo Saphira a Eragon.

En cuanto Eragon le comunicó la petición a Quoth, a éste se le formaron unos círculos blancos alrededor del iris de los ojos.

—Me…, me temo que los enanos han comprado casi toda nuestra reserva de… hidromiel. Solamente nos quedan unos cuantos barriles, y están reservados para el rey. —Saphira soltó una llamarada de un metro de longitud que chamuscó la hierba que había a sus pies y que le hizo dar un respingo. Unas volutas de humo negro se levantaron desde los tallos chamuscados—. Haré… que te traigan un barril ahora mismo. Si… quieres seguirme, te… llevaré hasta el ganado y podrás elegir el animal que quieras.

Esquivando fuegos, mesas y grupos de hombres atareados, el cocinero los condujo hasta un grupo de grandes corrales de madera que guardaban cerdos, vacas, bueyes, ocas, cabras, ovejas, conejos y unos cuantos ciervos salvajes que los rastreadores de los vardenos habían capturado durante sus incursiones en los bosques de los alrededores. Al lado de los corrales había unos gallineros llenos de pollos, patos, palomas, codornices, urogallos y otras aves. Los graznidos, gorjeos, arrullos y cacareos formaban una cacofonía tan estridente que Eragon apretó las mandíbulas, irritado. Para evitar que los pensamientos y sentimientos de tantas criaturas lo desbordaran, se esforzó por mantener la mente cerrada ante todo, excepto ante Saphira.

Los tres se detuvieron a unos treinta metros de los corrales para que la presencia de Saphira no desatara el pánico entre los animales.

—¿Hay alguno que sea de tu agrado? —preguntó Quoth mirándola y frotándose las manos con una nerviosa agilidad.

Saphira inspeccionó los corrales, sorbió por la nariz y le dijo a Eragon:

Qué presas tan lamentables... La verdad es que no tengo tanta hambre, ¿sabes? Fui de caza anteayer y todavía estoy digiriendo los huesos del ciervo que comí.

Todavía estás en época de rápido crecimiento. Comer te hará bien.

No, si no puedo digerir lo que como.

Entonces escoge algo pequeño. Un cerdo, quizá.

Eso no ayudaría en nada. No..., comeré esa de ahí.

Eragon percibió en Saphira la imagen de una vaca de tamaño mediano que tenía unas manchas blancas en el costado izquierdo. La señaló y Quoth soltó un grito a unos hombres que holgazaneaban al lado de los corrales. Dos de ellos apartaron la vaca del resto del rebaño, le pasaron un lazo por la cabeza y arrastraron al reacio animal hacia Saphira. Cuando se encontraba a unos diez metros de Saphira, el animal mugió, se plantó y, presa del terror, intentó librarse del lazo y escapar. Antes de que lo consiguiera, Saphira saltó y ganó la distancia que los separaba. Los dos hombres que sujetaban la cuerda se lanzaron al suelo al ver que Saphira se lanzaba hacia ellos con las mandíbulas abiertas.

Saphira golpeó el costado de la vaca en el momento en que ésta se daba la vuelta para correr, tumbó al animal en el suelo y lo inmovilizó bajo sus patas abiertas. La vaca emitió un único y aterrorizado quejido justo antes de que las mandíbulas de Saphira se cerraran alrededor de su cuello. Con un feroz movimiento de cabeza, le rompió

351

la columna vertebral. Entonces se quedó quieta un momento, se inclinó hacia su presa y miró a Eragon con expresión expectante.

Eragon cerró los ojos y se acercó a la vaca con la mente. La conciencia del animal ya se había desvanecido en la oscuridad, pero el cuerpo todavía estaba vivo, los músculos vibraban con una energía motora que era muy intensa a causa del miedo que había sentido unos momentos antes. Eragon se sintió invadido por una gran repugnancia ante lo que iba a hacer, pero la ignoró y, colocando una mano sobre el cinturón de Beloth *el Sabio*, transfirió toda la energía que pudo desde el cuerpo del animal a los doce diamantes escondidos alrededor de su cintura. Tardó solamente unos segundos en llevar a cabo el proceso.

Entonces, dirigiéndose a Saphira, asintió con la cabeza.

He terminado.

Eragon agradeció a los hombres la ayuda y ambos se alejaron, dejándole a solas con Saphira.

Mientras la dragona se atracaba con aquella comida, él se apoyó en el barril de hidromiel y observó a los cocineros, que volvían a ocuparse de sus labores. Cada vez que uno de sus ayudantes decapitaba una gallina o cortaba el cuello de un cerdo o de una cabra o de cualquier otro animal, Eragon transfería la energía del animal moribundo al cinturón de Beloth *el Sabio*. Era un trabajo deprimente porque la mayoría de animales todavía estaban conscientes cuando él tocaba sus mentes, y la tormenta de miedo y confusión que sentían lo inundaba con tanta fuerza que el corazón le latía intensamente, la frente se le perlaba de sudor y lo único que deseaba era aplacar el sufrimiento de esas criaturas. A pesar de todo, sabía que su destino era morir, porque si no los vardenos pasarían hambre. Eragon había agotado sus reservas de energía en las últimas batallas, así que quería recuperarla antes de iniciar ese viaje largo y potencialmente peligroso. Si Nasuada le hubiera permitido permanecer con los vardenos durante una semana más, habría podido cargar los diamantes con la energía de su propio cuerpo e, incluso, habría tenido tiempo de recuperarse antes de viajar a Farthen Dûr, pero no podía hacer todo eso en las pocas horas de que disponía. Y aunque se hubiera quedado tumbado en la cama y hubiera vertido la energía de sus piernas en las gemas, no habría podido reunir tanta fuerza como la que estaba consiguiendo de esos animales.

Parecía que los diamantes del cinturón de Beloth *el Sabio* podían absorber una cantidad ilimitada de energía, así que Eragon paró en el momento en que se sintió incapaz de volver a zambullirse en la agonía de muerte de otro animal. Tembloroso y sudando de pies a cabeza, se inclinó hacia delante, apoyó las manos en las rodillas y clavó la vista en el suelo que tenía entre los pies, esforzándose por no desfallecer. Recuerdos que no eran suyos irrumpían en su memoria, recuerdos de Saphira sobrevolando el lago Leona con él en la grupa, de ambos zambulléndose en el agua fría y transparente en medio de una nube de burbujas blancas, recuerdos del placer que habían compartido volando, nadando y jugando juntos.

La respiración se le acompasó y miró a Saphira, que estaba sentada entre los restos de su presa y masticaba trozos del cráneo de la vaca. Eragon sonrió y le comunicó la gratitud que sentía por su ayuda.

Ahora podemos irnos —intervino el chico.

Saphira tragó y contestó:

Toma mi fuerza también. Quizá la necesites.

No.

Ésta es una discusión que no vas a ganar. Insisto.

Y yo insisto en lo contrario. No, te dejará débil y en malas condiciones para la batalla. ¿Y si Murtagh y Espina atacan más tarde, hoy? Los dos debemos estar preparados para la batalla en cualquier momento. Tú correrás mayor peligro que yo, puesto que Galbatorix y todo el Imperio creerán que todavía estoy contigo.

Sí, pero tú estarás sólo con un kull en medio de la naturaleza salvaje.

Estoy tan acostumbrado a la naturaleza salvaje como tú. Encontrarme lejos de la civilización no me asusta. En cuanto al kull, bueno, no sé si sería capaz de vencer a uno en un combate de lucha libre, pero mis guardias me protegerán de cualquier traición... Tengo energía suficiente, Saphira. No hace falta que me des más.

Ella lo miró y pensó en sus palabras. Luego levantó una pata y empezó a lamerse la sangre que tenía pegada en ella.

Muy bien, me quedaré... conmigo. —Parecía que las comisuras de la boca quisieran dibujar una sonrisa. Bajó la pata y añadió—: *¿Serías tan amable de acercarme rodando ese barril?*

Eragon soltó un gruñido, se levantó e hizo lo que ella le había pedido. Saphira levantó una garra e hizo dos agujeros en la parte superior del barril, y de ellos emanó un aroma dulce de hidromiel de manzana. Entonces, bajó la cabeza hasta colocarla encima del barril, lo tomó entre las dos enormes mandíbulas y lo levantó hacia el cielo para verter el contenido del barril en su garganta. Cuando estuvo vacío, lo soltó y éste se rompió contra el suelo, y los aros de hierro que

353

lo rodeaban se alejaron rodando unos metros. Con el labio superior arrugado, Saphira agitó la cabeza, se le cortó la respiración y estornudó con tanta fuerza que se golpeó la nariz contra el suelo y escupió una llamarada de fuego por la boca y por las fosas nasales.

Eragon soltó una exclamación de sorpresa y saltó a un lado dando manotazos en el extremo de su túnica, que humeaba. Notó que el lado derecho de la cara le escocía a causa del intenso calor.

¡Saphira, ten más cuidado!

Ups. —Saphira bajó la cabeza, se frotó el morro cubierto de polvo con una pata y se rascó la nariz—. *El hidromiel hace cosquillas.*

A estas alturas tendrías que tener más sentido común —gruñó Eragon mientras trepaba a su grupa.

Saphira volvió a rascarse el morro con la pata delantera, se elevó en el aire de un salto y, deslizándose por encima del campamento de los vardenos, llevó a Eragon a su tienda. Durante un rato ninguno de los dos dijo nada, dejando que la emoción que compartían hablara por ellos.

Saphira parpadeó, y Eragon pensó que los ojos le brillaban más que de costumbre.

Esto es una prueba —dijo ella—. *Si la superamos, seremos más fuertes como dragona y como Jinete.*

Tenemos que ser capaces de funcionar por nuestra cuenta en caso de necesidad, si no, estaríamos en desventaja.

Sí. —Saphira rascó la tierra con las mandíbulas apretadas—. *A pesar de eso, saberlo no me ayuda a aliviar el dolor.* —Un escalofrío agitó su sinuoso cuerpo y la dragona agitó las alas—. *Que el viento se te levante bajo las alas y que el sol siempre esté a tu espalda. Viaja bien y deprisa, pequeño.*

Adiós.

Eragon sentía que si se quedaba más rato con ella nunca se iría, así que dio media vuelta y, sin mirar hacia atrás, entró en la oscuridad de la tienda. Cortó por completo la conexión que había entre ellos, la conexión que se había convertido en una parte tan integral de sí mismo, como la estructura de su propia carne. De todas formas, muy pronto estarían demasiado lejos el uno del otro para estar en contacto mental, así que no tenía ningún deseo de prolongar la agonía de su separación. Se quedó de pie un momento con el puño cerrado alrededor de la empuñadura del bracamarte, tambaleándose como si estuviera mareado. El sordo dolor de la soledad ya le invadía, y se sintió pequeño y aislado al no tener la tranquilizadora presencia de la mente de Saphira. «He hecho esto antes, y lo puedo hacer otra vez», pensó, y se obligó a enderezar la espalda y a levantar la cabeza. De debajo del catre, sacó el paquete que había hecho durante su viaje desde Helgrind. En él guardó el tubo de madera tallada envuelto en tela que contenía el rollo con el poema que había escrito para el Agaetí Blödhren y que Oromis había copiado con su mejor caligrafía; el frasco con el faelnirv embrujado y la cajita de esteatita con el nalgask, ambos regalos de Oromis; el grueso libro, *Domia abr Wyrda*, que había sido un obsequio de Jeod; la piedra de afilar y el suavizador; y, después de dudar un momento, las muchas piezas de su armadura.

«Si la necesito, la alegría de tenerla será superior a la molestia de haberla llevado durante todo el viaje hasta Farthen Dûr», pensó. O eso esperaba. También se llevó el libro y el rollo porque, después de haber viajado tanto, había llegado a la conclusión de que la mejor manera de no perder los objetos que apreciaba era llevarlos con él a donde fuera.

La única ropa extra que decidió llevar fueron un par de guantes, que apretujó dentro del casco, y el pesado abrigo de lana, por si hacía frío cuando se detuviera por la noche. El resto lo empacó en las alforjas de Saphira. «Si de verdad soy un miembro del Dûrgrimst Ingeitum, me vestirán de forma adecuada cuando llegue a la fortaleza Bregan», pensó.

355

Aflojó el fardo, colocó el arco sin cuerda y el carcaj encima y los amarró a él. Estaba a punto de hacer lo mismo con el bracamarte cuando se dio cuenta de que si se inclinaba a la izquierda, la espada se saldría de la vaina. Entonces, ató la espada plana en la parte posterior del fardo, un poco inclinada para que la empuñadura le quedara entre el cuello y el hombro derecho: de este modo podría desenfundarla con facilidad.

Eragon se colocó el fardo y atravesó la barrera de su mente, sintiendo la energía que fluía por su cuerpo y por los doce diamantes montados en el cinturón de Beloth *el Sabio*. Aprovechó ese flujo de energía y pronunció en un murmullo el hechizo que solamente había utilizado una única vez anteriormente, el hechizo que formaba unos rayos de luz alrededor de su cuerpo y le volvía invisible. Una leve fatiga le debilitó las piernas cuando hubo terminado de pronunciar el hechizo.

Bajó la mirada y experimentó la desconcertante sensación de ver, en lugar del torso y de las piernas, las huellas de sus botas en la tierra del suelo. «Ahora viene la parte difícil», pensó.

Se dirigió a la parte posterior de la tienda, rasgó la tensa tela con el cuchillo de cazar y se coló por la abertura. Blödhgarm, reluciente como un gato bien alimentado, le esperaba fuera. Inclinó la cabeza hacia donde Eragon se dirigía y murmuró: «Asesino de Sombra». Entonces dedicó toda su atención a reparar el agujero de la tela, acción que realizó pronunciando media docena de breves palabras en el idioma antiguo.

Eragon avanzó por el camino, entre dos hileras de tiendas, utilizando sus conocimientos de silvicultura para hacer el menor ruido posible. Cada vez que alguien se aproximaba, Eragon se apartaba del sendero y se quedaba inmóvil, esperando que no vieran las huellas en el suelo ni en la hierba. Maldijo el hecho de que la tierra estuviera tan seca: sus botas siempre levantaban unas pequeñas nubes de polvo por muy suavemente que las apoyara. Para su sorpresa, ser invisible mermaba su equilibrio: al no poder ver dónde tenía las manos y los pies, confundía continuamente las distancias y tropezaba con los objetos, casi como si hubiera tomado demasiada cerveza.

A pesar de ese avance difícil, llegó al extremo del campamento en poco tiempo y sin levantar ninguna sospecha. Se detuvo detrás de un aljibe, escondió sus huellas en la oscura sombra de éste y estudió las murallas de tierra apisonada y las zanjas repletas de estacas afiladas que protegían el flanco oriental de los vardenos. Si estuviera intentando entrar en el campamento, hubiera sido extremadamente difícil hacerlo sin ser detectado por uno de los muchos centinelas que patrullaban en las murallas, incluso siendo invisible. Pero dado que las zanjas y las murallas se habían diseñado para repeler a los atacantes y no para aprisionar a los defensores del campamento, cruzarlas en dirección contraria era una tarea mucho más fácil.

Eragon esperó a que los dos centinelas que se encontraban más cerca le dieran la espalda para salir corriendo con todas sus fuerzas. En cuestión de segundos hubo atravesado los treinta metros que, aproximadamente, separaban el aljibe de la cuesta de la muralla y subió el muro de contención tan deprisa que se sintió como un canto de piedra deslizándose por la superficie del agua. Cuando estuvo en la cima del muro, tomó impulso con las piernas y, agitando los brazos, saltó por encima de las líneas defensivas de los vardenos. Sintió el silencioso latido del corazón tres veces mientras estaba en el aire y aterrizó con un impacto descomunal.

Tan pronto como hubo recuperado el equilibrio, se tumbó en el suelo y aguantó la respiración. Uno de los centinelas se detuvo, pero no pareció que notara nada fuera de lo normal; al cabo de un momento, reinició la ronda. Eragon respiró y susurró:

—Du deloi lunaea.

Inmediatamente notó que el hechizo borraba las huellas que sus botas habían dejado encima del muro.

Todavía invisible, se puso en pie y se alejó del campamento a paso rápido pero con cuidado, procurando pisar solamente encima de la hierba para no levantar más polvo. Cuanto más se alejaba de los centinelas, más rápido avanzaba, hasta que corrió más deprisa que un caballo al galope.

Casi una hora más tarde, Eragon bajó por la inclinada pendiente del lecho de un estrecho arroyo que el viento y la lluvia habían formado en la superficie de la pradera. En el fondo, un hilo de agua corría paralelamente a juncos y a aneas. Continuó el curso del riachuelo manteniéndose alejado de la blanda tierra más cercana al agua, en un intento de no dejar rastro de su paso, hasta que el arroyo se ensanchó formando un pequeño estanque. Allí, en la orilla, vio el bulto de un kull que, con el pecho desnudo, se encontraba sentado en una roca.

Eragon se abrió paso por entre un grupo de aneas; el ruido de las hojas y los tallos avisó al kull de su presencia. La criatura giró la enorme y cornuda cabeza hacia Eragon, olisqueando el aire. Era Nar Garzhvog, el jefe de los úrgalos que se habían aliado con los vardenos.

—¡Tú! —exclamó Eragon, volviéndose visible de nuevo.

—Saludos, Espada de Fuego —farfulló con voz gutural Garzhvog.

Levantando con gran esfuerzo las gruesas piernas y el gigantesco torso, Garzhovg incorporó sus dos metros sesenta de estatura y sus músculos se tensaron bajo la piel grisácea a la luz del sol de mediodía.

—Saludos, Nar Garzhvog —contestó Eragon. Confundido, preguntó—: ¿Qué pasa con tus carneros? ¿Quién los dirigirá si tú vienes conmigo?

—Mi hermano de sangre, Skgahgrezh, los dirigirá. No es un kull, pero tiene unos cuernos largos y un cuello grueso. Es un buen jefe guerrero.

—Comprendo… Pero ¿por qué quieres venir?

El úrgalo levantó la cuadrada barbilla, descubriendo la garganta.

—Tú eres Espada de Fuego. No debes morir, o los Urgralgra, como vosotros llamáis a los úrgalos, no conseguirán cumplir su venganza contra Galbatorix y nuestra raza morirá en esta tierra. Así que correré a tu lado. Soy el mejor de nuestros luchadores. He derrotado a cuarenta y dos carneros en un único combate.

Eragon asintió con la cabeza, en absoluto disgustado por el giro de la situación. De todos los úrgalos, en quien más confiaba era en

Garzhvog, ya que había puesto a prueba la conciencia del kull antes de la batalla de los Llanos Ardientes y había descubierto que, para el estándar de su raza, Garzhvog era honesto y de fiar. «Mientras no decida que su honor le exige desafiarme a un duelo, no deberíamos tener ningún motivo de conflicto.»

—Muy bien, Nar Garzhvog —dijo mientras tensaba la correa del fardo alrededor de su cintura—, corramos juntos, tú y yo, como no ha sucedido nunca en toda la historia documentada.

Garzhvog soltó una risa gutural.

—Corramos, Espada de Fuego.

Juntos se dirigieron hacia el este y juntos se encaminaron hacia las montañas Beor. Eragon corría con ligereza y agilidad; Garzhvog trotaba a su lado, dando un paso por cada dos de Eragon y haciendo retumbar la tierra bajo el peso de su cuerpo. Por encima de sus cabezas, unas grandes nubes se formaron en el horizonte: auguraban una torrencial tormenta; los halcones volaban en círculos y emitían chillidos solitarios mientras buscaban una presa.

Por colinas y montañas

*E*ragon y Nar Garzhvog corrieron durante el resto del día y durante toda la noche, y al día siguiente solamente se detuvieron para beber y para aliviarse.

Al final de la segunda jornada, Garzhvog dijo:

—Espada de Fuego, tengo que comer y dormir.

Eragon se apoyó en un tocón, jadeando, y asintió con la cabeza. No había querido ser el primero en decirlo, pero estaba igual de hambriento y de exhausto que el kull. Poco después de que hubieran dejado a los vardenos, se había dado cuenta de que a pesar de que él era más rápido que Garzhvog en distancias de hasta quince metros, a partir de ese punto la resistencia de Garzhvog era igual o mayor que la suya.

—Te ayudaré a cazar —dijo.

—No hace falta. Prepara un fuego grande y yo traeré la comida.

—Bien.

Mientras Garzhvog se alejaba en dirección a un grupo de hayas que se encontraba un poco al norte, Eragon se desató la correa de alrededor de la cintura y, con un suspiro de alivio, dejó caer el fardo al lado del tocón.

—Condenada armadura —farfulló.

Ni siquiera en el Imperio había corrido hasta tan lejos llevando una carga tan pesada. No había previsto lo arduo que iba a ser. Le dolían los pies, las piernas y la espalda; cuando intentó agacharse, las rodillas se negaron a doblarse.

En un intento por olvidar la incomodidad, se dedicó a reunir hierba y ramas secas para hacer un fuego. Lo amontonó todo en un trozo de tierra seca y rocosa.

Se encontraban en algún punto al este de la franja sur del lago Tüdosten. Era una tierra húmeda y frondosa y había campos de hierba de dos metros de altura donde pastaban manadas de ciervos, gacelas y toros salvajes de pelo negro y grandes cuernos curvados hacia atrás. Eragon sabía que la riqueza de esa zona se debía a las montañas Beor, que provocaban la formación de enormes bancos de nubes que recorrían largas distancias por encima de las llanuras y que llevaban la lluvia a lugares que, de otra forma, hubieran sido tan secos como el desierto de Hadarac.

A pesar de que ambos ya habían corrido una enorme cantidad de leguas, Eragon se sentía decepcionado con el progreso que habían hecho. Entre el río Jiet y el lago Tüdosten habían perdido varias horas escondiéndose y dando rodeos para no ser vistos. Ahora que ya habían dejado atrás el lago Tüdosten, Eragon esperaba que pudieran aumentar el ritmo. «Nasuada no previó este retraso, ¿verdad? Ella pensaba que yo podría correr sin parar hasta Farthen Dûr. ¡Ja!» Propinó un puntapié a una rama que encontró en su camino y continuó recogiendo madera sin dejar de gruñir para sí todo el tiempo.

Cuando Garzhvog volvió al cabo de una hora, Eragon había hecho un fuego de un metro de longitud y de medio metro de ancho. Se encontraba sentado delante de él, mirando las llamas y luchando contra la necesidad de sumirse en el sueño de vigilia que era su descanso. Levantó la cabeza y las vértebras del cuello le chasquearon.

Garzhvog caminó hasta él; debajo del brazo izquierdo portaba el cuerpo de una pesada cierva. Como si no pesara más que un saco de harapos, levantó el animal y encajó su cabeza entre dos ramas de un árbol que se encontraba a unos veinte metros del fuego. Sacó un cuchillo y empezó a despellejarla.

Eragon se levantó, sintiendo como si tuviera las articulaciones de piedra, y se acercó tambaleándose a Garzhvog.

—¿Cómo lo has matado? —preguntó.

—Con mi honda —repuso con voz retumbante.

—¿Piensas asarlo? ¿O es que los úrgalos se comen la carne cruda?

Garzhvog giró la cabeza y miró a Eragon a través del círculo que dibujaba su cuerno izquierdo con un ojo hundido que brillaba con una emoción misteriosa.

—No somos bestias, Espada de Fuego.

—No he dicho que lo fuerais.

El úrgalo emitió un gruñido y volvió a su trabajo.

—Tardará demasiado si lo asamos en un asador —dijo Eragon.

—Yo había pensado en guisarlo, y en asar lo que quede encima de una piedra.

—¿Guisarlo? ¿Cómo? No tenemos ninguna cazuela.

Garzhvog llevó su mano hasta el suelo y se la limpió con la tierra; luego se sacó un objeto cuadrado y doblado del bolsillo del cinturón y se lo lanzó a Eragon.

Eragon intentó cogerlo, pero estaba tan cansado que falló y el objeto cayó al suelo. Parecía una pieza de vitela excepcionalmente grande. Al recogerla, se desdobló y Eragon vio que tenía forma de saco, quizá de unos cuarenta y cinco centímetros de ancho y de casi un metro de profundidad. El borde estaba reforzado con una gruesa tira de piel sobre la cual había unos anillos de metal clavados. Eragon dio la vuelta al contenedor, asombrado por su flexibilidad y por el hecho de que no tuviera costuras.

—¿Qué es? —preguntó.

—El estómago del oso de cueva que maté el año que conseguí mis cuernos. Cuélgalo de algún sitio o colócalo en un agujero. Luego, llénalo de agua y tira piedras calientes dentro. Las piedras calientan el agua y le dan un buen sabor al guiso.

—¿Las piedras no van a quemar el estómago?

—No lo han hecho hasta el momento.

—¿Está hechizado?

—Nada de magia. Es un estómago fuerte.

Garzhvog agarró al animal por las caderas y, soltando un bufido, le partió la pelvis con un solo movimiento. Luego abrió el esternón con el cuchillo.

—Debía de ser un oso grande —comentó Eragon.

Garzhvog emitió un sonido gutural y profundo.

—Era más grande que yo ahora, Asesino de Sombra.

—¿Lo mataste con tu honda, también?

—Lo asfixié con mis propias manos. No se permite ningún arma cuando debes demostrar tu valor para hacerte hombre. —Garzhvog se calló un momento con el cuchillo clavado hasta la empuñadura en el cuerpo del animal—. La mayoría no intentan matar un oso de cueva. La mayoría cazan lobos o cabras. Por eso yo me convertí en jefe de guerra y otros no.

Eragon le dejó preparar la carne y volvió al fuego. Al lado excavó un hoyo, colocó en él el estómago del oso y lo apuntaló atravesando unas estacas por los anillos de metal. Reunió doce piedras del tamaño de manzanas de la zona de alrededor y las lanzó al fuego. Mientras esperaba a que se calentaran, utilizó la magia para llenar el estómago de agua hasta más de la mitad y luego fabricó unas tenazas con unas ramas de un sauce joven y una tira de cuero llena de nudos.

Cuando las piedras tuvieron un color rojo vivo, gritó:

—¡Están listas!

—Ponlas dentro —contestó Garzhvog.

Con las tenazas, Eragon sacó la piedra que tenía más cerca del fuego y la depositó en el contenedor. La superficie del agua explotó en vapor en cuanto la piedra entró en contacto con ella. Eragon depositó dos piedras más en el estómago del oso y el agua empezó a hervir con fuerza.

Garzhvog avanzó pesadamente y echó dos puñados de carne en el agua; luego aderezó el guisado con unos generosos pellizcos de la sal que llevaba en el bolsillo del cinturón y con varias ramitas de romero, tomillo y de otras hierbas que había encontrado mientras cazaba. Entonces colocó un trozo grande de pizarra en un extremo del fuego. Cuando la piedra estuvo caliente, asó unas tiras de carne encima de ella.

Mientras la carne se cocinaba, Eragon y Garzhvog tallaron unas cucharas del tocón donde Eragon había dejado su fardo.

El hambre hizo que a Eragon la espera se le hiciera larga, pero el guisado sólo tardó unos minutos en estar a punto; ambos comieron como lobos hambrientos. Eragon devoró el doble de lo que había comido nunca, y lo que no se comió él, se lo comió Garzhvog, que tragó lo que hubieran engullido seis hombres corpulentos.

Cuando terminaron, Eragon se recostó apoyado sobre los codos y contempló las luciérnagas que aparecían por encima de las copas de las hayas y dibujaban figuras abstractas al perseguirse las unas a las otras. Se oyó el ulular, suave y grave, de un búho. Las primeras estrellas empezaron a titilar en el cielo púrpura.

Eragon, con la mirada perdida, pensó en Saphira, en Arya, luego otra vez en Arya, y en Saphira. Cerró los ojos al notar un dolor sordo en las sienes. Entonces oyó un crujido y, al abrir los ojos de nuevo, vio que, al otro lado del estómago de oso vacío, Garzhvog se estaba limpiando los dientes con la punta afilada de un fémur roto. Eragon bajó la mirada hasta los pies desnudos del úrgalo —Garzhvog se había quitado las sandalias antes de empezar a comer— y, para su sorpresa, se dio cuenta de que tenía siete dedos en cada pie.

—Los enanos tienen el mismo número de dedos en el pie que vosotros —dijo.

Garzhvog escupió un trozo de carne a las brasas del fuego.

—No lo sabía. Nunca he querido mirar los pies de un enano.

—¿No te parece curioso que tanto los úrgalos como los enanos tengan catorce dedos de los pies, mientras que lo elfos y los humanos tienen diez?

Los gruesos labios de Garzhvog dibujaron una mueca.

—No compartimos sangre con esas ratas de montaña sin cuernos, Espada de Fuego. Ellos tienen catorce dedos de los pies, y nosotros tenemos catorce dedos de los pies. A los dioses les gustó hacernos así cuando crearon el mundo. No existe ninguna otra explicación.

Eragon soltó un gruñido por toda respuesta y volvió a observar las luciérnagas. Pero luego dijo:

—Cuéntame una historia que les guste a los de tu raza, Nar Garzhvog.

El kull pensó un momento; luego, se sacó el hueso de la boca.

—Hace mucho tiempo, vivía un joven Urgralgra que se llamaba Maghara. Sus cuernos brillaban como la piedra pulida, tenía el pelo tan largo que le llegaba hasta más allá de la cintura y su risa encantaba a los pájaros. Pero no era hermosa. Era fea. En su pueblo vivía un carnero que era muy fuerte. Había matado a cuatro carneros en combates de lucha libre y había vencido a veintitrés anteriormente. Pero a pesar de que sus proezas le habían dado un gran renombre, todavía no había elegido compañera. Maghara deseaba ser su compañera, pero él no le prestaba atención porque era fea, y a causa de su fealdad, él no veía sus brillantes cuernos, ni su largo cabello, ni oía su encantadora risa. Angustiada a causa de que él no la mirara, Maghara subió a la montaña más alta de las Vertebradas y llamó a Rahna para que la ayudara. Rahna es la madre de todos nosotros; fue ella quien inventó el trabajo textil y la agricultura; fue ella quien levantó las montañas Beor mientras huía del gran dragón. Ella, la de los cuernos dorados, respondió a la llamada de Maghara y le preguntó por qué la había convocado. «Hazme hermosa, honorable madre, para que pueda atraer al carnero que deseo», dijo Maghara. Y Rahna contestó: «Tú no necesitas ser hermosa, Maghara. Tienes cuernos brillantes, cabello largo y una risa agradable. Con ello puedes atraer a un carnero que no sea tan tonto como para mirar solamente el rostro de una mujer». Y Maghara se tiró al suelo y dijo: «No seré feliz a no ser que consiga a este carnero, honorable madre. Por favor, hazme hermosa». Rahna sonrió y, luego, dijo: «Si lo hago, niña, ¿cómo me vas a pagar este favor?». Y Maghara repuso: «Te daré cualquier cosa que desees».

»Rahna se sintió complacida con esa oferta, así que hizo que Maghara fuera hermosa. Cuando volvió al pueblo, todo el mundo se maravilló de su belleza. Gracias a su nuevo rostro, Maghara se convirtió en la compañera del carnero que deseaba, y tuvieron muchos hijos y vivieron felices durante siete años. Entonces Rahna fue a buscarla y le dijo: «Has tenido siete años con el carnero que deseabas. ¿Los has

363

disfrutado?». Maghara contestó: «Lo he hecho». Rahna continuó: «Entonces, estoy aquí para recibir mi pago». Y mirando hacia la casa de piedra, vio al hijo mayor de Maghara y dijo: «Me lo llevaré». Maghara le suplicó que no se llevara a su hijo mayor, pero Rahna no transigió. Al final, Maghara cogió el bastón de su compañero y golpeó a Rahna, pero el bastón se le rompió en las manos. Como castigo, le arrebató la hermosura y luego se llevó al hijo a su casa, donde moran los cuatro vientos. Llamó al chico Hegraz y le crio para que fuera uno de los guerreros más valerosos que nunca han pisado esta tierra. Así que hay que aprender de Maghara a no ir contra el propio destino, porque se puede perder aquello que nos resulta más querido.

Eragon observó el perfil brillante de la luna creciente que aparecía por el este del horizonte.

—Cuéntame algo de vuestros pueblos.

—¿Qué?

—Cualquier cosa. Experimenté cientos de recuerdos cuando estuve en tu mente y en la de Khagra, y en la de Otvek, pero recuerdo muy poco y de forma imprecisa. Estoy intentando encontrar un sentido a lo que vi.

—Hay muchas cosas que podría contarte —repuso Garzhvog con voz cavernosa. Con expresión pensativa, se hurgó en un colmillo con el improvisado palillo y, finalmente, dijo—: Tallamos los rostros de los animales de las montañas en troncos y los clavamos de pie al lado de nuestras casas para que alejen a los espíritus de la naturaleza salvaje. A veces parece que estén vivos. Cuando uno entra en uno de nuestros pueblos, siente los ojos de todos los animales tallados observándole... —El palillo quedó inmóvil entre los dedos del úrgalo un momento y luego retomó la actividad—. A la puerta de cada cabaña colgamos el namna. Es una tira de ropa ancha como mi mano abierta. Las namnas son de vivos colores y sus diseños narran la historia de la familia que vive en esa cabaña. Solamente a los más viejos y a los más hábiles les está permitido añadir algo a una namna, o zurcirla si se ha estropeado... —El hueso desapareció en el puño de Garzhvog—. Durante los meses de invierno, quienes tienen compañero trabajan con él para confeccionar la alfombra del hogar. Se tarda cinco años, por lo menos, en terminar una alfombra como ésa, así que cuando uno termina ya sabe si ha elegido bien a su compañero.

—Nunca he visto ninguno de vuestros pueblos —dijo Eragon—. Deben de estar muy bien escondidos.

—Bien escondidos y bien defendidos. Pocos de los que ven nuestras casas viven para contarlo.

Eragon no pudo reprimir cierto tono incisivo:

—¿Cómo es que aprendiste nuestro idioma, Garzhvog? ¿Hubo algún humano que viviera entre vosotros? ¿Tuvisteis a algunos de nosotros como esclavos?

Garzhvog le devolvió la mirada sin pestañear.

—Nosotros no tenemos esclavos, Espada de Fuego. Arranqué ese conocimiento de las mentes de los hombres contra quienes luché, y lo compartí con el resto de mi tribu.

—¿Habéis matado a muchos humanos, verdad?

—Vosotros habéis matado a muchos Urgralgra, Espada de Fuego. Por esa razón debemos ser aliados, o mi raza no sobrevivirá.

Eragon cruzó los brazos.

—Cuando Brom y yo estábamos persiguiendo a los Ra'zac, pasamos por Yazuac, un pueblo que está cerca del río Ninor. Encontramos a todos los habitantes amontonados en el centro del pueblo, muertos, y a un bebé clavado en una lanza en la parte superior del montón. Fue lo peor que he visto nunca. Y fueron los úrgalos quienes los mataron.

—Antes de que yo consiguiera los cuernos —dijo Garzhvog—, mi padre me llevó a visitar uno de nuestros pueblos de la franja occidental de las Vertebradas. Encontramos a nuestra gente torturada, quemada y masacrada. Los hombres de Narda se habían enterado de nuestra presencia y habían asaltado por sorpresa el pueblo con muchos soldados. Ninguno de nuestra tribu pudo escapar… Es verdad que amamos la guerra más que otras razas, Espada de Fuego, y que eso ha sido nuestra perdición muchas veces. Nuestras mujeres no tendrán en consideración a un carnero como compañero a no ser que haya demostrado su valía en la batalla y que haya matado, por lo menos, a tres enemigos. Y hay una alegría en la batalla que no se parece a ninguna otra. Pero el hecho de que amemos las hazañas de guerra no significa que no seamos conscientes de nuestros errores. Si nuestra raza no cambia, Galbatorix nos matará a todos si vence a los vardenos, y tú y Nasuada nos mataréis a todos si derrocáis a ese traidor de lengua de serpiente. ¿No estoy en lo cierto, Espada de Fuego?

Eragon levantó la cabeza y asintió.

—Sí.

—Entonces no es bueno recrearse en los errores del pasado. Si no podemos superar lo que cada una de nuestras razas ha hecho, nunca habrá paz entre los humanos y los Urgralgra.

—Pero ¿cómo deberemos trataros si derrotamos a Galbatorix y Nasuada le da a tu raza la tierra que habéis pedido y, dentro de veinte años, vuestros hijos empiezan a matar y a saquear para conseguir

365

compañeras? Si conoces vuestra historia, Garzhvog, sabrás que siempre ha pasado esto cuando los úrgalos han firmado acuerdos de paz.

Su compañero de viaje emitió un fuerte suspiro:

—Entonces esperemos que todavía queden Urgralgras al otro lado del mar y que sean más sabios que nosotros, porque ya no quedará ninguno de los nuestros en esta tierra.

Ninguno de los dos dijo nada más esa noche. Garzhvog se tumbó de costado y durmió con la enorme cabeza pegada al suelo; Eragon se envolvió con su abrigo y se recostó en el tocón para observar el lento desplazamiento de las estrellas mientras entraba y salía de sus sueños de vigilia.

Al final del día siguiente tuvieron a la vista las montañas Beor. Al principio, no eran otra cosa que unas formas fantasmales en el horizonte, unas superficies inclinadas de tonos blancos y púrpuras, pero cuando la tarde se hizo noche, esa masa distante adquirió sustancia y Eragon pudo distinguir la oscura pared de los árboles a los pies de las montañas y, por encima de ellos, los picos grises de piedra desnuda; eran tan altos que en ellos no crecía ninguna planta ni nevaba nunca. Igual que la primera vez que las vio, Eragon se sintió abrumado por su tamaño. Su instinto le decía que no era posible que algo tan grande existiera y, a pesar de ello, los ojos no lo engañaban. Las montañas tenían un promedio de dieciséis kilómetros de altura, y muchas eran, incluso, más altas.

Eragon y Garzhvog no se detuvieron esa noche, sino que continuaron corriendo durante las horas de oscuridad y durante el día siguiente. Cuando llegó la mañana, el cielo se hizo brillante, pero, a causa de las montañas Beor, no fue hasta el mediodía cuando el sol apareció entre dos picos y los rayos de luz, anchos como las mismas montañas, se alargaron sobre esa tierra que todavía estaba atrapada en esa extraña penumbra de sombras. Eragon se detuvo junto a un arroyo y contempló el paisaje envuelto en un silencio maravillado.

A medida que iban sorteando la cordillera de montañas, el viaje empezó a parecerle desagradablemente parecido a su huida de Gil'ead hasta Farthen Dûr con Murtagh, Saphira y Arya. Incluso le pareció reconocer el lugar en el que acamparon después de cruzar el desierto de Hadarac.

Y

Los largos días y las todavía más largas noches pasaban con una lentitud atroz y con una rapidez sorprendente al mismo tiempo, ya que cada hora era idéntica a la anterior, lo cual hacía que a Eragon le pareciera no sólo que esa terrible experiencia no tenía fin, sino que algunas partes de ella nunca habían ocurrido.

Cuando él y Garzhvog llegaron a la boca de la enorme grieta que separaba los muchos kilómetros de cordillera hacia el norte y hacia el sur, giraron hacia la derecha y pasaron entre los dos fríos e indiferentes picos. Al llegar al río Beartooth, que salía del estrecho valle que conducía a Farthen Dûr, vadearon las heladas aguas y continuaron hacia el sur.

Esa noche, antes de aventurarse hacia el este por las montañas, acamparon al lado de una pequeña laguna y descansaron las piernas. Garzhvog mató otro ciervo con su honda, esta vez un macho, y los dos comieron hasta saciarse.

Una vez aplacaron su hambre, Eragon se dispuso a arreglar un agujero que tenía en el lateral de la bota cuando oyó un extraño aullido que le aceleró el corazón. Miró a su alrededor, hacia el paisaje en penumbra; alarmado, vio la silueta de una enorme bestia que trotaba por la orilla sembrada de piedras de la laguna.

—Garzhvog —dijo Eragon en voz baja mientras alargaba la mano hasta su fardo y sacaba su bracamarte.

El kull cogió una roca del suelo del tamaño de un puño y la colocó en el cuero de su honda; entonces, se incorporó por completo, abrió las mandíbulas y bramó en la noche hasta que la tierra vibró con el eco de su desafío.

La bestia se detuvo; luego continuó avanzando a un ritmo más lento, oliendo por el suelo, aquí y allá. Cuando llegó al círculo de luz de la hoguera, a Eragon se le cortó la respiración. De pie, delante de ellos, había un lobo de grupa gris y grande como un caballo, con unos colmillos que parecían sables y unos ardientes ojos amarillos que seguían todos sus movimientos. Los pies del lobo tenían el tamaño de broqueles.

«¡Un Shrrg!», se dijo Eragon.

Mientras el lobo gigante rodeaba el campamento en un silencio casi absoluto a pesar de su enorme corpulencia, Eragon pensó en los elfos y en cómo ellos se enfrentarían a un animal salvaje; así pues, dijo en el idioma antiguo:

—Hermano lobo, no queremos hacerte daño. Esta noche descansamos y no cazamos. Eres bienvenido si quieres compartir nuestra comida y el calor de nuestra guarida hasta el amanecer.

El Shrrg se detuvo con las orejas hacia delante mientras Eragon le hablaba en el idioma antiguo.

—Espada de Fuego, ¿qué estás haciendo? —gruñó Garzhvog.

—No ataques a no ser que él lo haga.

La corpulenta bestia entró despacio en el campamento sin dejar de mover el húmedo y enorme hocico en ningún momento. El lobo alargó la peluda cabeza hacia el fuego, aparentemente curioso por el movimiento de las llamas, y luego se dirigió hacia los restos de carne y de vísceras que estaban esparcidos por el suelo donde Garzhvog había matado el ciervo. Se agachó y devoró los pedazos de carne. Luego se levantó y, sin mirar atrás, se alejó hacia la profundidad de la noche.

Eragon se relajó y enfundó el bracamarte. Garzhvog permaneció de pie en el mismo sitio, sin dejar de gruñir, observando y escuchando por si notaba algo fuera de lo normal en los alrededores.

Con la primera luz del alba, Eragon y Garzhvog abandonaron el campamento corriendo en dirección oeste y entraron en el valle que los conduciría hacia el monte Thardûr.

Al pasar por debajo de las ramas del denso bosque que guardaba el interior de la cordillera, el aire se volvió mucho más frío y el blando lecho de hojas del suelo ahogó sus pisadas. Los altos, oscuros y lúgubres árboles que se elevaban por encima de ellos parecían observarlos mientras recorrían el camino por entre los gruesos troncos y las retorcidas raíces que se levantaban de la humedad de la tierra y que alcanzaban, a veces, hasta un metro de altura. Grandes ardillas negras huían por las ramas parloteando con estridencia. Una densa capa de musgo oscurecía los troncos de los árboles caídos. Helechos, frambuesas y otras plantas verdes crecían al lado de hongos de todos los tamaños, formas y colores.

Parecía que el mundo se hubiera estrechado ahora que Eragon y Garzhvog se habían adentrado en el largo valle. Las gigantescas montañas se apretaban las unas contra las otras con su masa opresiva y el cielo se veía distante, como una inalcanzable franja de mar azul: era el cielo más alto que Eragon había visto nunca. Unas cuantas nubes finas rozaban las cimas de las montañas.

Aproximadamente una hora después del mediodía, Eragon y Garzhvog oyeron el eco de unos terribles rugidos entre los árboles y aminoraron el paso. Eragon desenfundó su espada y Garzhvog recogió una suave roca de río del suelo y la colocó en el cuero de su honda.

—Es un oso de cueva —dijo Garzhvog. Un agudo chillido, parecido al rechinar de metal contra metal reforzó su afirmación—. Y un Nagra. Debemos tener cuidado, Espada de Fuego.

Continuaron avanzando a paso lento y pronto vieron a los animales a unos cuantos cientos de metros en la ladera de la montaña. Una manada de jabalíes pelirrojos de gruesos y afilados colmillos daba vueltas entre chillidos y con gran confusión delante de una enorme masa de pelo pardo plateado, garras afiladas y dientes cortantes que se movía a una velocidad mortífera. Al principio, la distancia engañó a Eragon; sin embargo, al comparar a los animales con los árboles que tenía al lado, se dio cuenta de que un Shrrg hubiera parecido un enano al lado de uno de esos jabalíes, y que aquel oso era grande como su casa del valle de Palancar. Los jabalíes habían ensangrentado uno de los costados del oso de cueva, pero parecía que eso sólo había conseguido enfurecer a la bestia. El oso se levantó sobre sus patas traseras, bramó y, con una de sus enormes patas, tumbó a uno de los jabalíes de lado rasgándole la piel. El jabalí intentó levantarse tres veces y cada vez el oso lo golpeó hasta que, por fin, abandonó y se quedó inmóvil. Mientras el oso se agachaba para comer, el resto de jabalíes corrieron, chillando, a esconderse bajo los árboles montaña arriba, lejos del oso.

Impresionado por la fuerza de aquel animal, Eragon siguió a Garzhvog, que atravesaba lentamente la zona que quedaba dentro del campo de visión del oso. La bestia levantó el morro rojo del vientre de su presa y los miró con unos ojos pequeños y oscuros; entonces pareció decidir que no representaban ninguna amenaza y continuó comiendo.

—Creo que ni siquiera Saphira sería capaz de vencer a un monstruo como ése —murmuró Eragon.

Garzhvog emitió un suave gruñido:

—Ella puede escupir fuego. Un oso no puede hacerlo.

Ninguno de los dos apartó los ojos del oso hasta que los árboles lo ocultaron, e incluso entonces mantuvieron las armas a punto, sin saber qué otros peligros podían acechar.

Ya había llegado el final de la tarde cuando oyeron otro sonido: risas. Eragon y Garzhvog se detuvieron. Éste levantó un dedo y, con una agilidad sorprendente, atravesó una pared de matorrales en dirección a la risa. Eragon lo siguió con mucho cuidado y aguantando la respiración por miedo a delatar su presencia.

Miró a través de unos matorrales de cornejos y vio que, al fondo del valle, había un camino bien dibujado; a su lado, jugaban tres niños enanos tirándose ramas los unos a los otros, chillando y riendo. No

369

había ningún adulto a la vista. Eragon se apartó para ponerse a una distancia prudencial, respiró y observó el cielo, donde vio unas volutas de humo blanco que se encontraban a un kilómetro y medio de allí, aproximadamente.

Se oyó el chasquido de una ramita. Garzhvog se agachó a su lado para estar a su mismo nivel.

—Espada de Fuego, aquí nos separamos.

—¿No vas a ir a la fortaleza Bregan conmigo?

—No. Mi tarea era protegerte. Si voy contigo, los enanos no se fiarían de ti. La montaña de Thardûr está aquí mismo y estoy seguro de que nadie intentará hacerte daño en el trayecto hasta allí.

Eragon se pasó una mano por la nuca y miró a Garzhvog; después desvió la mirada hacia el humo, que se veía al este de donde estaban.

—¿Vas a volver corriendo directamente con los vardenos?

Con una risa ahogada, Garzhvog repuso:

—Sí, pero quizá no tan deprisa como hemos venido hasta aquí.

Sin saber bien qué decir, Eragon empujó un tronco podrido con la punta del pie, descubriendo un círculo de larvas blancas que se retorcían entre los túneles que habían excavado.

—No permitas que un Shrrg o un oso te coman, ¿eh? Entonces tendría que perseguir a la bestia y matarla, y no tengo tiempo de hacerlo.

Garzhvog se apretó la huesuda frente con los puños.

—Que tus enemigos se encojan ante ti, Espada de Fuego.

Entonces, se puso en pie, se dio la vuelta y se alejó de Eragon. Pronto, el bosque ocultó la corpulenta figura del kull.

Eragon se llenó los pulmones con el fresco aire de la montaña y se abrió paso por la pared de matorrales. Cuando salió de entre la densidad de cornejos, los pequeños enanos se quedaron inmóviles y sus redondos rostros adquirieron una expresión de desconfianza. Eragon abrió los brazos y dijo:

—Soy Eragon Asesino de Sombra, hijo de nadie. Busco a Orik, el hijo de Thrifk, que está en la fortaleza Bregan. ¿Me podéis llevar hasta él?

Los niños no contestaron. Eragon se dio cuenta de que no comprendían su idioma.

—Soy un Jinete de Dragón —dijo, pronunciando despacio y marcando bien cada palabra—. Eka eddyr aí Shur'tugal… Shur'tugal… Argetlam.

A los niños les brillaron los ojos y abrieron la boca con asombro.

—¡Argetlam! —exclamaron—. ¡Argetlam!

Entonces arrancaron a correr y se lanzaron hacia él, rodeándole las piernas con sus cortos brazos y tirando de sus ropas mientras gritaban de alegría. Eragon bajó la vista y esbozó una sonrisa bobalicona. Los niños le cogieron de las manos y él les permitió que lo alejaran del camino. A pesar de que no podía comprenderlos, no dejaban de hablar en el idioma de los enanos; no sabía qué le estaban diciendo, pero disfrutaba escuchando su parloteo.

Uno de los pequeños —pensó que era una niña— alargó los brazos hacia él; Eragon la levantó y se la colocó encima de los hombros sin poder evitar una mueca de dolor en cuanto ella le agarró del cabello. La niña soltó una risa aguda y dulce que le hizo sonreír otra vez. De esta manera, equipado y acompañado, Eragon recorrió el camino hacia el monte Thardûr y, de allí, a la fortaleza Bregan, para encontrarse con Orik, su hermano adoptivo.

Para mi amor

*R*oran miraba la piedra redonda y plana que tenía entre las manos. Frunció el ceño con preocupación.

—¡Stenr rïsa! —gruñó en voz baja.

La piedra no se movió.

—¿En qué andas, Martillazos? —preguntó Carn mientras se dejaba caer sobre el tronco en el que Roran estaba sentado.

Roran se guardó la piedra en el cinturón y aceptó el pan y el queso que Carn le había llevado.

—Nada. Sólo pensaba en las musarañas.

Su compañero asintió con la cabeza.

—La mayoría lo hace antes de una misión.

Mientras comía, Roran paseó la mirada por los hombres con quienes se encontraba. Era un grupo de treinta hombres fuertes, incluyéndole a él. Todos eran aguerridos luchadores. Cada uno llevaba un arco, y la mayoría de ellos llevaban espadas, a pesar de que unos cuantos habían elegido luchar con lanza o con martillo. Suponía que, de esos treinta hombres, unos siete u ocho tenían una edad aproximada a la suya, y el resto eran unos años mayores que él. El mayor de todos era el capitán, Martland *Barbarroja*, el depuesto conde de Thun, que había vivido durante tantos inviernos que su barba se le había escarchado de pelos plateados.

Cuando Roran se unió al grupo de Martland, se presentó en la tienda del capitán en persona. El conde era un hombre bajo, con las piernas fuertes de quien ha pasado toda la vida montando a caballo y manejando la espada. La barba que le daba el apodo era densa y se veía acicalada a pesar de que le llegaba hasta el esternón. Después de mirar a Roran de arriba abajo, el conde le dijo:

—Lady Nasuada me ha contado grandes cosas de ti, hijo, y he oído muchas cosas más en las historias que cuentan mis hombres: rumores, chismorreos, habladurías y cosas por el estilo. Ya sabes cómo es eso. Sin duda, has conseguido realizar enormes hazañas; desafiar a los Ra'zac en su propia guarida, por ejemplo, fue un trabajo muy delicado. Por supuesto, tu primo te ayudó, ¿no es así? Eh... Quizás estés acostumbrado a ir por tu cuenta con la gente de tu pueblo, pero ahora estás con los vardenos, hijo. Para decirlo de forma más exacta, eres uno de mis hombres. Nosotros no somos tu familia. No somos tus vecinos. Ni siquiera somos, necesariamente, tus amigos. Nuestro deber es cumplir las órdenes de Nasuada, y eso es lo que haremos sin tener en cuenta cómo pueda sentirse cualquiera de nosotros al respecto. Mientras estés a mi servicio, harás lo que yo te diga, cuando yo te lo diga y de la forma en que te lo diga, o te juro por los huesos de mi madre, que en paz descanse, que, si no lo haces, yo mismo te arrancaré la piel de la espalda a latigazos, sin que me importe con quién puedas estar relacionado. ¿Comprendes?

—¡Sí, señor!

—Muy bien. Si tu comportamiento es correcto, demuestras tener sentido común y si consigues permanecer con vida, es posible que, siendo un hombre resuelto, logres avances entre los vardenos. A pesar de todo, que lo hagas o no depende por completo de que yo te considere adecuado para que dirijas a los hombres por tu cuenta. Pero no pienses, ni por un maldito momento, que puedes halagarme para que me forme una buena opinión de ti. No me importa si me aprecias o si me odias. Lo único que me importa es si eres capaz o no de hacer lo que hay que hacer.

—¡Le comprendo perfectamente, señor!

—Sí, bueno, quizá lo comprendas, Martillazos. Lo sabremos muy pronto. Ve e informa a Ulhart, mi mano derecha.

Roran comió el último trozo de pan que le quedaba y lo hizo bajar con un sorbo de vino del odre que llevaba. Le hubiera gustado poder tomar una comida caliente esa noche, pero se habían adentrado mucho en territorio del Imperio y los soldados hubieran podido detectar un fuego. Roran suspiró y estiró las piernas. Le dolían las rodillas de montar a *Nieve de Fuego* durante tres días seguidos desde el amanecer hasta el anochecer.

En el fondo de sí mismo, Roran sentía una tensión ligera pero constante, como un escozor mental que, día y noche, apuntaba en la misma dirección: hacia Katrina. El origen de esa sensación era el anillo que Eragon le había dado, y para Roran era un consuelo saber que él y Katrina podrían encontrarse en cualquier punto de Alagaësia, aunque ambos fueran ciegos y sordos, gracias a él.

Roran oyó que Carn, a su lado, pronunciaba en voz baja palabras en el idioma antiguo y sonrió. Carn era el hechicero, y le habían mandado allí para asegurarse de que un mago enemigo no los matara a todos con un simple ademán de la mano. Por algunos de los hombres, Roran se había enterado de que Carn no era un mago especialmente fuerte —tenía que esforzarse para realizar un hechizo—, pero compensaba esa debilidad inventando hechizos extraordinariamente inteligentes y demostrando una habilidad excepcional en penetrar en la mente de sus contrincantes. Carn tenía el rostro y el cuerpo delgados, unos ojos caídos y un carácter nervioso y excitable. A Roran le había gustado de inmediato.

Delante de Roran, dos hombres, Halmar y Ferth, estaban sentados delante de su tienda.

—… así que cuando los soldados vinieron a por él —dijo Halmar—: hizo entrar a todos sus hombres en su propiedad y prendió fuego a los charcos de aceite que sus sirvientes habían vertido antes, atrapando así a los soldados y haciendo creer a todos los que llegaron después que todos habían muerto quemados. ¿Puedes creerlo? Mató a quinientos hombres de una vez, sin ni siquiera desenfundar una espada.

—¿Cómo escapó?

—El abuelo de Barbarroja era muy astuto. Había hecho excavar un túnel que iba desde el salón familiar hasta el río más cercano. Gracias a él consiguió que su familia y sus sirvientes salieran vivos. Entonces los llevó a Surda, donde el rey Larkin los acogió. Pasaron unos cuantos años hasta que Galbatorix se enteró de que todavía estaban vivos. Tenemos suerte de estar a las órdenes de Barbarroja, está claro. Solamente ha perdido dos batallas, y fue por culpa de la magia.

Halmar se quedó en silencio y Ulhart caminó hasta la mitad de la hilera de dieciséis tiendas. El veterano, de expresión adusta, se detuvo con las piernas abiertas, firme como un roble de profundas raíces, y revisó las tiendas para comprobar que todos estuvieran presentes. Entonces dijo:

—El sol ha bajado, a dormir. Saldremos dos horas antes del alba. El convoy debe de estar a unos once kilómetros por delante de nosotros. Iremos deprisa y atacaremos justo cuando empiecen a moverse. Mataremos a todo el mundo, lo quemaremos todo y volveremos. Ya sabéis cómo va. Martillazos, tú cabalgarás conmigo. Si lo estropeas, te arrancaré las entrañas con un garfio sin punta.

Y

El viento le azotaba la cara. Roran sentía los latidos de su propio corazón con tanta fuerza que todos los demás sonidos quedaban apagados. *Nieve de Fuego* galopaba con fuerza entre sus piernas. El campo de visión se le había estrechado: solamente veía a los dos soldados montados en las yeguas marrones al lado del penúltimo vagón del tren de suministros.

Levantó el martillo por encima de su cabeza y bramó con todas sus fuerzas.

Los dos soldados se asustaron e intentaron desenfundar las armas y preparar los escudos. Uno de ellos perdió la lanza y tuvo que agacharse para recuperarla.

Roran tiró de las riendas de *Nieve de Fuego* para detenerlo y se puso de pie encima de los estribos. Quedó al lado del primero de los soldados y lo golpeó en el hombro, con lo que le rompió la cota de malla. El hombre chilló y el brazo le cayó, inerte. Roran acabó con él de un revés.

El otro hombre había sacado la lanza y atacó a Roran, apuntándole al cuello. Roran se agachó detrás del escudo redondo, y cada golpe de la lanza hendía la madera que le protegía. Roran apretó las piernas contra los costados de *Nieve de Fuego* y el semental se paró sobre las dos patas, encabritado, golpeando el aire con los cascos de hierro. Uno de los cascos golpeó al soldado en el pecho y le rasgó la túnica roja. En el momento en que el caballo volvió a pararse sobre las cuatro patas, Roran dio un golpe con el martillo y destrozó el cuello de su enemigo.

Roran abandonó al hombre, que se revolcaba en el suelo, y espoleó a *Nieve de Fuego* hacia el siguiente carro del convoy, donde Ulhart estaba luchando solo contra tres soldados. Cuatro bueyes tiraban de cada carro, y cuando el semental pasó al lado del carro que Roran acababa de capturar, el buey de delante ladeó la cabeza e hirió la pierna derecha de Roran con el cuerno izquierdo. Roran ahogó una exclamación. Sintió como si le hubieran aplicado un hierro candente sobre la piel. Bajó la vista y vio que un trozo de la bota le colgaba junto con un trozo de piel y de músculo.

Con un grito de guerra, Roran cabalgó hasta el soldado que tenía más cerca de los tres que luchaban contra Ulhart y le hizo caer con un golpe de martillo. El siguiente soldado esquivó el ataque de Roran y, haciendo girar el caballo, se alejó galopando.

—¡Atrápalo! —gritó Ulhart, pero Roran ya había salido tras él.

El soldado clavó las espuelas en el vientre de su caballo hasta hacerlo sangrar, pero a pesar de esa desesperada crueldad, su corcel no

375

podía superar a *Nieve de Fuego* en velocidad. Roran se agachaba sobre el cuello de su caballo cada vez que el semental avanzaba; ambos volaron con increíble velocidad. El soldado, dándose cuenta de que no tenía escapatoria, detuvo a su montura, dio media vuelta y lanzó una estocada de sable contra Roran. El chico levantó el martillo, consiguió parar la afilada hoja del sable e, inmediatamente, respondió con un golpe dirigido a la cabeza de su oponente. Pero el soldado lo contuvo y le hizo dos cortes en las piernas y en los brazos. Roran soltó una maldición. Era evidente que el soldado tenía más experiencia con la espada que él; si no podía ganar el duelo en los próximos segundos, moriría.

El soldado debió de notar su superioridad, pues redobló el ataque y obligó a retroceder a *Nieve de Fuego*. En tres ocasiones, Roran estuvo seguro de que su enemigo iba a herirle, pero el sable del hombre se doblaba en el último momento y esquivaba a su rival, como si una fuerza invisible lo parara. Roran agradeció las protecciones de Eragon.

Sin otro recurso, recurrió a lo inesperado: alargó la cabeza y el cuello y gritó:

—¡Uh! —Igual que hubiera hecho para asustar a alguien en un pasillo oscuro.

El soldado se sobresaltó. Roran, aprovechando ese momento, se inclinó hacia delante y descargó el martillo sobre la rodilla izquierda del hombre. El rostro del soldado se puso lívido a causa del dolor. Antes de que tuviera tiempo de recuperarse, le golpeó en la base de la espalda y, en cuanto el soldado arqueó la espalda gritando, acabó con su sufrimiento con un rápido golpe en la cabeza.

Roran se dio unos momentos para recuperar la respiración. Luego retomó las riendas y puso a *Nieve de Fuego* a medio galope para volver al convoy. Dirigiendo la vista de un lado a otro, atrapando cualquier movimiento, evaluó la situación de la batalla. La mayoría de los soldados ya estaban muertos, igual que los hombres que conducían los carros. Carn se encontraba de pie, en el carro que iba en cabeza, en frente de un hombre alto que llevaba una túnica. Los dos estaban inmóviles, pero de vez en cuando efectuaban un ligero movimiento, el único signo del duelo invisible que llevaban a cabo. Mientras Roran observaba, el contrincante de Carn cayó hacia delante y se quedó inerte en el suelo.

A pesar de todo, en la mitad del convoy, tres soldados habían tenido la iniciativa de soltar a los bueyes de tres de los carros y de colocarlos formando un triángulo desde el interior del cual ofrecían resistencia a Martland *Barbarroja* y a otros diez vardenos. Cuatro de los soldados manejaban sus lanzas por entre los carros, y otros cinco disparaban flechas encendidas contra los vardenos, lo que les forzaba a ponerse a cubierto tras el carro que tenían más cerca.

Roran frunció el ceño. No podían permitirse estar tanto tiempo al descubierto en una de las carreteras principales del Imperio para acabar con los soldados atrincherados. El tiempo corría en su contra.

Todos los soldados se encontraban de cara al oeste, la dirección por la cual los vardenos habían atacado. Aparte de Roran, ninguno de los vardenos había cruzado al otro lado del convoy, así que los soldados no sabían que él se acercaba a ellos desde el este.

A Roran se le ocurrió un plan. En otras circunstancias, lo hubiera descartado por ridículo e irrealizable, pero tal como estaba la situación, lo aceptó como lo único que podía resolverla. No se preocupó de tener en cuenta el peligro que él mismo correría: había abandonado el miedo a morir o a resultar herido en cuanto la batalla había empezado.

Roran espoleó a *Nieve de Fuego* hasta ponerlo al galope. Colocó la mano izquierda delante de la silla de montar, apuntaló las botas casi fuera de los estribos y preparó los músculos del cuerpo. Cuando el caballo estuvo a quince metros del triángulo que formaban los carros, se apoyó sobre la mano, se izó encima del caballo y plantó los pies en la silla, agachado. Tuvo que utilizar toda su habilidad y capacidad de concentración para mantener el equilibrio. Tal como había esperado, *Nieve de Fuego* aminoró la velocidad y empezó a girar hacia un lado mientras se acercaba al grupo de carros.

Roran soltó las riendas justo en el momento en que su caballo daba la vuelta y saltó de su grupa por encima del carro que se encontraba en el lado este. Sintió que se le revolvía el estómago. Por un momento, vio el rostro levantado del arquero, sus ojos redondos y ribeteados de blanco, y aterrizó encima del hombre. Ambos cayeron al suelo: Roran encima del soldado, cuyo cuerpo le sirvió de amortiguación. Se puso inmediatamente de rodillas, levantó el escudo y, con el canto del mismo, le encajó un golpe al soldado entre el casco y la túnica, rompiéndole el cuello. Entonces Roran se puso de pie.

Los otros cuatro soldados reaccionaron con lentitud. El que quedaba a la izquierda de Roran cometió el error de intentar sacar la lanza de entre los carros, pero con la precipitación, el arma se le quedó encajada entre la parte trasera de un carro y la rueda delantera de

377

otro, y la lanza se le partió en las manos. Roran aprovechó el momento y se precipitó contra él. El soldado intentó apartarse, pero los carros le bloqueaban el paso y Roran, con un movimiento desde abajo, le asestó un golpe de martillo en la barbilla.

El segundo soldado fue más listo. Soltó la lanza y agarró la espada que llevaba al cinturón, pero solamente consiguió desenfundarla hasta la mitad antes de que Roran le rompiera el pecho.

El tercer soldado y el cuarto lo estaban esperando. Ambos fueron a por él con las espadas desenfundadas y una mueca en el rostro. Roran intentó esquivarlos, pero la pierna herida le falló y cayó sobre la rodilla. El soldado que tenía más cerca le asestó un golpe hacia abajo, pero consiguió detenerlo con el escudo. Entonces se lanzó hacia delante y aplastó el pie del soldado con el extremo plano del martillo. El soldado soltó una maldición y cayó al suelo. Roran, rápidamente, le aplastó la cara y se dio media vuelta, sabiendo que el último soldado estaba justo detrás de él.

Permaneció inmóvil, con los brazos y las piernas abiertos.

El soldado estaba de pie encima de él, con la punta de la espada a menos de tres centímetros de la garganta de Roran.

«O sea que así es como termina todo», pensó.

En ese momento, un grueso brazo rodeó el cuello del soldado y lo arrastró hacia atrás. El hombre emitió un grito ahogado y la punta de una espada emergió del centro de su pecho provocando un chorro de sangre. El soldado cayó inerte y, en el lugar en que había estado un momento antes apareció Martla *Barbarroja*. El conde respiraba con agitación y tenía la barba y el pecho cubiertos de sangre.

Clavó la espada en el suelo, se apoyó en la empuñadura y observó la carnicería ocurrida en el interior del triángulo de carros. Asintió con la cabeza y dijo:

—Creo que servirás.

Roran estaba sentado en el extremo de uno de los carros y se mordía el labio mientras Carn le cortaba lo que le quedaba de la bota. Intentando no pensar en el agudo dolor que sentía en la pierna, levantó la vista hacia los buitres que volaban por encima de sus cabezas y se concentró en evocar recuerdos de su casa del valle de Palancar.

Carn incidió con fuerza en la herida. Roran emitió un gruñido.

—Lo siento —dijo Carn—. Tengo que inspeccionar la herida.

Él continuó mirando los buitres y no contestó. Al cabo de un minuto, Carn pronunció unas palabras en el idioma antiguo y el dolor de Roran disminuyó hasta convertirse en una molestia sorda. Entonces bajó la vista y se dio cuenta de que la pierna ya no presentaba ninguna herida.

El esfuerzo por curar a Roran y a los otros dos hombres que tenían delante había dejado a Carn lívido y tembloroso. El mago se tambaleó en dirección al carro sujetándose la cintura con los brazos y con expresión de estar mareado.

—¿Te encuentras bien? —preguntó Roran.

Carn se encogió ligeramente de hombros.

—Sólo necesito un momento para recuperarme... El buey te había rasguñado la parte exterior del hueso de la pierna. He reparado el rasguño, pero no he tenido fuerza suficiente para sanar el resto de la herida. Te he cosido la piel y el músculo, así que no te va a doler ni vas a sangrar mucho, sólo un poco. El músculo no va a aguantar gran cosa aparte del peso de tu cuerpo hasta que se haya curado.

—¿Cuánto va a tardar?

—Una semana, quizá dos.

Roran arrancó los restos de la bota.

—Eragon erigió unas protecciones a mi alrededor para prevenirme de cualquier daño. Me han salvado la vida varias veces hoy. Pero ¿por qué no me han protegido del cuerno del buey?

—No lo sé, Roran —dijo Carn con un suspiro—. Nadie puede prever todas las eventualidades. Ése es uno de los motivos por los que la magia es tan peligrosa. Si se te pasa por alto un único aspecto de un hechizo, es posible que sólo sirva para debilitarte o, algo peor, quizá provoque algo terrible que nunca quisiste que ocurriera. Eso les sucede incluso a los mejores magos. Debe de haber un fallo en las protecciones de tu primo, una palabra mal colocada o una afirmación mal razonada, algo que haya hecho posible que el buey te hiriera.

Roran se levantó del carro y se dirigió cojeando hacia la cabeza del convoy para valorar el resultado de la batalla. Cinco de los vardenos habían resultado heridos en la lucha, incluido él mismo, y otros dos habían muerto: uno era un hombre a quien Roran casi no conocía, y el otro era Ferth, con quien había hablado en varias ocasiones. De los soldados y los hombres que conducían los carros no había quedado ninguno vivo.

Roran se detuvo ante los dos soldados que había matado y observó sus cuerpos. Sintió un gusto de saliva amarga en la boca, y el vientre se le retorció del asco. «Ahora he matado... a no sé cuántos.» Se dio cuenta de que, durante la locura de la batalla de los Llanos Ardientes, había perdido la cuenta del número de hombres a quienes había dado muerte. El hecho de que hubiera mandado a tantos hombres a la muerte que ya no pudiera recordar cuál era la cantidad lo preocupaba. «¿Debo dar muerte a campos repletos de hombres para recuperar lo que el Imperio me ha robado?» E incluso tuvo un pensamiento todavía más desconcertante: «Y si lo hago, ¿cómo podré volver al valle de Palancar y vivir en paz, sabiendo que mi alma está manchada con la sangre de cientos de hombres?».

Roran cerró los ojos y relajó conscientemente los músculos del cuerpo para tranquilizarse. «Mato por mi amor. Mato por mi amor hacia Katrina, por mi amor hacia Eragon y hacia todos los habitantes de Carvahall, y también por mi amor hacia los vardenos; y por mi amor hacia esta tierra nuestra. Por mi amor, vadearía un océano de sangre, aunque eso me destruyera.»

—Nunca he visto nada parecido, Martillazos —dijo Ulhart. Roran abrió los ojos y vio al guerrero de pie delante de él con las riendas de *Nieve de Fuego* en la mano—. No hay nadie más que esté tan loco como para intentar una estratagema como ésta, la de saltar sobre los carros, nadie que haya vivido para contarlo, eso seguro. Ha sido un buen trabajo. Pero vigila. No puedes ir por ahí saltando de los caballos y enfrentándote solo a cinco hombres y tener la esperanza de vivir otro verano, ¿eh? Ten un poco de cuidado, si es que eres listo.

—Lo tendré en cuenta —dijo Roran, tomando las riendas de *Nieve de Fuego*.

En el rato que había pasado desde que Roran había acabado con el último de los soldados, los guerreros que habían quedado ilesos se habían dedicado a ir de carro en carro abriendo los fardos de cargamento para informar a Martland, que tomaba nota de todo lo que habían encontrado para que Nasuada pudiera estudiar esa información y, quizás, extraer de ella algún indicio de cuáles eran los planes de Galbatorix. Roran los observó mientras los hombres examinaban los últimos carros, que contenían sacos de trigo y montones de uniformes. Cuando hubieron terminado, los hombres degollaron a los bueyes que quedaban y el suelo se tiñó de sangre. A Roran no le gustaba que mataran a los animales, pero sabía que era importante que no quedaran en poder del Imperio y hubiera empuñado el cuchillo él mismo si se lo hubieran pedido. Les hubiera llevado los bueyes a los vardenos, pero los animales eran demasiado lentos y torpes. En cambio, los caballos de los soldados sí podían seguirles el ritmo mientras huían del territorio enemigo, así que capturaron a todos los que pudieron y los ataron detrás de sus corceles.

Entonces uno de los hombres cogió de sus alforjas una antorcha empapada de resina y, después de esforzarse durante unos segundos con una piedra y un pedernal, la encendió. Cabalgó a lo largo del convoy incendiando cada uno de los carros y luego tiró la antorcha en la parte trasera del último de ellos.

—¡A los caballos! —gritó Martland.

Roran sintió un pinchazo de dolor en la pierna al montar a *Nieve de Fuego*. Espoleó al semental hasta que se colocó al lado de Carn; el resto de los supervivientes se pusieron, montados en sus corceles, detrás de Martland para formar una doble línea. Los caballos relincharon y piafaron, impacientes por poner distancia entre ellos y el fuego.

Martland inició la marcha a un trote ligero y el resto del grupo lo siguió, dejando detrás la hilera de carros incendiados, que sembraban la solitaria carretera como piedras encendidas al sol.

381

Un bosque de piedra

*U*n grito de júbilo se elevó entre la multitud.

Eragon estaba sentado en las casetas de madera que los enanos habían construido a lo largo de la base de los parapetos exteriores de la fortaleza Bregan. La fortaleza se asentaba encima de un redondeado cerro del monte Thardûr, un kilómetro y medio por encima del brumoso suelo del valle, y desde allí se podía ver a leguas de distancia en cualquier dirección, hasta que las accidentadas montañas tapaban el horizonte. Al igual que Tronjheim y las otras ciudades de los enanos que Eragon había visitado, la fortaleza Bregan estaba construida por entero con piedras de cantera: en este caso era un granito rojizo que otorgaba una sensación de calidez a las habitaciones y a los pasillos del interior. La fortaleza era un sólido edificio de gruesos muros que se levantaba cinco pisos hasta un campanario abierto en cuyo techo había una lágrima de cristal del diámetro de dos enanos, sujetada con cuatro arcos de granito que se juntaban en el centro formando un ángulo en la clave. Esa lágrima, según Orik le había contado a Eragon, era una copia en grande de las antorchas sin llama de los enanos y, en ocasiones de gran emergencia, se podía utilizar para iluminar todo el valle con su luz dorada. Los enanos la llamaban Az Sindriznarrvel, o la Gema de Sindri. En los flancos de la fortaleza se apiñaban numerosas construcciones exteriores y otras estructuras con establos, fraguas e iglesias dedicadas a Morgothal, el dios del fuego de los enanos y el patrón de los herreros. Bajo sus altos y lisos muros, había decenas de granjas esparcidas por los claros del bosque de cuyas chimeneas de piedra se elevaban nubes de humo.

Todo eso, y más, le había contado Orik a Eragon después de que los tres pequeños enanos lo hubieran acompañado hasta el patio de la fortaleza Bregan. En cuanto se cruzaban con alguien, gritaban: «¡Argetlam!».

Orik había recibido a Eragon como un hermano y le había llevado a los baños. Cuando se hubo bañado, se ocupó de que lo vistieran con una túnica de un púrpura oscuro y de que le pusieran un aro de oro en la frente.

Después, Orik le sorprendió al presentarle a Hvedra, una enana de ojos brillantes y rostro de manzana con el pelo largo; le anunció con orgullo que se habían casado dos días antes. Mientras Eragon expresaba su sorpresa y los felicitaba, Orik cambió el peso del cuerpo de un pie a otro, incómodo.

—Me apenó que no pudieras asistir a la ceremonia, Eragon. Hice que uno de nuestros hechiceros contactara con Nasuada, y le pedí que os diera, a ti y a Saphira, mi invitación, pero ella se negó a decíroslo; tenía miedo de que esa invitación te distrajera de la misión que tenías. No la culpo, pero hubiera deseado que esta guerra te hubiera permitido asistir a nuestra boda, y a nosotros a la de tu primo, ya que estamos emparentados ahora, por ley aunque no por sangre.

Hvedra, con un acento fuerte, añadió:

—Por favor, considérame de la familia, Asesino de Sombra. Mientras esté en mi mano, serás siempre tratado como un miembro de la familia en la fortaleza Bregan, y podrás pedir acogida en nuestra casa siempre que lo necesites, aunque sea Galbatorix quien te persiga.

383

Eragon asintió con la cabeza, conmovido por la oferta.

—Eres muy amable. Si no te molesta mi curiosidad, ¿por qué habéis decidido tú y Orik casaros ahora?

—Teníamos pensado contraer matrimonio esta primavera, pero...

—Pero —continuó Orik con su brusquedad habitual— los úrgalos atacaron Farthen Dûr, y entonces Hrothgar me mandó a viajar contigo a Ellesméra. Cuando volví y las familias del clan me aceptaron como su grimstborith, pensamos que era el momento perfecto para terminar el noviazgo y convertirnos en marido y mujer. Quizá ninguno de nosotros sobreviva más allá de este año y, entonces, ¿por qué atrasarlo?

—Teníais que elegir al jefe del clan —dijo Eragon.

—Sí. Elegir al próximo jefe de Dûrgrimst Ingeitum fue un asunto difícil, estuvimos ocupados en eso más de una semana, pero al final la mayoría de las familias estuvieron de acuerdo en que yo debía seguir los pasos de Hrothgar y heredar su posición, dado que yo era el único heredero declarado.

Eragon estaba sentado al lado de Orik y de Hvedra, devorando el cordero y el pan que los enanos le habían servido y observando el torneo que tenía lugar delante de las casetas. Orik le había contado que era costumbre entre las familias de enanos que, si tenían oro, ofrecieran juegos para entretenimiento de sus invitados de boda. La familia de Hrothgar era tan rica que los juegos, esta vez, ya habían durado tres días y continuarían otros cuatro más. Había varias competiciones: lucha libre, arco, lucha con espada, demostraciones de fuerza y el torneo que estaba teniendo lugar en esos momentos, el Ghastgar.

Desde los dos extremos de un campo de hierba, dos enanos cabalgaban el uno hacia el otro encima de unas Feldûnost blancas. Las cornudas cabras de las montañas daban saltos de dos metros sobre el césped del campo. El enano de la derecha llevaba un pequeño escudo en el brazo izquierdo, pero no llevaba ningún arma. El enano de la izquierda no tenía escudo, pero en la mano derecha blandía una jabalina lista para ser lanzada.

Eragon aguantó la respiración mientras la distancia entre las Feldûnost se reducía. Cuando estuvieron a menos de dos metros de distancia, el enano de la izquierda, con un rápido movimiento del brazo, lanzó la jabalina contra su oponente. El otro enano no se protegió con el escudo, sino que levantó el brazo y, con una rapidez de reflejos asombrosa, atrapó la lanza en el aire. La blandió por encima de su cabeza. La multitud prorrumpió en gritos de júbilo, a los cuales se sumó Eragon, que aplaudió con fuerza.

—¡Eso ha sido una muestra de gran habilidad! —exclamó Orik, que rio y se terminó la jarra de hidromiel.

La cota de malla le brillaba bajo la primera luz de la tarde. Llevaba un yelmo adornado con oro, plata y rubíes, y en los dedos lucía cinco anillos grandes. De la cintura le colgaba el hacha, que siempre llevaba encima. Hvedra iba vestida de forma más suntuosa, con tiras de tela bordada por encima del elegante vestido y unos collares de perlas y de oro entrelazado en el cuello. En el pelo lucía una peineta de marfil en la cual había una esmeralda engarzada que era grande como el dedo pulgar de Eragon.

Entonces una hilera de enanos se pusieron en pie y soplaron unos cuernos que llenaron las montañas de alrededor con su eco. Un enano dio un paso hacia delante y, en el idioma de los enanos, pronunció el nombre del ganador del último torneo, así como los nombres de los siguientes contrincantes del Ghastgar.

Cuando el maestro de ceremonias terminó de hablar, Eragon se inclinó hacia delante y preguntó:

—¿Nos acompañarás a Farthen Dûr, Hvedra?

Ella negó con la cabeza y le dedicó una amplia sonrisa.

—No puedo. Debo quedarme aquí y atender los asuntos de los Ingeitum mientras Orik está fuera, para que, cuando vuelva, no encuentre a nuestros guerreros muertos de hambre y todo nuestro oro agotado.

Riendo, Orik levantó la jarra hacia uno de los sirvientes que se encontraba a unos metros de él. Mientras el enano se apresuraba a llenársela con hidromiel, Orik le dijo a Eragon con un orgullo que era evidente:

—Hvedra no exagera. No sólo es mi esposa, ella es la... Ay, vosotros no tenéis una palabra para eso. Ella es la grimstcarvlorss de Dûrgrimst Ingeitum. «Grimstcarvlorss» significa: «guardiana de la casa», «la que arregla la casa». Su deber es asegurarse de que las familias de nuestro clan pagan el diezmo a la fortaleza Bregan, de que los rebaños se conducen a los campos adecuados en el momento preciso, de que nuestras reservas de comida y grano no se reduzcan demasiado, de que las mujeres del Ingeitum tejan telas suficientes, de que nuestros guerreros estén bien equipados, de que nuestros herreros siempre tengan metal de hierro y, en resumidas cuentas, de que nuestro clan esté bien organizado y de que prospere. Hay un dicho entre nuestra gente: «Una buena grimstcarvlorss puede crear un clan...».

—«Y una mala grimstcarvlorss puede destruir un clan» —dijo Hvedra.

Orik sonrió y le tomó la mano a Hvedra.

—Y Hvedra es la mejor de las grimstcarvlorssn. No es un título heredado. Hay que demostrar la propia valía para desempeñar el cargo. Es raro que la mujer de un grimstborith sea una grimstcarvlorss. En ese sentido, soy muy afortunado.

Acercaron los rostros y se frotaron la nariz el uno con el otro. Eragon apartó la mirada, sintiéndose solo y excluido. Luego Orik se recostó en la silla, tomó un pedazo de carne y dijo:

—Ha habido muchas grimstcarvlorssn famosas en nuestra historia. A menudo se dice que la única cosa para la que los jefes de clan servimos es para declararnos la guerra los unos a los otros, y que las grimstcarvlorssn prefieren que pasemos el tiempo peleándonos y que no tengamos un momento para interferir en los asuntos del clan.

—Vamos, Skilfz Delva —dijo Hvedra—. Sabes que eso no es verdad. O que no será así entre nosotros.

—Bueeeno —repuso Orik, acercando su frente a la de Hvedra.

Volvieron a frotarse la nariz.

Eragon dirigió de nuevo su atención a la multitud, que acababa de proferir silbidos y abucheos. Vio que uno de los enanos que competía

385

en el Ghastgar había perdido la calma y, en el último momento, había dirigido a su Feldûnost a un lado y continuaba intentando huir de su contrincante. El enano que tenía la jabalina le siguió durante dos vueltas. Cuando estuvo lo bastante cerca, se puso de pie encima de los estribos y lanzó la jabalina, que acertó al otro enano en la parte trasera del hombro. Éste, con un aullido, cayó de su montura y se quedó tumbado de lado sujetando el arma que tenía clavada en la carne. Un sanador corrió hasta él. Al cabo de un momento, todo el mundo dio la espalda al espectáculo.

Orik hizo una mueca de disgusto.

—¡Bah! Pasarán muchos años hasta que su familia pueda borrar la mancha del deshonor de su hijo. Siento que hayas tenido que presenciar este penoso acto, Eragon.

—Nunca es agradable ver cómo alguien se cubre de vergüenza.

Los tres permanecieron sentados y en silencio durante los dos torneos siguientes. Luego Orik, para sorpresa de Eragon, le cogió del hombro y le preguntó:

—¿Te gustaría ver un bosque de piedra, Eragon?

—No existe una cosa así, a no ser que esté tallado.

Orik meneó la cabeza con los ojos brillantes.

—No está tallado y sí existe. Así que te lo pregunto otra vez: ¿te gustaría ver un bosque de piedra?

—Si no es una broma…, sí, me gustaría.

—Ah, me alegro de que hayas aceptado. No es una broma, y te prometo que mañana tú y yo caminaremos entre árboles de granito. Es una de las maravillas de las montañas Beor. Todos los invitados de Dûrgrimst Ingeitum deberían tener la oportunidad de visitarlo.

A la mañana siguiente, Eragon se despertó en la cama demasiado estrecha de su habitación de piedra, de techo bajo y de muebles pequeños. Se lavó la cara en una jofaina de agua fría y, por puro hábito, intentó contactar mentalmente con Saphira, pero solamente percibió los pensamientos de los enanos y de los animales que había dentro y alrededor de la fortaleza. Se sintió flaquear, así que se agarró a los extremos de la jofaina, invadido por un sentimiento de soledad. Estuvo en esa postura, incapaz de moverse ni de pensar, hasta que su campo de visión adquirió un tono rojizo y vio unos puntitos flotando delante de los ojos. Con la respiración entrecortada, se esforzó por tranquilizar su respiración

«La perdí durante el viaje a Helgrind, pero, por lo menos, sabía que estaba volviendo a ella tan deprisa como podía. Ahora me estoy alejando de ella, y no sé cuándo nos reuniremos.»

Hizo un esfuerzo por recuperarse, se vistió y recorrió los pasillos atravesados por el viento de la fortaleza Bregan. Cada vez que se encontraba con un enano, saludaba con un gesto de cabeza y ellos siempre le devolvían un enérgico:

—¡Argetlam!

Encontró a Orik y a doce enanos más en el patio de la fortaleza, colocando las monturas a una hilera de ponis cuyo aliento formaba un vaho blanco en el aire frío. Eragon se sintió como un gigante entre esos seres pequeños y musculosos que se movían a su alrededor.

Orik le saludó.

—Tenemos un burro en el establo, si tienes ganas de montar.

—No, continuaré a pie, si no te importa.

Orik se encogió de hombros.

—Como desees.

Cuando estuvieron listos para partir, Hvedra, con el vestido flotando detrás de ella, bajó los amplios escalones de piedra desde la entrada de la fortaleza Bregan y le ofreció a Orik un cuerno de marfil adornado con filigranas de oro en la embocadura y en el cuerpo. Le dijo:

387

—Era de mi padre, y lo llevaba cuando cabalgaba con Grimstborith Aldrim. Te lo doy para que puedas recordarme en los días venideros. —Le dijo algo más en el idioma de los enanos y en voz tan baja que Eragon no lo oyó.

A continuación, Orik y ella acercaron la frente el uno al otro. El enano montó en su silla, se llevó el cuerno a los labios y lo sopló. Una nota profunda y enardecedora fue aumentando de volumen hasta que todo el patio pareció vibrar como una cuerda tensada al viento. Dos cuervos negros levantaron el vuelo desde la torre, chillando. El sonido del cuervo provocó que a Eragon le hirviera la sangre. Se removió, ansioso por partir.

Orik levantó el cuerno por encima de su cabeza, dirigió una última mirada a Hvedra, espoleó a su poni y atravesó trotando las puertas de la fortaleza Bregan en dirección este, hacia la boca del valle. Eragon y los doce enanos le siguieron de cerca.

Durante tres horas siguieron un camino bien dibujado que seguía la ladera del monte Thardûr subiendo cada vez más. Los enanos espoleaban a sus ponis tanto como podían sin dañar a los animales, pero su ritmo era muy lento comparado con el que Eragon seguía cuando estaba solo. Aunque se sintió frustrado, reprimió cualquier queja, puesto que se daba cuenta de que era inevitable que tuviera que viajar más despacio que cuando lo hacía con los elfos o con los kull.

Eragon sintió un escalofrío y se ajustó el abrigo. El sol todavía no había aparecido entre las montañas Beor, y un frío helado dominaba el valle a pesar de que sólo faltaban unas pocas horas para el mediodía.

Llegaron a una amplia llanura de granito de unos trescientos metros de anchura y la bordearon por la derecha, por una pendiente con unas formaciones octagonales naturales. Unos velos de bruma ocultaban el extremo del campo de piedra.

Orik levantó una mano y dijo:

—Contemplad, Az Knurldrâthn.

Eragon achinó los ojos. Por mucho que se esforzara, no podía distinguir nada de interés en esa dirección.

—No veo ningún bosque de piedra.

Orik saltó de su poni, le dio las riendas al guerrero que tenía detrás y dijo:

—Camina conmigo, si lo deseas, Eragon.

Juntos caminaron en dirección al sinuoso banco de niebla. Eragon tuvo que ajustar el paso al de Orik. El vaho impregnó el rostro de Eragon, frío y húmedo, y se hizo tan denso que hacía invisible el resto del valle y los envolvía en un paisaje gris donde no parecía haber dirección ninguna. Sin desanimarse, Orik continuaba con paso decidido, pero Eragon se sentía desorientado y ligeramente vacilante, y caminaba con una mano extendida hacia delante por si se tropezaba con algo oculto en la niebla.

Orik se detuvo al llegar al borde de una fina grieta que atravesaba el granito a sus pies y dijo:

—¿Qué ves ahora?

Eragon achinó los ojos y miró a un lado y a otro, pero la niebla le pareció igual de monótona que antes. Abrió la boca para decirlo, pero en ese momento percibió una ligera irregularidad en la textura de la pared de niebla que quedaba a su derecha, una borrosa forma de luces y sombras que permanecía inalterada en medio del movimiento de la bruma. Entonces se dio cuenta de que había otras zonas que parecían igual de inmóviles: unas formas extrañas y abstractas que formaban objetos irreconocibles.

—No… —empezó a decir, y en ese momento una ráfaga de viento le revolvió el pelo.

Con el súbito impulso de la brisa, la niebla se hizo menos densa y las dispersas formas de luces y sombras formaron las siluetas de unos enormes árboles de color ceniza y de ramas desnudas y nudosas. Alrededor de Eragon y de Orik se elevaban docenas de árboles, pálidos esqueletos de un viejo bosque. Eragon colocó la palma de la mano sobre uno de los troncos: la corteza era fría y dura como una roca, y unos pálidos líquenes cubrían la superficie del árbol. Eragon sintió un cosquilleo en la nuca. A pesar de que no se consideraba supersticioso, esa niebla fantasmagórica, la extraña media luz y la aparición de esos árboles —lúgubres, misteriosos y de mal augurio— encendieron una chispa de miedo en él.

Se pasó la lengua por los labios y dijo:

—¿Cómo han llegado a ser así?

Orik se encogió de hombros.

—Algunos afirman que Gûntera debió de colocarlos aquí cuando creó Alagaësia de la nada. Otros dicen que los hizo Helzvog, ya que la piedra es su elemento favorito, y ¿no tendría el rey de la piedra árboles de piedra en su jardín? Y hay otros que dicen que no, que antes eran árboles como los otros y que una gran catástrofe ocurrida eones atrás los debió de enterrar en el suelo y que, con el tiempo, la madera se convirtió en tierra, y la tierra, en piedra.

—¿Es posible?

—Sólo los dioses pueden saberlo. ¿Quién, aparte de ellos, puede comprender el porqué y el cómo del mundo? —Orik se alejó un poco—. Nuestros ancestros descubrieron el primero de estos árboles mientras extraían granito de esta zona, hace más de mil años. Entonces, el grimstborith de Dûrgrimst Ingeitum, Hvalmar Lackhand, hizo detener las extracciones de granito y ordenó que sus albañiles extrajeran los árboles de la piedra que los envolvía. Cuando hubieron excavado casi cincuenta árboles, Hvalmar se dio cuenta de que debía de haber cientos, o incluso miles, de árboles de piedra enterrados en la ladera del monte Thardûr, así que ordenó a sus hombres que abandonaran el proyecto. A pesar de ello, este lugar atrapó la imaginación de los de nuestra raza y, desde entonces, knurlan de todos los clanes han viajado hasta aquí y han trabajado para extraer cada vez más árboles del granito. Incluso hay cierto tipo de knurlan que han dedicado toda su vida a esta tarea. También se ha convertido en tradición enviar a los hijos problemáticos aquí para que extraigan uno o dos árboles bajo la supervisión de un maestro albañil.

—Eso parece muy aburrido.

—Les da tiempo de arrepentirse de su actitud. —Orik se mesó la

389

barba—. Yo mismo pasé aquí unos cuantos meses cuando era un bravucón de treinta y cuatro años.

—¿Y te arrepentiste de tu actitud?

—No. Era demasiado… «aburrido». Después de todas esas semanas solamente había sido capaz de extraer una única rama del granito, así que me escapé y me encontré con un grupo de Vrenshrrgn.

—¿Enanos del clan Vrenshrrgn?

—Sí, knurlagn del clan Vrenshrrgn, Lobos de Guerra o Lobos Guerreros, como lo digáis en vuestro idioma. Me encontré con ellos, me emborraché de cerveza y, mientras ellos cazaban Nagran, decidí que yo también mataría a un jabalí y se lo llevaría a Hrothgar para aplacar su cólera contra mí. No fue el acto más inteligente que he hecho en mi vida. Incluso nuestros guerreros más hábiles tienen miedo de cazar Nagran, y yo era más un niño que un hombre. Cuando se me aclaró la mente, me maldije por idiota, pero ya había jurado que lo haría, así que no me quedaba más remedio que cumplir mi juramento.

Aprovechando la pausa de Orik, Eragon preguntó:

—¿Qué sucedió?

—Oh, maté un Nagra con la ayuda de los Vrenshrrgn, pero el jabalí me hirió en el hombro y me lanzó contra las ramas de un árbol. Los Vrenshrrgn tuvieron que transportarnos a los dos, al Nagra y a mí, hasta la fortaleza Bregan. El jabalí le gustó a Hrothgar, y yo…, a pesar de los cuidados de nuestros mejores sanadores, tuve que pasar todo un mes en cama. Hrothgar dijo que eso era un castigo por haber incumplido sus órdenes.

Eragon observó al enano un momento.

—Le echas de menos.

Orik permaneció un instante con la barbilla clavada en el musculoso pecho. Entonces levantó su hacha y golpeó el granito con ella, lo que provocó un agudo sonido que resonó entre los árboles.

—Han pasado dos siglos enteros desde que el último dûrgrimstvren, la última guerra entre clanes, sacudió nuestra nación, Eragon. Sin embargo, ¡por las negras barbas de Morgothal!, estamos a las puertas de otro, ahora.

—¿Ahora, precisamente? —exclamó Eragon, abatido—. ¿De verdad es tan grave?

Orik frunció el ceño.

—Es peor. Las tensiones entre los clanes son las más fuertes de lo que la memoria recuerda. La muerte de Hrothgar y la invasión de Nasuada del Imperio han servido para inflamar las pasiones, empeorar viejas rivalidades y dar fuerza a quienes piensan que es una locura ofrecernos a los vardenos.

—¿Cómo pueden pensar eso, cuando Galbatorix ya ha atacado Tronjheim con los úrgalos?

—Porque —repuso Orik— están convencidos de que es imposible derrotar a Galbatorix, y sus argumentos tienen mucho peso entre nuestra gente. ¿Tú podrías afirmar con honestidad, Eragon, que si en este mismo instante Galbatorix se enfrentara a ti y a Saphira, vosotros podrías vencerle?

Eragon sintió un nudo en la garganta.

—No.

—Ya lo pensaba. Los que se oponen a los vardenos se han protegido de la amenaza de Galbatorix. Dicen que si nos hubiéramos negado a acoger a los vardenos, Galbatorix no hubiera tenido ningún motivo para declararnos la guerra. Dicen que nos ocupemos de nuestros asuntos y que permanezcamos escondidos en nuestras cuevas y túneles si no queremos tener nada que temer de Galbatorix. No se dan cuenta de que el ansia de poder de Galbatorix es insaciable: no va a descansar hasta tener toda Alagaësia a sus pies.

Orik meneó la cabeza y los músculos del antebrazo se le marcaron mientras cogía el filo del hacha entre dos dedos.

391

—No voy a permitir que nuestra raza se esconda en túneles como conejos asustados para que el lobo haga un agujero y nos coma a todos. Debo continuar luchando con la esperanza de que, de alguna manera, encontremos la manera de matar a Galbatorix. Y no permitiré que nuestra nación se desintegre en una lucha de clanes. Tal y como está la situación, otro dûrgrimstvren destruiría nuestra civilización y, posiblemente, sería una maldición para los vardenos, también. —Con la mandíbula apretada, se dio la vuelta hacia Eragon—. Por el bien de mi gente, intento conseguir el trono. Dûrgrimstn Gedthrall, Ledwonnû y Nagra ya me han prometido su apoyo. A pesar de todo, hay muchos que se interponen entre la corona y yo. No será fácil reunir votos suficientes para convertirme en rey. Necesito saberlo, ¿me vas a apoyar en esto?

Con los brazos cruzados, Eragon caminó de un árbol a otro y, luego, volvió al primero.

—Si lo hago, es posible que mi apoyo ponga a los otros clanes contra ti. No sólo le estarás pidiendo a tu gente que se alíe con los vardenos, sino que les estarás pidiendo que consideren a un Jinete de Dragón como uno de los suyos, cosa que nunca han hecho antes y que dudo que quieran hacer ahora.

—Sí, es posible que algunos se pongan contra mí —dijo Orik—, pero también es posible que eso me permita obtener el voto de otros. Deja que sea yo quien juzgue eso. Lo único que deseo saber es, ¿me apoyarás? ¿Por qué dudas?

Eragon clavó los ojos en una retorcida raíz de piedra que se levantaba del granito, para evitar la mirada de Orik.

—Estás preocupado por el bien de tu gente, y haces bien. Pero mi preocupación es más amplia: incluye el bien de los vardenos, de los elfos y de todos los que se oponen a Galbatorix. Si..., si no es probable que puedas conseguir la corona, y si hay otro jefe de clan que sí pueda hacerlo, y que no demuestre antipatía hacia los vardenos...

—¡Ninguno sería un grimstnzborith tan favorable a ellos como yo!

—No estoy cuestionando tu amistad —protestó Eragon—. Pero si lo que he dicho llegara a ocurrir y mi apoyo asegurara que un jefe de clan como ése ganara el trono, por el bien de tu gente y por el bien del resto de Alagaësia, ¿no debería yo apoyar al enano que tuviera más posibilidades de ganar?

Orik, en un tono mortalmente decaído, dijo:

—Hiciste un juramento de sangre con el Knurlnien, Eragon. Según todas las leyes de nuestro reino, tú eres un miembro del Dûrgrimst Ingeitum, sin importar hasta qué punto alguien lo desapruebe. Lo que Hrothgar hizo adoptándote no tiene ningún precedente en toda nuestra historia, y no puede deshacerse a no ser que, como grimstborith, yo te exilie de nuestro clan. Si te vuelves contra mí, Eragon, me avergonzarás delante de todos los de nuestra raza... y nadie va a confiar en mi gobierno nunca más. Es más, demostrarías a tus detractores que no podemos confiar en un Jinete de Dragón. Los miembros de un clan no se traicionan entre ellos por otro clan, Eragon. No se hace, a no ser que desees despertarte una noche con una daga clavada en el pecho.

—¿Me estás amenazando? —preguntó Eragon en voz baja.

Orik soltó una maldición y golpeó el granito con el hacha.

—¡No! ¡Yo nunca levantaría una mano contra ti, Eragon! Tú eres mi hermano adoptivo, eres el único Jinete libre de la influencia de Galbatorix, y que me parta un rayo si no te he cogido aprecio durante nuestros viajes. Pero que yo no te haría daño, no significa que el resto del Ingeitum se muestre tan tolerante. Lo digo no como una amenaza sino como una constatación. Tienes que comprender esto, Eragon. Si el clan se entera de que has prestado tu apoyo a otro, quizá yo no sea capaz de contenerlo. A pesar de que eres un invitado y de que las leyes de hospitalidad te protegen, si hablas contra el Ingeitum, el clan te verá como un traidor, y no es costumbre entre nosotros permitir que un traidor se quede con nosotros. ¿Me comprendes, Eragon?

—¿Qué esperas de mí? —Abrió los brazos y empezó a caminar arriba y abajo, delante de Orik—. También le hice un juramento a Nasuada, y ésas fueron las órdenes que me dio.

—¡Y también te comprometiste con el Dûrgrimst Ingeitum! —rugió Orik.

Eragon se detuvo y miró al enano.

—¿Harías que yo condenara a Alagaësia entera para poder mantenerte como líder entre tus clanes?

—¡No me insultes!

—¡Entonces no me pidas lo que me es imposible! Te apoyaré si es posible que asciendas al trono; si no, no lo haré. Tú te preocupas por el Dûrgrimst Ingeitum y por tu raza, mientras que mi deber consiste en preocuparme por ellos y también por Alagaësia. —Eragon se dejó caer sobre el frío tronco de un árbol—. Y yo no puedo permitirme ofenderte ni a ti ni a tu, quiero decir, a «nuestro» clan, ni tampoco al resto del reino de los enanos.

Orik, en un tono más suave, repuso:

—Hay otra forma, Eragon. Sería más difícil para ti, pero resolvería tu dilema.

—¿Ah? ¿Y cuál sería esa solución milagrosa?

Orik se sujetó el hacha en el cinturón, se acercó a Eragon, le cogió por los antebrazos y le miró a los ojos.

—Confía en que haré lo correcto, Eragon Asesino de Sombra. Dame la lealtad que me profesarías si hubieras nacido en el Dûrgrimst Ingeitum. Los que están bajo mi gobierno no se atreverían a hablar contra su propio grimstborith a favor de otro clan. Si un grimstborith golpea mal la piedra, es responsabilidad suya, pero eso no significa que yo haga caso omiso a tus preocupaciones. —Bajó la vista un momento y luego añadió—: Si no consigo ser rey, confía en que no estaré tan ciego por el ansia de poder que no seré capaz de reconocer mi fracaso. Si eso sucediera, y no es que crea que vaya a suceder, entonces, por mi propia voluntad, ofreceré apoyo a uno de los demás candidatos, ya que tengo tan poco deseo como tú de ver elegido a un grimstnzborith contrario a los vardenos. Y si ayudo a subir a otro al trono, el estatus y el prestigio que pondré al servicio de ese jefe de clan incluirá, por su misma naturaleza, los tuyos, ya que eres un Ingeitum. ¿Confiarás en mí, Eragon? ¿Me aceptarás

393

como a tu grimstborith, como hacen todos los que me han jurado lealtad?

Eragon gruñó, apoyó la cabeza contra el robusto árbol y miró las retorcidas y blancas ramas sumidas en la niebla. Confianza. De entre todas las cosas que Orik hubiera podido pedirle, ésa era la más difícil de prometer.

A Eragon le gustaba Orik, pero subordinarse a su autoridad cuando había tanto en juego sería ceder todavía una parte mayor de su libertad, una idea que detestaba. Y junto con su libertad, implicaba renunciar a parte de su responsabilidad en el destino de Alagaësia. Eragon se sentía como si estuviera colgando de un precipicio y Orik intentara convencerle de que había un saliente a unos metros por debajo de él. Eragon no conseguía soltarse por miedo a precipitarse en el desastre.

—No seré un sirviente descerebrado a quien puedas dar órdenes —afirmó Eragon—. Cuando se trate de asuntos del Dûrgrimst Ingeitum, delegaré en ti, pero en todo lo demás no tendrás ningún dominio sobre mí.

Orik asintió con expresión de seriedad.

—No me preocupa cuál es la misión que te ha encomendado Nasuada, ni a quién mates mientras luchas contra el Imperio. No. Lo que me hace sentir inquieto por la noche, mientras debería estar durmiendo tan profundamente como Arghen en su cueva, es imaginar que intentas influir en los votos de los clanes. Tus intenciones son nobles, lo sé, pero nobles o no, no estás familiarizado con nuestra política, por mucho que Nasuada te haya enseñado. Sé de lo que estoy hablando, Eragon. Déjame dirigirla de la manera que yo considere apropiada. Es para lo que Hrothgar me preparó durante toda mi vida.

Eragon lanzó un suspiro y, con una sensación de precipitarse en el vacío, dijo:

—Muy bien. En cuanto a la sucesión, haré lo que tú consideres más adecuado, Grimstborith Orik.

Una amplia sonrisa iluminó el rostro de Orik. Apretó el brazo de Eragon y, tras soltarlo, dijo:

—Ah, gracias, Eragon. No sabes lo que esto significa para mí. No lo olvidaré, aunque viva doscientos años y mi barba sea tan larga que llegue hasta el suelo.

Eragon no pudo reprimir una sonrisa

—Bueno, espero que no crezca tanto. ¡Tropezarías con ella constantemente!

—Quizá sí —dijo Orik, riéndose—. Además, creo que Hvedra me

la cortaría en cuanto me llegara a las rodillas. Tiene una opinión muy formada acerca de la longitud adecuada de una barba.

Orik iba a la cabeza mientras ambos se alejaban del bosque de piedra y atravesaban la niebla gris que se arremolinaba entre los troncos calcificados. Se reunieron de nuevo con los doce guerreros de Orik y luego empezaron a descender por la ladera del monte Thardûr. Cuando llegaron al fondo del valle, continuaron en línea recta hasta el otro lado, y allí los enanos llevaron a Eragon a un túnel que estaba tan bien escondido en la roca que él solo nunca hubiera encontrado su entrada.

Eragon dejó atrás la pálida luz del sol y el aire fresco de las montañas con reticencia y se adentraron en la oscuridad del túnel. El pasillo tenía dos metros y medio de ancho y casi dos metros de altura, aún bastante bajo para Eragon; igual que todos los túneles de los enanos que había visitado, era completamente recto. Eragon miró hacia atrás en el momento en que el enano Farr estaba cerrando la placa de piedra que servía de puerta y sumía al grupo en la oscuridad. Al cabo de un momento, los enanos ya habían sacado las antorchas sin llama y catorce puntos luminosos de diferentes colores iluminaron el túnel. Orik le dio una a Eragon.

Entonces iniciaron el trayecto hacia las raíces de la montaña y los cascos de los ponis llenaron el aire con unos ecos metálicos que parecían chillidos espectrales. Eragon esbozó una mueca al pensar que tendría que oír ese ruido durante todo el trayecto hasta Farthen Dûr, porque allí era donde terminaba el túnel, a muchas leguas de donde se encontraban. Encogió la espalda y sujetó las tiras de su fardo; deseó estar con Saphira volando, muy alto, por encima del suelo.

Los muertos sonrientes

*R*oran se agachó y miró a través del entramado de ramas de sauce. A unos doscientos metros, cincuenta y tres soldados y conductores de convoy se encontraban sentados alrededor de tres hogueras, cenando, a la luz menguante del final de la tarde. Los hombres se habían detenido en esa amplia ribera cubierta de hierba, al lado de un río sin nombre. Los carros, repletos de suministros para las tropas de Galbatorix, formaban un círculo mal dibujado alrededor de las hogueras. Un buen número de bueyes con las patas atadas pastaban detrás del campamento y mugían de vez en cuando. A unos veinte metros aproximadamente siguiendo la corriente del río se levantaba un alto terraplén que impedía que sufrieran un ataque o que escaparan de esa zona.

«¿En qué estarían pensando?», se preguntó Roran. En territorio hostil, era una cuestión de prudencia acampar en un lugar que fuera defendible, lo cual se conseguía, a menudo, si se encontraba una formación natural que protegiera la parte posterior del campamento. A pesar de ello, era necesario elegir un lugar del cual se pudiera huir en caso de emboscada. Dadas las circunstancias, a Roran y a los guerreros que se hallaban bajo las órdenes de Martland les resultaría muy fácil salir de detrás de los arbustos que los ocultaban y atrapar a los hombres del Imperio en el vértice de la V que formaba el terraplén de tierra y el río. Roran se sentía desconcertado por el hecho de que unos soldados bien entrenados hubieran cometido un error tan evidente. «Quizá sean de una ciudad —pensó—. O quizá, simplemente, no tienen experiencia. —Frunció el ceño—. Entonces, ¿por qué les han confiado una misión tan importante?»

—¿Has encontrado alguna trampa? —preguntó.

No había necesitado girar la cabeza para saber que Carn se encontraba detrás de él, igual que Halmar y los demás hombres. Excepto con los cuatro espadachines que se habían unido a Martland para reemplazar a los que habían muerto o que habían resultado gravemente heridos durante la última batalla, Roran había luchado al lado de todos los hombres de ese grupo. A pesar de que no todos ellos le gustaban, les hubiera confiado la vida, igual que ellos a él. Ése era un vínculo que trascendía la edad o la clase social. Después de la primera batalla, Roran se sorprendió al darse cuenta de hasta qué punto se sentía cerca de esos hombres y de lo cálidos que ellos se mostraban con él.

—No, ninguna —murmuró Carn—. Pero…

—Es posible que hayan inventado algún hechizo nuevo que no seas capaz de detectar, sí, sí. ¿Hay algún mago entre ellos?

—No lo puedo asegurar; pero no, creo que no.

Roran apartó una rama de sauce para tener una visión más completa de la disposición de los carros.

—No me gusta —gruñó—. Un mago acompañaba al otro convoy. ¿Por qué no hay ninguno en éste?

—Hay menos magos de lo que crees.

—Ya. —Roran se rascó la barba. Todavía estaba preocupado por la aparente falta de sentido común de esos soldados.

«¿Es posible que intenten provocar un ataque? No parecen preparados para hacerle frente, pero a veces las cosas no son lo que parecen. ¿Qué trampa nos pueden haber preparado? No hay nadie más en treinta leguas a la redonda, y la última vez que se vio a Murtagh y a Espina, se dirigían hacia el norte desde Feinster.»

—Haz la señal —dijo—. Pero dile a Martland que me preocupa que hayan acampado aquí. O bien son unos idiotas, o bien tienen alguna defensa invisible contra nosotros: magia o algún truco del rey.

Se hizo un silencio, y luego:

—La he mandado. Martland dice que comparte tu preocupación, pero que, a no ser que quieras volver corriendo con Nasuada con el rabo entre las piernas, probemos suerte.

Roran gruñó y dio la espalda a los soldados. Hizo un gesto con la cabeza y todos se alejaron, caminando a cuatro patas, hacia el lugar donde habían dejado los caballos.

Al llegar, Roran se puso de pie y montó a *Nieve de Fuego*.

—Buff, quieto, chico —susurró, dándole unos golpecitos al semental, que no dejaba de cabecear.

A la tenue luz, las patas y la grupa de su caballo despedían un destello plateado. Roran deseó de nuevo que su caballo fuera menos visible, un zaino tal vez.

Cogió el escudo, que colgaba de la silla de montar, y se lo ajustó al brazo izquierdo. Luego se sacó el martillo del cinturón. Tragó saliva y, con una tensión entre los hombros que ya le era familiar, sujetó bien la herramienta.

Cuando los cinco hombres estuvieron preparados, Carn levantó un dedo, entrecerró los ojos e hizo una mueca con los labios, como si estuviera hablando consigo mismo. Se oyó el sonido de un grillo cerca.

Entonces una luz de un blanco puro y brillante, como la de mediodía, iluminó el paisaje. Inmediatamente, Roran se cubrió con el escudo y se agachó sobre la silla de montar. El brillante haz de luz procedía de algún punto por encima del campamento; Roran resistió la tentación de mirar exactamente de dónde.

Con un grito, espoleó a *Nieve de Fuego* y se agachó sobre el cuello del animal en cuanto éste inició el galope. Carn y los demás soldados, que estaban a su lado, hicieron lo mismo blandiendo las armas. Las ramas de los árboles arañaron la espalda y la cabeza de Roran hasta que el caballo salió de entre los árboles galopando a toda velocidad hacia el campamento.

Otros dos grupos de hombres a caballo también se precipitaban hacia el campamento; uno de ellos estaba dirigido por Martland; el otro, por Ulhart.

Los soldados y los conductores de los carros gritaron, alarmados, y se cubrieron los ojos. Tropezando como si estuvieran ciegos, se dispersaron en busca de sus armas e intentaron colocarse en posición para rechazar el ataque.

Roran no frenó a *Nieve de Fuego*. Volvió a espolear al semental y se puso de pie en los estribos, sujetándose con fuerza, mientras el caballo saltaba por la estrecha abertura que quedaba entre dos carros. Cuando aterrizaron, los dientes le castañetearon y *Nieve de Fuego* levantó una nube de tierra que cayó encima de una de las hogueras y provocó un intenso chisporroteo.

El resto del grupo de Roran también saltó por entre los vagones. Sabiendo que ellos se encargarían de los hombres que habían quedado detrás de él, Roran se concentró en los que tenía delante. Condujo a *Nieve de Fuego* directamente hacia el hombre que tenía más cerca y, de un golpe de martillo, le rompió la nariz, haciendo que se le llenara toda la cara de sangre. Roran acabó con él con un segundo golpe en la cabeza e, inmediatamente, esquivó la espada de otro soldado.

Más allá, en la curvada hilera de carros, Martland, Ulhart y sus hombres también saltaron al campamento con un estallido de cascos de caballo y de armaduras y armas metálicas. Uno de sus caballos resultó herido por la lanza de un soldado y se desplomó al suelo con un relincho.

Roran detuvo el segundo golpe de espada del soldado y le golpeó la mano, rompiéndole los huesos y obligándole a soltar el arma. Sin pausa, Roran lo golpeó en el centro de la túnica roja y le rompió el esternón: lo derribó y lo dejo mortalmente herido.

Roran miró hacia atrás en busca de su siguiente contrincante. Los músculos le vibraban con una excitación frenética: todo, a su alrededor, aparecía a sus ojos con gran detalle y claridad, como si estuviera tallado en cristal. Se sentía invencible, invulnerable. Incluso el tiempo parecía dilatarse y ralentizarse: por delante de él apareció volando una polilla aturdida que parecía nadar en miel.

En ese momento, unas manos lo agarraron por la parte trasera de la cota de malla y, tirando de él, lo desmontaron de *Nieve de Fuego* y lo hicieron caer al suelo, dejándolo sin respiración. La visión se le oscureció por un momento. Cuando se recuperó, vio que el primer soldado que había atacado estaba sentado encima de su pecho, ahogándolo. El soldado bloqueaba el haz de luz que Carn había creado en el cielo y un halo blanco le rodeaba la cabeza y los hombros, lo cual sumía los rasgos de su cara en la sombra. Roran no pudo distinguir nada en él, excepto el brillo de los dientes.

El soldado apretaba los dedos alrededor del cuello de Roran, que se esforzaba por respirar. Tanteó a su alrededor en busca del martillo, que se le había caído, pero no lo encontró. Entonces tensó el cuello para evitar que el soldado le quitara la vida, sacó la daga que llevaba en el cinturón y atravesó con ella la cota de malla del hombre, clavándosela entre las costillas del costado izquierdo.

El soldado no reaccionó: ni siquiera aflojó el cuello de Roran, sino que emitió una risa gorjeante. Esa risa, entrecortada y pavorosa, extremadamente desagradable, dejó helado de miedo a Roran. Le recordaba a la que había oído mientras observaba a los vardenos luchar contra los hombres que no sentían dolor en el campo al lado del río Jiet. Al instante comprendió por qué los soldados habían elegido tan mal el lugar para acampar. «No les importa quedar atrapados, porque no podemos hacerles daño.»

El campo de visión de Roran adquirió un tono rojizo y unos puntos amarillos flotaban ante sus ojos. Casi a punto de caer inconsciente, arrancó la daga y la volvió a clavar hacia arriba, en la axila del soldado, y la removió en la herida. Un chorro de sangre le cubrió la mano, pero no pareció que el soldado se diera cuenta. El mundo ex-

399

plotó en manchas de colores: el soldado le golpeó la cabeza a Roran contra el suelo. Una vez. Dos veces. Tres veces. Roran levantó las caderas en un inútil intento de quitarse de encima a su enemigo. Ciego y desesperado, asestó un golpe de daga hacia donde creía que debía de encontrarse el rostro del soldado y notó que el filo se clavaba en la carne. Retiró ligeramente el arma y luego la volvió a clavar en esa dirección: sintió el impacto de la punta contra el hueso.

La presión en el cuello de Roran desapareció.

Se quedó donde estaba, con la respiración entrecortada; luego se dio la vuelta a un lado y vomitó. La garganta le ardía. Todavía tosiendo y con la respiración entrecortada, se puso en pie, tambaleándose, y vio que el soldado estaba tumbado, inmóvil, a su lado: el mango de la daga le sobresalía de la fosa nasal izquierda.

—¡Atacad la cabeza! —gritó Roran, a pesar del dolor que sentía en la garganta—. ¡La cabeza!

Dejó la daga clavada en la fosa nasal del soldado y cogió el martillo del suelo al tiempo que recogía una lanza abandonada, que sujetó con la mano en la que llevaba el escudo. Saltó por encima del cuerpo de su rival y corrió hacia Halmar, que seguía en pie y luchaba él solo contra tres soldados. Antes de que éstos lo vieran, Roran golpeó a dos de ellos en la cabeza con tanta fuerza que les rompió los yelmos. Dejó el tercero para Halmar y saltó hacia el soldado que había dado por muerto con el esternón roto. El hombre se encontraba sentado y apoyado en la rueda de uno de los carros. Escupía sangre y se esforzaba por colocar una flecha en el arco.

Roran le clavó la lanza en el ojo. Cuando la arrancó, de la punta colgaban pedazos de carne gris.

Entonces se le ocurrió una idea. Arrojó la lanza contra un hombre de túnica roja que se encontraba al otro lado de la hoguera más cercana, empalándole a través del torso, y luego sacó el martillo de debajo del cinturón y le golpeó la frente. Entonces, apoyó la espalda contra uno de los carros y empezó disparar a los soldados que corrían por el campamento en un intento de, o bien matarlos con un golpe certero en el rostro, la garganta o el corazón, o bien dejarlos lisiados para que sus compañeros pudieran acabar con ellos con mayor facilidad. Pensó que, por lo menos, un soldado herido podría desangrarse hasta morir antes de que la batalla terminara.

La confianza inicial del ataque se había convertido en confusión. Los vardenos se encontraban dispersos y descorazonados; algunos en sus corceles, otros a pie, la mayoría de ellos estaban heridos. Al menos cinco de ellos, por lo que Roran había podido deducir, habían muerto cuando los soldados a quienes creían muertos habían vuelto a atacarlos. Era imposible decir, en medio de esa multitud de cuerpos que se retorcían, cuántos soldados quedaban, pero Roran se dio cuenta de que su número continuaba superando a los aproximadamente veinticinco vardenos que sobrevivían. «Podrían hacernos pedazos con las manos mientras intentamos acabar con ellos.» Observó la frenética escena que se desarrollaba a su alrededor mientras buscaba a *Nieve de Fuego*; vio que el caballo blanco se había alejado río abajo y que se encontraba parado debajo de un sauce con las fosas nasales dilatadas y las orejas aplastadas contra el cráneo.

Con el arco, Roran mató a cuatro soldados más e hirió a una veintena aproximadamente. Cuando solamente le quedaban dos flechas, vio a Carn de pie al otro lado del campo luchando contra un soldado, al lado de una tienda incendiada. Tensó el arco hasta que las plumas de la flecha le tocaron la oreja y la disparó: acertó al soldado en el pecho. Carn lo decapitó.

Roran tiró el arco al suelo y, con el martillo en la mano, corrió hacia Carn y gritó:

—¿No puedes matarlos con la magia?

Por unos instantes, lo único que Carn pudo hacer fue jadear. Luego negó con la cabeza y dijo:

—Todos los hechizos que he lanzado han sido bloqueados. —La luz de la tienda incendiada le iluminaba un lado del rostro.

Roran soltó una maldición.

—¡Juntos, entonces! —gritó, y levantó el escudo.

Hombro con hombro, avanzaron hasta el siguiente grupo de soldados: un puñado de ocho hombres que rodeaban a tres vardenos. Los siguientes minutos fueron como un espasmo continuado de armas volando, carne arrancada y latigazos de dolor para Roran. Los soldados tardaban más en cansarse que los hombres normales, nunca evitaban un ataque y tampoco veían sus fuerzas debilitadas a pesar de sufrir las heridas más terribles. El esfuerzo en la lucha era tan grande que Roran volvió a sentir náuseas. Cuando el octavo soldado hubo caído, se inclinó hacia delante y volvió a vomitar. Luego escupió para sacar toda la bilis.

Uno de los vardenos a quien habían intentado rescatar había muerto durante la lucha a causa de una cuchillada en los riñones, pero los dos que todavía quedaban unieron sus fuerzas a las de Roran y de Carn; con ellos, cargaron contra el siguiente grupo de soldados.

—¡Llevémoslos hacia el río! —gritó Roran.

Pensaron que quizás el agua y el fango podrían entorpecer los

401

movimientos de los soldados y permitirían a los vardenos tomar ventaja.

No muy lejos de allí, Martland había conseguido volver a formar a los doce vardenos que todavía estaban en sus monturas y ya estaban haciendo lo que Roran había indicado: llevar a los soldados hacia las relucientes aguas.

Los soldados y los pocos conductores de carro que quedaban con vida se resistían. Lanzaban los escudos contra los hombres que iban a pie. Tiraban las lanzas contra los caballos. Pero a pesar de esa violenta oposición, los vardenos los obligaron a retirarse, paso a paso, hasta que los hombres de túnica carmesí estuvieron hundidos hasta las rodillas en la rápida corriente del río y medio cegados por la extraña luz que se vertía encima de ellos.

—¡Mantened la formación! —gritó Martland mientras desmontaba y se colocaba con las piernas abiertas en el extremo de la orilla del río—. ¡No les dejéis llegar a la orilla!

Roran se agachó un poco, plantó los pies en la tierra blanda, en una posición cómoda, y esperó a que el soldado más alto que estaba en el agua a unos metros de él lo atacara. El soldado lanzó un rugido y se precipitó fuera del agua, blandiendo la espada contra Roran, que paró el golpe con el escudo y le devolvió un golpe de martillo, pero el soldado también se defendió con el escudo y le asestó un golpe en las piernas. Intercambiaron golpes durante unos segundos, pero ninguno de ellos consiguió herir al otro. Entonces Roran le rompió el antebrazo y le hizo retroceder unos pasos. El soldado se limitó a sonreír y emitió una risa aterradora y amarga.

Roran se preguntó si él o alguno de sus compañeros sobrevivirían a esa noche. «Son más difíciles de matar que las serpientes. Podríamos hacerlos pedazos y continuarían atacándonos, a no ser que les diéramos en algún punto vital.» El siguiente pensamiento se le desvaneció en cuanto el soldado volvió a cargar contra él con la espada brillante como una lengua de fuego bajo una pálida luz.

La batalla se tornó una pesadilla para Roran. La extraña y funesta luz otorgaba a las aguas y a los soldados un cariz sobrenatural, los despojaba de color y proyectaba unas sombras largas y afiladas por encima de las cambiantes aguas, mientras que, a su alrededor, la noche reinaba. Roran rechazaba una y otra vez a golpes de martillo a los soldados que lo atacaban hasta que quedaban irreconocibles, a pesar de lo cual no morían. Con cada golpe, las aguas se teñían de rojo, como si unos chorros de tinta roja cayeran en ellas y se alejaran arrastrados por la corriente. Cada golpe era igual al anterior, hasta el punto de que Roran se sintió anestesiado y horrorizado. Por muy fuerte que golpeara, siempre aparecía otro soldado mutilado que se arrojaba contra él para apuñalarlo. Por otro lado, constantemente se oía la demencial risa de esos hombres, a quienes sabía muertos, pero que continuaban manteniendo una apariencia de vida a pesar de que los vardenos destrozaban sus cuerpos.

Y entonces, silencio.

Roran permaneció agachado tras el escudo con el martillo medio levantado, jadeando y empapado de sudor y de sangre. Tardó un minuto en comprender que no había nadie más en el agua, delante de él. Miró a izquierda y a derecha tres veces, incapaz de comprender que los soldados estaban por fin, y afortunadamente, muertos de forma irrevocable. Un cuerpo pasó flotando por delante de él en las brillantes aguas.

En ese momento, una mano le cogió por el brazo derecho; Roran dejó escapar un grito inarticulado. Se dio la vuelta rápidamente, gruñendo e intentando desasirse, y vio a Carn a su lado. El pálido hechicero estaba empapado de sangre:

—¡Hemos vencido, Roran! ¡Eh! ¡Se han ido! ¡Los hemos derrotado!

Roran dejó caer los brazos y echó la cabeza hacia atrás, demasiado cansado incluso para sentarse. Se sentía…, se sentía como si sus sentidos se hubieran agudizado de forma anormal y, al mismo tiempo, sus emociones habían quedado enterradas, ensordecidas, enmudecidas en algún profundo lugar de su interior. Se alegraba de que fuera así, de otra forma se hubiera vuelto loco.

—¡Reuníos e inspeccionad los carros! —gritó Martland—. ¡Cuanto antes os mováis, antes nos iremos de este maldito lugar! Carn, atiende a Welmar. No me gusta el aspecto de ese corte.

Roran, con un enorme esfuerzo, se dio la vuelta y se alejó de la orilla en dirección al carro más cercano. Parpadeando a causa del sudor que le caía por la frente, vio que, del número inicial de fuerzas, sólo quedaban en pie nueve. Apartó ese pensamiento de la mente: «Laméntalo luego, ahora no».

Mientras Martland atravesaba el campo sembrado de cuerpos, un soldado que a Roran le había parecido muerto levantó la espada y, desde el suelo, le cortó la mano derecha al conde. Martland, con un movimiento tan ágil que pareció ensayado, le quitó la espada de un golpe al soldado, se arrodilló encima del cuello del hombre y, con la mano izquierda, se sacó una daga del cinturón y lo apuñaló en los oídos hasta matarlo. Con el rostro rojo y una expresión de dolor,

403

Martland se llevó el muñón bajo la axila izquierda y apartó a todo aquel que quiso acercarse.

—¡Dejadme solo! Ni siquiera es una herida. ¡Id a los carros! A no ser que os deis prisa, pasaremos aquí tanto tiempo que la barba se me pondrá blanca como la nieve. ¡Vamos! —Al ver que Carn se negaba a moverse, Martland frunció el ceño y gritó—. ¡Ponte en movimiento o te azotaré por insubordinación, eso haré!

Carn levantó la mano cortada de Martland.

—Quizá pueda volver a colocársela, pero tardaré unos minutos.

—¡Ah, maldita sea, dame eso! —exclamó Martland mientras le arrebataba la mano a Carn y se la guardaba en la túnica—. Deja de preocuparte por mí y salva a Welmar y a Lindel, si puedes. Ya intentarás colocármela cuando hayamos puesto unas cuantas leguas entre nosotros y estos monstruos.

—Quizás entonces ya sea demasiado tarde —dijo Carn.

—¡Es una orden, hechicero, no una petición! —repuso con voz atronadora Martland. Mientras Carn se alejaba, el conde se arrancó la manga de la túnica con los dientes por encima del muñón y volvió a colocárselo bajo la axila izquierda. Tenía el rostro empapado de sudor—. ¡Bien! ¿Qué condenados artículos se esconden en esos malditos carros?

—¡Cuerda! —gritó alguien.

—¡Whisky! —gritó otro.

Martland soltó un gruñido.

—Ulhart, anota las cifras por mí.

Roran ayudó a los demás mientras se movían por los carros y comunicaban el contenido a Ulhart. Después degollaron a los bueyes y prendieron fuego a los carros, igual que la otra vez. Cuando terminaron, reunieron a los caballos, ataron a los heridos a la silla y montaron.

Cuando estuvieron preparados para partir, Carn hizo un gesto hacia el rayo de luz en el cielo y murmuró una larga y complicada palabra. La noche envolvió el mundo. Roran levantó la vista y vio el rostro parpadeante de Carn sobreimpreso en la pálida luz de las estrellas; cuando volvió a acostumbrarse a la oscuridad, percibió las formas grises de miles de polillas desorientadas que cruzaban el cielo, como sombras de hombres.

Con un peso en el corazón, Roran espoleó a *Nieve de Fuego* y se alejó de los restos del convoy.

Sangre *on the rocks*

*F*rustrado, Eragon salió de la cámara circular que se encontraba profundamente enterrada en el centro de Tronjheim. La puerta de roble se cerró detrás de él con un estruendo vacío.

Eragon permaneció un momento en el centro del pasillo de techo abovedado, con las manos en las caderas, y observó el suelo teselado de ágata y jade. Desde que él y Orik habían llegado a Tronjheim, hacía tres días, los trece jefes de clan de los enanos no habían hecho otra cosa que discutir sobre temas que Eragon consideraba intrascendentes, como acerca de qué clanes tenían derecho a llevar sus rebaños a ciertos pastos que se disputaban. Mientras escuchaba a los jefes de clan debatir acerca de los oscuros puntos de su código legal, Eragon a menudo tenía ganas de decirles a gritos que eran unos ciegos estúpidos y que iban a condenar a Alagaësia a someterse a la ley de Galbatorix a no ser que dejaran de lado sus insignificantes preocupaciones y eligieran a un nuevo dirigente sin más dilación.

Perdido en sus pensamientos, recorrió despacio el pasillo sin casi percibir a los cuatro guardias que lo seguían, como hacían siempre fuera dónde fuera, ni a los enanos con quienes se cruzó, que le saludaron con variaciones de «Argetlam». «La peor es Íorûnn», decidió Eragon. Era la grimstborith del Dûrgrimst Vrenshrrgn, una guerrera poderosa y valiente, y había dejado claro desde el principio de las deliberaciones que tenía intención de quedarse con el trono. Solamente el otro clan, el de los Urzhad, se había sumado abiertamente a su causa, pero, tal como había demostrado en muchas ocasiones durante las reuniones con los jefes de clan, era lista, astuta y capaz de dar la vuelta a cualquier situación para que jugara a su favor.

—Sería una excelente reina —dijo Eragon para sí mismo—, pero es tan taimada que es imposible saber si daría su apoyo a los vardenos cuando hubiera conseguido el trono.

Sonrió con ironía. Hablar con Íorûnn siempre se le hacía extraño.

Los enanos la consideraban una gran belleza, e incluso bajo el punto de vista de los humanos, tenía una figura atractiva. Además, ella parecía haber desarrollado una fascinación por Eragon que éste no podía comprender. En cada conversación que tenían, insistía en hacer alusiones a aspectos de la historia de los enanos y de su mitología que Eragon no comprendía, pero que parecían divertir infinitamente a Orik y al resto de los enanos.

Además de Íorûnn, otros dos jefes de clan rivalizaban por el trono: Gannel, jefe del Dûrgrimst Quan, y Nado, jefe del Dûrgrimst Knurlcarathn. En su calidad de custodios de la religión de los enanos, los Quan tenían una gran influencia entre los de su raza, pero, hasta el momento, Gannel solamente había obtenido el apoyo de otros dos clanes, el Dûrgrimst Ragni Hefthyn y el Dûrgrimst Ebardac, un clan básicamente dedicado a la investigación y a la erudición. En contraste, Nado había conseguido una coalición más grande formada por los clanes Feldûnost, Fanghur y Az Sweldn rak Anhûin.

Si Íorûnn parecía desear el trono simplemente por el poder y Gannel no parecía básicamente hostil a los vardenos —a pesar de que tampoco les era directamente amistoso—, Nado se mostraba abierta y vehementemente en contra de mantener cualquier tipo de relación con Eragon, Nasuada, el Imperio, Galbatorix, la reina Islanzadí y, por lo que Eragon podía ver, con cualquier ser vivo de más allá de las montañas Beor. El Knurlcarathn era el clan de los trabajadores de las canteras y, en cuestión de gente y de bienes materiales, no tenían igual, puesto que todos los demás clanes dependían de sus conocimientos para perforar túneles y para construir sus moradas, e incluso los Ingeitum los necesitaban para extraer el mineral de hierro de las minas. Eragon sabía que si el intento de hacerse con la corona de Nado fracasaba, otros jefes de clan menos importantes que él se apresurarían a ocupar su lugar. Los Az Sweldn rak Anhûin, por ejemplo —a quien Galbatorix y los Forsworn habían casi destruido durante su alzamiento—, se habían declarado enemigos de sangre de Eragon durante la visita que éste había realizado a la ciudad de Tarnag, y en todos sus actos en las reuniones de los clanes habían demostrado su odio implacable hacia Eragon, hacia Saphira y hacia todo lo que tuviera que ver con dragones y con quienes los montaban. Se habían opuesto a la presencia de Eragon en las reuniones, incluso a pesar de que ello era completamente legal según la ley de los enanos, y obligaron a todo el mundo a votar sobre ese asunto, con lo que retrasaron los temas durante seis horas.

«Uno de estos días —pensó Eragon—, tendré que encontrar la manera de hacer las paces con ellos. O bien eso, o bien tendré que terminar lo que Galbatorix empezó. Me niego a vivir toda mi vida con miedo de los Az Swelden rak Anhûin.» Esperó un momento a recibir la respuesta de Saphira, tal como había hecho a menudo durante los últimos días; al darse cuenta de que no había ninguna contestación, sintió un familiar pinchazo de tristeza en el corazón.

Hasta qué punto eran seguras las alianzas entre los clanes era una cuestión incierta. Ni Orik, ni Íorûnn, ni Gannel, ni Nado tenían apoyo suficiente para ganar en una votación popular, así que todos estaban ocupados en mantener las lealtades de los clanes que habían prometido ayudarlos y en, al mismo tiempo, ganarse a los partidarios de sus competidores. A pesar de la importancia de ese proceso, a Eragon le resultaba extremadamente aburrido y frustrante.

A partir de las explicaciones de Orik, sabía que antes de que los jefes de clan eligieran a su dirigente, tenían que votar acerca de si estaban preparados para elegir a un nuevo rey o reina, y que en esa votación preliminar era necesario que hubiera, por lo menos, nueve votos a favor para continuar el proceso. De momento ninguno de los jefes de clan, incluido Orik, se sentía suficientemente seguro para proponer el tema y pasar a la elección final. Ésa era, como había dicho Orik, la parte más delicada de todas y, en algunos casos, se sabía que se había demorado durante un largo y frustrante periodo de tiempo.

Mientras reflexionaba sobre la situación, Eragon se paseó sin destino entre el laberinto de cámaras de debajo del monte Tronjheim hasta que llegó a una habitación polvorienta que tenía seis arcos a un lado y un bajo relieve de un jabalí a unos seis metros de altura del otro. El jabalí mostraba unos dientes de oro y los ojos eran rubíes tallados.

—¿Dónde estamos, Kvîstor? —preguntó Eragon, mirando a sus guardias. Su voz provocó un eco en la habitación. Eragon percibía las mentes de muchos de los enanos que se encontraban en los niveles de arriba, pero no tenía ni idea de cómo acceder a ellos.

El guarda que iba en cabeza, un enano joven que no tenía más de sesenta años, dio un paso hacia delante.

—Estas habitaciones fueron talladas hace mil años por Grimstnzborith Korgan, cuando Tronjheim se estaba construyendo. No las hemos utilizado mucho desde entonces, excepto cuando toda nuestra raza se congrega en Farthen Dûr.

Eragon asintió con la cabeza.

—¿Puedes llevarme a la superficie?

—Por supuesto, Argetlam.

Al cabo de unos minutos de caminar a paso rápido, llegaron a una amplia escalera de peldaños bajos, del tamaño de los enanos, que subían a un pasadizo que se encontraba en algún punto de la zona suroeste de la base de Tronjheim. Desde allí, Kvîstor guio a Eragon hasta el extremo sur de los seis kilómetros de pasillos que dividían Tronjheim en los cuatro puntos cardinales.

Era el mismo pasillo por el que Eragon y Saphira habían entrado por primera vez en Tronjheim, hacía varios meses. Eragon lo recorrió en dirección al centro de la ciudad de la montaña con un extraño sentimiento de nostalgia. Se sentía como si, desde entonces, hubiera envejecido varios años.

La avenida, de cuatro pisos de altura, estaba atestada de enanos de todos los clanes. Todos ellos vieron a Eragon, de eso estaba seguro, pero no todos se dignaron a saludarlo y él se alegró, ya que le evitaba el esfuerzo de tener que devolver tantos saludos.

Eragon se puso tenso al ver una hilera de los Az Sweldn rak Anhûin al otro lado del pasillo. Los enanos giraron la cabeza hacia él y lo miraron; sus expresiones se ocultaban tras los velos de color púrpura que los de su clan siempre llevaban en público. El enano que se encontraba en el extremo de la fila escupió en dirección a Eragon y luego, junto con todos los demás, salió del pasillo.

«Si Saphira estuviera aquí, no se atreverían a ser tan groseros», pensó Eragon.

Al cabo de media hora llegó al final del majestuoso pasillo y, a pesar de que había estado allí muchas veces, un sentimiento de asombro y de maravilla le invadió en cuanto pasó por entre las columnas de ónix coronadas de circones amarillos del tamaño de tres hombres y entró en la cámara circular que se encontraba en el corazón de Tronjheim. La sala tenía trescientos metros de un lado a otro; en el suelo, de carneola pulida, habían tallado un martillo rodeado de doce pentágonos, el emblema del Dûrgrimst Ingeitum y del primer rey de los enanos, Korgan, que había descubierto Farthen Dûr mientras excavaba en busca de oro. Delante de Eragon y a ambos lados de él, se encontraban unas aberturas que daban a otros pasillos que se alejaban por toda la montaña. La cámara no tenía techo, sino que subía hasta la cima del Tronjheim, a un kilómetro y medio de sus cabezas. Allí se abría a la dragonera, en la cual Eragon y Saphira se habían alojado antes de que Arya rompiera el zafiro estrellado, y al cielo: una circunferencia de un profundo color azul, que parecía estar a una distancia inimaginable, y rodeada por la boca de Farthen Dûr, la montaña hueca de dieciséis kilómetros de altura que protegía Tronjheim del resto del mundo.

Una escasa cantidad de luz se filtraba hasta la base de Tronjheim. La Ciudad del Eterno Ocaso, como la llamaban los elfos. A
causa de la poca luz de sol que entraba en la ciudad-montaña —a
excepción de la media hora antes y la media hora después de mediodía en pleno verano—, los enanos iluminaban el interior de la
ciudad con innumerables antorchas sin llama. Una brillante antorcha colgaba de cada una de las columnas de las arcadas en todos los
niveles de la ciudad-montaña, y había muchas más antorchas colocadas en las mismas arcadas que marcaban la entrada a habitaciones
extrañas y desconocidas, así como al camino de Vol Turin, la Escalera Sin Fin, que rodeaba la habitación en espiral de arriba abajo. El
efecto resultaba, a la vez, deprimente y espectacular. Las antorchas
eran de distintos colores y hacía que el interior de las cámaras estuviera repleto de joyas brillantes.

Este esplendor, a pesar de todo, palidecía frente al de una joya de
verdad, frente a la mayor de las joyas: Isidar Mithrim. En la cámara,
los enanos habían construido una plataforma de madera de unos dos
metros de diámetro y en el punto central de los tablones de roble estaban reconstruyendo el zafiro estrellado, pieza a pieza y con el máximo
cuidado y delicadeza. Los trozos que todavía tenían que ensamblar se
encontraban guardados en unas cajas sin tapa rellenas de lana, y cada
una de ellas tenía una etiqueta. Las cajas se encontraban dispersas
por una extensa zona del lado oeste de la enorme habitación. Quizás
había trescientos enanos encorvados sobre ellas, concentrados en su
trabajo de ensamblar todas esas piezas. Otro grupo de enanos se afa-
naba en la plataforma de madera, ocupados en la gema fragmentada
y construyendo otras estructuras añadidas.

Durante unos minutos, Eragon miró cómo trabajaban y luego se
dirigió hacia la parte del suelo que Durza había roto cuando él y sus
guerreros úrgalos entraron en Tronjheim desde los túneles inferiores.
Eragon dio unos golpecitos en la piedra pulida con la punta de la bota.
No quedaba ni rastro del daño que Durza había provocado. Los enanos
habían hecho un trabajo maravilloso al borrar las marcas de la batalla
de Farthen Dûr, aunque Eragon esperaba que pudieran conmemorar la
batalla de alguna manera, puesto que era importante que las generaciones futuras no se olvidaran del coste de sangre que los enanos y los
vardenos habían pagado durante su lucha contra Galbatorix.

Mientras se dirigía hacia la plataforma, Eragon saludó con un
gesto de cabeza a Skeg, que se encontraba de pie encima de ésta y re-
visaba el zafiro estrellado. Eragon había conocido a ese enano delgado y de ágiles dedos anteriormente. Skeg pertenecía al Dûrgrimst

409

Gedthrall, y era a él a quien el rey Hrothgar había confiado la restauración del tesoro más preciado de los enanos.

Skeg hizo un gesto a Eragon para que subiera a la plataforma. En cuanto se hubo montado encima de los bastos tablones, Eragon se vio recibido por un brillante paisaje de afiladas agujas, facetas relucientes, cantos delgados como el papel y superficies onduladas. La parte superior del zafiro estrellado le recordaba el hielo del río Anora, en el valle de Palancar, a finales de invierno, cuando el hielo se había derretido y se había vuelto a helar muchas veces y resultaba peligroso caminar por encima a causa de las fisuras que los cambios de temperatura habían provocado. Pero en lugar de ser azules, blancos o pálidos, los restos del zafiro estrellado eran de un suave color rosado atravesado por unas líneas de un naranja oscuro.

—¿Cómo va? —preguntó Eragon.

Skeg se encogió de hombros e hizo un gesto con las manos en el aire que recordaba el movimiento de las mariposas.

—Va como va, Argetlam. No se puede apremiar a la perfección.

—A mí me parece que estás progresando deprisa.

Skeg se dio unos golpecitos a un lado de la ancha nariz con un dedo largo y huesudo.

—La parte superior de Isidar Mithrim, lo que ahora es la parte de abajo, se rompió en trozos grandes que son fáciles de unir. La parte inferior, lo que ahora es la parte de arriba… —Skeg meneó la cabeza con una expresión triste en el avejentado rostro—. La fuerza de la rotura, todas las piezas apretadas contra la cara de la gema, presionadas por Arya y la dragona Saphira, hacia ti y ese Sombra de corazón negro…, rompió los pétalos de rosa en trozos todavía más pequeños. Y la rosa, Argetlam, la rosa es la clave de la gema. Es la parte más compleja y más hermosa de Isidar Mithrim. Y está casi toda hecha añicos. A no ser que podamos volver a montarla, a poner hasta el último de los trozos en su sitio, haríamos bien en dársela a nuestros joyeros para que la muelan y hagan anillos para nuestras madres. —Las palabras se vertían de los labios de Skeg como agua de un vaso sin fondo. Lanzó un grito a un enano que cruzaba la cámara con una caja y luego, dándose un tironcito de la barba, preguntó—: ¿Has oído alguna vez, Argetlam, la historia de cómo se excavó Isidar Mithrim en la era de Herran?

Eragon dudó un momento, pensando en las lecciones de historia de Ellesméra.

—Sé que fue Dûrok quien la excavó.

—Sí —dijo Skeg—, fue Dûrok Ornthrond, «Ojos de Águila»,

como decís en vuestra lengua. No fue él quien descubrió Isidar Mithrim, sino que él fue quien la extrajo de la piedra que la rodeaba; fue él quien la excavó y la pulió. Pasó cincuenta y siete años trabajando en la Rosa Estrellada. Esa gema le cautivó como ninguna otra cosa lo había hecho. Pasaba la noche sentado sobre Isidar Mithrim hasta altas horas de la madrugada, porque estaba decidido no solamente a que la Rosa Estrellada fuera arte, sino a que fuera algo que conmoviera los corazones de todos los que la vieran y algo que le ganara un asiento de honor entre los dioses. Su devoción era tal que, cuando después de treinta y dos años de trabajo, su esposa le dijo que si no compartía la carga del proyecto con sus aprendices, ella abandonaría su casa, Dûrok no dijo ni una palabra y le dio la espalda para continuar puliendo los contornos del pétalo que había empezado a principios de año.

»Durok trabajó en Isidar Mithrim hasta que estuvo satisfecho con cada una de sus líneas y sus curvas. Entonces dejó caer su ropa de pulir, se apartó un paso de la Rosa Estrellada y dijo: «Gûntera, protégeme; está hecho», y cayó muerto al suelo.

Skeg se dio un golpe en el pecho, que sonó a hueco.

—El corazón le falló, ya que ¿para qué otra cosa tenía que vivir? Eso es lo que estamos intentando reconstruir, Argetlam: cincuenta y siete años de concentración ininterrumpida de uno de los mejores artistas que nuestra raza ha conocido. Si no fuéramos capaces de reconstruir Isidar Mithrim «exactamente» tal como era, reduciríamos los logros de Dûrok ante los ojos de todos los que todavía no han visto la Rosa Estrellada. —Skeg remarcó estas últimas palabras levantando un puño.

Eragon se inclinó por encima de la barandilla que le llegaba a la altura de la cadera y observó a cinco enanos que, al otro extremo de la gema, estaban bajando a un enano atado a un arnés hasta que lo dejaron a centímetros del zafiro fracturado. El enano introdujo la mano debajo de la túnica, sacó una esquirla de Isidar Mithrim de un monedero de piel y, cogiéndola con unas pinzas minúsculas, la colocó en una pequeña fisura de la gema.

—Si la coronación fuera dentro de tres días —preguntó Eragon—, ¿podrías tener Isidar Mithrim terminada para entonces?

Skeg dio unos golpecitos en la barandilla con los dedos al ritmo de una melodía que Eragon no reconoció. El enano dijo:

—No nos estaríamos apresurando tanto con Isidar Mithrim si no fuera por la oferta de tu dragona. Estas prisas nos son extrañas, Argetlam. No forma parte de nuestra naturaleza, como en la de los humanos, el apresurarnos como hormigas excitadas. A pesar de todo, haremos todo lo que podamos para tener Isidar Mithrim terminada para la coronación. Si eso fuera dentro de tres días..., bueno, yo no tendría muchas esperanzas acerca de nuestra previsión. Pero si fuera un poco más adelante, dentro de la misma semana, creo que podríamos tenerla terminada.

Eragon le agradeció a Skeg la predicción y se alejó. Con los guardias detrás, caminó hasta uno de los comedores comunes de la ciudad-montaña, una habitación larga y de techo bajo con mesas de piedra colocadas en fila a un lado y en la cual los enanos se afanaban ante unos hornos de piedra.

Allí Eragon cenó pan, pescado de carne blanca que los enanos pescaban en los lagos subterráneos, setas y una especie de puré de un tubérculo que ya había comido antes en Tronjheim y cuya procedencia todavía desconocía. Antes de empezar a comer, sin embargo, tuvo cuidado de probar la comida por si estaba envenenada con un hechizo que Oromis le había enseñado.

Mientras hacía bajar el último trozo de pan con un sorbo de aguada cerveza, Orik y su contingente de diez guerreros entraron en el salón. Los guerreros se sentaron a sus mesas de tal modo que pudieran controlar las dos entradas. Orik se sentó con Eragon, dejándose caer con un suspiro en el banco de piedra que había delante de él. Apoyó los codos en la mesa y se frotó el rostro.

Eragon pronunció unos hechizos para evitar que nadie pudiera escucharlos y le preguntó:

—¿Hemos sufrido algún otro contratiempo?

—No, no hay ningún contratiempo. Es sólo que esas deliberaciones ponen a prueba la paciencia.

—Me he dado cuenta.

—Y todo el mundo ha visto tu frustración —dijo Orik—. Tienes que controlarte de ahora en adelante, Eragon. Mostrar cualquier tipo de debilidad ante nuestros contrincantes sólo sirve para favorecer su causa. Yo... —Orik se calló mientras un enano corpulento dejaba un plato humeante delante de él.

Eragon frunció el ceño.

—Pero ¿estás más cerca del trono? ¿Hemos ganado algo de terreno en esta larga cháchara?

Orik levantó un dedo mientras masticaba un trozo de pan.

—Hemos avanzado bastante. ¡No seas de tan mal agüero! Cuando te fuiste, Havard accedió a bajar la tasa de la sal que el Dûrgrimst Fanghur vende al Ingeitum, para que puedan cazar el ciervo rojo que acude al lago durante los meses cálidos del año. ¡Tendrías que haber oído el rechinar de dientes de Nado cuando Havard aceptó mi oferta!

—Bah —exclamó Eragon—. Tasas, ciervos…, ¿qué tiene todo eso que ver con quién es el sucesor de Trothgar? Sé honesto conmigo, Orik. ¿Cuál es tu posición comparada con la del resto de los jefes de clan? ¿Y cuánto tiempo más va a durar todo esto? Cada día que pasa, es más probable que el Imperio descubra nuestro paradero y que Galbatorix ataque a los vardenos mientras yo no estoy allí para rechazar a Murtagh y a Espina.

Orik se limpió la boca con el extremo del mantel.

—Mi posición es bastante firme. Ninguno de los grimstborithn tienen el apoyo necesario para solicitar una votación, pero Nado y yo tenemos el mayor número de partidarios. Si alguno de nosotros gana, digamos, otros dos o tres clanes, la balanza se inclinará a favor de uno de nosotros. Havard ya se tambalea. No hará falta insistir mucho, creo, para convencerle de que se pase a nuestro terreno. Esta noche partiremos el pan con él y veremos qué podemos hacer para lograrlo. —Orik devoró un trozo de seta asada y continuó—: En cuanto a cuándo terminarán las reuniones del clan, quizá duren otra semana, si tenemos suerte, o quizá dos, si no la tenemos.

Eragon soltó una maldición en voz baja. Estaba tan tenso que el estómago le dolía y amenazaba con expulsar la comida que acababa de ingerir.

Orik alargó la mano por encima de la mesa y le cogió la muñeca a Eragon.

—Ni tú ni yo podemos hacer nada más para acelerar la decisión, así que no permitas que te preocupe tanto. Preocúpate por lo que sí puedes cambiar, y deja que el resto se resuelva por sí solo, ¿eh? —Le soltó la muñeca.

Eragon exhaló despacio y se apoyó con los antebrazos encima de la mesa.

—Lo sé. Es sólo que tenemos tan poco tiempo, y si fallamos…

—Lo que tenga que ser será —repuso Orik. Sonrió, pero tenía una expresión triste y vacía en los ojos—. Nadie escapa a los designios del destino.

—¿No podrías tomar el trono por la fuerza? Sé que no tienes tantas tropas en Tronjheim, pero, con mi apoyo, ¿quién podría oponerse a ti?

Orik se quedó inmóvil con el cuchillo a medio camino entre el plato y la boca, meneó la cabeza y al cabo de un instante continuó comiendo.

—Utilizar una treta así sería desastroso.

—¿Por qué?

—¿Hace falta explicarlo? Nuestra raza entera se pondría contra nosotros y, en lugar de obtener el control de nuestra nación, yo heredaría un título vacío. Si esto llegara a suceder, no apostaría ni una espada rota a que llegaría a ver el año próximo.

—Ah.

Orik no dijo nada más hasta que la comida de su plato hubo desaparecido. Entonces dio un largo trago de cerveza, escupió y continuó la conversación:

—Nos encontramos en equilibrio en una cresta de montaña de un kilómetro y medio de precipicio a ambos lados. El gran odio que muchos de nuestra raza les tienen a los Jinetes de Dragón se debe a los crímenes que Galbatorix, los Apóstatas y ahora Murtagh han cometido contra nosotros. Y muchos temen el mundo que se encuentra más allá de las montañas y de los túneles y de las cavernas en que nos escondemos. —Le dio unas vueltas a la jarra de cerveza encima de la mesa—. Nado y los Az Sweldn rak Anhûi sólo están empeorando la situación. Juegan con los miedos de la gente y envenenan sus corazones contra ti, los vardenos y el rey Orrin… Los Az Sweldn rak Anhûin son la personificación de lo que tendremos que superar si me convierto en rey. Debemos encontrar la manera de disipar sus preocupaciones y las de quienes son como ellos porque, si soy rey, tendré que escucharlos para conservar el apoyo de los clanes. Un rey o una reina de los enanos siempre está a merced de los clanes, por muy fuerte que sea como gobernante, igual que los grimstborithn están a merced de las familias de su clan. —Orik echó la cabeza hacia atrás para dar el último trago de cerveza y luego dejó la jarra en la mesa con un fuerte golpe.

—¿Hay algo que yo pueda hacer, existe alguna ceremonia tradicional entre vosotros que yo pueda realizar y que aplaque a Vermûnd y a sus seguidores? —preguntó Eragon, refiriéndose al actual grimstborith de Az Sweldn rak Anhûin—. Debe de haber «alguna cosa» que yo pueda hacer para mitigar sus recelos y poner fin a su enemistad.

Orik se rio y se puso en pie.

—Podrías morir.

Al día siguiente, temprano, Eragon se encontraba sentado ante la redonda pared de la habitación circular que se encontraba en las profundidades de Tronjheim junto con un selecto grupo de guerreros, consejeros, sirvientes y miembros de las familias de los jefes de clan que eran lo bastante privilegiados para ser admitidos en las reuniones. Los jefes de clan se habían sentado en unas pesadas sillas de madera tallada dispuestas alrededor de una mesa redonda que, al igual que todos los objetos importantes que se encontraban en los niveles más bajos de la ciudad-montaña, tenía el emblema de Korgan y del Ingeitum.

En ese momento, Gáldhiem, el grimstborith del Dûrgrimst Feldûnost, estaba hablando. Era bajo incluso para ser un enano —casi no superaba los sesenta centímetros de altura— y llevaba una túnica de colores dorados, rojizos y azul oscuro. A diferencia de los enanos del Ingeitum, no se recortaba la barba, que le caía sobre el pecho como una zarza enredada. Se puso de pie encima de la silla, dio un puñetazo en la mesa con la mano enguantada y rugió:

—… ¡Eta! Narho ûdim etal os isû vond! ¡Narho ûdim etal os formvn mendûnost brakn, az Varden, hrestvog dûr grimstnzhadn! Az Jurgenvren qathrid né dômar oen etal…

—¡No! —El traductor de Eragon, un enano que se llamaba Hûndfast le susurraba en el oído—. ¡No permitiré que eso suceda! No permitiré que esos locos lampiños, los vardenos, destruyan nuestro país. La Guerra de los Dragones nos ha debilitado y no…

Eragon disimuló un bostezo, aburrido. Paseó la mirada por la mesa de granito desde donde se encontraba Gáldhiem hasta Nado, un enano de rostro redondo y de pelo rubio que asentía con gesto de aprobación al contundente discurso de Gáldhiem; miró a Havard, que estaba utilizando la punta de su daga para limpiarse las uñas de los dedos de la mano derecha; observó a Vermûnd, de pobladas cejas y rostro inescrutable bajo el velo púrpura; echó un vistazo a Gannel y a Ûndin, que se habían acercado el uno al otro y susurraban mientras que Hadfala, una mujer ya anciana que era la jefa de clan del Dûrgrimst Ebardac y tercer miembro de la alianza de Gannel, miraba con el ceño fruncido el pergamino de runas que llevaba a todas las reuniones; de ella, pasó al jefe del Dûrgrimst Ledwonnû, Manndrâth, que se encontraba sentado de perfil a Eragon y ofrecía así una excelente vista de su larga nariz; luego se fijó en Thordris, la grimstborith del Dûrgrimst Nagra, de quien no podía ver gran cosa más que el ondulado cabello castaño rojizo que le llegaba hasta el suelo, donde se enrollaba en una trenza que era el doble de larga de lo alta que era ella; entrevió la nuca de Orik, que estaba repantingado en la silla; escudriñó a Freowin, el grimstborith del Dûrgrimst Gedthrall, un enano inmensamente corpulento que tenía la vista clavada en un bloque de madera que estaba tallando con la forma de un cuervo; reparó en Hreidamar, el grimstborith de Dûrgrimst Urzhad, quien, en contraste con Freowin, estaba en forma, y que mostraba unos musculosos antebrazos y llevaba puesta una cota de malla y un yelmo en todas las reuniones; y, finalmente, puso los ojos en Íorûnn, la de la piel color avellana afeada solamente por una fina cicatriz en forma de luna creciente que tenía sobre el pómulo izquierdo, la del cabello satinado, que le asomaba por debajo del yelmo de plata con forma de cabeza de lobo, la del vestido bermellón y collar de brillantes esmeraldas engarzadas en oro grabado con runas.

Íorûnn se dio cuenta de que Eragon la estaba mirando y sus labios esbozaron una perezosa sonrisa. Con una relajación voluptuosa le guiñó un ojo, cubriendo así uno de los ojos avellanados durante un instante.

A Eragon le bulleron las mejillas de rubor y sintió que le quemaban las puntas de las orejas. Apartó la mirada y la dirigió hacia Gáldhiem, que continuaba pontificando con el pecho hinchado como el de un pichón ufano.

Tal como Orik le había pedido, Eragon permaneció impasible durante toda la reunión, ocultando sus emociones a quien pudiera estar observándolo. Cuando la reunión se interrumpió para la comida, se apresuró hasta donde se encontraba Orik y, agachándose para que nadie pudiera oírlo, le dijo:

—No me busques en tu mesa. Ya he tenido bastante de estar sentado y de cháchara. Voy a explorar los túneles un rato.

Orik asintió con la cabeza con aire distraído y murmuró:

—Haz lo que desees, pero asegúrate de estar aquí cuando volvamos; no sería adecuado que faltaras a clase, por muy aburridas que sean estas charlas.

—Como tú digas.

Eragon salió de la sala de conferencias al mismo tiempo que el resto de los enanos, ansiosos para ir a comer, y se reunió con sus guardias en el pasillo de fuera, donde habían estado jugando a dados con guerreros de otros clanes. Con ellos detrás, Eragon tomó una dirección al azar, dejando que los pies lo llevasen a donde quisieran, mientras rumiaba sobre la manera de reunir a las distintas facciones de enanos en una causa común contra Galbatorix. Para su exasperación, las únicas vías que era capaz de imaginar eran tan rocambolescas que era absurdo creer que podían tener éxito.

Eragon prestó poca atención a los enanos con quienes se encontró en los túneles —aparte de dirigirles los breves saludos que la cortesía exigía— y ni siquiera se fijó en lo que tenía a su alrededor, confiando en que Kvîstor le guiaría de vuelta a la sala de conferencias. Pero, aunque no observó visualmente su entorno, sí estuvo atento a toda criatura viviente que percibía en un radio de trescientos metros, incluso a la más pequeña de las arañas protegida en su tela en el rincón de una habitación, ya que Eragon no tenía ningún deseo de ser sorprendido por nadie que pudiera tener motivos de buscarlo.

Cuando, por fin, se detuvo, se sorprendió al encontrarse en la misma habitación polvorienta que había descubierto durante su vagabundeo del día anterior. Allí, a su izquierda, estaban los mismos cinco arcos negros que conducían a cavernas desconocidas, y a su derecha había el mismo bajorrelieve del oso. Divertido por la coincidencia, Eragon se acercó a la escultura de bronce y miró los brillantes colmillos del oso, preguntándose qué sería lo que lo había atraído de vuelta.

Al cabo de un momento fue hasta los cinco arcos y miró hacia dentro. El estrecho pasillo que se abría después de ellos estaba desprovisto de antorchas y pronto desaparecía en las sombras. Desplazándose con su conciencia, Eragon examinó la longitud del túnel y varias de las habitaciones abandonadas que daban a él. Media docena de arañas, un escaso número de polillas, milpiés y grillos eran los únicos habitantes.

—¡Hola! —gritó Eragon, y oyó que el túnel le devolvía su propia voz a un volumen más bajo—. Kvîstor —dijo Eragon, mirándolo—, ¿es que nadie vive en esta zona tan antigua?

El saludable enano contestó:

—Algunos sí. Unos cuantos knurlan extraños para quienes la soledad es más agradable que el contacto de la mano de su esposa o que la voz de sus amigos. Fue uno de estos knurlagn quien nos avisó de la proximidad del ejército de úrgalos, si lo recuerdas, Argetlam. También, aunque no hablamos de ello, están quienes han quebrantado las leyes de nuestra tierra y a quienes su clan ha exiliado bajo pena de muerte durante años o, si la falta es grave, para toda la vida. Todos ellos son como muertos vivientes para nosotros; los evitamos si los encontramos fuera de nuestras tierras y los colgamos si los encontramos dentro de los límites de ellas.

Cuando Kvîstor hubo terminado de hablar, Eragon le indicó que estaba listo para partir. Kvîstor tomó la delantera y él lo siguió a través de la puerta por la cual habían entrado con los otros tres enanos

417

detrás. No habían caminado más de sesenta metros cuando Eragon oyó un ligero ruido a sus espaldas, tan apagado que no pareció que Kvîstor lo percibiera.

Miró hacia atrás. Bajo la luz ámbar de las antorchas sin llama que se encontraban a cada lado del pasillo, vio a siete enanos vestidos completamente de negro, los rostros cubiertos por telas negras y los pies envueltos en harapos, que corrían hacia su grupo con una velocidad que Eragon había creído posible sólo en los elfos, los Sombras y otras criaturas cuya sangre hervía de magia. Los enanos sujetaban con la mano derecha unas largas y afiladas dagas cuyo pálido filo brillaba con los colores del arcoíris y, en la mano izquierda, llevaban unos escudos metálicos de cuyo centro sobresalía una punta afilada. Sus mentes, como las de los Ra'zac, estaban cerradas a Eragon.

«¡Saphira!», fue lo primero que pensó Eragon. Entonces recordó que estaba solo.

Se dio la vuelta para enfrentarse a los enanos y alargó la mano hacia el bracamarte mientras abría la boca para lanzar un grito de advertencia.

Fue demasiado tarde.

En cuanto pronunció la primera palabra, tres de los extraños enanos atraparon al más rezagado de los guardias de Eragon y levantaron las brillantes dagas para apuñalarlo. Eragon, más rápido que sus propios pensamientos, se lanzó con todo su ser contra esa corriente de magia y, sin confiar en el idioma antiguo para pronunciar el hechizo, volvió a tejer la tela del mundo con un diseño más agradable para él. Los tres guardias que se encontraban entre él y los atacantes volaron hacia él, como si unos hilos invisibles hubieran tirado de ellos, y aterrizaron de pie al lado de Eragon, a salvo aunque desorientados.

Eragon hizo una mueca al notar un súbito descenso de sus fuerzas.

Dos de los enanos vestidos de negro se precipitaron hacia él para apuñalarlo en el estómago con sus dagas sedientas de sangre. Con la espada en la mano, Eragon paró los golpes, sorprendido por la velocidad y la ferocidad de los enanos. Uno de sus guardias dio un salto hacia delante gritando y blandiendo el hacha contra los asesinos. Antes de que Eragon tuviera tiempo de agarrar al enano por la cota de malla y de tirar de él hacia atrás, una hoja blanca encendida con una llama espectral atravesó el hinchado cuello del enano. Mientras éste caía al suelo, Eragon vislumbró la mueca de su rostro y se sobresaltó al ver a Kvîstor…, y al ver que su garganta, encendida de rojo, se derretía alrededor de la daga.

«No puedo dejar ni que me arañen», pensó Eragon.

Enfurecido por la muerte de Kvîstor, Eragon apuñaló al asesino tan deprisa que el enano no tuvo tiempo de esquivar el golpe y cayó, sin vida, a sus pies.

Con todas sus fuerzas, Eragon gritó:

—¡Quedaos detrás de mí!

Unas finas grietas partieron el suelo y las paredes, y unos trozos de piedra cayeron del techo mientras su voz resonaba en el túnel. Los enanos que estaban atacando dudaron un momento ante el desenfrenado poder de su voz, pero reanudaron la ofensiva inmediatamente.

Eragon retrocedió unos cuantos metros para darse espacio y poder moverse sin que los cadáveres se lo impidieran. Entonces se agachó y blandió el bracamarte a un lado y a otro, como una serpiente preparada para atacar. El corazón le latía al doble de velocidad de lo normal y, a pesar de que la batalla acababa de empezar, ya estaba jadeando.

El túnel tenía dos metros y medio de amplitud, lo cual fue suficiente para que tres de los seis enemigos que quedaban le atacaran a la vez. Se separaron los unos de los otros: dos de ellos para atacarle por la izquierda y la derecha, mientras que el tercero cargó contra él en línea recta y propinó una estocada hacia los brazos y las piernas de Eragon.

Sin atreverse a combatir con los enanos tal como lo hubiera hecho si hubieran llevado espadas normales, Eragon se impulsó con los pies en el suelo y saltó hacia arriba. En el aire, dio medio giro con todo el cuerpo, tocó con los pies en el techo y, dándose impulso en él, dio otro giro en el aire y aterrizó sobre manos y pies a un metro por detrás de los tres enanos. En cuanto ellos se dieron la vuelta hacia él, dio un paso hacia delante y, con un único golpe, los decapitó.

Las dagas de los enanos resonaron contra el suelo un instante antes de que lo hicieran sus cabezas.

Entonces, Eragon saltó por encima de sus cuerpos y aterrizó en el punto en que se encontraba antes.

No fue demasiado pronto.

Sintió la fina corriente de aire que una daga arrastró al intentar cortarle la garganta. Otra daga le cortó la vuelta de las mallas, abriéndoselas. Eragon aguantó el dolor sin reaccionar y dio una estocada con el bracamarte, intentando ganar espacio para luchar.

«¡Mis guardias deberían haber parado sus dagas!», pensó, apabullado.

Un grito se le escapó de la garganta cuando pisó un charco de sangre, perdió el equilibrio y cayó de espaldas; se dio un golpe muy fuerte con la cabeza contra el suelo. Vio unos puntos azules ante sus ojos y se quedó sin respiración.

Los tres guardias que quedaban corrieron hacia él y blandieron las hachas al mismo tiempo, protegiendo el espacio que quedaba por encima de él y salvándolo de las rápidas dagas.

Eso fue todo lo que Eragon necesitó para recuperarse. Se puso en pie de un salto y, reprochándose no haberlo intentado antes, lanzó un hechizo formado por nueve de las doce palabras mortales que Oromis le había enseñado. Pero, en cuanto hubo pronunciado el hechizo tuvo que abandonarlo, puesto que los enanos vestidos de negro estaban protegidos por numerosos guardias. Si hubiera tenido unos minutos más, hubiera podido esquivar o vencer a los guardias, pero los minutos eran como días en una batalla de esas características, en la que cada segundo parecía largo como una hora. Tras haber fallado con su magia, Eragon formó con su pensamiento una lanza dura con el acero y la lanzó hacia el punto en que debía de encontrarse la conciencia de uno de los enanos vestidos de negro. La lanza tocó y resbaló contra una armadura mental de un tipo con el que Eragon no se había encontrado nunca: lisa y sin fisuras, aparentemente sin ninguna mella causada por las preocupaciones naturales que las criaturas mortales sentían en una lucha mortal.

«Alguien los está protegiendo. Detrás de este ataque hay alguien más aparte de los siete que están aquí», pensó Eragon. Se dio media vuelta sobre un único pie y, tras impulsarse hacia delante, clavó el bracamarte en la rodilla del enano que quedaba más a su izquierda y que sangró por la herida. El enano trastabilló y los guardias de Eragon se lanzaron contra él, lo sujetaron por los brazos para que el enano no pudiera blandir la funesta daga y lo golpearon con sus curvadas hachas.

El enano que estaba más cerca de Eragon levantó el escudo para parar el golpe que estaba a punto de darle. Eragon reunió todo el poder de voluntad que tenía y apuntó hacia el escudo con intención de cortar también el brazo de debajo, como había hecho otras veces con *Zar'roc*. Pero, en el fragor de la batalla, olvidó tener en cuenta la inexplicable velocidad de esos enanos. Mientras el bracamarte bajaba hacia su objetivo, el enano ladeó el escudo para hacer desviar el golpe hacia un lado.

El bracamarte resbaló por la superficie del escudo y golpeó la púa que sobresalía de su centro, lo que provocó un chorro de chispas. El impulso lanzó el bracamarte más lejos de lo que Eragon había pensado y dibujó una curva en el aire hasta que se estrelló contra la pared con un golpe que dañó el brazo de Eragon. Con un sonido nítido, la hoja del bracamarte se rompió en doce trozos: Eragon se quedó con una hoja rota de un centímetro y medio que sobresalía de la empuñadura.

Consternado, dejó caer la espada rota y agarró la hebilla del enano, empujándole hacia delante y hacia atrás en un intento por mantener el escudo entre él y la daga que desprendía un halo de colores traslúcidos. El enano era increíblemente fuerte; resistía todos los esfuerzos de Eragon e incluso consiguió hacerlo retroceder un paso. Sujetando todavía la hebilla con la mano izquierda, Eragon levantó el brazo derecho y golpeó el escudo con toda la fuerza de que fue capaz, agujereando el acero templado como si estuviera hecho de madera podrida. A causa de los callos que tenía en los nudillos, no sintió ningún dolor.

La fuerza del golpe empujó al enano contra la pared de detrás. Con la cabeza colgando como si no tuviera huesos en el cuello, el enano cayó al suelo como una marioneta a la que le hubieran cortado los hilos.

Eragon sacó la mano del agujero que había hecho en el escudo, arañándose el brazo con el acero roto, y sacó su cuchillo de caza.

Entonces, el último de los enanos vestidos de negro se lanzó sobre él. Eragon paró su daga dos, tres veces, y entonces, de una estocada, le cortó el brazo desde el codo hasta la muñeca. El enano soltó un silbido de dolor y sus ojos azules brillaron con furia desde detrás de la máscara de tela. Empezó a lanzar una serie de golpes con la daga, que silbaba en el aire con una rapidez mayor de la que se podía seguir con la vista, y Eragon tuvo que alejarse de un salto para esquivarla. El enano recrudeció el ataque. Eragon consiguió esquivarlo durante unos momentos hasta que se topó con un cuerpo y, en un intento por rodearlo, tropezó, cayó contra una pared y se magulló el hombro.

El enano saltó hacia él soltando una risa diabólica y lanzó una estocada hacia abajo, en dirección a su pecho; levantó el brazo en un inútil intento de protegerse. Rodó corredor abajo, sabiendo que esta vez su suerte se había agotado y que no podría escapar.

En un momento en que acababa de dar una vuelta en el suelo y quedó de cara al enano, vio que la pálida hoja de la daga bajaba hacia su cuerpo como un rayo de luz que cayera sobre él desde lo más alto. Entonces, para su sorpresa, la daga chocó contra una de las antorchas sin llama de la pared. Eragon, sin esperar a ver más, se alejó rodando. Justo entonces, una mano abrasadora pareció golpearle por

421

detrás y lo lanzó a seis metros por el pasillo hasta que chocó contra uno de los arcos, haciéndose unos cuantos moratones y arañazos más.

Una detonación ensordecedora le aturdió. Como si le hubieran clavado agujas en los tímpanos, Eragon se tapó los oídos con las manos y se enroscó en el suelo, aullando.

Cuando el ruido y el dolor remitieron, apartó las manos de los oídos y se puso en pie, inseguro y con las mandíbulas apretadas a causa del dolor de las heridas, que se hacían presentes en un abanico de sensaciones desagradables. Confundido y mareado, miró hacia el lugar en que se había producido la explosión.

El estallido había ennegrecido con hollín una zona del túnel de tres metros de longitud. El aire estaba lleno de copos de ceniza y era caliente como el de una fragua al rojo vivo. El enano que había estado a punto de apuñalar a Eragon yacía en el suelo, revolviéndose, y tenía el cuerpo lleno de quemaduras. Después de unas convulsiones, se quedó inmóvil. Los tres guardias de Eragon que quedaban se encontraban en el límite de la zona ennegrecida por el hollín, donde habían aterrizado después del impacto de la explosión. Se pusieron de pie, vacilantes, con sangre en los oídos y en la nariz, y con las barbas chamuscadas. Los flecos de sus armaduras estaban al rojo vivo, pero las protecciones de piel que llevaban debajo parecían haberles protegido de lo peor.

Eragon dio un paso hacia delante, pero se detuvo de inmediato: un dolor lacerante entre los omóplatos lo hizo aullar de dolor. Intentó mover los brazos para determinar la gravedad de la herida, pero al estirar la piel el dolor se hizo demasiado fuerte. Casi a punto de perder la conciencia, se apoyó contra una pared. Volvió a mirar al enano quemado. «Debo de haber sufrido heridas similares en la espalda», pensó.

Se obligó a concentrarse y pronunció dos de los hechizos que conocía para sanar heridas, que Brom le había enseñado durante sus viajes. Mientras surtían efecto, sintió como si un agua fría y calmante le bajara por la espalda. Suspiró, aliviado, y se enderezó.

—¿Estáis heridos? —preguntó al ver que sus guardias se acercaban.

El enano que iba delante frunció el ceño, se dio un golpecito en el oído derecho y negó con la cabeza.

Eragon soltó una maldición, y entonces se dio cuenta de que no podía oír su propia voz. De nuevo, reunió las reservas de energía que todavía le quedaban en el cuerpo y pronunció un hechizo para sanar el mecanismo interno de sus oídos y el de los enanos. Mientras el hechizo lograba su propósito, notó un escozor en la parte interna de los oídos que desapareció al mismo tiempo que el hechizo se disolvía.

—¿Estáis heridos?

El enano que estaba a su derecha, un tipo fornido con barba de dos puntas, tosió y escupió sangre coagulada. Luego, gruñó:

—Nada que el tiempo no cure. ¿Y tú, Asesino de Sombra?

—Sobreviviré.

Con cuidado de dónde ponía los pies, Eragon entró en la zona de la explosión y se arrodilló al lado de Kvîstor con la esperanza, todavía, de salvar al enano de las garras de la muerte. Pero en cuanto volvió a ver la herida de Kvîstor, se dio cuenta que no iba a ser posible.

Eragon bajó la cabeza, con el amargo recuerdo de esa sangría en el corazón. Luego se puso en pie.

—¿Por qué ha explotado la antorcha?

—Están llenas de calor y de luz, Argetlam —contestó uno de sus guardias—. Si se rompen, todo ese calor y esa luz escapan a la vez y, entonces, es mejor encontrarse lejos.

Eragon hizo un gesto en dirección a los cuerpos de sus atacantes y preguntó:

—¿Sabéis a qué clan pertenecen?

El enano de la barba de dos puntas apartó las ropas negras de algunos de los enanos y exclamó:

—¡Barzûl! No llevan ninguna marca que puedas reconocer, Argetlam, pero llevan esto —dijo, y mostró un brazalete hecho con pelo de caballo entrelazado con amatistas.

—¿Qué significa?

—Esta amatista —dijo el enano mientras señalaba una de las piedras con una uña manchada de hollín— es de una variedad particular que se encuentra, solamente, en cuatro zonas de las montañas Beor, y tres de ellas pertenecen al Az Sweldn rak Anhûin.

Eragon frunció el ceño.

—¿El grimstborith Vermûnd ha ordenado este ataque?

—No puedo asegurarlo, Argetlam. Quizás otro clan haya dejado este brazalete para que lo encontremos. Tal vez deseen que creamos que han sido los Az Sweldn rak Anhûin, para que no sepamos quienes son realmente nuestros enemigos. Pero… si tuviera que apostar, Argetlam, apostaría un carro lleno de oro a que los Az Sweldn rak Anhûin son los responsables.

—Que los parta un rayo —murmuró Eragon—. Sean quienes sean, que los parta un rayo. —Apretó los puños para que las manos dejaran de temblarle. Con la punta de la bota dio una patada a una de las dagas de los asesinos—. Los hechizos de estas armas y de los…, los hombres —hizo un gesto con la cabeza—, hombres, enanos, sean lo que sean, deben de haber requerido una cantidad considerable de energía, y ni siquiera soy capaz de imaginar lo complejo que debió de ser pronunciarlos. Lanzar unos hechizos así debe de haber sido difícil y peligroso… —Eragon miró a cada uno de sus guardias y dijo—: Ya que sois testigos, juro que no dejaré que este ataque, ni la muerte de Kvîstor, pase sin recibir su castigo. Sean quienes sean quienes lo hayan ordenado, cuando conozca sus nombres, desearán no haber pensado nunca en atacarme y, como consecuencia, en atacar al Dûrgrimst Ingeitum. Eso lo juro ante vosotros, como Jinete de Dragón y como miembro del Dûrgrimst Ingeitum, y si alguien os pregunta, repetidle mi juramento tal y como os lo he dicho a vosotros.

Los enanos le dedicaron una reverencia y el que tenía la barba de dos puntas contestó:

—Tal como ordenes, obedeceremos, Argetlam. Tus palabras honran la memoria de Hrothgar.

Entonces, otro de los enanos dijo:

—Fuera el clan que fuera, han violado la ley de la hospitalidad: han atacado a un huésped. No llegan ni a la altura de las ratas; son Menknurlan. —Escupió al suelo y los otros enanos repitieron el gesto.

Eragon caminó hasta los restos de su bracamarte. Se arrodilló sobre el hollín y, con la punta del dedo, tocó una de las piezas de metal y recorrió los cantos cortados. «Debe de haber golpeado el escudo y la pared con tanta fuerza que ha sobrepasado los hechizos que pronuncié para reforzar el acero», se dijo.

«Necesito una espada —pensó—. Necesito una espada de Jinete.»

Una cuestión de perspectiva

*E*l viento cálido de la mañana sobre la llanura, que era distinto del viento cálido de la mañana sobre las colinas, cambió de dirección. Saphira ajustó el ángulo de las alas para compensar los cambios de velocidad y de presión del aire que soportaba su peso a miles de metros por encima de la tierra bañada por el sol. Cerró los dobles párpados un momento, disfrutando del blando lecho del viento y del calor de los rayos de sol de la mañana que le calentaban el sinuoso cuerpo. Imaginó el destello de sus escamas al sol y el sentimiento maravillado de quienes la veían dando vueltas por el cielo mientras ronroneaba de placer, satisfecha de saberse la criatura más hermosa de Alagaësia, porque ¿quién podía igualar la maravilla de sus escamas, de su larga cola, de sus bonitas y bien formadas alas, de sus garras curvadas o de sus largos y blancos colmillos capaces de cortar el cuello de un toro de un solo mordisco? No podía hacerlo Glaedr, el de las escamas de oro, que había perdido una pata durante la caída de los Jinetes. Tampoco podían hacerlo ni Espina ni Shruikan, porque ambos eran esclavos de Galbatorix, y esa servidumbre forzosa les había pervertido la mente. Un dragón que no era libre para hacer lo que deseaba no era un dragón. Además, ellos eran machos, y aunque los machos pueden parecer majestuosos, no pueden encarnar la belleza como podía hacerlo ella. No, ella era la criatura más impresionante de Alagaësia, y así debía ser.

Saphira se estremeció de satisfacción desde la base de la cabeza hasta la punta de la cola. Era un día perfecto. El calor del sol la hacía sentir como si se hubiera tumbado en un nido de carbones encendidos. Tenía el vientre lleno, el cielo era claro, y no había nada a lo que tuviera que prestar atención, aparte de vigilar por si había enemigos que pudieran buscar pelea, cosa que ella hacía por puro hábito.

Su felicidad tenía solamente una grieta, pero era una grieta profunda, y cuanto más lo pensaba más infeliz se sentía, hasta que, al final, se dio cuenta de que ya no se sentía satisfecha: deseaba que Eragon estuviera allí con ella para compartir ese día. Gruñó y soltó una pequeña llamarada por la boca, abrasando el aire que tenía delante, y luego cerró la garganta para apagar el chorro de fuego líquido. La lengua le cosquilleaba a causa de las llamas que la habían recorrido. ¿Cuándo iba Eragon, compañero de mente y de corazón, a contactar con Nasuada desde Tronjheim para pedir que ella, Saphira, se reuniera con él? Ella lo había animado a obedecer a Nasuada y a viajar hasta esas montañas más altas de lo que ella podía volar, pero ahora había pasado demasiado tiempo, y Saphira se sentía fría y vacía en su interior.

«Hay una sombra en el mundo —pensó—. Eso es lo que me ha preocupado. Algo va mal con Eragon. Está en peligro, o lo ha estado hace poco. Y yo no puedo ayudarlo.» Ella no era una dragona salvaje. Desde que había salido del huevo, había compartido toda su vida con Eragon y estar sin él era como estar solamente con la mitad de sí misma. Si él moría por que ella no estaba para protegerlo, no tendría ningún motivo para continuar viviendo, excepto la venganza. Saphira sabía que destrozaría a sus asesinos y luego volaría hasta la negra ciudad del traidor que la había tenido prisionera durante tantas décadas y haría todo lo que pudiera para matarlo, sin importar si eso implicaba la muerte para sí misma.

Saphira gruñó y fue a morder a un pequeño gorrión que había cometido la locura de ponerse a su alcance. Falló y el gorrión salió volando para continuar su viaje sin ser molestado, lo cual sólo empeoró su estado de ánimo. Por un momento pensó en perseguirlo, pero luego se dio cuenta de que no valía la pena preocuparse por una absurda mota de huesos y plumas. Ni siquiera le hubiera servido de aperitivo.

Inclinándose a un lado y girando la cola en dirección contraria para facilitar el giro, Saphira dio la vuelta mientras observaba el lejano suelo y buscaba con la vista las pequeñas y escurridizas criaturas que se apresuraban a ponerse fuera del alcance de los ojos de su cazador. Incluso desde esa altura de miles de metros, Saphira podía contar las plumas que había en la espalda de un halcón en vuelo rasante sobre los campos de trigo al oeste del río Jiet. Era capaz de distinguir el pequeño rebaño de ciervos que se ocultaban bajo las ramas de los matorrales que crecían en uno de los afluentes del río. Y atinaba a oír los agudos chillidos de los asustados animales que avisaban a sus compañeros de su presencia. Esos gritos le gustaban; era natural que sus presas le tuvieran miedo. Si alguna vez era ella quien tenía miedo, sabría que le había llegado el momento de morir.

Los vardenos estaban reunidos a una legua de distancia, frente al río Jiet, como un rebaño de ciervos ante el borde de un precipicio. Habían llegado al cruce el día anterior, y desde entonces, una tercera parte de los hombres amigos, de los úrgalos amigos y de los caballos que ella no se debía comer, habían vadeado el río. El ejército se movía tan despacio que a veces se preguntaba cómo era posible que los humanos tuvieran tiempo de hacer otra cosa que viajar, teniendo en cuenta lo cortas que eran sus vidas. «Sería mucho mejor si pudieran volar», pensó, y se preguntó por qué no lo hacían. Volar era tan fácil que nunca dejaba de sorprenderse de que otras criaturas permanecieran siempre en tierra. Incluso Eragon mantenía su apego al suelo, a pesar de que ella sabía que podría reunirse en el aire con ella simplemente pronunciando unas cuantas palabras en el idioma antiguo. Pero Saphira no siempre entendía los motivos de los que caminan sobre dos piernas, tanto si tienen las orejas redondas o puntiagudas como si tienen cuernos o si son tan pequeños que ella podría aplastarlos con un pie.

Un movimiento en el noreste captó su atención y, curiosa, se dirigió hacia allí. Vio una hilera de cuarenta y cinco cansados caballos que avanzaban hacia los vardenos. La mayoría de los caballos iban sin jinete; por eso no se dio cuenta hasta al cabo de media hora —cuando hubo distinguido los rostros de los hombres que iban montados—, que podía tratarse del grupo de Roran que volvía de su incursión. Saphira se preguntó qué debía de haber sucedido para que su número se hubiera reducido y sintió un breve pinchazo de intranquilidad. No estaba vinculada a Roran, pero Eragon se preocupaba por él y ésa era razón suficiente para que a ella le preocupara su bienestar.

Saphira hizo descender su conciencia hacia los desorganizados vardenos y buscó hasta encontrar la mente de Arya. Una vez la elfa la hubo reconocido y le permitió tener acceso a sus pensamientos, Saphira dijo:

Roran debería estar ahí al final de la tarde. De todas maneras, su tropa está severamente disminuida. Algún gran mal ha recaído sobre ellos durante el viaje.

Gracias, Saphira —dijo Arya—. *Informaré a Nasuada.*

En cuanto se hubo retirado de la mente de Arya, notó el contacto inquisidor de Blödharm, el del pelo de lobo negro azulado.

No soy ningún polluelo —le dijo ella, cortante—. *No tienes que comprobar mi estado de salud cada cinco minutos.*

Te pido las más humildes disculpas, Bjartskular, es sólo que hace algún tiempo que te fuiste y, si alguien está vigilando, empezará a preguntarse por qué tú y...

Sí, lo sé —gruñó ella. Saphira encogió las alas y se inclinó hacia abajo. La sensación de peso la abandonó y giró en lentas espirales mientras se precipitaba hacia el crecido río—. *Pronto estaré allí.*

A unos treinta metros por encima del agua, abrió de nuevo las alas y sintió la inmensa fuerza del viento contra sus membranas. Ralentizó el avance hasta que quedó casi inmóvil, luego batió las alas de nuevo para acelerar el vuelo y bajó suavemente a trescientos metros por encima del agua marrón que no era buena para beber. De vez en cuando batía las alas para mantener la altitud. Subió por el río Jiet, alerta a los repentinos cambios de presión que se daban en el aire frío de encima de una corriente de agua y que podía empujarla en una dirección inesperada o, peor, hacia los árboles de puntiagudas ramas o contra el suelo que rompe los huesos.

Se elevó por encima de los vardenos que se encontraban reunidos al lado del río hasta una altura suficiente para no asustar a los tontos de los caballos. Entonces, virando hacia abajo con las alas inmóviles, aterrizó en un claro entre las tiendas —un claro que Nasuada había ordenado que dejaran a un lado para ella— y caminó hacia la tienda vacía de Eragon, donde Blödhgarm y los otros once elfos a quienes él dirigía estaban esperándola. Saphira los saludó con un guiño de ojos y sacando la lengua un instante y, luego, se enroscó delante de la tienda de Eragon, resignada a dormitar y a esperar la noche, igual que hubiera hecho si Eragon estuviera en la tienda y ambos tuvieran que salir para alguna misión esa noche.

Era un trabajo aburrido y tedioso estar ahí tumbada día tras día, pero era necesario para mantener el engaño de que Eragon todavía se encontraba con los vardenos, así que Saphira no se quejaba, ni siquiera si, después de doce horas o más de estar en el suelo, se le ensuciaban las escamas, se sentía con ganas de luchar contra mil soldados o de arrasar un bosque con dientes, garras y fuego, o de elevarse en el aire y volar hasta agotarse o hasta que llegara al fin de la tierra, el agua y el aire.

Gruñendo para sus adentros, Saphira rascó la tierra con las garras para hacerla mullida y luego apoyó la cabeza sobre las patas delanteras, cerró los párpados interiores para poder descansar y, a la vez, vigilar a quienes se acercaran. Una libélula* zumbó por encima de su cabeza y Saphira se preguntó nuevamente qué podría haber inspirado al imbécil que bautizó a ese insecto con el nombre de su raza. «No se parece en nada a un dragón», pensó malhumorada y, luego, se sumió en un sueño ligero.

* En inglés, *dragonfly. (N. de los T.)*

La gran bola de fuego del cielo se encontraba cerca del horizonte cuando Saphira oyó los gritos y las exclamaciones de bienvenida que significaban que Roran y sus guerreros habían llegado al campo. Se levantó del suelo. Igual que había hecho antes, Blödhgarm medio canturreó y medio susurró un hechizo que creaba una imagen incorpórea de Eragon que el elfo hizo salir de la tienda y subir a la grupa de Saphira, donde permaneció sentado y mirando a su alrededor en una perfecta imitación de la realidad. Visualmente, esa aparición no tenía ningún fallo, pero no tenía mente propia, y si alguno de los agentes de Galbatorix intentaba penetrar en los pensamientos de Eragon, descubriría el engaño de inmediato. Por eso, el éxito de la estratagema dependía de la habilidad de Saphira en transportar la aparición por el campamento y en llevársela lejos lo antes posible y, además, en que se cumpliera la esperanza de que la formidable reputación de Eragon desanimara a cualquier observador clandestino de intentar extraer información de los vardenos de su conciencia por miedo a su venganza.

Saphira se puso en movimiento y recorrió el campamento a saltos mientras doce elfos corrían en formación a su alrededor.

—¡Salud, Asesino de Sombra! ¡Salud, Saphira! —gritaban los hombres, que se apartaban de su camino, lo cual provocaba un cálido resplandor en el vientre de la dragona.

Cuando llegó a la tienda de crisálida de mariposa con alas plegadas de color rojo de Nasuada, Saphira se agachó y metió la cabeza por la oscura abertura que había en una de las paredes, donde los guardias de Nasuada habían apartado un panel de tela para permitirle la entrada. Entonces Blödhgarm reinició el suave canto y la aparición de Eragon bajó de Saphira, entró en la tienda de color escarlata y, cuando se hubo apartado de las miradas del exterior, se disolvió en la nada.

—¿Crees que han descubierto nuestra artimaña? —preguntó Nasuada desde su silla de respaldo alto.

Blödhgam hizo una elegante reverencia.

—De nuevo, Lady Nasuada, no puedo asegurarlo. Tendremos que esperar a ver si el Imperio intenta aprovechar la ausencia de Eragon para tener la respuesta a esa pregunta.

—Gracias, Blödhgarm. Eso es todo.

Con otra reverencia, el elfo salió de la tienda y se colocó varios metros por detrás de Saphira, vigilando su flanco.

La dragona se aposentó sobre el vientre y empezó a limpiarse con la lengua las escamas del tercer dedo de la garra izquierda, en el cual se habían acumulado unas invisibles líneas del barro blanco que recordaba haber pisado cuando se comió su última presa.

429

No había pasado ni un minuto cuando Martland *Barbarroja* y un hombre de orejas redondas a quien ella no reconoció entraron en la tienda roja y dedicaron una reverencia a Nasuada. Saphira dejó de limpiarse, cató el aire con la lengua y notó el sabor penetrante de la sangre seca, el aroma amargo del sudor, el olor a caballo y a piel mezclados, y, débil pero inconfundible, el punzante olor del miedo de los humanos. Observó de nuevo al trío y vio que el hombre de la larga barba roja había perdido la mano derecha; luego, volvió a quitarse la tierra de debajo de las escamas.

Saphira continuó lamiéndose las patas, devolviendo el brillo prístino a cada una de las escamas, mientras primero Martland, luego el hombre de orejas redondas, que se llamaba Ulhart y, finalmente, Roran contaban una historia de sangre, de fuego y de hombres sonrientes que se negaban a morir cuando les tocaba y que insistían en continuar luchando mucho tiempo después de que Angvard los hubiera llamado. Como era su costumbre, Saphira guardó silencio mientras los demás —en concreto Nasuada y su consejero, un hombre alto y de rostro adusto que se llamaba Jörmundur— preguntaban a los guerreros acerca de los detalles de su desventurada misión. Saphira sabía que a veces Eragon se asombraba de que ella no quisiera participar más en las conversaciones. Los motivos que ella tenía para guardar silencio eran sencillas: excepto Arya y Glaedr, se sentía más cómoda comunicándose solamente con Eragon y, en su opinión, la mayoría de las conversaciones no eran más que titubeos sin sentido. Fueran de orejas redondas, puntiagudas, con cuernos o bajos, los que andaban sobre dos piernas parecían adictos al titubeo. Brom no titubeaba, y eso era algo de él que le gustaba a Saphira. Para ella, las posibilidades estaban claras: o bien existía un curso de acción para mejorar una situación, en cuyo caso lo emprendía, o bien tal curso de acción no existía, y todo lo demás que se dijera sobre el tema no era más que ruido sin sentido. En cualquier caso, Saphira no se preocupaba del futuro excepto por lo que respectaba a Eragon. Siempre se preocupaba por él.

Cuando las preguntas terminaron, Nasuada expresó sus condolencias a Martland por la mano que había perdido. Después, le despidió a él y a Ulhart. Entonces se dirigió a Roran:

—Has demostrado tu destreza de nuevo, Martillazos. Me siento muy complacida por tus habilidades.

—Gracias, mi señora.

—Nuestros mejores sanadores le atenderán, pero Martland necesitará tiempo para recuperarse de su herida. De todos modos, cuando lo haya hecho, no podrá dirigir ataques como éstos con una mano solamente. A partir de ahora, tendrá que servir a los vardenos desde la parte posterior del ejército, no desde delante. Creo que, quizá, le promocione y le convierta en uno de mis consejeros de guerra. Jörmundur, ¿qué piensas de esta idea?

—Creo que es una idea excelente, mi señora.

Nasuada asintió con la cabeza con expresión satisfecha.

—Esto significa, de todas maneras, que debo encontrar a otro capitán a quien puedas servir, Roran.

—Mi señora —intervino Roran—, ¿y si soy yo el capitán? ¿No he demostrado mi valía de forma satisfactoria en estos dos ataques, así como durante mis logros pasados?

—Si continúas distinguiéndote tal como lo has hecho hasta ahora, Martillazos, obtendrás el mando pronto. De todas formas, debes ser paciente y acatar un tiempo más. Dos únicas misiones, por impresionantes que hayan sido, quizá no revelen el espectro completo del carácter de un hombre. Soy una persona cautelosa cuando se trata de confiar mi gente a otros, Martillazos. Esto debes permitírmelo.

Roran agarró la cabeza del martillo que sobresalía de su cinturón y en la mano se le marcaron todas las venas y los tendones, pero su tono fue educado.

—Por supuesto, Lady Nasuada.

—Muy bien. Un paje te comunicará tu nueva misión más tarde. Ah, y recuerda que tienes que comer bien cuando tú y Katrina hayáis terminado de celebrar vuestro reencuentro. Es una orden, Martillazos. Pareces a punto de desfallecer.

—Mi señora.

Roran se dispuso a marcharse, pero Nasuada levantó una mano y dijo:

—Roran. —Él se detuvo—. Ahora que te has enfrentado a esos hombres que no sienten dolor, ¿crees que disponer de una protección similar ante las agonías de la carne haría que fuera más fácil derrotarlos?

Roran dudó un instante y luego meneó la cabeza.

—Su fuerza es su debilidad. Ellos no se protegen como lo harían si temieran el corte de una espada o la herida de una flecha, y por eso no cuidan sus vidas. Es verdad que pueden continuar peleando mucho tiempo después, mientras que un hombre normal hubiera caído muerto, y que ésa no es una ventaja pequeña durante la batalla, pero también mueren en un número mayor, porque no protegen sus cuerpos como deberían hacerlo. En su absurda confianza, se meten

431

en trampas y en peligros que nosotros evitaríamos aunque tuviéramos que caminar grandes distancias. Siempre y cuando el ánimo de los vardenos se mantenga alto, creo que con la táctica adecuada podemos vencer a esos monstruos sonrientes. Por otro lado, si fuéramos como ellos nos apuñalaríamos incesantemente, y a ninguno nos importaría, puesto que no tendríamos noción de autopreservación. Eso es lo que pienso.

—Gracias, Roran.

Cuando el chico salió, Saphira dijo:

¿Todavía no se sabe nada de Eragon?

Nasuada negó con la cabeza.

—No, todavía no tenemos noticias de él, y este silencio empieza a preocuparme. Si no se ha puesto en contacto con nosotros pasado mañana, haré que Arya envíe un mensaje a uno de los hechiceros de Orik pidiendo que Eragon nos mande un informe. Si Eragon no es capaz de apremiar la conclusión de las reuniones de los enanos, me temo que ya no podremos contar con ellos como aliados en las batallas venideras. Lo único bueno de esta desastrosa conclusión sería que Eragon pudiera volver con nosotros sin más demora.

Cuando Saphira estuvo preparada para abandonar la tienda de crisálida roja, Blödhgram volvió a invocar la imagen de Eragon y la colocó sobre la grupa de Saphira. Entonces, la dragona salió de la tienda y, tal como había hecho antes, atravesó el campo a saltos con los ágiles elfos a su lado durante todo el camino.

Cuando llegó a la tienda de Eragon y la imagen de éste desapareció en su interior, Saphira se tumbó en el suelo y se resignó a esperar durante el resto del día en gran aburrimiento. Antes de sumirse en un ligero sueño, llevó la mente hacia la tienda de Roran y Katrina. Presionó la mente de Roran hasta que éste bajó las barreras de su conciencia.

¿Saphira? —preguntó.

¿Conoces a alguna otra como yo?

Por supuesto que no. Me has sorprendido. Estoy..., eh, ocupado en este momento.

Saphira estudió el color de sus emociones así como las de Katrina y se divirtió ante lo que descubrió.

Sólo quería darte la bienvenida. Me alegro de que no estés herido.

Los pensamientos de Roran emitieron unos destellos calientes y fríos a la vez, y pareció que tenía dificultad para elaborar una respuesta coherente. Al final, dijo:

Es muy amable por tu parte, Saphira.

Si puedes, ven a visitarme mañana, y hablaremos más. Estoy inquieta después de pasar tantos días aquí sentada. Quizá tú puedas decirme más cosas acerca de cómo era Eragon antes de que yo saliera del huevo.

Sería…, sería un honor.

Satisfecha por haber cumplido con las exigencias de cortesía de los de orejas redondas y dos piernas hacia Roran, y animada al saber que el día siguiente no sería tan aburrido —dado que era impensable que alguien pudiera ignorar una petición de audiencia por su parte—, Saphira se puso tan cómoda como pudo sobre el suelo, deseando estar, como le sucedía a menudo, en el suave nido que tenía en la casa de árbol mecida por el viento que Eragon poseía en Ellesméra. Una nube de humo se le escapó cuando suspiró y se durmió; volaba más alto de lo que había volado nunca.

Aleteó y aleteó hasta que se elevó por encima de las cumbres inalcanzables de las montañas Beor. Allí voló en círculos durante un rato, contemplando toda Alagaësia, extendida ante ella. Entonces la dominó un incontrolable deseo de subir incluso más arriba y ver desde allí lo que se pudiera ver, y así empezó a aletear de nuevo, y en lo que pareció un segundo, pasó de largo la luna brillante y solamente ella y las estrellas plateadas brillaron en el cielo negro. Se deslizó en los cielos durante un periodo de tiempo indeterminado, reina del mundo de abajo que brillaba como una joya. Pero, de repente, la inquietud le penetró el alma y exclamó con su pensamiento:

—*Eragon, ¿dónde estás?*

Bésame, cariño

*R*oran se despertó y se desenredó de los dulces brazos de Katrina. Se sentó, con el torso desnudo, en el borde del catre que habían compartido. Bostezó y se frotó los ojos, luego observó la pálida luz del fuego que penetraba por entre las dos cortinas de la entrada. Se sentía desanimado y tonto por el cansancio acumulado. Sintió un escalofrío, pero permaneció donde estaba, inmóvil.

—¿Roran? —dijo Katrina con voz soñolienta. Se apoyó en el brazo para incorporarse y alargó una mano hacia él. Le acarició la parte alta de la espalda y el cuello, pero él no reaccionó a su contacto—. Duerme. Necesitas descansar. No tardarás mucho en volver a marcharte.

Él negó con la cabeza sin mirarla.

—¿Qué sucede? —preguntó ella. Se sentó en el catre, se cubrió los hombros con la sábana y apoyó la mejilla, cálida, en el brazo de su esposo—. ¿Estás preocupado por tu nuevo capitán o por dónde te va a mandar Nasuada después?

—No.

Ella permaneció en silencio un rato.

—Cada vez que te marchas, me siento como si, luego, volviera una parte menos de ti. Te has vuelto tan triste y callado… Si quieres contarme qué es lo que te preocupa, puedes hacerlo, ya lo sabes, por terrible que sea. Soy hija de un carnicero y he visto a unos cuantos hombres caer en la batalla.

—¿Si quiero? —exclamó Roran, atragantándose—. Ni siquiera quiero volver a pensar en ello. —Apretó los puños; su respiración era agitada—. Un guerrero de verdad no se sentiría como me siento yo.

—Un guerrero de verdad —repuso ella— no lucha porque lo desee, sino porque debe hacerlo. Un hombre que ansía la guerra, un hombre que «disfruta» matando, es un bruto y un monstruo. No importa cuánta gloria obtenga en el campo de batalla: eso no hace desaparecer el hecho de que no es mejor que un lobo hambriento, que se volvería contra sus amigos y su familia igual que sus enemigos. —Le apartó un mechón de pelo de la frente y le acarició la cabeza con un gesto suave y lento—. Una vez me contaste que la «Canción de Gerand» era tu favorita de las historias de Brom, y que por eso luchabas con un martillo en lugar de hacerlo con una espada. ¿Recuerdas que a Gerand le desagradaba matar y que se mostraba reticente a volver a empuñar las armas?

—Sí.

—Y a pesar de ello, se le consideraba el mayor guerrero de su época. —Le puso la mano en la mejilla, le hizo girar la cabeza hacia ella y le miró con ojos solemnes—. Y tú eres el mayor guerrero que conozco, Roran, aquí y en cualquier parte.

Él, con la boca seca, replicó:

—¿Qué me dices de Eragon o…?

—No son ni la mitad de valerosos que tú. Eragon, Murtagh, Galbatorix, los elfos…, todos ellos marchan al campo de batalla con la boca llena de hechizos y con un poder que supera al nuestro por mucho. Pero tú —le dio un beso en la nariz—, tú no eres más que un hombre. Tú te enfrentas a tus enemigos plantado sobre tus dos piernas. Tú no eres un mago, y a pesar de ello mataste a los Gemelos. Tú eres igual de rápido y fuerte que cualquier hombre, y a pesar de ello no dudaste en atacar a los Ra'zac en su guarida y en liberarme de esa prisión.

435

Roran tragó saliva.

—Tenía protecciones de Eragon.

—Pero ya no. Además, no tenías ninguna protección en Carvahall, y ¿es que huiste de los Ra'zac entonces? —Al ver que él no decía nada, continuó—: No eres más que un hombre, pero has hecho cosas que ni Eragon ni Murtagh hubieran podido hacer. Para mí, eso te convierte en el mayor guerrero de Alagaësia… No puedo pensar en nadie de Carvahall que hubiera llegado a tal extremo para rescatarme.

—Tu padre lo hubiera hecho —dijo él.

Roran sintió que ella se estremecía.

—Sí, él lo hubiera hecho —susurró ella—. Pero nunca habría sido capaz de convencer a otros de que lo siguieran. —Katrina apretó el abrazo—. Sea lo que sea lo que hayas visto o hayas hecho, siempre me tendrás.

—Eso es lo único que necesito —contestó él, tomándola entre los brazos y reteniéndola entre ellos. Luego, suspiró—. A pesar de todo, desearía que esta guerra terminara. Desearía volver a labrar un campo, plantar mis semillas y recolectar mi cosecha cuando estuviera madura. Llevar una granja es un trabajo agotador, pero por lo menos es un trabajo honesto. Esta matanza no es honesta. Es un robo…, el robo de las vidas de los hombres, y ninguna persona cabal debería aspirar a eso.

—Tal como he dicho.

—Tal como has dicho. —Aunque fue difícil, se obligó a sonreír—. He perdido el control. Te estoy cargando con mis problemas cuando tú ya tienes preocupaciones de sobra —añadió, poniéndole la mano sobre el vientre.

—Tus problemas serán siempre mis problemas, mientras estemos casados —murmuró ella, acariciándole el brazo con la nariz.

—Hay algunos problemas que nadie debería soportar —repuso él—, especialmente aquellos a quienes uno ama.

Ella se apartó un poco de él, que vio que sus ojos adquirían una expresión sombría y apática, igual que sucedía siempre que pensaba en el tiempo que pasó en prisión en Helgrind.

—No —murmuró ella—, nadie más debería soportarlos, especialmente aquellos a quienes uno ama.

—Bueno, no estés triste. —La atrajo hacia sí y se meció con ella entre los brazos, deseando de todo corazón que Eragon no hubiera encontrado el huevo de Saphira en las Vertebradas—. Ven, bésame, cariño, y volvamos a la cama; estoy cansado y quisiera dormir.

Entonces ella rio, le dio el más dulce de los besos y ambos se tumbaron en el catre igual que antes. Fuera de la tienda todo estaba en silencio y tranquilo, excepto el río Jiet, que fluía alejándose del campamento sin detenerse nunca, y se vertía en los sueños de Roran, en los cuales se imaginó a sí mismo de pie en la proa de un barco, con Katrina al lado, mirando las fauces del remolino gigante, el Ojo del Jabalí. «¿Cómo podemos tener esperanzas de escapar?», pensó.

Glûmra

A cientos de metros por debajo de Tronjheim, la piedra se abría a una caverna de miles de metros de longitud que a un lado tenía un lago, quieto, negro y de profundidades desconocidas, y al otro una orilla de mármol. Estalactitas oscuras y amarfiladas caían desde el techo; las estalagmitas surgían del suelo; en algunos puntos ambas se unían y formaban unas columnas más gruesas que los troncos de los árboles más grandes de Du Weldenvarden. Esparcidos entre las columnas habían montones de tierra repletos de setas y veintitrés chozas de piedra muy bajas. Una antorcha sin llama brillaba ante cada una de las entradas de las chozas y, más allá del halo de las antorchas, las sombras lo inundaban todo.

Dentro de una de las chozas, Eragon estaba sentado en una silla que era demasiado pequeña para él y delante de una mesa de granito que no superaba la altura de sus rodillas. Los olores de queso fresco de cabra, de setas cortadas, de masa de levadura, del guisado, de huevos de paloma y de polvo de carbón invadían el ambiente. Delante de él, Glûmra, una enana de la familia de Mord, la madre de Kvîstor, el guardia muerto de Eragon, gemía, se tiraba del pelo y se golpeaba el pecho con los puños. Tenía el rollizo rostro surcado por las marcas de las lágrimas.

Los dos se encontraban solos en la choza. Los cuatro guardias de Eragon —el número se había completado con Thrand, un guerrero del séquito de Orik— esperaban fuera junto con Hûndfast, el traductor de Eragon, a quien éste había despedido de la choza al saber que Glûmra podía hablar en su idioma.

Después del atentado contra su vida, Eragon contactó mentalmente con Orik, que insistió en que Eragon se dirigiera a toda prisa a las cámaras del Ingeitum, donde estaría a salvo de cualquier otro asesino. Él había obedecido y había permanecido allí mientras Orik obligaba a aplazar las reuniones hasta la mañana siguiente alegando que se había producido una emergencia en su clan que requería su inmediata atención. Luego Orik se dirigió, junto con sus guerreros más fornidos y su hechicero más leal, al lugar de la emboscada, que estudiaron y registraron tanto con medios mágicos como con medios naturales. Cuando Orik estuvo convencido de que habían observado todo lo observable, volvieron rápidamente a sus cámaras y le dijo a Eragon:

—Tenemos mucho que hacer y muy poco tiempo para hacerlo. Antes de que la Asamblea de Clanes se termine a la tercera hora de la mañana, tenemos que establecer, sin que quede ninguna duda, quién ha realizado el ataque. Si lo conseguimos, tendremos fuerza contra ellos. Si no lo conseguimos, daremos tumbos en la oscuridad sin saber quiénes son nuestros enemigos. Podemos mantener el ataque en secreto hasta la reunión, pero no más allá. Los knurlan habrán oído rumores de tu lucha por los túneles subterráneos de Tronjheim y sé que, ya ahora, deben de estar buscando el origen del alboroto por miedo de que haya habido un derrumbamiento o que una catástrofe similar haya podido socavar la ciudad por abajo. —Orik dio una patada en el suelo y maldijo a los antepasados de quien hubiera mandado a esos asesinos. Luego apoyó los puños en las caderas y dijo—: Ya estábamos sufriendo la amenaza de una guerra entre clanes, pero ahora la tenemos a las puertas. Tenemos que ser rápidos si queremos impedir este terrible destino. Hay que encontrar a algunos knurlan, tenemos que hacer preguntas, lanzar amenazas, ofrecer sobornos y robar rollos..., y todo eso, antes de mañana por la mañana.

—¿Qué deseas que haga? —preguntó Eragon.

—Deberías quedarte aquí hasta que sepamos si el Az Sweldn rak Anhûin o algún otro clan tiene a un grupo mayor congregado en algún otro lugar para matarte. Además, cuanto más tiempo podamos ocultarles a tus atacantes si estás vivo, muerto o herido, más tiempo podremos tenerles en la incertidumbre de pisar roca firme.

Al principio, Eragon aceptó la propuesta de Orik, pero mientras observaba al enano afanado en dictar órdenes fue sintiéndose cada vez más intranquilo e indefenso. Finalmente, cogió a Orik por el brazo y le dijo:

—Si me tengo que quedar aquí sentado mientras tú buscas a los maleantes que han hecho esto, acabaré moliéndome los dientes de tanto apretarlos. Debe de haber alguna cosa que yo pueda hacer para ayudar... ¿Qué me dices de Kvîstor? ¿Alguno de sus familiares vive en Tronjheim? ¿Les ha comunicado alguien su muerte? Porque si no es así, seré yo quien se la comunique, puesto que murió defendiéndome.

Orik preguntó a sus guardias y averiguó que Kvîstor sí tenía familia en Tronjheim, o, más exactamente, debajo de Tronjheim. Cuando se lo dijeron, frunció el ceño y pronunció una extraña palabra en el idioma de los enanos.

—Son moradores de las profundidades —dijo—, knurlan que han renunciado a la superficie de la Tierra por el mundo de abajo, a excepción de algunas incursiones arriba. Viven más aquí, debajo de Tronjheim y en Farthen Dûr, que en ninguna otra parte, porque en Farthen Dûr pueden salir y no sentirse como si estuvieran fuera de verdad, cosa que la mayoría de ellos no soporta de tan acostumbrados como están a los espacios cerrados. No sabía que Kvîstor formara parte de ellos.

—¿Te importaría si fuera a visitar a su familia? —preguntó Eragon—. Entre estas habitaciones hay unas escaleras que conducen hacia abajo, ¿estoy en lo cierto? Podríamos salir sin que nadie se enterara.

Orik lo pensó un momento y luego asintió con la cabeza.

—Tienes razón. El camino es seguro, y nadie pensaría en buscar entre los moradores de las profundidades. Vendrían aquí primero y aquí te encontrarían... Ve, y no vuelvas hasta que mande a un mensajero a buscarte..., incluso aunque la familia de Mord te eche y debas esperar sentado en una estalagmita hasta mañana. Pero, Eragon, ten cuidado; los moradores de las profundidades son reservados en general, y son extremadamente susceptibles acerca de su honor; además, tienen unas costumbres extrañas. Ve con cuidado, como si pisaras pizarra podrida, ¿vale?

Y así, con Thrand entre sus guardias, y con Hûndfast acompañándolos —y con una corta espada de enano sujeta al cinturón—, Eragon fue hasta la escalera más cercana que conducía hacia abajo y, por ella penetró en las entrañas de la Tierra más de lo que lo había hecho nunca. Y, a su debido momento, encontró a Glûmra y la informó del fallecimiento de Kvîstor.

Ahora se encontraba sentado y escuchaba sus quejas por el hijo muerto, que alternaba aullidos inarticulados y fragmentos de expresiones en el idioma de los enanos; sonaban con un tono disonante e inquietante.

Eragon, desconcertado por la fuerza de su dolor, apartaba la vista del rostro de ella. Miraba el horno de esteatita verde que se encontraba ante una de las paredes y los grabados con diseños geométricos que lo adornaban. Observó la alfombra verde y marrón que se encontraba delante del fuego, la lechera de la esquina y las provisiones que colgaban de las vigas del techo. Observó el telar de pesada madera que estaba debajo de una ventana redonda que tenía los cristales de color azul.

Entonces, en el clímax de su lamento, Glûmra se levantó de la mesa mirando a Eragon a los ojos, fue hasta la encimera y puso la mano izquierda encima de la madera de cortar. Antes de que él tuviera tiempo de evitarlo, cogió un cuchillo de tallar y se cortó la primera falange del dedo meñique. Soltó un gemido y dobló su cuerpo hacia delante.

Eragon se quedó medio levantado y emitió una exclamación involuntaria. Se preguntaba qué locura habría asaltado a la enana y si debía inmovilizarla para que no se hiciera ningún otro daño. Abrió la boca para preguntarle si quería que le curara la herida, pero entonces lo pensó mejor, recordando la advertencia de Orik acerca de las extrañas costumbres de los moradores de las profundidades y de su fuerte sentido del honor. «Podría considerar que esa oferta es un insulto», pensó. Cerró la boca y volvió a sentarse en la pequeña silla.

Al cabo de un minuto, Glûmra se incorporó e inspiró con fuerza. En silencio y con calma, se lavó el extremo del dedo con coñac, lo untó con un ungüento amarillo y se lo vendó. Con el redondo rostro todavía pálido por la conmoción, se sentó en la silla que había enfrente de Eragon.

—Te agradezco, Asesino de Sombra, que hayas sido tú mismo quien me haya traído la noticia de la muerte de mi hijo. Me alegro de saber que murió con orgullo, como debe morir un guerrero.

—Fue muy valiente —dijo Eragon—. Se daba cuenta de que nuestros enemigos eran rápidos como los elfos, y a pesar de todo se interpuso para salvarme. Su sacrificio me dio tiempo a escapar de sus dagas y, además, descubrió el peligro de los hechizos que habían puesto en sus armas. Si no hubiera sido por él, dudo que yo estuviera aquí ahora.

Glûmra asintió despacio con la cabeza y la vista baja mientras se alisaba la parte delantera del vestido.

—¿Sabes quién es el responsable de este ataque a nuestro clan, Asesino de Sombra?

—Sólo tenemos sospechas. El grimstborith Orik está intentando averiguar la verdad mientras hablamos.

—¿Fueron los Az Sweldn rak Anhûin? —preguntó Glûmra, sorprendiendo a Eragon con la astucia de su especulación. Hizo todo lo que pudo para disimular su sorpresa. Al ver que él permanecía callado, ella dijo—: Todos conocemos su enemistad contigo, Argetlam;

todo knurlan que se encuentre bajo estas montañas lo sabe. Algunos de nosotros hemos sido favorables a su oposición a ti, pero si han pensado de verdad en matarte, entonces han errado la naturaleza de la roca y se han condenado a causa de ello.

—¿Condenado? ¿Cómo?

—Fuiste tú, Asesino de Sombra, quien dio muerte a Durza y así nos permitió salvar Tronjheim y las moradas de debajo de las garras de Galbatorix. Nuestra raza nunca lo olvidará mientras Tronjheim permanezca en pie. Y además, por los túneles corren voces de que tu dragona va a rehacer Isidar Mithrim.

Eragon asintió con la cabeza.

—Es muy generoso por tu parte, Asesino de Sombra. Has hecho mucho por nuestra raza, y sea cual sea el clan que te haya atacado, nos volveremos contra él y obtendremos venganza.

—He jurado ante testigos —dijo Eragon—, y lo juro ante ti también, que castigaré a quien haya mandado a esos asesinos; haré que desee no haber cometido nunca esa locura. De todas formas…

—Gracias, Asesino de Sombra.

Eragon dudó y luego inclinó la cabeza.

—De todas formas no debemos hacer nada que provoque una guerra de clanes. No ahora. Si hay que usar la fuerza, debería ser el grimstborith Orik quien decida cuándo y dónde desenfundaremos las espadas, ¿no estás de acuerdo?

—Pensaré en lo que has dicho, Asesino de Sombra —contestó Glûmra—. Orik es… —Fuera lo que fuera lo que iba a decir, no salió de su boca. Cerró los ojos y se dobló hacia delante un momento, apretando una mano contra el abdomen. Cuando pasó la crisis, incorporó la espalda, se llevó el dorso de la mano a la mejilla y se balanceó a un lado y a otro gimiendo—: Oh, mi hijo…, mi hermoso hijo.

Se puso de pie y rodeó la mesa con paso incierto en dirección a una pequeña colección de espadas y de hachas que se encontraban colgadas en la pared que Eragon tenía a sus espaldas, al lado de un nicho cubierto por una cortina de seda roja. Eragon, temeroso de que quisiera causarse más daño, se puso en pie y, con el apremio, tumbó la silla de roble. Alargó la mano hacia ella y entonces se dio cuenta de que ella se dirigía hacia el nicho, no hacia las armas, y bajó el brazo antes de que provocara alguna ofensa.

Las argollas de latón de las que colgaba la cortina de seda repicaron unas contra otras cuando Glûmra corrió la tela a un lado, y dejó a la vista unos estantes tallados con runas y con figuras de un detalle tan fantástico que a Eragon le pareció que podría mirarlas durante

441

horas sin conseguir captarlas por entero. En el estante de abajo había unas figuras de los seis principales dioses de los enanos, todos ellos con unos rasgos exagerados y unas posturas que expresaban con claridad el carácter de cada uno de ellos.

Glûmra se sacó un amuleto de oro y plata de dentro de la camisa, lo besó y lo mantuvo a la altura de su garganta mientras se arrodillaba frente a la alcoba. Su voz subía y bajaba por las extrañas escalas de la música de los enanos mientras entonaba suavemente un canto fúnebre en su lengua nativa. La melodía hizo que a Eragon se le llenaran los ojos de lágrimas. Durante unos minutos, Glûmra cantó. Luego se quedó en silencio y continuó mirando las figuras y, mientras lo hacía, las arrugas de su rostro surcado por el dolor se dulcificaron, y en él, donde antes Eragon había visto solamente furia, inquietud e indefensión, apareció una expresión de tranquila aceptación, de paz y de una trascendencia sublime. Un suave resplandor pareció emanar de sus rasgos. La transformación de Glûmra fue tan completa que Eragon casi no la reconoció.

—Esta noche —dijo Glûmra—, Kvîstor cenará en el salón de Morgothal. Eso lo sé. —Besó su amuleto de nuevo—. Me gustaría compartir el pan con él, junto con mi esposo, Bauden, pero no es mi momento de dormir en las catacumbas de Tronjheim, y Morgothal no permite la entrada a aquellos que apremian su llegada. Pero, a su debido tiempo, nuestra familia se reunirá, incluidos todos nuestros antepasados desde que Gûntera creó el mundo de la oscuridad. Eso lo sé.

Eragon se arrodilló a su lado y, con voz ronca, preguntó:

—¿Cómo lo sabes?

—Lo sé porque es así. —Con movimientos lentos y respetuosos, Glûmra tocó los pies tallados de cada uno de los dioses con la punta de los dedos de la mano—. ¿Cómo podría ser de otra manera? Dado que el mundo no pudo haberse creado a sí mismo, igual que no puede hacerlo una espada ni un yelmo, y dado que solamente los seres que tienen el poder de forjar la tierra y los cielos son los que tienen poder divino, es en los dioses en quienes debemos buscar la respuesta. En ellos confío para que cuiden de que el mundo vaya por el camino correcto, y con mi confianza me libro del peso de mi carne.

Hablaba con tanta convicción que Eragon sintió un súbito deseo de compartir sus creencias. Deseó echar a un lado sus dudas y miedos y saber que, por muy horrible que el mundo pudiera parecer a veces, la vida no era mera confusión. Deseó saber a ciencia cierta que él no finalizaría el día en que una espada le cortara la cabeza; que, un día, se reencontraría con Brom, Garrow y con todos aquellos a quienes había amado y había perdido. Un desesperado deseo de tener esperanza y consuelo le invadió, le confundió y le dejó inestable sobre la faz de la Tierra.

Y, a pesar de todo, una parte de sí mismo se resistía, no le permitía confiarse a los dioses de los enanos y reprimir, así, su identidad y su sentido de bienestar por algo que no comprendía. También tenía dificultades en aceptar que, si los dioses existían realmente, fueran los dioses de los enanos. Eragon estaba seguro de que si preguntaba a Nar Garzhvog o a un miembro de las tribus nómadas, o incluso al sacerdote negro de Helgrind, si sus dioses eran reales, todos ellos defenderían la supremacía de sus deidades con la misma energía con que Glûmra había defendido la de los suyos. «¿Cómo se supone que voy a saber cuál de las religiones es la verdadera? —se preguntó—. Sólo porque alguien siga una fe en concreto, eso no significa que sea el camino correcto... Quizá ninguna religión contenga toda la verdad del mundo. Quizá cada religión contenga fragmentos de la verdad y nosotros tengamos la responsabilidad de identificar esos fragmentos y volver a unirlos. O quizá los elfos tengan razón y no exista ningún dios. Pero ¿cómo puedo estar seguro?»

Con un largo suspiro, Glûmra murmuró una frase en el idioma de los enanos, luego se puso en pie y cerró la cortina de seda, tapando el nicho. Eragon también se levantó, haciendo una mueca al sentir los músculos doloridos a causa de la batalla, la siguió hasta la mesa y volvió a sentarse. De un estante de piedra que había en una de las paredes, la enana sacó dos jarras de peltre, luego cogió una bota llena de vino que colgaba del techo y sirvió un trago para ella y para Eragon. Levantó la jarra y pronunció un brindis en el idioma de los enanos, que Eragon se esforzó en imitar, y ambos bebieron.

—Es bueno —dijo Glûmra— saber que Kvîstor continúa viviendo, saber que incluso ahora va ataviado con ropajes dignos de un rey y que disfruta de la cena en el salón de Morgothal. ¡Que gane un gran honor al servicio de los dioses! —Y volvió a beber.

Cuando hubo vaciado su jarra, Eragon empezó a despedirse de Glûmra, pero ella le detuvo con un gesto de la mano.

—¿Tienes dónde quedarte, Asesino de Sombra, y estar a salvo de los que te quieren muerto?

Eragon le contó que tenía que permanecer oculto debajo de Tronjheim hasta que Orik mandara a un mensajero a buscarlo. Glûmra asintió con la cabeza con un gesto breve y contundente y dijo:

—Entonces tú y tus compañeros debéis esperar aquí hasta que

443

llegue el mensajero, Asesino de Sombra. Insisto en ello. —Eragon iba a protestar, pero ella hizo un gesto negativo con la cabeza—. No puedo permitir que los hombres que han luchado junto a mi hijo languidezcan en la humedad y la oscuridad de las cuevas mientras me quede vida en los huesos. Reúne a tus compañeros; comeremos y estaremos alegres en esta lúgubre noche.

Eragon se dio cuenta que no podía marcharse sin que Glûmra se molestara, así que llamó a sus guardias y a su traductor. Juntos, ayudaron a Glûmra a preparar una cena a base de pan, carne y pastel, y cuando todo estuvo a punto, todos juntos comieron y bebieron y hablaron hasta bien entrada la noche. Glûmra se mostró especialmente animada; ella fue quien más bebió, quien rio con más fuerza y la primera en hacer una observación ingeniosa. Al principio, Eragon se sintió desconcertado por esa reacción, pero entonces se dio cuenta de que su sonrisa nunca le llegaba a los ojos y de que, cuando creía que nadie la observaba, la alegría desaparecía de su rostro y su expresión se volvía sombría y quieta. Llegó a la conclusión de que entretenerles era la manera de celebrar la memoria de su hijo, así como de ahuyentar el dolor por la muerte de Kvîstor.

«Nunca he conocido a nadie como tú», pensó mientras la observaba.

444

Pasada la medianoche, alguien llamó a la puerta de la choza. Hûndfast dejó entrar a un enano que llevaba la armadura completa y que parecía inquieto y malhumorado si se estaba quieto: no dejaba de mirar hacia las puertas, las ventanas y las esquinas en sombra. Con una serie de frases en el idioma antiguo, convenció a Eragon de que era el mensajero de Orik, y luego le dijo:

—Soy Farn, hijo de Flosi… Argetlam, Orik te ruega que vuelvas a toda prisa. Tiene noticias muy importantes acerca de los sucesos de hoy.

En la puerta, Glûmra cogió el brazo izquierdo de Eragon con dedos de hierro y le dijo:

—¡Recuerda tu juramento, Asesino de Sombra, y no permitas que los asesinos de mi hijo escapen sin recibir su castigo!

—No lo haré —prometió.

La Asamblea de Clanes

*L*os guardias que montaban guardia ante las habitaciones de Orik abrieron la doble puerta mientras Eragon caminaba hacia ellos.

El recibidor de detrás era largo y estaba muy decorado, amueblado con tres asientos redondos tapizados de rojo colocados en línea en el centro de la habitación. Unos tapices bordados decoraban las paredes, intercalados con las omnipresentes antorchas sin llama de los enanos, y en el techo se veían unas escenas talladas que ilustraban una famosa batalla de la historia de los enanos.

Orik se encontraba reunido con un grupo de sus guerreros y con varios enanos de barba gris del Dûrgrimst Ingeitum. Cuando Eragon se acercó, Orik se dio la vuelta hacia él con expresión lúgubre.

—¡Bien, no te has retrasado! Hûndfast, puedes retirarte a tus habitaciones. Tenemos que hablar en privado.

El traductor de Eragon hizo una reverencia y desapareció por el arco de la izquierda mientras el eco de sus pasos sobre el pulimentado suelo de ágata se apagaba. Cuando estuvo a una distancia prudencial, Eragon preguntó:

—¿No confías en él?

Orik se encogió de hombros.

—No sé en quién confiar en este momento; cuantas menos personas sepan lo que hemos descubierto, mejor. No podemos arriesgarnos a que las noticias lleguen a otro clan hasta mañana. Si eso sucede, tendremos sin duda una guerra de clanes.

Los enanos que estaban a sus espaldas murmuraron entre ellos, desconcertados.

—¿Cuáles son esas noticias, pues? —preguntó Eragon, preocupado.

Orik hizo un gesto a sus guardias y éstos se hicieron a un lado, descubriendo, al hacerlo, a tres enanos heridos y ensangrentados que se encontraban amontonados el uno sobre el otro en una esquina de la habitación. El enano que estaba encima se quejaba y daba patadas en el aire, pero era incapaz de deshacerse de entre sus compañeros.

—¿Quiénes son? —preguntó Eragon.

Orik contestó:

—Hice que algunos de nuestros herreros examinaran las dagas que llevaban tus atacantes. Han identificado al fabricante, un tal Kiefna *Narizlarga*, un herrero de nuestro clan que ha conseguido un gran renombre entre nuestra gente.

—¿Así que él nos puede decir quién compró las dagas y, así, quiénes son nuestros enemigos?

Orik soltó una brusca risotada que le agitó el pecho.

—Difícilmente, pero hemos conseguido seguir el rastro de las dagas desde Kiefna hasta un armero de Dalgon, a muchas leguas de aquí, que se las vendió a una knurlaf con…

—¿Una knurlaf? —preguntó Eragon.

Orik frunció el ceño.

—Una mujer. Una mujer que tiene siete dedos en cada mano compró las dagas hace dos meses.

—¿Y la has encontrado? No puede haber muchas mujeres con tantos dedos.

—La verdad es que es bastante común entre nuestra gente —dijo Orik—. Sea como sea, después de ciertas dificultades conseguimos localizarla en Dalgon. Allí mis guerreros la interrogaron más a fondo. Pertenece al Dûrgrimst Nagra, pero, por lo que hemos podido saber, actuaba por cuenta propia y no bajo las órdenes de los líderes de su clan. Gracias a ella hemos sabido que un enano le había hecho comprar las dagas y mandarlas a un mercader de vino que tenía que llevárselas a él desde Dalgon. El mercader no le dijo cuál era el destino de las dagas, pero preguntando a los mercaderes de la ciudad hemos descubierto que viajó directamente desde Dalgon a una de las ciudades controladas por el Dûrgrimst del Az Sweldn rak Anhûin.

—¡Así que «han sido» ellos! —exclamó Eragon.

—O eso, o hubiera podido ser alguien que quería que pensáramos que han sido ellos. Necesitamos más pruebas antes de determinar la culpa del Az Sweldn rak Anhûin. —Un brillo apareció en los ojos de Orik: levantó el dedo y continuó—: Así que por medio de un hechizo muy, muy hábil, hemos seguido el rastro del camino que los asesinos siguieron de vuelta a través de túneles y cuevas y hacia arriba, hasta un área desierta del duodécimo nivel de Tronjheim, fuera de la sala auxiliar subadjunta del radio sur de la zona oeste, a lo largo de…, ah, bueno, no importa. Pero algún día tendré que enseñarte cómo están ordenadas las habitaciones en Tronjheim, para que si alguna vez necesitas encontrar un punto de la ciudad tú solo, puedas hacerlo. En cualquier caso, el rastro nos condujo hasta un almacén abandonado donde esos tres —hizo un gesto en dirección a los tres enanos del suelo— se encontraban. No nos esperaban, así que pudimos capturarlos con vida, aunque intentaron suicidarse. No fue fácil, pero quebrantamos la mente de dos de ellos, dejamos al tercero para que lo interrogaran los otros grimstborithn, y les sacamos todo lo que sabían sobre el asunto. —Orik señaló a los enanos otra vez—. Fueron ellos quienes equiparon a los asesinos para el ataque, quienes les dieron las ropas negras y las dagas, y les acogieron y les alimentaron la noche anterior.

—¿Quiénes son? —preguntó Eragon.

—¡Bah! —exclamó Orik, y escupió en el suelo—. Son Vargrimstn, guerreros que han caído en desgracia y que ahora no pertenecen a ningún clan. Nadie se relaciona con esa escoria a no ser que también estén metidos en un asunto feo y no quieran que los demás lo sepan. Eso fue lo que sucedió con esos tres. Recibieron órdenes directas del Grimstborith Vermûnd, del Az Sweldn rak Anhûin.

—¿No hay ninguna duda?

Orik negó con la cabeza.

447

—No hay ninguna duda; ha sido el clan Az Sweldn rak Anhûin el que ha intentado matarte, Eragon. Probablemente nunca sabremos si otros clanes se han unido a ellos en este intento, pero si descubrimos la traición del Az Sweldn rak Anhûin…, eso obligará a quien haya estado involucrado en el atentado a separarse de sus aliados; a abandonar o, por lo menos, aplazar otros ataques contra el Dûrgrimst Ingeitum; y, si esto se maneja de la forma adecuada, obtendré sus votos para ser rey.

Eragon tuvo por un momento la imagen mental de la hoja de destellos de arcoíris emergiendo del cuello de Kvîstor y la expresión de agonía del enano cuando hubo caído al suelo para morir.

—¿Cómo castigaremos al Az Sweldn rak Anhûin por este crimen? ¿Mataremos a Vermûnd?

—Ah, déjame eso a mí —repuso Orik, que se dio unos golpecitos en la nariz con el dedo—. Tengo un plan. Pero tenemos que ir con cuidado, porque es una situación extremadamente delicada. Una traición así no se ha dado en muchísimos años. Como extranjero, no puedes saber hasta qué punto nos parece abominable que uno de los nuestros ataque a un huésped. El hecho de que seas el único Jinete libre que se opone a Galbatorix hace que la ofensa sea más grave. Quizá sea necesario verter más sangre, pero de momento eso sólo nos conduciría a una guerra de clanes.

—Quizás una guerra de clanes sea la única manera de enfrentarse al Az Sweldn rak Anhûin —señaló Eragon.

—Creo que no, pero si estoy equivocado y una guerra es inevitable, debemos asegurarnos de que sea una guerra entre todos los clanes contra el Az Sweldn rak Anhûin. Eso no sería tan terrible. Juntos podríamos acabar con ellos en una semana. Una guerra del conjunto de los clanes dividido en dos o tres facciones destruiría nuestro país. Es crucial, pues, que antes de que desenfundemos las espadas podamos convencer al resto de los clanes de que ha sido el Az Sweldn rak Anhûin quien lo ha hecho. Con este fin, ¿permitirás que magos de diferentes clanes examinen tus recuerdos del ataque para que comprueben que todo sucedió tal y como les diremos y que no lo hemos fingido por nuestro propio beneficio?

Eragon dudó, reticente a abrir su mente a extraños y, con un gesto de cabeza hacia los tres enanos que estaban en el suelo, preguntó:

—¿Y ellos? ¿Sus recuerdos no servirán para convencer a los clanes de la culpa del Az Sweldn rak Anhûin?

Orik hizo una mueca.

—Deberían servir, pero para ser escrupulosos es posible que los jefes de clan insistan en comparar sus recuerdos con los tuyos; si te niegas, el Az Sweldn rak Anhûin afirmará que estamos escondiendo algo a la asamblea y que nuestras acusaciones no son más que una invención y una calumnia.

—Muy bien —contestó Eragon—. Si debo hacerlo, lo haré. Pero si alguno de los magos se mete donde no debería, aunque sea por accidente, no tendré otra opción que borrarle de la mente lo que haya visto. Hay algunas cosas que no puedo permitir que sean de conocimiento público.

Orik asintió con la cabeza y dijo:

—Sí, puedo pensar, por lo menos, en cierta información que provocaría cierta consternación si se pregonara por toda esta tierra, ¿no? Estoy seguro de que los jefes de clan aceptarán tus condiciones, dado que todos ellos tienen secretos que no quieren que se sepan, igual que estoy seguro de que ordenarán actuar a sus magos, sin tener en cuenta el peligro. Este ataque tiene el potencial de provocar un caos tal en nuestra raza que los grimstborithn se sentirán obligados a establecer la veracidad de todo, aunque eso les cueste perder a los hechiceros más hábiles.

Entonces Orik, incorporándose, ordenó que se llevaran a los prisioneros de la decorada sala y despidió a todos sus vasallos, excepto a Eragon y a un contingente de veintiséis de sus mejores guerreros. Con un gesto elegante, Orik tomó a Eragon del brazo y lo condujo hacia las habitaciones interiores.

—Esta noche debes quedarte conmigo, ya que los Az Sweldn rak Anhûin no se atreverán a atacarte aquí.

—Si quieres dormir —dijo Eragon—, debo advertirte de que yo no podré descansar, por lo menos esta noche. Todavía me hierve la sangre a causa del tumulto de la lucha, y mis pensamientos están igual de intranquilos.

Orik contestó:

—Descansa o no, como desees. Pero no perturbarás mi descanso, puesto que me pondré una gruesa capucha que me tapará los ojos. De todas maneras, te recomiendo que intentes tranquilizarte, quizá con alguna de las técnicas que los elfos te enseñaron, y que recuperes toda la energía que puedas. Ya casi ha llegado el nuevo día y sólo faltan unas cuantas horas para que se reúna la Asamblea. Lo que digamos y hagamos hoy determinará el destino último de mi gente, de mi país y del resto de Alagaësia… ¡Ah, no pongas esa cara tan sombría! Piensa en lo siguiente: tanto si nos espera el éxito como el fracaso, y estoy seguro de que triunfaremos, nuestros nombres se recordarán hasta el fin de los tiempos por cómo nos comportemos en esta asamblea. ¡Eso, al menos, puede llenarte de orgullo! Los dioses son volubles, y la única inmortalidad con la que podemos contar es con la que ganemos con nuestras hazañas. Buena o mala fama, cualquiera de ellas es preferible a ser olvidado cuando abandonemos este reino.

449

Esa misma noche, más tarde, en las horas muertas de antes de la mañana, los pensamientos de Eragon vagaban mientras él permanecía en los brazos de un mullido sofá de enano y su conciencia se disolvía en la desordenada fantasía de sus sueños de vigilia. A pesar de que era consciente del mosaico de piedras de colores de la pared que tenía enfrente, también veía, como una cortina flotante que cubriera el mosaico, escenas de sus días en el valle de Palancar antes de que ese sangriento y trascendente destino interviniera en su vida. Pero las escenas se alejaban de los hechos y lo sumergían en situaciones imaginarias construidas aleatoriamente a partir de fragmentos de lo que había sucedido en realidad: se encontraba de pie en el taller de Horst, las puertas del cual estaban abiertas y colgaban de las bisagras, abiertas como la boca desencajada de un idiota. Fuera había una noche sin estrellas, y la oscuridad que todo lo consumía parecía apretarse contra el halo de luz de los carbones al rojo, como ansiosa por devorar esa rojiza esfera. Horst se inclinaba sobre la forja como un gigante y las sombras que bailaban sobre su rostro y su barba le conferían un aspecto aterrador. El musculoso brazo subía y bajaba y un estruendo agudo como el tañido de una campana hacía vibrar el aire cada vez que el martillo golpeaba el extremo de una barra de hierro al rojo vivo. Una nube de chispas se apagó en el suelo. El herrero golpeó cuatro veces más el hierro; luego levantó la barra del yunque y lo sumergió en un cubo lleno de aceite. Unas llamas furiosas lamieron la superficie del aceite y se desvanecieron con unos chillidos enojados. Horst sacó la barra del cubo, se dio la vuelta hacia Eragon y lo miró con el ceño fruncido. Le dijo:

—¿Por qué has venido, Eragon?

—Necesito una espada de Jinete de Dragón.

—Márchate. No tengo tiempo de forjar tu espada de Jinete. ¿No te das cuenta de que estoy trabajando en un gancho para Elain? Debe tenerlo para la batalla. ¿Estás solo?

—No lo sé.

—¿Dónde está tu padre?

—No lo sé.

Entonces se oyó una voz nueva, una voz afectada, llena de fuerza y poder, que dijo:

—Buen herrero, no está solo. Ha venido conmigo.

—¿Y quién eres tú? —preguntó Horst.

—Soy su padre.

Entonces, por las puertas abiertas y desde la oscuridad apareció una figura envuelta en un pálido halo de luz que se quedó a la entrada del taller. Una capa roja le colgaba de los hombros, más anchos que los de un kull. En la mano izquierda del hombre, *Zar'roc* brillaba con una luz tan penetrante como el dolor. Desde detrás de las rendijas del pulido yelmo, sus ojos azules se clavaron en Eragon y lo inmovilizaron, igual que a un conejo atravesado por una flecha. El hombre levantó la mano izquierda y la mantuvo en alto.

—Hijo, ven conmigo. Juntos podremos destruir a los vardenos, matar a Galbatorix y conquistar toda Alagaësia. Dame tu corazón, y seremos invencibles. Dame tu corazón, hijo mío.

Con una exclamación ahogada, Eragon saltó del sofá y se quedó de pie con los puños apretados y la respiración agitada. Los guardias de Orik lo miraron inquisitivamente, pero él los ignoró, demasiado preocupado para explicar su reacción.

Todavía era pronto, así que al cabo de un rato Eragon volvió a acomodarse en el sofá, pero permaneció alerta y no se dejó sumir en el mundo de los sueños por miedo a las apariciones que pudieran atormentarlo.

Eragon permanecía de pie y de espaldas a la pared, con la mano sobre la empuñadura de su espada de enano, y observaba a los jefes de clan entrar en la sala de conferencias que se encontraba en las profundidades de Tronjheim. Prestaba especial atención a Vermûnd, el grimstborith de Az Sweldn rak Anhûin, pero el enano con el velo púrpura no mostró ninguna sorpresa de ver a Eragon vivo e ileso.

Notó que Orik le daba un golpecito en el pie con la punta de la bota. Sin apartar los ojos de Vermûnd, Eragon se inclinó hacia Orik y escuchó.

—Recuerda, hacia la izquierda y tres puertas más abajo —murmuró Orik, refiriéndose al lugar en que había colocado a cien de sus guerreros sin que los otros jefes de clan lo supieran.

Eragon, también en susurros, dijo:

—Si se derrama sangre, ¿debo buscar la oportunidad de matar a esa serpiente de Vermûnd?

—A no ser que él intente hacer lo mismo contigo o conmigo, por favor, no lo hagas. —Orik rio con una carcajada ahogada y profunda—. Eso difícilmente haría que te ganaras a los otros grimstborithn... Ah, debo irme ahora. Reza a Sindri para que tengamos suerte, ¿quieres? Estamos a punto de adentrarnos en un campo de lava que nadie se ha atrevido a cruzar nunca.

Y Eragon rezó.

Cuando todos los jefes de clan estuvieron sentados alrededor de la mesa que se encontraba en el centro de la sala, los que se encontraban en el perímetro de ésta, incluido Eragon, se sentaron en el círculo de sillas que había ante las paredes circulares. Eragon no se relajó, empero, como hicieron muchos de los enanos, sino que se sentó en el borde de la silla, preparado para luchar a la menor señal de peligro.

Cuando Gannel, el sacerdote guerrero de ojos negros que pertenecía al Dûrgrimst Quan, se levantó ante la mesa y empezó a hablar en el idioma de los enanos, Hûndfast se inclinó hacia Eragon y le fue traduciendo en susurros.

—Saludos de nuevo, compañeros jefes de clan. Pero si estos saludos son bien recibidos o no, de eso no estoy seguro, puesto que ciertos rumores inquietantes, rumores de rumores, a decir verdad, han llegado a mis oídos. No tengo información más allá de esas habladurías vagas y preocupantes, tampoco ninguna prueba en la cual fundamentar una acusación. De todas maneras, dado que hoy me toca a mí presidir esta sesión, nuestra reunión, propongo que aplacemos nuestros serios debates por el momento y, si os parece bien, me permitáis exponer unas cuantas cuestiones a esta asamblea.

Los jefes de clan murmuraron entre ellos. Íorûnn, la brillante y sonriente Íorûnn, dijo:

—No tengo ninguna objeción, Grimstborith Gannel. Has despertado mi curiosidad con esas crípticas insinuaciones. Escuchemos las preguntas que tienes que hacer.

—Sí, escuchemos —dijo Nado.

—Escuchemos —accedió Manndrâth, y así todos los jefes de clan, incluido Vermûnd.

Después de recibir el permiso solicitado, Gannel apoyó los nudillos de las manos en la mesa y permaneció en silencio un instante para captar la atención de todos los de la sala:

—Ayer, mientras comíamos en nuestros aposentos, los knurlan que se encontraban en los túneles de debajo de la zona sur de Tronjheim oyeron unos ruidos. Los informes de esa algarabía difieren, pero el hecho de que tantos los oyeran en una zona tan amplia demuestra que no se trataba de un pequeño alboroto. Al igual que vosotros, recibí las usuales advertencias de que podía haber ocurrido un derrumbe. Lo que quizá no sepáis es que, dos horas después…

Hûndfast dudó un momento, pero rápidamente susurró:

—La palabra es difícil en este idioma. «Recorredores de túneles», creo. —Y continuó traduciendo.

—… recorredores de túneles descubrieron pruebas de una fuerte lucha en uno de los viejos túneles que nuestro célebre antepasado Kurgan *Barbalarga* excavó. La sangre cubría el suelo, las paredes estaban ennegrecidas del hollín de una antorcha que la espada de algún enano descuidado había roto, las piedras estaban atravesadas por grietas; esparcidos por todas partes había unos cuerpos chamuscados, enredados entre ellos; además se encontraron marcas de que otros cuerpos habían sido apartados de allí. No eran restos de alguna escaramuza oscura de la batalla de Farthen Dûr. ¡No! La sangre todavía no se había secado, el hollín era reciente, las grietas se habían formado hacía poco tiempo y, me dijeron, todavía se podía detectar el uso de la magia en la zona. Incluso ahora, algunos de nuestros mejores hechiceros están intentando recomponer una imagen de lo ocurrido,

pero tienen pocas esperanzas de conseguirlo, puesto que los participantes en el alboroto se habían cubierto con hábiles hechizos. Así que
mi primera pregunta a la asamblea es: ¿alguno de vosotros conoce
algo respecto a este suceso misterioso?

En cuanto Gannel hubo terminado de hablar, Eragon tensó las
piernas, listo para saltar si los enanos de velo púrpura del Az Sweldn
rak Anhûin desenfundaban las armas.

Orik se aclaró la garganta y dijo:

—Creo que puedo satisfacer parte de tu curiosidad en este tema,
Gannel. De todas formas, dado que mi respuesta será necesariamente
larga, te sugiero que expongas tus siguientes preguntas antes de que
yo empiece.

Gannel frunció el ceño con expresión sombría. Dio unos golpecitos en la mesa con los nudillos y dijo:

—Muy bien… Respecto a lo que está indudablemente relacionado con el cruce de armas en los túneles de Korgan, he recibido informes de numerosos knurlan que se han desplazado por Tronjheim
y que, de manera furtiva, se han reunido aquí y allá en grupos cada
vez mayores de hombres armados. Mis agentes han sido incapaces
de establecer a qué clan pertenecen, pero el hecho de que cualquiera de
los presentes en esta asamblea haya podido intentar reunir fuerzas
de forma subrepticia mientras nos encontramos en situación de decidir quién debe ser el sucesor del rey Hrothgar sugiere unas mo-
tivaciones oscuras. Así que mi segunda pregunta a la asamblea es la
siguiente: ¿quién es el responsable de esta maniobra perversa? Y si
ninguno está dispuesto a admitir su mala conducta, propongo encarecidamente que ordenemos a todos los guerreros, sin tener·en
cuenta a qué clan pertenecen, abandonar Tronjheim mientras dure
la Asamblea, y que designemos de inmediato a un lector de la ley
para que investigue estos hechos y determine a quién debemos
censurar.

La revelación, las preguntas y la propuesta de Gannel despertaron una oleada de acaloradas conversaciones entre los jefes de clan,
durante la cual los enanos se lanzaron acusaciones, negaciones y con-
traacusaciones cada vez con mayor virulencia hasta que, al fin, mientras Thordris, enfurecido, gritaba a Gáldhiem, rojo de ira, Orik volvió
a aclararse la garganta. Todos se callaron, expectantes.

Con un tono tranquilo, Orik dijo:

—Esto creo que también puedo explicártelo, Gannel, por lo menos en parte. No puedo hablar de las actividades de los otros clanes,
pero algunos de los cientos de guardias que han estado recorriendo

453

las salas de los sirvientes de Tronjheim pertenecen al Dûrgrimst Ingeitum. Esto lo admito libremente.

Todos permanecieron en silencio hasta que Íorûnn dijo:

—¿Y qué explicación tienes para este comportamiento beligerante, Orik, hijo de Thrifk?

—Tal como he dicho antes, justa Íorûnn, mi respuesta deberá ser necesariamente larga, así que si tú, Gannel, tienes más preguntas, te sugiero que continúes.

Gannel frunció tanto el ceño que sus protuberantes cejas estuvieron a punto de tocarse.

—Me reservo las demás preguntas por el momento, puesto que todas ellas tienen relación con las que ya he planteado a la Asamblea y parece que debemos esperar el momento en que quieras aclararnos algún aspecto más de este asunto. De todas formas, puesto que estás involucrado en estas dudosas actividades, se me ha ocurrido una nueva pregunta que me gustaría hacerte a ti en concreto, Grimstborith Orik. ¿Por qué razón abandonaste la reunión de ayer? Y permíteme que te advierta que no toleraré ninguna evasiva. Ya has dado a entender que tienes conocimiento de este asunto. Bueno, ha llegado el momento de que te expliques, Grimstborith Orik.

Orik se puso en pie mientras Gannel se sentaba y dijo:

—Será un placer.

Orik bajó la cabeza hasta que la barba le quedó reposando encima del pecho. Calló un momento y, luego, empezó a hablar con voz profunda. Pero no empezó a hablar como Eragon había esperado ni, pensó, como el resto de los congregados hubiera previsto. En lugar de describir el atentado contra la vida de Eragon y, así, explicar por qué se había marchado de la reunión anterior antes de tiempo, Orik empezó hablando de que, al principio de la historia, la raza de los enanos emigró de los verdes campos del desierto de Hadarac hasta las montañas Beor, donde excavaron los miles y miles de túneles, construyeron las magníficas ciudades, tanto encima como debajo de la tierra, y donde libraron una guerra entre varias facciones, así como contra los dragones, a los que, durante miles de años, los enanos habían mirado con una mezcla de odio, miedo y renuente admiración.

Luego Orik habló de la llegada de los elfos a Alagaësia y de que los elfos habían luchado contra los dragones hasta que estuvieron a punto de destruirse los unos a los otros y de que, como resultado de ello, las dos razas acordaron crear a los Jinetes de Dragón para mantener la paz a partir de ese momento.

—¿Y cuál fue nuestra respuesta cuando conocimos sus intenciones? —preguntó Orik, cuya voz resonaba con fuerza en la sala—. ¿Pedimos ser incluidos en el pacto? ¿Tuvimos alguna aspiración de compartir el poder que iban a tener los Jinetes de Dragones? ¡No! Nos aferramos a nuestros viejos hábitos, a nuestros viejos odios, y rechazamos cualquier idea de unirnos a los dragones o de permitir que alguien de fuera de nuestro reino nos supervisara. Con tal de preservar nuestra autoridad, sacrificamos nuestro futuro, porque estoy convencido de que si algunos de los Jinetes de Dragones hubieran sido knurlan, Galbatorix nunca hubiera conseguido el poder. Incluso si estoy equivocado, y no quiero menospreciar a Eragon, que ha demostrado ser un buen Jinete, la dragona Saphira «le hubiera nacido» a uno de nuestra raza y no a un humano. ¿Y así, cuál no hubiera sido nuestra gloria?

»En lugar de ello, nuestra importancia en Alagaësia ha disminuido desde que la reina Tarmunora y el homónimo de Eragon hicieron las paces con los dragones. Al principio, nuestro estatus de inferioridad no era tan amargo de aceptar, y a menudo era más fácil negarlo que reconocerlo. Pero entonces llegaron los úrgalos, y luego los humanos, y los elfos modificaron sus hechizos para que los humanos también pudieran ser Jinetes. Y entonces, ¿quisimos nosotros que nos incluyeran en ese acuerdo, como hubiera podido ser…, como era nuestro derecho? —Orik negó con la cabeza—. Nuestro orgullo no lo permitía. ¿Por qué teníamos nosotros, la raza más antigua de la Tierra, que suplicar a los elfos el favor de su magia? No necesitábamos vincular nuestro destino al de los dragones para salvar nuestra raza de la destrucción, como sí lo necesitaban los elfos y los humanos. Ignoramos, por supuesto, las batallas que librábamos entre nosotros mismos. Ésos, pensábamos, eran asuntos privados que no le importaban a nadie más.

Los jefes de clan se removieron en sus asientos, incómodos. Muchos mostraban una expresión de insatisfacción por las críticas de Orik, pero los demás parecían más receptivos y tenían una actitud reflexiva.

Orik continuó:

—Mientras los Jinetes vigilaban Alagaësia, nosotros disfrutamos del mayor periodo de prosperidad que nunca se haya registrado en los anales de nuestro reino. Florecimos como nunca lo habíamos hecho antes, y a pesar de todo, no teníamos nada que ver con el motivo de ello: los Jinetes. Ningún tipo de asunto es, diría, adecuado para una raza de nuestra estatura. No somos un país de vasallos sujetos a los caprichos de unos señores extranjeros. Ni aquellos que no son descendientes de Odgar y de Hlordis dictarán nuestro destino.

Este tipo de razonamiento era más del agrado de los jefes de clan; asintieron con la cabeza y sonrieron, y Havard, incluso, aplaudió un poco al final de la frase.

—Consideremos nuestra era actual —dijo Orik—. Galbatorix tiene cada vez una fuerza mayor y todas las razas luchan para liberarse de su gobierno. Se ha hecho tan poderoso que el único motivo de que no seamos sus esclavos es que, de momento, no ha decidido volar montado en su dragón negro y atacarnos directamente. Si lo hiciera, caeríamos ante él como árboles jóvenes bajo un alud. Por suerte, parece satisfecho de esperar a que nos masacremos de camino a las puertas de su ciudadela de Urû'baen. Os recuerdo que antes de que Eragon y Saphira aparecieran empapados y desaliñados a nuestras puertas con cien kull aullando detrás de ellos, nuestra única esperanza de vencer a Galbatorix era que algún día, en algún lugar, Saphira «naciera al Jinete de su elección» y que con esa persona desconocida, quizá, con suerte, si éramos más afortunados que todos los jugadores que hayan ganado nunca a los dados, pudiéramos derrocar a Galbatorix. ¿Esperanza? ¡Ja! Ni siquiera teníamos una esperanza; teníamos la esperanza de tener una esperanza. Cuando Eragon se dio a conocer, muchos de nosotros nos sentimos disgustados por su aparición, incluido yo mismo. «No es más que un muchacho», dijimos. «Hubiera sido mejor que fuera un elfo», dijimos. Pero, ¡quién lo iba a decir!, ha demostrado ser la personificación de nuestra esperanza. Dio muerte a Durza y, así, nos permitió salvar nuestra ciudad más amada, Tronjheim. Su dragona, Saphira, ha prometido restaurar el zafiro estrellado para que recupere su esplendor original. Durante la batallas de los Llanos Ardientes, ahuyentó a Murtagh y a Espina, y así nos permitió ganar. ¡Y mirad! Él ahora incluso se parece a un elfo, y con su extraña magia ha adquirido su velocidad y su fuerza.

Orik levantó el índice para enfatizar sus palabras.

—Además, el rey Hrothgar, en su sabiduría, hizo lo que ningún otro rey ni ningún grimstborith ha hecho nunca: se ofreció a adoptar a Eragon en el Dûrgrimst Ingeitum y a hacerle miembro de su propia familia. Eragon no tenía ninguna obligación de aceptar esa oferta. Por supuesto, sabía que muchas familias del Ingeitum se oponían a ello y que, en general, muchos knurlan no lo mirarían con aprobación. Y, a pesar de esas contrariedades, y a pesar del hecho de que ya había prometido lealtad a Nasuada, aceptó el regalo de Hrothgar, sabiendo perfectamente que eso solamente le haría la vida más difícil. Él mismo me ha dicho que realizó el juramento sobre el Corazón de Piedra a causa del deber que tiene con todas las razas de Alagaësia, y en especial con nosotros, ya que, a través de los actos de Hrothgar, le demostramos a él y a Saphira tanta amabilidad. A causa del genio de Hrothgar, el último Jinete libre de Alagaësia y nuestra única esperanza contra Galbatorix decidió, libremente, convertirse en un knurla en todos los aspectos, excepto por sangre. Desde ese momento, Eragon ha acatado nuestras leyes y nuestras tradiciones tanto como su conocimiento de ellas se lo ha permitido, y se ha interesado en aprender cada vez más nuestra cultura para poder hacer honor al verdadero significado de su juramento. Cuando Hrothgar cayó, abatido por el traidor Murtagh, Eragon me juró por todas las piedras de Alagaësia que lucharía por vengar su muerte. Me ha mostrado el respeto y la obediencia que me debía como grimstborith, y estoy orgulloso de considerarle un hermano adoptivo.

Eragon bajó la mirada con las mejillas y las orejas ruborizadas. Deseó que Orik no se mostrara tan generoso con sus halagos, pues eso sólo haría que su posición fuera más difícil de mantener en el futuro.

Orik abrió los brazos para dar a entender que incluía en su abrazo a todos los jefes de clan y exclamó:

—¡Todo aquello que habíamos deseado encontrar en un Jinete de Dragón lo hemos recibido de Eragon! ¡Él existe! ¡Es poderoso! ¡Y ha comprendido a nuestra gente como ningún otro Jinete de Dragón lo ha hecho nunca! —Entonces Orik bajó los brazos y también el volumen de la voz hasta tal punto que Eragon tuvo que esforzarse para oírlo—. Pero ¿cómo hemos respondido a su amistad? En general, con sorna, con desprecio y con un hosco resentimiento. Digo que somos una raza desagradecida y que nuestros recuerdos son demasiado viejos para nuestro propio bien… Incluso algunos de entre nosotros están llenos de un odio tan profundo que se han vuelto violentos con tal de saciar la sed de su furia. Quizá todavía piensan que están haciendo lo mejor para nuestra gente, pero si es así, tienen las mentes tan podridas como un trozo de queso viejo. Porque, si no, ¿por qué intentarían asesinar a Eragon?

Los jefes de clan se quedaron absolutamente callados y con la mirada fija en el rostro de Orik. Tan intensa era su concentración que Freowin, el corpulento grimstborith, había dejado a un lado su cuervo tallado y había entrelazado las manos encima de su gran barriga, de tal forma que parecía una de las estatuas de los enanos.

Mientras todos lo miraban sin pestañear, Orik relató a los reunidos el ataque de los siete enanos vestidos de negro contra Eragon y sus guardias mientras se encontraban deambulando por los túneles de debajo de Tronjheim. Luego les habló del brazalete de pelo de caballo trenzado con amatistas que los guardias de Eragon habían encontrado en uno de los cuerpos.

—¡No pienses culpar de este ataque a mi clan a partir de una prueba tan mala! —exclamó Vermûnd, que se puso en pie de repente—. ¡Se pueden comprar baratijas de este tipo en casi todos los mercados de nuestro reino!

—Es verdad —repuso Orik, asintiendo con la cabeza en dirección a Vermûnd.

Entonces, rápidamente y con voz tranquila, Orik contó a su audiencia, igual que se lo había contado a Eragon la noche anterior, que sus agentes en Dalgon le habían confirmado que las extrañas dagas titilantes de los asesinos habían sido forjadas por un herrero de Kiefna, y también que sus agentes habían descubierto que el enano que las había comprado había dispuesto que fueran transportadas desde Dalgon hasta una de las ciudades de los Az Sweldn rak Anhûin.

Vermûnd gruñó un juramento y se puso en pie otra vez.

—¡Esas dagas quizá nunca llegaron a nuestra ciudad, y aunque lo hicieran, no puedes sacar ninguna conclusión de este hecho! Entre nuestros muros hay muchos knurlan de muchos clanes, igual que sucede entre los muros de la fortaleza Bregan, por ejemplo. Eso no significa «nada». Ten cuidado con lo que vas a decir, Grimstborith Orik, porque no tienes ningún fundamento para lanzar acusaciones contra mi clan.

—Yo era de la misma opinión que tú, Grimstborith Vermûnd —contestó Orik—. Así que, anoche, mis hechiceros y yo seguimos el rastro de los asesinos hasta su lugar de partida y, en el duodécimo nivel de Tronjheim, capturamos a tres knurlan que se escondían en un polvoriento almacén. Quebrantamos la mente de dos de ellos y, así, supimos que habían sido ellos quienes habían equipado a los asesinos. Y —continuó Orik en tono duro y terrible— por ellos supimos la identidad de su señor. ¡Te acuso a ti, Grimstborith Vermûnd! ¡Te declaro asesino y te acuso de romper el juramento! Te declaro enemigo del Dûrgrimst Ingeitum, te declaro traidor a tu raza, ¡porque fuisteis tú y tu clan quienes intentasteis asesinar a Eragon!

La reunión se sumió en el caos: todos los jefes de clan, excepto Orik y Vermûnd, empezaron a gritar y a agitar las manos para dominar la conversación. Eragon se puso en pie y aflojó unos centímetros la espada que llevaba colgada del cinturón para poder responder con toda la velocidad posible si Vermûnd o alguno de sus enanos decidían aprovechar el momento para atacar. Vermûnd no se movió, a pesar de todo, igual que tampoco se movió Orik: se miraban el uno al otro como lobos y no prestaban ninguna atención a la conmoción que había a su alrededor.

Cuando, al fin, Gannel consiguió que se impusiera el orden, dijo:

—Grimstborith Vermûnd, ¿puedes negar estas acusaciones?

Con voz apagada y sin ningún rastro de emoción, Vermûnd contestó:

—Las rechazo con todos los huesos de mi cuerpo, y desafío a cualquiera a que las demuestre a satisfacción de un lector de la ley.

Gannel, entonces, se dirigió a Orik:

—Presenta tus pruebas, entonces, Grimstborith Orik, para que podamos juzgar si son válidas o no. Aquí hay cinco lectores de la ley, si no me equivoco. —Hizo un gesto en dirección al extremo de la sala, desde donde cinco enanos de barba blanca le dedicaron una reverencia—. Ellos se asegurarán de que no excedamos los límites de la ley durante nuestra investigación. ¿Estamos de acuerdo?

—Estoy de acuerdo —dijo Ûndin.

—Estoy de acuerdo —dijo Hadfala, así como todos los jefes de clan excepto Vermûnd.

Lo primero que hizo Orik fue colocar el brazalete de amatistas encima de la mesa. Todos los jefes de clan hicieron que uno de sus magos lo examinara, y todos ellos estuvieron de acuerdo en que esa prueba no era concluyente.

A continuación, Orik hizo que un ayudante trajera un espejo que estaba montado encima de un trípode. Uno de los magos de su séquito lanzó un hechizo y en la pulida superficie del espejo apareció la imagen de una pequeña habitación repleta de libros. Pasaron unos instantes; entonces, de repente, un enano entró corriendo en la habitación y saludó con una reverencia a la Asamblea desde el espejo. Con voz ahogada se presentó como Rimmar y, después de prestar juramento en el idioma antiguo para asegurar su honestidad, contó cómo él y sus ayudantes habían realizado sus descubrimientos acerca de las dagas que llevaban los atacantes de Eragon.

Cuando los jefes de clan terminaron de interrogar a Rimmar, Orik hizo que sus guerreros trajeran a los tres enanos que el Ingeitum había capturado. Gannel les ordenó que realizaran los juramentos de sinceridad en el idioma antiguo, pero ellos lo maldijeron y escupieron en el suelo, negándose a hacerlo. Entonces, varios magos de distintos clanes unieron sus pensamientos, invadieron las mentes de los prisioneros y les extrajeron la información que deseaban. Sin excepción, todos los magos confirmaron lo que Orik ya había dicho. Al final, Orik llamó a Eragon para que testificara. Eragon se sentía nervioso mientras se acercaba a la mesa bajo la funesta mirada de los trece jefes de clan. Clavó los ojos en un colorido destello que se veía en una columna de mármol e intentó ignorar la incomodidad. Repitió los juramentos de sinceridad tal y como uno de los magos enanos se los dijo; luego, sin hablar más de lo necesario, Eragon contó a los jefes de clan cómo él y sus guardias habían sido atacados. Después respondió a las inevitables preguntas de los enanos y permitió que dos de los magos, que Gannel escogió al azar de entre los allí reunidos, examinaran sus recuerdos de los hechos. Al bajar las barreras de su mente, Eragon notó que los magos parecían temerosos y eso le prestó cierto consuelo. «Bien —pensó—. Así, si me temen, será menos probable que se metan donde no deben.» Para su alivio, la inspección se llevó a cabo sin ningún incidente y los magos corroboraron sus palabras a los jefes de clan.

Gannel se levantó de la silla y se dirigió a los lectores de la ley, a quienes les preguntó:

—¿Estáis satisfechos con la calidad de las pruebas que el Grimstborith Orik y Eragon Asesino de Sombra nos han ofrecido?

Los cinco enanos de barba blanca hicieron una reverencia y el que se encontraba en el medio, dijo:

—Lo estamos, Grimstborith Gannel.

Gannel gruñó, aparentemente sorprendido.

—Grimstborith Vermûnd, tú eres el responsable de la muerte de Kvîstor, hijo de Bauden, y has intentado asesinar a un huésped. Al hacerlo, has avergonzado a toda nuestra raza. ¿Qué tienes que decir a esto?

El jefe de clan de los Az Sweldn rak Anhûin apoyó las manos encima de la mesa y las venas se le marcaron en los brazos.

—Si este Jinete de Dragón es un knurla en todos los aspectos, excepto por sangre, entonces no es ningún huésped y podemos tratarlo como lo haríamos si fuera un enemigo de otro clan.

—¡Vaya, esto es ridículo! —exclamó Orik, casi farfullando a causa de la indignación—. No puedes decir que él...

—Frena la lengua, por favor, Orik —dijo Gannel—. Gritar no resolverá el tema. Orik, Nado, Íorûnn, venid conmigo.

La preocupación carcomió a Eragon durante los minutos en que los cuatro enanos estuvieron parlamentando con los lectores de la ley.

«No es posible que dejen a Vermûnd sin recibir ningún castigo por un juego de palabras», pensó.

Al volver a la mesa, Íorûnn dijo:

—Los lectores de la ley se han mostrado unánimes. A pesar de que Eragon es un miembro del Dûrgrimst Ingeitum por juramento, también tiene una posición importante fuera de nuestro reino: principalmente, la de Jinete de Dragón, pero también la de un agente enviado por los vardenos, enviado por Nasuada para que sea testigo de la coronación de nuestro próximo gobernante, y además es un amigo de gran influencia de la reina Islanzadí y de su raza entera. Por estos motivos, Eragon merece la misma hospitalidad que ofreceríamos a cualquier embajador que nos visitara, ya fuera príncipe, monarca o cualquier otra persona de rango. —La mujer miró de soslayo a Eragon, fijando los ojos oscuros y brillantes en sus brazos—. En resumen, él es nuestro huésped de honor y debemos tratarlo como tal…, tal como cualquier knurla que no se haya vuelto loco debería saber.

—Sí, es nuestro huésped —asintió Nado. Había perdido el color en las mejillas y en los labios, como si acabara de morder una manzana verde.

—¿Qué dices ahora, Vermûnd? —preguntó Gannel.

El enano del velo púrpura se levantó de la silla y miró alrededor de la mesa, dedicando unos instantes a cada uno de los jefes de clan.

—Digo lo siguiente, y escuchadme bien, grimstborithn: si algún clan levanta el hacha contra los Az Sweldn rak Anhûin a causa de estas falsas acusaciones, lo consideraremos un acto de guerra y responderemos de forma consecuente. Si me encarceláis, eso también se considerará un acto de guerra y también responderemos de la manera apropiada. —Eragon vio que el velo de Vermûnd se movía, y pensó que debía de estar sonriendo por detrás de él—. Si nos atacáis de cualquiera de las maneras, sea con armas o con palabras, por suave que sea el ataque, lo consideraremos un acto de guerra y responderemos de la forma apropiada. A no ser que deseéis que nuestro país sufra mil arañazos sangrientos, sugiero que dejéis que el viento se lleve la discusión de esta mañana y, en su lugar, que llenéis vuestras mentes con pensamientos acerca de quién gobernará a partir de ahora desde el trono de granito.

Los jefes de clan permanecieron en silencio durante un largo momento.

Eragon tuvo que morderse la lengua para no saltar sobre la mesa y avasallar verbalmente a Vermûnd hasta que los enanos decidieran colgarlo por sus crímenes. Se recordó a sí mismo que le había prome-

461

tido a Orik acatar su forma de dirigir el asunto con la Asamblea. «Orik es mi jefe de clan, y debo dejar que responda como le parezca adecuado.»

Freowin desenlazó las manos y dio una palmada encima de la mesa. Con su ronca voz de barítono que inundaba toda la sala a pesar de que parecía que sólo estuviera susurrando, el corpulento enano dijo:

—Has avergonzado a nuestra raza, Vermûnd. No podemos mantener el honor como knurlan y, al mismo tiempo, ignorar tu transgresión.

La enana mayor, Hadfala, pasó unas cuantas páginas llenas de runas y dijo:

—¿Qué pensabas conseguir, además de nuestra condena, al asesinar a Eragon? Incluso aunque los vardenos consiguieran destronar a Galbatorix sin él, ¿qué me dices del dolor que la dragona Saphira volcaría sobre nosotros si matáramos a su Jinete? Llenaría Farthen Dûr con el mar de nuestra propia sangre.

Vermûnd no pronunció palabra.

Una risa rompió el silencio. El sonido fue tan inesperado que, al principio, Eragon no se dio cuenta de que procedía de Orik. Cuando su alborozo remitió, Orik dijo:

—¿Si realizamos algún movimiento contra ti o contra los Az Sweldn rak Anhûin, lo considerarás un acto de guerra, Vermûnd? Muy bien, no haremos ningún movimiento contra ti, en absoluto.

El entrecejo de Vermûnd se pobló.

—¿Cómo puede esto ser motivo de diversión?

Orik volvió a reírse.

—Porque he pensado una cosa que tú no has pensado, Vermûnd. ¿Deseas que te dejemos a ti y a tu clan en paz? Entonces propongo a la Asamblea que hagamos lo que Vermûnd desea. Si él hubiera actuado por cuenta propia y no como grimstborith, sería desterrado por su crimen bajo pena de muerte. Así que tratemos al clan igual que trataríamos a la persona: desterremos a los Az Sweldn rak Anhûin de nuestros corazones y mentes hasta que decidan reemplazar a Vermûnd con un grimstborith de temperamento más moderado y hasta que reconozcan su maldad y muestren arrepentimiento ante la Asamblea, incluso aunque tengamos que esperar mil años.

La arrugada piel que rodeaba los ojos de Vermûnd adquirió un tono blancuzco.

—No os atreveréis.

Orik sonrió.

—Ah, pero no levantaremos ni un dedo contra ti ni contra tu gente. Simplemente os ignoraremos y nos negaremos a tener ningún trato con los Az Sweldn rak Anhûin. ¿Nos declararás la guerra por no hacer nada, Vermûnd? Porque si la Asamblea está de acuerdo conmigo, eso es exactamente lo que haremos: nada. ¿Nos obligarás con la espada a que compremos vuestra miel y vuestras ropas y vuestras joyas de amatista? No tienes los guerreros suficientes para obligarnos a hacerlo.

Se hizo una pausa. Luego, dirigiéndose al resto de la mesa, Orik preguntó:

—¿Qué decís?

La Asamblea no tardó en decidirse. Uno a uno, los jefes de clan se pusieron en pie y votaron a favor de desterrar a los Az Sweldn rak Anhûin.

Incluso Nado, Gáldhiem y Havard —los antiguos aliados de Vermûnd— apoyaron la propuesta de Orik. El rostro de Vermûnd se iba poniendo más pálido tras cada voto a favor de la propuesta y, al final, pareció un fantasma vestido con las ropas de su anterior vida.

Cuando la votación finalizó, Gannel señaló hacia la puerta y dijo:

—Vete, Vargrimstn Vermûnd. Abandona Tronjheim hoy mismo y que ninguno de los Az Sweldn rak Anhûin moleste a la Asamblea hasta que hayan cumplido las condiciones que hemos impuesto. Hasta el momento en que eso suceda, rehuiremos a todo miembro del Az Sweldn rak Anhûin. Tienes que saber lo siguiente, empero: aunque tu clan puede ser absuelto de su deshonor, tú, Vermûnd, siempre serás un Vargrimstn, hasta el día de tu muerte. Éste es el deseo de la Asamblea.

Gannel se sentó.

Vermûnd permaneció donde estaba; los hombros le temblaban a causa de una emoción que Eragon no pudo identificar.

—Eres tú quien ha avergonzado y ha traicionado a nuestra raza —gruñó—. Los Jinetes de Dragón mataron a todos los de nuestro clan, excepto a Anhûin y a sus guardias. ¿Esperas que lo olvidemos? ¿Esperas que lo perdonemos? ¡Bah! Escupo sobre las tumbas de tus antepasados. Nosotros, por lo menos, no hemos perdido nuestra barba. Nosotros no tontearemos con esta marioneta de los elfos mientras los muertos de nuestras familias todavía clamen venganza.

Eragon se indignó al ver que ninguno de los jefes de clan contestaba. Estaba a punto de responderle a Vermûnd con dureza cuando Orik le miró y negó ligeramente con la cabeza. Aunque fue difícil, controló su enojo sin dejar de preguntarse por qué Orik permitía que esos insultos tan graves no recibieran contestación.

«Es casi como si… Oh.»

Vermûnd se apartó de la mesa y se puso en pie con los puños apretados y la espalda encorvada. Continuaba hablando, lanzando reproches y menospreciando a los jefes de clan cada vez con mayor pasión, hasta que acabó gritando con todas sus fuerzas.

No importó cuán viles fueran las imprecaciones de Vermûnd: los jefes de clan no respondieron. Tenían la vista perdida, como si estuvieran reflexionando sobre importantes dilemas, y sus ojos pasaban por encima de Vermûnd sin detenerse en él. Entonces el enano, en un ataque de ira, agarró a Hreidamar por la pechera de la cota de malla; tres guardias de Hreidamar dieron un salto hacia él y lo apartaron; pero al hacerlo, Eragon vio que sus expresiones se mantenían impasibles, como si solamente estuvieran ayudando a su señor a colocarse bien la cota de malla. Cuando soltaron a Vermûnd, los guardias no volvieron a mirarlo.

Eragon sintió un escalofrío en la espalda. Los enanos actuaban como si Vermûnd hubiera dejado de existir. «Así que esto es lo que significa ser desterrado para los enanos.» Pensó que preferiría que lo mataran a sufrir un destino como ése y, por un momento, sintió un pinchazo de pena por aquel enano, aunque esa pena desapareció al cabo de un instante, en cuanto recordó la expresión de Kvîstor al morir.

Vermûnd soltó una última maldición y salió de la sala seguido por los miembros de su clan que lo habían acompañado a la reunión.

El ánimo de los jefes de clan se relajó en cuanto las puertas se cerraron. Los enanos volvieron a mirar a su alrededor sin ninguna restricción y continuaron hablando en voz alta, discutiendo qué más tenían que hacer con respecto al Az Sweldn rak Anhûin.

Entonces, Orik dio unos golpes en la mesa con la empuñadura de su daga y todo el mundo se dispuso a escucharlo.

—Ahora que ya hemos solucionado lo de Vermûnd, hay otro tema sobre el que deseo que la Asamblea piense. Nuestro objetivo al reunirnos aquí es elegir al sucesor de Hrothgar. Todos hemos dicho mucho sobre el tema, pero ahora creo que ha llegado el momento de dejar las palabras y de permitir que nuestros actos hablen por nosotros. Así pues, invito a la Asamblea a decidir si estamos preparados, y en mi opinión estamos más que preparados, para pasar a la votación final dentro de tres días, tal como marca la ley. Mi voto es que sí.

Freowin miró a Hadfala, que miró a Gannel, que miró a Manndrâth, que se dio unos golpecitos en la larga nariz mientras miraba a Nado, hundido en su silla mordiéndose la mejilla.

—Sí —dijo Íorûnn.

—Sí —dijo Ûndin.

—… Sí —dijo Nado, igual que hicieron los demás jefes de clan.

Al cabo de unas horas, cuando la Asamblea se disolvió para ir a comer, Orik y Eragon volvieron a los aposentos del primero. Ninguno de ellos dijo nada hasta que entraron en las habitaciones, que estaban insonorizadas para que no pudieran escucharlos. Allí, Eragon se permitió sonreír.

—Tenías planeado desde el principio desterrar a los Az Sweldn rak Anhûin, ¿verdad?

Orik, con expresión satisfecha, sonrió y se dio una palmada en el estómago.

—Eso hice. Era la única acción que podía emprender que no desembocara de forma inevitable en una guerra de clanes. Quizá todavía tengamos una guerra de clanes, pero no será cosa nuestra. Pero dudo que una calamidad como ésa llegue a suceder. Por mucho que te odien, la mayoría de los Az Sweldn rak Anhûin se sentirán horrorizados por lo que Vermûnd ha hecho en su nombre. No creo que sea grimstborith por mucho tiempo.

—Y ahora te has asegurado de que el voto por el nuevo rey…

—O reina.

—… o reina tenga lugar. —Eragon dudó un momento, no quería empañar la alegría de Orik por su triunfo, pero luego le preguntó—: ¿De verdad tienes el apoyo que necesitas para subir al trono?

Orik se encogió de hombros.

—Antes de esta mañana, nadie tenía el apoyo necesario. Ahora la balanza se ha inclinado un poco y, de momento, las simpatías están de nuestro lado. Será mejor que golpeemos ahora que el hierro está caliente, porque nunca vamos a tener una oportunidad mejor que ésta. En cualquier caso, no podemos permitir que la Asamblea se prolongue por más tiempo. Si no vuelves pronto con los vardenos, quizá todo esté perdido.

—¿Y que haremos mientras esperamos la votación?

—En primer lugar, celebraremos nuestro éxito con una fiesta —declaró Orik—. Luego, cuando estemos saciados, continuaremos como antes: intentando obtener votos adicionales mientras defendemos aquellos que ya hemos ganado. —Orik sonrió y los dientes le brillaron, blancos, desde detrás de su barba—. Pero antes de que demos un solo trago de hidromiel, hay una cosa que tienes que hacer y de la cual te has olvidado.

465

—¿Qué? —preguntó Eragon, sorprendido por la evidente diversión de Orik.

—Bueno, ¡tienes que hacer venir a Saphira a Tronjheim, por supuesto! Tanto si soy rey como si no lo soy, coronaremos a un nuevo monarca dentro de tres días. Si Saphira tiene que asistir a la ceremonia, necesitará volar deprisa para llegar aquí para entonces.

Sin tiempo para exclamar nada, Eragon corrió a buscar un espejo.

Insubordinación

*R*oran sintió fría la tierra, negra y fértil, en la mano. Cogió un te-
rrón, lo apretó y comprobó satisfecho que la tierra estaba húmeda y
llena de hojas, tallos, musgo y otra materia orgánica en descomposición y que sería excelente para los cultivos. La probó con los labios y
la lengua y notó que tenía un sabor vivo, lleno de cientos de aromas,
como el de montañas pulverizadas, de escarabajo, de madera podrida
y de raíces tiernas.

«Son unas buenas tierras de labranza», pensó. Llevó sus pensamientos hacia el valle de Palancar y, otra vez, vio el sol de otoño sobre el campo de cebada de delante de la casa de su familia —ordenadas filas de tallos de oro mecidos bajo la brisa— con el río Anora al
oeste y las montañas de cumbres nevadas que se levantaban a cada
lado del valle. «Ahí es donde debería estar, arando la tierra y cuidando
de una familia con Katrina, y no regando la tierra con la savia de los
brazos de los hombres.»

—¡Eh, hola! —gritó el capitán Edric, señalando a Roran desde
encima de su caballo—. ¡Deja ya de entretenerte, Martillazos, si no
quieres que cambie de opinión sobre ti y te deje haciendo guardia con
los arqueros!

Roran se limpió las manos en el pantalón y se puso en pie.

—¡Sí, señor! ¡Como desee, señor! —contestó, reprimiendo el desagrado que sentía hacia aquel hombre.

Desde que se había unido al grupo de Edric, Roran había intentado averiguar todo lo posible sobre su pasado. Por lo que oyó, Roran
había llegado a la conclusión de que Edric era un dirigente compe-
tente —si no fuera así, Nasuada nunca lo hubiera puesto al frente de
una misión tan importante—, pero tenía una personalidad brusca y
desagradable, y reprendía a sus guerreros por la menor desviación de
las costumbres establecidas, cosa que, para su disgusto, Roran había
comprobado en tres ocasiones distintas durante su primer día con él.

Roran pensaba que era un tipo de mando que menoscababa la moral de los hombres, que desanimaba la creatividad y la invención de quienes se encontraban en los rangos inferiores. «Quizá Nasuada me lo ha asignado como capitán por esos motivos —se dijo—. O quizás es otra prueba que me ha puesto. Quizá quiere saber si puedo tragarme el orgullo el tiempo suficiente para trabajar con un hombre como Edric.»

Roran volvió con *Nieve de Fuego* y cabalgó hasta la parte de delante de la columna de doscientos cincuenta hombres. Su misión era sencilla: desde que Nasuada y el rey Orrin habían retirado la mayor parte de sus fuerzas de Surda, parecía que Galbatorix había decidido aprovechar su ausencia y crear confusión en todo el indefenso país, saqueando pueblos y aldeas y quemando las cosechas que se necesitaban para sostener la invasión del Imperio. La forma más sencilla de eliminar a los soldados hubiera sido que Saphira los destrozara, si no fuera porque estaba volando hacia Eragon; además, todo el mundo pensaba que hubiera sido muy peligroso para los vardenos estar sin ella demasiado tiempo. Por eso Nasuada había enviado a la compañía de Edric para que rechazara a los soldados, cuyo número, según habían estimado sus espías, era de unos trescientos soldados. Pero Roran y el resto de sus compañeros se habían sentido descorazonados al tropezarse con unas huellas que indicaban que el número de las fuerzas de Galbatorix se acercaba a los setecientos soldados.

Roran cabalgó con *Nieve de Fuego* hasta ponerse al lado de Carn, que montaba a su yegua pintada. Roran se rascó la barbilla mientras estudiaba el terreno. Ante ellos se abría una vasta extensión de hierba ondulante moteada aquí y allá por algunos sauces y álamos. Los halcones cazaban en el cielo y abajo la vegetación estaba poblada de ratones chillones, conejos, roedores en sus madrigueras y otra fauna salvaje. La única señal de que unos hombres habían pasado por ese lugar era un camino de vegetación aplastada que se perdía en el horizonte por el este.

Carn levantó la vista hacia el sol de mediodía y, al entrecerrar los ojos, notó la piel de alrededor de los ojos tirante.

—Deberíamos alcanzarlos antes de que nuestras sombras sean más largas que nosotros.

—Y entonces sabrán si somos suficientes para echarlos —dijo Roran—, o sí, simplemente, nos aniquilarán. Por una vez me gustaría que superáramos en número a nuestros enemigos.

Carn sonrió con tristeza.

—Siempre es así con los vardenos.

468

—¡En formación! —gritó Eric, guiando a su caballo por el camino de hierba aplastada.

Roran cerró la boca y espoleó a *Nieve de Fuego* para seguir a la compañía tras su capitán.

Seis horas después, Roran estaba sentado sobre *Nieve de Fuego*, escondido en un círculo de hayas que crecían a lo largo de un pequeño y poco profundo arroyo poblado por juncos y algas flotantes. A través de la maraña de ramas, Roran observaba un pueblo que no debía de tener más de veinte casas abigarradas y grises. Roran había presenciado, con furia cada vez mayor, que los habitantes, al ver a los soldados avanzando desde el oeste, habían reunido sus pocas posesiones y habían huido hacia el sur, en dirección al corazón de Surda. Si hubiera estado en su mano, Roran hubiera revelado su presencia a la gente y les hubiera asegurado que no iban a perder sus casas, no si él y sus compañeros podían evitarlo, porque recordaba muy bien el dolor, la desesperación y la desesperanza que había sentido al abandonar Carvahall, y hubiera querido evitarles eso. Además, hubiera pedido a los hombres del pueblo que lucharan con ellos. Otros diez o veinte pares de brazos quizá marcaran la diferencia entre la victoria y la derrota, y él conocía mejor que nadie el fervor con que la gente lucha para defender su casa. A pesar de ello, Edric había rechazado la idea y había insistido en que los vardenos se quedaran escondidos en las colinas del sureste del pueblo.

—Tenemos suerte de que vayan a pie —murmuró Carn, señalando la columna roja de soldados que se dirigía hacia el pueblo—. Si no fuera así, no hubiéramos llegado aquí antes que ellos.

Roran miró hacia atrás, hacia los hombres reunidos detrás de ellos. Edric le había dado el mando temporal de ochenta y un soldados. Eran espadachines, lanceros y media docena de arqueros. Uno de los familiares de Edric, Sand, dirigía otra compañía de ochenta y un hombres, mientras que Edric dirigía al resto. Los tres grupos se encontraban apretujados entre las hayas, y Roran pensaba que eso era un error; el tiempo que tardarían en organizarse cuando salieran de los árboles sería un tiempo extra que los soldados utilizarían para organizar sus defensas.

Roran se inclinó hacia Carn y dijo:

—No veo que a ninguno les falte ni una mano ni una pierna, ni veo ninguna herida importante, pero eso no demuestra nada. ¿Tú sabrías decir si alguno de ellos son hombres que no sienten el dolor?

469

Carn suspiró.

—Ojalá pudiera. Tu primo quizá pueda hacerlo, ya que Murtagh y Galbatorix son los únicos hechiceros que Eragon tiene que temer, pero yo soy un mago malo y no me atrevo a poner a prueba a los soldados. Si hay algún mago escondido entre ellos, se darían cuenta de que los estoy espiando, y lo más probable es que yo no fuera capaz de quebrantar sus mentes antes de que ellos alertaran a sus compañeros de que estamos aquí.

—Parece que tenemos esta discusión cada vez que estamos a punto de luchar —replicó Roran, observando el armamento de los soldados e intentando decidir la mejor manera de desplegar a sus hombres.

Carn soltó una carcajada y dijo:

—Está bien. Espero que continuemos teniéndola, porque si no…

—Uno de los dos o los dos estaríamos muertos.

—O Nasuada nos habría asignado a capitanes distintos.

—Y entonces sería mejor que estuviéramos muertos, porque nadie nos vigilará la espalda tan bien —concluyó Roran.

Sonrió. Eso se había convertido en un viejo chiste entre ellos. Roran se sacó el martillo del cinturón e hizo una mueca al notar dolor en la pierna que el buey le había herido. Frunció el ceño y alargó la mano para masajearse la zona de la herida.

Carn lo vio y preguntó:

—¿Estás bien?

—Eso no me matará —contestó Roran, pero luego se lo pensó mejor—. Bueno, quizá lo haga, pero que me parta un rayo si pienso esperar aquí mientras tú sales y haces pedazos a esos torpes zoquetes.

Cuando los soldados llegaron al pueblo, marcharon a través de sus calles e hicieron solamente las pausas necesarias para forzar cada una de las puertas y registrar las habitaciones por si alguien se escondía en ellas. Un perro salió corriendo de detrás de un depósito de agua y, con el pelo erizado, empezó a ladrar a los soldados. Uno de los hombres dio un paso hacia delante y lanzó su lanza contra el perro, al que mató.

Al llegar los primeros soldados al otro extremo del pueblo, Roran apretó la mano alrededor de la empuñadura del martillo, preparado para atacar, pero entonces oyó una serie de agudos chillidos y un sentimiento de terror lo atenazó. Un grupo de soldados apareció desde la penúltima casa arrastrando a tres personas: un hombre desgarbado de pelo blanco, una mujer joven que tenía la blusa rota y un niño que no tenía más de once años.

A Roran se le perló la frente de sudor. Empezó a maldecir en voz

baja y monótona a los tres prisioneros por no haber huido con sus vecinos, a maldecir a los soldados por lo que habían hecho y por lo que
iban a hacer, maldiciendo a Galbatorix y el destino que les había llevado a esa situación. A sus espaldas, notaba la presencia de sus hombres, que se removían, inquietos, y murmuraban con enojo, ansiosos
por castigar a los soldados por su brutalidad.

Después de haber registrado todas las casas, los soldados volvieron al centro del pueblo y formaron un semicírculo alrededor de los
prisioneros.

«¡Sí!», se dijo Roran en cuanto los soldados dieron la espalda a los
vardenos. El plan de Edric había sido que esperaran justo a que ellos
hicieran eso. Ansioso por recibir la orden de atacar, Roran se levantó
unos centímetros de su silla con todo el cuerpo en tensión. Intentó
tragar saliva, pero tenía la garganta demasiado seca.

El oficial que estaba al mando de los soldados, que era el único de
ellos que iba a caballo, desmontó su corcel e intercambió unas palabras inaudibles con el hombre de pelo blanco. Sin aviso, el oficial sacó
su sable y lo decapitó; luego saltó hacia atrás para esquivar el chorro
de sangre. La mujer joven chilló más fuerte que antes.

—Al ataque —dijo Edric.

Roran tardó medio segundo en comprender que esa palabra que
Edric había pronunciado con tanta calma era la orden que había estado esperando.

—¡Al ataque! —gritó Sand, al otro lado de Edric, y salió galopando del grupo de álamos con sus hombres.

—¡Al ataque! —gritó Roran, espoleando los flancos de *Nieve de
Fuego*.

Se agachó detrás del escudo mientras *Nieve de Fuego* le llevaba
por entre la maraña de ramas. Luego, cuando salieron al claro, bajó el
escudo y ambos descendieron volando la colina con el estruendo de
los cascos a su alrededor. Desesperado por salvar a la mujer y al niño,
Roran espoleó a *Nieve de Fuego* hasta ponerlo al límite. Miró hacia
atrás y se animó al ver que el contingente de sus hombres se había
separado del resto de los vardenos sin demasiados problemas; aparte
de algunos rezagados, la mayoría de ellos formaban un grupo compacto a pocos metros de él.

Roran miró a Carn, que cabalgaba a la vanguardia de los hombres
de Edric con la capa gris ondeando al viento. De nuevo, deseó que
Edric les hubiera permitido estar en el mismo grupo.

Tal como le habían ordenado, no entró directamente en el pueblo,
sino que lo rodeó por la izquierda para atacar a los soldados desde otra

471

dirección. Sand hizo lo mismo por la derecha, mientras Edric y sus guerreros cabalgaban directamente por el centro del pueblo.

Una hilera de casas ocultó el primer choque, pero Roran oyó un coro de increíbles gritos y, luego, una serie de golpes metálicos, gritos de hombres y relinchos de caballos.

Roran sintió un nudo en el estómago. «¿Qué ha sido ese ruido? ¿Puede ser de arcos metálicos? ¿Existen?» Fuera cual fuera el motivo, sabía que no debería haber oído tantos relinchos de agonía de los caballos. Roran se quedó helado al darse cuenta de que, de alguna manera, el ataque había salido mal y que quizá la batalla ya estuviera perdida.

Tiró con fuerza de las riendas de *Nieve de Fuego* en cuanto pasó la última casa, y se dirigió hacia el centro del pueblo. Detrás de él, sus hombres hicieron lo mismo. A unos doscientos metros delante de él, vio tres hileras de hombres que se habían colocado entre dos casas para bloquearles el paso. Los soldados no parecían temerosos al ver a los caballos galopando hacia ellos.

Roran dudó. Las órdenes estaban claras: él y sus hombres tenían que atacar el flanco oeste y abrirse paso a través de las tropas de Galbatorix hasta reunirse con Sand y Edric. Pero Edric no le había dicho qué tenía que hacer si cabalgar directamente hacia los soldados, cuando él y sus hombres se encontraran en posición, ya no parecía una buena idea. Y Roran sabía que si se desviaba de las órdenes, incluso aunque fuera para impedir que masacraran a sus hombres, sería acusado de insubordinación; y Edric le castigaría por ello.

Entonces los soldados apartaron sus voluminosas capas y se colocaron unas ballestas en el hombro.

En ese instante, Roran decidió que haría todo lo necesario para asegurarse de que los vardenos ganaran la batalla. No estaba dispuesto a permitir que los soldados destrozaran sus fuerzas con una simple andanada de flechas sólo por evitar las desagradables consecuencias de desobedecer a su capitán.

—¡A cubierto! —gritó Roran, que tiró de las riendas de *Nieve de Fuego* hacia la derecha y e hizo virar al animal para ponerse detrás de una de las casas.

Una docena de flechas se clavaron en el lateral de un edificio al cabo de un segundo. Roran se dio la vuelta y vio que todos sus guerreros excepto uno habían conseguido esconderse detrás de las casas antes de que los soldados dispararan. El hombre que había quedado atrás se encontraba tumbado en el suelo y sangraba: tenía dos flechas clavadas en el pecho. Las flechas habían atravesado su cota de malla como si ésta no fuera más gruesa que una hoja de papel. El caballo del guerrero, asustado por el olor de la sangre, se encabritó y salió corriendo del pueblo dejando una nube de polvo tras él.

Roran se sujetó en una viga de fuera de la casa para mantener a *Nieve de Fuego* en su sitio mientras intentaba desesperadamente pensar en cómo debían continuar. Los soldados les habían dejado inmovilizados: no podían volver a campo abierto sin que los acribillaran a flechazos hasta que parecieran erizos.

Unos cuantos de los guerreros de Roran corrieron hasta él desde una de las casas que quedaba parcialmente protegida por la que cubría a Roran.

—¿Qué vamos a hacer, Martillazos? —le preguntaron. No parecían preocupados por el hecho de que hubieran desobedecido las órdenes; al contrario, lo miraban con expresión de renovada confianza.

Roran pensó todo lo deprisa que pudo mientras miraba a su alrededor. Por casualidad, su vista tropezó con un arco y un carcaj que uno de los hombres llevaba atados a la silla del caballo. Roran sonrió. Solamente unos cuantos de sus hombres eran arqueros, pero todos llevaban arcos y flechas para poder cazar y ayudar a alimentar a la compañía cuando estaban solos en el bosque sin necesitar la ayuda del resto de los vardenos.

Roran señaló la casa en la que estaba apoyado y dijo:

—Coged los arcos y subid al tejado, tantos como podáis, pero si valoráis vuestras vidas, manteneos a cubierto hasta que yo os dé la señal. Cuando lo haga, empezad a disparar y no dejéis de hacerlo hasta que os quedéis sin flechas o hasta que el último soldado caiga muerto. ¿Comprendido?

—¡Sí, señor!

—Adelante, pues. El resto encontrad casas desde las cuales podáis disparar a los soldados. Harald, comunica la orden a todo el mundo, y encuentra a diez de nuestros mejores lanceros y a diez de nuestros mejores espadachines y tráelos tan deprisa como puedas.

—¡Sí, señor!

Inmediatamente, los guerreros se apresuraron a obedecer. Los que se encontraban al lado de Roran sacaron los arcos y los carcajs de las sillas y, tras ponerse en pie en la grupa de los caballos, treparon al tejado de paja de la casa. Al cabo de cuatro minutos, la mayoría de los hombres de Roran se encontraban en sus puestos encima de los tejados de siete casas —unos ocho hombres por tejado—. Harald había vuelto con los espadachines y los lanceros que Roran le había pedido.

El chico se dirigió a los guerreros que se reunieron con él:

473

—Bien, escuchad. Cuando dé la orden, los hombres que están ahí arriba empezarán a disparar. En cuanto la primera andanada de flechas caiga sobre los soldados, vamos a salir para intentar rescatar al capitán Edric. Si no podemos conseguirlo, tendremos que hacer que esas túnicas rojas conozcan el sabor del acero frío. Los arqueros provocarán confusión suficiente para que podamos cercar a los soldados antes de que tengan tiempo de utilizar sus ballestas. ¿Comprendido?

—¡Sí, señor!

—¡Entonces, disparad! —gritó Roran.

Con un grito poderoso, los hombres posicionados en los tejados se pusieron en pie y, como si fueran uno, dispararon contra los soldados. La ola de flechas silbó en el aire con un chillido sediento de sangre mientras caían sobre sus presas.

Al cabo de un instante, cuando los soldados gemían de agonía a causa de las heridas, antes de espolear a su montura, Roran exclamó:

—¡Ahora, cabalgad!

Juntos, él y sus hombres galoparon por el lateral de la casa e hicieron que sus corceles dieran un giro tan cerrado que estuvieron a punto de caer. Confiando en su velocidad y en que la habilidad de los arqueros los protegiera, Roran bordeó al grupo de soldados, que se agitaban con confusión, hasta que llegó al lugar del desastroso ataque de Edric. Allí el suelo estaba empapado de sangre, y los cuerpos de muchos buenos hombres y excelentes caballos cubrían el espacio que había entre las casas. El resto de las fuerzas de Edric estaban enzarzadas en un combate cuerpo a cuerpo con los soldados. Para sorpresa de Roran, Edric todavía estaba vivo y luchaba hombro con hombro junto con cinco hombres.

—¡Quedaos conmigo! —gritó Roran a sus compañeros mientras se precipitaban hacia la batalla.

Nieve de Fuego golpeó a dos soldados con los cascos y los tumbó en el suelo, rompiéndoles los brazos y el pecho. Complacido con el semental, Roran empezó a dar golpes a diestro y siniestro con el hacha, gruñendo con la alegría de la batalla mientras tumbaba a un soldado tras otro, ninguno de los cuales podía hacer frente a la ferocidad de su ataque.

—¡A mí! —gritó mientras se colocaba al lado de Edric y de los otros supervivientes—. ¡A mí!

Delante de él, las flechas continuaban lloviendo sobre la masa de soldados y les obligaba a ponerse a cubierto con los escudos, al tiempo que intentaban defenderse de las espadas y lanzas de los vardenos.

Cuando él y sus soldados hubieron rodeado a los vardenos que iban a pie, Roran gritó:

—¡Atrás! ¡Atrás! ¡A las casas!

Paso a paso, todos ellos se retiraron hasta que estuvieron fuera del alcance de las armas de los soldados y, entonces, corrieron hasta la casa que quedaba más cerca. Los soldados dispararon y mataron a tres de los vardenos durante el camino, pero el resto de ellos llegaron ilesos al edificio.

Edric se apoyó contra el lateral de la casa, boqueando en busca de aire. Cuando pudo hablar de nuevo, hizo un gesto hacia los hombres de Roran:

—Tu intervención ha sido muy oportuna y afortunada, Martillazos, pero ¿por qué te veo aquí y no cabalgando entre los soldados como yo esperaba?

Entonces Roran explicó lo que había hecho y señaló a los arqueros que se encontraban sobre los tejados.

Mientras escuchaba el relato de Roran, Edric frunció el ceño. Pero no reprendió a su soldado por su desobediencia, sino que dijo:

—Haz que esos hombres bajen de inmediato. Han conseguido romper la disciplina de los soldados. Ahora tenemos que lanzarnos a un honesto combate con el acero para acabar con ellos.

—¡Quedamos demasiado pocos para atacar a los soldados directamente! —protestó Roran—. Nos superan en número en más de tres por uno.

—¡Entonces tendremos que compensar con valor lo que nos falta en número! —gritó Edric—. Me dijeron que eras valiente, Martillazos, pero es evidente que esos rumores están equivocados y que eres asustadizo como un conejo. ¡Ahora haz lo que te he dicho, y no vuelvas a cuestionarme! —El capitán señaló a uno de los guerreros—. Tú, déjame tu corcel. —Cuando el hombre hubo desmontado, Eric subió a la silla y dijo—: La mitad de los que estáis a caballo, seguidme; vamos a prestar refuerzos a Sand. Los demás, quedaos con Roran.

Edric espoleó a su caballo y se alejó galopando con los hombres que decidieron seguirle, desplazándose rápidamente de edificio en edificio para rodear a los soldados que se encontraban en el centro del pueblo.

Roran temblaba de furia mientras los miraba alejarse. Nunca antes había permitido que nadie cuestionara su valor sin responder con palabras o con golpes. Pero mientras la batalla durara, no era adecuado que se enfrentara a Edric. «Muy bien —pensó Roran—, le demostraré el valor que cree que me falta. Pero eso es todo lo que ob-

475

tendrá de mí. No mandaré a los arqueros a que luchen cuerpo a cuerpo con los soldados cuando están más seguros y son más efectivos si se quedan donde están.»

Roran se dio la vuelta e inspeccionó a los hombres que Edric le había dejado. Entre los que habían rescatado, se alegró de ver a Carn, que tenía arañazos y sangraba, pero que, en general, estaba bien. Se saludaron con un gesto de cabeza; entonces Roran se dirigió al grupo:

—Habéis oído lo que Edric ha dicho. No estoy de acuerdo. Si hacemos lo que él quiere, todos acabaremos amontonados los unos sobre los otros antes de que se ponga el sol. ¡Todavía podemos ganar esta batalla, pero no será precipitándonos hacia nuestra propia muerte! Lo que nos falta en número, lo podemos compensar con astucia. Ya sabéis cómo me uní a los vardenos. Sabéis que he luchado y he derrotado al Imperio antes, y ¡en un pueblo así! Eso lo puedo hacer, os lo juro. Pero no puedo hacerlo solo. ¿Me seguiréis? Pensadlo detenidamente. Yo cargaré con la responsabilidad de desobedecer las órdenes de Edric, pero es posible que él y Nasuada castiguen a todo aquel que haya tenido algo que ver.

—¡Entonces serían unos idiotas! —gruñó Carn—. ¿Preferirían que muriéramos aquí? No, no lo creo. Puedes contar conmigo, Roran.

Roran vio que los otros hombres enderezaban la espalda y apretaban los dientes, y sus ojos brillaban con una decisión renovada: supo que habían decidido apostar por él, aunque sólo fuera porque no deseaban separarse de su único mago. Muchos eran los guerreros vardenos que debían la vida a un miembro del Du Vrangr Gata, y los hombres de armas que Roran había conocido preferían clavarse un cuchillo en el pie a ir a la batalla sin un hechicero a mano.

—Sí —dijo Harald—. Puedes contar con nosotros también, Martillazos.

—Entonces, ¡seguidme! —exclamó Roran.

Alargó el brazo y ayudó a Carn a subir sobre *Nieve de Fuego*, detrás de él, y luego corrió con su grupo de hombres alrededor del pueblo hasta el lugar en que los arqueros que estaban sobre los tejados continuaban lanzando flechas a los soldados. Mientras Roran y sus hombres corrían de casa en casa, las flechas silbaban por encima de sus cabezas como gigantescos insectos enojados. Una de ellas se abrió paso a medias en el escudo de Harald.

Cuando estuvieron a salvo y a cubierto, Roran hizo que los hombres que todavía estaban montados dieran los arcos y las flechas a los hombres que iban a pie e hizo que estos últimos fueran a unirse con otros arqueros. Mientras los hombres se afanaban en obedecerle, Roran hizo una seña a Carn, que había bajado de *Nieve de Fuego* en cuanto éste se había detenido, y dijo:

—Necesito un hechizo tuyo. ¿Puedes acorazarme a mí y a diez hombres contra esas flechas?

Carn dudó.

—¿Por cuánto rato?

—¿Un minuto? ¿Una hora? ¿Quién sabe?

—Acorazar a tantas personas contra más de unas cuantas flechas excede mis fuerzas... Pero, si no te importa que interfiera las flechas en vuelo, podría hacer que te esquivaran, lo cual...

—Eso serviría.

—¿A quién quieres que proteja, exactamente?

Roran señaló a los hombres que había elegido para que fueran con él. Carn les preguntó el nombre a cada uno de ellos. Luego, con la espalda encorvada y el rostro pálido y en tensión, empezó a pronunciar unas palabras en el idioma antiguo. Intentó lanzar el hechizo tres veces, y tres veces falló.

—Lo siento —dijo, y soltó un suspiro agitado—. Parece que no me puedo concentrar.

—Lánzalo, y no te disculpes —gruñó Roran—. ¡Hazlo! —Saltó de *Nieve de Fuego*, cogió la cabeza de Carn con ambas manos y le obligó a levantarla—: ¡Mírame! Mírame al centro de los ojos. Eso es. No dejes de mirarme... Bien. Ahora coloca la armadura sobre nosotros.

La expresión de Carn se avivó y la espalda se le relajó. Entonces, en un tono de voz confiado, recitó el hechizo. Cuando pronunció la última palabra, flaqueó un instante entre las manos de Roran, pero se recuperó rápidamente.

—Está hecho —dijo.

Roran le dio una palmada en el hombro y luego volvió a montar a *Nieve de Fuego*. Paseó la mirada por los diez hombres a caballo y les dijo:

—Vigilad mis costados y mi espalda, pero manteneos detrás de mí mientras sea capaz de blandir el martillo.

—¡Sí, señor!

—Recordad, las flechas no os pueden dañar ahora. Carn, quédate aquí. No te muevas mucho: conserva tu fuerza. Si sientes que no puedes mantener el hechizo por más tiempo, haznos una señal antes de finalizarlo. ¿De acuerdo?

Carn se sentó en el peldaño de la puerta de una de las casas y asintió con la cabeza.

—De acuerdo.

Roran volvió a coger el escudo y el martillo, e inhaló con fuerza para calmarse.

—Preparaos—dijo, y chasqueó la lengua a *Nieve de Fuego*.

Con los diez hombres detrás, Roran cabalgó hacia la calle de tierra que pasaba entre las casas y se encaró a los soldados otra vez. Unos quinientos soldados de Galbatorix se encontraban todavía en el centro del pueblo, la mayoría de ellos agachados o arrodillados detrás de los escudos e intentando volver a cargar las ballestas. De vez en cuando uno de ellos se levantaba y disparaba una flecha a uno de los arqueros de los tejados y, luego, volvía a agacharse detrás de su escudo protegiéndose de la nube de flechas que caía sobre él. Por todo el claro, cubierto de cuerpos, se veían montones de flechas clavadas en el suelo como juncos que se elevaran de un lecho de sangre. A unos metros, en el extremo más alejado de los soldados, Roran vio un montón de cuerpos retorciéndose y pensó que debían de ser Sand, Edric y los que quedaran de su grupo, que continuaba luchando contra los soldados. Si la mujer joven y el niño todavía estaban en el claro, él no los vio.

Una flecha silbó en dirección a Roran. Cuando estuvo a menos de un metro de su pecho, cambió de dirección repentinamente sin darle ni a él ni a sus hombres. Roran se sobresaltó, pero la flecha ya había desaparecido. Sintió un nudo en la garganta y el corazón acelerado.

Miró a su alrededor y vio un carro roto apoyado contra una de las casas que tenía a la izquierda. Lo señaló y dijo:

—Traed eso aquí y tumbadlo del revés. Bloquead la calle tanto como podáis. —Entonces, dirigiéndose a los arqueros, gritó—: ¡No permitáis que los soldados nos rodeen y nos ataquen desde los costados! Cuando se acerquen a nosotros, debilitad sus filas tanto como podáis. Y en cuanto os quedéis sin flechas, venid a uniros a nosotros.

—¡Sí, señor!

—Pero ¡tened cuidado de no disparar contra nosotros por accidente, o juro que mi fantasma os perseguirá hasta el fin de los tiempos!

—¡Sí, señor!

Más flechas volaron hacia Roran y los demás jinetes que estaban en la calle, pero siempre se topaban con la armadura de Carn y se desviaban hacia una pared o hacia el suelo, o se desvanecían en el cielo.

Roran miró a sus hombres arrastrar el carro hasta la calle. Cuando ya casi hubieron terminado, levantó la cabeza, se llenó los pulmones de aire y, entonces, proyectando la voz hacia los soldados, rugió:

—¡Eh, vosotros, cobardes perros carroñeros! Mirad como solamente once de nosotros os bloquean el paso. Si conseguís pasar, ganaréis la libertad. Probad suerte, si tenéis valor. ¿Qué? ¿Dudáis? ¿Dónde está vuestra virilidad, gusanos deformes, nauseabundos asesinos con cara de cerdo? ¡Vuestros padres eran unos imbéciles babosos que deberían haber sido ahogados al nacer! Sí, y vuestras madres eran unas mujerzuelas consortes de los úrgalos.

Roran sonrió con satisfacción al ver que varios de los soldados gruñían de indignación y empezaban a insultarlo a él en respuesta. Pero uno de los soldados pareció perder la voluntad de continuar peleando, porque se puso en pie y corrió hacia el norte cubriéndose con el escudo y haciendo eses en un desesperado intento de esquivar las flechas. A pesar de sus esfuerzos, los vardenos lo mataron antes de que hubiera recorrido más de tres metros.

—¡Ja! —exclamó Roran—. ¡Sois todos unos cobardes, hasta el último de vosotros, indeseables ratas de río! Si os va a dar valor, sabed lo siguiente: ¡me llamo Roran *Martillazos*, y Eragon Asesino de Sombra es mi primo! Si me matáis, el imbécil de vuestro rey os recompensará con un condado, o quizá con algo más. Pero tendréis que matarme con una espada: vuestras flechas no pueden hacerme nada. Venid, babosas, sanguijuelas, garrapatas hambrientas.

Se levantó una oleada de gritos de batalla y un grupo de treinta soldados dejaron caer las ballestas, desenfundaron las brillantes espadas y, con los escudos en alto, corrieron hacia Roran y sus hombres.

Por encima del hombro derecho, Roran oyó que Harald decía:

—Señor, ellos son muchos más que nosotros.

—Sí —dijo Roran, sin apartar los ojos de los hombres que se acercaban. Cuatro de ellos tropezaron y se quedaron inmóviles en el suelo, atravesados por incontables flechas.

—Si nos atacan todos a la vez, no tendremos ninguna posibilidad.

—Sí, pero no lo harán. Mira, están confusos y desorganizados. Su jefe debe de haber caído. Mientras mantengamos el orden, no podrán con nosotros.

—Pero, Martillazos, ¡no podemos matar a tantos hombres nosotros solos!

Roran miró hacia atrás, a Harald.

—¡Por supuesto que podemos! Luchamos para proteger a nuestras familias y para reclamar nuestras casas y nuestras tierras. Ellos luchan porque Galbatorix los obliga a hacerlo. No tienen el corazón puesto en esta batalla. Así que pensad en vuestras familias, pensad en vuestras casas y recordad que es a ellos a quienes defendéis. ¡Un

479

hombre que lucha por algo mayor que sí mismo puede matar a cientos de hombres con facilidad!

Mientras hablaba, Roran veía mentalmente a Katrina vestida con su traje azul de novia y olía el perfume de su piel, y oía el tono de su voz mientras hablaban bien entrada la noche.

Katrina.

Los soldados estaban encima de ellos y, por un momento, Roran no oyó nada más que los golpes de las espadas contra su escudo, el estallido de su martillo contra los yelmos de los soldados y los gritos de los soldados al caer bajo la fuerza de sus golpes. Los soldados se lanzaban contra ellos con una fuerza desesperada, pero no podían igualarles ni a él ni a sus hombres. Cuando venció al último de los soldados, Roran empezó a reír a carcajadas, lleno de júbilo. ¡Qué felicidad aplastar a aquellos que iban a hacer daño a su esposa y a su hijo por nacer!

Estaba contento de ver que ninguno de sus guerreros había sido seriamente herido. También se dio cuenta de que durante la refriega, varios de los arqueros habían bajado de los tejados para pelear a caballo con ellos. Roran sonrió a los recién llegados y dijo:

—¡Bienvenidos a la batalla!

—Una cálida bienvenida, desde luego —contestó uno de ellos.

Señalando con el martillo cubierto de sangre hacia el lado derecho de la calle, Roran dijo:

—Tú, tú y tú, apilad los cuerpos allí. Haced un embudo entre ellos y el carro para que sólo dos o tres soldados puedan llegar hasta nosotros a la vez.

—¡Sí, señor! —contestaron los guerreros, que bajaron de sus caballos.

Una flecha silbó en dirección a Roran, pero él la ignoró y se concentró en el cuerpo principal de soldados, un grupo de unos cien que se estaba reuniendo para un segundo ataque.

—¡Deprisa! —gritó a los hombres que estaban moviendo los cuerpos—. Ya casi están encima de nosotros. Harald, ve a ayudar.

Roran se humedeció los labios, nervioso, al ver a sus hombres trabajando mientras los soldados avanzaban. Para su alivio, los cuatro vardenos arrastraron el último de los cuerpos hasta su sitio y saltaron a sus monturas momentos antes de que llegaran los primeros soldados.

Las casas a cada lado de la calle, al igual que el carro tumbado y la truculenta barricada de restos humanos, hicieron más lento y apretado el avance de los soldados hasta el punto de que éstos estaban casi paralizados cuando llegaban a donde estaba Roran. Los soldados estaban tan apretados los unos contra los otros que no podían escapar a las flechas que les caían desde arriba.

Las primeras dos filas de soldados llevaban lanzas, con las cuales amenazaron a Roran y a los demás vardenos. Roran esquivó tres estocadas y maldijo al darse cuenta de que no llegaba más allá de las lanzas con el martillo. Entonces un soldado apuñaló a *Nieve de Fuego* en el hombro, y Roran se inclinó hacia delante para no caer cuando el semental se encabritó.

Cuando *Nieve de Fuego* hubo aterrizado sobre sus cuatro patas de nuevo, Roran saltó al suelo y mantuvo al semental entre él y el extremo de las lanzas de los soldados. *Nieve de Fuego* se levantó sobre dos patas porque otra lanza lo hirió en un costado. Antes de que los soldados pudieran herirlo otra vez, Roran tiró de las riendas y obligó a *Nieve de Fuego* a retroceder hasta que hubo suficiente espacio entre los otros caballos para que *Nieve de Fuego* se diera la vuelta.

—¡Ya! —gritó, y le dio una palmada en la grupa para que saliera corriendo del pueblo.

—¡Dejad espacio! —gritó Roran haciendo señales a los vardenos.

Éstos abrieron un camino entre sus corceles, y él se dirigió de nuevo hacia el frente de la lucha mientras se colocaba el martillo en el cinturón.

Un soldado fue a clavarle una lanza al pecho. Roran la paró con la muñeca, dándose un golpe con el duro escudo de madera, y luego arrebató la lanza de las manos del soldado. El hombre cayó de cara al suelo y Roran le clavó el arma; luego se lanzó hacia delante y atravesó con ella a dos soldados más. Roran abrió las piernas y plantó los pies con firmeza en el fértil suelo que antes había pensado utilizar para plantar su cosecha. Levantó la lanza hacia sus enemigos y gritó:

—¡Venid, desgraciados mal nacidos! ¡Matadme si podéis! ¡Soy Roran *Martillazos* y no temo a ningún hombre vivo!

Los soldados avanzaron y tres de ellos pasaron por encima de los cuerpos de sus antiguos compañeros para enfrentarse con Roran. Éste dio un salto a un lado y le clavó la lanza a uno de ellos en la mandíbula, rompiéndole los dientes. Cuando retiró el arma, estaba manchada de sangre. Entonces, se arrodilló e hirió al soldado de en medio clavándole el arma en la axila.

En ese momento, Roran recibió un fuerte golpe en el hombro izquierdo. Parecía que el escudo pesara el doble que antes. Se puso en pie y vio que el soldado que quedaba se lanzaba contra él con la espada desenfundada. Roran levantó la lanza por encima de su cabeza como si fuera a lanzarla y, en cuanto el soldado titubeó, le golpeó entre las piernas. Acabó con el hombre de un solo golpe. Entonces se dio un instante de calma en la batalla, y Roran lo aprovechó para lanzar el inútil escudo y la lanza del soldado contra los pies de los enemigos con la esperanza de hacerlos tropezar.

Más soldados avanzaron, temblando ante la fiera sonrisa de Roran y la amenaza de su lanza. Un montón de cadáveres se levantaba delante de él. Cuando éste llegó a la altura de su cintura, Roran saltó encima de él y se quedó ahí, sin tener en cuenta lo peligroso de la posición, porque la altura le daba ventaja. Dado que los soldados se veían obligados a trepar por la rampa de cuerpos para llegar hasta él, Roran podía matar a muchos en cuanto tropezaban con un brazo o una pierna, o cuando pisaban el débil cuello de uno de sus antiguos compañeros, o cuando resbalaban sobre un escudo.

Desde esa posición elevada Roran pudo ver que el resto de los soldados se habían unido al ataque, excepto unos cuantos que se encontraban en el otro extremo del pueblo luchando todavía con los guerreros de Sand y de Edric. Entonces se dio cuenta de que no tendría descanso hasta que la batalla hubiera terminado.

Roran recibió docenas de heridas durante ese día. Muchas de ellas eran pequeñas —un corte en el antebrazo, un dedo roto, un rasguño en las costillas provocado por una daga que le había atravesado la malla—, pero otras no lo eran. Estando encima del montón de cuerpos, uno de los soldados le clavó la hoja en la pantorrilla y lo dejó cojo. Poco después, un hombre corpulento que olía a queso y a cebollas cayó contra él y, en su último aliento de vida, le clavó la flecha de su ballesta en el hombro izquierdo, lo cual le impidió levantar el brazo por encima de la cabeza. Roran se dejó la punta de la flecha clavada en la carne porque sabía que se desangraría si se la sacaba. El dolor se convirtió en la principal sensación: cada instante le provocaba una nueva agonía, pero quedarse quieto hubiera significado morir, así que continuó lanzando golpes mortíferos sin tener en cuenta ni las heridas ni el agotamiento.

De vez en cuando, Roran notaba la presencia de los vardenos detrás de él o a su lado, como cuando tiraban una lanza por su lado, o cuando una espada le pasaba rozando el hombro izquierdo para caer sobre un soldado que iba a romperle la cabeza; sin embargo, durante la mayor parte del tiempo Roran se enfrentó a los soldados solo, obligado a hacerlo por el montón de cuerpos en el que se encontraba y por el poco espacio que quedaba entre el carro tumbado y los laterales de las casas. Arriba, los arqueros que todavía tenían flechas continuaban descargándolas mortíferamente; sus flechas de plumas de ganso se clavaban en huesos y tendones por igual.

Ya avanzada la batalla, Roran arrojó la lanza contra un soldado y, en cuanto la punta tocó la armadura del hombre, el asta se rompió a lo largo. El hecho de estar todavía con vida pareció sorprender al soldado, ya que dudó un momento en blandir la espada como respuesta al ataque. Ese imprudente retraso permitió que Roran se agachase esquivando el acero y pudiera recoger otra lanza del suelo, con la cual mató al soldado. Para su consternación y disgusto, la segunda lanza duró menos de un minuto y también se le rompió en la mano. Entonces, Roran lanzó los trozos contra los soldados, cogió un escudo de uno de los cuerpos y sacó el martillo del cinturón. Su martillo, por lo menos, nunca le fallaba.

El agotamiento resultó ser el mayor contrincante de Roran mientras los últimos soldados se acercaban gradualmente, cada uno de ellos esperando su turno para luchar contra él. Roran sentía los brazos pesados y sin fuerza, la vista le fallaba y parecía que no podía llenarse los pulmones lo suficiente. Pero, a pesar de todo, siempre conseguía reunir la energía necesaria para derrotar al siguiente contrincante. A medida que los reflejos le flaqueaban, iba siendo menos capaz de evitar cortes y heridas que antes hubiera rechazado con facilidad.

483

Cuando empezó a darse cuenta de que entre soldado y soldado se daba un intervalo que le permitía ver el espacio de detrás de ellos, Roran supo que esa dura prueba ya casi había terminado. No tuvo piedad con los últimos diez hombres, y ellos tampoco la pidieron a pesar de que no tenían esperanza de abrirse paso luchando entre él y los vardenos que estaban detrás. Tampoco intentaron huir. En lugar de ello, se precipitaron contra él gruñendo, maldiciendo y deseando solamente matar al hombre que había asesinado a tantos camaradas suyos para pasar, también ellos, al vacío.

En cierto sentido, Roran admiró su coraje.

Cuatro de los hombres cayeron bajo las flechas. Una lanza apareció desde algún lugar a espaldas de Roran y se clavó en el cuello del quinto soldado. Dos lanzas más encontraron a sus víctimas, y entonces los hombres llegaron hasta él. El soldado que iba en cabeza le lanzó un golpe con un hacha de dos puntas, y Roran, a pesar de que notaba la punta de la flecha en el hueso, lo paró con el escudo. Aullando de dolor y de furia, y con un apabullante deseo de finalizar la batalla, levantó el martillo y acabó con el hombre con un golpe en la cabeza. Sin detenerse, saltó hacia delante con la pierna buena y golpeó al otro soldado dos veces en el pecho antes de que éste tuviera tiempo de defenderse y le rompió las costillas. El tercer hombre paró dos de sus ataques, pero entonces Roran le engañó con un gesto falso y también lo abatió. Los últimos dos soldados llegaron hasta él por los dos lados lanzándole estocadas en dirección a los tobillos, mientras ascendían por el montón de cadáveres. Roran sintió que le flaqueaban las fuerzas, pero luchó contra ellos durante un tiempo agotador e interminable y en el que ambas partes sufrieron heridas; al fin, mató a uno de ellos atravesándole el yelmo, y al otro rompiéndole el cuello con un golpe bien dado.

Roran se tambaleó y se derrumbó.

Notó que lo levantaban y abrió los ojos. Vio a Harald que sostenía una bota de vino contra sus labios.

—Todo está bien; ahora ya te puedes soltar.

Roran se apoyó en el martillo y observó el campo de batalla. Por primera vez se dio cuenta de lo alto que era el montón de cadáveres; él y sus compañeros se encontraban a, por lo menos, seis metros del suelo, lo cual estaba casi al nivel de los tejados de las casas que había a ambos lados. Roran vio que la mayoría de los soldados habían muerto a causa de las flechas, pero a pesar de eso sabía que él solo había matado a un enorme número de ellos.

—¿Cuán…, cuántos? —le preguntó a Harald.

El guerrero, que estaba manchado de sangre por todas partes, meneó la cabeza.

—Perdí la cuenta a partir de los treinta y dos. Quizás otro lo pueda decir. Lo que has hecho, Martillazos… Nunca he visto una hazaña como ésta antes, no la he visto en un hombre con habilidades humanas. La dragona Saphira eligió bien; los hombres de tu familia son luchadores inigualables. Tu destreza no tiene comparación con la de ningún mortal, Martillazos. Sean cuantos sean los soldados que has matado hoy, yo…

—Han sido ciento noventa y tres —gritó Carn, trepando hacia ellos desde detrás.

—¿Estás seguro? —le preguntó Roran, incrédulo.

Carn asintió con la cabeza en cuanto llegó hasta ellos.

—¡Sí! Yo he estado observando y he llevado la cuenta cuidadosamente. Ciento noventa y tres han sido…, ciento noventa y cuatro si cuentas al hombre al que le has atravesado el vientre antes de que los arqueros acabaran con él.

La cantidad asombró a Roran. No había esperado que el total fuera tan alto. Se le escapó una carcajada ronca.

—Qué pena que no queden más. Si hubiera matado a siete más, hubiera llegado a los doscientos.

Los demás hombres también rieron.

Carn, con el rostro arrugado por la preocupación, alargó la mano hasta la punta que sobresalía del hombro izquierdo de Roran y dijo:

—Déjame ver tus heridas.

—¡No! —exclamó Roran, apartándole—. Habrá otros que tengan heridas más graves que las mías. Atiéndelos a ellos primero.

—Roran, varias de esas heridas serán fatales a no ser que impidamos el sangrado. Será sólo...

—Estoy bien —gruñó Roran—. Dejadme solo.

—¡Roran, mírate!

Él lo hizo, pero desvió la mirada.

—Hazlo deprisa, entonces.

Mientras Carn le sacaba la punta de acero del hombro y pronunciaba varios hechizos, permaneció mirando hacia el monótono cielo con la mente vacía de todo pensamiento. En cada punto donde la magia surtía efecto, Roran sentía un picor y un escozor en la piel seguidos por el agradable cese del dolor. Cuando Carn hubo terminado, Roran todavía se sentía dolorido, pero ya no de forma tan lacerante, y notaba la cabeza más despejada que antes.

El proceso de curación dejó a Carn pálido y tembloroso. Se quedó de rodillas hasta que dejó de temblar.

—Iré... —hizo una pausa para respirar— a ayudar al resto de los heridos, ahora. —Se incorporó y bajó por el montón de cuerpos, tambaleándose a un lado y a otro como si estuviera borracho.

Roran lo miró alejarse, preocupado. Entonces se le ocurrió preguntarse por el resto de la expedición. Miró hacia el extremo más alejado del pueblo y sólo vio cuerpos esparcidos, algunos vestidos con el color rojo del Imperio, y otros vestidos con la lana marrón que llevaban los vardenos.

—¿Qué hay de Edric y Sand? —le preguntó a Harald.

—Lo siento, Martillazos, pero no he visto nada que estuviera más allá del alcance de mi espada.

Roran, dirigiéndose a los hombres que todavía estaban en los tejados de las casas, preguntó:

—¿Qué ha pasado con Edric y Sand?

—¡No lo sabemos, Martillazos! —contestaron.

Apoyándose con el martillo, Roran descendió despacio la cuesta de cadáveres y, con Harald y otros tres hombres a su lado, atravesó el claro que había en el centro del pueblo; durante el camino mataron a

485

todo soldado que encontraron todavía con vida. Cuando llegaron al extremo del claro, donde el número de vardenos muertos superaba el de los soldados, Harald golpeó su escudo con la espada y gritó:

—¿Hay alguien todavía con vida?

Al cabo de un momento, se oyó una voz entre las casas.

—¡Identifícate!

—Harald y Roran *Martillazos* y otros vardenos. Si sirves al Imperio, ríndete, porque tus camaradas están muertos y no puedes derrotarnos.

Desde algún punto entre las casas les llegó el estallido del metal contra el suelo y entonces, de uno en uno y de dos en dos, los guerreros vardenos empezaron a salir de sus escondites y se dirigieron cojeando hacia el claro, muchos de ellos llevando a compañeros heridos. Se los veía aturdidos y algunos estaban tan empapados de sangre que, al principio, Roran los confundió con soldados prisioneros. Contó veintiocho hombres. Entre el último grupo de ellos se encontraba Edric, que ayudaba a un hombre que había perdido el brazo derecho durante la batalla.

Roran hizo una señal y dos de sus hombres se apresuraron a librar a Edric de la carga. El capitán se enderezó y, a paso lento, se acercó a Roran y le miró directamente a los ojos con una expresión indescifrable. Ni él ni Roran se movieron. Roran se dio cuenta de que el claro se había sumido en un excepcional silencio.

Edric fue el primero en hablar:

—¿Cuántos habéis sobrevivido?

—La mayoría. No todos, pero la mayoría.

Edric asintió con la cabeza.

—¿Y Carn?

—Está vivo… ¿Qué ha pasado con Sand?

—Un soldado le hirió durante el ataque. Ha muerto hace unos minutos. —Eric miró más allá de donde se encontraba Roran y luego dirigió la vista hacia el montón de cadáveres—. Has incumplido mis órdenes, Martillazos.

—Lo he hecho.

Edric levantó la mano hacia él.

—¡Capitán, no! —exclamó Harald, que dio un paso hacia delante—. Si no hubiera sido por Roran, ninguno de nosotros estaría aquí. Y deberías haber visto lo que ha hecho: ¡ha matado a casi doscientos soldados él solo!

El ruego de Harald no surtió ningún efecto en Edric, que continuaba con la mano levantada. Roran también permaneció impasible.

Entonces, Harald se dio la vuelta hacia él y dijo:

—Roran, sabes que los hombres son tuyos. Sólo tienes que pronunciar la palabra y nosotros...

Roran le hizo callar con una mirada.

—No seas estúpido.

Edric, con los labios apretados, dijo:

—Por lo menos no estás completamente falto de sentido común. Harald, mantén la boca cerrada a no ser que quieras conducir los caballos de carga durante todo el camino de vuelta.

Roran levantó el martillo y se lo dio a Edric. Entonces se desabrochó el cinturón, en el cual llevaba colgadas la espada y la daga, y también se las rindió a Edric.

—No tengo más armas —dijo.

Edric asintió con la cabeza y, con expresión funesta, se colgó el cinturón en el hombro.

—Roran *Martillazos*, a partir de ahora te retiro del mando. ¿Tengo tu palabra de honor de que no intentarás huir?

—La tienes.

—Entonces te harás útil allí donde puedas, pero en todo lo demás te comportarás como un prisionero. —Edric miró a su alrededor y señaló a otro guerrero—. Fuller, tomarás el sitio de Roran hasta que volvamos con el cuerpo principal de vardenos y Nasuada pueda decidir qué hay que hacer al respecto.

—Sí, señor —dijo Fuller.

487

Durante varias horas, Roran trabajó junto con otros guerreros mientras recogían los cuerpos y los enterraban a las afueras del pueblo. Durante el proceso, Roran supo que sólo nueve de sus ochenta y un guerreros habían muerto durante la batalla, mientras que, entre ambos, Edric y Sand habían perdido casi a ciento cincuenta hombres, y Edric hubiera perdido más si no hubiera sido porque unos cuantos de sus guerreros se habían quedado con Roran después de que fuera a rescatarlos.

Cuando terminaron de enterrar a sus muertos, los vardenos despojaron a los soldados de su equipo, les sacaron las flechas y construyeron una pira en el centro del pueblo, en la cual los quemaron. Los cuerpos ardientes levantaron una columna de un humo grasiento y negro que se elevó en el cielo con una longitud que parecía de kilómetros. A través de ella, el sol parecía un disco plano y rojo.

La mujer joven y el niño que los soldados habían capturado no aparecieron por ninguna parte. Dado que no encontraron sus cuerpos entre los de los muertos, Roran supuso que habían huido del pueblo cuando empezó la batalla, lo cual, pensó, era lo mejor que podían haber hecho. Les deseó suerte.

Para sorpresa y placer de Roran, *Nieve de Fuego* volvió trotando al pueblo unos minutos antes de que los vardenos partieran. Al principio, el semental se mostró asustadizo y distante, sin permitir que nadie se acercara a él. Pero Roran, hablándole en voz baja, consiguió calmarlo lo bastante para ponerle un vendaje limpio en las heridas que tenía en el lomo. Dado que no hubiera sido inteligente montar a *Nieve de Fuego* hasta que el animal estuviera completamente curado, Roran lo ató a la parte de delante de los caballos de carga, cosa que desagradó inmediatamente al animal, que agachó las orejas y empezó a agitar la cola de un lado a otro mientras enseñaba los dientes.

—Compórtate —le dijo Roran, acariciándole el cuello.

Nieve de Fuego lo miró de reojo y relinchó, y las orejas se le relajaron un poco.

Entonces Roran montó a un caballo castrado que había pertenecido a uno de los vardenos muertos y ocupó su sitio en la parte de detrás de la fila de hombres que se alargaba entre las casas. Ignoró las muchas miradas que se dirigían hacia él, aunque se animó al oír que varios guerreros murmuraban:

—Bien hecho.

Mientras esperaba a que Edric diera la orden de iniciar la marcha, pensó en Nasuada, en Katrina y en Eragon, y el temor nubló sus pensamientos en cuanto se planteó qué dirían cuando conocieran su rebeldía. Roran apartó de la cabeza esas preocupaciones al cabo de un segundo.

—He hecho lo correcto y necesario —se dijo a sí mismo—. No me arrepentiré, no importan las consecuencias.

—¡Adelante! —gritó Edric desde la cabeza de la formación.

Roran espoleó al caballo y lo puso al trote. Como un solo hombre, todos cabalgaron hacia el oeste, lejos del pueblo; allí abandonaron la pira de cuerpos de los soldados, para que quemara hasta extinguirse.

Mensaje en un espejo

*E*l sol de la mañana caía sobre Saphira y la inundaba de un calor agradable.

Estaba tumbada en un suave saliente de piedra a varios metros por encima de la tienda de tela cerrada y vacía de Eragon. Las actividades de la noche, que habían consistido en volar por el Imperio vigilando ciertas localizaciones —tal como había hecho todas las noches desde que Nasuada había enviado a Eragon a la enorme y vacía montaña de Farthen Dûr—, la habían dejado somnolienta. Esos vuelos eran necesarios para disimular la ausencia de Eragon, pero la rutina le pesaba porque, a pesar de que la noche no le daba miedo, no tenía hábitos nocturnos y no le gustaba hacer nada con tanta regularidad. Además, dado que los vardenos tardaban tanto en ir de un lugar a otro, pasaba la mayoría del rato planeando sobre el mismo paisaje por las noches. La única emoción reciente había sido cuando había localizado a Espina, el dragón de escamas rojas e ideas atrofiadas, que volaba bajo en el noreste la mañana anterior. Él no se había dado la vuelta para enfrentarse con ella, sino que había continuado su camino hacia el corazón del Imperio. Cuando Saphira informó de lo que había visto, Nasuada, Arya y los elfos que vigilaban a Saphira habían reaccionado como un rebaño de arrendajos asustados, gritando y quejándose los unos de los otros. Incluso habían insistido en que Blödhgarm, el de pelo de lobo negro azulado, volara con ella disfrazado de Eragon, lo cual, por supuesto, ella se había negado a permitir. Una cosa era tolerar que el elfo le colocara un espectro líquido de Eragon en la grupa cada vez que levantaba el vuelo o aterrizaba entre los vardenos, pero no estaba dispuesta a que nadie que no fuera Eragon la montara a no ser que la batalla fuera inminente, y quizá ni siquiera entonces.

Saphira bostezó y desperezó la pata delantera derecha, abriendo bien los dedos del pie. Volvió a relajarse y enroscó la cola alrededor del cuerpo, colocó la cabeza cómodamente sobre los pies y cerró los ojos, dejando que imágenes de ciervos y presas vagaran por su mente.

No había pasado mucho rato cuando oyó el sonido de pisadas de alguien que corría a través del campamento en dirección a la tienda de crisálida de mariposa con alas plegadas de color rojo de Nasuada. Saphira no prestó mucha atención al sonido: los mensajeros siempre corrían arriba y abajo.

Justo cuando estaba a punto de quedarse dormida, oyó a otra persona que pasaba corriendo y luego, después de un breve intervalo, pasaron dos más. Sin abrir los ojos, sacó la punta de la lengua y probó el aire. No detectó ningún olor inusual, así que, tras decidir que no valía la pena investigar el alboroto, se sumergió en un sueño en el que se zambullía en un lago frío y verde en busca de peces.

Unos gritos de enojo despertaron a Saphira.

No se movió, escuchando la discusión entre dos bípedos de orejas redondas. Se encontraban demasiado alejados de ella para que pudiera distinguir las palabras que pronunciaban, pero por el tono de las voces se dio cuenta de que había furia suficiente para matar. A veces se daban disputas entre los vardenos, igual que sucedía en cualquier manada grande, pero nunca había oído a tantos bípedos discutir durante tanto tiempo y con tanta pasión.

490

Saphira empezó a sentir un dolor sordo en la base del cráneo a medida que los gritos de los bípedos se intensificaban. Clavó las uñas en las piedras del suelo y unas finas láminas de roca de cuarzo se desprendieron a sus pies con unos crujidos secos.

«¡Contaré hasta treinta y tres —pensó—, y si entonces no se han callado, será mejor que aquello que los molesta sea digno de interrumpir el sueño de una hija del viento!»

Cuando llegó a veintisiete, los bípedos se quedaron en silencio. «¡Por fin!» Se colocó en una postura más cómoda y se dispuso a reanudar su necesitado descanso.

El metal estalló, las telas de las tiendas sisearon al rasgarse, las fundas de piel de los pies retumbaron en el suelo y el inconfundible olor de la sangre de Nasuada, la guerrera de piel oscura, llegó hasta Saphira. «¿Y ahora qué pasa?», se preguntó, y por un momento pensó en lanzar un rugido que hiciera huir aterrorizado a todo el mundo.

Saphira abrió un ojo y vio a Nasuada y a seis guardias que se dirigían hacia donde ella estaba. Cuando llegaron a la base de la piedra, Nasuada ordenó a sus guardias que se quedaran detrás con Blödhgarm y con los otros elfos —que se estaban peleando en una pequeña extensión de hierba— y subió al saliente de la roca.

—Saludos, Saphira —dijo Nasuada.

Llevaba un vestido rojo, un color que parecía tener una fuerza sobrenatural al contrastar contra el verde de las hojas de los manzanos que tenía detrás. El reflejo de las escamas de Saphira le moteaban el rostro.

Saphira parpadeó, sin ganas de responder con palabras.

Nasuada miró a su alrededor, se acercó a la cabeza de Saphira y susurró:

—Saphira, tengo que hablar contigo en privado. Tú puedes penetrar en mi mente, pero yo no puedo penetrar en la tuya. ¿Podrías penetrar en la mía para que yo piense lo que tengo que decirte y tú me puedas oír?

Saphira se aproximó a la conciencia de la mujer, cansada y tensa, y permitió que la irritación por haber sido molestada durante su descanso inundara a Nasuada. Luego dijo:

Puedo hacerlo si quiero, pero nunca lo haría sin tu permiso.

Por supuesto —repuso Nasuada—. *Lo comprendo.*

Al principio, Saphira sólo recibió unas imágenes y emociones inconexas: una horca con el lazo vacío, sangre en el suelo, rostros enfurecidos, miedo, cansancio y una corriente subterránea de funesta determinación.

Perdóname —dijo Nasuada—. *He tenido una mañana difícil. Si mis pensamientos son erráticos, por favor, resístelos conmigo.*

Saphira volvió a parpadear.

¿Qué es lo que ha molestado así a los vardenos? Un grupo de hombres me han despertado con sus gritos de enojo y, antes de eso, había oído los pasos de un número inusual de mensajeros corriendo por el campamento.

Nasuada apretó los labios, le dio la espalda a Saphira y se cruzó de brazos, sujetándose los antebrazos con las manos. El color de su mente se tornó negro como una nube a medianoche y se llenó con presentimientos de muerte y de violencia. Después de una larga pausa poco propia de ella, dijo:

Uno de los vardenos, un hombre que se llama Othmund, penetró en el campamento de los úrgalos anoche y mató a tres de ellos mientras dormían alrededor del fuego. Los úrgalos no consiguieron atrapar a Othmund en ese momento, pero esta mañana ha reclamado el reconocimiento de su proeza y se ha vanagloriado de ello ante todo el ejército.

491

¿Por qué ha hecho eso? —preguntó Saphira—. *¿Los úrgalos mataron a su familia?*

Nasuada negó con la cabeza.

Casi desearía que hubiera sido así, porque entonces los úrgalos no estarían tan enojados; por lo menos, entienden la venganza. No, ésa es la parte extraña de este asunto: Othmund odia a los úrgalos por el hecho de ser úrgalos. Ellos nunca le han hecho nada, ni a él ni a los suyos, y a pesar de eso los odia con todas las fibras de su cuerpo. Eso se adivina después de hablar con él.

¿Qué vas a hacer con él?

Nasuada volvió a mirar a Saphira con una profunda tristeza en los ojos.

Será colgado por sus crímenes. Cuando acepté a los úrgalos entre los vardenos, decreté que todo aquel que atacara a un úrgalo sería castigado como si hubiera atacado a un humano. No me puedo echar atrás ahora.

¿Te arrepientes de haber hecho esa promesa?

No. Es necesario que los hombres sepan que no aprobaré este tipo de actos. Si no fuera así, se hubieran vuelto contra los úrgalos el mismo día en que Nar Garzhvog y yo hicimos el pacto. Pero ahora debo demostrarles que lo dije en serio. Si no lo hago, habrá más asesinatos y luego los úrgalos tomarán el asunto en sus manos y, de nuevo, nuestras razas se echarán la una al cuello de la otra. Es correcto que Othmund muera por haber matado a los úrgalos y por haber incumplido mis órdenes, pero, oh, Saphira, a los vardenos no les gustará. He sacrificado mi propia sangre para ganarme su lealtad, pero ahora me odiarán por colgar a Othmund... Me odiarán por igualar las vidas de los úrgalos con las de los humanos. —Nasuada dio unos tirones a los puños de sus mangas—. *Y no puedo decir que a mí me guste más que a ellos. A pesar de todos los intentos que he hecho de tratar a los úrgalos de forma abierta y equitativa, de tratarlos como iguales tal como hubiera hecho mi padre, no puedo evitar recordar cómo lo mataron. No puedo evitar ver a todos esos úrgalos masacrando a los vardenos en la batalla de Farthen Dûr. No puedo evitar recordar las historias que oí de niña, historias de úrgalos que aparecían desde las montañas y mataban a personas inocentes mientras dormían. Los úrgalos siempre eran los monstruos a quienes había que temer, y ahora he unido mi destino al de ellos. No puedo evitar recordar todo eso, Saphira, y me preguntó si he tomado la decisión correcta.*

No puedes evitar ser humana —dijo la dragona, intentando

consolar a Nasuada—. *Pero tú no estás limitada por las creencias que tienen los que te rodean. Tú puedes ir más allá de los límites de tu raza si lo deseas. Si los sucesos del pasado nos pueden enseñar algo, es que los reyes y las reinas y los demás líderes que han acercado a las razas son los que han traído el mayor bien a Alagaësia. Es de los conflictos y de la furia de lo que debemos guardarnos, y no de una relación más cercana con aquellos que antes fueron nuestros enemigos. Recuerda tu desconfianza hacia los úrgalos, porque ellos se la han merecido, pero recuerda también que en cierto tiempo los enanos y los dragones no se apreciaban más que los humanos y los úrgalos. Y una vez los dragones lucharon contra los elfos, y hubieran exterminado su raza si hubiesen podido. Una vez esas cosas fueron ciertas, pero ya no lo son, porque personas como tú han tenido el valor de dejar a un lado odios para forjar vínculos de amistad donde, antes, no existían.*

Nasuada apoyó la frente en la mandíbula de Saphira y le dijo:

Eres sabia, Saphira.

Divertida, la dragona levantó la cabeza de los pies y tocó la frente de Nasuada con el morro.

Digo las cosas tal como las veo, nada más. Si eso es sabiduría, bienvenida; de todas maneras, yo creo que tú ya posees toda la sabiduría que necesitas. Quizás ejecutar a Othmund no complazca a los vardenos, pero hará falta algo más que eso para destruir su lealtad hacia ti. Además, estoy segura de que podrás encontrar la manera de calmarlos.

Sí —dijo Nasuada, secándose los ojos con las manos—. *Tendré que hacerlo, creo.* —Entonces sonrió y su rostro se transformó—. *Pero Othmund no es el motivo de que haya venido a verte. Eragon acaba de contactar conmigo y me ha pedido que te reúnas con él en Farthen Dûr. Los enanos...*

Con el cuello estirado, Saphira rugió al cielo con una llamarada de fuego que le salió directamente del estómago. Nasuada se apartó de ella trastabillando y todo el mundo se quedó inmóvil y mirando a Saphira. La dragona se puso en pie, se agitó de pies a cabeza olvidando el cansancio y abrió las alas, preparada para volar.

Los guardias de Nasuada empezaron a acercarse a ella, pero hizo que se detuvieran con un gesto de la mano. Una nube de humo le pasó por encima. Nasuada se cubrió la nariz con la manga, tosiendo.

Tu entusiasmo es loable, Saphira, pero...

¿Está herido Eragon? —preguntó.

Al ver que Nasuada dudaba, la asaltó el temor.

493

Está sano como siempre —contestó—. *De todas formas, hubo... un incidente... ayer.*

¿Qué tipo de incidente?

Él y sus guardias fueron atacados.

Saphira se quedó inmóvil mientras Nasuada recordaba todo lo que Eragon le había dicho durante su conversación. Cuando hubo terminado, la dragona apretó las mandíbulas.

En el Dûrgrimst Az Sweldn rak Anhûin deberían estar contentos de que yo no estuviera con Eragon; no los hubiera dejado escapar tan fácilmente después de haber atentado contra él.

Con una ligera sonrisa, Nasuada dijo:

Por este motivo, probablemente es mejor que estuvieras aquí.

Quizás —admitió Saphira, lanzando una nube de humo caliente y meneando la cola de un lado a otro—. *Pero no me sorprende. Eso siempre sucede: siempre que Eragon y yo estamos separados, alguien lo ataca. Hasta tal punto que me duelen las escamas cuando le pierdo de vista durante más de unas horas.*

Es más que capaz de defenderse a sí mismo.

Es verdad, pero nuestros enemigos tampoco carecen de destreza. —Saphira, impaciente, cambió de postura y levantó más las alas—. *Nasuada, estoy ansiosa por partir. ¿Hay algo más que pueda hacer por ti?*

No —dijo Nasuada—. *Vuela rápido y bien, Saphira, pero no te detengas cuando llegues a Farthen Dûr. En cuanto abandones el campamento, sólo tendremos unos cuantos días de gracia antes de que el Imperio se dé cuenta de que no te he enviado a realizar la inspección habitual. Galbatorix puede decidir, o no, atacar mientras estás fuera, pero esa posibilidad aumentará con cada hora que estés ausente. Además, preferiría teneros a los dos cuando ataquemos Feinster. Podríamos atacar la ciudad sin vosotros, pero eso nos costaría muchas más vidas. En resumen, el destino de todos los vardenos depende de tu velocidad.*

Seremos rápidos como el viento de tormenta —le aseguró Saphira.

Entonces Nasuada se despidió de ella y bajó del saliente de la roca. Inmediatamente, Blödhgarm y los otros elfos se apresuraron a subir y le pusieron la incómoda silla de piel de Eragon en la grupa y la cargaron con alforjas llenas de comida y con el equipo que habitualmente llevaba cuando se embarcaba en un viaje con Eragon. Ella no necesitaría esas provisiones —ni siquiera tenía acceso a ellas por sí misma—, pero para salvaguardar las apariencias las tenía que llevar.

Cuando estuvo a punto, Blödhgarm hizo el movimiento de rotación de la mano delante del pecho, el gesto de respeto de los elfos, y dijo en el idioma antiguo:

—Adiós, Saphira Escamas Brillantes. Que tú y Eragon regreséis ilesos.

Adiós, Blödhgarm.

Saphira esperó a que el elfo de pelo de lobo negro azulado creara un espectro líquido de Eragon y la aparición salió de la tienda del chico y subió a su grupa. Saphira no sintió nada mientras el espectro sin sustancia trepaba por sus piernas delanteras hasta su hombro. Cuando Blödhgarm asintió con la cabeza para indicar que el «no Eragon» ya estaba en su sitio, Saphira levantó las alas hasta que se tocaron por encima de su cabeza y se lanzó desde el saliente de piedra.

Mientras caía hacia las tiendas grises de abajo, bajó las alas y se alejó del suelo rompehuesos. Viró en dirección a Farthen Dûr y empezó a subir hacia la capa de aire frío de más arriba, donde esperaba encontrar un viento constante que la ayudara a realizar el viaje.

Voló en círculos por encima del bosque de la ribera en que los vardenos se habían detenido para pasar la noche e hizo eses en el aire con una alegría fiera. ¡Ya no tenía que esperar más a que Eragon dejara de aventurarse sin ella! ¡Ya no tendría que pasar más noches volando por encima de los mismos trozos de tierra una y otra vez! ¡Y aquellos que deseaban hacer daño a su compañero de mente y corazón ya no podrían escapar a su ira! Saphira abrió las mandíbulas y rugió de alegría y confianza hacia el mundo, desafiando a los dioses que pudieran existir a desafiarla a ella, la hija de Iormûngr y Vervada, dos de los mayores dragones de su época.

Cuando estuvo a más de un kilómetro y medio por encima de los vardenos y sintió un fuerte viento del suroeste contra ella, se colocó a favor del torrente de aire y se lanzó hacia delante, planeando por encima de la tierra bañada por el sol.

Proyectó sus pensamientos y dijo:

¡Estoy de camino, pequeño!

Cuatro golpes de tambor

*E*ragon se inclinó hacia delante con todos los músculos tensos. La enana de pelo blanco, Hadfala, jefa del Dûrgrimst Ebardac, se levantó de la mesa alrededor de la cual se hallaba reunida la Asamblea y pronunció una frase breve en el idioma antiguo.

Hûndfast, hablándole al oído en voz baja, le tradujo:

—En representación de mi clan, voto por el Grimstborith Orik para que sea nuestro nuevo rey.

Eragon soltó el aire contenido. «Uno.» Para llegar a ser rey de los enanos, un jefe de clan tenía que obtener la mayoría de los votos de los demás jefes de clan. Si ninguno de ellos lo conseguía, de acuerdo con la ley de los enanos, el jefe de clan que tenía menos votos era eliminado y la Asamblea podía aplazar la votación tres días más. Este proceso podía continuar tanto tiempo como fuera necesario hasta que un jefe de clan consiguiera la mayoría necesaria, en cuyo momento la Asamblea le juraba lealtad como nuevo monarca. Teniendo en cuenta el poco tiempo del que disponían los vardenos, Eragon esperaba fervientemente que no hiciera falta otra votación o, si no era así, que los enanos no insistieran en que el descanso durara más de unas cuantas horas. Si eso sucedía, Eragon pensó que no podría evitar romper la mesa de piedra en un ataque de frustración.

El hecho de que Hadfala, el primer jefe de clan en votar, hubiera apostado por Orik era una buena señal. Eragon sabía que Hadfala había estado apoyando a Gannel, el Dûrgrimst Quan, antes del atentado contra la vida de Eragon. Si había cambiado de opinión, también era posible que otro miembro del grupo de Gannel —principalmente el Grimstborith Ûndin— diera su voto a Orik.

El siguiente en levantarse ante la mesa fue Gáldhiem, del Dûrgrimst Feldûnost. Era un enano de poca estatura, y se le veía más alto sentado que de pie.

—En representación de mi clan —declaró—, voto por el Grimstborith Nado como nuevo rey.

Orik giró la cabeza, miró a Eragon y le dijo en voz baja:

—Bueno, eso ya lo esperábamos.

Eragon asintió con la cabeza y miró a Nado. El enano de rostro redondo se acariciaba la barba rubia y parecía satisfecho consigo mismo.

Entonces, Manndrâth, del Dûrgrimst Ledwonnû, dijo:

—En representación de mi clan, voto por el Grimstborith Orik como nuevo rey.

Orik le agradeció el voto con un asentimiento de cabeza y Manndrâth le devolvió el saludo con la punta de la nariz temblorosa.

Cuando Manndrâth se hubo sentado, Eragon y todos los demás miraron a Gannel. La sala quedó en tal silencio que Eragon ni siquiera oía la respiración de los enanos. Como jefe del clan religioso, el Quan, alto sacerdote de Gûntera y rey de los dioses de los enanos, Gannel tenía una gran influencia entre los de su raza: era probable que la corona siguiera el camino que él eligiera.

—En representación de mi clan —dijo Gannel—, voto por el Grimstborith Nado como nuevo rey.

Una oleada de exclamaciones se extendió entre los enanos que se encontraban observando la votación desde el perímetro de la sala, y la expresión complacida de Nado se hizo más evidente. Eragon apretó los dedos de las manos, que tenía entrelazados, y maldijo en silencio.

—No abandones la esperanza, chico —murmuró Orik—. Todavía es posible que salgamos adelante. Ya ha pasado anteriormente que el grimstboriz de los Quan haya perdido la votación.

—¿Cuán a menudo sucede? —susurró Eragon.

—Bastante a menudo.

—¿Cuándo fue la última vez que sucedió?

Orik se removió en la silla y apartó la mirada.

—Hace ochocientos veinticuatro años, cuando la reina…

Pero Orik calló en cuanto oyeron que Ûndin, del Dûrgrimst Ragni Hefthyn, proclamaba:

—En representación de mi clan, voto por el Grimstborith Nado como nuevo rey.

Orik se cruzó de brazos. Eragon sólo le podía ver la cara desde un lado, pero era evidente que su amigo tenía el ceño fruncido.

Eragon se mordió el interior de la mejilla y clavó la vista en el suelo. Contó los votos que se habían emitido, así como los que quedaban para decidir si todavía era posible que Orik ganara la votación.

Incluso en las mejores circunstancias, sería muy ajustado. Eragon apretó los puños y se clavó las uñas en las palmas de las manos.

Thordis, del Dûrgrimst Nagra, se puso en pie y se colocó la larga y gruesa trenza encima del brazo.

—En representación de mi clan, voto por el Grimstborith Orik como nuevo rey.

—Eso hacen tres contra tres —dijo Eragon en voz baja.

Orik asintió con la cabeza.

Era el turno de Nado. El jefe del Dûrgrimst Knurlcarath se alisó la barba con la palma de la mano, sonrió a los reunidos y, con un brillo fiero en los ojos, dijo:

—En representación de mi clan, voto por mí mismo como nuevo rey. Si me aceptáis, prometo librar a mi país de los extranjeros que lo han contaminado, y prometo dedicar nuestro oro y nuestros guerreros a proteger a nuestra propia gente y no a elfos, humanos y úrgalos. Lo juro por el honor de mi familia.

—Cuatro contra tres —señaló Eragon.

—Sí —dijo Orik—. Supongo que hubiera sido demasiado pedir que Nado votara por alguien que no fuera él mismo.

Freowin, del Dûrgrimst Gedthrall, dejó el cuchillo y la madera a un lado y, con la vista baja, dijo en su susurrante voz de barítono:

—En representación de mi clan, voto por el Grimstborith Nado como nuevo rey.

Volvió a sentarse y continuó tallando el cuervo sin hacer caso de los murmullos de sorpresa que inundaron la sala.

La expresión de Nado pasó de ser de satisfacción a ser de engreimiento.

—Barzûl —gruñó Orik frunciendo más el ceño. Presionó los brazos de la silla con los antebrazos y ésta crujió por el peso. Se le marcaron los tendones de las manos de la tensión—. Ese traidor hipócrita. ¡Prometió votar por mí!

Eragon sintió un nudo en el estómago.

—¿Por qué te habrá traicionado?

—Visita el templo de Sindri dos veces al día. Debería haber sabido que no se opondría a los deseos de Gannel. ¡Bah! Gannel me ha estado tomando el pelo todo el tiempo. Yo…

En ese momento, la atención de la Asamblea se dirigió hacia Orik. Éste disimuló el enojo, se puso en pie y miró a todos los reunidos alrededor de la mesa. En su propio idioma, dijo:

—En representación de mi clan, voto por mí mismo como nuevo rey. Si me aceptáis, prometo traer a nuestra gente riquezas y gloria, y la libertad de vivir sobre el suelo sin temer que Galbatorix destruya nuestras casas. Lo juro por el honor de mi familia.

—Cinco contra cuatro —le dijo Eragon a Orik en cuanto éste se hubo sentado de nuevo—. Y no a nuestro favor.

Orik gruñó:

—Sé contar, Eragon.

El chico apoyó los codos sobre las rodillas y miró a los enanos. El deseo de hacer algo lo carcomía. No sabía qué, pero había tanto en juego que sentía la necesidad de buscar la manera de asegurar que Orik fuera rey y, de esta manera, que los enanos continuaran ayudando a los vardenos en su lucha contra el Imperio. Pero por mucho que lo intentaba, no podía pensar en nada, excepto en esperar.

El siguiente enano en levantarse fue Havard, del Dûrgrimst Fanghur. Con la barbilla clavada en el pecho y los labios apretados en una expresión pensativa, Havard dio unos golpecitos en la mesa con los dedos que todavía le quedaban en la mano derecha. Eragon se echó un poco hacia delante en la silla con el corazón acelerado. «¿Mantendrá el pacto con Orik?», se preguntó.

Havard volvió a dar unos golpecitos en la mesa y luego dio una palmada encima de la piedra. Levantó la cabeza y dijo:

—En representación de mi clan, voto por el Grimstborith Orik como nuevo rey.

Eragon sintió una inmensa satisfacción al ver que Nado abría los ojos de sorpresa y que apretaba la mandíbula con fuerza.

—¡Ja! —exclamó Orik—. Eso le ha puesto un abrojo en la barba.

Los dos jefes de clan que quedaban por votar eran Hreidamar e Íorûnn. Hreidamar, el compacto y musculoso grimstborith de los Urzhad, se mostraba inquieto con la situación, mientras que Íorûnn —la del Dûrgrimst Vrenshrrgn, los lobos guerreros— reseguía la cicatriz con forma de luna creciente con los dedos y sonreía como una gata satisfecha.

Eragon aguantó la respiración mientras esperaba oír lo que los dos dirían. «Si Íorûnn vota por sí misma —pensó—, y si Hreidamar todavía le es leal, entonces la votación tendrá que aplazarse a otra sesión. Pero no hay ningún motivo para que lo haga, aparte de retrasar el asunto y, por lo que sé, ella no sacaría nada de este aplazamiento. No puede tener esperanzas de ser reina ahora; su nombre se eliminaría de los candidatos antes de empezar la segunda sesión de votos y dudo que sea tan estúpida como para desperdiciar el poder que ahora tiene solamente para poder contar a sus nietos que una vez fue candidata al trono. Pero si Hreidamar no le es leal, entonces la votación quedará paralizada y continuaremos en una segunda sesión sin tener en cuenta... ¡Bah! ¡Si pudiera ver el futuro! ¿Qué sucederá si Orik pierde? ¿Debería hacerme con el control de la Asamblea? Podría cerrar la sala para que nadie pudiera entrar ni salir y entonces... Pero no, eso sería...»

Íorûnn interrumpió los pensamientos de Eragon al dirigir un asentimiento de cabeza a Hreidamar. Luego dirigió la mirada hacia él, que se sintió como si fuera un buey bajo inspección. Hreidamar se levantó con un tintineo de su cota de malla y dijo:

—En representación de mi clan, voto por el Grimstborith Orik como nuevo rey.

Eragon sintió un nudo en la garganta.

Íorûnn, con una sonrisa en los labios rojos, se levantó de la silla con un gesto sinuoso y, en voz baja y ronca, dijo:

—Parece que me toca a mí decidir el resultado de la reunión de hoy. He escuchado con atención tus argumentos, Nado, y los tuyos, Orik. Aunque ambos habéis hablado de temas con los cuales estoy de acuerdo en general, el asunto más importante que debemos decidir es si debemos unirnos a la campaña de los vardenos contra el Imperio. Si su lucha fuera solamente una lucha de clanes no me importaría quién ganara y, desde luego, no pensaría en la posibilidad de sacrificar a nuestros guerreros en beneficio de unos extranjeros. A pesar de todo, ése no es el caso. Lejos de eso. Si Galbatorix triunfa en esta guerra, ni siquiera las montañas Beor nos protegerán de su ira. Si nuestro reino tiene que sobrevivir, tenemos que derrocar a Galbatorix. Además, creo que escondernos en cuevas y túneles mientras los demás deciden el destino de Alagaësia es impropio de una raza tan antigua y poderosa como la nuestra. Cuando se escriban las crónicas de esta era, ¿deberán decir que nosotros luchamos junto con los humanos y los elfos como los héroes de la Antigüedad, o deberán decir que nos escondimos en nuestras salas como campesinos asustados mientras la batalla se desarrollaba fuera de nuestras puertas? Yo sé cuál es mi respuesta. —Íorûnn se apartó el pelo y dijo—: ¡En representación de mi clan, voto por el Grimstborith Orik como nuevo rey!

El lector de la ley de más edad, que se encontraba de pie ante la pared circular, dio un paso hacia delante, golpeó el suelo de piedra con el pulido bastón y proclamó:

—¡Salve, rey Orik, cuadragésimo tercer rey de Tronjheim, de Farthen Dûr y de todo knurla de arriba y de debajo de las montañas Beor!

—¡Salve, rey Orik! —rugió la Asamblea entera poniéndose en pie con un sonoro entrechocar de armaduras.

Eragon, aunque la cabeza le daba vueltas, hizo lo mismo, consciente de que ahora se encontraba en presencia de la realeza. Miró a Nado, pero el rostro del enano era una máscara inexpresiva.

El lector de barba blanca volvió a dar un golpe en el suelo con el bastón.

—Que los escribas registren inmediatamente la decisión de la Asamblea, y que las noticias se difundan a todas las personas del reino. ¡Heraldos! Informad a los magos con los espejos encantados de lo que hoy ha acontecido aquí y luego id a buscar a los guardas de la montaña y decidles: «Cuatro golpes de tambor. Cuatro golpes, y golpead con los mazos como nunca lo habéis hecho antes en toda vuestra vida, porque tenemos un nuevo rey. Cuatro golpes tan fuertes que toda Farthen Dûr vibre con las noticias». Decidles esto, os lo ordeno. ¡Id!

Cuando los heraldos se hubieron marchado, Orik se levantó de la silla y miró a los enanos que tenía alrededor. A Eragon, su expresión le pareció de aturdimiento, como si no hubiera esperado conseguir la corona de verdad.

—Por esta gran responsabilidad —dijo—, os doy las gracias. —Hizo una pausa y luego continuó—. Mis únicos pensamientos ahora están dirigidos a mejorar la nación y perseguiré este objetivo sin desfallecer hasta el día que vuelva a la piedra.

Entonces los jefes de clan se acercaron a él uno a uno y se arrodillaron delante de Orik para jurarle lealtad como fieles súbditos. Cuando le llegó el turno a Nado, el enano no mostró ningún sentimiento, sino que se limitó a recitar las frases del juramento sin ninguna inflexión: cada palabra caía de su boca como una barra de plomo. Cuando hubo terminado, una palpable sensación de alivió recorrió la Asamblea.

Cuando terminaron de prestar juramento, Orik decretó que su coronación tendría lugar a la mañana siguiente, y luego él y sus ayudantes se retiraron a una habitación adyacente. Una vez allí, Eragon y Orik se miraron mutuamente. Ninguno de los dos emitió sonido alguno hasta que una sonrisa apareció en el rostro de Orik, que empezó a reír con las mejillas encendidas. Eragon rio con él, le cogió por el brazo y le atrajo hacía sí para abrazarlo. Los guardias y los consejeros de Orik los rodearon dándole palmadas al nuevo rey en la espalda y felicitándole con sinceras exclamaciones.

Eragon soltó a Orik y dijo:

—No pensé que Íorûnn nos apoyara.

—Sí. Me alegro de que lo haya hecho, pero eso complica más las cosas. —Orik sonrió—. Supongo que tendré que recompensarla por su ayuda con un puesto en el consejo, por lo menos.

—¡Quizá sea lo mejor! —dijo Eragon, esforzándose por hacerse oír en medio del alboroto—. Si los Vrenshrrgn hacen honor a su nombre, quizá nos hagan mucha falta antes de que lleguemos a las puertas de Urû'baen.

Orik iba a responder, pero una nota de volumen portentoso reverberó en el suelo, en el techo y en el aire de la habitación. Eragon sintió que todos los huesos le vibraban.

—¡Escuchad! —gritó Orik con una mano levantada. El grupo quedó en silencio.

La grave nota sonó en cuatro ocasiones, y la habitación tembló cada una de las veces, como si un gigante diera patadas a un costado de Tronjheim. Después, Orik dijo:

—Nunca pensé que oiría los tambores de Derva anunciar mi reinado.

—¿Cuán grandes son los tambores? —preguntó Eragon, impresionado.

—Tienen casi un metro y medio de ancho, si la memoria no me falla.

Eragon pensó que, a pesar de que los enanos eran la raza más pequeña de todas, construían las estructuras más grandes de toda Alagaësia, lo cual le pareció curioso. «Quizá —pensó—, al hacer objetos tan enormes no se sienten tan pequeños.» Estuvo a punto de mencionárselo a Orik, pero en el último momento pensó que tal vez eso lo ofendiera, así que se mordió la lengua.

Los ayudantes de Orik le rodearon y empezaron a hacerle preguntas en el idioma de los enanos, a menudo hablando los unos por encima de la voz de los otros en una estridente maraña de voces. Eragon, que había estado a punto de hacerle otra pregunta a Orik, se encontró relegado a una esquina de la habitación. Intentó esperar pacientemente a que se produjera una pausa en la conversación, pero al cabo de unos minutos quedó claro que los enanos no iban a dejar de avasallar a Orik con preguntas y peticiones de consejo, lo cual, pensó, era propio de su manera de hablar.

Así que Eragon dijo:

—Orik Könungr.

Le dio a esa palabra, que significaba «rey» en el idioma antiguo, la suficiente energía para captar la atención de todos los presentes.

La habitación quedó en silencio y Orik miró a Eragon y levantó una ceja.

—Majestad, ¿tengo vuestro permiso para retirarme? Hay cierto… «asunto» que me gustaría atender, si no es demasiado tarde.

Los ojos marrones de Orik brillaron con comprensión.

—¡Date tanta prisa como puedas! Pero no tienes que llamarme «majestad», Eragon, ni «sire», ni por ningún otro tratamiento. Después de todo, somos amigos y hermanos adoptivos.

—Lo somos, Vuestra Majestad —contestó Eragon—, pero de momento creo que es adecuado que utilice el mismo tratamiento de cortesía que todo el mundo. Tú eres el rey de tu raza ahora, y mi propio rey, además, al ser yo miembro del Dûrgrimst Ingeitum; eso es algo que no puedo ignorar.

Orik lo observó un momento como desde una gran distancia. Luego asintió con la cabeza y dijo:

—Como desees, Asesino de Sombra.

Eragon hizo una reverencia y salió de la habitación. Acompañado por sus cuatro guardias, recorrió los túneles y subió las escaleras que conducían al piso principal de Tronjheim. Cuando llegó al extremo sur de los cuatro principales túneles que dividían la ciudad-montaña, se dio la vuelta hacia Thrand, el capitán de sus guardias, y dijo:

—Tengo intención de correr el resto del camino. Dado que no podéis seguir mi ritmo, os sugiero que os detengáis cuando lleguéis a la puerta Sur de Tronjheim y que esperéis mi regreso allí.

—Argetlam, por favor, no deberías ir solo —intervino Thrand—. ¿No puedo convencerte de que aminores el paso para que podamos acompañarte? Quizá no seamos tan rápidos como los elfos, pero podemos correr desde la salida hasta la puesta de sol…, y con la armadura completa.

—Te agradezco la preocupación —dijo Eragon—, pero no esperaría ni un minuto más, aunque supiera que hay asesinos escondidos detrás de cada columna. ¡Adiós!

Tras decir esto, salió corriendo por el amplio túnel esquivando a los enanos que se encontraba por el camino.

Reencuentro

$\mathcal{H}$abía casi un kilómetro y medio desde donde había salido hasta la puerta Sur de Tronjheim. Eragon recorrió la distancia en solamente unos minutos; sus pasos sonaron con fuerza en el suelo de piedra. Mientras corría, entrevió los lujosos tapices que colgaban desde las arqueadas puertas hacia los pasillos que se abrían a ambos lados, así como las grotescas estatuas de bestias y monstruos que acechaban entre las columnas de jaspe de color rojo sangre que bordeaban el túnel abovedado. La arteria, que tenía una altura de cuatro pisos, era tan grande que Eragon no tuvo ningún problema en esquivar a los enanos que la poblaban, aunque en un punto una fila de Knurlcarathn se colocó delante de él y no tuvo más remedio que saltar por encima de los enanos, que se agacharon emitiendo exclamaciones de sorpresa.

Con paso ágil y largo, Eragon atravesó la imponente puerta de madera que protegía la entrada sur a la ciudad-montaña y, al pasar, oyó que los guardias gritaban:

—¡Salve, Argetlam!

Unos veinte metros más allá, dado que la puerta penetraba en la base de Tronjheim, corrió entre los enormes dos grifos de oro que tenían la mirada perdida en el horizonte y salió a cielo abierto.

El aire era frío y húmedo, y olía a lluvia reciente. Aunque era por la mañana, una luz gris envolvía el círculo de tierra que rodeaba Tronjheim, una tierra en la cual no crecía la hierba, solamente líquenes y musgo y, de vez en cuando, un grupo de hongos acres. Hacia arriba, Farthen Dûr se elevaba dieciséis kilómetros hasta una estrecha abertura a través de la cual una luz pálida e indirecta penetraba en el inmenso cráter.

Mientras corría, escuchaba el ritmo monótono de su propia respiración y el rápido y leve sonido de las pisadas. Estaba solo excepto por un murciélago curioso que volaba por encima de su cabeza emitiendo unos agudos chillidos. El ambiente tranquilo que la montaña vacía transpiraba lo reconfortaba, libre de sus habituales preocupaciones.

Siguió el sendero de piedras que se extendía desde la puerta Sur de Tronjheim hasta las puertas negras de nueve metros de altura de la base sur de Farthen Dûr. Eragon se detuvo un momento y un par de enanos aparecieron desde estancias de guardia ocultas y se apresuraron a abrir las puertas, mostrando el túnel aparentemente sin fin que cerraban.

Eragon continuó adelante. Unas columnas de mármol con rubíes y amatistas incrustadas flanqueaban los primeros quince metros del túnel. Más allá de ellas, el túnel estaba vacío y desolado, y la lisa monotonía de las paredes sólo se veía alterada por unas antorchas sin llama colocadas a unos veinte metros las unas de las otras y, a intervalos irregulares, ante algunas puertas cerradas. «Me pregunto adónde conducen», pensó Eragon. Entonces imaginó los kilómetros de piedra que caían sobre él desde arriba de todo y, por un momento, el túnel le pareció insoportablemente opresivo. Se quitó esa imagen de la cabeza rápidamente.

Cuando se encontraba a mitad del túnel, Eragon la sintió.

—¡Saphira! —gritó, tanto con la mente como con la voz, y su nombre resonó en las paredes de piedra con la fuerza del grito de doce hombres.

¡Eragon!

Al cabo de un instante, el ligero retumbar de un rugido distante llegó hasta Eragon desde el otro extremo del túnel.

Doblando la velocidad, abrió la mente a Saphira, bajando todas las barreras que lo protegían para que pudieran encontrarse sin ninguna reserva. Igual que una corriente de agua cálida, la conciencia de ella se precipitó dentro de él al mismo tiempo que la de él se precipitaba dentro de ella. Eragon jadeó, tropezó y estuvo a punto de caer. Se envolvieron el uno en los pensamientos del otro, abrazándose mutuamente en una intimidad que ningún abrazo físico podía imitar y dejando que sus identidades se mezclaran otra vez. Saber que uno se encuentra con aquel que se preocupa por uno, que comprende cada una de las fibras del propio ser y que no será abandonado ni en la más desesperada de las circunstancias, «ésa» es la relación más preciosa que una persona podía tener, y tanto Eragon como Saphira la valoraban.

No pasó mucho tiempo hasta que Eragon vio a Saphira correr hacia él tan deprisa como podía sin darse golpes en la cabeza contra el techo ni arañarse las alas contra las paredes. Con un chirrido de garras sobre el suelo de piedra, Saphira derrapó y se detuvo delante de Eragon, fiera, brillante, gloriosa.

Gritando de alegría, Eragon saltó hacia delante y, sin hacer caso de las afiladas escamas, la abrazó por el cuello con toda la fuerza que pudo a pesar de que quedó colgando unos centímetros en el aire. Ella lo bajó hasta el suelo y, con un bufido burlón, dijo:

Pequeño, a no ser que quieras ahogarme, deberías aflojar los brazos.

Lo siento.

Sonriendo, Eragon dio un paso hacia atrás. Luego rio y presionó su frente contra el morro de ella mientras le rascaba los dos extremos de la mandíbula.

El túnel se llenó del grave murmullo de placer de Saphira.

Estás cansada —dijo Eragon.

Nunca he volado tan deprisa. Me detuve solamente después de dejar a los vardenos y no me he detenido en absoluto excepto cuando he tenido demasiada sed para continuar.

¿Quieres decir que no has dormido ni comido en tres días?

Ella parpadeó, escondiendo sus brillantes ojos de zafiro un instante.

¡Debes de estar muriéndote de hambre! —exclamó Eragon, preocupado. La observó por si tenía alguna herida. Para su alivio, no encontró ninguna.

Estoy cansada —admitió ella—, *pero no hambrienta. Todavía no. Cuando haya descansado, entonces sí necesitaré comer. Ahora mismo no creo que pudiera digerir ni siquiera un conejo… Siento la tierra inestable bajo los pies, es como si todavía estuviera volando.*

Si no hubieran estado separados tanto tiempo, Eragon la hubiera reñido por imprudente, pero en ese momento estaba conmovido y agradecido de que ella se hubiera esforzado.

Gracias —le dijo—. *Hubiera detestado tener que esperar un día más para estar juntos.*

Yo también. —Saphira cerró los ojos y presionó la cabeza entre las manos de Eragon, que continuaba rascándole la mandíbula—. *Además, no podía llegar tarde para la coronación, ¿no es verdad? ¿A quién ha elegido la Asamblea…?*

Antes de que terminara de formular la pregunta, Eragon le envió una imagen de Orik.

Ah —suspiró ella, y su satisfacción fluyó en Eragon—. *Será un buen rey.*

Eso espero.

¿Está listo el zafiro estrellado para que lo repare?

Si los enanos no han terminado ya de colocar todas las piezas, estoy seguro de que lo estará mañana.

Bien. —Saphira abrió un párpado y clavó el ojo en Eragon—. *Nasuada me ha contado lo que ha intentado hacer el clan de los Az Sweldn rak Anhûin. Siempre te metes en líos cuando no estoy contigo.*

La sonrisa de Eragon se hizo más amplia.

¿Y cuando sí estás?

Me como los líos antes de que ellos te coman a ti.

Eso dices tú. ¿Y cuando los úrgalos nos emboscaron en Gil'ead y me hicieron prisionero?

Una pequeña nube de humo escapó entre los colmillos de Saphira.

Eso no cuenta. Yo era más pequeña entonces, y no tenía tanta experiencia. Ahora no sucedería. Y tú no eres tan desvalido como eras antes.

Yo nunca he sido desvalido —protestó él—. *Es sólo que tengo enemigos poderosos.*

Por algún motivo, a Saphira esta última afirmación le pareció enormemente divertida; comenzó con una risa profunda y, pronto, Eragon también empezó a reír. Ninguno de los dos consiguió dejar de reír hasta que Eragon cayó de espaldas al suelo, jadeante, y Saphira tuvo que esforzarse por contener las llamas que le salían por la nariz. Entonces Saphira emitió un sonido que Eragon no había oído nunca, un extraño gruñido repentino, y sintió algo muy extraño en su conexión con ella.

Saphira volvió a hacer ese sonido, luego sacudió la cabeza como si intentara espantar una nube de moscas.

Oh, vaya —dijo—. *Parece que tengo hipo.*

Eragon se quedó boquiabierto. Permaneció así un momento y luego se dobló sobre sí mismo, rompiendo a reír con tanta fuerza que se le saltaron las lágrimas. Cada vez que parecía que se recuperaba, Saphira soltaba otro hipido bajando la cabeza como una cigüeña, y Eragon volvía a sufrir un ataque de risa convulsiva. Al final, se tapó los oídos con los dedos y recitó todos los nombres de metales y piedras que pudo recordar.

Cuando hubo terminado, inhaló profundamente y se puso en pie.

¿Mejor? —preguntó Saphira. Volvió a soltar un hipido y los hombros le temblaron.

Eragon se mordió la lengua.

Mejor... Vamos, vayamos a Tronjheim. Deberías tomar un poco de agua. Eso te ayudará. Y luego deberías dormir.

¿No puedes curar el hipo con un hechizo?

Quizá. Probablemente. Pero ni Brom ni Oromis me enseñaron a hacerlo.

Saphira asintió con un gruñido seguido por otro hipido al cabo de un instante. Eragon se mordió la lengua con más fuerza y se miró la punta de las botas.

¿Vamos?

Saphira tendió la pata delantera en señal de invitación. Eragon trepó hasta su grupa y se instaló en la silla que llevaba en la base del cuello.

Juntos continuaron por el túnel hacia Tronjheim. Ambos felices. Ambos compartiendo la felicidad del otro.

Ascensión

*L*os tambores de Derva sonaron con el objetivo de reunir a los enanos de Tronjheim para la coronación de su nuevo rey.

—Normalmente —le había contado Orik a Eragon la noche anterior—, cuando la Asamblea elige a un rey o a una reina, el knurla empieza a reinar inmediatamente, pero no se lleva a cabo la coronación hasta al cabo de tres meses para que todos los que deseen asistir a la ceremonia tengan tiempo de dejar sus asuntos en orden y viajar hasta Farthen Dûr desde, incluso, las zonas más distantes de nuestro reino. No sucede a menudo que coronemos a un monarca, así que cuando lo hacemos tenemos por costumbre celebrar mucho el evento con semanas enteras de fiestas, canciones, juegos de ingenio y de fuerza, torneos de habilidad en forja, talla y otras formas de arte… De todas formas, éstos no son tiempos normales.

Eragon estaba de pie junto a Saphira, justo fuera de la sala central de Tronjheim, escuchando el sonido de los tambores gigantes. A cada lado de la larguísima sala, cientos de enanos poblaban los pasadizos abovedados de todos los niveles y miraban a Eragon y a Saphira con oscuros ojos brillantes.

Se oía el sonido áspero de la lengua de Saphira contra sus escamas al lamerse el morro, cosa que no había dejado de hacer desde que había terminado de devorar cinco ovejas adultas esa mañana. Levantó la pata delantera izquierda y se rascó el morro con ella. Toda ella olía a lana chamuscada.

Deja de moverte —le dijo Eragon—. *Nos están mirando.*

Saphira emitió un suave gruñido.

No puedo evitarlo. Tengo lana metida entre los dientes. Ahora recuerdo por qué detesto comer oveja. Esas cosas horribles y blandas me provocan bolas de pelo e indigestión.

Te ayudaré a limpiarte los dientes cuando hayamos terminado aquí. Pero estate quieta hasta entonces.

Mmmff.

¿Puso Blödhgarm laurel de san Antonio en las alforjas? Eso te calmaría el estómago.

No lo sé.

Mm. —Eragon pensó un momento—. *Si no, le preguntaré a Orik si los enanos tienen almacenado un poco en Tronjheim. Tendríamos que...*

Se interrumpió en cuanto la última nota de los tambores calló. La masa se removió y Eragon oyó el suave susurro de las ropas y alguna frase suelta en el idioma de los enanos.

Entonces, una fanfarria de docenas de trompetas sonó llenando la ciudad-montaña con su estimulante llamada; en algún lugar, un coro de enanos empezó a cantar. La música provocó un picor y una vibración en las venas de Eragon, como si la sangre le corriera más deprisa, como si estuviera a punto de lanzarse a la caza. Saphira agitó la cola de un lado a otro y él supo que sentía lo mismo.

«Ahí vamos», pensó.

Al mismo tiempo, él y Saphira avanzaron hacia el centro de la sala de la ciudad-montaña y tomaron su puesto entre el círculo de jefes de clan, dirigentes de gremios y otros notables que colmaban la vasta y altísima sala. En el centro descansaba el zafiro estrellado reconstruido, colocado dentro de una estructura de madera. Una hora antes de la coronación, Skeg había mandado un mensaje a Eragon y a Saphira en el que les decía que él y su equipo de artesanos habían justo terminado de colocar los últimos fragmentos de la joya y que Isidar Mithrim estaba a punto para que Saphira la restaurara y dejarla entera otra vez.

El trono de granito negro de los enanos había sido transportado hasta allí desde donde lo guardaban debajo de Tronjheim, y había sido colocado encima de una plataforma elevada al lado del zafiro estrellado, de cara a la zona este de los cuatro túneles principales que dividían Tronjheim. Hacia el este, porque era la dirección de la salida del sol y simbolizaba el nacimiento de una nueva era. Miles de guerreros enanos vestidos con pulidas armaduras de malla se encontraban, de pie y atentos, formando dos enormes bloques delante del trono, así como en dobles filas a cada lado del túnel del este y hasta la puerta Este de Tronjheim, a un kilómetro y medio de distancia. Muchos de los guerreros llevaban largos palos con unos banderines que mostraban diseños curiosos. Hvedra, la esposa de Orik, estaba de pie al frente de los reunidos; después de que la Asamblea hubiera desterrado al Grimstborith Vermûnd, Orik había mandado llamarla y ella acababa de llegar a Tronjheim esa mañana.

Durante media hora las trompetas sonaron y el invisible coro cantó, mientras, paso a paso, Orik caminaba desde la puerta del este hasta el centro de Tronjheim. Llevaba la barba cepillada y rizada, unos botines de la mejor piel con espuelas de plata, medias de lana gris, una camisa de seda de color púrpura que brillaba a la luz de las antorchas y, encima de ella, una cota de malla cuyas anillas eran de oro blanco. Un largo abrigo de cuello de armiño con la insignia del Dûrgrimst Ingeitum bordada le colgaba de los hombros hasta el suelo. *Volund*, el martillo de guerra que Korgan, el primer rey de los enanos, había forjado, le colgaba de la cintura, sujeto a un ancho cinturón con rubíes incrustados. Con sus lujosas vestiduras y su magnífica armadura, Orik parecía emanar un brillo interior; Eragon estaba deslumbrado.

Doce niños enanos seguían a Orik, seis niños y seis niñas, o eso pensó Eragon por el corte de pelo. Los niños llevaban túnicas rojas, marrones y doradas, y cada uno de ellos sostenía en las manos una pulida bola de quince centímetros de diámetro, cada una de ellas de una piedra distinta.

En cuanto Orik entró en el centro de la ciudad-montaña, la sala se oscureció y por todas partes aparecieron unas sombras moteadas. Confundido, Eragon miró hacia arriba y se asombró al ver unos pétalos de rosa que caían desde la cima de Tronjheim. Como copos de nieve suaves y densos, los aterciopelados pétalos se depositaron en las cabezas y los hombros de los asistentes y en el suelo, llenando el ambiente con su dulce fragancia.

Las trompetas y el coro quedaron en silencio y Orik, ante el trono negro, apoyó una rodilla al suelo y bajó la cabeza. Detrás de él, los doce niños se detuvieron y permanecieron inmóviles.

Eragon puso la mano en el cálido costado de Saphira, compartiendo la preocupación y la excitación con ella. No tenía ni idea de qué iba a pasar a continuación, ya que Orik se había negado a describirle el proceso más allá de ese momento.

Entonces, Gannel, el jefe del Dûrgrimst Quan, dio un paso hacia delante, abriéndose paso entre el círculo de gente que estaba alrededor de la sala, y caminó hasta colocarse en el lado derecho del trono. El enano de espaldas anchas iba ataviado con unas suntuosas ropas rojas en cuyos bordes se veían runas cosidas con hilo de metal. En una mano llevaba un bastón muy largo cuyo extremo tenía un cristal en punta.

Gannel levantó el bastón con ambas manos y lo golpeó contra el suelo de piedra con un fuerte estruendo.

—Hwatum il skilfz gerdûmn! —exclamó.

Continuó hablando en el idioma de los enanos durante unos minutos. Eragon escuchaba sin comprender, ya que su traductor no se encontraba con él. Pero entonces, la voz de tenor de Gannel cambió, y Eragon reconoció ciertas palabras en el idioma antiguo; inmediatamente, se dio cuenta de que estaba pronunciando un hechizo con el que Eragon no estaba familiarizado. En lugar de dirigir el encantamiento hacia un objeto o un elemento de su alrededor, el sacerdote, con voz misteriosa y poderosa, dijo:

—¡Gûntera, creador de los cielos y de la tierra y del mar sin límites, oye el grito de tu fiel sirviente! Te damos las gracias por tu magnanimidad. Nuestra raza florece. Este año, igual que cada año, te hemos ofrecido los mejores rebaños de ovejas y jarras de hidromiel especiada, y una parte de nuestra cosecha de fruta, verdura y cereal. Tus templos son los más ricos de esta tierra, y nadie puede competir con tu esplendor. Oh, poderoso Gûntera, rey de los dioses, escucha mi ruego y concédeme lo que te pido: ha llegado el momento de nombrar a un dirigente mortal para nuestros asuntos terrenales. ¿Te dignarás conceder tu bendición a Orik, hijo de Thrik, y coronarle según la tradición de sus antepasados?

Al principio, Eragon pensó que la petición de Gannel no recibiría respuesta, porque no notó ninguna corriente de magia en el enano cuando hubo terminado de hablar. Pero entonces, Saphira le dio un golpe con el morro y dijo:

Mira.

Eragon siguió su mirada y vio, a unos nueve metros por encima de sus cabezas, un tumulto entre los pétalos que caían: un agujero, un vacío en el cual los pétalos no penetraban, como si un objeto invisible ocupara el espacio. El tumulto se hizo más grande y llegó hasta el suelo, y el vacío que los pétalos perfilaban tomó la forma de una criatura con brazos y piernas, como la de un humano, o un elfo, o un úrgalo, pero con unas proporciones distintas a las de todas las razas que Eragon conocía. La cabeza tenía la anchura, casi, de los hombros; los enormes brazos colgaban más allá de las rodillas y, aunque el torso era protuberante, las piernas eran cortas y torcidas.

Unos rayos finos como agujas y de una luz acuosa emanaban desde esa figura, y apareció la nebulosa imagen de una figura masculina gigante, de pelo enmarañado, que tenía la misma forma que los pétalos habían dibujado. El dios, si es que era un dios, no llevaba puesto nada más que un taparrabos. Su rostro era oscuro y duro, y parecía emanar crueldad y amabilidad a partes iguales, como si pudiera pasar de un extremo a otro sin previo aviso.

Mientras percibía esos detalles, Eragon también notó la presencia de una conciencia extraña y de largo alcance en la sala, una conciencia de pensamientos ilegibles y de profundidades inimaginables, una conciencia que brillaba, gruñía y se inclinaba en direcciones inesperadas, como una tormenta de verano. Rápidamente, apartó su mente del contacto de ella. Sintió un picor en la piel y un escalofrío le recorrió el cuerpo. No sabía qué era lo que había sentido, pero el miedo lo atenazó y miró a Saphira para reconfortarse. Ella estaba mirando la figura y sus azules ojos de gata brillaban con una intensidad inusual.

Con un único movimiento, todos los enanos cayeron de rodillas.

Entonces el dios habló, y su voz sonó como el moler de piedras, o como el viento entre picos de montaña, o como el batir de las olas contra la piedra. Habló en el idioma de los enanos, y aunque Eragon no sabía qué había dicho, se encogió ante el poder de las palabras de la divinidad. El dios interrogó tres veces a Orik, y tres veces éste contestó con voz débil. Aparentemente complacido con las respuestas del rey, la aparición abrió los brillantes brazos y colocó las puntas de los dedos a ambos lados de la cabeza de Orik.

Entre los dedos del dios se formó una turbulencia y sobre la cabeza de Orik se materializó el yelmo de oro incrustado de joyas que Hrothgar había llevado. Entonces, el dios se dio una palmada en el vientre y soltó una carcajada terrible para disolverse inmediatamente en la nada. Los pétalos de rosa continuaron cayendo.

—Ûn qroth Gûntera! —proclamó Gannel, y las trompetas sonaron con un estruendo de metal.

Orik se incorporó y subió a la tarima. Entonces se dio la vuelta y se sentó en el duro trono negro.

—¡Nal, Grimstnzborith Orik! —gritaron los enanos, golpeando los escudos con las hachas y las lanzas y golpeando el suelo con los pies—. ¡Nal, Grimstnzborith Orik! ¡Nal, Grimstnzborith Orik!

—¡Salve, rey Orik! —gritó Eragon.

Saphira estiró el cuello para gritar su aclamación y soltó una llamarada por encima de las cabezas de los enanos, con lo que quemó unos cuantos pétalos de rosa. A Eragon se le humedecieron los ojos a causa del calor que lo rodeó.

Entonces Gannel se arrodilló delante de Orik y dijo algo más en el idioma de los enanos. Cuando hubo terminado, Orik le tocó la corona que llevaba en la cabeza y Gannel volvió a su sitio en el extremo de la sala. Nado se acercó al trono y pronunció las mismas palabras y, después de él, también lo hicieron Manndrâth, Hadfala y todos los otros jefes de clan, con la única excepción del Grimstborith Vermûnd, a quien le había sido prohibida la asistencia a la coronación.

Deben de estar poniéndose al servicio de Orik —le dijo Eragon a Saphira.

¿No le habían jurado ya fidelidad?

Sí, pero no en público. —Eragon miró a Throdris, que se acercaba al trono y dijo—: *Saphira, ¿qué piensas de lo que acabamos de ver? ¿Puede haber sido de verdad Gûntera, o ha sido una ilusión? Su mente parecía real, y no sé cómo se podría imitar eso, pero...*

Puede haber sido una ilusión —dijo Saphira—. *Los dioses de los enanos nunca los han ayudado en el campo de batalla, ni en ninguna otra tarea, que yo sepa. Tampoco creo que un verdadero dios asistiera corriendo a la llamada de Gannel como un perro cazador. Yo no lo haría, y ¿no es más grande un dios que una dragona? Pero hay muchas cosas inexplicables en Alagaësia. Es posible que hayamos visto una sombra de una era olvidada, un pálido reflejo de lo que una vez fue y que continúa rondando por la Tierra deseando recuperar su poder. ¿Cómo estar seguros?*

Cuando el último de los jefes de clan se hubo presentado ante Orik, los dirigentes de los gremios hicieron lo mismo. Orik le hizo una señal a Eragon. Con paso lento y medido, el chico caminó entre las filas de guerreros enanos hasta que llegó a la base del trono. Se arrodilló y, como miembro del Dûrgrimst Ingeitum, aceptó a Orik como rey y juró servirlo y protegerlo. Entonces, como emisario de Nasuada, felicitó a Orik de su parte y de la de los vardenos, y le prometió la amistad de éstos.

Otros fueron a hablar con Orik cuando Eragon se retiró: una interminable fila de enanos ansiosos por demostrar su lealtad al nuevo rey.

La procesión continuó durante horas y luego empezó el ofrecimiento de obsequios. Todos los enanos le ofrecieron a Orik un obsequio de su clan o de su gremio: un cuenco de oro lleno hasta los bordes con rubíes y diamantes, un corsé de malla hechizada que ninguna hoja podía perforar, un tapiz de seis metros de largo confeccionado con la lana de las barbas de las cabras de Feldûnost, una tabla de ágata inscrita con los nombres de todos los antepasados de Orik, una daga curvada hecha de un diente de dragón, y muchos otros tesoros. A cambio, Orik ofreció a los enanos unos anillos como muestra de su gratitud.

Eragon y Saphira fueron los últimos en marcharse antes que Orik. Eragon volvió a arrodillarse en la tarima y de debajo de la túnica se sacó un brazalete de oro que les había pedido a los enanos la noche anterior. Se lo ofreció a Orik diciendo:

—Éste es mi obsequio, rey Orik. Yo no he fabricado el brazalete, pero lo he envuelto en hechizos que te protegerán. Siempre que lo lleves no deberás temer ningún veneno. Si un asesino intenta golpearte, apuñalarte o lanzarte cualquier objeto, el arma fallará. El brazalete incluso te protegerá de la magia hostil. Y, además, tiene otras propiedades que te resultarán útiles si tu vida está en peligro.

Orik inclinó la cabeza y aceptó el obsequio de Eragon diciendo:

—Tu obsequio es altamente apreciado, Eragon Asesino de Sombra.

Entonces, ante la vista de todo el mundo, Orik se puso el brazalete en el brazo izquierdo.

La siguiente en hablar fue Saphira, proyectando los pensamientos a todos los que estaban mirando:

Mi obsequio es éste, Orik.

Caminó hasta más allá del trono, el sonido de sus garras contra el suelo resonando en la sala, se incorporó y colocó las patas delanteras encima de la estructura que sujetaba el zafiro estrellado. Las vigas de madera crujieron bajo el peso de sus patas, pero aguantaron. Pasaron unos minutos y no sucedió nada, pero Saphira permanecía en el mismo sitio mirando la enorme joya.

Los enanos la observaban sin parpadear y casi sin respirar.

¿Estás segura de que puedes hacerlo? —preguntó Eragon, intentando no interrumpir su concentración.

No lo sé. Las pocas veces que he utilizado la magia antes, no me he parado a pensar si estaba lanzando un hechizo o no. Simplemente deseé que el mundo cambiara, y cambió. No fue un proceso deliberado... Supongo que tendré que esperar a que me parezca el momento apropiado de restaurar Isidar Mithrim.

Déjame ayudarte. Déjame pronunciar el hechizo a través de ti.

No, pequeño. Ésta es mi tarea, no la tuya.

Entonces se oyó una voz suave y clara en la habitación que cantaba una melodía lenta y nostálgica. Uno a uno, los miembros del oculto coro de enanos se unieron a la canción llenando Tronjheim con la belleza lastimera de su música. Eragon iba a pedirles que se callaran, pero Saphira dijo:

No pasa nada. Déjalos.

Aunque no comprendía qué era lo que el coro cantaba, Eragon se daba cuenta, por el tono de la música, de que era un lamento por las

515

cosas que habían sido y que ya no eran, como el zafiro estrellado. Mientras la canción discurría hacia su final, Eragon se encontró a sí mismo pensando en su vida perdida del valle de Palancar y los ojos se le llenaron de lágrimas.

Para su sorpresa, notó el mismo tipo de pensativa melancolía en Saphira. Ni la tristeza ni el arrepentimiento eran partes normales de su personalidad, así que Eragon se extrañó y se lo hubiera preguntado si no fuera porque notó un sentimiento muy profundo en ella, como el despertar de una antigua parte de su ser.

La canción terminó con una nota larga y sinuosa, y se sumió en el silencio. Entonces, una oleada de energía surgió de Saphira —tanta que Eragon se quedó casi sin respiración— y la dragona se inclinó y tocó el zafiro estrellado con la punta del morro. Las grietas que recorrían la joya gigante desprendieron una luz brillante como el rayo; entonces la estructura se rompió y cayó al suelo descubriendo Isidar Mithrim entera otra vez.

Pero no era exactamente igual que antes. El color de la joya era más profundo, de un tono rojo más rico que antes, y los pétalos de rosa de dentro estaban atravesados por unos hilos dorados.

Los enanos miraron maravillados Isidar Mithrim. Entonces se pusieron en pie con exclamaciones de alegría y aplaudiendo a Saphira con tanto entusiasmo que sonaban como una tromba de agua. Ella inclinó la cabeza hacia la multitud y luego volvió al lado de Eragon pisando los pétalos de rosa a cada paso.

Gracias —le dijo Saphira.

¿Por qué?

Por ayudarme. Fueron tus emociones las que me mostraron la manera. Sin ellas, hubiera estado aquí semanas enteras hasta sentirme inspirada para restaurar Isidar Mithrim.

Orik levantó los brazos para tranquilizar a la multitud y dijo:

—De parte de nuestra raza entera, te doy las gracias por tu obsequio, Saphira. Hoy has restaurado el orgullo de nuestro reino y no olvidaremos tu hazaña. Que no se diga que los knurlan son desagradecidos; desde ahora hasta el fin de los tiempos, tu nombre se pronunciará en los festivales de invierno junto con los nombres de los maestros, y cuando Isidar Mithrim se vuelva a colocar en su sitio en la cima de Tronjheim, grabaremos tu nombre en el anillo que rodea el zafiro estrellado junto con el de Dûrok Ornthrond, que fabricó la joya.

Dirigiéndose a Eragon y a Saphira, Orik añadió:

—Otra vez habéis demostrado vuestra amistad a mi gente. Me

complace que, con vuestros actos, hayáis justificado la decisión de mi padre adoptivo de acogeros en el Dûrgrimst Ingeitum.

Después de terminar la multitud de rituales que seguían a la coronación, y después de que Eragon hubiera ayudado a Saphira a quitarse la lana que tenía entre los dientes —una tarea resbaladiza, húmeda y apestosa que hizo que necesitara un baño—, los dos asistieron al banquete que se celebraba en honor de Orik. La fiesta era escandalosa y bulliciosa, y duró hasta muy entrada la noche. Malabaristas y acróbatas entretuvieron a los invitados, así como un grupo de actores que representaron una obra llamada *Az Sartosvrenht rak Balmung, Grimstnzborith rak Kvisagûr*, que, según le dijo Hûndfast a Eragon, significaba: «La saga del rey Balmung de Kvisagûr».

Cuando la celebración terminaba y la mayoría de los enanos ya habían tomado mucho alcohol, Eragon se inclinó hacia Orik, que estaba sentado a la cabeza de la mesa de piedra, y dijo:

—Vuestra Majestad.

Orik hizo un gesto con la mano.

—No permitiré que me sigas llamando «Vuestra Majestad» todo el rato, Eragon. No funciona. A no ser que la situación lo requiera, utiliza mi nombre como siempre lo has hecho. Es una orden.

—Fue a coger la jarra, pero erró la puntería y estuvo a punto de tumbarla. Rio.

—Orik, tengo que preguntártelo —dijo Eragon con una sonrisa—: ¿era de verdad Gûntera quien te ha coronado?

Orik bajó la cabeza y pasó un dedo por el borde de la jarra con expresión seria.

—Era lo más parecido a Gûntera que nunca veremos en esta tierra. ¿Responde esto a tu pregunta, Eragon?

—Creo..., creo que sí. ¿Siempre responde cuando se lo llama? ¿Se ha negado alguna vez a coronar a uno de vuestros monarcas?

Orik frunció más el ceño.

—¿Has oído hablar alguna vez de los reyes y de las reinas heréticos?

Eragon negó con la cabeza.

—Son knurlan que no consiguieron la bendición de Gûntera como monarcas y que, de todas formas, insistieron en subir al trono. —Orik esbozó una mueca—. Sin excepción, sus reinos fueron cortos y desgraciados.

Eragon sintió una opresión en el pecho.

517

—Así que, a pesar de que la Asamblea te eligió como líder, si Gûntera no te hubiera coronado, no serías rey.

—O bien eso, o bien sería rey de una nación con una guerra interna. —Orik se encogió de hombros—. No estaba terriblemente preocupado por esa posibilidad. Al estar los vardenos a punto de invadir el Imperio, sólo un loco se hubiera arriesgado a dividir nuestro país simplemente para negarme el trono, y aunque Gûntera es muchas cosas, no es un loco.

—Pero no estabas seguro —dijo Eragon.

Orik negó con la cabeza.

—No, hasta que colocó el yelmo sobre mi cabeza.

Unas palabras sabias

—*L*o siento —dijo Eragon al dar un golpe a la pila.

Nasuada frunció el ceño y su rostro se arrugó y se alargó como efecto de las ondas que recorrieron la superficie del agua.

—¿Por qué? —preguntó ella—. Yo diría que las felicitaciones son más adecuadas. Has conseguido realizar todo lo que te mandé hacer, y más.

—No, yo... —Eragon se interrumpió al darse cuenta de que ella no podía ver las ondas en el agua. El hechizo hacía que el espejo de Nasuada le mostrara una visión de él y de Saphira, y no de las cosas que ellos veían—. He dado un golpe a la pila con la mano, eso es todo.

—Oh, en ese caso, permíteme que te felicite formalmente, Eragon. Al asegurarte de que Orik fuera coronado rey...

—¿A pesar de haber provocado que me atacaran?

Nasuada sonrió.

—Sí, a pesar de haber provocado que te atacaran, has protegido nuestra alianza con los enanos, y eso puede que marque la diferencia entre la victoria y la derrota. La pregunta ahora es: ¿cuánto falta para que el resto del ejército de los enanos se reúna con nosotros?

—Orik ya ha ordenado a los guerreros que se preparen para partir —dijo Eragon—. Seguramente los clanes tardarán unos días en reunir sus fuerzas, pero cuando lo hayan hecho, se pondrán en marcha de inmediato.

—Eso está bien, también. Nos irá bien tener su ayuda tan pronto como sea posible, lo cual me recuerda, ¿cuánto vas a tardar en volver? ¿Tres días? ¿Cuatro días?

Saphira sacudió las alas y Eragon sintió el calor de su aliento en la nuca. Eragon la miró; entonces, eligiendo las palabras con cuidado, dijo:

—Eso depende. ¿Recuerdas lo que hablamos antes de que me marchara?

Nasuada apretó los labios.

—Por supuesto que lo recuerdo, Eragon. Yo… —Dirigió la mirada hacia un lado de la imagen y atendió a un hombre que le hablaba con un murmullo que resultaba ininteligible para Eragon y para Saphira. Luego, Nasuada volvió a dirigir su atención hacia ellos y dijo—: La compañía del capitán Edric acaba de regresar. Parece que han sufrido muchas bajas, pero nuestros vigilantes dicen que Roran ha sobrevivido.

—¿Está herido? —preguntó Eragon.

—Te lo haré saber en cuanto lo averigüe. Pero yo no me preocuparía mucho. Roran tiene la suerte de… —De nuevo, la voz de una persona que no se veía distrajo a Nasuada; ella salió de su campo de visión.

Eragon esperó inquieto.

—Disculpad —dijo Nasuada en cuanto su rostro volvió a aparecer en la pila—. Estamos cerrando el cerco en Feinster y tenemos que luchar contra los grupos de soldados que Lady Lorana envía desde la ciudad para que nos persigan… Eragon, Saphira, os necesitamos en esta batalla. Si la gente de Feinster solamente ve a hombres, enanos y úrgalos reunidos alrededor de sus murallas quizá crean que tienen alguna posibilidad de mantener la ciudad y lucharán con más fuerza. Por supuesto, no pueden mantener Feinster, pero todavía no se han dado cuenta. Si ven que un Jinete de Dragón dirige los ataques contra ellos, perderán la voluntad de pelear.

—Pero…

Nasuada levantó una mano, interrumpiéndolo.

—Hay otros motivos por los que tienes que volver, también. A causa de las heridas que recibí en la Prueba de los Cuchillos Largos, no puedo ir a la batalla con los vardenos como he hecho antes. Necesito que «tú» ocupes mi lugar, Eragon, para que te encargues de que mis órdenes se cumplan tal como quiero, y para que subas el ánimo de nuestros guerreros. Además, por el campamento corren rumores de tu ausencia, a pesar de todos nuestros esfuerzos por ocultarla. Si Murtagh y Espina nos atacan directamente como resultado, o si Galbatorix los envía para reforzar Feinster…, bueno, a pesar de tener a los elfos de nuestro lado, dudo que podamos oponer resistencia. Lo siento, Eragon, pero no puedo permitir que vuelvas a Ellesméra ahora mismo. Es demasiado peligroso.

Eragon apoyó las manos en el canto de la mesa de piedra en que descansaba la pila y dijo:

—Nasuada, por favor. Si no es ahora, ¿cuándo?

—Pronto. Debes ser paciente.

—Pronto. —Eragon suspiró con fuerza y apretó las manos en el canto de la mesa—. ¿Cuándo, exactamente?

Nasuada frunció el ceño.

—No puedes esperar que yo lo sepa. Primero debemos tomar Feinster, y luego debemos asegurar el campo, y luego...

—Y luego tienes intención de marchar hacia Belatona o Dras-Leona, y luego hacia Urû'baen —dijo Eragon. Nasuada intentó replicar, pero él no le dio oportunidad de hacerlo—. Y cuanto más te acerques a Galbatorix, más probable será que Murtagh y Espina te ataquen, o incluso el mismo rey, y todavía serás más reacia a dejarnos marchar... Nasuada, Saphira y yo no tenemos la habilidad, el conocimiento o la fuerza que se necesitan para matar a Galbatorix. ¡Tú lo sabes! Galbatorix podría terminar esta guerra en cualquier momento si estuviera dispuesto a abandonar su castillo y enfrentarse a los vardenos directamente. «Tenemos» que hablar con nuestros maestros otra vez. Ellos nos pueden decir de dónde procede el poder de Galbatorix y quizá puedan enseñarnos un par de estrategias que nos permitan derrotarle.

Nasuada bajó la vista y se observó las manos.

—Espina y Murtagh podrían destruirnos mientras estás fuera.

—Y si no nos vamos, Galbatorix nos destruirá cuando lleguemos a Urû'baen... ¿Podrías esperar unos cuantos días para atacar Feinster?

—Podríamos, pero cada día que pasemos acampados fuera de la ciudad nos costará vidas. —Nasuada se frotó las sienes con las palmas de las manos—. Pides mucho a cambio de una recompensa incierta, Eragon.

—Quizá la recompensa sea incierta —repuso él—, pero nuestro destino es inevitable, a no ser que lo intentemos.

—¿Lo es? No estoy segura. A pesar de todo... —Durante un rato largo e incómodo, Nasuada permaneció en silencio y con la vista perdida más allá de la imagen de la pila. Luego asintió con la cabeza, como si se confirmara algo a sí misma, y dijo—: Puedo retrasar nuestra llegada a Feinster un par o tres de días. Hay varias ciudades en la zona que podemos estudiar primero. Cuando lleguemos a la ciudad, puedo hacer que los vardenos construyan máquinas de asedio y preparen las fortificaciones durante dos o tres días más. Nadie se extrañará por ello. Pero después de eso, tendré que atacar Feinster, aunque sólo sea porque necesitaremos víveres. Un ejército que espera sentado en territorio enemigo es un ejército hambriento. Como máximo, puedo darte seis días, quizá solamente cuatro.

Mientras ella hablaba, Eragon calculó rápidamente.

—Cuatro días no será suficiente —dijo—, y seis puede que tampoco. Saphira necesitó tres días para volar hasta Farthen Dûr, y eso que no se detuvo a dormir ni tuvo que soportar peso alguno. Si los mapas que he examinado son exactos, parece estar igual de lejos que Ellesméra de aquí, quizá más lejos; además, hay casi la misma distancia desde Ellesméra hasta Feinster. Y conmigo en la grupa, Saphira no podrá cubrir esa distancia tan deprisa.

No, no podré —intervino Saphira.

Eragon continuó:

—Incluso en las mejores circunstancias —continuó Eragon—, tardaríamos una semana en alcanzarte en Feinster, y eso sin quedarnos más de un minuto en Ellesméra.

El rostro de Nasuada adoptó una expresión de profundo agotamiento.

—¿Tienes que volar hasta Ellesméra? ¿No sería suficiente que te comunicaras con tus mentores a través del espejo una vez hayas pasado la vigilancia de los límites de Du Weldenvarden? El tiempo que ahorrarías podría ser crucial.

—No lo sé. Lo puedo intentar.

Nasuada cerró los ojos un momento y, con voz ronca, dijo:

—Quizá pueda retrasar nuestra llegada a Feinster cuatro días… Vete a Ellesméra… o no lo hagas; te dejo la decisión a ti. Si lo haces, quédate el tiempo que necesites. Tienes razón: a no ser que encuentres la manera de derrotar a Galbatorix, no tenemos ninguna esperanza de vencer. Pero ten presente el tremendo riesgo que estamos corriendo y las vidas de los vardenos que voy a sacrificar para darte este tiempo; piensa en cuántos vardenos más van a morir si asediamos Feinster sin ti.

Eragon, con expresión sombría, asintió con la cabeza.

—No lo olvidaré.

—Espero que no. ¡Ahora vete! ¡No te entretengas más! Vuela. ¡Vuela! Vuela más rápido que un halcón cazador, Saphira, y no permitas que nada te retrase. —Nasuada se llevó las puntas de los dedos a los labios y luego los colocó encima de la superficie invisible del espejo donde Eragon sabía que se veía la imagen de él y de Saphira—. Que tengáis suerte en vuestro viaje, Eragon, Saphira. Si nos encontramos de nuevo, me temo que será en el campo de batalla.

Nasuada desapareció de su vista, Eragon abandonó el hechizo y el agua de la pila se aclaró.

522

La picota

$\mathcal{R}$oran se encontraba sentado con la espalda erguida y miraba más allá de Nasuada, con los ojos fijos en una arruga en un costado del pabellón carmesí.

Notaba que Nasuada lo observaba, pero se negaba a devolverle la mirada. Durante el largo y tenso silencio que los envolvió, Roran contempló un sinfín de graves posibilidades. Deseó poder abandonar el asfixiante pabellón y respirar el aire fresco de fuera.

Por fin, Nasuada dijo:

—¿Qué voy a hacer contigo, Roran?

Él enderezó todavía más la espalda.

—Lo que desees, mi señora.

—Una respuesta admirable, Martillazos, pero eso no resuelve de ninguna manera mi dilema. —Nasuada dio un sorbo de una copa—. Has desobedecido dos veces las órdenes directas del capitán Edric y, a pesar de ello, si no lo hubieras hecho, ni él ni el resto de vuestro grupo hubierais sobrevivido para contarlo. De todas formas, tu éxito no borra la realidad de tu desobediencia. Por tu propia cuenta cometiste insubordinación con plena conciencia, y yo «debo» castigarte para mantener la disciplina entre los vardenos.

—Sí, mi señora.

Ella frunció el ceño.

—Maldita sea, Martillazos. Si no fueras el primo de Eragon, y si tu táctica hubiera sido ligeramente menos efectiva, te haría colgar por tu conducta.

Roran tragó saliva al imaginar el lazo apretándole el cuello.

Con el dedo corazón de la mano derecha, Nasuada empezó a dar golpecitos en el brazo de la silla de respaldo alto cada vez a mayor velocidad hasta que, al final, se detuvo y dijo:

—¿Deseas continuar luchando con los vardenos, Roran?

—Sí, mi señora —contestó él sin dudar.

—¿Qué estás dispuesto a soportar con tal de permanecer con mi ejército?

Roran no se permitió demorarse en responder pensando en lo que la pregunta implicaba.

—Lo que sea necesario, mi señora.

La tensión del rostro de Nasuada se suavizó y ella asintió con la cabeza, aparentemente satisfecha.

—Tenía la esperanza de que dijeras eso. La tradición y los precedentes solamente me dejan tres opciones. Una: te puedo colgar, pero yo no…, por muchísimas razones. Dos: te puedo dar treinta latigazos y luego echarte de las filas de los vardenos. Y tres: puedo darte cincuenta latigazos y mantenerte bajo mi mando.

«Cincuenta latigazos no son muchos más que treinta», pensó Roran, intentando reunir valor. Se humedeció los labios y dijo:

—¿Sería azotado a la vista de todo el mundo?

Nasuada levantó las cejas casi imperceptiblemente.

—Tu orgullo no tiene cabida en esto, Martillazos. El castigo debe ser severo para que otros no intenten seguir tus pasos, y debe hacerse en público para que todos los vardenos lo aprendan. Si eres siquiera la mitad de inteligente de lo que pareces, cuando desobedeciste a Edric sabías que tu decisión tendría consecuencias, y que ésas serían con toda probabilidad desagradables. La elección que debes hacer ahora es sencilla: ¿permanecerás con los vardenos o abandonarás a tus amigos y familia y seguirás tu propio camino?

Roran levantó la cabeza, enojado de que ella cuestionara su palabra.

—No me iré, Lady Nasuada. Por muchos latigazos que me des, no podrán ser más dolorosos de lo que fue perder mi casa y a mi padre.

—No —dijo Nasuada con tono suave—. No pueden serlo… Uno de los magos de Du Vrangr Gata observará la flagelación y te atenderá después para asegurarse de que los latigazos no te provoquen daño permanente. De todas formas, no te curarán las heridas por completo, y tampoco podrás buscar a un mago por tu cuenta para que te cure la espalda.

—Comprendo.

—La flagelación se llevará a cabo en cuanto Jörmundur pueda poner las tropas en orden. Hasta entonces, permanecerás bajo vigilancia en una tienda al lado de la picota.

Roran se sintió aliviado de no tener que esperar más; no quería tener que pasar los días bajo la sombra de lo que se le avecinaba.

—Mi señora —dijo, pero ella lo despidió con un gesto con el dedo.

Roran dio media vuelta y salió del pabellón. En cuanto estuvo fuera, dos guardias se colocaron a su lado. Sin mirarlo ni hablar con él, lo condujeron a través del campo hasta que llegaron a una tienda pequeña y vacía que no estaba lejos de la picota ennegrecida y que se levantaba encima de una ligera cuesta justo en el límite del campamento.

La picota medía dos metros de altura y en la parte alta tenía un travesaño donde se ataban las muñecas del reo. Aquel travesaño estaba repleto de los arañazos de los hombres que habían sido azotados en él.

Roran se obligó a mirar en otra dirección y se agachó para entrar en la tienda. La única pieza de mobiliario que había dentro era un destartalado taburete de madera. Roran se sentó y se concentró en su respiración, decidido a mantener la calma.

Mientras pasaban los minutos, empezó a oír el estruendo de las botas y el tintineo de las mallas de los vardenos que se reunían alrededor de la picota. Imaginó a esos miles de hombres y mujeres mirándolo, incluidos los habitantes de Carvahall, e inmediatamente se le aceleró el pulso y la frente se le perló de sudor.

Después de aproximadamente media hora, la hechicera Trianna entró en la tienda y le hizo quitar la camisa. Roran se sintió incómodo, aunque pareció que la mujer no se daba cuenta. Trianna lo examinó y lanzó un hechizo de curación a su hombro izquierdo, donde el soldado le había clavado la flecha. Luego dijo que estaba preparado y le dio una camisa hecha de tela de saco para que se la pusiera en lugar de la suya.

Roran acababa de pasarse la camisa por la cabeza cuando Katrina entró en la tienda. Al verla, sintió alegría y temor al mismo tiempo.

Ella los miró y luego saludó a la hechicera:

—¿Podría hablar con mi esposo a solas, por favor?

—Por supuesto. Esperaré fuera.

Cuando Trianna hubo salido, Katrina corrió hacia Roran y lo rodeó con los brazos. Él la abrazó con la misma fuerza con que ella lo abrazaba, porque todavía no la había visto desde que había vuelto con los vardenos.

—Oh, cómo te he echado de menos —le susurró Katrina en el oído derecho.

—Y yo a ti —murmuró él.

Se apartaron lo justo para mirarse a los ojos y, entonces, Katrina frunció el ceño.

—¡Esto está mal! Acudí a Nasuada, y le supliqué que te perdonara o, por lo menos, que redujera el número de azotes, pero ella se negó a satisfacer mi petición.

—Ojalá no lo hubieras hecho —respondió él, sin dejar de acariciarle la espalda.

—¿Por qué?

—Porque yo dije que me quedaría con los vardenos y no retiraré mi palabra.

—Pero ¡está mal! —exclamó Katrina, sujetándolo por los hombros—. Carn me ha contado lo que hiciste, Roran: tú solo mataste a casi doscientos soldados; si no hubiera sido por tu heroísmo, ninguno de los hombres que estaban contigo hubieran sobrevivido. ¡Nasuada debería estar colmándote de obsequios y halagos! ¡No debería azotarte como si fueras un criminal cualquiera!

—No importa si es correcto o incorrecto —le dijo él—. Es necesario. Si yo estuviera en el lugar de Nasuada, hubiera dado la misma orden.

Katrina se estremeció.

—Pero cincuenta latigazos… ¿Por qué tienen que ser tantos? Muchos hombres han muerto por haber recibido tantos latigazos.

—Sólo porque tenían el corazón débil. No te preocupes tanto: hará falta más que eso para matarme.

Los labios de Katrina dibujaron una falsa sonrisa, pero se le escapó un sollozo y apretó el rostro contra el pecho de su marido. Él la meció entre los brazos y le acarició el cabello para tranquilizarla lo máximo posible, a pesar de que no se sentía mucho mejor que ella. Al cabo de unos minutos, Roran oyó el sonido de un cuerno fuera de la tienda y supo que se estaba terminando el tiempo de estar juntos. Se deshizo del abrazo de Katrina y le dijo:

—Quiero que hagas una cosa por mí.

—¿Qué? —preguntó ella, secándose los ojos.

—Vuelve a tu tienda y no salgas hasta que la flagelación haya terminado.

Katrina se mostró conmocionada por esa petición.

—¡No! No te dejaré…, no ahora.

—Por favor —insistió él—, no deberías tener que ver eso.

—Y tu no deberías tener que soportarlo —repuso ella.

—Déjalo estar. Sé que querrías estar a mi lado, pero yo podré soportarlo mejor si sé que no estás ahí mirándome… Yo he provocado esto, Katrina, y no quiero que tú también sufras por ello.

La expresión de Katrina se volvió más tensa.

—Saber lo que te sucede me dolerá esté donde esté. De todas formas…, haré lo que me pides, pero sólo porque eso te ayudará a soportar esta prueba… Tú sabes que preferiría que el látigo cayera sobre mí en lugar de sobre ti, si pudiera elegir.

—Y tú sabes —dijo él, dándole un beso en cada mejilla— que yo me negaría a que ocuparas mi sitio.

Los ojos de Katrina se llenaron de lágrimas otra vez y lo abrazó con tanta fuerza que a él le costó respirar.

Todavía estaban abrazados cuando la cortina de la puerta se abrió y Jörmundur entró junto con dos de los Halcones de la Noche. Katrina se separó de Roran, saludó a Jörmundur y luego, sin pronunciar ni una palabra más, se deslizó fuera de la tienda.

Jörmundur le ofreció la mano a Roran.

—Ha llegado el momento.

Roran asintió con la cabeza y permitió que Jörmundur y los guardias lo escoltaran hasta la picota. Filas y filas de vardenos se apretujaban en la zona que rodeaba la picota; hombres, mujeres, enanos y úrgalos estaban de pie con la espalda recta y los hombros echados hacia atrás. Roran echó un vistazo al ejército reunido y luego dirigió la vista hacia el horizonte en un intento de hacer caso omiso de los mirones.

Los dos guardias levantaron los brazos de Roran por encima de su cabeza y le ataron las muñecas al travesaño de la picota. Mientras lo hacían, Jörmundur rodeó la picota y le ofreció un pedazo de piel.

—Toma, muerde esto —le dijo en voz baja—. Evitará que te hagas daño.

Agradecido, Roran abrió la boca y dejó que Jörmundur le colocara la tela entre los dientes. La piel tenía un sabor amargo, como de bellotas verdes.

Entonces sonaron un cuerno y un redoble de tambor. Jörmundur leyó en voz alta los cargos contra Roran y los guardias cortaron la camisa de tela de saco.

Roran tembló al sentir el frío en el torso desnudo.

Un instante antes de que lo golpeara, oyó el silbido del látigo en el aire.

Fue como si le hubieran colocado una vara de metal al rojo vivo en la carne. Arqueó la espalda y mordió el trozo de piel. Se le escapó un gemido involuntario, pero la tela amortiguó el sonido y creyó que nadie le habría oído.

—Uno —dijo el hombre que manejaba el látigo.

La conmoción del segundo latigazo hizo que Roran gimiera otra

527

vez, pero a partir de ese momento permaneció en silencio, decidido a no mostrarse débil delante de todos los vardenos.

Los latigazos eran igual de dolorosos que muchas de las numerosas heridas que Roran había sufrido durante los últimos meses, pero después de unos doce latigazos, aproximadamente, dejó de resistir el dolor y, rindiéndose a él, se sumergió en un trance. El campo de visión se le redujo hasta el punto de que solamente veía la gastada madera que tenía delante; a veces, cuando caía en breves periodos de inconsciencia, la visión le fallaba y se sumía en la oscuridad.

Después de un tiempo interminable, oyó la tenue y lejana voz que pronunciaba:

—Treinta.

La desesperación lo atenazó y se preguntó: «¿Cómo podré resistir otros veinte latigazos?». Entonces pensó en Katrina y en su hijo que todavía no había nacido: ese pensamiento le dio fuerzas.

Al despertar, Roran se encontró tumbado boca abajo en el catre de la tienda que él y Katrina compartían. Su mujer estaba arrodillada a su lado, le acariciaba el pelo y le murmuraba en el oído mientras alguien le aplicaba una sustancia fría y pegajosa en las heridas de la espalda. Esa persona anónima tocó una parte especialmente sensible y Roran hizo una mueca y se puso tenso.

—Así no es cómo yo trataría a un paciente mío —oyó que Trianna decía en tono altivo.

—Si tratas a todos tus pacientes como tratas a Roran —contestó otra mujer—, me sorprende que alguno sobreviva a tus atenciones.

Al cabo de un momento, reconoció que la segunda voz pertenecía a Angela, la extraña herbolaria de ojos brillantes.

—¡Te pido perdón! —dijo Trianna—. No me quedaré aquí a recibir insultos de una humilde «adivina» que tiene que esforzarse para lanzar incluso el hechizo más sencillo.

—Siéntate entonces, si eso te complace, pero tanto si te sientas como si te quedas de pie, continuaré insultándote hasta que admitas que ese músculo se une aquí y no ahí.

—¡Oh! —exclamó Trianna, y salió de la tienda.

Katrina sonrió a Roran y, por primera vez, él vio que tenía el rostro lleno de lágrimas.

—Roran, ¿me oyes? —preguntó—. ¿Estás despierto?

—Creo…, creo que sí —respondió él con voz áspera. Le dolía la mandíbula de morder la tela de piel tanto rato y con tanta fuerza. Tosió e hizo una mueca al sentir los cincuenta latigazos al mismo tiempo.

—Ya está —dijo Angela—. Terminado.

—Es increíble. No esperaba que tú y Trianna hicierais tanto —dijo Katrina.

—Por orden de Nasuada.

—¿Nasuada? ¿Por qué?

—Tendrás que preguntárselo tú misma. Dile que no se tumbe de espaldas si puede evitarlo. Y tendría que tener cuidado cuando se tumbe de un lado al otro, o se abrirá las cicatrices.

—Gracias —balbució Roran.

Oyó que Angela se reía detrás de él.

—No saques conclusiones, Roran. O mejor, sácalas, pero no le des demasiada importancia. Además, me divierte haber curado heridas tanto en tu espalda como en la de Eragon. Bueno, entonces me voy. ¡Cuidado con los hurones!

Roran volvió a cerrar los ojos. Los suaves dedos de Katrina le acariciaron la frente.

—Has sido muy valiente —le dijo.

—¿Sí?

—Sí. Jörmundur y todos los demás han afirmado que en ningún momento has dicho nada; no has gritado ni has suplicado que dejaran de flagelarte.

—Bien. —Roran quería saber si las heridas eran muy graves, pero no quería obligarla a describirle el daño que tenía en la espalda.

No obstante, Katrina pareció adivinar su deseo:

—Angela dice que, con un poco de suerte, no cicatrizarán mal —le informó—. En cualquier caso, cuando estés completamente curado, Eragon u otro mago podrá borrarte las cicatrices de la espalda y será como si nunca te hubieran dado ningún latigazo.

—Ajá.

—¿Quieres beber algo? —preguntó ella—. Tengo un cazo de milenrama en infusión.

—Sí, por favor.

Cuando Katrina se levantó, Roran oyó que otra persona entraba en la habitación. Abrió un ojo y se sorprendió al ver a Nasuada de pie al lado del palo de delante de la tienda.

—Mi señora —dijo Katrina en un tono afilado como un cuchillo.

A pesar del agudo dolor de la espalda, Roran se incorporó parcialmente y, con ayuda de Katrina, se sentó. Iba a levantarse apoyándose en Katrina, pero Nasuada levantó una mano.

—Por favor, no. No quiero causarte más sufrimiento del que ya te he causado.

—¿Por qué has venido, Lady Nasuada? —preguntó Katrina—. Roran necesita descansar y recuperarse, y no pasar el tiempo hablando cuando no debe hacerlo.

Roran puso una mano en el hombro izquierdo de Katrina.

—Puedo hablar si debo hacerlo —le dijo.

Nasuada avanzó un poco más, se levantó el borde del vestido verde y se sentó en el pequeño baúl de pertenencias que Katrina había traído desde Carvahall. Después de arreglarse los pliegues de la falda, dijo:

—Tengo otra misión para ti, Roran: una pequeña incursión, similar a éstas en las que ya has participado.

—¿Cuándo tengo que partir? —preguntó él, sorprendido de que ella se hubiera molestado en informarle en persona de una misión tan simple.

—Mañana.

Katrina abrió los ojos, sorprendida.

—¿Estás loca? —exclamó.

—Katrina… —murmuró Roran, intentando tranquilizarla, pero ella apartó su mano y dijo—: ¡El último viaje al que lo has mandado ha estado a punto de matarlo, y acabas de darle latigazos casi hasta quitarle la vida! ¡No puedes ordenarle que vuelva al combate tan pronto; no va a durar ni un minuto contra los soldados de Galbatorix!

—¡Puedo hacerlo y debo hacerlo!

Nasuada lo dijo con tal autoridad que Katrina se mordió la lengua y esperó a oír la explicación de Nasuada, aunque Roran se dio cuenta de que la furia no se le había pasado. Mirándolo intensamente, Nasuada dijo:

—Roran, tal como sabes, o como no sabes, nuestra alianza con los úrgalos está a punto de romperse. Uno de los nuestros asesinó a tres úrgalos mientras tú te encontrabas sirviendo con el capitán Edric, quien, te gustará saberlo, ya no es capitán. Bueno, hice colgar al miserable que asesinó a los úrgalos, pero desde entonces nuestras relaciones con los carneros de Garzhvog se han vuelto cada vez más difíciles.

—¿Qué tiene que ver esto con Roran? —preguntó Katrina.

Nasuada apretó los labios un momento y luego dijo:

—Tengo que convencer a los vardenos de que acepten la presencia de los úrgalos sin que se derrame más sangre, y la mejor manera de hacerlo es «demostrar» a los vardenos que nuestras dos razas pueden trabajar juntas y en paz siguiendo un objetivo común. Con este fin, el grupo con el que viajarás estará formado por un número igual de humanos y de úrgalos.

—Pero eso no… —empezó a decir Katrina.

—Y voy a poner a todos ellos bajo tu mando, Martillazos.

—¿Yo? —preguntó Roran con voz ronca, asombrado—. ¿Por qué?

Con una sonrisa irónica, Nasuada respondió:

—Porque tú harás todo lo que tengas que hacer para proteger a tus amigos y a tu familia. En esto, eres como yo, aunque mi familia es más grande que la tuya, pues yo considero a todos los vardenos mi familia. Además, como eres el primo de Eragon, no puedo permitir que vuelvas a insubordinarte, porque, entonces, no tendré más remedio que ejecutarte o expulsarte de entre los vardenos. No deseo hacer ninguna de las dos cosas.

»Además, te doy el mando para que no haya nadie por encima de ti a quien puedas desobedecer, excepto a mí. Si alguna vez no haces caso de mis órdenes, será mejor que sea para matar a Galbatorix; ninguna otra cosa te salvaría de algo muchísimo peor que los latigazos que has recibido hoy. Y te estoy dando este mando porque has demostrado ser capaz de convencer a otros de que te sigan incluso en las circunstancias más desalentadoras. Tienes las mismas posibilidades que cualquier otro de mantener el control en un grupo de úrgalos y humanos. Mandaría a Eragon si pudiera, pero dado que no está aquí, la responsabilidad recae en ti. Cuando los vardenos sepan que el propio primo de Eragon, Roran *Martillazos* —el que acabó casi con doscientos soldados él solo—, ha llevado a cabo una misión con los úrgalos y que esa misión ha sido un éxito, entonces quizá podamos tener a los úrgalos como aliados mientras dure esta guerra. Por este motivo, Angela y Trianna te han curado más de lo habitual: no para aliviarte el castigo, sino porque te necesito en forma para asumir el mando. Bueno, ¿qué dices, Martillazos? ¿Puedo contar contigo?

Roran miró a Katrina. Sabía que ella deseaba desesperadamente que le dijera a Nasuada que era incapaz de dirigir la expedición. Bajando la vista para no ver su sufrimiento, pensó en el inmenso tamaño del ejército que se oponía a los vardenos; después, con un susurro ronco, dijo:

—Puedes contar conmigo, Lady Nasuada.

531

Entre las nubes

$\mathcal{D}$esde Tronjheim, Saphira voló los ocho kilómetros hasta la pared interior de Farthen Dûr. Luego, ella y Eragon entraron en el túnel que, por el este, penetraba la roca durante kilómetros a través de la base de Farthen Dûr. Eragon hubiera podido correr la longitud del túnel en unos diez minutos, pero dado que la altura del techo impedía a Saphira volar o saltar, ella no hubiera podido seguirle el ritmo, así que se limitó a caminar deprisa.

Al cabo de una hora salieron al valle Odred, que iba de norte a sur. Cobijado entre las faldas de las colinas, en la cabeza del estrecho valle cubierto de helechos se encontraba Fernoth-mérna, un lago bastante grande que era como una mancha de tinta negra entre las altísimas montañas Beor. Desde el extremo norte de Fernoth-mérna fluía el Ragni Darmn, que recorría su sinuoso camino subiendo por el valle hasta que se unía al Az Ragni, en las laderas de Moldûn la Orgullosa, la montaña más al norte de las Beor.

Habían salido de Tronjheim mucho antes del amanecer y, aunque el túnel había retrasado la marcha, todavía era temprano. La tira de cielo recortado por las montañas se veía atravesado por los pálidos rayos del sol que se colaban entre las cumbres de las montañas. En el valle, abajo, unas tiras de nubes bajas colgaban de las laderas de las montañas como enormes serpientes grises. Unas espirales de niebla blanca se elevaban desde la pulida superficie del lago.

Eragon y Saphira se detuvieron en la ribera del Fernoth-mérna para beber y para rellenar las botas para el siguiente tramo del viaje. El agua provenía de la nieve y del hielo derretidos de las montañas. Estaba tan fría que a Eragon le dolieron los dientes; el frío le provocó un pinchazo de dolor en el cráneo. Apretó los ojos con fuerza y golpeó el suelo con los pies.

Cuando el dolor disminuyó, Eragon miró al otro lado. Entre la niebla vio las ruinas de un castillo que se desparramaba sobre la piedra desnuda de una montaña. Una densa capa de hiedra estrangulaba los muros desmoronados, pero, a parte de eso, el edificio parecía no tener vida. Eragon se estremeció. El edificio abandonado era lúgubre, de mal agüero, como si fuera el caparazón podrido de una bestia abyecta.

¿Listo? —preguntó Saphira.

Listo —respondió él subiendo a la silla.

Desde Fernoth-mérna, Saphira voló hacia el norte siguiendo el valle Odred, fuera de las montañas Beor. El valle no conducía directamente a Ellesméra, que se encontraba más lejos y al oeste; sin embargo, no tenían más remedio que permanecer en el valle, dado que los pasos entre las montañas se encontraban a más de ocho kilómetros de altura.

Saphira voló tan alto como Eragon podía soportar, pues era más fácil para ella recorrer largas distancias en la enrarecida atmósfera de las alturas que en el aire denso y húmedo que había cerca del suelo. El chico se había protegido de las heladas temperaturas con varias capas de ropa y cubriéndose del viento con un hechizo que dividía la corriente de aire antes de llegar a él y que hacía que le pasara por ambos lados sin tocarlo.

Montar a Saphira no era una tarea descansada, pero como ella batía las alas de forma lenta y regular, Eragon no necesitó concentrarse en mantener el equilibrio como tenía que hacer cuando ella viraba, o caía en picado o realizaba maniobras más peligrosas. Pasaba la mayor parte del tiempo hablando con Saphira, rememorando los sucesos de las últimas semanas y estudiando la vista siempre cambiante que tenían abajo.

Utilizaste la magia sin el idioma antiguo cuando los enanos te atacaron —dijo Saphira—. *Eso fue peligroso.*

Lo sé, pero no tenía tiempo de recordar las palabras. Además, tú nunca utilizas el idioma antiguo cuando lanzas un hechizo.

Eso es distinto. Soy una dragona. No necesitamos el idioma antiguo para afirmar nuestras intenciones; sabemos lo que queremos, y no cambiamos de opinión con tanta facilidad como los elfos y los humanos.

El sol anaranjado tenía el tamaño de un palmo sobre el horizonte cuando Saphira voló por encima de la entrada del valle y salió a las praderas llanas y vacías que colindaban con las montañas Beor.

Eragon se enderezó en la silla, miró a su alrededor y meneó la cabeza, impresionado al ver la distancia que habían recorrido.

Ojalá hubiéramos volado a Ellesméra desde el principio —dijo—. *Hubiéramos tenido mucho más tiempo para estar con Oromis y Glaedr.*

Saphira mostró su conformidad con un asentimiento de cabeza. Voló hasta que el sol se hubo puesto, las estrellas llenaron el cielo y las montañas fueron una mancha oscura de color púrpura a sus espaldas. Hubiera continuado hasta la mañana, pero Eragon insistió en que se detuviera a descansar.

Todavía estás cansada de tu viaje a Farthen Dûr. Podemos volar durante la noche de mañana, y al día siguiente también, si es necesario, pero esta noche tienes que descansar.

Aunque a Saphira no le gustó la propuesta, accedió y aterrizó en una zona de sauces que crecían a lo largo de un riachuelo. Al desmontar, Eragon se dio cuenta de que tenía las piernas tan agarrotadas que le costaba aguantarse sobre los pies. Desensilló a Saphira, extendió su colchoneta en el suelo al lado de la dragona y se enroscó con la espalda contra el cuerpo caliente de ella. No necesitaba ninguna tienda, ya que ella lo cubrió con un ala, como una madre halcón que protegiera a sus polluelos. Pronto ambos se sumieron en sus respectivos sueños, que se entremezclaron de forma extraña y maravillosa porque sus mentes continuaban conectadas incluso entonces.

534

En cuanto apareció la primera luz en el este, Eragon y Saphira reanudaron el viaje y se elevaron a gran altura por encima de las verdes llanuras.

A media mañana, se levantó un fuerte viento de cara que obligó a Saphira a volar a la mitad de velocidad de lo normal. Por mucho que lo intentó, no pudo elevarse por encima de la corriente y estuvo luchando contra el viento durante todo el día. Fue un trabajo duro y, aunque Eragon le dio tanta fuerza propia como pudo, por la tarde su agotamiento era profundo. Descendió y aterrizó en un montículo en las praderas y se tumbó con las alas plegadas sobre el suelo, jadeando y temblando.

Deberíamos quedarnos aquí a pasar la noche —sugirió Eragon.

No.

Saphira, no estás en condiciones de continuar. Acampemos hasta que te recuperes. Quién sabe, quizás el viento haya amainado al anochecer.

Saphira se lamió el morro con unos lametazos sonoros y continuó jadeando.

No —dijo ella—. *En estas llanuras el viento puede estar soplando durante semanas, incluso durante meses. No podemos esperar a que amaine.*

Pero...

No abandonaré simplemente porque es doloroso, Eragon. Hay demasiado en juego...

Entonces, déjame que te dé la energía de Aren. *En el anillo hay más que suficiente para mantenerte desde aquí hasta Du Weldenvarden.*

No —repitió ella—. *Guarda* Aren *para cuando no tengamos ningún otro recurso. Puedo descansar y recuperarme en el bosque. Pero es posible que necesitemos a* Aren *en cualquier momento; no deberías gastarlo solamente para aminorar mi incomodidad.*

Pero detesto verte tan mal.

A Saphira se le escapó un ligero gruñido.

Mis antepasados, los dragones salvajes, no se hubieran arredrado por una brisa insignificante como ésta, y yo tampoco lo haré.

Diciendo esto, levantó el vuelo con Eragon en la grupa y penetró en la galerna.

A medida que el día se aproximaba a su fin y el viento continuaba aullando a su alrededor, impidiendo el avance de Saphira como si el destino estuviera decidido a impedirles que llegaran a Du Weldenvarden, Eragon pensó en Glûmra, la enana, y en su fe en los dioses de los enanos y, por primera vez en su vida, sintió deseos de rezar. Se separó del contacto mental con Saphira —que estaba tan cansada y preocupada que no se dio cuenta— y susurró:

—Gûntera, rey de los dioses. Si existes, si puedes oírme y si tienes el poder de hacerlo, por favor, calma este viento. Sé que no soy un enano, pero el rey Hrothgar me adoptó en su clan y creo que eso me da derecho a rezar. Gûntera, por favor, tenemos que llegar a Du Weldenvarden tan pronto como sea posible, no sólo por el bien de los vardenos, sino también por el bien de tu gente, los knurlan. Por favor, te lo ruego, calma este viento. Saphira no podrá soportarlo mucho tiempo más.

Entonces, sintiéndose un tanto estúpido, se aproximó a la conciencia de Saphira e hizo una mueca al notar su dolor en sus propios músculos.

Esa noche, tarde, cuando todo era frío y oscuro, el viento amainó y a partir de ese momento solamente los golpeaba de vez en cuando alguna ráfaga.

Cuando llegó la mañana, Eragon miró hacia abajo y vio la tierra dura y seca del desierto de Hadarac.

¡*Maldita sea!* —dijo, al ver que no habían llegado tan lejos como había esperado—. *No llegamos todavía a Ellesméra, ¿verdad?*

No, a no ser que el viento decida soplar en dirección contraria y nos lleve en su grupa, tardaremos un buen rato —Saphira continuaba haciendo un gran esfuerzo—. *De todas formas, si no tenemos más sorpresas desagradables, llegaremos a Du Weldenvarden al final de la tarde.*

Eragon soltó un gruñido.

Ese día solamente aterrizaron dos veces. En una de ellas, mientras estaban en el suelo, Saphira devoró un par de patos que había atrapado y matado con una llamarada, pero, aparte de eso, continuó sin comer. Para ahorrar tiempo, Eragon comió sin moverse de la silla.

Tal como Saphira había dicho, Du Weldenvarden apareció ante su vista cuando el sol estaba a punto de ponerse. El bosque apareció ante ellos como una interminable extensión verde. Los árboles caducos —robles, hayas y arces— dominaban las partes externas del bosque, pero Eragon sabía que en su interior se encontraban los adustos pinos que formaban la mayor parte del bosque.

Cuando llegaron al linde de Du Weldenvarden, ya había anochecido. Saphira aterrizó suavemente bajo las grandes ramas de un enorme roble. Dobló las alas y se sentó un rato, demasiado cansada para continuar. La lengua escarlata le colgaba de la boca. Mientras descansaba, Eragon escuchó el rumor de las hojas por encima de sus cabezas, el ulular de los búhos y el canto de los insectos nocturnos.

Cuando se hubo recuperado un poco, Saphira caminó por entre dos gigantescos robles cubiertos de musgo y los dos entraron en Du Weldenvarden a pie. Los elfos habían hecho que fuera imposible que nadie entrara en el bosque gracias a la magia, y dado que los dragones no sólo volaban con la fuerza de su cuerpo, Saphira no podía entrar desde el aire porque, si lo hacía, las alas se le doblarían y se caerían del cielo.

Ésta debería ser una buena distancia —dijo Saphira, que se detuvo en un pequeño prado que se encontraba a varios metros del linde del bosque.

Eragon desabrochó las correas que le sujetaban las piernas y se deslizó por el costado de Saphira hasta el suelo. Examinó el prado hasta que encontró una zona de tierra sin hierba. Con las manos hizo un agujero de unos cincuenta centímetros de ancho y atrajo agua para llenarlo. Luego pronunció el hechizo para crear un espejo encantado. El agua brilló y adquirió un suave brillo amarillento cuando Eragon empezó a ver el interior de la tienda de Oromis. El elfo de pelo plateado se encontraba sentado a su mesa de la cocina y leía un gastado rollo de pergamino. Levantó la vista hacia Eragon y asintió sin ninguna muestra de sorpresa.

—Maestro —dijo Eragon, realizando el giro de mano frente al pecho.

—Saludos, Eragon. Te esperaba. ¿Dónde estás?

—Saphira y yo acabamos de llegar a Du Weldenvarden… Maestro, sé que prometí volver a Ellesméra, pero los vardenos están sólo a unos días de la ciudad de Feinster, y sin nosotros son vulnerables. No tenemos tiempo de recorrer el camino hasta Ellesméra. ¿Podrías responder a nuestras preguntas aquí, a través del espejo?

Oromis se recostó en la silla con una expresión grave y pensativa en sus facciones angulosas.

—No te instruiré a distancia, Eragon —dijo—. Puedo adivinar algunas de las cosas que deseas preguntarme: son temas que debemos hablar en persona.

—Maestro, por favor. Si Murtagh y Espina…

—No, Eragon. Comprendo los motivos de tu urgencia, pero tus estudios son tan importantes como proteger a los vardenos, quizás incluso más. Tenemos que hacer esto de la manera adecuada o no hacerlo.

Eragon suspiró, desanimado.

—Sí, Maestro.

Oromis asintió con la cabeza.

—Glaedr y yo te estaremos esperando. Vuela con cuidado y deprisa. Tenemos que hablar de muchas cosas.

—Sí, Maestro.

Sintiéndose entumecido y agotado, Eragon finalizó el hechizo. El agua se coló en el suelo y él apoyó la cabeza en las manos y clavó los ojos en el trozo de tierra húmeda que había quedado entre sus pies.

Supongo que tenemos que continuar. Lo siento.

Saphira aguantó la respiración un momento para lamerse el morro.

No pasa nada. No estoy a punto de desplomarme.

Eragon levantó la vista hasta ella:

¿Estás segura?

537

Sí.

Eragon se puso en pie a regañadientes y subió a su grupa.

Ya que vamos a Ellesméra —dijo mientras se abrochaba las correas a las piernas—, *deberíamos visitar el árbol Menoa otra vez. Quizá podamos averiguar por fin qué quería decir Solembum. Me iría bien una espada nueva.*

Cuando Eragon se había encontrado con Solembum en Teirm, el hombre gato le había dicho: «Cuando llegue el momento y necesites un arma, busca bajo las raíces del árbol Menoa; y cuando todo parezca perdido y tu poder sea insuficiente, ve a la roca de Kuthian y pronuncia tu nombre para abrir la Cripta de las Almas». Eragon todavía no sabía dónde estaba la roca de Kuthian, pero durante su primer día en Ellesméra, él y Saphira habían tenido varias oportunidades de examinar el árbol Menoa. No habían descubierto nada respecto a la localización exacta de las supuestas armas. Musgo, tierra y corteza, además de alguna hormiga, fueron las únicas cosas que habían encontrado entre las raíces del árbol Menoa, y ninguna de ellas indicaba dónde excavar.

Quizá Solembum no se refería a una espada —señaló Saphira—. *A los hombres gato les gustan los acertijos tanto como a los dragones. Si esa arma existe, quizá sea un trozo de pergamino con un hechizo escrito en él, o un libro, o una pintura, o un trozo de roca afilado, o cualquier otra cosa peligrosa.*

Sea lo que sea, espero que podamos encontrarlo. ¿Quién sabe cuándo tendremos oportunidad de volver a Ellesméra?

Saphira arrastró a un lado un árbol caído que tenía delante, se agachó y abrió las aterciopeladas alas. Eragon soltó un chillido y se agarró a la silla en cuanto ella se levantó con una fuerza inesperada por encima de las copas de los árboles con un movimiento vertiginoso.

Saphira viró sobre el mar de ramas y se orientó en dirección noroeste, hacia la capital de los elfos, con un batir de alas lento y pesado.

La embestida

*E*l asalto a la caravana de suministros ocurrió casi exactamente como Roran había planeado: tres días después de abandonar el cuerpo principal de los vardenos, él y sus compañeros jinetes descendieron un barranco y cayeron lateralmente sobre la serpenteante hilera de carros. Mientras tanto, los úrgalos salían corriendo de detrás de las rocas del barranco y atacaban la caravana de suministros por delante, con lo que la obligaban a detenerse. Los soldados y los conductores de los carros lucharon con valentía, pero la emboscada les había sorprendido mientras dormían y estaban desorganizados, así que las fuerzas de Roran pronto los sometieron. Ninguno de los humanos ni de los úrgalos murió en el ataque, y solamente tres sufrieron heridas: dos humanos y un úrgalo.

Roran mató a varios de los soldados, pero durante la mayor parte del tiempo se mantuvo detrás dirigiendo el asalto, tal como era su responsabilidad. Todavía estaba entumecido y dolorido por la flagelación que había soportado y no quería forzarse más de lo necesario para no abrirse las muchas cicatrices que le atravesaban la espalda.

Hasta ese momento Roran no había tenido ninguna dificultad en mantener la disciplina entre los veinte humanos y los veinte úrgalos. Aunque era evidente que ninguno de los dos grupos confiaba ni gustaba del otro —una actitud que él compartía, puesto que miraba a los úrgalos con el mismo grado de suspicacia y desagrado que cualquier otro humano que se hubiera criado cerca de las Vertebradas—, habían conseguido trabajar juntos durante los últimos tres días sin ni siquiera levantar el tono de voz. El hecho de que ambos grupos hubieran conseguido cooperar tan bien no tenía nada que ver —y él lo sabía— con su capacidad de mando. Nasuada y Nar Garzhvog habían sido muy escrupulosos al escoger a los guerreros que tendrían que viajar con él: habían elegido solamente a aquellos que tenían reputación de ser rápidos con la espada, sensatos y, por encima de todo, de temperamento tranquilo y bien dispuesto.

A pesar de todo, tras el ataque a la caravana de suministros, mientras sus hombres estaban atareados colocando los cuerpos de los soldados y de los conductores de los carros en un montón, y mientras él recorría la hilera de carros arriba y abajo para supervisar el trabajo, Roran oyó un aullido de agonía que procedía de algún lugar en el extremo posterior de la caravana. Pensando que quizás algún otro contingente de soldados se había tropezado con ellos, Roran ordenó a Carn y a otros hombres que se reunieran con él, espoleó a *Nieve de Fuego* y galopó hasta la parte trasera de la hilera de carros.

Cuatro úrgalos habían atado a un soldado enemigo al tronco de un retorcido sauce y se estaban divirtiendo pinchándolo e hiriéndolo con las espadas. Roran soltó un juramento, bajó de *Nieve de Fuego* y, con un único golpe de martillo, sacó al hombre de su sufrimiento.

En ese momento, Carn y cuatro guerreros llegaron a caballo a la altura del sauce y se detuvieron levantando una gran nube de polvo. Se colocaron a ambos lados de Roran con sus caballos y con las armas preparadas.

El mayor de los úrgalos, un carnero que se llamaba Yarbog, dio un paso hacia delante.

—Martillazos, ¿por qué has interrumpido nuestra diversión? Le hubiéramos hecho bailar unos minutos más.

Roran, apretando las mandíbulas, respondió:

—Mientras estéis bajo mis órdenes, no torturaréis a los cautivos sin motivo. ¿Comprendido? Muchos de estos soldados han sido obligados contra su voluntad a servir a Galbatorix. Muchos de ellos son amigos, o familia, o vecinos, y aunque debemos luchar contra ellos, no permitiré que los tratéis con una crueldad innecesaria. Sólo por un capricho del destino no somos nosotros los humanos que estamos en su lugar. No son nuestros enemigos: Galbatorix sí lo es, igual que es el vuestro.

El úrgalo frunció el peludo ceño y los ojos desaparecieron bajo él por completo.

—Pero de todas formas los matáis, ¿no? ¿Por qué no podemos divertirnos viendo cómo bailan y cantan un poco?

Roran se preguntó si el cráneo del úrgalo sería demasiado duro para rompérselo con el martillo. Se esforzó por controlar la furia y le dijo:

—¡Porque está mal, aunque sólo sea por eso! —Señaló al soldado muerto y añadió—: ¿Y si él fuera uno de vuestra raza que hubiera sido hechizado por Durza, el Sombra? ¿Lo hubierais atormentado también?

—Por supuesto —respondió Yarbog—. Ellos hubieran querido que los pincháramos con las espadas para poder tener una oportunidad de demostrar su valentía antes de morir. ¿No es lo mismo con vosotros, los humanos sin cuernos, o es que no tenéis agallas para soportar el dolor?

Roran no estaba seguro de lo grave que era para los úrgalos decirle a otro que no tenía cuernos, pero no tenía ninguna duda de que cuestionar la valentía de alguien resultaba igual de ofensivo para los úrgalos que para los humanos, si no más.

—Cualquiera de nosotros podría soportar más dolor sin gritar que tú, Yarbog —dijo, apretando la mano en la empuñadura del martillo—. Y ahora, a no ser que desees experimentar una agonía que ni siquiera puedes imaginar, ríndeme tu espada, desata a ese pobre diablo y llévalo con el resto de los cuerpos. Después, ve a ver los caballos de carga. Te encargarás de ellos hasta que volvamos con los vardenos.

Sin esperar el asentimiento del úrgalo, Roran se dio la vuelta, cogió las riendas de *Nieve de Fuego* y se preparó para montar al semental.

—No —gruñó Yarbog.

Roran se quedó inmóvil con un pie en el estribo y soltó un juramento mentalmente. Había esperado que no se diera una situación así durante el viaje. Se dio la vuelta y dijo:

—¿No? ¿Te estás negando a obedecer mis órdenes?

Mostrando los colmillos, Yarbog repuso:

—No. Te desafío por el mando de esta tribu, Martillazos. —Y el úrgalo echó hacia atrás su enorme cabeza y emitió un aullido tan fuerte que el resto de los humanos y de los úrgalos dejaron de hacer lo que estaban haciendo y corrieron hasta el sauce. Los cuarenta se reunieron alrededor de Yarbog y de Roran.

—¿Nos encargamos de esta criatura en tu lugar? —preguntó Carn en voz alta.

Roran, que hubiera deseado que no hubiera tantos ojos sobre él, negó con la cabeza:

—No, yo mismo me ocuparé de él.

A pesar de esas palabras, se alegraba de tener a sus hombres a su alrededor frente a la hilera de enormes úrgalos de piel gris. Los humanos eran más pequeños que los úrgalos, pero todos excepto Roran estaban montados a caballo, lo cual les daba una ligera ventaja si había una pelea entre los dos grupos. Si eso llegaba a suceder, la magia de Carn no sería de mucha ayuda, porque los úrgalos también tenían un hechicero, un chamán que se llamaba Dazhra y que, por lo que Roran había visto, era un mago más poderoso, aunque no dominara tanto los matices de ese arte tan antiguo.

Roran le dijo a Yarbog:

—No es costumbre entre los vardenos ganarse el mando en un combate. Si deseas luchar, lucharé, pero no conseguirás nada con ello. Si pierdo, Carn tomará mi sitio y tú responderás ante él en lugar de ante mí.

—¡Bah! —se burló Yarbog—. No te desafío por el derecho a mandar a los de tu propia raza. ¡Te desafío por el derecho de dirigirnos a nosotros, los carneros luchadores de la tribu de Bolvek! No has demostrado tu valía, Martillazos, así que no puedes reclamar tu posición de capitán. ¡Si pierdes, yo seré el capitán aquí, y no bajaremos la cabeza ante ti ni ante ninguna otra criatura que sea demasiado débil para ganarse nuestro respeto!

Roran pensó un momento en la situación antes de aceptar lo inevitable. Aunque le costara la vida, tenía que intentar mantener su autoridad sobre los úrgalos, si no, los vardenos los perderían como aliados. Inhaló con fuerza y dijo:

—Entre los de mi raza, es costumbre que la persona que ha sido desafiada elija el momento y el lugar de la lucha, así como las armas que ambas partes utilizarán.

Yarbog soltó una profunda risa gutural y respondió:

—El momento es ahora, Martillazos. El lugar es aquí. Y los de mi raza luchamos en taparrabos y sin armas.

—Eso no es justo puesto que yo no tengo cuernos —señaló Roran—. ¿Consientes en que utilice mi martillo para compensarlo?

Yarbog lo pensó un momento y contestó:

—Puedes llevar tu yelmo y tu escudo, pero no el martillo. Las armas no están permitidas cuando luchamos para ser jefes.

—Comprendo… Bueno, si no puedo tener el martillo, me olvidaré del yelmo y del escudo también. ¿Cuáles son las reglas del combate? ¿Cómo decidiremos quién es el ganador?

—Solamente hay una regla, Martillazos: si huyes, pierdes la pelea y se te destierra de la tribu. Ganas si obligas a tu rival a rendirse, pero dado que yo no me rendiré nunca, lucharemos a muerte.

Roran asintió con la cabeza. «Quizá sea eso lo que intente que haga, pero no lo mataré si puedo evitarlo», pensó.

—Empecemos —gritó Roran, golpeando el martillo contra el escudo.

Bajo su dirección, los hombres y los úrgalos limpiaron un espacio en medio del barranco y marcaron una suerte de cuadrilátero de doce pasos por doce pasos. Luego Roran y Yarbog se desnudaron y dos úrgalos untaron el cuerpo de Yarbog con grasa de oso, mientras Carn y Loften, otro humano, hacían lo mismo con Roran.

—Ponedme tanta como podáis en la espalda —murmuró Roran. Quería tener las cicatrices muy hidratadas para que se abrieran lo menos posible.

Carn se acercó a él y dijo:

—¿Por qué has rechazado el yelmo y el escudo?

—Solamente me harían ser más lento. Necesito poder moverme tan deprisa como una liebre asustada para evitar que me aplaste.

Mientras Carn y Loften le embadurnaban las piernas, Roran observó a su contrincante en busca de algún punto vulnerable que le pudiera ayudar a vencer al úrgalo.

Yarbog medía más de un metro ochenta, tenía la espalda ancha y el pecho grande, y los brazos y las piernas muy musculosos. Tenía el cuello grueso como un toro, lo cual era necesario para sostener el peso de su cabeza y de los cuernos curvados. Tres cicatrices le surcaban la cintura en diagonal, hechas por las garras de un animal. Unos pelos negros y gruesos le crecían en la piel.

«Por lo menos, no es un kull», pensó Roran. Confiaba en su propia fuerza, pero a pesar de ello no creía que pudiera vencer a Yarbog solamente con ella. Raro era el hombre que podía tener esperanzas de igualar el poder físico de un carnero úrgalo. Además, Roran sabía que las grandes uñas negras de Yarbog, sus colmillos, sus cuernos y su dura piel le darían una ventaja considerable durante el combate cuerpo a cuerpo que estaban a punto de iniciar. «Si puedo, lo haré», decidió Roran pensando en todos los trucos bajos que podría usar contra el úrgalo, porque luchar contra Yarbog no sería como luchar contra Eragon, ni contra Baldor ni contra ningún otro hombre de Carvahall. Roran estaba seguro de que ese combate sería, más bien, como la feroz e imparable embestida entre dos bestias salvajes.

Una y otra vez, la mirada de Roran se desviaba hacia los inmensos cuernos de Yarbog, puesto que sabía que ésa era la parte más peligrosa del úrgalo. Con ellos, Yarbog podría embestir y atravesar a Roran con absoluta impunidad, y además le protegían los costados de la cabeza de cualquier golpe que Roran pudiera darle con las manos desnudas, a pesar de que limitaban su visión perifé-

543

rica. Entonces a Roran se le ocurrió que de la misma manera que los cuernos eran la mayor ventaja de Yarbog, también podían ser su perdición.

Roran se desentumeció los hombros y se balanceó sobre los pies, ansioso porque terminara el combate.

Cuando ambos estuvieron completamente cubiertos de grasa de oso, sus ayudantes se retiraron y ellos entraron en los límites del espacio marcado en el suelo. Roran mantenía las rodillas ligeramente flexionadas, listo para saltar en cualquier dirección ante el más ligero movimiento de Yarbog. El suelo de roca se notaba frío, duro y rugoso bajo los pies desnudos.

Una ligera brisa agitó las ramas del sauce más cercano. Uno de los bueyes que estaban atados a los carros golpeó el suelo con una pata y sus arreos tintinearon.

Con un aullido que ponía los pelos de punta, Yarbog cargó contra Roran cubriendo la distancia que los separaba con tres pasos que retumbaron en el suelo. Roran esperó a que su enemigo estuviera casi encima de él y, entonces, saltó a la derecha. Pero había subestimado los reflejos de su oponente. Éste, tras bajar la cabeza, lo embistió con los cuernos, lo atrapó por el hombro izquierdo y lo lanzó al otro lado del cuadrilátero.

Al caer al suelo, las puntiagudas rocas del suelo se le clavaron en un costado y Roran sintió que un dolor lacerante le atravesaba la espalda resiguiendo el camino de las heridas medio curadas. Gruñó, rodó y se puso en pie. Sintió que varias de las heridas se le habían abierto, y le exponían la carne al aire frío. Tierra y piedras pequeñas se le habían adherido a la grasa que le cubría el cuerpo. Plantó los pies en el suelo y avanzó hacia Yarbog sin apartar los ojos ni un momento del úrgalo, que le esperaba gruñendo.

Yarbog volvió a cargar contra él y otra vez Roran intentó esquivarlo de un salto. Esta vez la maniobra tuvo éxito y esquivó al úrgalo por cinco centímetros. Yarbog dio la vuelta y corrió hacia él por tercera vez y, de nuevo, Roran consiguió escaparse.

Entonces Yarbog cambió de táctica. Avanzando de lado, como un cangrejo, alargó sus enormes garras para coger a Roran y darle un abrazo mortal. Roran se sobresaltó y se apartó. Pasara lo que pasara, tenía que evitar caer en las zarpas de Yarbog; con su descomunal fuerza, el úrgalo podía acabar con él en un momento.

Los hombres y los úrgalos que estaban reunidos alrededor de ellos permanecían en silencio y miraban con rostros impasibles las escaramuzas de Roran y de Yarbog.

Durante varios minutos, ambos contendientes intercambiaron rápidos golpes laterales. Roran evitaba acercarse al úrgalo siempre que era posible, intentando cansarlo a distancia, pero a medida que la lucha continuaba y Yarbog no daba muestras de estar más cansado que cuando habían empezado, se dio cuenta de que el tiempo no era su amigo. Si tenía que ganar, debía terminar la pelea sin esperar más.

Con la esperanza de provocar a Yarbog para que atacara otra vez —dado que su estrategia dependía justo de esto—, Roran se retiró a la esquina más apartada del cuadrilátero y empezó a provocarlo:

—¡Ja! ¡Eres gordo y lento como una vaca de leche! ¿Es que no puedes atraparme, Yarbog, o es que tienes las piernas hechas de manteca? Deberías cortarte los cuernos de vergüenza por dejar que un hombre te deje como un tonto. ¿Qué pensarán tus futuras compañeras cuando se enteren de esto? Les contarás…

Yarbog acalló las palabras de su rival con un rugido. El úrgalo corrió hacia él girando ligeramente el cuerpo para chocar contra su rival con todo su peso. Roran se apartó de su camino y alargó la mano hacia la punta de su cuerno derecho, pero falló, cayó en medio del cuadrilátero y se rasguñó las dos rodillas. Se maldijo a sí mismo y volvió a ponerse en pie.

545

Yarbog frenó antes de que el impulso lo hiciera salir fuera del cuadrilátero y se dio la vuelta buscando a Roran con los ojillos amarillos.

—¡Ja! —gritó Roran. Le sacó la lengua e hizo todas las muecas que se le ocurrieron—. ¡No serías capaz de embestir un árbol aunque lo tuvieras delante!

—¡Muere, insignificante humano! —gruñó Yarbog, y corrió hacia Roran con los brazos estirados hacia delante.

Las uñas de Yarbog abrieron unos surcos sanguinolentos en las costillas de Roran. Éste salió corriendo hacia la izquierda, pero consiguió agarrarse y colgarse de uno de los cuernos del úrgalo. Roran se agarró también del otro cuerno antes de que Yarbog se lo pudiera sacudir de encima. Entonces, moviendo los cuernos de su rival, le obligó a girar la cabeza hacia un lado y, tensando todos los músculos del cuerpo, tumbó al úrgalo al suelo. La espalda de Roran protestó con una punzada de dolor por el esfuerzo.

En cuanto el pecho del úrgalo tocó el suelo, Roran apoyó una rodilla encima de su hombro derecho y lo inmovilizó. Yarbog bramó y se removió, intentando deshacerse de su enemigo, pero éste se negaba a soltarlo. Apoyó ambos pies contra una roca y obligó al úrgalo a girar la cabeza al máximo con tanta fuerza que hubiera roto el cuello de cualquier humano. La grasa que tenía en las palmas de las manos le hacía difícil sujetar los cuernos de Yarbog.

El úrgalo se relajó un momento y se intentó levantar del suelo con el brazo izquierdo, levantando también a Roran mientras intentaba encoger las piernas para ponerlas debajo del cuerpo.

Tanto Roran como Yarbog jadeaban tan fuerte como si hubieran corrido una carrera. En los puntos en que sus cuerpos estaban en contacto, los pelos de Yarbog se clavaban en Roran como si fueran alambres. Tenían el cuerpo cubierto de polvo. A Roran le caían unos hilos de sangre desde el costado y desde la espalda dolorida.

Yarbog volvió a intentar golpearlo y soltarse de él en cuanto hubo recuperado el aliento, removiéndose en el suelo como si fuera un pescado. Roran tuvo que utilizar toda su fuerza, pero resistió, intentando ignorar las piedras que le cortaban los pies y las piernas. Incapaz de soltarse utilizando estos métodos, Yarbog dejó las piernas quietas y empezó a girar la cabeza una y otra vez en un intento de agotarle los brazos a Roran.

Permanecieron así, apenas sin moverse, luchando el uno contra el otro.

Una mosca pasó volando por encima de ellos y aterrizó sobre el tobillo de Roran.

Los bueyes gimieron.

Al cabo de casi diez minutos, Roran tenía el rostro empapado de sudor. Le parecía que no podía llenarse los pulmones de aire, los brazos le dolían de una forma insoportable, parecía que las heridas de la espalda se fueran a abrir por completo y sentía el latido de dolor del arañazo de Yarbog en las costillas.

Roran sabía que no podía continuar mucho más tiempo de esa manera. «¡Maldita sea! —pensó—. ¿Es que no va a ceder?»

Justo entonces, la cabeza del úrgalo tembló y su cuello se agarrotó. Yarbog gruñó, el primer sonido que emitía en un minuto, y, en voz baja, dijo:

—Mátame, Martillazos. No puedo vencerte.

Roran aseguró las manos en los cuernos del úrgalo y en una voz igual de baja, le dijo:

—No. Si quieres morir, busca a otro que te mate. Yo he luchado siguiendo vuestras reglas, ahora tú aceptarás el desafío de acuerdo con las mías. Dile a todo el mundo que te rindes a mí. Diles que te equivocaste al desafiarme. Hazlo, y te soltaré. Si no, te tendré así hasta que cambies de opinión, sin importar cuánto tardes.

La cabeza del úrgalo tembló de nuevo cuando éste volvió a intentar librarse de él. Luego jadeó, levantando una pequeña nube de polvo, y rugió:

—La vergüenza sería demasiado grande, Martillazos. Mátame.

—Yo no pertenezco a tu raza y no voy a doblegarme a vuestras costumbres —dijo Roran—. Si estás tan preocupado por tu honor, diles a los curiosos que fuiste vencido por el primo de Eragon Asesino de Sombra. Seguro que no hay ningún motivo de vergüenza en ello.

Pasaron unos minutos y Yarbog todavía no había contestado. Entonces Roran tiró de los cuernos del úrgalo y gruñó:

—¿Y bien?

Levantando la voz para que todos los hombres y los úrgalos pudieran oírlo, Yarbog dijo:

—¡Que Svarvok me maldiga! ¡Me rindo! No debería haberte desafiado, Martillazos. Eres digno de ser jefe, y yo no lo soy.

Los hombres le vitorearon y gritaron golpeando las empuñaduras de las espadas contra los escudos. Los úrgalos se removieron, inquietos, pero no dijeron nada.

Satisfecho, Roran soltó los cuernos de Yarbog y rodó por el suelo, alejándose del úrgalo. Se sentía casi como si hubiera soportado otra flagelación. Se puso en pie despacio y salió fuera del cuadrilátero, donde lo esperaba Carn, que le echó una manta sobre los hombros; Roran esbozó una mueca al notar la tela sobre la piel herida. Sonriendo, Carn le ofreció una bota.

—Cuando te tumbó, estaba seguro de que te iba a matar. Ya tendría que haber aprendido que nunca puedo descartarte, ¿eh, Roran? ¡Ja! Eso ha sido lo mejor que he visto nunca. Debes de ser el único hombre en la historia que ha luchado cuerpo a cuerpo contra un úrgalo.

—Quizá no —dijo Roran entre trago y trago de vino—. Pero quizá sea el único hombre que ha sobrevivido a la experiencia.

Carn rio.

Roran miró hacia los úrgalos, que se habían reunido alrededor de Yarbog y hablaban con él con gruñidos bajos mientras dos de ellos le limpiaban la grasa y la suciedad de las piernas. Aunque los úrgalos parecían derrotados, por lo que veía no parecían enojados ni resentidos. Eragon confiaba en que no tendría más problemas con ellos.

A pesar del dolor de las heridas, Roran se sentía complacido por el resultado de la situación. «No será la última lucha entre nuestras dos razas —pensó—, pero mientras podamos volver con los vardenos sin incidentes, los úrgalos no romperán nuestra alianza; no, por lo menos, por causa mía.»

Roran dio un último trago, tapó la bota y se la devolvió a Carn. Luego gritó:

—¡Bueno, basta de estar parados balando como ovejas! ¡Terminad de hacer la lista de lo que hay en esos carros! ¡Loften, reúne los caballos de los soldados, si es que no se han alejado demasiado! Dazhgra, ocúpate de los bueyes. ¡Daos prisa! Es posible que Espina y Murtagh estén volando hacia aquí ahora. ¡Vamos, moveos! Y, Carn, ¿dónde diablos están mis ropas?

Genealogía

$\mathcal{A}$l cuarto día de haber salido de Farthen Dûr, Eragon y Saphira llegaron a Ellesméra.

El sol estaba alto y brillaba cuando el primero de los edificios de la ciudad —una torrecilla estrecha y en espiral de ventanas brillantes que se levantaba entre tres altos pinos y que crecía desde sus ramas entrelazadas— apareció ante su vista. Más allá de la torrecilla enfundada en la corteza, Eragon divisó el conjunto de claros aparentemente desordenado que señalaba la localización de la ciudad.

Mientras Saphira planeaba por encima de la irregular superficie del bosque, Eragon buscó mentalmente la conciencia de Gilderien, *el Sabio*, quien, como depositario de la Llama Blanca de Vándil, había protegido Ellesméra de los enemigos de los elfos durante más de dos milenios y medio. Eragon proyectó sus pensamientos en dirección a la ciudad y, en el idioma antiguo, preguntó:

Gilderien-elda, ¿podemos pasar?

Una voz profunda y tranquila resonó.

Podéis pasar, Eragon Asesino de Sombra, y Saphira Escamas Brillantes. Mientras vengáis en paz, sois bienvenidos a quedaros en Ellesméra.

Gracias, Gilderien-elda —dijo Saphira.

Las garras de Saphira rozaron las copas de las oscuras agujas de los pinos que se levantaban hasta noventa metros por encima del suelo. La dragona planeó por encima de la ciudad de madera de pino y se dirigió hacia la pendiente de tierra que había al otro lado de Ellesméra. A través del entramado de ramas, Eragon divisó las formas fluidas de los edificios de madera viva, los lechos coloridos de las flores, los ondulados arroyos, el brillo dorado de las antorchas sin llama y, alguna que otra vez, el pálido brillo del rostro de un elfo con la cabeza levantada.

Inclinando las alas, Saphira se elevó siguiendo la pendiente de la tierra hasta que llegó a los riscos de Tel'naeír, que caían trescientos metros hasta el ondulante bosque de la falda de la piedra blanca y desnuda y se extendían una legua en cada dirección. Entonces, viró a la derecha y planeó hacia el norte siguiendo la cresta de piedra; sólo aleteó dos veces para mantener la velocidad y la altitud.

En el borde del precipicio apareció un claro cubierto de hierba. Ante los árboles que lo rodeaban se levantaba una casa modesta de un solo piso que crecía desde cuatro pinos diferentes. Un sonoro arroyo salía del húmedo bosque y pasaba por debajo de las raíces de uno de los pinos antes de desaparecer en Du Weldenvarden otra vez. Y, al lado de la casa, se encontraba, enroscado, el dorado dragón Glaedr, enorme, brillante, con unos dientes de marfil gruesos como el pecho de Eragon, unas garras como cimitarras, unas alas suaves como la gamuza, una cola musculosa tan larga como todo el cuerpo de Saphira; las estrías del único ojo que tenía abierto brillaban como los rayos del zafiro estrellado. El muñón de la pata delantera que le faltaba estaba escondido en el otro costado de su cuerpo. Una pequeña mesa redonda y dos sillas habían sido colocadas delante de Glaedr. Oromis estaba sentado en la silla que se encontraba más cerca del dragón. El pelo plateado del elfo brillaba como el metal bajo la luz del sol.

Saphira elevó la parte delantera del cuerpo para reducir la velocidad y Eragon se inclinó hacia delante en la silla. La dragona descendió, frenó súbitamente en un trozo de césped y corrió unos pasos hacia delante echando las alas hacia atrás para detenerse.

Eragon, con los dedos de las manos entumecidos por el cansancio, aflojó los nudos de las correas que le ataban las piernas e intentó descender por la pata derecha delantera de Saphira, pero mientras lo hacía, las rodillas le fallaron y cayó. Levantó las manos para protegerse la cara y aterrizó de cuatro patas, rasguñándose la espinilla con una roca oculta entre la hierba. Soltó un gemido de dolor y, entumecido como un viejo, empezó a ponerse en pie.

Una mano penetró en su campo de visión.

Eragon levantó la cabeza y vio a Oromis de pie delante de él con una sonrisa en su rostro atemporal. En el idioma antiguo, le dijo:

—Bienvenido de vuelta a Ellesméra, Eragon-finiarel. Y tú también, Saphira Escamas Brillantes, bienvenida. Bienvenidos los dos.

Eragon cogió la mano del elfo; Oromis, aparentemente sin esfuerzo, le ayudó a ponerse en pie. Al principio a Eragon le fue imposible hablar, porque casi no había hablado en voz alta desde que habían partido de Farthen Dûr y porque el cansancio le impedía pensar. Se tocó los labios con dos dedos y, también en el idioma antiguo, dijo:

—Que mi buena fortuna gobierne sobre ti, Oromis-elda. —Hizo el giro con la mano delante del pecho, el gesto de cortesía y respeto que utilizaban los elfos.

—Que las estrellas cuiden de ti, Eragon —contestó Oromis.

Entonces el chico repitió la ceremonia con Glaedr. Como siempre, el contacto con la conciencia ardiente del dragón impresionaba a Eragon y lo cohibía.

Saphira no saludó ni a Oromis ni a Glaedr: permaneció donde estaba, con el cuello caído, el morro tocando al suelo y las patas temblando como si tuviera frío. En las comisuras de la boca, abierta, tenía una baba seca y amarilla y la rasposa lengua le colgaba entre las mandíbulas.

Como explicación, Eragon dijo:

—Encontramos viento de cara el mismo día que partimos de Farthen Dûr, y... —Se quedó en silencio al ver que Glaedr levantaba la gigantesca cabeza y la desplazaba a través del claro para dirigir su mirada hacia Saphira, que no realizó ningún intento de reconocer su presencia.

Glaedr respiró encima de ella y unas pequeñas llamas le salieron por las fosas nasales. Una sensación de alivio recorrió a Eragon al sentir que la energía volvía a Saphira, haciendo que dejara de temblar y afirmándole los miembros.

Las llamas de las fosas nasales de Glaedr se apagaron con una nubecilla de humo.

He ido a cazar esta mañana —dijo, y su voz mental resonó en todo el cuerpo de Eragon—. *Encontrarás los restos de las presas en el árbol con la rama blanca que se encuentra en el extremo más alejado del campo. Come lo que quieras.*

Una silenciosa gratitud emanó de Saphira. Arrastrando la inerte cola por encima de la hierba, caminó hasta el árbol que Glaedr le había indicado y se acomodó para empezar a devorar el esqueleto de un ciervo.

—Ven —dijo Oromis, haciendo un gesto hacia la mesa y las sillas. Encima de la mesa había una bandeja con cuencos de fruta y frutos secos, medio queso redondo, un pan, una jarra de vino y dos copas de cristal. Mientras Eragon se sentaba, Oromis señaló la jarra y preguntó—: ¿Quieres un trago para quitarte el polvo de la garganta?

—Sí, por favor —respondió Eragon.

Con un gesto elegante, Oromis destapó la jarra y llenó las dos copas. Le dio una a Eragon y luego se acomodó en su silla, arreglándose la túnica blanca con dedos largos y delicados.

Eragon dio un sorbo de vino. Era añejo y sabía a cerezas y a ciruelas.

—Maestro, yo...

Oromis levantó un dedo y lo hizo callar.

—A no ser que sea insoportablemente urgente, yo esperaría a que Saphira se una a nosotros antes de hablar de lo que te ha traído aquí. ¿Estás de acuerdo?

Eragon dudó un momento, pero luego asintió con la cabeza y se concentró en comer, saboreando la fruta fresca. Oromis parecía satisfecho de estar sentado a su lado en silencio, de beber su vino y de contemplar el borde de los riscos de Tel'naeír. Detrás de él, Glaedr contemplaba los movimientos de ambos como si fuera una estatua de oro.

Casi pasó una hora hasta que Saphira se levantó, se acercó al arroyo y bebió agua durante diez minutos más. Cuando volvió todavía le caían gotas de agua del morro; con un suspiro, se tumbó al lado de Eragon con los párpados medio cerrados. Bostezó, los dientes brillaron a la luz un momento y entonces intercambió saludos con Oromis y Glaedr.

Hablad todo lo que queráis —dijo—. *Pero no esperéis que yo diga mucho. Puedo dormirme en cualquier momento.*

Si lo haces, esperaremos a que despiertes para continuar —dijo Glaedr.

Eso es muy... amable —contestó Saphira, y los párpados le cayeron todavía más.

—¿Más vino? —preguntó Oromis, levantando un poco la jarra de la mesa.

Eragon negó con la cabeza y Oromis dejó la jarra. Luego juntó las puntas de los dedos de ambas manos; las redondas y cuidadas uñas eran como ópalos pulidos.

—No necesitas contarme lo que te ha sucedido durante estas últimas semanas, Eragon —dijo—. Desde que Islanzadí abandonó el bosque, Arya me ha mantenido informado de las noticias; además, cada tres días, Islanzadí envía mensajeros desde nuestro ejército a Du Weldenvarden. Así he sabido de tu duelo con Murtagh y Espina en los Llanos Ardientes. Conozco tu viaje a Helgrind y sé que castigaste al carnicero de tu pueblo. Y sé que asististe a la asamblea de los enanos en Farthen Dûr y conozco cuál fue el resultado. Así que, sea lo que sea lo que desees decir, puedes hacerlo sin tener que instruirme sobre tus últimas acciones.

Eragon jugueteó con un arándano maduro que tenía en la palma de la mano.

—¿Sabes lo de Elva y lo que sucedió cuando intenté liberarla de mi hechizo?

—Sí, incluso eso. Quizá no hayas conseguido quitarle todo el hechizo, pero pagaste tu deuda con la niña, y eso es lo que se supone que tiene que hacer un Jinete de Dragón: cumplir con sus obligaciones, sin importar lo pequeñas o difíciles que sean.

—Todavía siente el dolor de los que la rodean.

—Pero ahora es por elección propia —dijo Oromis—. Ahora ya no es tu magia lo que le obliga… No has venido a pedir mi opinión acerca de Elva. ¿Qué es lo que aflige tu corazón, Eragon? Pregunta todo lo que desees, y prometo que te responderé a todo ello lo mejor que sepa.

—¿Qué pasa —preguntó Eragon— si no sé cual es la pregunta correcta?

Los ojos grises de Oromis brillaron.

—Ah, empiezas a pensar como un elfo. Debes confiar en nosotros como mentores tuyos para que te enseñemos, a ti y a Saphira, aquellas cosas que ignoras. Y también debes confiar en nosotros para que decidamos el momento adecuado de sacar esos temas, porque hay muchos elementos de tu entrenamiento que no deben ser expuestos antes de tiempo.

Eragon depositó el arándano en el centro exacto de la bandeja; luego, con voz baja pero firme, dijo:

—Parece que hay muchas cosas de las que no has hablado.

Por un momento, los únicos sonidos que se oyeron fueron el rumor de las ramas, el gorgojeo del arroyo y la cháchara de unas ardillas en la distancia.

Si tienes algo en contra de nosotros, Eragon —dijo Glaedr—, dilo en voz alta y no roas tu rabia como si fuera un viejo hueso seco.

Saphira cambió de posición y a Eragon le pareció oír que emitía un gruñido. La miró, y entonces, luchando para controlar las emociones que lo embargaban, preguntó:

—La última vez que estuve aquí, ¿sabías quién era mi padre?

Oromis asintió con un único gesto de cabeza.

—¿Y sabías que Murtagh era mi hermano?

Oromis volvió a asentir con la cabeza.

—Lo sabíamos, pero…

—Entonces, ¿por qué no me lo dijisteis? —exclamó Eragon, que se puso en pie y tumbó la silla al hacerlo. Se dio un golpe en la cadera con el puño, se alejó unos pasos y clavó la vista en las sombras del enmarañado bosque.

Luego se dio la vuelta y, al ver que Oromis permanecía igual de tranquilo que antes, su rabia cobró fuerza.

—¿Ibas a decírmelo en algún momento? ¿Mantuviste en secreto la verdad sobre mi familia porque tenías miedo de que eso me distrajera de mi aprendizaje? ¿O es que tenías miedo de que yo me convirtiera, como mi padre? —Entonces se le ocurrió una idea todavía peor—: ¿O quizá ni siquiera te pareció importante mencionarlo? ¿Y qué me dices de Brom? ¿Lo sabía él? ¿Eligió esconderse en Carvahall por mí, porque yo era el hijo de su enemigo? No puedes esperar que crea que era una coincidencia que él y yo viviéramos sólo a unos kilómetros de distancia y que Arya mandara «por casualidad» el huevo de Saphira a las Vertebradas.

—Lo que Arya hizo fue un accidente —declaró Oromis—. Ella no sabía nada de ti entonces.

Eragon cogió la empuñadura de su espada de enano y sintió todos los músculos del cuerpo duros como el acero.

—Cuando Brom vio a Saphira por primera vez, recuerdo que dijo algo para sí mismo sobre que no estaba seguro de si «eso» era una farsa o una tragedia. En ese momento pensé que se refería al hecho de que un granjero común como yo se hubiera convertido en el primer nuevo Jinete en cien años. Pero no se refería a eso, ¿verdad? ¡Se preguntaba si era una farsa o una tragedia el hecho de que el hijo pequeño de Morzan fuera quien recogiera el manto de los Jinetes!

»¿Por esto Brom y tú me instruisteis, para no ser más que un arma contra Galbatorix y, así, compensar la vileza de mi padre? ¿Es eso lo único que soy para ti, una forma de equilibrar la balanza? —Antes de que Oromis respondiera, continuó—: ¡Toda mi vida ha sido una mentira! Desde el momento en que nací, nadie excepto Saphira me ha querido: ni mi hermano, ni Garrow, ni tía Marian, ni siquiera Brom. Brom mostró interés por mí sólo a causa de Morzan y de Saphira. Siempre he sido una molestia. Pero pienses lo que pienses de mí, yo no soy mi padre ni mi hermano y me niego a seguir sus pasos. —Eragon apoyó las manos en el canto de la mesa y se inclinó hacia delante—. No voy a traicionar por Galbatorix ni a los elfos, ni a los enanos ni a los vardenos, si es eso lo que te preocupa. Haré lo que debo hacer, pero a partir de ahora no tienes ni mi lealtad ni mi confianza. Yo no…

En ese momento, Glaedr emitió un rugido que hizo temblar la tierra y vibrar el aire. Había levantado el labio superior y mostraba toda la longitud de sus colmillos.

Tienes más motivos que nadie para confiar en nosotros, polluelo —dijo con una voz que retumbó en la mente de Eragon—. *Si no hubiera sido por nuestro esfuerzo, hace mucho que estarías muerto.*

Entonces, para sorpresa de Eragon, Saphira le dijo a Oromis y a Glaedr:

Decídselo.

Eragon se alarmó al sentir la inquietud en ella.

¿Saphira? —preguntó, desconcertado—. *¿Decirme qué?*

Ella no le hizo caso.

Esta discusión no tiene motivo alguno. No prolonguéis la intranquilidad de Eragon por más tiempo.

Oromis arqueó una ceja.

—¿Tú lo sabes?

Lo sé.

—¿Qué es lo que sabes? —bramó Eragon a punto de desenfundar la espada y amenazarlos a todos hasta que se explicaran.

Oromis levantó uno de sus delgados dedos y señaló la silla que estaba en el suelo.

—Siéntate.

Al ver que Eragon permanecía de pie, demasiado enojado y lleno de resentimiento para obedecer, Oromis suspiró.

—Comprendo que esto es difícil para ti, Eragon, pero si insistes en hacer preguntas y en no escuchar las respuestas, la frustración será tu única recompensa. Y ahora, por favor, siéntate para que podamos hablar de forma civilizada.

Eragon lo fulminó con la mirada, pero colocó bien la silla y se sentó.

—¿Por qué? —preguntó—. ¿Por qué no me dijisteis que mi padre era Morzan, el primero de los Apóstatas?

—En primer lugar —dijo Oromis—, seremos afortunados si te pareces un poco a tu padre, lo cual, por supuesto, creo que es así. Y, tal como iba a decirte antes de que me interrumpieras, Murtagh no es tu hermano, es tu medio hermano.

Esa palabra pareció embestir a Eragon: la sensación de vértigo fue tan intensa que tuvo que sujetarse a la mesa.

—Mi medio hermano... Pero, entonces, ¿quién...?

Oromis cogió un arándano de uno de los cuencos, lo contempló un momento y luego se lo comió.

—Glaedr y yo no deseábamos mantener esto en secreto, pero no tuvimos alternativa. Ambos prometimos, con el juramento más vinculante que existe, que nunca te revelaríamos la identidad de tu padre ni la de tu medio hermano, ni hablaríamos de tu linaje, a no ser que hubieras descubierto la verdad por tu cuenta o que la identidad de tus parientes te hubiera puesto en peligro. Lo que te sucedió con Murtagh en la batalla de los Llanos Ardientes cumple sobradamente estos dos requisitos, así que ahora podemos hablar con libertad del tema.

—Oromis-elda, si Murtagh es mi medio hermano, entonces, ¿quién es mi padre? —preguntó Eragon, que apenas podía contener la emoción.

Busca en tu corazón, Eragon —intervino Glaedr—. *Tú ya sabes quién es, lo has sabido durante mucho tiempo.*

Eragon negó con la cabeza.

—¡No lo sé! ¡No lo sé! Por favor…

Glaedr soltó un bufido de sorna; una llamarada de fuego y humo salió por sus fosas nasales.

¿No es evidente? Tu padre es Brom.

Dos amantes condenados

*E*ragon miró al viejo dragón con la boca abierta.

—Pero ¿cómo? —exclamó. Antes de que Glaedr u Oromis respondieran, se dio la vuelta hacia Saphira y, tanto con la voz como con la mente, preguntó—: ¿Tú lo sabías? Tú lo sabías y, a pesar de ello, durante todo este tiempo permitiste que creyera que Morzan era mi padre, incluso aunque eso…, incluso aunque yo…

Eragon tartamudeó y se interrumpió, jadeando e incapaz de hablar con coherencia. Los recuerdos de Brom lo inundaron y borraron todos los demás pensamientos. Reconsideró el significado de cada palabra y expresión de Brom y, en ese instante, lo invadió una sensación de bienestar. Todavía deseaba obtener explicaciones, pero ya no las necesitaba para determinar la veracidad de la afirmación de Glaedr porque, en lo más profundo, Eragon sentía que éste le había dicho la verdad.

Se sobresaltó al notar que Oromis lo tocaba en el hombro.

—Eragon, tienes que calmarte —le dijo el elfo en tono tranquilizador—. Recuerda las técnicas que te enseñé para meditar. Controla la respiración y concéntrate en permitir que la tensión salga por tus piernas hacia la tierra… Sí, así. Ahora, otra vez, respira profundamente.

El pulso del chico se calmó y las manos dejaron de temblarle mientras seguía las instrucciones de Oromis. Cuando se le hubo despejado la cabeza, volvió a mirar a Saphira y, en voz baja, preguntó:

—¿Lo sabías?

Saphira levantó la cabeza del suelo.

Oh, Eragon, yo quería decírtelo. Me dolía ver cómo las palabras de Murtagh te atormentaban, pero no podía hacerlo. Intenté ayudar, lo intenté tantas veces, pero igual que Oromis y Glaedr, yo también juré en el idioma antiguo mantener en secreto la identidad de Brom y no podía romper mi promesa.

—¿Cuándo…, cuándo te lo dijo? —preguntó Eragon, tan agitado que continuaba levantando la voz.

El día después de que los úrgalos atacaran las afueras de Teirm, mientras tú todavía estabas inconsciente.

—¿Fue también entonces cuando él te dijo cómo contactar con los vardenos en Gil'ead?

Sí. Antes de escuchar lo que Brom deseaba decirme, me obligó a jurar que nunca hablaría de ello contigo a no ser que tú lo descubrieras por tu cuenta. A mi pesar, accedí.

—¿Te dijo alguna cosa más? —preguntó Eragon volviendo a sentir enojo—. ¿Algún otro secreto que yo debería saber, como que Murtagh no es mi único pariente, o quizá cómo derrotar a Galbatorix?

Durante los dos días que Brom y yo pasamos cazando a los úrgalos, Brom me contó los hechos de su vida para que, si moría, y si alguna vez tú averiguabas la relación que tenías con él, su hijo pudiera saber qué clase de hombre era y por qué había actuado como lo había hecho. Además, Brom me dio un obsequio para ti.

¿Un obsequio?

Un recuerdo de un momento en que te habló como padre y no como Brom, el cuentacuentos.

—Pero antes de que Saphira comparta este recuerdo contigo —dijo Oromis, y Eragon se dio cuenta de que había permitido que el elfo oyera su conversación—, creo que sería mejor que supieras cómo llegó a suceder todo esto. ¿Me escucharás, Eragon?

Él dudó un momento, inseguro de qué era lo que quería. Pero luego, asintió con la cabeza.

Oromis levantó la copa de cristal, dio un sorbo de vino, volvió a dejar la copa encima de la mesa, y dijo:

—Como sabes, tanto Brom como Morzan eran mis aprendices. Brom, que era tres años más joven, tenía a Morzan en tan alta estima que permitió que Morzan lo menospreciara, le diera órdenes y que lo tratara de otras formas vergonzantes.

Eragon, con voz ronca, dijo:

—Es difícil imaginar que Brom hubiera permitido que alguien le diera órdenes.

Oromis inclinó la cabeza un poco, en un gesto como de pájaro.

—A pesar de ello, así fue. Brom amaba a Morzan como a un hermano, a pesar de su comportamiento. Solamente cuando Morzan traicionó a los Jinetes por Galbatorix y los Apóstatas mataron a Saphira, su dragona, Brom se dio cuenta de la verdadera naturaleza del carácter de Morzan. A pesar de lo intenso que había sido su afecto, fue como la llama de una vela frente al Infierno, comparado con el odio que lo reemplazó. Brom juró desbaratar los planes de Morzan siempre que pudiera y de cualquier forma que pudiera, para deshacer sus logros y reducir sus ambiciones a un amargo arrepentimiento. Yo precaví a Brom contra un camino tan lleno de odio y de violencia, pero estaba loco de pena por la muerte de Saphira y no me escuchó.

»Durante las siguientes décadas, el odio de Brom no se debilitó, ni tampoco desfalleció en sus esfuerzos por derrocar a Galbatorix, matar a los Apóstatas y, por encima de todo lo demás, devolverle a Morzan el dolor que le había causado. Brom era la persistencia personificada, su nombre era una pesadilla para los Apóstatas y una luz de esperanza para aquellos que todavía tenían ánimos de resistir al Imperio. —Oromis miró hacia la línea blanca del horizonte y dio otro trago de vino—. Estoy muy orgulloso de lo que consiguió por su cuenta y sin ayuda de su dragona. Siempre resulta alentador para un maestro ver que uno de sus alumnos destaca, aunque eso sea... Pero me estoy desviando. Resultó entonces que, hace unos veinte años, los vardenos empezaron a recibir informes de los espías que tenían en el Imperio en los cuales los informaban de las actividades de una misteriosa mujer conocida solamente como la Mano Negra.

—Mi madre —dijo Eragon.

—Tu madre y la de Murtagh —dijo Oromis—. Al principio los vardenos no sabían nada de ella, excepto que era extremadamente peligrosa y que era leal al Imperio. Con el tiempo, y después de verter mucha sangre, se hizo evidente que servía a Morzan, y solamente a él, y que éste dependía de ella para cumplir su voluntad en todo el Imperio. Al enterarse de tal situación, Brom decidió matar a la Mano Negra y, así, darle un golpe a Morzan. Dado que los vardenos no podían predecir dónde volvería a aparecer tu madre, Brom viajó hasta el castillo de Morzan y lo espió hasta que fue capaz de encontrar la manera de infiltrarse en la fortaleza.

—¿Dónde estaba el castillo de Morzan?

—«Está», no «estaba»; el castillo todavía existe. Galbatorix lo utiliza ahora. Está situado entre las faldas de las Vertebradas, cerca de la costa noroeste del lago Leona, escondido y alejado del resto de las tierras.

Eragon dijo:

—Jeod me dijo que Brom se coló en el castillo fingiendo ser uno de los sirvientes.

—Lo hizo, y no fue una tarea fácil. Morzan había rodeado la

559

fortaleza con cientos de hechizos diseñados para protegerlo de sus enemigos. También había obligado a todos los que lo servían a hacer juramento de lealtad, y a menudo con sus nombres verdaderos. De todas formas, después de experimentar mucho, Brom consiguió encontrar un fallo en los hechizos de Morgan que le permitió conseguir el puesto de jardinero en su propiedad, y así conoció a tu madre.

Eragon bajó la vista hasta las manos y dijo:

—Y entonces la sedujo para que traicionara a Morzan, supongo.

—En absoluto —contestó Oromis—. Quizás ésa fuera su primera intención, pero sucedió algo que ni él ni tu madre esperaban: se enamoraron. Cualquier afecto que tu madre hubiera podido sentir por Morzan ya se había desvanecido, agotado por su trato cruel hacia ella y hacia su hijo recién nacido, Murtagh. Yo no sé cuál fue la exacta secuencia de los sucesos, pero en algún momento Brom le reveló a tu madre su verdadera identidad. En lugar de traicionarlo, ella empezó a ofrecer información de Galbatorix, de Morzan y del resto del Imperio a los vardenos.

—Pero —dijo Eragon—, ¿Morzan no le había obligado a jurarle fidelidad en el idioma antiguo? ¿Cómo pudo volverse contra él?

Los finos labios de Oromis dibujaron una sonrisa.

—Pudo hacerlo porque Morzan le había permitido tener mayor libertad que sus otros sirvientes para que ella pudiera utilizar su propia ingenuidad e iniciativa cuando cumplía sus órdenes. En su arrogancia, Morzan creyó que su amor hacia él le aseguraría su lealtad mejor que cualquier juramento. Además, ella ya no era la misma mujer que se había unido a Morzan; convertirse en madre y conocer a Brom modificaron su carácter hasta tal extremo que su verdadero nombre cambió, lo cual la dejaba libre de sus anteriores compromisos. Si Morzan hubiera sido más cuidadoso, si, por ejemplo, hubiera lanzado un hechizo que lo avisara si ella no cumplía sus promesas, hubiera conocido el momento exacto en que perdió el control sobre tu madre. Pero ése era un defecto típico de Morzan: inventaba un ingenioso hechizo, pero éste fallaba porque, en su impaciencia, él pasaba por alto algún aspecto crucial.

Eragon frunció el ceño.

—¿Por qué no abandonó mi madre a Morzan en cuanto tuvo oportunidad de hacerlo?

—Si hubiera estado en su poder hacerlo, estoy seguro de que lo hubiera hecho. Morzan se dio cuenta de que el niño le daba un gran control sobre tu madre. Él la obligó a entregar a Murtagh a una nodriza y sólo le permitía que lo visitara de vez en cuando. Lo que Morzan no sabía es que durante esas visitas también veía a Brom.

Oromis se dio la vuelta para mirar un par de golondrinas que retozaban en el cielo azul. De perfil, sus delicados rasgos le recordaban a Eragon los de un halcón o un gato. Oromis, sin apartar la vista de las golondrinas, dijo:

—Ni siquiera tu madre podía prever dónde iba a mandarla Morzan la siguiente vez, ni cuándo podría volver al castillo. Por eso Brom tenía que pasar largos periodos de tiempo en la propiedad de Morzan si quería verla. Durante casi tres años, Brom estuvo sirviendo como uno de los jardineros de Morzan. De vez en cuando se escapaba para mandar un mensaje a los vardenos o para comunicarse con los espías que tenía por todo el Imperio, pero, aparte de eso, no abandonó el castillo.

—¡Tres años! ¿No tenía miedo de que Morzan lo viera y lo reconociera?

Oromis apartó la vista del cielo y miró a Eragon:

—Brom era muy aficionado a disfrazarse; además, hacía muchos años que él y Morzan no habían estado cara a cara.

—Ah. —Eragon dio unas vueltas a la copa entre los dedos y observó el juego de la luz reflejado en el cristal—. Entonces, ¿qué pasó?

561

—Entonces —continuó Oromis—, uno de los agentes que Brom tenía en Teirm entró en contacto con un viejo erudito llamado Jeod, que deseaba unirse a los vardenos y que afirmaba haber encontrado pruebas de un túnel secreto que conducía a la parte del castillo construida por los elfos en Urû'baen. Brom se dio cuenta de que el descubrimiento de Jeod era demasiado importante para ignorarlo, así que preparó sus bolsas de viaje, presentó sus excusas a sus compañeros y partió hacia Teirm a toda prisa.

—¿Y mi madre?

—Se había marchado un mes antes en una de las misiones de Morzan.

Esforzándose para unir en un todo coherente la información fragmentada que había recibido de personas distintas, Eragon dijo:

—Así que entonces… Brom se encontró con Jeod y, cuando estuvo convencido de que el túnel era real, acordó con uno de los vardenos intentar robar los tres huevos de dragón que Galbatorix tenía en Urû'baen.

El rostro de Oromis se ensombreció.

—Por desgracia, y por razones que nunca han estado del todo claras, el hombre que eligieron para llevar a cabo la tarea, un tal Hefring de Furnost, consiguió solamente llevarse un huevo, el de Saphira, del tesoro de Galbatorix; después huyó tanto de los vardenos como de los sirvientes de Galbatorix. A causa de su traición, Brom tuvo que pasar los siete meses siguientes persiguiendo a Hefring en un intento desesperado de recuperar a Saphira.

—¿Y durante este tiempo mi madre viajó en secreto a Carvahall, donde me dio a luz al cabo de cinco meses?

Oromis asintió con la cabeza.

—Fuiste concebido justo antes de que tu madre se marchara en su última misión. Como resultado, Brom no sabía nada de su estado mientras perseguía a Hefring y el huevo de Saphira... Cuando Brom y Morzan finalmente se enfrentaron en Gil'ead, Morzan le preguntó a Brom si él había sido el responsable de la desaparición de su Mano Negra. Es comprensible que Morzan sospechara que Brom tuviera algo que ver, dado que él había sido el responsable de la muerte de varios de los Apóstatas. Brom, por supuesto, llegó de inmediato a la conclusión de que algo terrible le había sucedido a tu madre. Más tarde me dijo que esa creencia le dio la energía y la fortaleza que necesitaba para matar a Morzan y a su dragón. Cuando estuvieron muertos, Brom cogió el huevo de Saphira que Morzan llevaba encima, porque éste había localizado a Hefring y le había quitado el huevo, y entonces Brom abandonó la ciudad, deteniéndose solamente para esconder a Saphira donde sabía que los vardenos la encontrarían finalmente.

—Entonces, por esa razón, Jeod creyó que Brom había muerto en Gil'ead —dijo Eragon.

—Atenazado por el miedo, Brom no se atrevió a esperar a sus compañeros. Aunque tu madre estuviera sana y salva, Brom tenía miedo de que Galbatorix decidiera convertir a Selena en su propia Mano Negra, y que ella nunca más tuviera oportunidad de escapar de su servicio al Imperio.

Eragon notó que se le llenaban los ojos de lágrimas: «Cuánto debió amarla Brom para abandonar a todo el mundo en cuanto supo que ella estaba en peligro».

—Desde Gil'ead, Brom cabalgó directamente hasta las propiedades de Morzan; sólo se detuvo para dormir. A pesar de toda la prisa que se dio, fue demasiado lento. Cuando llegó al castillo descubrió que tu madre había regresado la noche anterior, enferma y agotada, de su misterioso viaje. Los sanadores de Morzan intentaron salvarla, pero, a pesar de sus esfuerzos, falleció unas horas antes de que Brom llegara al castillo.

—¿Nunca la volvió a ver? —preguntó Eragon con un nudo en la garganta.

—Nunca más. —Oromis hizo una pausa y la expresión de su rostro se suavizó—. Creo que para Brom perderla fue casi tan difícil como perder a su dragona, y eso apagó gran parte del fuego de su alma. Pero no se rindió ni se volvió loco, como le había sucedido cuando los Apóstatas mataron a su dragona Saphira. En lugar de ello, decidió descubrir el motivo de la muerte de tu madre y castigar a los responsables. Interrogó a los sanadores de Morzan y los obligó a describirle la enfermedad de tu madre. Por lo que ellos dijeron, y también por los rumores que corrían entre los sirvientes de la finca, Brom adivinó el embarazo de tu madre. Poseído por esa esperanza, cabalgó hasta el único sitio en el que, sabía, podía buscar: la casa de tu madre en Carvahall. Y allí te encontró, bajo los cuidados de tus tíos.

»Pero Brom no se quedó en Carvahall. Tan pronto como se aseguró de que nadie de aquel lugar sabía que tu madre había sido la Mano Negra y tras averiguar que tú no corrías peligro inmediato, volvió en secreto a Farthen Dûr, donde se identificó a Deynor, que era el líder de los vardenos en esa época. Deynor se quedó asombrado al verlo, porque hasta ese momento, todos habían creído que Brom había fallecido en Gil'ead. Brom le convenció para que mantuviera su presencia en secreto para todo el mundo, excepto para unos cuantos elegidos, y entonces...

Eragon levantó un dedo.

—Pero ¿por qué? ¿Por qué fingir que estaba muerto?

—Brom esperaba vivir el tiempo suficiente para instruir al nuevo Jinete, y sabía que la única manera que tenía de evitar que lo asesinaran como venganza por haber matado a Morzan era que Galbatorix creyera que él estaba muerto y enterrado. Además Brom esperaba no atraer la atención hacia Carvahall. Intentó instalarse allí para estar cerca de ti, y lo hizo, pero estaba decidido a que el Imperio no conociera tu existencia.

»Mientras se encontraba en Farthen Dûr, Brom ayudó a los vardenos a negociar el acuerdo con la reina Islanzadí sobre cómo los elfos y los humanos iban a compartir la custodia del huevo y sobre cómo sería instruido el nuevo Jinete cuando el huevo se abriera, si es que lo hacía. Entonces Brom acompañó a Arya cuando ésta llevó el huevo desde Farthen Dûr hasta Ellesméra. Cuando llegó, nos contó a Glaedr y a mí lo que te acabo de contar a ti, para que la verdad sobre tu origen no se perdiera si él moría. Ésa fue la última vez que lo vi. Desde aquí, Brom volvió a Carvahall, donde se presentó a sí mismo como bardo y cuentacuentos. Lo que sucedió a continuación, tú lo sabes mejor que yo.

Oromis se quedó en silencio y, durante un rato, nadie dijo nada.

Con la vista clavada en el suelo, Eragon repasó todo lo que Oromis le había contado e intentó aclarar sus sentimientos.

—¿Y Brom fue realmente mi padre, y no Morzan? Quiero decir que, si mi madre era la consorte de Morzan, entonces... —Se interrumpió, demasiado incómodo para continuar.

—Eres el hijo de tu padre —dijo Oromis—, y tu padre es Brom. De eso no hay ninguna duda.

—¿Ninguna duda?

Oromis negó con la cabeza.

—Ninguna.

Un sentimiento vertiginoso le invadió, y se dio cuenta de que había estado aguantando la respiración. Exhaló y dijo:

—Creo que comprendo por qué... —hizo una pausa para llenarse los pulmones—, por qué Brom no dijo nada de esto antes de que yo encontrara el huevo de Saphira. Pero ¿por qué no me dijo nada después? ¿Y por qué os hizo jurar a ti y a Saphira que guardarais el secreto? ¿Es que no quería reconocerme como hijo? ¿Se avergonzaba de mí?

—No pretendo conocer los motivos de todo lo que Brom hizo, Eragon. De todas maneras, estoy seguro de que no deseaba nada tanto como nombrarte hijo suyo y criarte; sin embargo, no se atrevía a revelar que erais padre e hijo para que el Imperio no lo descubriera e intentara hacerle daño a través de ti. Su prudencia estaba justificada. Piensa en cómo Galbatorix se ha esforzado en capturar a tu primo para poder utilizar a Roran para que tú te rindas.

—Brom se lo hubiera podido contar a mi tío —protestó Eragon—. Garrow no hubiera delatado a Brom al Imperio.

—Piensa, Eragon. Si hubieras estado viviendo con Brom, y si la noticia de su supervivencia hubiera llegado a oídos de los espías de Galbatorix, los dos hubierais tenido que huir de Carvahall para siempre. Al ocultarte esa información, Brom esperaba protegerte de esos peligros.

—No tuvo éxito. Tuvimos que huir de Carvahall de todas formas.

—Sí —dijo Oromis—. Uno de sus errores, por así decirlo, aunque creo que hizo más bien que mal, fue que no podía soportar separarse del todo de ti. Si hubiera tenido la fuerza de voluntad suficiente para aguantar el deseo de regresar a Carvahall, nunca hubieras encontrado el huevo de Saphira, los Ra'zac no hubieran asesinado a tu tío y muchas cosas que no son hubieran sido, igual que muchas cosas que son, no hubieran sido. Él no podía arrancarte de su corazón.

Eragon sintió un temblor por todo el cuerpo y apretó las mandíbulas.

—¿Y cuando supo que Saphira me había nacido a mí?

Oromis dudó y su expresión tranquila mostró cierta inquietud.

—No estoy seguro, Eragon. Pudo ser que Brom todavía intentara protegerte de sus enemigos, y no te lo dijo por la misma razón por la que no te llevó con los vardenos directamente: porque eso hubiera sido más de lo que tú estabas preparado para afrontar. Quizá tenía pensado decírtelo justo antes de que te fueras con los vardenos. Pero si tuviera que adivinarlo, diría que Brom no lo dijo, no porque estuviera avergonzado de ti, sino porque se había acostumbrado a vivir con sus secretos y detestaba compartirlos. Y porque, aunque no es más que una especulación, porque no estaba seguro de cómo reaccionarías a esa revelación. Por lo que me dijiste, no conocías tanto a Brom antes de que te marcharas de Carvahall con él. Es bastante posible que tuviera miedo de que lo detestaras si te decía que él era tu padre.

—¿Detestarlo? —exclamó Eragon—. No lo hubiera detestado. Aunque... quizá no lo hubiera creído.

—¿Y hubieras confiado en él después de una revelación así?

Eragon se mordió el interior de la mejilla. «No, no lo hubiera hecho.»

Oromis continuaba:

—Brom lo hizo lo mejor que pudo en unas circunstancias increíblemente duras. Por encima de todo, era responsabilidad suya manteneros a vosotros dos vivos y enseñarte y darte consejo, Eragon, para que no utilizaras tu poder con fines egoístas, como ha hecho Galbatorix. En eso, Brom se desenvolvió excelentemente. Quizá no fue el padre que tú hubieras querido que fuera, pero te dio una herencia tan grande como la que cualquier hijo ha recibido.

—No fue más de lo que hubiera hecho por cualquiera que se hubiera convertido en Jinete.

—Eso no disminuye su valor —señaló Oromis—. Pero estás equivocado: Brom hizo por ti más de lo que hubiera hecho por cualquier otro. Sólo tienes que pensar en cómo se sacrificó para salvarte la vida al no saber la verdad.

Eragon clavó la uña del dedo índice en la mesa y resiguió la leve marca de uno de los anillos de la madera.

—¿Y de verdad fue un accidente que Arya me enviara a Saphira?

—Lo fue —confirmó Oromis—. Pero no fue una coincidencia por

565

completo. En lugar de enviar el huevo al padre, Arya lo hizo aparecer delante del hijo.

—¿Cómo es eso posible si ella no sabía nada de mí?

Los delgados hombros de Oromis subieron y bajaron.

—A pesar de los miles de años de estudio, todavía no podemos predecir ni explicar todos los efectos de la magia.

Eragon continuó resiguiendo la marca de la madera de la mesa.

«Tengo un padre —pensó—. Le vi morir, y no tenía ni idea de quién era…»

—Mis padres —dijo—, ¿se casaron alguna vez?

—Sé por qué lo preguntas, Eragon, y no sé si mi respuesta te satisfará. El matrimonio no es una costumbre de los elfos, y sus sutilezas se me escapan a menudo. Nadie unió las manos de Brom y de Selena en matrimonio, pero sé que ellos se consideraban marido y mujer. Si eres listo, no te preocuparás de que otros de tu raza te llamen bastardo, sino que estarás satisfecho de saber que eres hijo de tus padres y que ambos dieron sus vidas para que tú pudieras vivir.

Eragon estaba sorprendido de lo tranquilo que se sentía. Toda su vida había especulado sobre la identidad de su padre. Cuando Murtagh dijo que era Morzan, esa revelación lo conmocionó tan profundamente como la muerte de Garrow. Ahora, la afirmación de Glaedr de que su padre era Brom también lo había conmocionado, pero esa conmoción no parecía haber durado mucho tiempo, quizá porque, esta vez, la noticia no era preocupante. Pero, a pesar de que se sentía tranquilo, Eragon pensó que quizá tardara varios años en saber lo que sentía por sus padres. «Mi padre era un Jinete y mi madre era la consorte de Morzan y la Mano Negra.»

—¿Se lo puedo decir a Nasuada? —preguntó.

Oromis abrió las manos.

—Díselo a quien desees: el secreto es tuyo ahora y puedes hacer lo que te plazca. Dudo que estuvieras en mayor peligro aunque el mundo entero supiera que eres el heredero de Brom.

—Murtagh —dijo Eragon—. Él cree que somos hermanos. Me lo dijo en el idioma antiguo.

—Estoy seguro de que Galbatorix también lo cree. Fueron los Gemelos quienes se imaginaron que la madre de Murtagh y la tuya eran la misma persona, y eso le comunicaron al rey. Pero no pudieron informarle de la relación con Brom, porque no había nadie entre los vardenos que lo supiera.

Eragon levantó la vista hacia dos golondrinas que bajaron en picado cerca de ellos y se permitió sonreír un poco.

—¿Por qué sonríes? —le preguntó Oromis.

—No estoy seguro de que lo entiendas.

El elfo juntó las manos sobre el regazo.

—Quizá no; es verdad. Pero no puedes saberlo a no ser que intentes explicarlo.

Eragon tardó un poco en encontrar las palabras que necesitaba.

—Cuando yo era más joven, antes de… todo esto —hizo un gesto hacia Saphira, Oromis, Glaedr y hacia el mundo en general— acostumbraba a divertirme imaginando que, a causa de su gran inteligencia y belleza, mi madre había sido admitida en la corte de nobles de Galbatorix. Me imaginaba que ella había viajado de ciudad en ciudad y que cenaba con condes y damas en salones y todo eso…, bueno, que ella se había enamorado desesperadamente de un hombre poderoso, pero que, por algún motivo, se había visto obligada a ocultarle mi existencia, así que me llevó con Garrow y Marian para que me cuidaran hasta el día en que ella volviera y me dijera quién era yo y que nunca me había querido abandonar.

—Eso no es muy distinto de lo que sucedió —dijo Oromis.

—No, no lo es, pero… me imaginaba que mis padres eran gente importante y que yo también lo era. El destino me ha dado lo que quería, pero la verdad es que no es tan grandioso ni feliz como pensé… Sonreía por mi propia ignorancia, supongo, y también por lo increíble que es todo lo que me ha sucedido.

Una ligera brisa se levantó en el pequeño claro. La hierba que tenían a sus pies ondeó y las ramas del bosque susurraron a su alrededor.

Eragon observó los rizos de la hierba un momento.

—¿Era una buena persona mi madre?

—No lo puedo decir, Eragon. Los sucesos de su vida fueron complicados. Sería estúpido y arrogante por mi parte pretender juzgar a alguien de quien sé tan poco.

—Pero ¡necesito saberlo! —Eragon juntó las manos y se apretó los dedos entre los callos de los nudillos—. Cuando le pregunté a Brom si él la había conocido, él me dijo que era orgullosa y digna, y que siempre ayudaba a los pobres y a los que eran menos afortunados que ella. ¿Cómo pudo? ¿Cómo pudo ser esa persona y ser también la Mano Negra? Jeod me contó historias de algunas de las cosas, cosas horribles, terribles, que ella hizo mientras estaba al servicio de Morzan. ¿Era mala, entonces? ¿No le importaba si Galbatorix gobernaba o no? ¿Por qué se fue con Morzan?

Oromis hizo una pausa.

—El amor puede ser una maldición terrible, Eragon. Puede hacer que uno pase por alto incluso los mayores defectos del comportamiento de una persona. Dudo que tu madre fuera completamente consciente de la verdadera naturaleza de Morzan cuando se fue de Carvahall con él, y cuando lo fue, él no permitió que ella lo desobedeciera. Ella se convirtió en su esclava en todo excepto por su nombre, y fue sólo cambiando su misma identidad que ella fue capaz de escapar de su control.

—Pero Jeod dijo que a ella le gustaba lo que hacía como Mano Negra.

La expresión de Oromis adquirió un acento de desdén.

—A menudo, las atrocidades del pasado se exageran y se distorsionan. Eso debes recordarlo. Nadie excepto tu madre sabe exactamente lo que hizo, y el porqué, y cómo se sentía al respecto, y ella no está entre los vivos para dar explicaciones.

—¿A quién debo creer, entonces? —preguntó Eragon en tono de ruego—. ¿A Brom o a Jeod?

—Cuando le preguntaste a Brom sobre tu madre, él te contó lo que para él eran sus cualidades más importantes. Mi consejo sería que confíes en lo que él sabía de ella. Si eso no aplaca tus dudas, recuerda que sean cuales sean los crímenes que ella pudo haber cometido mientras actuaba como la Mano de Morzan, al final tu madre se puso de parte de los vardenos y llegó a extremos extraordinarios para protegerte. Sabiendo esto no deberías atormentarte sobre la naturaleza de su carácter.

Impulsada por la brisa, una araña que colgaba de un sedoso hilo pasó flotando por delante de Eragon, subiendo y bajando impulsada por los invisibles remolinos de aire. Cuando la araña desapareció de su vista, Eragon dijo:

—La primera vez que visitamos Tronjheim, Angela, la adivina, me dijo que el destino de Brom era fracasar en todo lo que intentara, excepto en matar a Morzan.

Oromis inclinó la cabeza.

—Algunos pueden pensar eso. Otros pueden llegar a la conclusión de que Brom consiguió cosas importantes y difíciles. Depende de cómo uno elija ver el mundo. Las palabras de los adivinos pocas veces son fáciles de descifrar. Mi experiencia me dice que sus predicciones nunca conducen a tener paz interior. Si deseas ser feliz, Eragon, no pienses en lo que ha de venir ni en aquello sobre lo cual no tienes ningún control, sino en el ahora y en aquello que sí puedes cambiar.

Entonces a Eragon se le ocurrió una cosa:

—Blagden —dijo, refiriéndose al cuervo blanco que era el compañero de la reina Islanzadí—. Él también sabe cosas de Brom, ¿verdad?

Oromis arqueó una ceja.

—¿Ah, sí? Nunca hablé de eso con él. Es una criatura voluble y nada fiable.

—El día en que Saphira y yo partimos hacia los Llanos Ardientes, él me recitó una adivinanza… No recuerdo cada una de las frases, pero era algo acerca de dos que son uno, mientras que uno puede ser dos. Creo que podía estar pensando en que Murtagh y yo sólo compartimos a uno de los padres.

—No es imposible —dijo Oromis—. Blagden estaba aquí, en Ellesméra, cuando Brom me habló de ti. No me sorprendería que ese ladrón de pico afilado hubiera estado posado en una rama cercana durante nuestra conversación. Escuchar es un triste hábito que tiene. También podría ser que esa adivinanza fuera resultado de uno de sus esporádicos ataques de intuición.

Al cabo de un momento, Glaedr cambió de posición y Oromis se dio la vuelta para mirar al dorado dragón. El elfo se levantó de la silla con un movimiento ágil y dijo:

—Fruta, nueces y pan son una buena comida, pero después de tu viaje, deberías tomar algo con más sustancia y que te llene el estómago. En mi casa, tengo una sopa que hay que ir a vigilar, pero, por favor, no te molestes. Te la traeré cuando esté lista.

Con pasos suaves sobre la hierba, Oromis se dirigió a su casa cubierta de corteza y desapareció dentro. Cuando la puerta de madera tallada se cerró, Glaedr emitió un suspiro y cerró los ojos, como si se quedara dormido.

Y salvo por el rumor de las ramas mecidas por el viento, todo quedó en silencio.

569

Herencia

*E*ragon permaneció sentado ante la mesa redonda durante varios minutos; luego se levantó y caminó hasta el borde de los riscos de Tel'naeír, desde donde observó el bosque que se extendía a unos noventa metros por debajo de él. Empujó una piedrecita con la punta de la bota y la observó caer y rebotar por el precipicio de piedra hasta que se perdió en las profundidades de la espesura.

El chasquido de una rama delató que Saphira se acercaba por detrás. La dragona se tumbó a su lado y sus escamas pintaron cientos de puntos parpadeantes de una luz azulada sobre Eragon. Miró en la misma dirección que él.

¿Estás enfadado conmigo? —preguntó.

No, por supuesto que no. Comprendo que no podías romper el juramento hecho en el idioma antiguo... Es sólo que hubiera deseado que Brom me hubiera contado todo esto él mismo; que no le hubiera parecido necesario ocultarme la verdad.

Saphira giró la cabeza hacia él.

¿Y cómo te sientes, Eragon?

Lo sabes tan bien como yo.

Hace unos minutos lo sabía, pero ahora no. Te has quedado quieto, y mirar tu mente es como mirar un lago tan profundo que no se ve el fondo. ¿Qué tienes dentro, pequeño? ¿Es rabia? ¿Es felicidad? ¿O es que no tienes ninguna emoción que dar?

Lo que hay en mí es aceptación —dijo él, y giró la cabeza hacia ella—. *No puedo cambiar quiénes fueron mis padres; lo supe después de los Llanos Ardientes. Lo que es, es, y por mucho que haga rechinar los dientes eso no cambiará. Estoy... contento, creo, de considerar a Brom mi padre. Pero no estoy seguro... Son demasiadas cosas a la vez.*

Quizá lo que tengo que darte te ayude. ¿Te gustaría ver el recuerdo que Brom te dejó o prefieres esperar?

No, no quiero esperar —dijo él—. *Si lo retrasamos, quizá nunca tengamos oportunidad de hacerlo.*

Entonces cierra los ojos y deja que te muestre lo que una vez fue.

Eragon cerró los ojos, y desde Saphira fluyó una corriente de sensaciones: visiones, sonidos, olores, y mucho más, todo lo que ella experimentó en el momento en que sucedió lo que ahora recordaba.

Ante él, Eragon contempló un claro en el bosque, en algún punto entre las faldas de las colinas que se agolpaban contra el costado oeste de las Vertebradas. La hierba era abundante y gruesa, y de los árboles, altos, mustios y cubiertos de musgo, colgaban unas cortinas de líquenes amarillentos. Debido a las lluvias que barrían la zona desde el océano, los bosques eran mucho más verdes y húmedos que los del valle de Palancar. Vistos a través de los ojos de Saphira, los verdes y los rojos eran más tenues que como los veía Eragon, pero todos los tonos de azul brillaban con una intensidad excepcional. El olor a tierra húmeda y a madera podrida llenaba el aire.

En el centro del claro había un árbol caído, y encima de él se encontraba sentado Brom.

La capucha del anciano estaba echada hacia atrás y dejaba al descubierto la calva de la cabeza. Tenía la espada en el regazo. Su bastón torcido y tallado con runas estaba apoyado contra el tronco. *Aren*, el anillo, brillaba en su mano derecha.

Durante un buen rato, Brom no se movió. Luego miró al cielo con los ojos entrecerrados y su curvada nariz proyectó una larga sombra sobre su rostro. Eragon oyó su voz ronca y se sintió perdido en el tiempo.

—El sol siempre recorre su camino de horizonte a horizonte, y la luna siempre lo sigue, y los días siempre pasan sin tener en cuenta las vidas que dejan atrás, una a una. —Brom bajó los ojos, miró directamente a Saphira y, a través de ella, a Eragon—. Por mucho que lo intente, ningún ser vivo escapa a la muerte para siempre, ni siquiera los elfos ni los espíritus. Para todos existe un final. Si me estás mirando, Eragon, entonces es que mi final ha llegado y estoy muerto; si me estás mirando, es que sabes que soy tu padre.

Brom se sacó la pipa del bolsillo de piel que llevaba en un costado y la rellenó con semillas de cardo. Luego la encendió: «Brisingr». Dio unas cuantas chupadas y continuó hablando:

—Si estás viendo esto, Eragon, espero que estés a salvo y feliz, y que Galbatorix esté muerto. De todas formas, me doy cuenta de que eso es poco probable, aunque sólo sea porque eres un Jinete de Dragón, y un Jinete de Dragón nunca descansa mientras existen injusticias.

A Brom se le escapó una carcajada y meneó la cabeza. La barba le onduló como si fuera de agua.

—Ah, no tengo tiempo de decir ni siquiera la mitad de las cosas que me gustaría decir: tendría el doble de la edad que tengo ahora y no habría terminado de hacerlo. Para ser breve, doy por sentado que Saphira ya te ha contado cómo nos conocimos tu madre y yo, cómo murió Selena y por qué fui a Carvahall. Me gustaría que tú y yo pudiéramos tener esta charla cara a cara, Eragon, y quizá todavía podamos hacerlo y Saphira no tenga que compartir este recuerdo contigo, pero lo dudo. Las tristezas de todos mis años me pesan, Eragon, y siento un frío que me atenaza las extremidades de una forma que nunca había sentido. Creo que es porque sé que ha llegado tu momento. Todavía hay muchas cosas que espero conseguir, pero ninguna de ellas es para mí: son sólo para ti, y tú ensombrecerás todo lo que yo he hecho. De eso, estoy seguro. Antes de que mi tumba se cierre sobre mí, quería poder, aunque sólo fuera esta vez, llamarte hijo… Hijo mío… Durante toda tu vida, Eragon, he deseado revelarte quién era. Para mí ha sido una felicidad incomparable como ninguna otra verte crecer, pero también una tortura sin igual a causa del secreto que mi corazón encerraba.

Entonces Brom rio con una carcajada sonora y ronca.

—Bueno, no tuve exactamente éxito en mantenerte a salvo del Imperio, ¿verdad? Si todavía te preguntas quién fue el responsable de la muerte de Garrow, no tienes que buscar más, porque aquí está, sentado. Fue mi estupidez. Nunca hubiera debido volver a Carvahall. Y ahora mira: Garrow está muerto y tú eres un Jinete de Dragón. Te lo advierto, Eragon, vigila de quién te enamoras, porque parece que el destino tiene un interés mórbido en nuestra familia.

Brom se colocó la pipa entre los labios, le dio varias caladas y sacó el humo, blanco como la tiza, hacia un lado. El olor acre era fuerte para el olfato de Saphira. Brom dijo:

—Me arrepiento de ciertas cosas, pero no de haberte tenido a ti. Es posible que a veces te comportes como un atolondrado, como cuando dejaste escapar a esos malditos úrgalos, pero no eres más estúpido de lo que yo lo era a tu edad. —Asintió con la cabeza—. Eres menos estúpido, de hecho. Estoy orgulloso de que seas mi hijo, Eragon, más orgulloso de lo que nunca sabrás. Nunca pensé que te convertirías en Jinete de Dragón como yo, ni deseaba ese futuro para ti, pero verte con Saphira…, ah, me hace sentir como un gallo cantando al sol.

Brom fumó de la pipa otra vez.

—Sé que debes de estar enojado conmigo por haberte ocultado todo esto. No puedo decir que a mí me hubiera gustado conocer el nombre de mi padre de esta manera. Pero tanto si te gusta como si no, somos familia, tú y yo. Dado que no pude dedicarte los cuidados que te debía como padre, te daré la única cosa que puedo darte en lugar de eso, y se trata de un consejo. Ódiame si lo deseas, Eragon, pero ten en cuenta lo que te voy a decir, porque sé de lo que hablo.

Con la mano que le quedaba libre, Brom agarró la empuñadura de la espada y se le marcaron todas las venas. Se ajustó la pipa en la boca.

—Bien. Mi consejo tiene dos vertientes. Hagas lo que hagas, protege a aquellos a quienes quieres. Sin ellos la vida es más triste de lo que imaginas. Sé que es una afirmación evidente, pero no por ello es menos cierta. Bueno, ésa es la primera parte de mi consejo. En cuanto al resto… Si has tenido la suerte de matar a Galbatorix, o si alguien ha tenido éxito en cortarle el cuello a ese traidor, entonces, felicidades. Si no, debes darte cuenta de que Galbatorix es tu mayor y más peligroso enemigo. Hasta que esté muerto, ni tú ni Saphira encontraréis la paz. Podéis huir a los confines más lejanos de la Tierra, pero a no ser que te unas al Imperio, un día tendrás que enfrentarte a Galbatorix. Lo siento, Eragon, pero la verdad es ésa. He luchado contra muchos magos, y contra varios de los Apóstatas, y hasta el momento siempre he vencido a mis contrincantes. —La frente de Brom se surcó de arrugas—. Bueno, a todos excepto a uno, y eso fue porque yo todavía no había madurado del todo. De cualquier manera, siempre he salido victorioso por un motivo: utilizo el cerebro, a diferencia de la mayoría. No soy un hechicero poderoso, ni tú tampoco, comparado con Galbatorix, pero cuando se trata de luchar en duelo contra un mago, la «inteligencia» es más importante que la fuerza. La manera de derrotar a otro mago no es golpear ciegamente contra su mente. ¡No! Para asegurar la victoria, tienes que adivinar cómo tu enemigo interpreta la información y cómo reacciona ante el mundo. Entonces conocerás sus debilidades, y ahí es donde golpearás. El truco no es inventarse un hechizo que nadie haya inventado antes; el truco consiste en encontrar un hechizo que a tu enemigo se le haya pasado por alto y utilizarlo contra él. El truco no es abrirse paso rompiendo las barreras de la mente de alguien, sino que consiste en colarse por debajo o por entre ellas. Nadie es omnisciente, Eragon. Recuérdalo. Galbatorix puede tener un poder inmenso, pero no es capaz de anticiparse a todas las posibilidades. Hagas lo que hagas, debes ser ágil con tu pensamiento. No te apegues tanto a una creencia que no puedas ver otra posibilidad más allá de ella. Galbatorix está loco y por eso es impre-

573

decible, pero también tiene grietas en su razonamiento que no tendría una persona normal. Si puedes encontrarlas, Eragon, entonces quizá tú y Saphira podáis derrotarle.

Brom se apartó la pipa de los labios con expresión de gravedad.

—Espero que lo hagas. Mi mayor deseo, Eragon, es que tú y Saphira tengáis una vida larga y provechosa, libre del miedo a Galbatorix y al Imperio. Desearía poder protegerte de todos los peligros que te amenazan, pero, ay, eso no está a mi alcance. Lo único que puedo hacer es darte mi consejo y enseñarte lo que pueda, ahora que todavía estoy aquí... Hijo mío, pase lo que pase, recuerda que te quiero, y que tu madre también te quería. Que las estrellas te cuiden, Eragon Bromsson.

Mientras esas últimas palabras resonaban en la mente de Eragon, el recuerdo se desvaneció y dejó una oscuridad vacía en su lugar. El chico abrió los ojos y se sintió avergonzado al notar que tenía las mejillas cubiertas por las lágrimas. Emitió una risa ahogada y se secó los ojos con el borde de la túnica.

Brom temía realmente que lo odiara —dijo.

¿Estás bien? —preguntó Saphira.

Sí —respondió Eragon levantando la cabeza—. *Creo que sí. No me gustan algunas de las cosas que Brom hizo, pero estoy orgulloso de llamarlo padre y de llevar su nombre. Era un gran hombre... Pero me disgusta no haber tenido nunca la oportunidad de hablar con ninguno de mis padres sabiendo que lo eran.*

Por lo menos, pudiste pasar tiempo con Brom. Yo no soy tan afortunada: tanto mi señor como mi madre murieron mucho antes de que yo saliera del huevo. Lo más cerca que estoy de conocerlos es a través de unos cuantos recuerdos vagos de Glaedr.

Eragon le puso una mano en el cuello. Allí, de pie en los riscos de Tel'naeír, mirando hacia el bosque de los elfos, se consolaron mutuamente lo mejor que pudieron.

Poco rato después, Oromis salió de su casa con dos cuencos de sopa. Eragon y Saphira se alejaron del precipicio y volvieron despacio a la pequeña mesa que estaba ante la enorme masa de Glaedr.

Almas de piedra

*C*uando Eragon apartó el cuenco vacío, Oromis dijo:

—¿Te gustaría ver un fairth de tu madre, Eragon?

Eragon se quedó inmóvil un momento, asombrado.

—Sí, por favor.

De entre los pliegues de la túnica blanca, Oromis sacó una fina placa de pizarra y se la dio a Eragon, que sintió la piedra fría y lisa entre los dedos. En el otro lado de la placa sabía que encontraría un retrato perfecto de su madre, realizado gracias a un hechizo con pigmentos que un elfo había depositado en la placa muchos años antes. Sintió un cosquilleo de intranquilidad. Siempre había deseado ver a su madre, pero ahora que tenía la oportunidad de hacerlo, tenía miedo de que el resultado lo decepcionara.

Con un esfuerzo, dio la vuelta a la placa de piedra y contempló una imagen —tan clara como una visión a través de una ventana— de un jardín de rosas rojas y blancas encendidas por los pálidos rayos del atardecer. Un camino de grava serpenteaba entre los lechos de rosas, en medio del cual había una mujer arrodillada que tenía una rosa entre las manos y la olía con los ojos cerrados y una media sonrisa en los labios. Eragon pensó que era muy guapa. Tenía una expresión suave y tierna, pero llevaba ropas hechas con trozos de piel acolchada, unos brazales ennegrecidos en los antebrazos, espinilleras en las piernas y una espada y una daga que colgaban de su cintura. En su rostro, Eragon detectó cierta semblanza con sus propias facciones, igual que cierto parecido con Garrow, su hermano.

La imagen le fascinó. Puso la mano sobre la superficie del fairth, deseando poder introducir la mano y tocarla en el brazo.

«Madre.»

Oromis dijo:

—Brom me dio el fairth para que lo guardara antes de irse a Carvahall, y ahora te lo doy a ti.

—¿Me lo guardarías también? —preguntó sin levantar la vista—. Se podría romper durante nuestro viaje o en alguna pelea.

El silencio de Oromis llamó la atención de Eragon. Apartó los ojos de su madre y vio que Oromis parecía triste y preocupado.

—No, Eragon. No puedo. Tendrás que buscar otra solución para proteger el fairth.

Quiso preguntar por qué se negaba, pero el dolor que vio en sus ojos se lo impidió.

—Tienes un tiempo limitado para estar aquí —intervino Oromis—, y todavía tenemos que hablar de muchos temas. ¿Debo adivinar qué cosas quieres preguntarme, o me lo dirás tú?

A su pesar, dejó el fairth en la mesa y le dio la vuelta para ocultar la imagen.

—Las dos veces que hemos luchado contra Murtagh y contra Espina, Murtagh ha sido más poderoso de lo que un humano puede ser. En los Llanos Ardientes nos derrotó a Saphira y a mí porque no nos dimos cuenta de lo fuerte que era. Si no hubiera cambiado de opinión, ahora mismo estaríamos prisioneros en Urû'baen. Una vez mencionaste que sabías por qué Galbatorix se había vuelto tan poderoso. ¿Nos lo dirás ahora, Maestro? Por nuestra propia seguridad, necesitamos saberlo.

—No es cosa mía decírtelo —respondió Oromis.

—Entonces, ¿de quién es? —preguntó Eragon—. No podemos…

Detrás de Oromis, Glaedr abrió uno de sus ojos como de lava líquida, grande como un escudo:

Es cosa mía… —advirtió—. *La fuente de poder de Galbatorix reside en el corazón de los dragones. Él roba la fuerza de nosotros. Sin nuestra ayuda, Galbatorix hubiera caído ante los elfos y los vardenos hace mucho tiempo.*

Eragon frunció el ceño:

—No lo comprendo. ¿Por qué ayudáis a Galbatorix? ¿Cómo podéis hacerlo? Solamente hay cuatro dragones y un huevo en Alagaësia…, ¿no es así?

Muchos de los dragones cuyos cuerpos Galbatorix y los Apóstatas mataron todavía viven.

—¿Todavía viven? —Perplejo, Eragon miró a Oromis, pero el elfo permaneció callado; su rostro, inescrutable. Y lo que era incluso más desconcertante: Saphira no parecía compartir la confusión de Eragon.

El dragón dorado apoyó la cabeza de lado sobre los pies para mirar mejor a Eragon.

A diferencia de la mayoría de las criaturas —dijo—, *la con-*

576

ciencia de un dragón no reside solamente dentro del cráneo. En el pecho tenemos un objeto duro, parecido a una joya, similar en su composición a las escamas, que se llama eldunarí, que significa «el corazón de corazones». Cuando un dragón sale del huevo, su eldunarí es claro y sin lustre. Normalmente permanece así durante toda su vida y se disuelve junto con el cuerpo del dragón cuando éste muere. Pero, si lo deseamos, podemos transferir nuestra conciencia al eldunarí. Entonces, éste adquiere el mismo color que nuestras escamas y empieza a brillar como un ascua. Si un dragón ha hecho esto, su eldunarí sobrevivirá a la decadencia de su cuerpo, y su esencia puede vivir de forma indefinida. Además, un dragón puede vomitar su eldunarí mientras vive. De esta manera, el cuerpo y la conciencia de un dragón pueden existir de forma separada y estar, al mismo tiempo, unidos, lo cual puede resultar muy útil en algunas circunstancias. Pero hacerlo nos expone a un gran peligro, porque quien tenga nuestro eldunarí tiene nuestra alma en sus manos. Con él, puede obligarnos a hacer lo que desee, por vil que sea.

Las implicaciones de lo que Glaedr acababa de decir asombraron a Eragon. Miró a Saphira y preguntó:

¿Tú ya sabías esto?

Saphira hizo un gesto sinuoso con la cabeza y todas las escamas de su cuello ondularon.

Siempre he tenido conciencia de mi corazón de corazones. Siempre lo he sentido dentro de mí, pero nunca pensé en mencionártelo.

¿Cómo es posible que no lo hayas hecho, cuando es tan importante?

¿A ti te parece necesario mencionar que tienes un estómago, Eragon? ¿O un corazón, o un hígado, o cualquier otro órgano? Mi eldunarí es una parte integral de quién soy. Nunca pensé que su existencia tuviera que ser mencionada... Por lo menos no hasta la última vez que vinimos a Ellesméra.

¡Así que lo sabías!

Sólo un poco. Glaedr insinuó que mi corazón de corazones era más importante de lo que yo creía en un principio, y me advirtió de que lo protegiera para no caer inadvertidamente en manos de nuestros enemigos. No me explicó más que eso, pero desde entonces, deduje muchas de las cosas que ha dicho.

¿Y a pesar de ello no te pareció importante mencionarlo? —preguntó Eragon.

Quería hacerlo —gruñó ella—, *pero, igual que con Brom, le di mi palabra a Glaedr de que no hablaría de ello con nadie, ni siquiera contigo.*

¿Accediste a hacerlo?

Confío en Glaedr y confío en Oromis. ¿Tú no?

Eragon frunció el ceño y volvió a dirigirse al elfo y al dragón dorado.

—¿Por qué no me hablasteis de esto antes?

Oromis destapó la jarra, volvió a llenar su copa de vino y dijo:

—Para proteger a Saphira.

—¿Protegerla? ¿De qué?

De ti —contestó Glaedr.

Eragon se sintió sorprendido e indignado, y no consiguió recuperar la compostura lo suficiente para protestar antes de que Glaedr continuara:

En estado salvaje, un dragón conoce su eldunarí a través de uno de sus mayores cuando tiene edad suficiente para comprender el uso que tiene. De esa manera, un dragón no se transferirá a su corazón de corazones sin conocer las consecuencias de ese acto. Entre los Jinetes nació otra costumbre. Los primeros años de relación entre un dragón y un Jinete son cruciales para establecer una relación sana entre ellos, y los Jinetes descubrieron que es mejor esperar a que ellos y los dragones que se habían unido recientemente se hubieran familiarizado bien el uno con el otro antes de informarlos del eldunarí. De otra forma, en la locura e insensatez de la juventud, un dragón puede decidir vomitar su corazón de corazones simplemente para impresionar a su Jinete. Cuando damos nuestro eldunarí, estamos dando la materialización física de nuestro ser completo. Y no podemos devolverlo a su lugar originario, dentro de nuestro cuerpo, cuando lo hemos hecho. Un dragón no debe tomarse a la ligera el separarse de su conciencia, porque eso puede modificar cómo vivirá el resto de su vida, aunque ésta perdure durante mil años.

—¿Tú todavía tienes tu corazón de corazones dentro de ti? —preguntó Eragon.

La hierba de debajo de la mesa ondeó bajo la ráfaga de aire caliente que Glaedr exhaló.

No es apropiado que le hagas esa pregunta a ningún dragón excepto a Saphira. No intentes hacérmela de nuevo, polluelo.

Aunque la amonestación de Glaedr hizo que a Eragon le escocieran las mejillas, todavía pudo encontrar la manera de responder como era debido, con serenidad y con las siguientes palabras:

—No, Maestro. —Luego, preguntó—: ¿Qué..., qué sucede si vuestro eldunarí se rompe?

Si un dragón ha transferido su conciencia a su corazón de corazones, entonces morirá de verdad. —Glaedr parpadeó y se oyó el chasquido de ese gesto. Sus párpados interiores y exteriores pasaron un momento por encima de la esfera de su iris estriado—. *Antes de que estableciéramos nuestro pacto con los elfos, teníamos nuestros corazones en Du Fells Nángoröth, las montañas que se encuentran en el centro del desierto de Hadarac. Luego, después de que los Jinetes se hubieran establecido en la isla de Vroengard y en ella construyeran un lugar donde depositar los eldunarí, los dragones salvajes y los dragones apareados confiaron sus corazones a los Jinetes para que los guardaran.*

—Así que entonces —dijo Eragon—, ¿Galbatorix capturó los eldunarí?

Al contrario de lo que Eragon esperaba, fue Oromis quien respondió:

—Lo hizo, pero no todos a la vez. Hacía tanto tiempo que nadie amenazaba a los Jinetes que muchos de los integrantes de nuestra orden se habían vuelto descuidados en la protección de los eldunarí. Cuando Galbatorix se volvió contra nosotros, no era poco frecuente que el dragón de un Jinete vomitara su eldunarí solamente por una cuestión de conveniencia.

—¿Conveniencia?

Cualquiera que tenga en su posesión uno de nuestros corazones —dijo Glaedr— *se puede comunicar con el dragón del cual procede el corazón sin que la distancia sea un obstáculo. Puede ser que un Jinete y un dragón estén separados por Alagaësia entera, pero si el Jinete tiene el eldunarí de su dragón, pueden compartir los pensamientos con tanta facilidad como Saphira y tú lo hacéis ahora.*

—Además —dijo Oromis—, un mago que posee un eldunarí puede utilizar la fuerza de un dragón para lanzar sus hechizos, sin preocuparse de dónde se encuentre el dragón. Cuando...

Un colibrí multicolor interrumpió la conversación y cruzó por delante de ellos a gran velocidad. Sus alas eran una mancha temblorosa, y se sostuvo en el aire encima de los cuencos de fruta para beber el jugo que rezumaba de un arándano partido. Luego se elevó, se alejó y desapareció entre los troncos del bosque.

Oromis continuó hablando:

—Cuando Galbatorix mató a su primer Jinete, también robó el corazón de su dragón. Durante los años que pasó escondido en el bosque a partir de ese momento, quebró la mente del dragón y la doblegó a su voluntad, probablemente con la ayuda de Durza. Y cuando Galbatorix inició su insurrección, con Morzan a su lado, ya era más fuerte que la mayoría de los Jinetes. Su fuerza no era solamente mágica, sino mental, porque la fuerza de la conciencia del eldunarí aumentaba la suya propia.

»Galbatorix no sólo intentó matar a los Jinetes y a los dragones. Tenía el objetivo de hacerse con tantos eldunarís como pudiera, tanto robándolos a los Jinetes como torturando a un Jinete hasta que su dragón vomitara su corazón de corazones. Cuando nos dimos cuenta de lo que Galbatorix estaba haciendo, él ya era demasiado poderoso para que pudiéramos detenerlo. A Galbatorix le fue de ayuda el hecho de que muchos Jinetes no sólo viajaran con el eldunarí de su propio dragón, sino también el eldunarí de los dragones cuyos cuerpos ya no existían, porque estos dragones a menudo se aburrían de estar sentados en una habitación y deseaban aventuras. Y, por supuesto, cuando Galbatorix y los Apóstatas saquearon la ciudad de Doru Araeba en la isla de Vroengard, él se hizo con todos los eldunarí que se guardaban allí.

»Galbatorix consiguió el éxito utilizando la voluntad y la sabiduría de los dragones contra toda Alagaësia. Al principio, era incapaz de controlar más que a unos cuantos de los eldunarí que había capturado. No es una tarea fácil obligar a un dragón a rendirse, sin importar lo poderoso que uno sea. En cuanto Galbatorix hubo acabado con los Jinetes y se hubo instalado como rey de Urû'baen, se dedicó a subyugar al resto de los corazones, uno a uno.

»Creemos que esta tarea le ocupó durante la mayor parte de los cuarenta años siguientes, tiempo en el que prestó muy poca atención a los asuntos de Alagaësia, y por eso la gente de Surda fue capaz de separarse del Imperio. Cuando terminó, Galbatorix salió de su reclusión y empezó a afirmar su control en todo el Imperio y en las tierras de más allá. Por algún motivo, después de dos años y medio de masacre y dolor, se retiró a Urû'baen de nuevo, y allí ha morado desde entonces, no tan solitario como antes, pero evidentemente concentrado en algún proyecto que solamente él conoce. Sus vicios son numerosos, pero no se ha abandonado al libertinaje; por lo menos, eso han podido averiguar los espías de los vardenos. Pero no hemos sido capaces de descubrir nada más.

Eragon, perdido en sus pensamientos, miraba hacia la lejanía. Por primera vez, todas las historias que había oído acerca del poder sobrenatural de Galbatorix cobraban sentido. Se dejó llevar por un ligero optimismo y se dijo: «No estoy seguro de cómo, pero si pudiéramos liberar a los eldunarí del control de Galbatorix, no sería más poderoso que cualquier Jinete de Dragón». A pesar de que esa posibilidad parecía improbable, Eragon se sintió animado de saber que el rey tenía un punto vulnerable, por pequeño que fuera.

Mientras continuaba pensando sobre aquello, se le ocurrió otra pregunta:

—¿Cómo es que nunca he oído hablar de los corazones de los dragones en las historias antiguas? Seguro que, si son tan importantes, los bardos y los eruditos hablan de ellos.

Oromis puso una mano sobre la mesa y dijo:

—De todos los secretos de Alagaësia, el de los eldunarí es uno de los más celosamente guardados, incluso entre mi propia gente. A lo largo de la historia, los dragones se han afanado en esconder sus corazones del resto del mundo. Nos revelaron su existencia solamente después de que se estableciera el pacto mágico entre nuestras dos razas, e incluso entonces solamente lo hicieron a unos pocos.

—Pero ¿por qué?

Ah —intervino Glaedr—, *a menudo desdeñamos la necesidad del secreto, pero si los eldunarís hubieran sido de conocimiento público, cualquier sinvergüenza descerebrado de la Tierra hubiera intentado robar uno, y al final algunos habrían conseguido su objetivo. Era una situación que evitábamos por encima de todo.*

—¿No hay ninguna manera de que un dragón se defienda a través de su eldunarí? —preguntó Eragon.

El ojo de Glaedr pareció brillar con más fuerza que nunca.

Una pregunta acertada. Un dragón que ha vomitado su eldunarí pero que todavía disfruta de su cuerpo puede, por supuesto, defender su corazón con las garras, los colmillos, la cola y el batir de las alas. Pero un dragón cuyo cuerpo está muerto no posee ninguna de estas ventajas. Su única arma es su mente y, quizá, si el momento es el oportuno, la magia, que no puede dirigir a voluntad. Ésta es una de las razones por las que muchos dragones decidieron no prolongar su existencia más allá del deceso de su cuerpo. Ser incapaz de moverse por propia voluntad, ser incapaz de percibir el mundo de alrededor si no es a través de la mente de otros, ser capaz de influir en el curso de los eventos sólo con los pensamientos y con raros e impredecibles destellos de magia... sería una existencia difícil de aceptar para casi cualquier criatura, pero especialmente para los dragones, que son los seres más libres de todos.

—¿Por qué lo hacían, entonces? —preguntó Eragon.

A veces sucedía por accidente. Cuando su cuerpo fallaba, un dragón podía caer presa del pánico y refugiarse en su eldunarí. O si un dragón había vomitado su corazón antes de que su cuerpo muriera, no tenía más opción que continuar aguantando. Pero, en su mayoría, los dragones que eligieron vivir en su eldunarí eran los inmensurablemente viejos, más viejos de lo que Oromis y yo somos ahora, tan viejos que las preocupaciones de la carne habían dejado de importarles; se habían vuelto hacia el interior de sí mismos y deseaban pasar el resto de la eternidad reflexionando sobre preguntas que los jóvenes no podían comprender. Nosotros reverenciamos y atesoramos los corazones de esos dragones por su vasta sabiduría e inteligencia. Era común que los dragones salvajes se emparejaran con dragones igual que con Jinetes para buscar consejos sobre temas importantes. El hecho de que Galbatorix los haya esclavizado es un crimen de una crueldad y maldad inimaginable.

Ahora soy yo la que tiene una pregunta —dijo Saphira. Eragon sentía en la mente el profundo retumbar de los pensamientos de la dragona—. *Una vez que uno de los nuestros se confina en su eldunarí, ¿debe continuar existiendo o es posible, si no puede soportar esa condición, que se suelte de la vida y pase a la oscuridad del más allá?*

—No por su cuenta —dijo Oromis—. No, a no ser que la inspiración de utilizar la magia lo embargue y eso le permita romper su eldunarí desde dentro, lo cual, que yo sepa, sí ha sucedido, aunque pocas veces. La otra opción sería que el dragón convenciera a otro para que rompiera el eldunarí. Esa falta de control es otro de los motivos por el que los dragones eran extremadamente recelosos de transferirse a su corazón de corazones, para no quedar atrapados en una prisión de la que no hay escapatoria.

Eragon sintió el desagrado de Saphira ante esa posibilidad. Pero ella no dijo nada de eso, sino que preguntó:

¿Cuántos eldunarí tiene Galbatorix subyugados?

—No sabemos la cifra exacta —dijo Oromis—, pero estimamos que tiene centenares de ellos.

Un estremecimiento recorrió el brillante cuerpo de Saphira.

¿Así que nuestra raza no está al borde de la extinción?

Oromis dudó un momento, y fue Glaedr quien respondió:

Pequeña —dijo, y el uso del apelativo sorprendió a Eragon—, *aunque la Tierra estuviera cubierta de eldunarís, nuestra raza seguiría maldita. Un dragón que se preserva dentro de un eldunarí sigue siendo un dragón, pero no siente las urgencias de la carne ni tiene los órganos para saciarlas. No puede reproducirse.*

Eragon sintió un dolor en la base del cráneo y empezó a darse cuenta del cansancio cada vez mayor que sentía después de los cuatro días de viaje. Su agotamiento le dificultaba recordar los pensamientos más que unos momentos: a la menor distracción, se le escapaban.

Saphira retorció la punta de la cola.

No soy tan ignorante de creer que un eldunarí puede tener descendencia. De todas maneras, me consuela saber que no estoy tan sola como pensaba... Quizá nuestra raza esté maldita, pero por lo menos hay más de cuatro dragones vivos en el mundo, estén encarnados en su cuerpo o no.

—Eso es verdad —dijo Oromis—, pero son tan cautivos de Galbatorix como Murtagh y Espina.

Liberarlos me da un motivo para esforzarme, así como rescatar el último huevo —dijo Saphira.

—En eso tenemos que esforzarnos los dos —dijo Eragon—. Somos su única esperanza. —Se frotó la frente con el pulgar derecho y añadió—: Hay una cosa que todavía no comprendo.

—¿En qué consiste tu confusión? —preguntó Oromis.

—Si Galbatorix extrae el poder de esos corazones, ¿cómo producen la energía que él usa? —Eragon hizo una pausa, buscando una manera mejor de formular la pregunta. Señaló hacia las golondrinas que volaban en el cielo—: Todo ser vivo come y bebe para mantenerse, incluso las plantas. La comida ofrece la energía que nuestros cuerpos necesitan para funcionar de forma adecuada. También ofrece la energía que necesitamos para hacer magia, tanto si dependemos de nuestra propia fuerza para lanzar un hechizo como si utilizamos la fuerza de otros. ¿Cómo puede ser, entonces, para esos eldunarís? No tienen huesos, ni músculos, ni piel, ¿verdad? No comen, ¿verdad? Así que, ¿cómo sobreviven? ¿De dónde proviene su energía?

Oromis sonrió y sus largos dientes brillaron como porcelana.

—De la magia.

—¿Magia?

—Si uno define la magia como una manipulación de energía, que es lo que es, entonces sí, es magia. De dónde sacan exactamente la energía los eldunarís es un misterio tanto para nosotros como para los dragones; nadie ha identificado nunca la fuente. Es posible que absorban la luz del sol, como hacen las plantas, o que se alimenten de las fuerzas de vida de las criaturas que tienen más cerca. Sea cual sea la respuesta, se ha demostrado que cuando un dragón experimenta la muerte de su cuerpo y su conciencia toma como única residencia su corazón de corazones, se lleva con él la energía sobrante de la que dis-

583

ponía en su cuerpo cuando éste dejó de funcionar. A partir de ese momento, sus reservas de energía aumentan a un ritmo continuo durante los siguientes cinco o siete años, hasta que llegan a la cumbre de su poder, que, desde luego, es inmenso. La cantidad total de energía que un eldunarí puede tener depende del tamaño del corazón; cuanto más viejo es el dragón, más grande es su eldunarí y más energía puede absorber antes de quedar saturado.

Recordando el momento en que él y Saphira se habían peleado con Murtagh y con Espina, Eragon dijo:

—Galbatorix debe de haberle dado a Murtagh varios eldunarís. Es la única explicación de su fuerza, cada vez mayor.

Oromis asintió con la cabeza.

—Tienes suerte de que Galbatorix no le hubiera dado más corazones, porque entonces hubiera sido muy fácil para Murtagh vencerte a ti, a Arya y a todos los otros hechiceros que había entre los vardenos.

Eragon recordó que las dos veces que él y Saphira se habían encontrado con Murtagh y con Espina, le pareció que la mente de Murtagh contenía múltiples seres.

Debieron de ser los eldunarís lo que noté... Me pregunto dónde los habrá guardado Murtagh. Espina no llevaba alforjas y no vi ningún bulto raro en las ropas de Murtagh.

No lo sé —respondió Saphira—. Date cuenta de que Murtagh debía de estar refiriéndose a sus eldunarís cuando te dijo que en lugar de arrancarte el corazón, sería mejor arrancarle los suyos. Corazones, y no corazón.

¡Tienes razón! Quizás intentaba advertirme.

Eragon inspiró profundamente, movió los hombros para relajar la tensión que sentía entre ellos y se recostó en la silla.

—Aparte del corazón de corazones de Saphira, y del de Glaedr, ¿hay algún eldunarí que Galbatorix no haya capturado?

Unas finas líneas se dibujaron en las comisuras de los labios de Oromis.

—No, que sepamos. Después de la caída de los Jinetes, Brom fue a la búsqueda de los eldunarís que Galbatorix hubiera pasado por alto, pero no tuvo éxito. Tampoco, durante todos los años en que he estado registrando Alagaësia entera con la mente, he detectado nada más que un susurro de pensamiento de un eldunarí. Los eldunarís fueron escrupulosamente contados cuando Galbatorix y Murtagh iniciaron el ataque contra nosotros, y ninguno de ellos desapareció sin ninguna explicación. Es inconcebible que una cantidad importante de eldunarís que pueda ayudarnos esté escondida en alguna parte, esperando a que la localicemos.

Aunque Eragon no había esperado una respuesta distinta, lo encontró descorazonador.

—Una última pregunta. Cuando un Jinete, o un dragón de Jinete, muere, el miembro de la pareja que sobrevive pronto se apaga o se suicida. Y los que no lo hacen, se vuelven locos a causa de la pérdida, ¿es así?

Así es —respondió Glaedr.

—¿Qué sucedería, entonces, si un dragón transfiriera su conciencia a su corazón y luego su cuerpo muriera?

Glaedr cambió de postura y Eragon sintió el temblor de la tierra en la planta de los pies. El dragón dorado dijo:

Si un dragón experimenta la muerte de su cuerpo y, a pesar de ello, el Jinete sigue viviendo, juntos se conocen como un Indlvarn. La transición no es agradable para un dragón, pero muchos Jinetes y dragones se han adaptado con éxito a ese cambio y han continuado sirviendo a los Jinetes de manera distinguida. Pero si es el Jinete de un dragón quien muere, entonces muchas veces es el dragón mismo quien rompe su eldunarí, o busca a otro que lo rompa en su lugar si su cuerpo ya no existe, y así sigue a su Jinete al vacío. Pero no todos lo hacen. Algunos dragones han sido capaces de superar su pérdida, igual que lo han sido algunos Jinetes como Brom, y de continuar sirviendo a nuestra orden durante muchos años, tanto a través de su cuerpo como a través de su corazón de corazones.

Nos has dicho muchas cosas en las que tenemos que pensar, Oromi-elda —afirmó Saphira.

Eragon asintió con la cabeza, pero permaneció en silencio, ocupado en reflexionar sobre todo lo que se había dicho.

585

Manos de guerrero

*E*ragon mordisqueaba una fresa madura y dulce mientras miraba las inabarcables profundidades del cielo. Cuando terminó de comérsela, dejó el pedúnculo en la bandeja que tenía delante, empujándolo con la punta del dedo para dejarlo exactamente donde quería, y abrió la boca para hablar. Pero antes de que lo hiciera, Oromis dijo:

—¿Ahora qué, Eragon?

—¿Ahora qué?

—Hemos hablado largamente de los temas sobre los cuales tenías curiosidad. ¿Qué deseáis hacer ahora Saphira y tú? No podéis quedaros mucho tiempo en Ellesméra, así que me pregunto qué otra cosa queréis de esta visita, ¿o es que tenéis intención de partir mañana por la mañana?

—Esperábamos —repuso Eragon— que, al volver, pudiéramos continuar nuestro aprendizaje como antes. Es evidente que ahora no tenemos tiempo para eso, pero hay una cosa que sí querría hacer.

—¿Y eso es…?

—Maestro, no te he contado todo lo que sucedió mientras Brom y yo estábamos en Teirm.

Entonces Eragon contó cómo la curiosidad le condujo hasta la tienda de Angela y que ella le había predicho el futuro, así como el consejo que Solembum le había dado después.

Oromis se pasó un dedo por el labio superior con expresión pensativa.

—Durante este último año he oído hablar cada vez más de esta pitonisa, tanto por tu parte como por los informes de los vardenos de Arya. Esa Angela parece ser muy aficionada a aparecer siempre que están a punto de darse sucesos significativos.

Así es —confirmó Saphira.

Oromis continuó:

—Su comportamiento me recuerda mucho al de una hechicera

que una vez visitó Ellesméra, aunque no se hacía llamar Angela. ¿Es Angela una mujer de estatura baja, pelo grueso y rizado, ojos brillantes y una inteligencia tan aguda como extraña?

—La has descrito perfectamente —dijo Eragon—. ¿Es la misma persona?

Oromis hizo un rápido gesto con la mano izquierda.

—Si lo es, es una persona extraordinaria… En cuanto a sus profecías, yo no les prestaría mucha atención. Es posible que se conviertan en realidad y es posible que no, y al no saber más, ninguno de nosotros podemos influir en los acontecimientos que están por venir.

»Pero lo que dijo el hombre gato sí es digno de consideración. Por desgracia, no puedo comprender ninguna de sus afirmaciones. Nunca he oído hablar de un lugar como la Cripta de las Almas, y aunque la roca de Kuthian me suena, no puedo recordar dónde he oído ese nombre. Buscaré en mis rollos de pergamino, pero la intuición me dice que no encontraré ninguna mención de ese lugar en los escritos de los elfos.

—¿Y qué me dices del arma escondida debajo del árbol Menoa?

—No sé nada de esa arma, Eragon, y conozco bien este bosque. En todo Du Weldenvarden hay, quizá, dos elfos cuyos conocimientos acerca del bosque son superiores a los míos. Les preguntaré, pero sospecho que será una tarea inútil. —Eragon expresó su decepción y Oromis continuó—: Comprendo que necesites una adecuada sustituta de *Zar'roc*, Eragon, y en esto puedo ayudarte. Además de mi propia espada, *Naegling*, los elfos hemos preservado otras dos espadas de los Jinetes de Dragón. Son *Arvindr* y *Támerlein*. La primera está guardada en la ciudad de Nädindel, que no tienes tiempo de visitar. Pero *Támerlein* se encuentra aquí, en Ellesméra. Es el tesoro de la casa de Valtharos, y aunque el señor de la casa, Lord Fiolr, no se separará de ella de buen grado, creo que te la daría si se la pidieras con respeto. Acordaré un encuentro con él para mañana por la mañana.

—¿Y si la espada no es adecuada para mí? —preguntó Eragon.

—Esperemos que sí lo sea. De todas formas, mandaré recado a la herrera Rhunön para que te reciba más tarde.

—Pero ella juró que nunca volvería a forjar ninguna espada.

Oromis suspiró.

—Lo hizo, pero de todas formas será bueno buscar su consejo. Si alguien puede recomendar el arma adecuada para ti, es ella. Además, aunque te guste *Támerlein*, estoy seguro de que Rhunön querrá examinar la espada antes de que te vayas con ella. Han pasado más de

587

cien años desde que *Támerlein* se utilizó por última vez en una batalla, y quizá necesite ser restaurada.

—¿Podría algún otro elfo forjarme una espada? —preguntó Eragon.

—No —dijo Oromis—. No, si tiene que igualar la calidad de *Zar'roc* o la de cualquier espada robada que Galbatorix haya elegido utilizar. Rhunön es una de las más viejas de nuestra raza, y ella es la única que ha hecho las espadas de nuestra orden.

—¿Es tan vieja como los Jinetes? —preguntó Eragon, impresionado.

—Más vieja, incluso.

Eragon hizo una pausa.

—¿Qué haremos hasta mañana, Maestro?

Oromis miró a Eragon y a Saphira y dijo:

—Id a visitar el árbol Menoa; sé que no descansarás hasta que lo hayas hecho. Mira a ver si puedes encontrar el arma que el hombre gato te dijo. Cuando hayas satisfecho tu curiosidad, retírate a las habitaciones de tu casa en el árbol, que los sirvientes de Islanzadí han preparado para ti y para Saphira. Mañana haremos lo que podamos.

—Pero, Maestro, tenemos tan poco tiempo…

—Y vosotros dos estáis demasiado cansados para soportar más emociones hoy. Confía en mí, Eragon; todo irá mejor si descansas. Creo que estas horas te ayudarán a asimilar todo lo que hemos hablado. Incluso para reyes, reinas y dragones, esta conversación no ha sido ligera.

A pesar de que Oromis intentaba tranquilizarlo, Eragon se sentía inquieto al pensar que tenía que pasar el resto del día sin hacer nada. El sentimiento de urgencia era tan grande que deseaba continuar trabajando, aunque era perfectamente consciente de que debía recuperar fuerzas.

Eragon se removió en la silla y su gesto debió de delatar parte de su ambivalencia, porque Oromis sonrió y dijo:

—Si eso te ayuda a relajarte, Eragon, te prometo lo siguiente: antes de que tú y Saphira os marchéis para reuniros con los vardenos, podrás elegir algún uso de la magia, y yo te enseñaré todo lo que pueda al respecto en el poco tiempo que tengamos.

Eragon hizo girar el anillo que llevaba en el dedo índice y pensó en la oferta de Oromis, intentando decidir cuál, de todos los usos de la magia, le gustaría aprender. Al final, dijo:

—Me gustaría saber cómo convocar a los espíritus.

El rostro de Oromis se ensombreció.

—Mantendré mi palabra, Eragon, pero la brujería es un arte oscuro e impropio. No deberías buscar el control sobre otros seres para tu propio beneficio. Aunque no te importe lo inmoral de la brujería, es una disciplina excepcionalmente peligrosa y diabólicamente complicada. Un mago necesita dedicar, por lo menos, tres años de estudio intensivo antes de poder convocar a los espíritus sin que éstos lo posean.

»La brujería no es como la otra magia, Eragon; con ella, uno intenta forzar a seres increíblemente poderosos y hostiles para que obedezcan sus órdenes, seres que dedicarán cada minuto de cautividad a encontrar una falla en sus ataduras para poder volverse contra uno y subyugarlo como venganza. En toda la historia, nunca ha existido un Sombra que también fuera un Jinete y, a pesar de todos los horrores que han arrasado esta justa tierra, una abominación como ésa podría ser mucho peor, peor incluso que Galbatorix. Por favor, elige otro tema, Eragon, un tema menos peligroso para ti y para nuestra causa.

—Entonces —dijo Eragon—, ¿podrías enseñarme cuál es mi verdadero nombre?

—Tus peticiones —repuso Oromis— son cada vez más difíciles, Eragon-finiarel. Si lo deseara, quizá sería capaz de adivinar tu verdadero nombre. —El elfo de pelo plateado lo observó con gran intensidad, penetrándolo con los ojos—. Sí, creo que podría. Pero no lo haré. El verdadero nombre puede tener una gran importancia para la magia, pero no es un hechizo en sí mismo, así que no está dentro de lo que te he prometido. Si tu deseo consiste en comprenderte mejor a ti mismo, Eragon, intenta descubrir tu nombre por tu cuenta. Si te lo dijera, podrías sacar provecho de él, pero lo harías sin tener la sabiduría que, de otra forma, adquirirías durante el proceso de su búsqueda. Una persona debe ganarse la iluminación, Eragon. No se la dan los demás, por muy venerados que éstos sean.

Eragon volvió a juguetear con el anillo; luego carraspeó y meneó la cabeza.

—No lo sé… Me he quedado sin preguntas.

—Eso lo dudo —repuso Oromis.

Pero lo cierto es que le costaba concentrarse; sus pensamientos no dejaban de desviarse hacia el eldunarí y hacia Brom. Volvía a sentirse asombrado por la extraña cadena de circunstancias que habían conducido a Brom a instalarse en Carvahall y, al final, a que él se convirtiera en un Jinete de Dragón. «Si Arya no hubiera…» El pensamiento se le interrumpió, sustituido por otro. Eragon sonrió:

—¿Me enseñarás a mover un objeto de un lado a otro instantáneamente, igual que hizo Arya con el huevo de Saphira?

589

Oromis asintió con la cabeza.

—Una elección excelente. El hechizo es difícil, pero tiene muchos usos. Estoy seguro de que te será muy útil contra Galbatorix y contra el Imperio. Arya, por ejemplo, puede confirmar su efectividad. Oromis levantó su copa de la mesa hacia el cielo y el vino se vio transparente a la luz del sol. Observó el líquido durante un buen rato. Luego bajó la copa y dijo:

—Antes de que te aventures en la ciudad, deberías saber que quien te envió a vivir con nosotros ha llegado hace un tiempo.

Eragon tardó un momento en darse cuenta de a quién se refería Oromis.

—¿Sloan está en Ellesméra? —preguntó, asombrado.

—Vive en una pequeña casa al lado de un arroyo, en el extremo oriental de Ellesméra. Tenía la muerte encima cuando salió del bosque, pero le curamos las heridas del cuerpo y ahora está sano. Los elfos de la ciudad le llevan comida y ropa, y se ocupan de que esté bien atendido. Lo acompañan allí donde quiere ir y a veces le leen en voz alta, pero por lo general prefiere estar solo y no dice nada a quienes se le acercan. Ha intentado marcharse dos veces, pero tus hechizos se lo impiden.

Estoy sorprendido de que haya llegado aquí tan deprisa —le dijo Eragon a Saphira.

La compulsión que le impusiste ha debido de ser más fuerte de lo que pensabas.

Sí.

En voz baja, Eragon preguntó:

—¿Os ha parecido adecuado devolverle la vista?

—No.

Ese hombre está roto por dentro —dijo Glaedr—. *No puede ver con claridad suficiente para que sus ojos le sirvan para algo.*

—¿Podría ir a visitarle? —preguntó Eragon, inseguro respecto a lo que Oromis y Glaedr esperaban de él.

—Eso lo tienes que decidir tú —repuso Oromis—. Volver a encontrarte quizá solamente lo inquiete. De todas formas, tú eres responsable de su castigo, Eragon. No estaría bien que te olvidaras de él.

—No, Maestro, no lo haré.

Oromis dejó la copa encima de la mesa y acercó su silla a la de Eragon.

—El día avanza y no quisiera retenerte aquí más tiempo e interferir en tu descanso, pero hay otra cosa que me gustaría hacer antes de que te marches: tus manos. ¿Las puedo ver? Me gustaría ver qué dicen de ti ahora.

Oromis extendió sus manos hacia Eragon, que alargó los brazos y colocó las manos con las palmas hacia abajo encima de las de Oromis. Sintió un escalofrío al notar los finos dedos del elfo en las muñecas. Los callos que Eragon tenía en los nudillos proyectaron unas largas sombras cuando Oromis le hizo girar las manos de un lado a otro. Entonces, con una presión ligera pero firme, Oromis le hizo dar la vuelta a las manos y le estudió las palmas y la parte interna de los dedos.

—¿Qué ves? —preguntó Eragon.

Oromis le hizo volver a dar la vuelta a las manos e hizo un gesto hacia los callos.

—Ahora tienes unas manos de guerrero, Eragon. Procura que no se conviertan en las manos de un hombre que se deleita con la carnicería de la guerra.

El árbol de la vida

*D*esde los riscos de Tel'naeír, Saphira voló a poca altura por encima del ondulante bosque hasta que llegó al claro en que se encontraba el árbol Menoa. Más grueso que cien de los pinos gigantes que lo rodeaban, el árbol Menoa se levantaba hacia el cielo como una potente columna y la curvada copa se extendía cientos de metros a su alrededor. Las enrevesadas raíces se expandían en todas direcciones desde el enorme tronco cubierto de musgo y cubrían más de cuatro hectáreas del suelo del bosque antes de penetrar en el esponjoso suelo y desaparecer debajo de las raíces de los árboles más pequeños. Unas ardillas rojas corrieron por las ramas del antiguo árbol y los gorjeos de cientos de pájaros estallaron desde las profundidades del enredado follaje. En todo el claro reinaba una presencia vigilante, porque el árbol contenía dentro de él los restos del elfo que una vez se conoció como Linnëa, cuya conciencia ahora guiaba el crecimiento del árbol y el del bosque de alrededor.

Eragon registró el suelo irregular y poblado de raíces en busca de alguna pista del arma, pero, al igual que antes, no encontró ningún objeto que pareciera adecuado para llevar a la guerra. Levantó un trozo de corteza suelta que estaba sobre el musgo, a sus pies, y se lo mostró a Saphira.

¿Qué te parece? —preguntó—. *Si lo imbuyera de suficientes hechizos, ¿podría matar a un soldado con esto?*

Podrías matar a un soldado con una brizna de hierba si quisieras —respondió ella—. *Pero, contra Murtagh y Espina, o contra el rey y su dragón negro, atacar con este trozo de corteza sería como hacerlo con un ovillo de lana.*

Tienes razón —contestó, y lo tiró.

Me parece —continuó ella— *que no tienes que hacer tonterías para demostrar que lo que dijo Solembum era verdad.*

No, pero quizá tenga que plantearlo todo desde un punto de vista diferente, si quiero encontrar esa arma. Como dijiste antes, podría ser una piedra, o un libro, o un arma blanca de algún tipo. Un bastón cortado de una de las ramas del árbol Menoa sería una buena arma, creo.

Pero difícilmente comparable a una espada.

No... Y no me atrevería a cortar una rama sin el permiso del árbol, y no tengo ni idea de cómo convencerlo de que me conceda esa petición.

Saphira arqueó el sinuoso cuello y miró hacia arriba, al árbol; luego agitó la cabeza y los hombros para sacudirse las gotas de agua que se le habían acumulado en los afilados extremos de las escamas. La ducha fría cayó sobre Eragon, que soltó un grito y dio un salto hacia atrás, tapándose la cara con el brazo.

Si alguna criatura intentara hacer daño al árbol Menoa —dijo ella—, *dudo que viviera lo suficiente para arrepentirse de su error.*

Durante unas cuantas horas, los dos dieron vueltas por el claro. Eragon continuaba esperando tropezarse con algún agujero o alguna ranura entre las retorcidas raíces donde hubiera un arcón enterrado que contuviera una espada.

Si Murtagh tiene a Zar'roc, que es la espada de su padre —pensó Eragon—, *sería justo que yo tuviera la espada que Rhunön hizo para Brom.*

Además sería del color correcto —añadió Saphira—. *Su dragona, que se llamaba como yo, también era azul.*

Al fin, desesperado, Eragon proyectó la mente hacia el árbol Menoa e intentó atraer la atención de su lenta conciencia para explicarle lo que estaba buscando y pedirle ayuda. Pero fue como si se hubiera dedicado a llamar la atención del viento o de la lluvia, porque el árbol no le prestó más atención que a cualquiera de las hormigas que movían las antenas a sus pies.

Decepcionado, él y Saphira dejaron el árbol Menoa cuando el borde del sol tocaba el horizonte. Desde el claro, Saphira voló hasta el centro de Ellesméra, donde aterrizó en un trozo de tierra que se encontraba detrás del dormitorio de la casa del árbol que los elfos les habían acondicionado. La casa consistía en varias habitaciones globulares que descansaban en la copa de un robusto árbol, a varios metros por encima del suelo.

Una comida a base de fruta, verdura, alubias y pan los esperaba en el comedor. Después de comer un poco, Eragon se enroscó al lado de Saphira en un lecho de sábanas que estaba en el suelo: prefería la compañía de Saphira que su cama. Se quedó ahí, alerta y consciente

593

de lo que lo rodeaba, mientras Saphira se hundía en un sueño profundo. Más tarde, durante la noche, Eragon cayó en el estado parecido al trance de sus sueños de vigilia, y en ellos habló con sus padres. No pudo oír lo que le decían, porque su voz y la de ellos sonaba muy baja, pero de alguna manera fue consciente del amor y el orgullo que ellos sentían por él, y a pesar de que sabía que sólo eran fantasmas de su mente inquieta, siempre atesoró el recuerdo de ese afecto.

Al amanecer, un esbelto elfo condujo a Eragon y a Saphira por los caminos de Ellesméra hasta el complejo de la familia de Valtharos. Mientras pasaban entre las formas oscuras de los sombríos pinos, a Eragon le sorprendió lo vacía y quieta que estaba la ciudad comparada con la última vez que la visitaron. Distinguió solamente a tres elfos entre los árboles: unas figuras altas y gráciles que se alejaban con pasos silenciosos.

Cuando los elfos marchan a la guerra —dijo Saphira—, *pocos son los que se quedan atrás.*

Sí.

Lord Fiolr los esperaba dentro de una sala abovedada e iluminada por varias luces fantasmagóricas. Tenía un rostro alargado y de expresión severa, y más anguloso que el de la mayoría de los elfos, de tal forma que sus rasgos hicieron pensar a Eragon en una lanza afilada. Llevaba una túnica verde y dorada cuyo cuello se levantaba por detrás de su cabeza, como las plumas del cuello de algún pájaro exótico. Con la mano izquierda sujetaba un bastón de madera blanca tallada con signos del Liduen Kvaedhí. En uno de los extremos había una pulida perla montada.

Lord Fiolr hizo una reverencia doblándose por la cintura, igual que Eragon. Entonces intercambiaron el saludo tradicional de los elfos y el chico le agradeció al elfo la generosidad de permitirle inspeccionar la espada *Támerlein*.

—Mucho tiempo ha sido *Támerlein* un bien altamente apreciado por mi familia —dijo Lord Fiolr—, y es especialmente preciado por mi corazón. ¿Conoces la historia de *Támerlein*, Asesino de Sombra?

—No —dijo Eragon.

—Mi compañera era la muy sabia y justa Naudra, y su hermano, Arva, era un Jinete de Dragón en el momento de la Caída. Naudra se encontraba de visita con él en Ilirea cuando Galbatorix y los Apóstatas arrasaron la ciudad como una tormenta del norte. Arva luchó al lado de los demás Jinetes para defender Ilirea, pero Kialandí, de los

Apóstatas, le dio un golpe mortal. Con *Támerlein*, Naudra luchó contra los Apóstatas y volvió aquí con otro dragón y otro Jinete, aunque no tardó en morir a causa de las heridas.

Lord Fiolr acarició el bastón con un dedo y de la perla emanó un suave brillo.

—*Támerlein* me es tan preciada como el aire de mis pulmones; preferiría separarme de esta vida que separarme de ella. Por desgracia, ninguno de los míos es digno de llevarla. *Támerlein* fue forjada para un Jinete, y nosotros no somos Jinetes. Estoy dispuesto a dártela, Asesino de Sombra, para ayudarte en tu lucha contra Galbatorix. De todas formas, *Támerlein* continuará siendo propiedad de la casa de Valtharos y tú debes prometer que me devolverás la espada si alguna vez mis herederos la piden.

Eragon le dio su palabra, y entonces Lord Fiolr los condujo, a él y a Saphira, hasta una mesa larga y pulida que crecía desde la madera del suelo. En uno de los extremos de la mesa había un pie muy decorado; encima de él, se encontraba la espada *Támerlein* con su funda.

La hoja de *Támerlein* tenía un color verde profundo y oscuro, igual que la funda. Una enorme esmeralda adornaba la empuñadura; todo, excepto la hoja, estaba hecho de acero pavonado. La guarda estaba adornada con una hilera de signos que, en el idioma de los elfos, decían: «Soy *Támerlein*, portadora del último sueño».

En longitud, la espada era igual que *Zar'roc*, pero la hoja era más ancha, la punta más redonda y la empuñadura, más pesada. Era un arma hermosa y mortífera, pero sólo con verla Eragon se dio cuenta de que Rhunön había forjado *Támerlein* para una persona que tenía un estilo de lucha distinto al suyo, un estilo que se basaba más en cortar y atravesar que en las técnicas más elegantes y rápidas que Brom le había enseñado.

En cuanto la tomó por el pomo, Eragon se dio cuenta de que éste era demasiado grande para su mano, y en ese momento supo que *Támerlein* no era una espada para él. No la sentía como una extensión de su brazo, como *Zar'roc*. Y, a pesar de que se daba cuenta, Eragon dudó, porque ¿en qué otro lugar podía encontrar una buena espada? *Arvindr*, la otra espada que Oromis había mencionado, se encontraba en una ciudad que estaba a cientos de kilómetros de distancia.

No te la quedes —intervino Saphira—. *Si tienes que llevar una espada a la batalla, y si tu vida y la mía dependen de ella, entonces la espada debe ser perfecta. Ninguna otra cosa será suficiente. Ade-*

más, no me gustan las condiciones que Lord Fiolr ha puesto a su obsequio.

Y así, Eragon volvió a dejar aquella espada en el pie y se disculpó ante Lord Fiolr, explicándole por qué no podía aceptar la espada. El elfo de rostro enjuto no se mostró muy decepcionado: al contrario, a Eragon le pareció ver que una rápida expresión de satisfacción aparecía en sus ojos.

Desde la casa de la familia Valtharos, Eragon y Saphira recorrieron las oscuras cavernas del bosque hasta el túnel de cornejos que conducía hasta el atrio que había en el centro de la casa de Rhunön. Mientras salían del túnel, Eragon oyó el sonido del martillo contra el cincel y vio a Rhunön sentada en un banco al lado de la fragua sin paredes, en medio del atrio. La elfa estaba ocupada tallando un bloque de acero pulido que tenía delante. Fuera lo que fuera lo que estuviera esculpiendo, Eragon no lo pudo adivinar, pues la pieza todavía era basta y no tenía forma.

—Bueno, Asesino de Sombra, así que todavía estás vivo —dijo Rhunön, sin apartar los ojos de su trabajo. El sonido de su voz era áspero como el de dos piedras de molino girando una sobre otra—. Oromis me dijo que perdiste a *Zar'roc* y que la tiene el hijo de Morzan.

Eragon achicó los ojos y asintió con la cabeza, a pesar de que ella no lo estaba mirando.

—Sí, Rhunön-elda. Me la quitó en los Llanos Ardientes.

—Ajá. —Rhunön se concentró en su trabajo, golpeando el cincel a una velocidad inhumana. Luego hizo una pausa y dijo—: La espada ha encontrado a su propietario adecuado. No me gusta el uso que…, ¿cuál es su nombre? Ah, sí, Murtagh… No me gusta el uso que le da a *Zar'roc*, pero todo Jinete merece una espada adecuada, y no puedo pensar que haya una espada mejor para el hijo de Morzan que la propia espada de Morzan. —La elfa miró a Eragon desde debajo de unas cejas bien dibujadas—. Compréndeme, Asesino de Sombra, preferiría que tú te hubieras quedado con la vieja *Zar'roc*, pero todavía me gustaría más que tuvieras una espada que hubiera sido hecha para ti. Es posible que *Zar'roc* te haya servido bien, pero no tenía la forma adecuada para tu cuerpo. Y ni me hables de *Támerlein*. Tendrías que estar loco para pensar que la puedes usar.

—Como puedes ver —dijo Eragon—, no la traje de casa de Lord Fiolr.

Rhunön asintió con la cabeza y continuó trabajando con el cincel.

—Bueno, entonces bien.

—Si *Zar'roc* es la espada correcta para Murtagh —dijo Eragon—, ¿no sería la espada de Brom el arma adecuada para mí?

Rhunön frunció el ceño.

—¿*Undbitr*? ¿Por qué piensas en la espada de Brom?

—Porque Brom era mi padre —dijo Eragon, y sintió un escalofrío al ser capaz de decirlo.

—¿Ah, sí? —Rhunön dejó el martillo y el cincel, salió de debajo del techo de la fragua y se colocó delante de Eragon. Tenía la espalda un tanto encorvada a causa de los siglos que había pasado trabajando en esa postura y, por ello, parecía un poco más baja que él—. Mm, sí, ya veo el parecido. Brom era rudo: decía lo que sentía y no malgastaba las palabras. Eso me gustaba. No puedo soportar cómo se han vuelto los de mi raza. Son demasiado educados, demasiado refinados, demasiado afectados. ¡Ja! Recuerdo cuando los elfos reían y luchaban como criaturas normales. ¡Ahora se han vuelto tan retraídos que algunos parece que no tengan más emociones que una estatua de mármol!

Saphira dijo:

¿Te estás refiriendo a cómo eran los elfos antes de que nuestras razas se unieran?

Rhunön dirigió la mirada de ceño fruncido hacia Saphira.

—Escamas Brillantes. Bienvenida. Sí, estaba hablando de la época anterior a que el vínculo entre elfos y dragones se sellara. Los cambios que he visto en nuestras razas desde entonces…, no lo podríais creer, pero así es, y aquí estoy, una de las pocas que todavía viven y puede recordar cómo éramos antes.

Entonces Rhunön volvió a dirigir la mirada a Eragon.

—*Undbitr* no es la respuesta que necesitas. Brom perdió su espada durante la caída de los Jinetes. Si no se encuentra en la colección de Galbatorix, entonces debió de ser destruida o, quizá, enterrada en algún lugar, debajo de los huesos en descomposición de algún campo de batalla olvidado. Aunque pudiera ser encontrada, no podrías recuperarla antes de que tengas que enfrentarte a tus enemigos de nuevo.

—Entonces, ¿qué voy a hacer, Rhunön-elda? —preguntó Eragon.

Y le habló del bracamarte que había tomado mientras estaba con los vardenos y de los hechizos con que lo había reforzado, y de cómo éste le había fallado en los túneles de debajo de Farthen Dûr.

Rhunön soltó un bufido de burla.

—No, eso no funcionaría nunca. Una vez que la espada ha sido forjada y enfriada, la puedes proteger con un despliegue infinito de hechizos, pero el metal continuará siendo tan débil como siempre. Un

Jinete necesita otra cosa: una espada que pueda soportar el más violento de los impactos y a la que casi ninguna magia pueda afectar. No, lo que debes hacer es lanzar los hechizos sobre el metal caliente mientras lo estás extrayendo de la mena, y también mientras lo estás forjando, para alterar y mejorar la estructura del metal.

—Pero ¿cómo puedo conseguir una espada así? —preguntó Eragon—. ¿Me harías una, Rhunön-elda?

Las finísimas arrugas del rostro de Rhunön se hicieron más profundas. Se rascó el codo izquierdo y en el antebrazo se le marcaron todos los músculos.

—Sabes que juré que no volvería a crear ninguna otra arma mientras viviera.

—Lo sé.

—Mi juramento me obliga; no lo puedo romper, sin importar lo mucho que lo desee. —Sin soltarse el hombro, Rhunön volvió a su banco y se sentó ante su escultura—. ¿Y por qué debería hacerlo, Jinete de Dragón? Dímelo. ¿Por qué debería traer otro quebrantador de almas al mundo?

Eragon eligió las palabras con cuidado:

—Porque si lo hicieras, podrías ayudar a acabar con el reinado de Galbatorix. ¿No sería justo que yo lo matara con un hierro forjado por ti, ya que fue con tus espadas con las que él y los Apóstatas asesinaron a tantos dragones y Jinetes? Tú detestas la manera en que han utilizado tus armas. ¿Qué mejor manera de equilibrar la balanza, entonces, que forjando el instrumento de la condenación de Galbatorix?

Rhunön cruzó los brazos y miró al cielo.

—Una espada…, una espada nueva. Después de tanto tiempo, volver a utilizar mi arte… —Bajó la vista, miró a Eragon sacando mandíbula y dijo—: Es posible, sólo posible, que pueda haber una manera de ayudarte, pero es absurdo especular, porque no lo puedo intentar.

¿Por qué no? —preguntó Saphira.

—¡Porque no tengo el metal que necesito! —gruñó Rhunön—. ¿No creeréis que forjé las espadas de los Jinetes con acero ordinario, verdad? ¡No! Hace mucho tiempo, mientras deambulaba por Du Weldenvarden, me encontré con unos fragmentos de estrella fugaz que contenían una mena que no se parecía en nada a las que yo había utilizado hasta entonces. La refiné y descubrí que la mezcla de acero que sacaba era más fuerte, más dura y más flexible que ninguna de origen terrestre. Bauticé al metal como «acero brillante», por su brillantez inusual, y cuando la reina Tarmunora me pidió que forjara la primera de las espadas de los Jinetes, fue acero brillante lo que utilicé. Desde entonces, y siempre que tenía oportunidad, buscaba por el bosque para encontrar más fragmentos de este metal. No lo encontraba a menudo, pero cuando lo hacía, lo guardaba para los jinetes.

»A lo largo de los siglos, los fragmentos fueron cada vez más escasos hasta que, al final, empecé a pensar que ya no quedaba ninguno. Tardé veinticuatro años en encontrar el último depósito. Con él forjé siete espadas, entre ellas *Undbitr* y *Zar'roc*. Desde que los Jinetes cayeron, he buscado el acero brillante solamente una vez, anoche, después de que Oromis me hablara de ti. —Rhunön ladeó la cabeza y sus ojos acuosos penetraron a Eragon—. Busqué hasta muy lejos, lancé muchos hechizos para encontrar y atraer, pero no hallé ni una mota de acero brillante. Si fuera posible conseguir un poco, entonces podría empezar a plantearme hacer una espada para ti, Asesino de Sombra. Si no, esta conversación no es más que un parloteo sin sentido.

Eragon hizo una reverencia a la elfa y le dio las gracias por el tiempo que le había dedicado; luego él y Saphira abandonaron el atrio por el verde túnel de hojas de cornejo.

Mientras caminaban el uno al lado del otro hacia un claro desde donde Saphira pudiera levantar el vuelo, Eragon dijo:

Acero brillante: eso es a lo que se debió de referir Solembum. Debe de haber acero brillante debajo del árbol Menoa.

¿Cómo lo podía saber?

Quizás el mismo árbol se lo dijo. ¿Importa?

Acero brillante o no —dijo ella—, *¿cómo se supone que tenemos que sacar nada de debajo de las raíces del árbol Menoa? No podemos abrirnos paso a hachazos a través de ellas. Ni siquiera sabemos por dónde cortar.*

Tengo que pensar en eso.

Desde el claro de la casa de Rhunön, Saphira y Eragon volaron por encima de Ellesméra de vuelta a los riscos de Tel'naeír, donde Oromis y Glaedr los estaban esperando. Cuando Saphira hubo aterrizado y Eragon bajó, ella y Glaedr se elevaron en el cielo y empezaron a trazar espirales muy altas sin ir a ningún sitio en concreto, simplemente para disfrutar del placer de la mutua presencia.

Mientras los dos dragones bailaban entre las nubes, Oromis enseñó a Eragon cómo un mago podía transportar un objeto de un lugar a otro sin que el objeto tuviera que atravesar la distancia entre los dos puntos.

—Casi todas las formas de magia —dijo Oromis— requieren cada vez más energía a medida que la distancia entre tú y tu objetivo aumenta. De todas formas, ése no es el caso con esta forma en concreto. Mandar la roca que tengo en la mano al otro lado de ese arroyo requeriría la misma energía que mandarla hasta las Islas del Sur. Por este motivo, este hechizo es muy útil cuando tienes que transportar un objeto a una distancia tan grande que te mataría hacerlo de forma normal a través del espacio. A pesar de eso, es un hechizo difícil y sólo debes recurrir a él si todo lo demás ha fallado. Mover una cosa grande como el huevo de Saphira, por ejemplo, te dejaría demasiado cansado para moverte.

Entonces Oromis le enseñó a pronunciar el hechizo, así como algunas de sus variantes. Cuando Eragon hubo memorizado los encantamientos a satisfacción de Oromis, el elfo le dijo que intentara mover la pequeña piedra que tenía en la mano.

En cuanto Eragon pronunció el hechizo completo, la piedra se desvaneció de la palma de la mano de Oromis y, al cabo de un instante, reapareció en medio del claro con un destello de luz azulada, una fuerte detonación y un remolino de aire caliente. Eragon se sobresaltó con el ruido y luego se agarró a la rama de un árbol cercano para sostenerse mientras las rodillas le fallaban y el frío le atenazaba las piernas. Miró hacia la piedra, que se encontraba en medio de un círculo de hierba quemada, y se le puso la piel de gallina al recordar el momento en que cogió por primera vez el huevo de Saphira.

—Bien hecho —dijo Oromis—. Ahora, ¿puedes decirme por qué la piedra ha hecho ese ruido cuando se ha materializado encima de la hierba?

Eragon prestó mucha atención a todo lo que Oromis le dijo, pero durante la lección continuó considerando el tema del árbol Menoa, y sabía que Saphira estaba haciendo lo mismo mientras volaba en el cielo. Cuanto más lo pensaba, menos esperanzas tenía de encontrar una solución.

Cuando Oromis terminó de enseñarle cómo transportar objetos, el elfo le preguntó:

—Ya que has declinado la oferta de *Támerlein* de Lord Fiolr, ¿os quedaréis mucho tiempo más en Ellesméra?

—No lo sé, Maestro —contestó Eragon—. Hay otra cosa que quiero intentar en el árbol Menoa, pero si no lo consigo, entonces supongo que no me quedará otra opción que ir a reunirme con los vardenos con las manos vacías.

Oromis asintió con la cabeza.

—Antes de que te vayas, vuelve con Saphira una última vez.

—Sí, Maestro.

Mientras Saphira se dirigía al árbol Menoa con Eragon en la grupa, le dijo:

No funcionó antes. ¿Por qué tendría que funcionar ahora?

Funcionará porque tiene que funcionar. Además, ¿tienes una idea mejor?

No, pero no me gusta. No sabemos cómo va a reaccionar. Recuerda, antes de que Linnëa se fundiera con el árbol, había matado al joven que había traicionado su afecto. Es posible que vuelva a recurrir a la violencia.

No se atreverá; no mientras estés tú allí para protegerme.

Hum.

Con un susurro en el aire, Saphira se posó encima de una retorcida raíz a varios cientos de metros por debajo de la base del árbol Menoa. Las ardillas que había en el enorme pino chillaron advirtiendo a sus compañeras de la noticia de su llegada.

Eragon se dejó caer en la raíz y se frotó las palmas de las manos contra los muslos. Luego dijo:

—Bueno, no perdamos tiempo. —Con paso ligero, corrió por la raíz hasta el tronco del árbol con los brazos abiertos para mantener el equilibrio.

Saphira lo siguió a paso más lento, rompiendo las ramitas y las cortezas del suelo con los pies.

Eragon se puso en cuclillas encima de una zona resbaladiza de la madera y se sujetó en una grieta del tronco para no caer. Esperó hasta que Saphira estuvo a su lado y entonces cerró los ojos, respiró con fuerza el aire frío y húmedo y envió sus pensamientos al árbol.

El árbol Menoa no hizo ningún intento de evitar que él tocara su mente, ya que su conciencia era tan grande y extraña, y estaba tan entrelazada con las de las otras plantas del bosque, que no necesitaba defenderse. Quien quisiera controlar el árbol también tendría que establecer un dominio mental sobre una gran parte de Du Weldenvarden, hazaña que una sola persona no podía tener esperanzas de lograr.

Eragon sintió un calor y una luz que provenían del árbol, así como la sensación de la tierra apretada contra sus raíces a lo largo de cientos de metros en todas direcciones. Sintió la brisa entre las enredadas ramas y el fluir de la pegajosa resina que rezumaba por un pequeño corte en el tronco. También recibió una enorme cantidad de impresiones similares procedentes de las otras plantas que el árbol Menoa vigilaba. Comparado con la conciencia que el árbol había mostrado durante la Celebración del Juramento de Sangre, ahora parecía dormido; el único pensamiento que Eragon pudo detectar era tan largo y se movía con tanta lentitud que era imposible de descifrar.

Reunió todos sus recursos y lanzó un grito mental al árbol Menoa:

Por favor, escúchame, ¡oh, gran árbol! ¡Necesito tu ayuda! ¡Toda la Tierra está en guerra, los elfos han abandonado la seguridad de Du Weldenvarden, y yo no tengo ninguna espada con que luchar! El hombre gato Solembum me dijo que mirara debajo del árbol Menoa cuando necesitara un arma. ¡Bueno, ese momento ha llegado! ¡Por favor, escúchame, oh, madre del bosque! ¡Ayúdame en mi búsqueda!

Mientras hablaba, Eragon envió a la conciencia del árbol imágenes de Espina y de Murtagh y de los ejércitos del Imperio. Saphira añadió también varios recuerdos, doblando los esfuerzos de Eragon con su propia fuerza.

Eragon no utilizó solamente palabras e imágenes. Desde dentro de sí mismo y de Saphira, lanzó una constante corriente de energía al árbol: un obsequio de buena fe que, esperaba, despertara la curiosidad del árbol Menoa.

Pasaron varios minutos y el árbol continuaba sin reconocer su presencia, pero Eragon se negaba a abandonar. El árbol, pensó, se movía a un ritmo más lento que los humanos y los elfos; era de esperar que no respondiera inmediatamente a su petición.

No podemos gastar mucha fuerza más —dijo Saphira—, *si queremos volver con los vardenos a tiempo.*

Eragon asintió y, con renuencia, cortó el flujo de energía.

Mientras continuaba rogándole al árbol Menoa, el sol llegó a su punto más alto y, luego, empezó a descender. Las nubes se hincharon, se achicaron y se escabulleron por la bóveda del cielo. Los pájaros volaron por encima de los árboles, las ardillas parlotearon enojadas, las mariposas volaron de flor en flor y una hilera de hormigas rojas desfiló por delante del pie de Eragon transportando pequeñas larvas con las pinzas.

Entonces Saphira gruñó; todos los pájaros de las cercanías levantaron el vuelo, asustados.

¡Basta de esta humillación! —declaró—. *¡Soy una dragona y no seré ignorada, ni siquiera por un árbol!*

—¡No, espera! —gritó Eragon al percibir sus intenciones, pero ella lo ignoró.

Saphira se apartó un paso del árbol Menoa, se agachó, clavó con fuerza las garras en la raíz del árbol y, dando un poderoso tirón, arrancó tres grandes tiras de madera de ella.

¡Sal y habla con nosotros árbol elfo! —rugió.

Levantó la cabeza como una serpiente a punto de atacar y soltó una llamarada de la boca que envolvió al tronco en una tormenta de fuego azul y blanco.

Eragon se cubrió el rostro y dio un salto para alejarse del calor.

—¡Saphira, detente! —gritó, horrorizado.

Me detendré cuando hable con nosotros.

Una densa nube de gotas de agua cayó al suelo. Eragon miró hacia arriba y vio que las ramas del pino temblaban y se bamboleaban con una agitación cada vez mayor. El sonido de madera frotando madera llenó el bosque. Al mismo tiempo, una brisa fría como el hielo acarició la mejilla de Eragon y pareció que se oía un grave retumbar bajo la tierra. Miró a su alrededor y se dio cuenta de que los árboles que rodeaban el claro parecían más altos y sus formas más angulosas que antes, como si se inclinaran hacia delante y sus ramas se extendieran hacia ellos como garras.

Y Eragon tuvo miedo.

Saphira... —dijo, agachándose un poco, dispuesto a salir corriendo o a luchar.

La dragona cerró las mandíbulas, cortó el chorro de fuego y apartó la mirada del árbol Menoa. Al ver el cerco de amenazadores árboles, las escamas se le pusieron de punta, como el pelo de un gato asustado. Lanzó un gruñido hacia el bosque moviendo la cabeza de un lado a otro, luego desplegó las alas y empezó a apartarse del árbol Menoa.

Deprisa, sube a mi grupa.

Antes de que Eragon diera un paso, una raíz gruesa como su brazo emergió del suelo y se enroscó alrededor de su tobillo izquierdo: lo inmovilizó. Unas raíces más gruesas aparecieron a ambos lados de Saphira y la sujetaron por las patas y la cola, impidiéndole que se moviera de sitio. Saphira rugió de furia y levantó la cabeza para lanzar otra ráfaga de fuego.

Entonces, una voz susurrante parecida al sonido de fricción de las hojas sonó en la mente de Eragon y de Saphira, que ya empezaba a escupir un fuego titubeante. La voz dijo:

¿Quién se atreve a interrumpir mi paz? ¿Quién se atreve a mor-

603

derme y quemarme? Decid vuestros nombres para que sepa a quiénes habré matado.

La raíz apretó con fuerza el tobillo de Eragon, que no pudo reprimir una mueca de dolor. Si apretaba un poco más, le rompería el hueso.

Soy Eragon Asesino de Sombra, y ésta es la dragona a la que estoy unido, Saphira Escamas Brillantes.

Morid bien, Eragon Asesino de Sombra, y Saphira Escamas Brillantes.

¡Espera! —dijo Eragon—. *No he terminado de decir quiénes somos.*

Se hizo un largo silencio, y luego la voz dijo:

Continúa.

Soy el último Jinete de Dragón libre de Alagaësia, y Saphira es la última dragona que existe. Somos, quizá, los únicos que podemos derrotar a Galbatorix, el traidor que ha destruido a los Jinetes y que ha conquistado media Alagaësia.

¿Por qué me has herido, dragona? —dijo la voz con un suspiro.

Saphira apretó las mandíbulas y contestó:

Porque no querías hablar con nosotros, árbol elfo, y porque Eragon ha perdido su espada y un hombre gato le dijo que mirara debajo del árbol Menoa cuando necesitara un arma. Hemos mirado y mirado, pero no podemos encontrarla solos.

Entonces moriréis en vano, dragona, porque no hay ningún arma debajo de mis raíces.

Creemos que el hombre gato se debía de referir al acero brillante, el metal de estrella que Rhunön utiliza para forjar las espadas de los Jinetes —dijo, desesperado, Eragon—. *Sin él, ella no puede reemplazar mi espada.*

La red de raíces que cubría el claro se movió y la tierra se rizó alrededor de ellas. El movimiento asustó a cientos de conejos, ratones, ratoncillos de campo, musarañas y otras pequeñas criaturas que se encontraban en sus madrigueras y guaridas, y los hizo salir corriendo por toda la superficie hacia lo más denso del bosque.

Eragon vio por el rabillo del ojo que docenas de elfos corrían hacia el claro con el pelo flotando al viento como estandartes de seda. Igual que apariciones silenciosas, los elfos se quedaron debajo de las ramas de los árboles de alrededor y miraron a Eragon y a Saphira sin hacer nada por ayudarlos.

Eragon estaba a punto de llamar mentalmente a Oromis y a Glaedr cuando volvió a oír la voz:

El hombre gato sabía de qué hablaba: hay un nódulo de acero brillante enterrado en lo más hondo de mis raíces, pero no lo tendréis. Me habéis mordido y me habéis quemado, y no os perdono.

Un sentimiento de alarma atemperó la excitación de Eragon al oír que el acero brillante sí existía.

Pero ¡Saphira es la última dragona! —exclamó—. *¡No irás a matarla!*

Los dragones escupen fuego —susurró la voz, y un escalofrío recorrió los árboles que rodeaban el claro—. *Los fuegos deben ser extinguidos.*

Saphira volvió a gruñir y dijo:

Si no podemos detener al hombre que destruyó a los Jinetes de Dragón, él vendrá aquí y quemará el bosque a tu alrededor, y luego también te destruirá a ti, árbol elfo. Pero si nos ayudas, quizá podamos impedírselo.

Entre los árboles resonó un chillido procedente de dos ramas que se frotaban la una contra la otra.

Si intenta matar a mis plantas, morirá —dijo la voz—. *Nadie es tan fuerte como todo el bosque junto. Nadie puede creerse capaz de desafiar al bosque, y hablo en nombre del bosque entero.*

¿No es suficiente la energía que te hemos dado para curar tus heridas? —preguntó Eragon—. *¿No es compensación suficiente?*

El árbol Menoa no respondió, sino que probó la mente de Eragon y se coló entre sus pensamientos como una corriente de viento.

¿Qué eres, Jinete? —preguntó el árbol—. *Conozco a todas las criaturas que viven en este bosque, pero nunca me he encontrado con una como tú.*

No soy elfo ni humano —dijo Eragon—. *Soy algo que está en medio. Los dragones me cambiaron durante la Celebración del Juramento de Sangre.*

¿Por qué te cambiaron, Jinete?

Para que pudiera luchar mejor contra Galbatorix y su Imperio.

Recuerdo haber sentido una distorsión en el mundo durante la celebración, pero no pensé que fuera importante... Tan pocas cosas parecen importantes ahora, excepto el sol y la lluvia.

Te curaremos la raíz y el tronco si eso te satisface —dijo Eragon—, *pero, por favor, ¿me podrías dar el acero brillante?*

Las otras criaturas chirriaron y gimieron como almas abandonadas, y entonces, suave y palpitante, la voz volvió a hablar:

¿Me darás lo que deseo a cambio, Jinete de Dragón?

Lo haré —respondió Eragon sin dudar. Fuera cual fuera el precio, lo pagaría a gusto por tener una espada de Jinete.

La copa del árbol Menoa se quedó inmóvil y, durante varios minutos, todo el claro quedó en silencio. Luego, el suelo empezó a temblar y las raíces que Eragon tenía delante empezaron a retorcerse y a rechinar y a desprender trozos de corteza, mientras se apartaban a un lado y dejaban al descubierto un trozo de tierra. De él emergió lo que parecía ser un pedazo de acero oxidado de un metro de largo por medio metro de ancho aproximadamente. Mientras la mena subía hasta la superficie del rico y ennegrecido suelo, Eragon sintió un ligero retortijón en el vientre. Hizo una mueca y se frotó la barriga, pero la sensación de incomodidad ya había desaparecido. Entonces la raíz que lo sujetaba por el tobillo se aflojó y se retiró hacia la tierra, igual que las que habían estado sujetando a Saphira.

Aquí tienes tu metal —susurró el árbol Menoa—. *Cógelo y vete...*

Pero... —empezó a decir Eragon.

Vete... —repitió el árbol Menoa mientras su voz se apagaba—. *Vete...*

Y la conciencia del árbol se retiró de él y de Saphira, penetrando más y más profundamente en sí misma hasta que Eragon ya casi no pudo notar su presencia. A su alrededor, los amenazadores pinos se relajaron y retomaron su postura habitual.

—Pero... —dijo Eragon en voz alta, asombrado de que el árbol Menoa no le hubiera dicho lo que quería.

Todavía desconcertado, se agachó sobre la mena, pasó los dedos por debajo del borde de la piedra que contenía el metal y tomó la irregular masa entre los brazos gruñendo por el peso. La abrazó contra el pecho, dio la espalda al árbol Menoa e inició el largo camino hacia la casa de Rhunön.

Saphira se colocó a su lado y olió el acero brillante.

Tenías razón —le dijo—. *No debería haberlo atacado.*

Por lo menos tenemos el acero brillante —repuso Eragon—, *y el árbol Menoa..., bueno, no sé que es lo que ha obtenido, pero nosotros tenemos lo que habíamos venido a buscar y eso es lo que importa.*

Los elfos se habían reunido a lo largo del camino y los miraban, a él y a Saphira, con una intensidad que hizo que Eragon apretara el paso y que le puso los pelos de punta. Los elfos no dijeron nada, simplemente los miraron con sus ojos rasgados, los miraron como se mira a un animal peligroso que acaba de entrar en tu propia casa.

Una nube de humo salió de las fosas nasales de Saphira:

Si Galbatorix no nos mata primero —dijo—, *creo que viviremos lo suficiente para lamentar lo que ha pasado.*

Mente contra metal

—¿*D*ónde lo has encontrado? —preguntó Rhunön mientras Eragon entraba trastabillando en el atrio de su casa y dejaba el trozo de mena de acero brillante en el suelo, ante los pies de la elfa.

Con toda la brevedad de que fue capaz, Eragon le habló de Solembum y del árbol Menoa.

Rhunön se agachó delante de la mena y acarició la marcada superficie, deteniendo los dedos en los trozos metálicos que llenaban la piedra.

—O bien has sido un loco, o bien un valiente, por poner a prueba al árbol Menoa de esa manera. No se puede jugar con él.

¿Es esa mena suficiente para hacer una espada? —preguntó Saphira.

—Varias espadas, si se puede juzgar por las pasadas experiencias —respondió Rhunön, incorporándose de nuevo.

La elfa miró hacia la forja que tenía en el centro del atrio, dio una palmada y los ojos se le iluminaron con una mezcla de ansiedad y determinación.

—¡Manos a la obra, pues! ¿Necesitas una espada, Asesino de Sombra? Muy bien, te daré una espada como nunca se ha visto en Alagaësia.

—¿Y qué pasa con tu juramento? —preguntó Eragon.

—No pienses en eso a partir de ahora. ¿Cuándo debéis volver con los vardenos?

—Deberíamos habernos ido de aquí el día en que llegamos —dijo Eragon.

Rhunön permaneció en silencio y con expresión pensativa un momento.

—Entonces tendré que apremiar aquello que no acostumbro a apremiar, y utilizar la magia para hacer aquello que, de otra forma, requeriría semanas de trabajo manual. Tú y Escamas Brillantes me ayudaréis. —No era una pregunta, pero Eragon asintió con la cabeza—. Esta noche no descansaremos, pero te prometo, Asesino de Sombra, que tendrás tu espada mañana por la mañana. —Rhunön se agachó otra vez, levantó la mena del suelo aparentemente sin esfuerzo y la llevó hasta el banco en que tenía la talla.

Eragon se quitó la túnica y la camisa para no estropearlas con el trabajo que se avecinaba y Rhunön le dio un ajustado chaleco y un delantal hecho con una tela inmune al fuego. Rhunön llevaba puestas las mismas prendas. Eragon le preguntó por los guantes, pero ella rio y negó con la cabeza:

—Sólo un herrero torpe usa guantes.

Entonces Rhunön lo condujo hasta una cámara parecida a una gruta y que se encontraba en el interior del tronco de uno de los árboles de la casa. Dentro de la cámara había unos sacos de carbón y unos cuantos montones de ladrillos de barro blancos. Con un hechizo, Eragon y Rhunön levantaron unos cuantos cientos de ladrillos y los llevaron fuera, cerca de la fragua sin paredes, y luego hicieron lo mismo con los sacos de carbón, que eran más altos que un hombre.

Cuando los materiales estuvieron colocados a satisfacción de Rhunön, ella y Eragon construyeron una fundición para la mena. La fundición era una estructura compleja, y Rhunön se negó a utilizar demasiado la magia para construirla, así que hacerlo les ocupó casi toda la tarde. Primero cavaron un agujero rectangular de un metro y medio de profundidad, que llenaron con capas de arena, grava, arcilla y ceniza dejando varios agujeros y canales para que el vaho encontrara una salida y no anegara el calor del fuego. Cuando hubieron rellenado el agujero hasta la altura del suelo, construyeron una caja sin fondo con los ladrillos utilizando agua y barro crudo como mortero, y la colocaron encima. Rhunön entró en la casa y volvió a salir con un par de barquines, que colocaron en unos agujeros en la base de la caja.

Entonces hicieron una pausa para beber y comer un poco de pan con queso.

Después del breve refrigerio, Rhunön colocó un montoncito de pequeñas ramitas en el interior de los ladrillos, los encendió murmurando una palabra y, cuando las llamas se estabilizaron, colocó unos trozos medianos de roble en el fondo. Durante casi una hora, Rhunön estuvo vigilando el fuego, cuidándolo con la atención de un jardinero que cultiva rosas, hasta que la madera se hubo convertido en un lecho de ascuas. Entonces asintió con la cabeza y dijo:

—Ahora.

Eragon levantó el trozo de mena y, con suavidad, lo colocó dentro de la fundición. Cuando el calor en las manos se le hizo insoportable, soltó la mena y dio un salto hacia atrás justo en el momento en que una nube de chispas volaban en espiral como un enjambre de luciérnagas. Encima de la mena y de las ascuas, colocó una densa capa de carbón para alimentar el fuego. Eragon se sacudió el carbón de las manos, tomó uno de los barquines y empezó a manchar, igual que hacía Rhunön. Entre ambos crearon una constante corriente de aire que avivó el fuego.

El baile de las llamas en la fundición creaba unos parpadeantes destellos de luz en las escamas del pecho y del cuello de Saphira. La dragona se tumbó a unos metros de la fundición con la vista clavada en el fuego.

Os podría ayudar, ya lo sabéis —les dijo—. *Sólo tardaría un minuto en fundir la mena.*

—Sí —dijo Rhunön—, pero si se funde demasiado deprisa, el metal no se combinará con las ascuas y no será lo bastante duro y flexible para una espada. Guarda tu fuego, dragona. Lo necesitaremos después.

El calor de la fundición y el esfuerzo de manchar los barquines hicieron que Eragon, de inmediato, quedara cubierto por el sudor; los brazos desnudos le brillaban a la luz del fuego.

De vez en cuando, él o Rhunön dejaban los barquines y echaban otra capa de carbón sobre el fuego.

El trabajo era monótono y, como resultado, Eragon pronto perdió la noción del tiempo. El constante rugido del fuego, la sensación del mango del barquín en las manos, el siseo del aire y la presencia vigilante de Saphira era lo único que notaba.

Por eso se sorprendió cuando Rhunön dijo:

—Es suficiente. Deja el barquín.

Eragon se pasó una mano por la frente y la ayudó a sacar las ascuas de la fundición y a ponerlas en un barril lleno de agua. Las ascuas sisearon y soltaron un olor agrio al entrar en contacto con el líquido.

Cuando finalmente sacaron el brillante y blanco metal caliente del fondo de la fundición —la escoria y demás impurezas habían desaparecido durante el proceso—, Rhunön cubrió el metal con una capa de fina ceniza blanca, luego apoyó la pala contra el costado de la fundición y fue a sentarse en el banco de la forja.

—¿Y ahora qué? —preguntó Eragon mientras se sentaba con Rhunön.

—Ahora esperamos.

—¿A qué?

Rhunön hizo un gesto hacia el cielo, que la luz del sol poniente pintaba con una mezcla de nubes rojas, púrpuras y doradas.

—Tiene que ser de noche cuando trabajemos el metal para poder ver bien su color. Además, el acero brillante necesita tiempo para enfriarse y, así, será suave y fácil de modelar. —Rhunön alargó la mano hasta la nuca, deshizo el lazo que le sujetaba el pelo y se lo volvió a recoger y a sujetar de nuevo—. Mientras tanto, hablemos de tu espada. ¿Cómo luchas, con una mano o con dos?

Eragon pensó un momento, y luego dijo:

—Depende. Si puedo elegir, prefiero sujetar la espada con una sola mano y llevar el escudo en la otra. De todas formas, las circunstancias no siempre me son favorables, y a menudo tengo que luchar sin escudo. Entonces me gusta poder sujetar el mango con las dos manos para poder golpear con más fuerza. El mango de *Zar'roc* era lo bastante grande para sujetarlo con la mano izquierda si quería, pero las protuberancias que tenía alrededor del rubí eran incómodas y no me permitían cogerlo bien. Sería bueno tener un mango un poco más grande.

—Supongo que no quieres una espada de mango doble —dijo Rhunön.

Eragon negó con la cabeza.

—No, sería demasiado grande para luchar en espacios cerrados.

—Eso depende de la relación del tamaño de la empuñadura con el de la hoja, pero, en general, tienes razón. ¿Te adaptarías a una espada de un mango y medio?

Una imagen de la espada original de Murtagh pasó por la cabeza de Eragon, y sonrió. «¿Por qué no?», pensó Eragon.

—Sí, una espada de un mango y medio sería perfecta, creo.

—¿Y cuán larga quieres la hoja?

—No más larga que la de *Zar'roc*.

—Ajá. ¿Quieres una hoja recta o curvada?

—Recta.

—¿Tienes alguna preferencia respecto a la guarda?

—No especialmente.

Rhunön cruzó los brazos, bajó la cabeza y entrecerró los ojos. Hizo una mueca con los labios.

—¿Y la anchura de la hoja? Recuerda, por delgada que sea, la espada no se romperá.

—Quizá podría ser un poco más ancha hacia la guarda de lo que era *Zar'roc*.

—¿Por qué?

—Creo que tendría mejor aspecto.

Una sonora y ronca carcajada explotó en el pecho de Rhunön.

—Pero ¿en qué mejoraría eso el uso de la espada?

Incómodo, Eragon se removió en el banco sin saber qué decir.

—No me pidas que dé forma a una espada solamente para mejorar su aspecto —lo reprendió Rhunön—. Un arma es una herramienta, y si es hermosa, lo es porque es útil. Una espada que no pudiera cumplir su función sería fea a mis ojos por muy bonita que fuera su forma o por adornada que estuviera con las mejores joyas y los grabados más intrincados. —La elfa apretó los labios, pensativa—: Bueno, una espada adecuada tanto para el constante derramamiento de sangre del campo de batalla como para defenderte en los estrechos túneles de debajo de Farthen Dûr. Una espada para todas las ocasiones, de mediana longitud, excepto la empuñadura, que será más larga que la media.

—Una espada para matar a Galbatorix —dijo Eragon.

Rhunön asintió con la cabeza.

—Y como tal, debe estar bien protegida contra la magia... —Volvió a hundir la barbilla en el pecho—. Las armaduras han mejorado mucho durante este siglo, así que la punta deberá ser más estrecha de lo que las hacía antes, para poder penetrar mejor la plancha y la malla y para poder entrar en las rendijas entre las piezas. Hum...

Rhunön sacó un trozo de cordel retorcido de un bolsillo y, con él, tomó varias medidas de las manos y los brazos de Eragon. Después, sacó un bastón de hierro forjado de la fragua y se lo lanzó a Eragon. Él lo atrapó con una sola mano y miró a la elfa con una ceja levantada. Ella le hizo un gesto con un dedo y dijo:

—Vamos. Ponte de pie y déjame ver cómo te mueves con una espada.

Eragon salió de debajo de la fragua y le mostró algunas de las formas de manejar la espada que Brom le había enseñado. Al cabo de un minuto, oyó el tintineo del metal sobre la piedra. Rhunön, carraspeando, dijo:

—Oh, esto es inútil. —Se puso delante de Eragon con otro bastón en la mano. Frunció el ceño con fiereza y levantó el bastón delante de él en un gesto de saludo—. ¡En guardia, Asesino de Sombra!

El pesado bastón de Rhunön silbó en el aire cuando ella se dispuso a darle un duro golpe. Eragon saltó a un lado y paró el ataque. Los dos palos chocaron y Eragon sintió una fuerte vibración en la mano. Durante un breve rato, él y Rhunön lucharon. Aunque era evi-

611

dente que ella no practicaba hacía tiempo, a Eragon le pareció una rival formidable. Al final tuvieron que parar porque los bastones de hierro se habían doblado y parecían unas retorcidas ramas de tejo.

Rhunön recogió el bastón de Eragon y llevó las dos piezas de hierro retorcido hasta un montón de herramientas rotas. Cuando volvió, la elfa levantó la cabeza y dijo:

—Ahora sé exactamente qué forma debe tener tu espada.

—Pero ¿cómo la vas a hacer?

En los ojos de Rhunön apareció un brillo divertido.

—No la voy a hacer. Tú harás la espada en mi lugar, Asesino de Sombra.

Eragon se quedó boquiabierto un instante.

—¿Yo? —farfulló—. Pero yo nunca he sido aprendiz de herrero ni de forjador de espadas. No tengo la habilidad de forjar ni siquiera un cuchillo común.

El brillo en los ojos de Rhunön se intensificó.

—De todas formas, tú serás quien haga esta espada.

—Pero ¿cómo? ¿Te pondrás a mi lado y me darás órdenes mientras golpeo el metal?

—No —repuso Rhunön—, guiaré tus actos desde dentro de tu mente, para que tus manos hagan lo que las mías no pueden hacer. No es una solución perfecta, pero no se me ocurre ninguna otra manera de esquivar el juramento y que me permita aplicar mi arte.

Eragon frunció el ceño.

—Si tú mueves mis manos por mí, ¿en qué es distinto eso de hacer la espada tú misma?

La expresión de Rhunön se ensombreció:

—¿Quieres esta espada o no, Asesino de Sombra? —dijo con brusquedad.

—Sí.

—Entonces evita agobiarme con preguntas así. Hacer la espada a través de ti es distinto porque yo creo que es distinto. Si creyera otra cosa, poco después mi juramento me impediría participar en el proceso. Así, a no ser que desees volver con los vardenos con las manos vacías, harás bien en guardar silencio sobre el tema.

—Sí, Rhunön-elda.

Entonces fueron hasta la fundición, y Rhunön y Saphira levantaron la masa, todavía caliente, de acero brillante solidificado del fondo de la caja de ladrillos.

—Rómpelo en trozos del tamaño de un puño —le dijo Rhunön, que se apartó a una distancia prudencial.

Saphira levantó la pata delantera y la dejó caer con toda su fuerza sobre la rugosa barra de acero brillante. La tierra tembló, y el acero brillante se rompió por distintos puntos. La dragona pisó tres veces más el metal hasta que Rhunön estuvo satisfecha con el resultado.

La elfa reunió los afilados trozos de metal en su delantal y los llevó hasta una mesa baja que estaba al lado de la forja. Allí clasificó el metal según su dureza, que podía ver por el color y la textura del metal partido, o al menos eso le dijo a Eragon.

—Algunos son demasiado duros; otros, demasiado blandos —dijo—, y aunque podría solucionarlo si quisiera, eso requeriría volver a fundir. Así que utilizaré solamente las piezas que ya sean adecuadas para una espada. En los bordes de la espada tiene que haber un acero ligeramente más duro —tocó un montón de trozos que tenían un grano brillante— para obtener un buen filo. El centro de la espada debe tener un acero un poco más blando —continuó, tocando un montón de trozos más grises y menos brillantes que los otros— para que pueda doblarse y absorber un golpe. Sin embargo, antes de que demos forma al metal en la forja, hay que trabajarlo para quitarle las impurezas que quedan.

¿Y eso cómo se hace? —preguntó Saphira.

—Eso lo verás dentro de un momento. —Rhunön fue hasta uno de los postes que soportaban el techo de la fragua, se sentó apoyando la espalda en él, cruzó las piernas y cerró los ojos, con el rostro sereno—. ¿Estás listo, Asesino de Sombra? —preguntó.

—Lo estoy —repuso Eragon, a pesar de la tensión que sentía en el estómago.

Lo primero que Eragon notó en Rhunön cuando sus mentes se encontraron fueron los acordes bajos que resonaban en el oscuro y enredado paisaje de sus pensamientos. La música era lenta y meditada, y estaba en una escala que resultaba extraña e intranquilizante. Eragon no estaba seguro de qué era lo que eso decía del carácter de Rhunön, pero la inquietante melodía le hizo reconsiderar el hecho de permitirle controlar su cuerpo. Pero entonces pensó en Saphira, que estaba sentada a su lado vigilándolo, y la inquietud disminuyó y pudo bajar la última de las defensas que rodeaban su conciencia.

Sintió que su piel entraba en contacto con la lana cuando Rhunön envolvió su mente con la de ella y se insinuó en las zonas más privadas de su ser. Sintió un escalofrío y casi se apartó, pero entonces la ronca voz de Rhunön resonó en su cabeza:

613

Relájate, Asesino de Sombra, y todo irá bien.

Sí, Rhunön-elda.

Entonces Rhunön empezó a levantar sus brazos, a moverle las piernas, a hacerle girar la cabeza y a experimentar con las distintas posibilidades de su cuerpo. Aunque a Eragon le resultó raro sentir que la cabeza y las piernas se le movían sin su consentimiento, todavía le pareció más extraño que los ojos empezaran a movérsele de un lado a otro, como por su propia voluntad. La sensación de indefensión le despertó un repentino ataque de pánico. Cuando Rhunön lo hizo caminar hacia delante y tropezó con el canto de la forja haciendo que estuviera a punto de caerse, Eragon recuperó de inmediato el control de sus facultades y se sujetó al yunque de Rhunön.

No interfieras —dijo, cortante, Rhunön—. *Si te fallan los nervios en un momento poco adecuado durante el proceso de forja, podrías causarte un daño irreparable.*

Tú también podrías hacerlo si no tienes cuidado —replicó Eragon.

Ten paciencia, Asesino de Sombra. Habré dominado esto cuando se haya hecho de noche.

614

Mientras esperaban a que la última luz se desvaneciera en el cielo aterciopelado, Rhunön preparó la fragua y practicó con varias armas. La torpeza inicial con el cuerpo de Eragon desapareció pronto, aunque una vez quiso coger un martillo y le rascó las puntas de los dedos en la mesa. El dolor hizo que a Eragon se le humedecieran los ojos. Rhunön se disculpó y dijo:

Tus brazos son más largos que los míos.

Al cabo de unos minutos, cuando estaban a punto de empezar, comentó:

Es una suerte que tengas la rapidez y la fuerza de un elfo, Asesino de Sombra, porque, si no, no podríamos tener esperanzas de terminar esta noche.

Rhunön cogió los trozos de acero blando y duro con que quería trabajar y los colocó encima del horno. A petición de la elfa, Saphira calentó el acero abriendo las mandíbulas sólo un poco para concentrar el fuego que le salía de la boca en una estrecha llamarada que no se extendiera por el resto del taller. La rugiente ráfaga de fuego iluminó todo el atrio con una fiera luz azul que hizo brillar las escamas de Saphira con destellos cegadores.

Cuando el metal empezó a adquirir un intenso color rojo, Rhunön hizo que Eragon apartara el acero brillante del torrente de llamas con unas pinzas. Lo dejó encima del yunque y, con una serie de golpes rápidos de mazo, aplastó los trozos de metal hasta convertirlos en unas placas que no tenían más de un centímetro de grosor. La superficie del acero rojo mostró unas motas incandescentes. Cuando terminaba con un trozo de acero, lo tiraba a un cubo de agua.

Cuando hubo acabado de aplastar todos los trozos, Rhunön sacó las placas del cubo y Eragon notó el calor del agua en el brazo. Luego frotó la superficie de cada uno de ellos con un fragmento de arenisca para quitar las escamas negras que se habían formado en ella. Este proceso dejó al descubierto la estructura cristalina del metal, que Rhunön examinó con gran atención. Luego clasificó el metal según el grado de dureza y de pureza, siguiendo las indicaciones del cristal.

Eragon, al estar tan cercano, percibía cada pensamiento y sentimiento de Rhunön. La profundidad de los conocimientos de la elfa lo impresionaron: ella veía cosas en el metal que él no sospechaba que existieran, y los cálculos que hizo respecto al tratamiento que aplicar estaban más allá de su comprensión. También notó que ella no estaba satisfecha con cómo había manejado la maza al aplanar el acero.

La insatisfacción de Rhunön aumentó hasta que, al fin, dijo:

¡Bah! ¡Mira esas marcas del metal! No puedo forjar una espada así. Mi control de tus brazos y tus manos todavía no es suficientemente bueno para fabricar una espada destacable.

Antes de que Eragon pudiera razonar con ella, Saphira dijo:

Las herramientas no hacen al artista, Rhunön-elda. Seguro que puedes encontrar la manera de compensar este inconveniente.

¿Inconveniente? —se burló Rhunön—. *No tengo mejor coordinación que un novato. Soy un extraño en una casa extraña.* —Sin dejar de rezongar, lanzó al metal unos pensamientos que fueron incomprensibles para Eragon, y luego dijo—: *Bueno, quizá tenga una solución, pero te lo advierto, no continuaré si no soy capaz de mantener mi nivel habitual.*

No le explicó cuál era la solución ni a Eragon ni a Saphira, sino que fue colocando, una a una, las placas de acero en el yunque y las rompió hasta que quedaron como unos copos no más grandes que pétalos de rosa. Entonces reunió la mitad de los copos, los amontonó dándoles forma de lingote y los unió con arcilla y corteza de abedul.

El lingote se colocó encima de una gruesa pala de acero con un mango de dos metros de longitud, parecida a la que utilizan los panaderos para meter y sacar las hogazas de pan del horno.

Rhunön colocó el extremo de la pala en el centro del horno y

615

luego hizo retroceder a Eragon todo lo que pudo sin que soltara el mango. Le pidió a Saphira que continuara lanzando fuego y el atrio volvió a iluminarse con una radiante luz azul. El calor era tan intenso que Eragon sintió su piel crepitar y vio que las piedras de granito que formaban el horno habían adquirido un brillo amarillo.

El acero brillante hubiera tardado media hora en llegar al grado de temperatura adecuado en el fuego de brasas, pero en el infierno de las llamas de Saphira tardó solamente unos minutos en volverse blanco. En cuanto lo hizo, Rhunön ordenó a Saphira que se detuviera. La oscuridad engulló la fragua de nuevo en cuanto Saphira cerró las mandíbulas.

Rhunön hizo correr a Eragon hacia delante y le hizo transportar el encendido lingote cubierto de arcilla hasta el yunque, donde levantó el martillo y, a golpes, maznó los copos de acero brillante hasta que formaron un todo cohesionado. Continuó golpeando el metal para darle forma de barra; luego hizo un corte en el medio, dobló el metal sobre sí mismo y soldó las dos partes juntas. Los sonidos como de campana de los golpes resonaron en los antiguos árboles que los rodeaban.

Rhunön hizo que Eragon volviera a colocar el acero brillante en el horno cuando el color cambió de blanco a amarillo, y Saphira volvió a envolver el metal con el fuego de su vientre. Seis veces Eragon calentó y dobló el acero brillante, y cada vez el metal era más suave y más flexible hasta que se pudo doblar sin romperse.

Mientras Eragon golpeaba el metal, cada uno de sus gestos dirigidos por Rhunön, la elfa empezó a cantar, tanto a través de Eragon como ella misma. Juntas, sus voces formaban una harmonía agradable que se elevaba y caía con los golpes del martillo. Eragon sentía un cosquilleo en la espalda provocado por la energía con que la elfa imbuía cada palabra que pronunciaban, y se dio cuenta de que la canción contenía unos hechizos para fraguar, dar forma y moldear. Con ambas voces, Rhunön le cantó al metal que estaba en el yunque describiendo sus propiedades, alterándolas de una manera que superaba la comprensión de Eragon e imbuyendo al acero brillante con una compleja red de encantamientos diseñados para darle una fuerza y resistencia superiores a la de cualquier otro metal. La elfa también cantó a través del brazo con que Eragon sujetaba el martillo y, así, cada golpe que daba caía en el punto adecuado.

Rhunön enfrió la barra de acero brillante después de doblarla por sexta y última vez. Repitió el proceso entero con la otra mitad de acero brillante duro, haciendo una barra idéntica a la primera. Luego reunió los fragmentos del acero más blando, que dobló y maznó diez veces antes de darle forma de cuña.

Luego, Rhunön hizo que Saphira volviera a calentar las dos barras de acero más duro. Después colocó las brillantes barras, una al lado de la otra, encima del yunque, las sujetó, juntas, por ambos extremos con unas pinzas y las retorció, una alrededor de la otra, siete veces. El aire se llenaba de chispas cada vez que martilleaba los giros del acero para formar una sola pieza de metal. Rhunön dobló, maznó y martilleó la masa resultante otras seis veces. Cuando estuvo satisfecha con la calidad del metal, Rhunön aplanó el acero brillante formando una gruesa plancha rectangular, la cortó a lo largo con un afilado cincel y dobló cada una de las mitades por el medio, dándoles forma de V.

Y todo eso, estimó Eragon, Rhunön fue capaz de hacerlo en una hora y media. Se maravilló ante su velocidad, a pesar de que era su propio cuerpo el que realizaba las tareas. Nunca antes había visto a un herrero trabajar el metal con esa facilidad: lo que Horst hubiera tardado horas en hacer, Rhunön lo hizo en unos minutos. Y, por muy cansada que fuera la tarea de la forja, Rhunön continuó cantando y tejiendo una red de hechizos para el acero brillante mientras guiaba el brazo de Eragon con una precisión infalible.

En medio del ruido, el fuego, las chispas y el esfuerzo, a Eragon le pareció ver, mientras Rhunön le hacía desplazar los ojos por la fragua, a un trío de esbeltas figuras que estaban de pie en el borde del atrio. Saphira confirmó su sospecha al cabo de un momento al decirle:

Eragon, no estamos solos.

¿Quiénes son? —preguntó.

Saphira le envió una imagen de Maud, la baja y marchita mujer gata, que ahora tenía forma humana y se encontraba de pie entre dos pálidos elfos que no eran más altos que ella. Uno de los elfos era hembra, el otro, varón, y los dos eran extraordinariamente hermosos, incluso para el criterio de los elfos. Sus solemnes rostros con forma de lágrima parecían sabios e inocentes por igual, lo cual hacía imposible adivinar su edad. La piel tenía un ligero brillo plateado, como si los dos elfos estuvieran llenos de tanta energía que ésta les salía por los poros de la piel.

Eragon preguntó a Rhunön la identidad de los elfos en cuanto ella se detuvo un momento para darle un breve descanso. Rhunön los miró, lo cual permitió a Eragon verlos bien, y luego, sin interrumpir su canción, le dijo mentalmente:

Son Alanna y Dusan, los únicos niños elfos de Ellesméra. Hubo una gran alegría cuando fueron concebidos hace doce años.

No son como los otros elfos que he conocido —dijo Eragon.

Nuestros niños son especiales, Eragon. Están bendecidos con ciertos dones, dones de gracia y dones de poder, que ningún elfo adulto puede igualar. Cuando crecemos, nuestra plenitud se marchita de alguna manera, aunque la magia de nuestros primeros años nunca nos abandona por completo.

Rhunön no quería perder más tiempo hablando. Hizo que Eragon colocara la cuña de acero brillante entre las dos tiras en forma de V y las golpeó hasta que las tiras envolvieron casi por completo la cuña y la fricción hubo juntado las piezas. Entonces Rhunön maznó las piezas juntas y, mientras el metal todavía estaba caliente, empezó a extenderlo y a darle forma de espada: la cuña blanda se convirtió en la espiga de la espada, y las dos tiras formaban las tejas, el filo y la punta. Cuando hubo perfilado casi la forma de la longitud final de la espada, Rhunön trabajó la espiga con el martillo hasta que estableció las proporciones definitivas.

Rhunön sujetaba el hierro ante las fosas nasales de Saphira y la dragona soltaba un chorro de fuego que iba calentando unos quince centímetros de la espada cada vez, para que Rhunön pudiera ir trabajándola por partes. Un ejército de sombras retorcidas tomaba el perímetro del atrio cada vez que Saphira soltaba una llamarada.

Eragon observaba fascinado cómo sus manos transformaban el basto trozo de metal en un elegante instrumento de guerra. Con cada golpe de martillo, la forma de la espada se hacía más clara, como si el acero brillante «deseara» ser una espada y estuviera ansioso por adoptar la forma que Rhunön quería darle.

Por fin, el proceso de forja llegó a su fin; en el yunque reposó un hierro largo y negro que, aunque todavía tosco e incompleto, ya tenía un aspecto mortífero.

Rhunön dejó que los cansados brazos de Eragon descansaran mientras el hierro se enfriaba al aire. Luego hizo que Eragon llevara la espada hasta otro rincón del taller donde había seis ruedas de afilar distintas y, encima de un pequeño banco, un amplio surtido de limas, bastardas y piedras abrasivas. Sujetó la espada entre dos bloques de madera y pasó una hora rebajando las tejas de la espada con la lima y refinando el filo de la hoja con las bastardas. Igual que había sucedido con los golpes de martillo, cada pasada de la lima y de la bastarda parecía ejercer un mayor efecto de lo que sería normal: era como si las herramientas supieran exactamente cuánto acero quitar y lo hicieran con exactitud.

Cuando hubo terminado de afilar, Rhunön preparó unas brasas

en el horno y, mientras esperaba a que el fuego se asentara, hizo una mezcla con una arcilla oscura y de grano fino, cenizas, piedra pómez molida y sabia de enebro cristalizada. Pintó la hoja con ella, poniendo el doble de cantidad en la espiga, en el filo y en la punta de la espada. Cuanto más gruesa fuera la capa aplicada, más despacio se enfriaría el metal de debajo y, en consecuencia, esa zona de la espada sería más blanda.

Rhunön secó la capa de argamasa con un rápido hechizo y, siguiendo las indicaciones de la elfa, Eragon fue hasta el horno. Colocó la espada encima del lecho de brasas y, mientras manchaba con la mano que tenía libre, iba deslizando la espada hacia su cuerpo. Cuando hubo sacado la punta de la espada del fuego, le dio la vuelta y repitió el proceso. Continuó pasando la hoja por encima de las brasas hasta que los dos filos de la espada adquirieron un color anaranjado uniforme y la espiga tuvo un vivo color rojo. Entonces, con un gesto suave, Rhunön levantó la espada de las brasas, blandió el hierro candente en el aire y lo metió en el cubo de agua que había al lado del horno.

Una densa nube de vapor se elevó en cuanto el hierro entró en contacto con el agua, que siseó y bulló. Un minuto después, el hervor se apagó y Rhunön sacó la espada, que había adquirido un tono gris perla. Volvió a ponerla en el fuego y volvió a calentarla para reducir la fragilidad de los filos; luego volvió a enfriarla otra vez.

619

Eragon había esperado que Rhunön abandonara el control de su cuerpo cuando hubieran terminado de forjar, endurecer y templar la espada, pero, para su sorpresa, ella continuó en su mente y controlándole las piernas.

Rhunön le hizo apagar el horno y, luego, le hizo volver al banco donde se encontraban las limas, las bastardas y las piedras abrasivas. Lo hizo sentar y, con las piedras más finas, pulió la hoja. A través de los recuerdos de Rhunön, Eragon supo que ella acostumbraba a pasar una semana o más puliendo una espada, pero gracias a la canción que entonaba pudo terminar la tarea en cuatro horas solamente. Además, grabó un estrecho surco a lo largo de las tejas por cada lado. El acero brillante mostró su verdadera belleza cuando se enfrió: en él Eragon vio unos diseños brillantes y afiligranados que marcaban los límites de las capas del metal aterciopelado. A lo largo del filo de la espada se veía una veta de un blanco plateado y ancha como el pulgar y que parecía las llamas de un fuego helado.

Mientras Rhunön cubría la espiga con unos decorativos trazos cruzados, los músculos del brazo derecho de Eragon cedieron y se le cayó la lima que tenía entre los dedos. Después de estar concentrado tanto rato en el trabajo y en nada más, Eragon se sorprendió de lo intenso de su cansancio.

Suficiente —afirmó Rhunön, y salió de la mente de Eragon sin esperar más.

Eragon, conmocionado por su repentina ausencia, estuvo a punto de perder el equilibrio a pesar de que estaba sentado en el banco. Recuperó el control inmediatamente.

—Pero ¡no hemos terminado! —protestó, dándose la vuelta hacia Rhunön.

La noche le pareció imbuida de un silencio sobrenatural ahora que no la llenaba el ruido del trabajo.

Rhunön se levantó del suelo, donde había permanecido sentada con las piernas cruzadas y apoyada contra el poste, y negó con la cabeza.

—No te necesito más, Asesino de Sombra. Ve y duerme hasta el amanecer.

—Pero…

—Estás cansado y, a pesar de tu magia, es posible que arruines la espada si continúas trabajando en ella. Ahora que la espada está hecha, puedo hacer el resto sin incumplir mi juramento, así que vete. Encontrarás una cama en el segundo piso de mi casa. Si tienes hambre, hay comida en la despensa.

Eragon dudó un momento, reacio a marcharse, pero luego asintió con la cabeza y se alejó del banco arrastrando los pies. Al pasar al lado de Saphira, le acarició con una mano por encima del ala y le dio las buenas noches, demasiado cansado para decir nada más. Como respuesta, ella le revolvió el pelo con un bufido caliente y dijo:

Yo vigilaré y recordaré por ti, pequeño.

Eragon se detuvo un momento en la entrada de la casa de Rhunön y miró al otro lado del oscuro atrio, donde todavía se encontraban Maud y los dos niños elfos. Los saludó con un gesto de la mano y Maud sonrió, mostrando sus dientes afilados. Eragon sintió un escalofrío en la nuca al notar la mirada de los dos niños elfos: sus ojos, grandes y rasgados, se veían ligeramente luminosos en la oscuridad. Como no hicieron ningún movimiento, Eragon bajó la cabeza y entró en la casa, ansioso por tumbarse en el mullido lecho.

Un Jinete completo

Despierta, pequeño —dijo Saphira—. *El sol ha salido y Rhunön está impaciente.*

Eragon se incorporó de inmediato y apartó las sábanas con la misma facilidad con que apartó su sueño de vigilia. Tenía los brazos y las piernas doloridos del esfuerzo del día anterior. Se puso las botas, enredándose los dedos con los cordones por la prisa, cogió el sucio delantal del suelo y bajó los escalones de madera tallada y decorada con grabados hasta la entrada de la casa de Rhunön.

Fuera, el cielo brillaba con la primera luz del amanecer, aunque el atrio todavía estaba sumido en la sombra. Eragon vio a Rhunön y a Saphira al lado de la fragua sin paredes y corrió hacia ellos mientras se arreglaba el pelo con las manos.

Rhunön estaba de pie, apoyada en el banco. Unas oscuras ojeras le subrayaban los ojos y las arrugas del rostro se le veían más profundas que antes.

La espada se encontraba delante de ella, tapada con una tela blanca.

—He hecho lo imposible —dijo, con voz ronca y rota—. He hecho una espada a pesar de que juré no hacerlo. Y es más, la he hecho en menos de un día y con unas manos que no son las mías. Y, a pesar de ello, la espada no es ni rudimentaria ni de mala calidad. ¡No! Es la mejor espada que he forjado nunca. Hubiera preferido no usar tanta magia en el proceso, pero ése es mi único reparo, y es un reparo pequeño comparado con la perfección del resultado. ¡Contemplad!

Rhunön cogió la tela por una esquina y la apartó, descubriendo la espada.

Eragon se quedó sin respiración.

Había creído que, durante las pocas horas de las que había dispuesto, Rhunön sólo habría tenido tiempo de fabricar un mango y una guarda sencillas y, quizás, una vaina simple de madera. Pero la espada que Eragon vio en el banco era tan magnífica como *Zar'roc*, *Naegling* y *Támerlein* y, en su opinión, más bonita que ninguna de ellas.

La hoja estaba cubierta por una lustrosa funda del mismo azul oscuro que las escamas de la grupa de Saphira. El color tenía una sutileza de tonos parecida a la de la luz jaspeada del fondo de un lago de bosque. Una pieza de acero brillante con forma de hoja decoraba la punta de la vaina y un collar de enredadera rodeaba la boca. La guarda, curvada, también estaba hecha de acero brillante pulido, al igual que los cuatro nervios que sujetaban el gran zafiro que formaba el pomo. La empuñadura, de un mango y medio, estaba hecha de una madera dura y oscura.

Sobrepasado por un sentimiento de veneración, Eragon alargó la mano hacia la espada, pero, inmediatamente, se detuvo y miró a Rhunön.

—¿Puedo? —preguntó.

Ella asintió con la cabeza.

—Puedes. Yo te la doy, Asesino de Sombra.

Eragon levantó la espada del banco. La vaina y la madera de la empuñadura eran frías al tacto. Durante unos minutos se maravilló de los detalles de la vaina y de la guarda de la empuñadura. Luego asió el mango y desenfundó la hoja.

Al igual que el resto de la espada, la hoja era azul, pero de un tono ligeramente más claro: era el mismo azul que Saphira tenía en las escamas del cuello en lugar del azul que tenía en las de la grupa. Y, al igual que en *Zar'roc*, el color tenía una luz iridiscente: al mover la espada, el color brillaba y cambiaba, mostrando muchos de los tonos azulados de Saphira. A pesar del baño de color, los diseños afiligranados del metal y las pálidas vetas que recorrían el filo todavía eran visibles.

Con una sola mano, Eragon blandió la espada en el aire y rio al comprobar lo ligera y rápida que era. Casi parecía estar viva. Tomó la espada con ambas manos y disfrutó al notar que éstas encajaban a la perfección en el mango. Se precipitó hacia delante y acuchilló a un enemigo imaginario, seguro de que éste, de ser real, hubiera muerto con el ataque.

—Ahí —dijo Rhunön, señalando un montón de tres varas de hierro que se encontraba de pie en el suelo, al lado de la fragua—. Pruébala ahí.

Eragon se concentró un momento y dio un único paso hacia las varas. Con un grito, dio un altibajo y cortó las tres varas. La hoja emitió una nota pura que se desvaneció despacio en el silencio. Al exami-

622

nar el filo con que había golpeado vio que el impacto no lo había dañado en absoluto.

—¿Estás satisfecho, Jinete de Dragón? —preguntó Rhunön.

—Más que satisfecho, Rhunön-elda —dijo Eragon, haciendo una reverencia a la elfa—. No sé cómo darte las gracias por este regalo.

—Puedes hacerlo matando a Galbatorix. Si existe una espada destinada a matar a ese rey loco, es ésta.

—Lo intentaré con todas mis fuerzas, Rhunön-elda.

La elfa asintió con la cabeza, satisfecha.

—Bueno, finalmente tienes espada propia, que es lo que tenía que ser. ¡Ahora sí eres un verdadero Jinete de Dragón!

—Sí —dijo Eragon, levantando la espada hacia el cielo para admirarla—. Ahora soy un verdadero Jinete de Dragón.

—Antes de que te marches, te queda una última cosa por hacer —dijo Rhunön.

—¿Qué?

Rhunön señaló la espada con un dedo.

—Tienes que darle un nombre para que pueda marcar la hoja y la vaina con la runa adecuada.

Eragon se acercó a Saphira:

¿Qué piensas?

Yo no soy quien tiene que llevar la espada. Dale el nombre que te parezca adecuado.

Sí, pero ¡tú debes de tener alguna idea!

Saphira bajó la cabeza hacia él y olió la espada.

Yo la llamaría: «Diente de Joya Azul». O tal vez: «Garra Roja-Azul».

Esto le sonaría ridículo a un humano.

Entonces, ¿qué me dices de «Segadora» o «Destripadora»? ¿O quizá «Garra Luchadora», o «Espina Brillante», o «Cortapiés»? Podrías ponerle «Terror» o «Dolor» o «Amargura» o «Siempre Afilada» o «Punta de Escama», eso último por las líneas que se ven en el acero. También están «Lengua de Muerte», y «Acero Élfico», y «Metal de Estrella» y muchos otros.

Ese despliegue repentino sorprendió a Eragon.

Tienes talento para esto —le dijo.

Inventar nombres al azar es fácil. Inventar el nombre correcto, sin embargo, puede acabar con la paciencia incluso de un elfo.

¿Qué me dices de «Asesina de Rey»? —preguntó Eragon.

¿Y qué harás cuando hayas matado a Galbatorix? Entonces, ¿qué? ¿No harás nada más con tu espada?

623

Hum... —Eragon colocó la espada al lado de la pata delantera de Saphira y dijo—: *Es exactamente del mismo color que tú... Le podría poner tu nombre.*

Saphira soltó un gruñido profundo.

No.

Eragon reprimió una sonrisa.

¿Estás segura? Imagínate que estamos en la batalla y que...

Saphira clavó las garras en el suelo.

No. Yo no soy un objeto que puedas mostrar y con el que puedas hacer chistes.

No, tienes razón. Lo siento... Bueno, ¿y si la llamo «Esperanza» en el idioma antiguo? Zar'roc *significa «Sufrimiento»; así pues, ¿no sería adecuado que yo llevara una espada cuyo nombre contrapesara la miseria?*

Un sentimiento noble —dijo Saphira—. *Pero ¿de verdad quieres dar esperanza a tus enemigos? ¿Quieres apuñalar a Galbatorix con esperanza?*

Es un juego de palabras divertido —dijo él, riendo.

Quizás una vez, pero no más.

Frustrado, Eragon hizo una mueca y se rascó la barbilla mientras observaba el juego de la luz en la brillante superficie. Al mirar en las profundidades del acero vio los diseños parecidos a llamas que marcaban la transición entre el acero más blando de la espiga y el de las tejas, y recordó la palabra que Brom había utilizado para encender la pipa en el recuerdo que Saphira había compartido con él. Entonces pensó en Yazuac, donde había utilizado la magia por primera vez, y también en el duelo con Durza en Farthen Dûr, y en ese instante supo, sin ninguna duda, que había encontrado el nombre correcto para su espada.

Lo consultó con Saphira y, cuando ella asintió, Eragon levantó la espada a la altura del hombro y dijo:

—Me he decidido. Espada, ¡te doy el nombre de *Brisingr*!

Entonces, con un ruido como el del aullido del viento, la espada se encendió y unas llamas de un color azul zafiro envolvieron el acero.

Eragon soltó un grito de sorpresa, dejó caer la espada y dio un salto hacia atrás, con miedo a quemarse. La espada continuó ardiendo en el suelo y las traslúcidas llamas quemaron un círculo de hierba a su alrededor. Entonces Eragon se dio cuenta de que era él quien proporcionaba la energía que alimentaba ese fuego sobrenatural. Rápidamente detuvo la magia y el fuego se apagó. Asombrado por haber realizado un hechizo sin quererlo, recogió la es-

624

pada y tocó la hoja con la punta del dedo. No estaba más caliente que antes.

Rhunön se acercó a él y, con el ceño fruncido, le cogió la espada de las manos para examinarla desde la punta hasta el pomo.

—Tienes suerte de que la hubiera protegido contra el calor y la rotura, porque si no, hubieras dañado la guarda y, así, se hubiera destruido el temple de la hoja. No vuelvas a dejarla caer, Asesino de Sombra, aunque se convierta en una serpiente, porque tendré que quitártela y darte un martillo viejo para sustituirla.

Eragon se disculpó. Un poco más aplacada, Rhunön le devolvió la espada.

—¿Le has prendido fuego a propósito? —le preguntó.

—No —contestó Eragon, incapaz de explicar lo que había sucedido.

—Vuelve a decirlo —le ordenó Rhunön.

—¿El qué?

—El nombre, el nombre, vuelve a decirlo.

Eragon sostuvo la espada todo lo lejos del cuerpo que pudo y exclamó:

—¡*Brisingr*!

Una eclosión de llamas crepitantes envolvió la hoja de la espada y el calor le llegó hasta el rostro. Esta vez notó la ligera pérdida de fuerza en el cuerpo a causa del hechizo. Al cabo de un momento apagó el fuego.

Otra vez, Eragon exclamó:

—¡*Brisingr*!

Y, de nuevo, la hoja se encendió con unas airadas lenguas de fuego azul.

¡He ahí una espada adecuada para un Jinete y un dragón! —intervino Saphira con tono complacido—. *Respira fuego con la misma facilidad que yo.*

—Pero yo no intentaba lanzar un hechizo —protestó Eragon—. Lo único que he hecho ha sido decir «Brisingr» y... —Soltó un grito y un juramento al ver que la espada volvía a arder. Apagó la espada por cuarta vez.

—¿Puedo? —preguntó Rhunön, alargando una mano hacia Eragon. Él le dio la espada—: ¡Brisingr!

Pareció que la hoja de la espada se estremecía, pero a parte de eso, no pasó nada. Rhunön le devolvió la espada con expresión contemplativa y le dijo:

—Sólo se me ocurren dos explicaciones para esta maravilla. Una

625

es que, dado que has participado en la forja, has imbuido a la hoja con una parte de tu personalidad y, así, ésta se armoniza con tus deseos. La otra explicación es que has descubierto el verdadero nombre de tu espada. Quizás ambas cosas sean ciertas. En cualquier caso, has elegido bien, Asesino de Sombra. *¡Brisingr!* Sí, me gusta. Es un buen nombre para una espada.

Un nombre muy bueno —convino Saphira.

Entonces Rhunön colocó la mano en el centró de *Brisingr* y murmuró un hechizo. El signo élfico del «fuego» apareció a ambos lados de la hoja. Luego, hizo lo mismo en la vaina.

Eragon volvió a dedicar una reverencia a la elfa; junto con Saphira le expresaron su gratitud. Una sonrisa apareció en el anciano rostro de Rhunön, que les tocó la frente a ambos con su calloso pulgar.

—Me alegro de haber ayudado a los Jinetes otra vez. Ve, Asesino de Sombra. Ve, Escamas Brillantes. Volved con los vardenos y que vuestros enemigos huyan aterrorizados cuando vean la espada que blandes.

Eragon y Saphira se despidieron y, juntos, se alejaron de la casa de Rhunön. Eragon llevaba la espada *Brisingr* en los brazos, como si sostuviese a un recién nacido.

Brazaletes y espinilleras

Una única vela iluminaba el interior de la tienda de lana gris: pobre sustituta de la brillantez del sol.

Roran estaba de pie con los brazos levantados mientras Katrina le anudaba los costados del chaleco acolchado que acababa de ponerle. Cuando terminó, dio unos tironcitos en el borde para alisarle las arrugas y le dijo:

—Ya está. ¿Está demasiado apretado?

Él negó con la cabeza.

—No.

Katrina cogió las espinilleras que estaban encima del catre y se arrodilló delante de él a la parpadeante luz de la vela. Roran la observó mientras ella se las colocaba: Katrina le sujetaba la pantorrilla con una mano mientras le aseguraba la segunda pieza de la armadura. Roran sintió la calidez de su mano a través del tejido del pantalón.

Luego Katrina se puso en pie, volvió al catre y cogió los brazaletes. Roran estiró los brazos hacia ella y la miró a los ojos. Ella le devolvió la mirada. Con gestos deliberados y lentos, le sujetó los brazaletes en los antebrazos y le deslizó las manos desde los codos hasta las muñecas. Roran la cogió de las manos.

Katrina sonrió y se soltó.

Cogió la cota de malla del catre. Se puso de puntillas, se la pasó por la cabeza y se la aguantó a la altura del cuello mientras le ponía los brazos en las mangas. La cota tintineó como si fuera de hielo cuando ella la dejó caer sobre sus hombros y el tejido de malla cayó hasta tocarle las rodillas.

Después, en la cabeza, le colocó el gorro de piel y le anudó las tiras debajo de la barbilla. Le sujetó el rostro con ambas manos durante un momento, lo besó en los labios y le puso el casco con cuidado encima del gorro de piel.

Cuando volvía hacia el catre, Roran le pasó el brazo alrededor de la cintura, que ya empezaba a hacerse más ancha, y la detuvo.

—Escúchame —le dijo—. No me pasará nada. —Intentaba comunicarle toda la fuerza de su amor a través del tono de voz y de la intensidad de la mirada—. No te quedes aquí sola. Prométemelo. Ve con Elain: a ella le vendrá bien tu ayuda. Está enferma y ya ha salido de cuentas.

Katrina levantó la cabeza. Tenía los ojos vidriosos, pero Roran sabía que no vertería ninguna lágrima hasta que él se hubiera ido.

—¿Tienes que ir en primera línea? —susurró Katrina.

—Alguien tiene que hacerlo, y bien puedo ser yo. ¿A quién pondrías en mi lugar?

—A cualquiera…, a cualquiera. —Katrina bajó la vista y permaneció en silencio un instante. Luego se sacó un pañuelo rojo del vestido y le dijo—: Toma, lleva esta prenda para que todo el mundo sepa lo orgullosa que estoy de ti. —Y le anudó el pañuelo en el cinturón, por la espada.

Roran la besó dos veces y luego la soltó. Ella fue a buscar el escudo y la lanza y Roran volvió a besarla. Luego pasó el brazo por la correa del escudo.

—Si me sucede algo… —empezó a decir.

Katrina le puso un dedo encima de los labios.

—Shh. No hables de ello, no sea que se convierta en realidad.

—Muy bien. —La abrazó por última vez—. Ten cuidado.

—Tú también.

Aunque detestaba tener que dejarla, Roran levantó el escudo y salió de la tienda a la pálida luz del amanecer. Hombres, enanos y úrgalos atravesaban el campamento en dirección oeste, hacia el atestado campo en que se encontraban los vardenos.

Roran se llenó los pulmones con el frío aire de la mañana y los siguió; sabía que su grupo de guerreros lo estaba esperando. Cuando llegó al campo de batalla, buscó la división de Jörmundur y, después de presentarle el informe, se dirigió a la cabeza del grupo y se colocó al lado de Yarbog.

El úrgalo lo miró un momento y gruñó:

—Un buen día para la batalla.

—Un buen día.

Un cuerno sonó en la vanguardia de los vardenos en cuanto el sol apareció por el horizonte. Roran levantó la lanza y, al igual que todos los que lo rodeaban, empezó a correr y a gritar con todas sus fuerzas mientras una lluvia de flechas se precipitaba sobre ellos y las rocas pasaban volando por encima de sus cabezas en todas direcciones. Delante de él se levantaba un muro de piedra de dos metros y medio de altura.

El asedio de Feinster había empezado.

Despedida

Saphira y Eragon volaron desde la casa de Rhunön hasta su casa del árbol. Eragon reunió sus pertenencias del dormitorio, ensilló a Saphira y volvió a ocupar su puesto en su grupa.

Antes de que vayamos a las crestas de Tel'naeír —dijo Eragon—, hay una cosa más que debo hacer en Ellesméra.

¿De verdad tienes que hacerlo?

No estaré satisfecho hasta que lo haga.

Saphira levantó el vuelo desde la casa del árbol. Planeó en dirección oeste hasta que vieron que la cantidad de edificios empezaba a disminuir y, entonces, la dragona comenzó a bajar para aterrizar en un estrecho camino cubierto de musgo. Después de pedir, y conseguir, la dirección de un elfo que estaba sentado en las ramas de un árbol, Eragon y Saphira continuaron a través del bosque hasta una pequeña casa de una única estancia que crecía del tronco de un abeto fuertemente inclinado, como si un constante viento lo empujara.

A la izquierda de la casa había un mullido terraplén de tierra más alto que Eragon. Un pequeño chorro de agua caía sobre la cresta del terraplén y descendía a una límpida charca de agua antes de perderse en los oscuros recovecos del bosque. Orquídeas blancas crecían en las orillas de la charca y una raíz bulbosa sobresalía del suelo por entre las esbeltas flores que crecían alrededor de la charca. Allí, sentado con las piernas cruzadas encima de la raíz, estaba Sloan.

Eragon aguantó la respiración, intentando no alertar al hombre de su presencia.

El carnicero llevaba una túnica marrón y naranja, siguiendo la moda de los elfos, y se había enrollado una tira de tela negra alrededor de la cabeza que cubría las cuencas que antes contenían sus ojos. Tenía en el regazo un trozo de madera seca que tallaba con un cuchillo pequeño y curvado. El rostro estaba más surcado de arrugas de lo que Eragon recordaba; en las manos y en los brazos tenía varias cicatrices más, cuyo color blanco contrastaba contra la piel más oscura.

Espera aquí —le dijo Eragon a Saphira mientras se deslizaba desde su grupa hasta el suelo.

Cuando Eragon se le acercó, Sloan dejó de tallar y ladeó la cabeza.

—Vete —le dijo con voz ronca.

Sin saber qué responder, Eragon se detuvo y permaneció en silencio.

Sloan apretó la mandíbula, rascó unas virutas, dio unos golpes con la punta del cuchillo en la madera y dijo:

—Maldito seas. ¿No puedes dejarme solo con mi sufrimiento unas horas? No quiero escuchar a ningún bardo ni trovador tuyo y, por mucho que me lo pidas, no cambiaré de opinión. Ahora vete. Lárgate.

Eragon sintió pena y enojo, y una sensación de extrañeza lo embargó al ver en ese estado al hombre alrededor del cual había crecido, un hombre a quien había temido y que tanto le había desagradado.

—¿Estás cómodo? —le preguntó Eragon en el idioma antiguo y con un tono ligero y cadencioso.

Sloan emitió un gruñido de disgusto.

—Sabes que no puedo entender tu idioma y no quiero aprenderlo. Las palabras me resuenan en los oídos más tiempo de lo que deberían. Si no me hablas en el idioma de nuestra raza, no hables conmigo.

A pesar del ruego de Sloan, Eragon no repitió la pregunta en su idioma común, pero tampoco se marchó.

Sloan soltó una maldición y siguió tallando. Después de cada pasada de cuchillo, acariciaba la superficie de la madera con el dedo pulgar para comprobar el progreso del trabajo. Pasados unos minutos, en un tono más suave, Sloan dijo:

—Tenías razón. Hacer algo con las manos apacigua mis pensamientos. A veces…, a veces casi puedo olvidar lo que he perdido, pero los recuerdos siempre vuelven y siento que me ahogo en ellos… Me alegro de que afilaras el cuchillo. El cuchillo de un hombre debería estar siempre afilado.

Eragon lo observó unos minutos más. Luego dio media vuelta y fue hasta donde Saphira lo esperaba. Mientras subía a la silla, dijo:

No parece que Sloan haya cambiado mucho.

Y Saphira repuso:

No puedes esperar que se convierta en alguien tan distinto en tan poco tiempo.

No, pero tenía la esperanza de que aquí, en Ellesméra, aprendiera un poco de sabiduría y que, quizá, se arrepintiera de sus crímenes.

Si no desea reconocer sus errores, Eragon, nada puede obligarlo a que lo haga. En cualquier caso, tú has hecho todo lo que has podido por él. Ahora debe encontrar la manera de reconciliarse con su destino. Si no puede hacerlo, deja que encuentre el consuelo eterno en la tumba.

Desde un claro cercano a la casa de Sloan, Saphira se elevó en el aire y por encima de los árboles. Puso rumbo hacia el norte, en dirección a los riscos de Tel'naeír, batiendo las alas tan deprisa como le era posible. El sol de la mañana ya había salido por completo en el horizonte y los rayos del sol que atravesaban las copas de los árboles creaban unas sombras largas y oscuras que, como si fueran una única sombra, señalaban hacia el oeste como banderines púrpuras.

Saphira descendió hacia el claro adyacente a la casa de madera de pino de Oromis, donde él y Glaedr los estaban esperando. Eragon se sorprendió al ver que Glaedr llevaba una silla atada entre las dos enormes púas de la grupa y que Oromis iba vestido con una pesada túnica de viaje de color azul y verde, encima de la cual llevaba un peto y un espaldar de escamas doradas, además de unos brazaletes en los antebrazos. De la espalda le colgaba un escudo con forma de diamante, y en el brazo llevaba sujeto un casco antiguo. De la cintura le colgaba su espada de color bronce, *Naegling*.

Saphira aterrizó sobre un lecho de césped y tréboles, levantando una corriente de aire con el batir de las alas. Mientras Eragon saltaba al suelo, la dragona sacó la lengua para saborear el aire.

¿Vais a volar con nosotros hasta los vardenos? —preguntó, retorciendo la punta de la cola por la excitación.

—Volaremos con vosotros hasta el linde de Du Weldenvarden, pero allí nuestros caminos se separarán —dijo Oromis.

Decepcionado, Eragon preguntó:

—¿Volveréis a Ellesméra entonces?

Oromis negó con la cabeza.

—No, Eragon. A partir de allí continuaremos hasta la ciudad de Gil'ead.

Saphira siseó de sorpresa, sentimiento que Eragon compartió.

—¿Por qué a Gil'ead? —preguntó, perplejo.

Porque Islanzadí y su ejército han marchado hasta allí desde Ceunon, y están a punto de asediar la ciudad —intervino Glaedr.

Las extrañas estructuras de su mente rozaron la conciencia de Eragon.

Pero ¿no deseáis tú y Oromis mantener oculta vuestra existencia al Imperio? —preguntó Saphira.

Oromis cerró los ojos un momento con expresión concentrada y enigmática.

—Los días de esconderse han terminado, Saphira. Glaedr y yo os hemos enseñado todo lo que hemos podido en el breve tiempo que habéis estudiado con nosotros. Ha sido una mísera educación comparada con la que hubierais recibido en los viejos tiempos, pero dadas las circunstancias que se nos imponen, hemos tenido suerte de enseñaros incluso eso. Glaedr y yo estamos satisfechos de que hayáis aprendido lo necesario para derrotar a Galbatorix.

»Además, puesto que parece improbable que ninguno de los dos tengáis la oportunidad de volver aquí para recibir más enseñanzas antes de que finalice esta guerra, y dado que todavía parece más improbable que existan otro dragón y otro Jinete a quienes nosotros tengamos que instruir mientras Galbatorix sea el señor de esta tierra, hemos decidido que no hay ningún motivo para permanecer aislados en Du Weldenvarden. Es más importante que ayudemos a Islanzadí y a los vardenos a derrocar a Galbatorix que quedarnos aquí, cómodamente, mientras esperamos a que otro Jinete y otro dragón vengan a nuestro encuentro.

»Cuando Galbatorix sepa que todavía seguimos vivos, su confianza disminuirá porque no sabrá si todavía otros dragones y otros Jinetes habrán sobrevivido a su intento de exterminarlos. Además, conocer nuestra existencia subirá los ánimos de los enanos y de los vardenos, y compensará los efectos adversos que la aparición de Murtagh y Espina en los Llanos Ardientes hayan podido tener en la determinación de sus guerreros. Además, puede hacer aumentar el número de reclutas del Imperio en el ejército de Nasuada.

Eragon dirigió la vista hacia la espada, *Naegling,* y dijo:

—Pero seguro que tú, Maestro, no pensarás aventurarte en el campo de batalla.

—¿Y por qué no habría de hacerlo? —preguntó Oromis, ladeando la cabeza.

Eragon no quería ofender ni a Oromis ni a Glaedr, así que no supo qué responder. Por fin dijo:

—Perdóname, Maestro, pero ¿cómo podrías luchar si ni siquiera eres capaz de lanzar hechizos que sólo requieren una pequeña cantidad de energía? ¿Y qué me dices de los espasmos que a veces sufres? Si te asaltara uno en medio del campo de batalla, podría ser fatal.

Oromis replicó:

—Tal como deberías saber muy bien a estas alturas, la mera fuerza raramente decide la victoria en el duelo entre dos magos. A pe-

633

sar de ello, tengo toda la fuerza que necesito aquí, en la joya de mi espada. —Puso la palma de la mano derecha sobre el diamante amarillo que formaba el pomo de *Naegling*—. Durante más de cien años, Glaedr y yo hemos almacenado toda la fuerza extra en este diamante, y otros han añadido también su fuerza en él: dos veces a la semana, unos cuantos elfos de Ellesméra me visitan y transfieren toda la parte de su fuerza vital que pueden dar, sin que eso les suponga la muerte, en esta joya. La cantidad de fuerza que está almacenada en esta piedra es formidable, Eragon: con ella, podría mover una montaña entera. Así que defendernos a mí y a Glaedr de espadas, lanzas y flechas, incluso de las rocas lanzadas por las catapultas, será un asunto menor. En cuanto a mis ataques, he imbuido la piedra de *Naegling* de unas protecciones mágicas que me evitarán sufrir cualquier daño si quedo incapacitado en medio del campo de batalla. Así que ya ves, Eragon, Glaedr y yo no estamos para nada indefensos.

Escarmentado, Eragon bajó la cabeza y murmuró:

—Sí, señor.

La expresión de Oromis se suavizó un poco.

—Agradezco tu preocupación, Eragon; es normal, ya que la guerra es un empeño peligroso e incluso el más dotado de los guerreros puede encontrar la muerte en el fragor de la batalla. Pero nuestra causa es digna de ese precio. Si Glaedr y yo encontramos la muerte, entonces la abrazaremos con gusto porque nuestro sacrificio ayudará a liberar Alagaësia de la sombra de la tiranía de Galbatorix.

—Pero si morís —dijo Eragon, casi con timidez— y nosotros conseguimos matar a Galbatorix y liberar el último huevo de dragón, ¿quién instruirá a ese dragón y a su Jinete?

Oromis sorprendió a Eragon al ponerle una mano en el hombro.

—Si eso llegara a suceder —dijo el elfo con expresión grave—, entonces será responsabilidad tuya, Eragon…, y tuya, Saphira, enseñar al nuevo dragón y al nuevo Jinete las reglas de nuestra orden. Ah, no pongas esa cara de miedo, Eragon. No estarás solo en esa tarea. Sin duda Islanzadí y Nasuada se asegurarán de que los eruditos más sabios de ambas razas estén contigo para ayudarte.

Una extraña inquietud se apoderó de Eragon. A menudo había deseado ser tratado más como un adulto, pero, a pesar de ello, no se sentía preparado para ocupar el lugar de Oromis. Le parecía un error incluso contemplar esa posibilidad. Por primera vez Eragon comprendió que al final se convertiría en miembro de la generación de mayores, y que cuando eso sucediera, no tendría ningún mentor en quien buscar guía. Se le formó un nudo en la garganta.

Oromis apartó la mano del hombro de Eragon y, señalando su espada, *Brisingr*, dijo:

—El bosque entero se estremeció cuando despertaste al árbol Menoa, Saphira, y la mitad de los elfos de Ellesméra se pusieron en contacto con Glaedr y conmigo pidiéndonos encarecidamente que corriéramos en ayuda del árbol. Además, tuvimos que intervenir en vuestro favor con Gilderien, *el Sabio*, para evitar que os castigara por emplear unos métodos tan violentos.

No pediré disculpas —dijo Saphira—. *No teníamos tiempo para esperar a que la persuasión funcionara.*

Oromis asintió con la cabeza.

—Lo comprendo, y no te estoy censurando, Saphira. Sólo quería que conocieras las consecuencias de tus actos. —A su petición, Eragon le dio la espada recién forjada y sostuvo el casco de Oromis mientras éste la examinaba—. Rhunön se ha superado a sí misma —declaró Oromis—. Pocas armas, sean espadas u otra cosa, igualan a ésta. —Oromis arqueó una de sus afiladas cejas mientras leía la inscripción de la hoja—. «Brisingr», un nombre muy adecuado para la espada de un Jinete de Dragón.

—Sí —repuso Eragon—. Pero, por algún motivo, cada vez que pronuncio su nombre, se prende... —dudó un momento y, en lugar de decir «fuego», que, por supuesto, era lo que significaba «brisingr» en el idioma antiguo, dijo—: en llamas.

La ceja de Oromis se arqueó aún más.

—¿Ah, sí? ¿Tiene Rhunön alguna explicación para ello? —Mientras hablaba, Oromis devolvió la espada a Eragon y tomó su casco.

—Sí, Maestro —respondió Eragon. Y le contó las dos teorías de Rhunön.

Cuando hubo terminado, Oromis murmuró:

—Me pregunto... —Dejó vagar la mirada desde Eragon hacia el horizonte. Entonces asintió rápidamente con la cabeza y, de nuevo, clavó los ojos grises en Eragon y en Saphira. Su rostro adquirió una expresión incluso más solemne que antes—. Me temo que he permitido que mi orgullo hablara por mí. Quizá Glaedr y yo no estemos indefensos, pero tampoco, tal como tú señalaste, Eragon, estamos completamente ilesos. Glaedr tiene su herida, y yo tengo mi propia... discapacidad. Por algo me llaman el Lisiado que está Ileso.

»Nuestras minusvalías no serían un problema si nuestros enemigos fueran solamente hombres mortales. Incluso en nuestro estado actual, podríamos matar a cien humanos normales: a cien o a mil, no importa. Pero nuestro enemigo es el adversario más peligroso que

635

nosotros y esta tierra hayamos conocido nunca. Por mucho que me desagrade reconocerlo, Glaedr y yo estamos en desventaja, y es muy posible que no sobrevivamos a las batallas que están por llegar. Hemos tenido vidas largas y plenas, y los dolores de los siglos nos pesan, pero vosotros dos sois jóvenes, y estáis frescos y llenos de esperanza, y creo que las posibilidades de que derrotéis a Galbatorix son mayores que las de nadie más.

Oromis miró un momento a Glaedr y su rostro adquirió una expresión de inquietud.

—Así que, para ayudar a asegurar vuestra supervivencia, y como precaución ante nuestra posible muerte, Glaedr, con mi bendición, ha decidido...

He decidido —continuó Glaedr— *daros mi corazón de corazones, Saphira Escamas Brillantes, Eragon Asesino de Sombra.*

El asombro de Saphira no fue menor que el de Eragon. Los dos miraron al mayestático dragón dorado que se erguía, alto, delante de ellos.

Maestro —intervino Saphira—, *nos honras más allá de lo que las palabras pueden describir, pero... ¿estás seguro de que deseas confiarnos tu corazón?*

Estoy seguro —respondió Glaedr, bajando un poco la enorme cabeza hacia Eragon—. *Estoy seguro por muchos motivos. Si tenéis mi corazón, podréis comunicaros con Oromis y conmigo por muy lejos que estemos, y yo podré ayudaros con mi fuerza siempre que tengáis problemas. Y si Oromis y yo caemos en la batalla, nuestro conocimiento y nuestra experiencia, así como mi fuerza, seguirán estando a vuestra disposición. He pensado mucho en esto, y estoy seguro de que es una decisión acertada.*

—Pero si Oromis muriera —dijo Eragon en voz baja—, ¿de verdad querrías vivir sin él, y como un eldunarí?

Glaedr giró la cabeza y clavó uno de sus inmensos ojos en Eragon.

No deseo separarme de Oromis, pero pase lo que pase, yo continuaré haciendo todo lo que pueda para derrocar a Galbatorix del trono. Éste es nuestro único objetivo, y ni siquiera la muerte nos impedirá perseguirlo. La idea de perder a Saphira te horroriza, Eragon, y con razón. Pero Oromis y yo hemos tenido siglos para reconciliarnos con el hecho de que esa separación es inevitable. No importa lo cuidadosos que seamos: si vivimos lo suficiente, al final uno de nosotros morirá. No es una idea alegre, pero es la verdad. Así es el mundo.

Oromis cambió de postura y dijo:

636

—No puedo fingir que me gusta esta opción, pero el propósito de la vida no es lo que queremos, sino lo que hay que hacer. Eso es lo que el destino nos exige.

Así que ahora os pregunto —dijo Glaedr—, *Saphira Escamas Brillantes y Eragon Asesino de Sombra, ¿aceptaréis mi obsequio y todo lo que ello representa?*

Lo acepto —dijo Saphira.

Lo acepto —contestó Eragon después de dudar un instante.

Entonces Glaedr echó la cabeza hacia atrás. Los músculos del abdomen se le tensaron y se le relajaron varias veces, y empezó a tener convulsiones en la garganta, como si tuviera algo clavado en ella. Apoyándose bien en el suelo con las patas, el dragón dorado estiró el cuello; los músculos de todo el cuerpo se le marcaron por debajo de la armadura de brillantes escamas. Glaedr continuó contrayendo la garganta hasta que, por fin, bajó la cabeza hasta el nivel de Eragon, abrió las mandíbulas y un aire caliente y acre emergió de su enorme boca. Eragon se esforzó por no vomitar. Al mirar en las profundidades de la boca de Glaedr, vio que la garganta del dragón se contraía una última vez y, entonces, un brillo dorado apareció entre los pliegues del tejido rojo y lleno de baba. Al cabo de un segundo, un objeto redondo de unos treinta centímetros de diámetro se deslizó por la lengua escarlata del dragón y le salió por la boca a tanta velocidad que Eragon casi no lo pudo coger a tiempo.

En cuanto sus manos hubieron sujetado el eldunarí, resbaladizo y cubierto de saliva, Eragon aguantó la respiración y trastabilló hacia atrás porque, de repente, sentía todos los pensamientos y emociones de Glaedr, además de todas las sensaciones de su cuerpo. Esa cantidad de información era abrumadora, igual que la cercanía de su contacto. Se lo esperaba, pero, a pesar de ello, se sintió conmocionado al darse cuenta de que tenía el ser completo de Glaedr en las manos.

El dragón se estremeció y agitó la cabeza como si le hubieran pinchado. Rápidamente apartó su mente de Eragon, aunque él continuó sintiendo el cosquilleo de sus cambiantes pensamientos, al igual que el color de sus emociones.

El eldunarí en sí era como una joya de oro gigantesca. Tenía la superficie caliente y estaba cubierta por cientos de afiladas capas, que cambiaban un poco de tamaño y, a veces, se proyectaban en ángulos extraños. El centro del eldunarí tenía un brillo extraño, similar al de una antorcha cubierta, y esa difusa luz palpitaba a un ritmo lento y constante. A primera vista, la luz parecía uniforme, pero cuanto más la miraba, más detalles percibía en su interior: pequeños remolinos y

637

corrientes que giraban y se enlazaban en direcciones aparentemente aleatorias; motas más oscuras que casi no se movían en absoluto, y destellos brillantes que no eran más grandes que una cabeza de aguja y que se encendían un momento y se apagaban en el campo de luz general. Estaba vivo.

—Toma —dijo Oromis, dándole una basta bolsa de tela a Eragon.

Para alivio de Eragon, su conexión con Glaedr se desvaneció en cuanto hubo colocado el eldunarí en la bolsa y sus manos dejaron de tocar la piedra. Todavía un poco tembloroso, sujetó el eldunarí envuelto en la tela contra el pecho, impresionado al saber que sus brazos rodeaban la esencia de Glaedr y temeroso de lo que podría suceder si permitía que el corazón de corazones se le escapara de las manos.

—Gracias, Maestro —consiguió decir Eragon, que hizo una reverencia en dirección a Glaedr.

Guardaremos tu corazón con nuestras vidas —añadió Saphira.

—¡No! —exclamó Oromis con fiereza—. ¡Con vuestras vidas no! Eso es justo lo que quiero evitar. No permitáis que le ocurra ninguna desgracia por negligencia vuestra, pero tampoco os sacrifiquéis para protegerlo, ni a él, ni a mí, ni a nadie más. Vosotros tenéis que permanecer vivos a cualquier precio; si no, nuestras esperanzas se desvanecerán y todo será oscuridad.

—De acuerdo —dijeron Eragon y Saphira al mismo tiempo, él en voz alta; ella, con sus pensamientos.

Puesto que le juraste lealtad a Nasuada, y puesto que le debes lealtad y obediencia, puedes hablarle de mi corazón si es necesario, pero sólo si es necesario —intervino Glaedr—. *Por el bien de los dragones, por el de los pocos que quedamos, la verdad sobre el eldunarí no puede ser de conocimiento general.*

¿Se lo puedo decir a Arya? —preguntó Saphira.

—¿Y a Blödhgarm y a los otros elfos que Islanzadí envió para protegerme? —preguntó Eragon—. Les permití penetrar en mi mente la última vez que Saphira y yo luchamos contra Murtagh. Ellos notarán tu presencia, Glaedr, si nos ayudas en medio de la batalla.

Puedes informar a Blödhgarm y a sus hechiceros de la existencia del eldunarí —dijo Glaedr—, *pero sólo después de que hayan jurado mantener el secreto.*

Oromis se puso el casco en la cabeza.

—Arya es la hija de Islanzadí, así que supongo que es adecuado que lo sepa. De todas formas, al igual que con Nasuada, no se lo digas a no ser que sea absolutamente necesario. Un secreto compartido no es un secreto. Si puedes ser disciplinado, ni siquiera pienses en ello, ni siquiera pienses en el mismo eldunarí, para que nadie pueda robar esa información de tu mente.

—Sí, Maestro.

—Ahora marchémonos de aquí —dijo Oromis, y se colocó un par de gruesos guantes en las manos—. He sabido por Islanzadí que Nasuada ha empezado el asedio a la ciudad de Feinster, y los vardenos tienen una gran necesidad de ti.

Hemos pasado demasiado tiempo en Ellesméra —dijo Saphira.

Quizá sí —repuso Glaedr—, *pero ha sido un tiempo bien empleado.*

Oromis tomó un poco de carrerilla, trepó por la única pata delantera de Glaedr hasta su grupa, donde se instaló en la silla y empezó a atarse las correas alrededor de las piernas.

—Mientras volamos —dijo el elfo, dirigiéndose a Eragon—, podemos repasar la lista de nombres verdaderos que aprendiste durante tu última visita.

Eragon se acercó a Saphira y trepó a su grupa con cuidado, envolvió el corazón de Glaedr con una manta y lo colocó en una alforja. Luego se sujetó las piernas igual que había hecho Oromis. Detrás de él notaba el constante zumbido de la energía que emanaba del eldunarí.

Glaedr caminó hasta el borde de los riscos de Tel'naeír y abrió las voluminosas alas. La tierra tembló cuando el dragón saltó hacia el cielo surcado de nubes, y el aire se estremeció y vibró al batir de las alas de Glaedr, que se alejó del océano y de los árboles de debajo. Eragon se sujetó a una de las púas de Saphira y ella siguió a su compañero lanzándose a cielo abierto y cayendo unos metros antes de ascender y colocarse a su lado.

Glaedr se puso en cabeza y los dos dragones se dirigieron hacia el suroeste. Cada uno batía las alas a un tempo distinto, pero ambos volaron veloces por encima del extenso bosque.

Saphira arqueó el cuello y emitió un vibrante rugido. Delante de ella, Glaedr respondió de la misma forma. Sus fieros gritos encontraron eco en la enorme cúpula del cielo y asustaron a todo pájaro o animal que los escuchó.

639

Vuelo

Desde Ellesméra, Saphira y Glaedr volaron sin detenerse por encima del antiguo bosque de los elfos, planeando sobre los altos y oscuros pinos. A veces el bosque se interrumpía, y Eragon veía un lago o un sinuoso río que atravesaba la tierra. A menudo aparecían pequeñas manadas de corzos reunidos alrededor del agua, y los animales levantaban la cabeza para ver pasar a los dragones. Pero durante la mayor parte del tiempo Eragon prestaba poca atención a las vistas porque estaba ocupado recitando mentalmente cada una de las palabras del idioma antiguo que Oromis le había enseñado, y si se olvidaba de alguna o si cometía algún error, su maestro le hacía repetir la palabra hasta que la memorizaba.

Llegaron al linde de Du Weldenvarden al atardecer del primer día. Allí, por encima del grupo de árboles en sombra y de los campos de hierba de detrás, Glaedr y Saphira volaron en círculos el uno alrededor del otro.

Vigila bien tu corazón, Saphira, y el mío también —dijo Glaedr.

Lo haré, Maestro.

Y Oromis, desde la grupa de Glaedr, gritó:

—¡Que os acompañen vientos propicios a los dos, Eragon, Saphira! Cuando volvamos a encontrarnos, que sea ante las puertas de Urû'baen.

—¡Que os acompañen vientos propicios también! —gritó Eragon como respuesta.

Entonces Glaedr viró y siguió la línea del bosque que se dirigía hacia el oeste —que los conduciría hasta el extremo norte del lago Isenstar y, desde allí, a Gil'ead—, mientras que Saphira continuó en la misma dirección sur que antes.

Volaron durante toda la noche; sólo se detuvieron para beber y para que Eragon pudiera estirar las piernas y aliviarse. A diferencia del vuelo hasta Ellesméra, no encontraron ningún viento de cara:

el aire era claro y suave, como si incluso la naturaleza estuviera ansiosa para que volvieran con los vardenos. Cuando el sol se levantó por el horizonte el segundo día, ya se habían adentrado en el desierto de Hadarac y se dirigían directamente hacia el sur, para rodear el extremo oriental del Imperio. Y cuando la oscuridad hubo engullido de nuevo la tierra y el cielo y los envolvió a ellos en su frío abrazo, Saphira y Eragon ya se encontraban más allá de los límites de los áridos arenales y se encontraban planeando por encima de los verdes campos del Imperio, siguiendo una línea que los haría pasar entre Urû'baen y el lago Tûdosten de camino a la ciudad de Feinster.

Después de volar durante dos días y dos noches sin dormir, Saphira era incapaz de continuar. Descendió hasta un pequeño círculo de abedules que crecía al lado de una laguna, se enroscó bajo su sombra y durmió unas horas mientras Eragon vigilaba y practicaba con *Brisingr*.

Desde que se habían separado de Oromis y de Glaedr, Eragon se encontraba en un estado de constante ansiedad por lo que les esperaba a él y a Saphira en Feinster. Sabía que estaban mejor protegidos que la mayoría ante la muerte y las heridas, pero cuando pensaba en los Llanos Ardientes y en la batalla de Farthen Dûr, y cuando recordaba la sangre que había manado de los miembros cercenados y los gritos de los hombres heridos y el frío cortante de la espada en su propia carne, entonces sentía un retortijón en el vientre y los músculos se le contraían de tal manera que no sabía si deseaba luchar contra todos los soldados del mundo o si quería huir en dirección opuesta y ocultarse en un agujero profundo y oscuro.

Ese miedo aumentó en cuanto él y Saphira terminaron el viaje y divisaron las filas de hombres armados que marchaban por los campos. Columnas de humo se elevaban de los pueblos saqueados. La visión de tanta destrucción sin sentido le puso enfermo. Apartó la mirada, se agarró con fuerza a la púa del cuello de Saphira y achicó los ojos hasta que solamente vio la sombra de sus propias pestañas y los callos blancos de sus manos.

Pequeño —le dijo Saphira; sus pensamientos eran lentos y cansados—. *Hemos hecho esto antes. No permitas que te altere tanto.*

Eragon sintió haberla distraído del vuelo y le dijo:

Lo siento... Estaré bien cuando lleguemos. Sólo quiero que termine.

Lo sé.

Eragon sorbió por la nariz y se la secó con el puño de la túnica. *A veces desearía disfrutar luchando tanto como tú. Entonces esto sería mucho más fácil.*

Si lo hicieras —repuso ella—, el mundo entero se encogería de miedo a nuestros pies, incluido Galbatorix. No, está bien que no compartas mi gusto por el derramamiento de sangre. Nos compensamos, Eragon... Separados somos incompletos, pero juntos somos un todo. Ahora aparta de tu mente esos pensamientos venenosos y plantéame una adivinanza que me mantenga despierta.

Muy bien —dijo él al cabo de un momento—. *Soy de color rojo y azul y amarillo, y de todos los colores del arcoíris. Soy larga y corta, gruesa y delgada, y a menudo me enrosco para descansar. Me puedo comer cien ovejas de una pasada y continuar teniendo hambre. ¿Qué soy?*

Una dragona, por supuesto —contestó ella sin dudar.

No, una alfombra de lana.

¡Bah!

El tercer día de viaje pasó con una lentitud de agonía. Los únicos sonidos eran los de las alas de Saphira, el de su respiración acompasada y el rugido sordo del viento. A Eragon, las piernas y la parte baja de la espalda le dolían de estar tanto tiempo sentado en la silla, pero su incomodidad no era nada comparada con la de Saphira: los músculos de las alas parecían quemarle de tan insoportable que era el dolor. A pesar de ello, la dragona continuó sin quejarse, y se negó a aliviar su sufrimiento con hechizos.

Necesitarás la fuerza cuando lleguemos.

Horas después del anochecer, Saphira se bamboleó y cayó varios metros de golpe. Eragon se enderezó, alarmado, y miró alrededor en busca de alguna pista que le dijera qué había provocado esa agitación, pero sólo vio la oscuridad de debajo y el brillo de las estrellas arriba.

Creo que hemos llegado al río Jiet —dijo Saphira—. *El aire aquí es frío y húmedo, como cuando hay agua.*

Entonces Feinster no puede estar mucho más lejos. ¿Estás segura de que podrás encontrar la ciudad en la oscuridad? ¡Podríamos estar a cientos de kilómetros al norte o al sur!

No, no podríamos. Mi sentido de la dirección quizá no sea infalible, pero desde luego es mejor que el tuyo o que el de cualquier otra criatura terrestre. Si los mapas de los elfos que he visto son exactos, no podemos habernos desviado más de ochenta kilómetros hacia el norte o hacia el sur. Quizás incluso podamos oler el humo de las chimeneas de Feinster.

Y así fue. Más tarde, esa misma noche, cuando sólo faltaban unas horas para el amanecer, una luz roja apareció en el horizonte por el oeste. Al verlo, Eragon se giró en la silla, sacó la armadura de las alforjas y se puso la cota de malla, el gorro de piel, el casco, los brazaletes y las espinilleras. Deseó tener el escudo, pero lo había dejado con los vardenos antes de partir hacia el monte Thardûr con Nar Garzhvog.

Luego, con una mano, rebuscó entre el contenido de las bolsas hasta que encontró el frasco plateado de faelnirv que Oromis le había dado. El recipiente de metal estaba frío al tacto. Eragon dio un pequeño sorbo del licor mágico que quemaba en la boca y que sabía a bayas de saúco, hidromiel y sidra. El calor lo sofocó. En cuestión de segundos, el cansancio empezó a disminuir a medida que los efectos reconstituyentes del faelnirv surtían efecto.

Eragon agitó el frasco. Se preocupó al notar que un tercio del precioso licor había desaparecido, a pesar de que únicamente había tomado un trago una vez antes de aquella ocasión. «Tengo que ser más cuidadoso con él a partir de ahora», pensó.

Mientras se acercaban, el brillo del horizonte se convirtió en miles de puntos de luz que procedían de antorchas, fuegos y fogatas que soltaban un humo negro y desagradable en el cielo nocturno. Al lado de la rojiza luz de los fuegos, Eragon divisó un océano de puntas de lanza y de cascos que brillaban a los pies de la enorme y bien fortificada ciudad, cuyos muros albergaban una multitud de diminutas figuras atareadas en disparar flechas al ejército, en verter calderos de aceite hirviendo por entre las almenas, en cortar las cuerdas que los soldados habían lanzado a los muros y en empujar las escaleras de madera que los asediadores no dejaban de apoyar en ellos. Se oían, lejanos, los gritos y las llamadas de los hombres, así como los golpes del ariete contra las puertas de hierro de la ciudad.

El poco cansancio que le quedaba se desvaneció al estudiar el campo de batalla para conocer la colocación de los hombres, de los edificios y de las numerosas piezas de maquinaria de guerra. Desde los muros de Feinster se extendían cientos de casuchas apretadas las unas contra las otras a tal extremo que no permitían ni el paso de un caballo: eran las moradas de los que eran demasiado pobres para permitirse una casa dentro de la ciudad. La mayoría de las casuchas parecían vacías, y una gran parte de ellas habían sido demolidas para que los vardenos pudieran aproximarse a la ciudad con su ejército.

Unas veinte casuchas, aproximadamente, estaban ardiendo y, mientras miraba, el fuego se iba extendiendo por los tejados. Al este de las casuchas, la tierra estaba surcada por unas líneas negras: habían excavado trincheras para proteger el campamento de los vardenos. Al otro lado de la ciudad, había muelles y embarcaderos como los que Eragon recordaba haber visto en Teirm y, más allá, la oscuridad y el inquieto océano parecían extenderse hasta el infinito.

Eragon sintió un escalofrío de fiera excitación y notó que Saphira se removía debajo de él al mismo tiempo. Cogió la espada *Brisingr* por la empuñadura.

No parece que nos hayan visto todavía. ¿Anunciamos nuestra llegada?

Saphira le respondió soltando un rugido que le hizo rechinar los dientes y tiñó el cielo con una densa capa de fuego azul.

Abajo, los vardenos que estaban al pie de la ciudad y sus defensores que se encontraban en lo alto de los muros se detuvieron y, por un momento, el silencio reinó en el campo de batalla. Entonces los vardenos empezaron a vitorear y a golpear los escudos y las espadas mientras que agudos gritos de desesperación se oían entre los habitantes de la ciudad.

¡Ah! —exclamó Eragon, parpadeando—. *Ojalá no hubieras hecho esto. Ahora no puedo ver nada.*

Lo siento.

Lo primero que deberíamos hacer es buscar un caballo que acabe de morir, o algún otro animal, para que puedas recuperar tu energía con la suya.

No tienes que...

Saphira calló al notar que otra mente rozaba la de ellos. Al cabo de medio segundo de pánico, Eragon se dio cuenta de que era la conciencia de Trianna.

¡Eragon, Saphira! —gritó la hechicera—. *¡Llegáis justo a tiempo! Arya y otro elfo han escalado los muros, pero un gran grupo de soldados los ha atrapado. ¡No van a sobrevivir ni un minuto más a no ser que alguien los ayude! ¡Deprisa!*

¡Brisingr!

Saphira pegó las alas al cuerpo, se lanzó velozmente en picado hacia los oscuros edificios de la ciudad y Eragon bajó la cabeza para soportar el fuerte viento de cara. Luego, la dragona viró a la derecha para evitar convertirse en blanco fácil para los arqueros que estaban en el suelo y el mundo giró alrededor de ellos.

Eragon sintió una fuerte presión en las piernas en cuanto Saphira volvió a levantarse en el aire. Al cabo de un momento, la dragona se estabilizó y la presión desapareció. Las flechas silbaban a su alrededor como extraños chillidos de halcones: algunas fallaban y otras eran desviadas por las protecciones mágicas de Eragon.

Cuando estuvieron encima de los muros exteriores de la ciudad, Saphira, rugiendo, volvió a descender y atacó, con las garras y la cola, a los grupos de hombres que se encontraban en ellos, los cuales cayeron chillando al duro suelo que se encontraba a veinticinco metros más abajo.

En el extremo más alejado del muro que daba al sur había una torre alta y cuadrada equipada con cuatro ballestas enormes que disparaban jabalinas de tres metros de longitud hacia los vardenos, que se apretaban ante las puertas de la ciudad. Al otro lado de la cortina de proyectiles, unos cien soldados rodeaban a dos guerreros que se encontraban de espaldas al pie de la torre y trataban de defenderse desesperadamente ante los aceros que se blandían contra ellos.

A pesar de la oscuridad y de la altura, Eragon se dio cuenta de que uno de esos guerreros era Arya.

Saphira saltó desde el muro y aterrizó en medio de la masa de soldados, aplastando a varios hombres bajo los pies. El resto se dispersó, chillando de miedo y de sorpresa. Saphira rugió de frustración al ver que sus presas escapaban y dio un latigazo con la cola, con lo que derrumbó a doce soldados más. Uno de los hombres intentó huir corriendo por su lado. La dragona, rápida como una serpiente, lo atrapó entre las mandíbulas y meneó la cabeza de un lado a otro hasta romperle la columna vertebral. Acabó con cuatro hombres más de manera parecida.

Para entonces, los que quedaban ya habían desaparecido entre los edificios.

Eragon se soltó rápidamente las correas de las piernas y saltó al suelo. El peso añadido de la armadura le hizo caer de rodillas al aterrizar. Soltó un gruñido y se puso en pie.

—¡Eragon! —gritó Arya, corriendo hasta él. Jadeaba y estaba empapada de sudor. Su única armadura era un chaleco acolchado y un ligero casco pintado de negro para que no reflejara la luz.

—Bienvenida, Bjartskular. Bienvenido, Asesino de Sombra —susurró Blödhgarm, a su lado. Los cortos colmillos de color naranja brillaron a la luz de las antorchas y su mirada emitió un destello. El vello de la espalda del elfo parecía no tener fin y le hacía parecer más fiero de lo habitual. Tanto él como Arya tenían manchas de sangre, pero Eragon no supo distinguir si era suya.

—¿Estáis heridos? —preguntó.

Arya negó con la cabeza.

—Unos rasguños, pero nada serio —dijo Blödhgarm.

¿Qué estás haciendo aquí sin refuerzos? —preguntó Saphira.

—Las puertas —dijo Arya—. Llevamos tres días intentando romperlas, pero son inmunes a la magia, y el ariete ni siquiera ha hecho mella en la madera. Así que convencí a Nasuada de que...

Arya se interrumpió para recuperar el aliento y Blödhgarm continuó el relato:

—Arya convenció a Nasuada para que realizara el ataque de esta noche de forma que pudiéramos colarnos en Feinster sin ser vistos y abrir las puertas desde dentro. Por desgracia hemos encontrado a tres hechiceros. Nos envolvieron con sus mentes y nos impidieron utilizar la magia mientras reunían a una gran cantidad de hombres contra nosotros.

Mientras Blödhgarm hablaba, Eragon colocó una mano encima del pecho de uno de los soldados muertos y transfirió la poca energía que quedaba en él a su propio cuerpo y, desde él, a Saphira.

—¿Dónde están ahora los hechiceros? —preguntó mientras se dirigía a otro cuerpo.

Blödhgarm encogió sus velludos hombros.

—Parece que se han asustado con vuestra aparición, Shur'tugal.

Han hecho bien —gruñó Saphira.

Eragon absorbió la energía de tres soldados más y cogió el escudo redondo de madera del último de ellos.

—Bueno —dijo, poniéndose en pie—, vamos pues a abrirles las puertas a los vardenos, ¿os parece?

—Sí, y deprisa —dijo Arya. Mientras iniciaba la marcha, miró a Eragon—: Tienes una espada nueva. —No era una pregunta.

Él asintió con la cabeza.

—Rhunön me ayudó a forjarla.

—¿Y cómo se llama tu espada, Asesino de Sombra? —preguntó Blödhgarm.

Eragon estaba a punto de contestar cuando cuatro soldados salieron corriendo por la boca de un oscuro callejón con las lanzas bajadas. Con un único y suave movimiento, Eragon desenfundó la espada *Brisingr*, atravesó el mango de una lanza y decapitó al soldado. Parecía que la espada brillara con un placer salvaje. Arya se lanzó hacia delante y atravesó a dos de los hombres antes de que tuvieran tiempo de reaccionar mientras Blödhgarm saltaba a un lado y se enfrentaba al último soldado, a quien mató con su propia daga.

—¡Rápido! —gritó Arya, y empezó a correr hacia las puertas de la ciudad.

Eragon y Blödhgarm corrieron detrás de ella mientras Saphira los seguía de cerca: el ruido de sus garras sobre las piedras de la calle resonaba con fuerza. Los arqueros les disparaban desde el muro y tres veces consecutivas aparecieron soldados de la parte principal de la ciudad y se lanzaron contra ellos. Sin aminorar la marcha, o bien Eragon, Arya y Blödhgarm mataban a los atacantes, o bien Saphira los bañaba en un abrasador torrente de fuego.

El constante estruendo del ariete se hizo más fuerte cuando se aproximaron a las puertas de la ciudad, de doce metros de altura. Eragon vio a dos hombres y a una mujer, vestidos con ropas oscuras y de pie delante de las reforzadas puertas, que cantaban en el idioma antiguo mientras se balanceaban de un lado a otro con los brazos levantados. Los tres hechiceros se quedaron en silencio al ver a Eragon y a sus compañeros y, con las túnicas ondeando al viento, corrieron por la calle principal de Feinster que conducía al extremo más alejado de la ciudad.

Eragon deseó perseguirlos, pero era más importante conseguir que los vardenos entraran en la ciudad para que dejaran de estar a merced de los hombres que estaban encima de los muros. «Me pregunto qué habrán planeado», pensó, preocupado mientras veía alejarse a los hechiceros.

Antes de que Eragon, Arya, Blödhgarm y Saphira llegaran a las puertas, cincuenta soldados vestidos con unas brillantes armaduras salieron de las torres de vigilancia y se posicionaron delante de las enormes puertas de madera.

Uno de los soldados dio un golpe contra la puerta con la empuñadura de la espada y gritó:

—¡Nunca pasaréis, nauseabundos demonios! ¡Ésta es nuestra casa, y no permitiremos que ni úrgalos ni elfos, ni otros monstruos inhumanos, entren en ella! ¡Marchaos, porque no encontraréis más que sangre y dolor en Feinster!

Arya señaló hacia las torres de vigilancia y murmuró, dirigiéndose a Eragon:

—El mecanismo para abrir las puertas está escondido ahí dentro.

—Ve —repuso él—. Tú y Blödhgarm, rodead a los hombres y entrad en las torres. Saphira y yo los mantendremos ocupados mientras tanto.

Arya asintió con la cabeza y ella y Blödhgarm desaparecieron en las oscuras sombras que rodeaban las casas, detrás de Eragon y de Saphira. Gracias al vínculo que tenía con ella, Eragon percibió que Saphira se estaba preparando para lanzarse contra el grupo de soldados. Le puso una mano sobre una de las patas delanteras y le dijo:

Espera. Déjame intentar una cosa primero.

Si no funciona, ¿podré entonces hacerlos pedazos? —preguntó ella relamiéndose los colmillos.

Sí, entonces podrás hacer lo que quieras con ellos.

Eragon caminó despacio hacia los soldados con la espada a un lado del cuerpo y el escudo al otro. Desde arriba le dispararon una flecha que se detuvo en el aire a un metro de distancia de su pecho y cayó al suelo. Eragon miró los rostros aterrorizados de los soldados y, levantando la voz, les dijo:

—¡Me llamo Eragon Asesino de Sombra! Quizás hayáis oído hablar de mí y quizá no. En cualquier caso, tenéis que saber que soy un Jinete de Dragón y que he jurado ayudar a los vardenos a destronar a Galbatorix. Decidme, ¿alguno de vosotros ha jurado lealtad en el idioma antiguo a Galbatorix o al Imperio?… Bueno, ¿lo habéis hecho?

El mismo hombre que había hablado antes y que parecía ser el capitán de los soldados dijo:

—¡No le juraríamos lealtad aunque nos pusiera una espada en el cuello! Nuestra lealtad pertenece a Lady Lorana. ¡Ella y su familia nos han gobernado durante generaciones, y han hecho un buen trabajo!

El resto de los soldados soltaron unos murmullos de aprobación.

—Entonces, ¡uníos a nosotros! —gritó Eragon—. Rendid las armas y os prometo que no se os hará ningún daño ni a vosotros ni a vuestras familias. No podéis tener esperanzas de defender Feinster de los vardenos, de Surda, de los enanos y de los elfos.

—Eso lo dices tú —gritó uno de los soldados—. Pero ¿y si Murtagh y ese dragón rojo vuelven?

Eragon dudó un momento y luego, en tono confiado, repuso:

—No está a la altura ni de mí ni de los elfos que luchan con los vardenos. Ya hemos luchado con él una vez y lo hemos rechazado.

Eragon vio, a la izquierda de los soldados, que Arya y Blödhgarm salían de debajo de una de las escaleras de piedra que conducían a la parte superior de los muros y, con pasos silenciosos, las subían en dirección a la torre de vigilancia de la izquierda.

El capitán de los soldados dijo:

—Nosotros no nos hemos doblegado ante el rey, pero Lady Lorana sí. ¿Qué le haréis a ella, entonces? ¿Matarla? ¿Encarcelarla? No, no la traicionaremos dejándoos pasar, ni a los monstruos que atacan nuestros muros. Tú y los vardenos no traéis otra cosa que una promesa de muerte para quienes han sido obligados a servir al Imperio.

»¿Por qué no te podías estar quieto, eh, Jinete de Dragón? ¿Por qué no has podido bajar la cabeza para que el resto de nosotros pudiéramos vivir en paz? Pero no, el ansia de fama, de gloria y de riquezas es demasiado grande. Tienes que traer el sufrimiento y la ruina a nuestros hogares para satisfacer tus ambiciones. ¡Yo te maldigo, Jinete de Dragón! ¡Te maldigo con todo mi corazón! ¡Ojalá te marches de Alagaësia y no vuelvas nunca!

Eragon sintió un escalofrío, pues la maldición del hombre era como la que le había lanzado el último de los Ra'zac en Helgrind, y recordaba que Angela le había predicho ese futuro. Hizo un esfuerzo por apartar esos pensamientos y dijo:

—No deseo mataros, pero lo haré si debo hacerlo. ¡Rendid las armas!

Arya abrió en silencio la puerta que se encontraba en la base de la torre de vigilancia de la izquierda y se coló dentro. Sigiloso como un gato salvaje, Blödhgarm se deslizó por detrás de los soldados hacia la otra torre. Si alguno de ellos se hubiera dado la vuelta, lo hubiera visto.

El capitán de los soldados escupió al suelo, a los pies de Eragon.

—¡Ni siquiera pareces humano! ¡Eres un traidor a tu raza, eso eres! —El hombre levantó el escudo y la espada y caminó despacio hacia Eragon—. Asesino de Sombra —gruñó el soldado—. ¡Ja! Creería antes que el hijo de doce años de mi hermano ha matado a un Sombra que no que lo haya hecho un jovencito como tú.

Eragon esperó a que el capitán se pusiera a un metro de distancia de él. Entonces, dando un solo paso hacia delante, clavó a *Brisingr* por el centro del escudo, le atravesó el brazo y el pecho, y la espada le salió por la espalda. Mientras Eragon sacaba la espada del cuerpo del soldado se oyó un clamor discordante procedente del interior de las torres de vigilancia: las ruedas y las cadenas de las puertas empezaron a girar y las enormes vigas que mantenían cerradas las puertas de la ciudad empezaron a desplazarse.

—¡Rendid las armas o morid! —gritó Eragon.

Gritando todos a la vez, veinte soldados corrieron hacia él blandiendo las espadas. Los otros, o bien se dispersaron y corrieron hacia el centro de la ciudad, o bien siguieron el consejo de Eragon y depositaron las espadas, lanzas y cascos sobre las grises piedras del pavimento antes de arrodillarse a un lado de la calle con las manos sobre las rodillas.

Una fina niebla de sangre envolvió a Eragon mientras éste se abría paso a tajos por entre los soldados, saltando del uno al otro con tanta velocidad que no los dejaba reaccionar. Saphira acabó con dos de los soldados y, luego, abrasó a otros dos con una rápida llamarada que los quemó dentro de su propia armadura. Eragon se detuvo a un metro del último soldado con el brazo de la espada en alto después de haber descargado el mandoble: esperó a oír el golpe del hombre contra el suelo, primero una mitad y luego la otra.

Arya y Blödhgarm emergieron de las torres de vigilancia justo cuando las puertas chirriaban y se abrían hacia delante dejando al descubierto el extremo romo del enorme ariete de los vardenos. Arriba, los arqueros de los muros gritaron de consternación y se retiraron a posiciones más fácilmente defendibles. Docenas de manos aparecieron en los cantos de las puertas y las separaron y Eragon vio que una masa de vardenos de rostro adusto, hombres y enanos por igual, se apiñaban en el arco de la puerta.

—¡Asesino de Sombra! —gritaron, y también—: ¡Argetlam! ¡Bienvenido! ¡La caza es buena hoy!

—¡Éstos son mis prisioneros! —dijo Eragon señalando con *Brisingr* a los soldados arrodillados a un lado de la calle—. Atadlos y ocupaos de que reciban un buen trato. Les he dado mi palabra de que no se les hará ningún daño.

Seis guerreros se apresuraron a cumplir sus órdenes.

Los vardenos se precipitaron hacia delante, penetrando en la ciudad con el rugido continuo del entrechocar de las armaduras y los golpes de las botas en el suelo. Eragon se alegró al ver a Roran y a Horst y a varios hombres de Carvahall en la cuarta fila de guerreros. Los saludó, y Roran levantó el martillo en señal de saludo y corrió hacia él.

Eragon cogió a Roran del antebrazo y lo atrajo para darle un fuerte abrazo. Luego, al separarse de él, se dio cuenta de que Roran parecía mayor y que tenía más ojeras que antes.

—Ya era hora de que llegaras —gruñó Roran—. Han muerto centenares de los nuestros intentando tomar los muros.

—Saphira y yo hemos venido tan deprisa como hemos podido. ¿Cómo está Katrina?

—Está bien.

—Cuando esto haya terminado, tendrás que contarme todo lo que ha ocurrido desde que te marchaste.

Roran apretó los labios y asintió con la cabeza. Luego, señalando la espada, *Brisingr*, dijo:

—¿Dónde conseguiste la espada?

—De los elfos.

—¿Cómo se llama?

—*Bris...* —empezó a decir Eragon, pero entonces los otros once elfos a quienes Islanzadí había ordenado que protegieran a Eragon y a Saphira se separaron corriendo de la columna de hombres y los rodearon.

Arya y Blödhgarm se unieron a ellos. Arya estaba limpiando la fina hoja de su espada.

Antes de que Eragon pudiera continuar hablando, Jörmundur cruzó a caballo las puertas y lo saludó gritando:

—¡Asesino de Sombra! ¡Qué buen encuentro!

Eragon lo saludó y le preguntó:

—¿Qué haremos ahora?

—Lo que a ti te parezca adecuado —contestó Jörmundur mientras tiraba de las riendas de su corcel marrón—. Tenemos que abrirnos paso hasta la torre del homenaje. No parece que Saphira pueda pasar por entre las casas, así que será mejor que deis un rodeo volando y os unáis a sus fuerzas cuando podáis. Si pudierais abrir la torre y capturar a Lady Lorana, sería una gran ayuda.

—¿Dónde está Nasuada?

Jörmundur hizo un gesto hacia sus espaldas.

—En las últimas filas del ejército, coordinando nuestras fuerzas con el rey Orrin. —Miró hacia el flujo de guerreros y luego volvió a posar la mirada en Eragon y Roran—. Martillazos, tu puesto está con tus hombres, no cotilleando con tu primo. —Entonces, el enjuto comandante espoleó a su caballo hacia delante y subió por la sombría calle gritando órdenes a los vardenos.

Cuando Roran y Arya empezaban a seguirlo, Eragon agarró a Roran por el hombro y puso la punta de la espada sobre la de Arya.

—Esperad —dijo.

—¡Qué! —preguntaron los otros dos con tono exasperado.

Sí, ¿qué? —intervino Saphira—. *No tendríamos que quedarnos sentados charlando mientras tenemos la oportunidad de hacer deporte.*

—Mi padre —exclamó Eragon—. No es Morzan, ¡es Brom!

Roran parpadeó, asombrado.

—¿Brom?

—¡Sí, Brom!

Incluso Arya parecía sorprendida.

—¿Estás seguro, Eragon? ¿Cómo lo sabes?

—¡Por supuesto que estoy seguro! Os lo explicaré luego, pero no podía esperar a contaros la verdad.

Roran meneó la cabeza.

—Brom… Nunca lo hubiera adivinado, pero supongo que tiene sentido. Debes de alegrarte de librarte del nombre de Morzan.

—Más que alegrarme —repuso Eragon, sonriendo.

Roran le dio una palmada en la espalda y le dijo:

—Ten cuidado, ¿eh? —Y salió corriendo tras Horst y los otros habitantes.

Arya se apartó en la misma dirección, pero antes de que se alejara mucho, Eragon la llamó y le dijo:

—El Lisiado que está Ileso ha salido de Du Weldenvarden y se ha reunido con Islanzadí en Gil'ead.

Arya abrió los ojos y la boca con sorpresa, como si fuera a hacer una pregunta. Pero en ese momento, la columna de soldados la arrastró hacia el centro de la ciudad.

Blödhgarm se acercó silenciosamente a Eragon.

—Asesino de Sombra, ¿por qué el Sabio Doliente ha abandonado el bosque?

—Él y su compañero pensaron que había llegado el momento de luchar contra el Imperio y de revelar su existencia a Galbatorix.

Al elfo se le puso el pelo de punta.

—Eso es una noticia trascendental.

Eragon subió a la grupa de Saphira.

—Abríos paso hasta la torre del homenaje. Nos encontraremos allí —les dijo a Blödhgarm y a los otros guardias.

Sin esperar la respuesta del elfo, Saphira saltó a las escaleras que conducían a la parte superior de los muros de la ciudad. Los escalones de piedra crujieron bajo su peso mientras ella subía hasta la pared más ancha, desde donde alzó el vuelo por encima de las casuchas en llamas de las afueras de Feinster, batiendo las alas deprisa para ganar altura.

Arya tendrá que darnos permiso antes de que podamos hablar a nadie de Oromis y de Glaedr. —Eragon recordó que él, Orik y Saphira habían jurado mantener el secreto a la reina Islanzadí durante su primera visita a Ellesméra.

Estoy segura de que nos lo dará cuando oiga nuestra historia —dijo Saphira.

Sí.

Eragon y Saphira volaron de un lugar a otro de Feinster, aterrizaban allí donde veían un grupo grande de hombres o donde algunos de los vardenos parecían apurados. A no ser que alguien los atacara de inmediato, Eragon intentaba convencer a todos los grupos de enemigos de que se rindieran. Fracasó tanto como tuvo éxito, pero se sentía mejor al intentarlo, ya que muchos de los hombres que recorrían las calles eran ciudadanos normales de Feinster y no soldados. A todos les decía:

—El Imperio es nuestro enemigo, no vosotros. No levantéis las armas contra nosotros y no tendréis ningún motivo para temernos.

Las pocas veces que Eragon vio a una mujer o a un niño correr por la oscura ciudad, les ordenó que se escondieran en la casa más cercana y, sin ninguna excepción, le obedecieron.

Eragon examinaba la mente de todos los que pasaban por su lado en busca de algún mago que les pudiese causar algún mal, pero no encontraron a ningún hechicero, aparte de los tres que ya habían visto, y esos tres habían procurado ocultarle sus pensamientos. Le preocupaba que, al parecer, no se hubieran unido a la pelea de ninguna forma visible.

Quizás intentan abandonar la ciudad —le dijo a Saphira.

¿Les dejaría Galbatorix huir en medio de la batalla?

Dudo que quiera perder a ninguno de sus hechiceros.

Quizá, pero tendríamos que ir con cuidado. ¿Quién sabe qué están planeando?

Eragon se encogió de hombros.

De momento, lo mejor que podemos hacer es ayudar a los vardenos a asegurar Feinster lo antes posible.

653

Ella estuvo de acuerdo y viró en el aire para dirigirse hacia una refriega que estaba ocurriendo en una plaza cercana.

Luchar en una ciudad era distinto que luchar a cielo abierto, como Eragon y Saphira estaban acostumbrados. Las estrechas calles y los apretados edificios dificultaban los movimientos de Saphira y le hacían difícil reaccionar cuando los soldados atacaban, a pesar de que Eragon podía notar la proximidad de los hombres mucho antes de que llegaran. Sus encuentros con los soldados acababan en una lucha desesperada que terminaba solamente con el fuego o la magia. Más de una vez Saphira destrozó la fachada de una casa con un descuidado movimiento de la cola. Consiguieron evitar heridas graves gracias a una combinación de suerte y de habilidad, y a las protecciones mágicas de Eragon; sin embargo, los ataques les hicieron ser más cautelosos y estar más tensos de lo que era habitual en ellos durante una batalla.

La quinta de esas confrontaciones dejó a Eragon tan furioso que cuando los soldados empezaron a retirarse, como siempre hacían al final, él los persiguió, decidido a matarlos a todos. Los soldados lo sorprendieron al dar un giro brusco y lanzarse contra las puertas de una sombrerería de señoras.

Eragon los siguió, saltando por encima de los restos de la puerta. El interior de la tienda estaba completamente oscuro y olía a plumas de pollo y a perfume rancio. Hubiera podido iluminar la tienda con la magia, pero puesto que sabía que los soldados se encontraban en mayor desventaja que él, no lo hizo. Eragon sentía sus mentes cerca, y oía sus agitadas respiraciones, pero no estaba seguro de qué había entre ellos y él. Penetró un poco más en la oscuridad, tanteando el suelo con los pies. Mantenía el escudo delante de él y a *Brisingr* encima de la cabeza, listo para golpear.

Eragon oyó que un objeto volaba por el aire con un sonido tan ligero cómo el de un hilo que cae al suelo.

Entonces, un mazo, quizás un martillo, le golpeó el escudo y se lo rompió en pedazos, haciéndolo trastabillar hacia atrás. Se oyeron gritos. Un hombre tropezó con una silla o una mesa y algo se rompió contra la pared. Eragon dio una estocada a ciegas y notó que *Brisingr* se clavaba en la carne y tropezaba con algún hueso. Percibió un peso en el extremo de la espada. Eragon arrancó el acero y el hombre a quien había atravesado cayó sobre sus pies.

Eragon miró rápidamente hacia atrás, a Saphira, que lo esperaba fuera, en la calle estrecha. Sólo entonces se dio cuenta de que había una antorcha montada en un poste de metal en uno de los lados de la calle, y que esa luz le hacía visible ante los soldados. Rápidamente, se apartó de la puerta y tiró los restos del escudo.

Se oyó otro fuerte estruendo en la tienda, y hubo una confusión de pasos cuando los soldados se precipitaban desde la parte posterior de la tienda hasta un tramo de escaleras. Eragon las subió detrás de ellos. El segundo piso era la vivienda de la familia que tenía la tienda. Varias personas chillaron y un niño empezó a llorar mientras Eragon penetraba en un laberinto de pequeñas habitaciones, pero no hizo caso, concentrado como estaba en perseguir a sus presas. Al final arrinconó a los soldados en una abigarrada sala que solamente estaba iluminada por la tenue luz de una vela.

Eragon mató a los cuatro soldados con cuatro golpes de espada, haciendo muecas cada vez que la sangre lo salpicaba. Tomó un escudo de uno de ellos y luego se detuvo un momento para observar los cuerpos. Le pareció de mal gusto dejarlos en medio del salón, así que los lanzó por una de las ventanas.

Cuando se dirigía de nuevo a las escaleras, una figura salió de detrás de una esquina y fue a clavarle una daga en las costillas. La punta de la daga se detuvo a unos centímetros del costado de Eragon, parada por las protecciones mágicas. Sorprendido, Eragon levantó *Brisingr* e iba a golpear con ella cuando se dio cuenta de que el soldado que blandía la daga no era más que un chico de trece años.

Eragon se quedó helado. «Podría ser yo —pensó—. Yo hubiera hecho lo mismo si me hubiera encontrado en su lugar.» Miró detrás del chico y vio a un hombre y a una mujer de pie, vestidos con el camisón de dormir y los gorros; se abrazaban el uno al otro y lo miraban con horror.

Eragon sintió un temblor interno. Bajó la espada y con la mano que le quedaba libre le quitó la daga al chico.

—Si yo fuera tú —le dijo Eragon, y el tono alto de su propia voz lo sorprendió—, no saldría fuera hasta que la batalla haya terminado. —Dudó un momento y luego añadió—: Lo siento.

Avergonzado, salió a toda prisa de la tienda y se reunió con Saphira.

Continuaron recorriendo la calle.

No muy lejos de la sombrerería, se tropezaron con varios de los hombres del rey Orrin, que llevaban candelabros de oro, platos y utensilios de plata y joyas, además de unos cuantos muebles que habían sacado de una rica mansión en la que habían entrado.

Eragon tiró al suelo un montón de alfombras que uno de los hombres llevaba.

655

—¡Devolved todo esto! —gritó a todo el grupo—. ¡Estamos aquí para ayudar a esta gente, no para robarles! Son nuestros hermanos y hermanas, nuestras madres y padres. ¡Esta vez lo paso por alto, pero haz correr la voz de que si alguien más saquea haré que le azoten como a un vulgar ladrón!

Saphira gruñó en afirmación a sus palabras. Bajo la mirada vigilante de Eragon, los soldados, escarmentados, devolvieron los objetos a la mansión de mármol.

Y ahora —le dijo Eragon a Saphira—, *quizá podamos...*

—¡Asesino de Sombra! ¡Asesino de Sombra! —gritó un hombre corriendo hacia ellos desde la ciudad. Los brazos y la armadura indicaban que era uno de los vardenos.

Eragon apretó la empuñadura de *Brisingr*.

—¿Qué?

—Necesitamos tu ayuda, Asesino de Sombra. ¡La tuya también, Saphira!

Siguieron al guerrero a través de Feinster hasta que llegaron a un gran edificio de piedra. Varias docenas de vardenos se encontraban pertrechados tras un muro bajo que había delante del edificio. Parecieron aliviados al ver a Eragon y a Saphira.

—¡No os acerquéis! —gritó uno de los vardenos haciendo señas con el brazo—. Hay un grupo de soldados dentro, y nos apuntan con los arcos.

Eragon y Saphira se detuvieron justo antes de ponerse a la vista desde el edificio. El guerrero que los había llevado hasta allí, dijo:

—No podemos llegar hasta ellos. Las puertas y las ventanas están cerradas, y nos disparan si intentamos forzarlas.

Eragon miró a Saphira:

¿Lo hago yo o lo haces tú?

Yo me encargo —repuso ella, y levantó el vuelo arrastrando una fuerte corriente de aire tras las alas.

Saphira aterrizó en el techo: el edificio tembló y las ventanas se rompieron. Eragon y los demás guerreros contemplaron asombrados a la dragona mientras enganchaba las puntas de las garras entre las rendijas de las piedras y, con un gruñido de esfuerzo, partía el edificio y dejaba al descubierto a los aterrorizados soldados, a quienes mató como un terrier mata unas ratas.

Cuando Saphira volvió al lado de Eragon, los vardenos se apartaron de ella, evidentemente aterrorizados por esa demostración de ferocidad. Ella no les hizo caso y empezó a lamerse las garras para quitarse la sangre de las escamas.

¿Te he dicho alguna vez cuánto me alegro de que no seamos ene-
migos? —le preguntó Eragon.
No, pero es muy dulce por tu parte.

Por toda la ciudad, los soldados lucharon con una tenacidad que
impresionó a Eragon; solamente cedían terreno cuando los obligaban
a hacerlo y lo intentaron todo con tal de frenar el avance de los vardenos. A causa de esa persistente resistencia, los vardenos no llegaron
al extremo oeste de la ciudad, donde mantuvieron sus puestos, hasta
que la primera luz del alba empezó a iluminar el cielo.

La torre del homenaje era una estructura imponente. Era alta y
cuadrada, y la adornaban varias torrecillas de distinto tamaño. El techo era de pizarra para que los atacantes no pudieran incendiarla. Delante de la torre había un gran patio, que albergaba unos cuantos edificios bajos y una hilera de catapultas; rodeando todo ese complejo
había un grueso muro desde el cual también se levantaban unas torres. Cientos de soldados estaban dispuestos tras las almenas y cientos más abarrotaban el patio. La única manera de entrar en el patio
desde el suelo era a través de un ancho pasillo abovedado que se abría
en uno de los muros que se encontraba cerrado por una reja de hierro
y unas gruesas puertas de roble.

Varios miles de vardenos se apretaban contra los muros y se afanaban en romper la reja con el ariete, que habían transportado desde
la puerta principal de la ciudad, e intentaban trepar por los muros con
ganchos y escaleras que los defensores de la ciudad no cesaban de rechazar. Nubes de flechas volaban por encima de los muros en ambas
direcciones. Ninguno de los dos bandos parecía tener ventaja.

¡La puerta! —dijo Eragon, señalándola.

Saphira se precipitó desde el aire sobre el muro de la reja y lo vació de soldados con una ráfaga de fuego. Aterrizó sobre la parte superior con un golpe seco que Eragon sintió en todo el cuerpo y le dijo:

Ve. Yo me ocuparé de las catapultas antes de que empiecen a lan-
zar rocas a los vardenos.

Ten cuidado —repuso él mientras descendía de su grupa hasta la
parte superior del muro.

¡Son ellos quienes deben tener cuidado! —replicó la dragona.

Lanzó un gruñido a los soldados armados con picas que se encontraban alrededor de las catapultas y la mitad de ellos dio media vuelta
y huyó.

El muro era demasiado alto para que Eragon pudiera saltar a la calle, así que Saphira colocó la cola entre dos almenas y hasta el suelo. Eragon enfundó *Brisingr* y bajó del muro por la cola de Saphira, utilizando las púas como si fueran escalones. Cuando llegó al extremo de la cola, saltó desde ella los seis metros que quedaban hasta el suelo. Al aterrizar en medio de los vardenos, rodó sobre su cuerpo para reducir el impacto.

—Saludos, Asesino de Sombra —dijo Blödhgarm, emergiendo de entre la multitud junto con los otros once elfos.

—Saludos. —Eragon volvió a desenfundar la espada—. ¿Por qué no les habéis abierto todavía la puerta a los vardenos?

—La puerta está protegida con muchos hechizos, Asesino de Sombra, y romperla requiere mucho esfuerzo. Mis compañeros y yo estamos aquí para protegeros a ti y a Saphira, y no podemos realizar esa tarea si nos agotamos haciendo otras cosas.

Eragon reprimió una maldición y dijo:

—¿Prefieres que seamos Saphira y yo quienes nos agotemos, Blödhgarm? ¿Eso nos hará estar más protegidos?

El elfo miró a Eragon un momento con una expresión inescrutable en sus ojos amarillos. Luego bajó la cabeza y dijo:

—Abriremos la puerta de inmediato, Asesino de Sombra.

—No, no lo hagáis —gruñó Eragon—. Esperad aquí.

Eragon se abrió paso hasta la parte de delante de los vardenos y caminó hacia la reja.

—¡Dejadme espacio! —gritó, haciendo señas a los guerreros.

Los vardenos se apartaron y dejaron un área vacía de seis metros. Una jabalina disparada desde una de las ballestas rebotó contra sus protecciones mágicas y cayó a una calle de al lado. Saphira soltó un rugido desde el patio y se oyó el crujido de la madera al partirse y el chasquido de las cuerdas al romperse.

Eragon sujetó la espada *Brisingr* con ambas manos, la levantó por encima de su cabeza y gritó:

—¡Brisingr!

La espada se encendió con una llamarada azul y los guerreros que se encontraban detrás de él profirieron exclamaciones de asombro. Eragon dio un paso hacia delante y golpeó una de las barras de la reja. El acero cortó la gruesa pieza de metal y un cegador destello iluminó el muro y los edificios de alrededor. Al tiempo que la espada rompía las protecciones mágicas de la reja, Eragon notó un repentino aumento del cansancio. Sonrió. Tal como esperaba, los hechizos con los que Rhunön había dotado a *Brisingr* eran más que suficientes para acabar con los encantamientos.

A ritmo rápido y constante, abrió un agujero todo lo grande que pudo en la reja. Luego se hizo a un lado y la enorme pieza de acero cayó sobre las piedras del suelo con un estruendo. Pasó por encima de ella y caminó hacia las puertas de roble que se encontraban un poco más adelante, todavía dentro del muro. Colocó la punta de *Brisingr* en la rendija, entre las dos hojas de la puerta, y presionó con todo su cuerpo hasta que la hoja salió por el otro lado. Luego aumentó el flujo de energía hacia el fuego de la espada hasta que la hoja estuvo tan caliente que cortó la madera de roble como si fuera mantequilla. Una gran cantidad de humo se levantó desde la espada, lo que provocó que a Eragon le picaran los ojos y la garganta.

Movió la espada hacia arriba y cortó la inmensa viga de madera que bloqueaba las puertas desde dentro. En cuanto notó que la resistencia disminuía, retiró la espada y apagó la llama. Llevaba unos guantes gruesos, así que pudo abrir una de las hojas de la puerta de un empujón. La otra también se abrió, aparentemente sin hacer nada, pero luego Eragon se dio cuenta de que había sido Saphira quien la había abierto. La dragona se sentó a la derecha de la entrada y lo miró con un brillo en sus ojos de zafiro: detrás de ella, cuatro catapultas estaban hechas trizas.

Eragon se colocó al lado de Saphira mientras los vardenos penetraban en el patio, llenando el aire con sus gritos de batalla. Agotado por los esfuerzos, Eragon colocó una mano sobre el cinturón de Beloth *el Sabio*, y se recargó con parte de la energía que había almacenado en los doce diamantes escondidos en el cinturón. Le ofreció la que quedaba a Saphira, que estaba igual de cansada, pero ella rehusó diciendo:

Guárdala para ti. No te queda tanta. Además, lo que de verdad necesito es comer y dormir una noche entera.

Eragon se apoyó en ella y entrecerró los ojos un momento.

Pronto —dijo—. *Pronto todo habrá terminado.*

Eso espero —repuso ella.

Entre los guerreros que pasaron delante de ellos se encontraba Angela, vestida con su extraña armadura verde y negra y con su hûthvír, el arma de doble filo de los sacerdotes de los enanos. La herbolaria se detuvo al lado de Eragon y dijo con expresión pícara:

—Una demostración impresionante, pero ¿no crees que te estás extralimitando un poco?

—¿Qué quieres decir? —preguntó Eragon con el ceño fruncido.

Ella arqueó una ceja.

—Vamos, ¿de verdad era necesario que le prendieras fuego a la espada?

La expresión de Eragon se relajó al comprender su objeción. Se rio.

—No, para la reja no, pero me gustó hacerlo. Además, no puedo evitarlo. Le puse de nombre «fuego» en el idioma antiguo, y cada vez que pronuncio la palabra, la hoja se prende en llamas como una rama de madera seca.

—¿Le has puesto «fuego» de nombre? —exclamó Angela en tono de incredulidad—. ¿Fuego? ¿Qué nombre es ése? También la hubieras podido llamar «Hoja Llameante» y ya está. Vaya, «fuego». Ajá. ¿No preferirías tener una espada que se llamara «Comedora de Ovejas» u «Hoja de Crisantemo» o algo más imaginativo?

—Ya tengo a una «comedora de ovejas» aquí —dijo Eragon, poniendo una mano sobre Saphira—. ¿Para qué quiero otra?

Angela sonrió.

—¡Así que, después de todo, no te falta ingenio! Quizá todavía haya esperanza para ti. —Y se alejó hacia la torre haciendo girar la espada de doble filo y diciendo—: ¿Fuego? ¡Bah!

Saphira soltó un suave gruñido y dijo:

Ten cuidado con a quién llamas «comedora de ovejas», Eragon, o quizá recibas un mordisco.

Sí, Saphira.

Sombra de condena

*P*ara entonces, Blödhgarm y sus elfos ya se habían reunido con Eragon y con Saphira en el patio, pero Eragon no les hizo caso y buscó a Arya. Cuando la vio, iba corriendo al lado de Jörmundur, que iba a caballo. Eragon la saludó y movió el escudo para llamar su atención.

Arya oyó su llamada y se acercó trotando con paso ágil, como el de una gacela. Después de partir, ella se había hecho con un escudo, un casco y una cota de malla, y el metal de su armadura brillaba a la media luz grisácea que invadía la ciudad. Cuando se detuvo, Eragon le dijo:

—Saphira y yo vamos a entrar en la torre e intentaremos capturar a Lady Lorana. ¿Quieres venir con nosotros?

Arya asintió con un elegante gesto de la cabeza.

Eragon saltó a una de las patas delanteras de Saphira y, de allí, a la silla. Arya siguió su ejemplo al cabo de un instante y se sentó detrás de él. Eragon sintió las anillas de su malla contra la espalda.

Saphira desplegó las aterciopeladas alas y levantó el vuelo, dejando a Blödhgarm y a los elfos mirándola con expresión de frustración.

—No deberías abandonar a tus guardias tan a la ligera —murmuró Arya en el oído izquierdo de Eragon.

Se sujetó a la cintura de él con el brazo con que manejaba la espada mientras Saphira giraba sobre el patio.

Antes de que Eragon respondiera, percibió el contacto de la conciencia de Glaedr. Por un momento pareció que la ciudad se desvanecía ante sus ojos, y solamente vio y sintió lo mismo que Glaedr: pequeñas flechas como avispas rebotaban en su vientre mientras se elevaba por encima de las cuevas de madera de los bípedos de orejas redondas. El aire era suave y, bajo las alas, era perfecto para el vuelo que necesitaba. En la grupa, la silla le rozaba las escamas cada vez que Oromis cambiaba de postura.

Glaedr sacó la lengua y probó el apetecible aroma de madera quemada, carne cocida y sangre derramada. Había estado en este lugar muchas veces, antes. En su juventud no se conocía como Gil'ead, sino que tenía otro nombre y sus habitantes eran los elfos sombríos y risueños de lengua rápida y sus amigos. Sus visitas anteriores siempre habían sido agradables, pero le dolía recordar a los dos compañeros de nido que habían muerto allí, asesinados por los Apóstatas de mente retorcida.

El único ojo del sol colgaba justo encima del horizonte. Al norte, las grandes aguas de Isenstar eran como una erizada capa de plata pulida. Abajo, la manada de orejas puntiagudas dirigida por Islanzadí se había organizado alrededor de la ciudad hormiguero. Sus armaduras brillaban como el hielo partido. Una cortina de humo azul invadía toda la zona, densa como la niebla de la mañana.

Y desde el sur, el pequeño y enojado Espina de garras afiladas batía las alas en dirección a Gil'ead con un grito de desafío para que todos lo oyeran. Morzan, hijo de Murtagh, iba sentado a su grupa y, en su mano derecha, *Zar'roc* brillaba como una uña de dragón.

La tristeza invadió a Glaedr al ver a los dos miserables polluelos. Deseaba que él y Oromis no tuvieran que matarlos. «Otra vez —pensó—, el dragón debe enfrentarse al dragón y todo por culpa de Galbatorix.» Con un humor nefasto, Glaedr aceleró el batir de alas y abrió las garras, preparado para destrozar a sus enemigos.

A Eragon se le echó la cabeza hacia atrás involuntariamente cuando Saphira viró a un lado y se dejó caer varios metros de repente antes de volver a recuperar el equilibrio.

¿Tú también has visto eso? —le preguntó.

Sí.

Preocupado, Eragon miró hacia las alforjas, donde se hallaba escondido el corazón de corazones de Glaedr, y se preguntó si él y Saphira debían intentar ir en ayuda de Oromis y de Glaedr. Pero luego se tranquilizó a sí mismo diciéndose que había muchos hechiceros con los elfos. Sus maestros no necesitaban su ayuda.

—¿Qué es lo que va mal? —preguntó Arya en voz alta.

Oromis y Glaedr están a punto de entrar en combate contra Espina y Murtagh —contestó Saphira.

Eragon notó que Arya se ponía tensa a sus espaldas.

—¿Cómo lo sabéis? —preguntó ella.

—Te lo explicaré después. Espero que no sufran ningún daño.

—Yo también —asintió Arya.

Saphira se elevó a gran altura por encima de la torre y luego planeó

hacia abajo en silencio para aterrizar en el capitel de la torre más alta.
Mientras Eragon y Arya trepaban por el tejado inclinado, Saphira dijo:
Nos encontraremos en la sala de abajo. La ventana de aquí es demasiado pequeña para mí.
Al levantar el vuelo, una corriente de aire los abofeteó.

Eragon y Arya se dejaron caer desde el extremo del tejado hasta una estrecha cornisa de piedra de dos metros de ancho. Sin pensar en la caída vertiginosa que los esperaba si resbalaban, Eragon avanzó despacio hasta una ventana con forma de cruz y entró en una gran habitación cuadrada de cuyas paredes colgaban filas de ballestas y de flechas. Si había alguien en la habitación en el momento en que Saphira aterrizó, ya había huido.

Arya entró por la ventana detrás de él. Inspeccionó la habitación e hizo un gesto hacia las escaleras que se encontraban en el rincón más alejado. Caminó hasta ellas con pasos silenciosos.

Mientras Eragon la seguía, sintió una extraña confluencia de energías por debajo de ellos y percibió las mentes de cinco personas cuyos pensamientos se dirigían hacia él. Como temía un ataque mental, Eragon se cerró en sí mismo y se concentró en recitar una poesía élfica. Tocó a Arya en el hombro y le dijo:

—¿Lo notas?

Ella asintió con la cabeza.

—Hubiéramos tenido que traer a Blödhgarm con nosotros.

Juntos bajaron por las escaleras esforzándose en no hacer ruido. La siguiente habitación de la torre era mucho más grande que la anterior; el techo tenía más de nueve metros de altura y de él colgaba una antorcha dentro de una estructura de cristal. Una llama amarilla brillaba dentro de ella. Cientos de óleos colgaban de las paredes: retratos de hombres barbudos vestidos con lujosas túnicas y mujeres inexpresivas, sentadas y rodeadas de niños; paisajes de mares azotados por el viento que representaban unos marineros ahogándose; y escenas de batallas en las que los humanos masacraban a ejércitos de grotescos úrgalos.

Una hilera de grandes puertas de madera llenaba la pared norte y daba a un balcón con una barandilla de piedra. Enfrente de las ventanas, cerca de la pared, había una serie de pequeñas mesas redondas repletas de rollos de pergamino, tres sillas acolchadas y dos enormes urnas de bronce llenas de flores secas. Una mujer robusta, de pelo gris y que llevaba un vestido de color lavanda, se encontraba sentada en una de las sillas. Mostraba una acusada semblanza con varios de los hombres de las pinturas. Encima de la cabeza llevaba una diadema de plata adornada con jade y topacios.

En el centro de la habitación estaban los tres magos que Eragon había visto antes, en la ciudad. Los dos hombres y la mujer estaban colocados de cara los unos a los otros, tenían las capuchas echadas hacia atrás y los brazos estirados, de tal forma que se tocaban con las puntas de los dedos. Se balanceaban al mismo tiempo y murmuraban en el idioma antiguo un hechizo desconocido. Una cuarta persona se encontraba sentada en medio del triángulo que formaban: un hombre vestido exactamente igual pero que no decía nada, sólo mostraba una mueca de dolor.

Eragon se proyectó hacia la mente de uno de los hechiceros, pero el hombre estaba tan concentrado en su tarea que no consiguió penetrar en su conciencia y fue incapaz de someterlo a su voluntad. El hombre ni siquiera pareció notar el ataque. Arya debió de intentar lo mismo, porque frunció el ceño y murmuró:

—Han sido bien entrenados.

—¿Sabes qué es lo que están haciendo? —murmuró Eragon.

Ella negó con la cabeza.

Entonces la mujer que llevaba el vestido color lavanda levantó la cabeza y vio a Eragon y a Arya agachados arriba de las escaleras de piedra. Para sorpresa de Eragon, la mujer no pidió auxilio, sino que se llevó un dedo hasta los labios y les hizo una señal para que se acercaran.

Eragon miró a Arya, perplejo.

—Podría ser una trampa —susurró Eragon.

—Es lo más probable —repuso ella.

—¿Qué hacemos?

—¿Ya ha llegado Saphira?

—Sí.

—Entonces vayamos a saludar a nuestra anfitriona.

Bajaron los escalones al mismo paso y se deslizaron por la habitación sin apartar la vista de los magos.

—¿Eres Lady Lorana? —preguntó Arya en voz baja cuando se detuvieron delante de la mujer que estaba sentada.

La mujer inclinó la cabeza.

—Sí, lo soy, hermosa elfa. —Dirigió la mirada hacia Eragon y le dijo—: ¿Eres tú el Jinete de Dragón de quien tanto he oído hablar últimamente? ¿Eres Eragon Asesino de Sombra?

—Lo soy —respondió él.

El distinguido rostro de la mujer mostró una expresión de alivio.

—Ah, tenía la esperanza de que vinieras. Debes detenerlos, Asesino de Sombra —dijo, señalando a los magos.

—¿Por qué no les ordenas que se rindan? —preguntó el chico en un susurro.

—No puedo —repuso Lady Lorana—. Sólo responden ante el rey y ante su nuevo Jinete. Yo he prestado juramento a Galbatorix, no tuve otro remedio, así que no puedo levantar la mano ni contra él ni contra sus sirvientes; si no fuera por eso, me hubiera ocupado en persona de destruirlos.

—¿Por qué? —preguntó Arya—. ¿Qué es lo que temes tanto?

La piel que rodeaba los ojos de Lorana se tensó.

—Saben que no pueden pretender vencer a los vardenos tal como están, y Galbatorix no ha mandado refuerzos para ayudarnos. Así que están intentando, no sé de qué manera, crear un Sombra con la esperanza de que el monstruo se vuelva contra los vardenos y propague el dolor y la destrucción entre vuestras filas.

El terror invadió a Eragon. No podía imaginarse tener que luchar contra otro Durza.

—Pero un Sombra podría volverse contra ellos, o contra cualquiera de Feinster, con la misma facilidad que contra los vardenos.

Lorana asintió con la cabeza.

—No les importa. Solamente desean causar tanto dolor y destrucción como puedan antes de morir. Están locos, Asesino de Sombra. ¡Por favor, debes detenerlos, por el bien de mi gente!

Justo cuando terminó de hablar, Saphira aterrizó en el balcón de la sala y rompió la barandilla con la cola. Abrió las puertas con un solo golpe de la pata, y destrozó los marcos como si fueran de yesca; luego introdujo la cabeza y los hombros en la sala y gruñó.

Los magos continuaron cantando, aparentemente sin darse cuenta de su presencia.

—¡Oh, vaya! —dijo Lady Lorana agarrándose a los brazos de la silla.

—Sí —dijo Eragon. Levantó *Brisingr* y se dirigió hacia los magos, igual que hizo Saphira desde el lado opuesto.

Entonces, todo empezó a dar vueltas alrededor de Eragon y, de nuevo, se encontró mirando a través de los ojos de Glaedr: rojo; negro; destellos de un amarillo tembloroso. Dolor… Un dolor que penetra hasta el hueso en su vientre y en el hombro del ala izquierda. Un dolor que no sentía hacía más de cien años. El alivio cuando el compañero de su vida, Oromis, le curaba las heridas.

Glaedr recuperó el equilibrio y buscó a Espina. El pequeño dragón rojo era más fuerte y rápido de lo que Glaedr esperaba, debido a las artes de Galbatorix.

Espina se precipitó contra un costado de Glaedr, contra su lado débil, en el que le faltaba la pata delantera. Dieron vueltas el uno contra

665

el otro, y cayeron en picado contra el duro suelo quebrantador. Glaedr mordió, arrancó y arañó con sus garras traseras, intentando someter al dragón más pequeño.

No me superarás, jovenzuelo —se juró a sí mismo—. *Yo ya era viejo cuando tú naciste.*

Unas garras como dagas blancas arañaron las costillas y el costado de Glaedr, que flexionó la cola y golpeó en una pata al gruñente Espina de largos colmillos, y le clavó una de las púas de la cola en el muslo. Hacía mucho rato que la lucha había agotado los escudos mágicos invisibles de ambos, dejándolos vulnerables a cualquier herida.

Cuando el gigantesco suelo estuvo a unos cientos de metros de distancia, Glaedr inhaló y echó la cabeza hacia atrás. Tensó el cuello y el vientre y escupió el denso líquido de fuego desde lo más profundo del vientre. El líquido se encendió al entrar en contacto con el aire de la garganta. Abrió las mandíbulas todo lo que pudo y rodeó al dragón rojo con el fuego, envolviéndolo con un manto de llamas. El torrente de retorcidas y ávidas llamas hizo cosquillas en la parte interna de las mejillas de Glaedr.

Cerró la garganta, e interrumpió el flujo de fuego cuando él y el dragón chillón se apartaron el uno del otro. Desde su grupa, Glaedr oyó que Oromis decía:

—Su fuerza está disminuyendo. Lo veo en su postura. Unos minutos más y la concentración de Murtagh fallará y podremos tener el control sobre sus pensamientos. O bien eso, o bien los mataremos con la espada y las garras.

Glaedr soltó un gruñido de asentimiento, frustrado porque él y Oromis no se atrevían a comunicarse con la mente, como hacían habitualmente. Elevándose con el viento cálido de la tierra arada, viró hacia Espina, que tenía las piernas bañadas de sangre escarlata, rugió y se preparó para luchar contra él otra vez.

Eragon miró al techo, desorientado. Estaba tumbado de espaldas dentro de la torre del homenaje. Arrodillada a su lado se encontraba Arya, que tenía el rostro surcado por la preocupación. Lo cogió de un brazo y lo ayudó a incorporarse, sujetándolo cuando él trastabilló. Al otro lado de la habitación, Eragon vio que Saphira agitaba la cabeza y sintió la confusión de la dragona.

Los tres magos continuaban de pie con los brazos estirados, balanceándose y cantando en el idioma antiguo. Las palabras de sus hechizos sonaban con una fuerza inusual y permanecían en el aire hasta mucho después del momento en que debían haberse apagado. El hombre que estaba sentado en el suelo se sujetaba las rodillas y todo el cuerpo le temblaba mientras giraba la cabeza de un lado a otro.

—¿Qué ha pasado? —preguntó Arya en voz baja pero con urgencia. Atrajo a Eragon hacia él y bajó todavía más la voz—. ¿Cómo puedes saber lo que Glaedr está pensando desde tan lejos, y estando su mente tan ligada a Oromis? Perdona por haber entrado en contacto con tus pensamientos sin tu permiso, Eragon, pero estaba preocupada por tu estado. ¿Qué clase de vínculo tenéis tú y Saphira con Glaedr?

—Luego —respondió él, al tiempo que enderezaba su espalda.

—¿Es que Oromis te dio algún amuleto o algún otro objeto que te permita contactar con Glaedr?

—Tardaría demasiado en explicártelo. Luego, te lo prometo.

Arya dudó, luego asintió con la cabeza y dijo:

—Te lo recordaré.

Juntos, Eragon, Saphira y Arya avanzaron hacia los magos; cada uno atacó a uno de ellos. El repicar del metal llenó la habitación cuando *Brisingr* rebotó a un lado sin tocar su objetivo, con lo que el hombro de Eragon se resintió. De la misma forma, la espada de Arya rebotó contra una protección mágica, igual que le sucedió a Saphira con sus garras. La dragona rascó el suelo de piedra con las uñas.

—¡Concentrémonos en éste! —gritó Eragon, y señaló al hechicero más alto, un hombre pálido de barba enmarañada—. ¡Deprisa, antes de que consiga invocar a algún espíritu!

Eragon o Arya hubieran podido intentar esquivar o romper las protecciones del hechicero con sus propios hechizos, pero utilizar la magia contra otro mago siempre era peligroso, a no ser que la mente del otro estuviera bajo control. Ni Eragon ni Arya querían correr el riesgo de ser asesinados por una protección que no conocían.

Atacando por turnos, Eragon, Saphira y Arya intentaron herir, atravesar y golpear al hechicero barbudo durante casi un minuto. Ninguno de esos golpes consiguió su objetivo. Entonces, por fin, después de una mínima resistencia, Eragon notó que cedía algo bajo su espada, que continuó su trayecto hasta lograr decapitar al hechicero. El aire resplandeció. En el mismo instante, sintió una súbita reducción de sus fuerzas, cuando sus protecciones le salvaguardaron de un hechizo desconocido. El asalto cesó al cabo de unos segundos, pero se sintió mareado y presa de una sensación de ligereza. Tenía el estómago revuelto. Hizo una mueca y se nutrió con la energía del cinturón de Beloth *el Sabio*.

667

La única reacción que los otros dos magos mostraron ante la muerte de su compañero fue un aumento en la velocidad de su invocación. Tenían las comisuras de la boca manchadas con una baba amarilla, y escupían, y ponían los ojos en blanco, y, a pesar de todo eso, no hicieron ningún intento ni de escapar ni de atacar.

Eragon, Saphira y Arya continuaron con el siguiente hechicero, un hombre corpulento que llevaba anillos en los pulgares, y repitieron el mismo proceso que habían llevado a cabo con el primer mago: alternaron los golpes hasta que consiguieron romper sus protecciones. Fue Saphira quien mató al hombre, lanzándolo por el aire con un golpe de garra. El mago cayó contra las escaleras y se rompió el cráneo al chocar con uno de los escalones. Esta vez no hubo ninguna consecuencia mágica.

Cuando Eragon se dirigía hacia la hechicera, una nube de luces multicolores penetró en la habitación por las puertas rotas del balcón y se posó alrededor del hombre que estaba sentado en el suelo. Los brillantes espíritus lanzaban destellos de una violencia rabiosa mientras giraban alrededor de él y formaban una pared impenetrable. Él levantó los brazos como para protegerse y chilló. El aire zumbó y crepitó con la energía que irradiaba de esas burbujas centelleantes. Un sabor agrio, como de hierro, impregnó la lengua de Eragon y la piel empezó a escocerle. La mujer tenía el cabello tieso. Delante de ella, Saphira siseó y arqueó la espalda con todos los músculos del cuerpo rígidos.

Eragon sintió un latigazo de miedo. «¡No! —pensó, sintiéndose mareado—. Ahora no. No, después de todo lo que he pasado.» En aquel momento, era más fuerte que cuando se enfrentó a Durza en Tronjheim, pero también tenía más consciencia de lo peligroso que podía ser un Sombra. Solamente tres guerreros habían sobrevivido al ataque de uno de ellos: Laetrí, *el Elfo*, Irnstad, *el Jinete*, y él mismo; además, no tenía ninguna confianza en ser capaz de repetir la hazaña.

Blödhgarm, ¿dónde estás? —llamó Eragon—. *¡Necesitamos tu ayuda!*

Y entonces, todo a su alrededor dejó de existir y en su lugar se topó, como en un sueño, con una blancura cegadora. El agua fría y caliente del cielo era agradable sobre los miembros de Glaedr después del sofocante calor del combate. Lamió el aire, dando la bienvenida a la fina capa de humedad que se le acumuló en la lengua seca y pegajosa.

Batió las alas de nuevo y el agua del cielo se abrió ante él, revelando al lacerante y brillante sol y la tierra verde, marrón y perezosa.

«¿Dónde está?», se preguntó Glaedr. Giró la cabeza buscando a

Espina. El pequeño dragón alcaudón rojo se había elevado mucho por encima de Glaedr, hasta más arriba de lo que ningún pájaro volaba nunca, donde el aire era escaso y el aliento era como un humo húmedo.

—¡Glaedr, por detrás! —gritó Oromis.

Se dio la vuelta, pero fue demasiado lento. El dragón rojo se estrelló contra su hombro derecho, hasta tumbarlo en el aire. Glaedr gruñó y envolvió al feroz y mordedor polluelo con su única pata delantera y apretó para aplastarlo y arrancar la vida del cuerpo retorcido de Espina. El dragón rojo bramó, se escurrió un poco del abrazo de Glaedr y le clavó las garras en el pecho. Glaedr arqueó el cuello y clavó los dientes en el muslo izquierdo de Espina, sujetándolo a pesar de que el dragón rojo pateó y se retorció como un gato atrapado. La sangre caliente y salada llenó la boca de Glaedr.

Mientras caían, Glaedr oyó el sonido de las espadas contra los escudos de Oromis y Murtagh, que intercambiaban una lluvia de golpes. Espina se retorció y Glaedr vio a Morzan, hijo de Murtagh, un instante. Glaedr pensó que el humano parecía asustado, pero no estaba del todo seguro. Incluso después de estar tanto tiempo unido a Oromis, todavía tenía dificultades en descifrar las expresiones de los bípedos sin cuernos y sin cola, con esas caras blandas e inexpresivas.

El sonido del metal cesó, y Murtagh gritó:

—¡Maldito seas por no haber aparecido antes! ¡Maldito seas! ¡Hubieras podido ayudarnos! ¡Hubieras podido…! —Pareció que Murtagh se atragantaba un momento.

Glaedr gruñó al notar que una fuerza invisible detenía abruptamente su caída casi obligándolo a soltar la pata de Espina y, luego, los elevaba a los cuatro por el cielo, cada vez más alto, hasta que la ciudad hormiguero fue sólo una tenue mancha e incluso Glaedr tuvo dificultades en respirar el aire enrarecido.

«¿Qué está haciendo el jovenzuelo? —se preguntó Glaedr, preocupado—. ¿Es que se quiere suicidar?»

Entonces Murtagh volvió a hablar y, al hacerlo, su voz sonó más profunda y matizada que antes, y resonó como si se encontraran en un salón vacío. A Glaedr se le pusieron las escamas de punta al reconocer la voz de su antiguo enemigo.

—Así que habéis sobrevivido, Oromis, Glaedr —dijo Galbatorix. Sus palabras sonaron claras y suaves, como las de un orador experimentado, y el tono era de una falsa amabilidad—. Durante mucho tiempo he pensado que los elfos debían de estar escondiéndome a un dragón o a un Jinete. Es gratificante ver confirmadas mis sospechas.

669

—¡Vete, hediondo traidor! —gritó Oromis—. ¡No obtendrás ninguna satisfacción de nosotros!

Galbatorix se rio.

—Vaya bienvenida más brusca. Qué pena, Oromis-elda. ¿Es que han olvidado los elfos su famosa cortesía durante el último siglo?

—Tú no mereces más cortesía que un lobo rabioso.

—Oromis, recuerda lo que me dijiste cuando me encontraba ante ti y los otros ancianos: «La rabia es un veneno. Debes extirparla de tu mente o corromperá tu parte buena». Deberías seguir tu propio consejo.

—No me confundirás con tu lengua viperina, Galbatorix. Eres un ser abominable y nos ocuparemos de que seas eliminado, aunque nos cueste la vida.

—Pero ¿por qué, Oromis? ¿Por qué te pones contra mí? Me entristece que hayas permitido que tu odio distorsione tu sabiduría, porque fuiste sabio una vez, Oromis, quizás el miembro más sabio de toda nuestra orden. Fuiste el primero en reconocer que la locura me estaba comiendo el alma, y fuiste tú quien convenció a los ancianos de que me denegaran la petición de tener otro huevo de dragón. Eso fue muy sabio por tu parte, Oromis. Inútil, pero sabio. Y, de alguna manera, conseguiste escapar de Kialandí y Formora, incluso después de que te hubieran quebrantado, y luego te escondiste hasta que todos tus enemigos, excepto uno, hubieron muerto. Eso también fue inteligente por tu parte, elfo.

Galbatorix hizo una breve pausa.

—No hace falta que continúes luchando contra mí. Admito que cometí crímenes terribles en mi juventud, pero esos días hace mucho que han pasado, y cuando pienso en la sangre que he vertido, me atormenta la conciencia. A pesar de eso, ¿qué conseguirías de mí? No puedo deshacer lo que hice. Ahora mi mayor preocupación es asegurar la paz y la prosperidad del imperio del cual soy señor y gobernante. ¿No te das cuenta de que he perdido mi sed de venganza? La rabia que me impulsó durante tantos años ha quedado reducida a cenizas. Hazte la siguiente pregunta, Oromis: ¿quién es el responsable de la guerra que asola Alagaësia? Yo no. Fueron los vardenos quienes provocaron este conflicto. Yo me hubiera contentado con gobernar a mi propia gente y dejar a elfos, enanos y surdanos a su albedrío. Pero los vardenos no nos dejarán en paz. Fueron ellos quienes decidieron robar el huevo de Saphira, y son ellos quienes cubren la tierra con montañas de cuerpos. No yo. Fuiste sabio una vez, Oromis, y puedes volver a serlo. Abandona tu odio y únete a mí en Ilirea. Contigo a mi lado, podré poner fin a este conflicto y traer una era de paz que durará miles de años o más.

Glaedr no se dejaba convencer. Apretó las mandíbulas penetrantes haciendo aullar a Espina. El sonido del dolor pareció increíblemente fuerte después del discurso de Galbatorix.

En tono claro y resonante, Oromis dijo:

—No, no puedes hacer que olvidemos tus atrocidades con un bálsamo de mentiras endulzadas. ¡Suéltanos! No tienes el poder de retenernos aquí mucho tiempo más, y yo me niego a mantener una cháchara absurda con un traidor como tú.

—¡Bah! Eres un viejo loco y senil —dijo Galbatorix, y su voz adquirió un tono brusco y enojado—. Deberías haber aceptado mi oferta; hubieras sido el primero y más importante de mis esclavos. Haré que lamentes tu descerebrada devoción a lo que llamas justicia. Y estás equivocado. ¡Puedo retenerte así tanto tiempo como quiera, porque he adquirido el poder de un dios y no hay nadie que pueda detenerme!

—¡No vencerás! —dijo Oromis—. Ni siquiera los dioses duran para siempre.

Entonces Galbatorix soltó un juramento.

—¡Tu filosofía no me atañe, elfo! Soy el más grande de los magos, y pronto seré incluso más poderoso. La muerte no podrá conmigo. Tú, en cambio, morirás. Aunque primero sufrirás. Los dos sufriréis más de lo imaginable, y entonces te mataré, Oromis, y me llevaré tu corazón de corazones, Glaedr, y me servirás hasta el fin de los tiempos.

—¡Nunca! —exclamó Oromis.

Y Glaedr volvió a oír el estruendo de las espadas y las armaduras.

Glaedr había excluido a Oromis de su mente durante la batalla, pero su vínculo era más profundo que su pensamiento consciente, así que percibió el agarrotamiento de su Jinete, incapacitado por el dolor lacerante de la rotura de huesos y nervios. Alarmado, soltó la pata de Espina e intentó apartar al dragón de un golpe. Espina aulló por el impacto, pero permaneció donde estaba. El hechizo de Galbatorix les impedía moverse siquiera unos centímetros en cualquier dirección.

Se oyó otro sonido metálico procedente de arriba; entonces Glaedr vio que *Naegling* caía. La espada dorada relampagueó y brilló mientras descendía hacia el suelo. Por primera vez, la fría garra del miedo atenazó a Glaedr. La mayor parte de la fuerza de voluntad de Oromis estaba almacenada en la espada, y sus protecciones iban unidas a ella también. Sin la espada, estaba indefenso.

671

Glaedr se lanzó contra los límites del hechizo de Galbatorix, luchando con todas sus fuerzas por liberarse. Sin embargo, a pesar de sus esfuerzos, no pudo escapar. Y justo cuando su Jinete empezaba a recuperarse, sintió que *Zar'roc* atravesaba a Oromis desde el hombro hasta la cadera.

Glaedr aulló.

Aulló igual que Oromis había aullado cuando su dragón perdió la pata.

Una fuerza inexorable se concentró en el vientre de Glaedr. Sin pararse a pensar si era posible, apartó a Espina y a Murtagh con una ráfaga de magia y los lanzó volando como si fueran hojas barridas por el viento. Luego apretó las alas contra los costados y se precipitó hacia Gil'ead. Si pudiera llegar allí a tiempo, Islanzadí y sus hechiceros podrían salvar a Oromis.

La ciudad estaba demasiado lejos. La conciencia de Oromis se apagaba…, se apagaba…, desaparecía en la nada…

Glaedr proyectó su propia fuerza en el cuerpo de Oromis en un intento de sostenerlo hasta que llegaran a tierra. Pero a pesar de toda la energía que le dio, no pudo detener la hemorragia, la terrible hemorragia.

Glaedr…, suéltame —murmuró Oromis mentalmente.

Al cabo de un momento, con voz todavía más débil, susurró:

No llores mi muerte.

Y entonces, el compañero de vida de Glaedr se fundió con el vacío. Desaparecido.

¡Desaparecido!

¡Desaparecido!

Negrura. Vacío.

Estaba solo.

Una capa escarlata tiñó el mundo, que latía al mismo ritmo que su pulso. Desplegó las alas y voló de vuelta por donde había venido, buscando a Espina y a su Jinete. No les permitiría escapar; los atraparía, los desgarraría y los quemaría hasta que los hubiera extirpado del mundo.

Glaedr vio que el pequeño dragón rojo volaba hacia él, y rugió de dolor para doblar la velocidad. El dragón rojo viró bruscamente en el último momento en un intento de esquivarle, pero no fue lo bastante rápido para evitar a Glaedr, que se precipitó contra él, lo mordió y arrancó el último metro de la cola roja del dragón. Un chorro de sangre le salió del muñón de la cola. Chillando de dolor, el dragón rojo se retorció en el aire y se lanzó tras Glaedr. Éste empezó a girar para darle la cara, pero el dragón pequeño era demasiado rápido, demasiado ágil. Glaedr sintió un dolor agudo en la base del cráneo: la visión le falló y no vio nada.

¿Dónde estaba?

Estaba solo.

Estaba solo en la oscuridad.

Estaba solo en la oscuridad y no se podía mover ni ver nada.

Podía percibir las mentes de otras criaturas cerca. La naturaleza horrible de su situación lo invadió. Aulló en la oscuridad. Aulló y aulló, y se abandonó a la agonía, sin importarle lo que el futuro pudiera depararle, porque Oromis estaba muerto, y él estaba solo.

¡Solo!

Sobresaltado, Eragon volvió en sí.

Estaba enroscado en el suelo y tenía el rostro surcado de lágrimas. Se levantó del suelo y buscó a Saphira y a Arya con la mirada.

Tardó un momento en comprender lo que veía.

La hechicera a quien Eragon había estado a punto de atacar estaba tumbada delante de él, muerta de un solo golpe de espada. Los espíritus que ella y sus compañeros habían reunido no se veían por ninguna parte. Lady Lorana permanecía en su silla. Saphira se estaba poniendo de pie en el extremo opuesto de la habitación. Y el hombre que estaba sentado entre los tres hechiceros se encontraba de pie a su lado y sujetaba a Arya en el aire, agarrándola por el cuello.

La piel del hombre había perdido todo el color: estaba completamente lívido. Su cabello, que antes era castaño, ahora era de un color escarlata brillante, y cuando lo miró y sonrió, Eragon vio que sus ojos ahora eran granates. En su aspecto y en su actitud, se parecía a Durza.

—Nuestro nombre es Varaug —dijo el Sombra—. Témenos.

Arya intentaba golpearlo, pero parecía que los golpes no surtían efecto alguno.

La presión llameante de la conciencia del Sombra pesaba en la mente de Eragon, intentando romper sus defensas. La fuerza del ataque le dejó inmóvil: casi no podía rechazar los penetrantes tentáculos de la mente del Sombra, y era incapaz de caminar ni de blandir la espada. Por la razón que fuera, Varaug era incluso más fuerte que Durza, y Eragon no sabía cuánto tiempo podría resistirse a la voluntad del Sombra. Vio que Saphira también estaba siendo atacada: estaba sentada y tensa, sin moverse, al lado del balcón y tenía una extraña mueca en el rostro.

Arya tenía las venas de la frente hinchadas por el esfuerzo, y la cara, púrpura. Tenía la boca abierta, pero no respiraba. Golpeó el codo del Sombra con la palma de la mano derecha y le rompió la articulación con un fuerte crujido. El brazo de Varaug cayó, inerte, y por un momento los pies de Arya rozaron el suelo, pero entonces los huesos del brazo del Sombra volvieron a colocarse en su sitio y la levantó todavía más.

—Morirás —gruñó Varaug—. Morirás por habernos aprisionado en esta arcilla fría y dura.

Ver que las vidas de Arya y de Saphira estaban en peligro le libró de toda emoción, poseído de una gran determinación interna. Con el pensamiento agudo y claro como un cristal afilado, se proyectó hacia la bullente conciencia del Sombra. Varaug era demasiado poderoso, y los espíritus que moraban en él eran excesivamente dispares para que pudiera controlarlos, así que Eragon intentó aislar al Sombra. Rodeó la mente de Varaug con la suya: cada vez que éste intentaba proyectarse hacia Saphira o hacia Arya, Eragon bloqueaba el rayo mental; por otro lado, cada vez que el Sombra intentaba mover su cuerpo, Eragon contrarrestaba la urgencia de hacerlo con una orden.

Pelearon a la velocidad de la luz, recorriendo de un lado a otro todo el perímetro de la mente del Sombra, que era un paisaje tan incoherente y desordenado que Eragon temió volverse loco si lo miraba mucho rato. Se puso al límite mientras peleaba con Varaug, intentando anticiparse a todos sus movimientos, pero sabía que aquella disputa solamente podía terminar con su propia derrota. Por muy rápido que fuera, no podía superar las numerosas inteligencias que se encontraban en el interior del Sombra.

Su concentración empezó a debilitarse. Varaug aprovechó la oportunidad de penetrar a la fuerza en la mente de Eragon: lo atrapó, lo transfiguró…, suprimió todos sus pensamientos hasta que Eragon no pudo hacer otra cosa que mirar al Sombra con una rabia sorda. Un hormigueo insoportable le inundó los miembros cuando los espíritus lo recorrieron por completo, atormentándole cada uno de los nervios del cuerpo.

—¡Tu anillo está lleno de luz! —exclamó Varaug con los ojos muy abiertos—. ¡De una luz hermosa! ¡Nos alimentará durante mucho tiempo!

Entonces Arya le cogió la muñeca y se la rompió por tres puntos. Varaug rugió de rabia, pero Arya se soltó antes de que él pudiera curarse a sí mismo y cayó al suelo, jadeando. Varaug le dio una patada, pero ella rodó por el suelo y alargó el brazo para coger su espada.

Eragon temblaba, intentando expulsar la opresiva presencia del Sombra.

Los dedos de Arya se cerraron alrededor del mango de la espada. El Sombra emitió un aullido inarticulado y se abalanzó sobre ella. Ambos rodaron por el suelo, luchando por hacerse con el arma. Arya soltó un grito y golpeó la cabeza de Varaug con el pomo de la espada. El Sombra se quedó inmóvil un instante y Arya se arrastró hacia atrás y se puso en pie.

En un instante, Eragon se soltó de Varaug. Sin pensar en ser prudente, reanudó el ataque contra la conciencia del Sombra con la única intención de contenerlo unos momentos.

Varaug se puso de rodillas para incorporarse, pero le flaquearon las fuerzas bajo los esfuerzos redoblados de Eragon.

—¡A él! —gritó Eragon.

Arya se lanzó hacia delante, el pelo negro volando…

Y atravesó el corazón del Sombra.

Eragon, con una mueca, se desembarazó de la mente del Sombra mientras éste se apartaba de Arya, arrancándose la hoja del cuerpo. El Sombra abrió la boca y emitió un agudo y titubeante aullido que rompió los cristales de la antorcha. Alargó una mano y se tambaleó en dirección a Arya, pero, de repente, se detuvo: su piel desapareció y él se hizo transparente, revelando las docenas de brillantes espíritus atrapados en su cuerpo. Los espíritus empezaron a vibrar y a aumentar de tamaño hasta que reventaron los músculos de Varaug. Con un último destello de luz, los espíritus lo desgarraron y volaron por la habitación, hasta atravesar los muros como si la piedra no tuviera consistencia alguna.

675

El pulso de Eragon se fue normalizando. Luego, sintiéndose viejo y cansado, caminó hasta Arya, que estaba de pie, apoyada en una silla y que se tapaba el cuello con una mano. Tosió y escupió sangre. Puesto que parecía incapaz de hablar, Eragon puso la mano encima de la de ella y dijo:

—Waíse heill.

Mientras la energía para curarle las heridas salía de su cuerpo, Eragon sintió que le fallaban las piernas y tuvo que sujetarse en la silla.

—¿Mejor? —preguntó, cuando hubo terminado de pronunciar el hechizo.

—Mejor —susurró Arya, con una débil sonrisa. Hizo un gesto hacia donde antes se encontraba el Sombra—. Lo hemos matado… Lo hemos matado y, a pesar de ello, no hemos muerto. —Lo dijo en tono de sorpresa—. Muy pocos han matado a un Sombra y han sobrevivido.

—Eso es porque lucharon solos, no juntos, como nosotros.

—No, no como nosotros.

—Tú me ayudaste en Farthen Dûr, y yo te he ayudado aquí.

—Sí.

—Ahora tendré que llamarte «Asesina de Sombra».

—Los dos…

Saphira los sobresaltó con un dolorido y prolongado lamento. Sin dejar de aullar, arañó el suelo con las garras abriendo surcos en la piedra. Movió la cola de un lado a otro, como un látigo, destrozando los muebles y las oscuras pinturas de las paredes.

¡Desaparecido! —dijo—. *¡Desaparecido! ¡Desaparecido para siempre!*

—Saphira, ¿qué sucede? —exclamó Arya. Puesto que Saphira no respondía, Arya le repitió la pregunta a Eragon.

Eragon, detestando tener que pronunciar esas palabras, dijo:

—Oromis y Glaedr están muertos. Galbatorix los ha matado.

Arya se tambaleó como si hubiera recibido un golpe. Se sujetó al respaldo de la silla con tanta fuerza que los nudillos se le pusieron blancos. Los ojos se le llenaron de lágrimas, que le cayeron por las mejillas y le humedecieron todo el rostro.

—Eragon.

Alargó la mano y lo cogió por el hombro y, casi por accidente, Eragon se encontró abrazándola. También se le llenaron los ojos de lágrimas y apretó la mandíbula en un esfuerzo por mantener la compostura: si empezaba a llorar, sabía que no podría parar.

Permanecieron abrazados el uno al otro durante un largo rato, consolándose mutuamente. Luego Arya se apartó y dijo:

—¿Cómo sucedió?

—Oromis sufrió uno de sus ataques, y mientras estaba paralizado, Galbatorix utilizó a Murtagh para… —A Eragon se le quebró la voz, y meneó la cabeza—. Te lo contaré cuando se lo cuente a Nasuada. Ella tiene que saber lo que ha sucedido, y no quiero tener que contarlo más de una vez.

Arya asintió con la cabeza.

—Entonces vayamos a verla.

Amanecer

$\mathcal{M}$ientras Eragon y Arya escoltaban a Lady Lorana desde la sala de la torre, se encontraron con Blödhgarm y los once elfos que subían la escalera corriendo.

—¡Asesino de Sombra! ¡Arya! —exclamó una elfa de pelo negro—. ¿Estáis heridos? Oímos el lamento de Saphira, y pensamos que uno de vosotros podría haber muerto.

Eragon miró a Arya. El juramento que había prestado a la reina Islanzadí no le permitía hablar de Oromis ni de Glaedr en presencia de alguien que no fuera de Du Weldenvarden, como Lady Lorana, sin el permiso de la reina, de Arya o de quien fuera el sucesor del complejo trono de Ellesméra.

Ella asintió con la cabeza y dijo:

—Te libero de tu juramento, Eragon. A los dos. Hablad de ellos con quienes queráis hacerlo.

—No, no estamos heridos —dijo Eragon—. Pero Oromis y Glaedr acaban de morir en la batalla, en Gil'lead.

Todos los elfos al mismo tiempo lanzaron gritos de consternación y empezaron a acribillar a Eragon a preguntas. Arya levantó una mano y dijo:

—Refrenaos. Ahora no es el momento, ni éste es el lugar, de satisfacer vuestra curiosidad. Todavía hay soldados por aquí, y no sabemos quién puede estar escuchando. Ocultad el dolor en vuestros corazones hasta que estemos a salvo. —Hizo una pausa, miró a Eragon y dijo—: Os explicaré las circunstancias de su muerte cuando yo las conozca.

—Nen ono weohnata, Arya Dröttningu —murmuraron ellos.

—¿Oíste mi llamada? —le preguntó Eragon a Blödhgarm.

—Sí, la oí —respondió el elfo cubierto de vello—. Vinimos lo más deprisa que pudimos, pero nos topamos con muchos soldados por el camino.

Eragon realizó el giro de muñeca frente al pecho, el gesto tradicional de respeto de los elfos, y dijo:

—Me disculpo por haberte dejado atrás, Blödhgarm-elda. La batalla me hizo ser alocado y demasiado confiado, y casi estuvimos a punto de morir a causa de mi error.

—No tienes que disculparte, Asesino de Sombra. Nosotros también cometimos un error hoy, un error que te prometo que no se repetirá. A partir de ahora, lucharemos a tu lado y al de los vardenos sin ninguna reserva.

Juntos, descendieron las escaleras hasta el patio. Los vardenos habían matado o capturado a la mayor parte de los soldados que estaban dentro de la torre del homenaje, y los pocos hombres que todavía luchaban se rindieron al ver a Lady Lorana custodiada por los vardenos. Puesto que la escalera era demasiado estrecha para ella, Saphira había bajado volando al patio y los estaba esperando cuando llegaron.

Eragon se quedó con Saphira, Arya y Lady Lorana mientras uno de los vardenos iba en busca de Jörmundur. Cuando éste se les unió, lo informaron de lo que había sucedido en la torre —algo que le impresionó enormemente— y luego dejaron a Lady Lorana bajo su custodia.

Jörmundur le hizo una reverencia.

—Ten la seguridad, señora, de que te trataremos con todo el respeto y la dignidad propios de tu rango. Quizá seamos tus enemigos, pero somos hombres civilizados.

—Gracias —repuso ella—. Es un alivio oírlo. Pero mi mayor preocupación ahora consiste en la seguridad de mis súbditos. Si es posible, me gustaría hablar con vuestra líder, Nasuada, acerca de los planes que tiene para ellos.

—Creo que ella también desea hablar contigo.

Mientras se marchaban, Lady Lorana dijo:

—Te estoy muy agradecida, elfo, y a ti también, Jinete de Dragón, por haber matado a ese monstruo antes de que desatara el dolor y la destrucción sobre Feinster. El destino nos ha colocado en puntos opuestos del conflicto, pero eso no significa que no pueda admirar vuestro valor y vuestra destreza. Quizá nunca nos volvamos a encontrar, así que os deseo buena suerte, a ambos.

Eragon hizo una reverencia:

—Buena suerte, Lady Lorana —dijo Eragon.

—Que las estrellas te vigilen —dijo Arya.

Blödhgarm y los elfos que estaban bajo su mando acompañaron a

Eragon, Saphira y Arya por Feinster en busca de Nasuada. La encontraron montando a su semental por las calles grises, mientras inspeccionaba los daños que había sufrido la ciudad.

Nasuada saludó a Eragon y a Saphira con un alivio evidente.

—Me alegro de que hayáis regresado finalmente. Os hemos necesitado durante estos últimos días. Veo que tienes una espada nueva, Eragon, una espada de Jinete de Dragón. ¿Te la han dado los elfos?

—De forma indirecta, sí. —Eragon echó un vistazo a varias personas que estaban a su alrededor y dijo, bajando la voz—: Nasuada, tenemos que hablar contigo a solas. Es importante.

—Muy bien. —Nasuada observó los edificios que flanqueaban la calle y señaló una casa que parecía abandonada—: Ahí dentro creo que podremos charlar tranquilamente.

Dos de los guardias de Nasuada, los Halcones de la Noche, se adelantaron corriendo y entraron en la casa. Al cabo de unos minutos volvieron a aparecer y, con una reverencia, dijeron:

—Está vacía, mi señora.

—Bien. Gracias. —Ella desmontó del caballo, dio las riendas a uno de los hombres de su séquito y entró. Eragon y Arya la siguieron.

Recorrieron el lúgubre edificio hasta que encontraron una habitación, la cocina, que tenía una ventana lo bastante grande para la cabeza de Saphira. Eragon abrió las puertas de la ventana y la dragona apoyó la cabeza en el quicio de madera. Su respiración llenó la habitación con el olor de la carne chamuscada.

—Podemos hablar sin temor —anunció Arya después de lanzar un hechizo para evitar que nadie pudiera oír su conversación.

Nasuada se frotó los brazos y sintió un escalofrío.

—¿De qué va todo esto, Eragon? —preguntó.

Él tragó saliva, deseando no tener que volver a pensar en el destino que Oromis y Glaedr habían encontrado. Luego dijo:

—Saphira y yo no estábamos solos… Había otro dragón y otro Jinete que luchaban contra Galbatorix.

—Lo sabía —dijo Nasuada casi sin voz y con ojos brillantes—. Era la única explicación que tenía sentido. Eran vuestros maestros en Ellesméra.

Lo eran —dijo Saphira—. *Pero ya no.*

¿Ya no?

Eragon apretó los labios y meneó la cabeza. Las lágrimas le nublaban la vista.

—Esta mañana han muerto en Gil'ead. Galbatorix utilizó a Espina y a Murtagh para matarlos; le oí hablar con ellos en boca de Murtagh.

679

Toda emoción desapareció del rostro de Nasuada y, en su lugar, su rostro adopto una expresión vacía. Se dejó caer sobre una silla y clavó los ojos en las cenizas de la chimenea apagada. La cocina quedó en silencio. Al final, cambió de postura y dijo:

—¿Estás seguro de que están muertos?

—Sí.

Nasuada se secó los ojos con la manga.

—Háblame de ellos, Eragon. ¿Querrías, por favor?

Durante la media hora siguiente, Eragon habló de Oromis y de Glaedr. Explicó cómo sobrevivieron a la caída de los Jinetes y por qué decidieron esconderse a partir de ese momento. Explicó también las discapacidades de cada uno, y dedicó un rato a describir sus personalidades y cómo había sido estudiar con ellos. La sensación de pérdida de Eragon se hizo más profunda a medida que recordaba los largos días que había pasado con Oromis en los riscos de Tel'naeír, y las muchas cosas que el elfo había hecho por él y por Saphira. Cuando llegó al encuentro con Espina y con Murtagh en Gil'ead, Saphira levantó la cabeza de la ventana y empezó a lamentarse otra vez con un aullido bajo y persistente.

Después, Nasuada suspiró y dijo:

—Ojalá hubiera conocido a Oromis y a Glaedr, pero, ¡ay!, no fue… Hay una cosa que todavía no comprendo, Eragon. Has dicho que oíste a Galbatorix hablándoles. ¿Cómo es posible?

—Sí, a mí también me gustaría saberlo —dijo Arya.

Eragon buscó algo para beber, pero no había ni agua ni vino en la cocina. Tosió y luego inició el relato de su último viaje a Ellesméra. Saphira hacía algún comentario de vez en cuando, pero en general dejó que él narrara la historia. Empezó contando la verdad sobre su padre y luego continuó rápidamente con los sucesos ocurridos durante su estancia, desde el descubrimiento del acero brillante debajo del árbol Menoa hasta la forja de *Brisingr* y su visita a Sloan. Al final, les habló del corazón de corazones de los dragones.

—Bueno —dijo Nasuada. Se levantó y caminó arriba y abajo de la cocina—. Eres hijo de Brom y Galbatorix se aprovecha de las almas de los dragones cuyos cuerpos han muerto. Es demasiado…, para comprenderlo… —Se frotó los brazos otra vez—. Por lo menos ahora conocemos la fuente de poder de Galbatorix.

Arya se había quedado de pie, inmóvil, sin respiración y con expresión de desconcierto.

—Los dragones todavía están vivos —susurró. Juntó las manos como si rezara y las mantuvo contra el pecho—. Todavía están vivos después de tantos años. Oh, si lo pudiera contar al resto de mi raza. ¡Cuánto se alegrarían! ¡Y cuán terrible sería su ira cuando supieran de la esclavitud de los eldunarís! Correríamos directamente hasta Urû'baen y no descansaríamos hasta que hubiéramos liberado los corazones del poder de Galbatorix, sin importar cuántos de nosotros muriéramos en la empresa.

Pero no podemos decírselo —dijo Saphira.

—No —repuso Arya, bajando la mirada—. No podemos. Pero desearía que pudiéramos.

Nasuada la miró.

—Por favor, no te ofendas, pero yo desearía que tu madre, la reina Islanzadí, hubiera compartido esta información con nosotros. Nos hubiera podido ser de gran ayuda hace tiempo.

—Estoy de acuerdo —dijo Arya con el ceño fruncido—. En los Llanos Ardientes, Murtagh fue capaz de derrotaros a los dos —señaló a Eragon y a Saphira— porque no sabíais que Galbatorix les podía haber dado algunos de los eldunarís, así que no conseguisteis actuar con la precaución debida. Si no hubiera sido por la conciencia de Murtagh, los dos estaríais bajo el servicio de Galbatorix ahora. Oromis y Glaedr, y mi madre también, tenían buenas razones para mantener en secreto los eldunarís, pero su reticencia casi ha significado nuestra destrucción. Hablaré de ello con mi madre la próxima vez que la vea.

Nasuada caminó desde el mármol hasta la chimenea.

—Tengo que pensar sobre todo esto, Eragon… —Dio unos golpecitos en el suelo con la punta del pie—. Por primera vez en la historia de los vardenos, conocemos una manera de matar a Galbatorix que quizá pueda tener éxito. Si podemos separarlo de esos corazones, perderá casi toda su fuerza, y entonces tú u otros hechiceros podréis vencerlo.

—Sí, pero ¿cómo podemos separarlo de los corazones? —preguntó Eragon.

Nasuada se encogió de hombros.

—No lo sé, pero estoy segura de que tiene que ser posible. A partir de ahora trabajaremos para encontrar una manera de hacerlo. Nada es tan importante como eso.

Eragon notó que Arya lo observaba con una concentración inusual. Incómodo, la miró con expresión interrogadora.

—Siempre me he preguntado —dijo Arya— por qué el huevo de Saphira te apareció a ti, y no en cualquier lugar de un campo vacío. Parecía una coincidencia demasiado grande, pero no podía pensar en ninguna explicación plausible. Ahora lo comprendo. Hubiera tenido que adivinar que eras el hijo de Brom. Yo no tuve una relación muy intensa con Brom, pero sí lo conocí, y tú te pareces un poco a él.

—¿Ah, sí?

—Deberías estar orgulloso de que Brom sea tu padre —dijo Nasuada—. En todos los sentidos, era un hombre notable. Si no hubiera sido por él, los vardenos no existirían. Parece adecuado que seas tú quien continúe su trabajo.

—Eragon, ¿podemos ver el eldunarí de Glaedr? —preguntó Arya.

Eragon dudó un momento, luego salió fuera y sacó el corazón de las alforjas de Saphira. Procurando no tocarlo directamente, desató las cuerdas que mantenían cerrado el saco y lo deslizó alrededor de la piedra dorada. A diferencia de la última vez que lo había visto, ahora el corazón de corazones tenía un brillo apagado, como si Glaedr casi no estuviera consciente.

Nasuada se inclinó hacia delante y miró el remolino que había en el centro del eldunarí. Su luz se reflejó en sus ojos.

—¿Y de verdad Glaedr está aquí dentro?

Sí, lo está —respondió Saphira.

—¿Puedo hablar con él?

—Puedes intentarlo, pero dudo que responda. Acaba de perder a su Jinete. Tardará mucho tiempo en recuperarse de la conmoción, si es que se recupera alguna vez. Por favor, déjalo tranquilo, Nasuada. Si deseara hablar contigo, ya lo habría hecho.

—Por supuesto. No era mi intención molestarlo en este momento de dolor. Esperaré a encontrarme con él cuando se haya recuperado.

Arya se acercó a Eragon y puso las manos a ambos lados del eldunarí, a un centímetro de distancia de la superficie. Miró la piedra con una expresión de reverencia y luego susurró algo en el idioma antiguo. La conciencia de Glaedr brilló ligeramente, como si respondiera.

Arya bajó las manos.

—Eragon, Saphira, se os ha otorgado la responsabilidad más importante de todas: el cuidado de otra vida. Pase lo que pase, debéis proteger a Glaedr. Ahora que Oromis se ha marchado, necesitaremos su fuerza y su sabiduría más que nunca.

No te preocupes, Arya, no permitiremos que le ocurra ningún infortunio —prometió Saphira.

Eragon cubrió de nuevo el eldunarí con el saco y se hizo un lío con el cordel, torpe a causa del agotamiento. Los vardenos habían obtenido una victoria importante, y los elfos habían tomado Gil'ead, pero eso no le hacía sentir alegría. Miró a Nasuada y preguntó:

—¿Y ahora qué?

Nasuada levantó la cabeza con orgullo.

—Ahora —dijo—, marcharemos hacia el norte, hasta Belatona; cuando la hayamos conquistado, continuaremos hacia delante, hasta Dras-Leona, y también la tomaremos; y luego, a Urû'baen, donde acabaremos con Galbatorix o moriremos en el intento. Esto es lo único que debemos hacer ahora, Eragon.

Cuando hubieron dejado a Nasuada, Eragon y Saphira accedieron a dejar Feinster e ir al campamento de los vardenos para descansar sin ser molestados por la cacofonía de ruidos de la ciudad. Con Blödhgarm y el resto de los guardias alrededor, caminaron hacia las puertas principales de Feinster. Eragon todavía llevaba el corazón de corazones de Glaedr en los brazos. Ninguno de ellos habló.

Eragon miraba al suelo. No prestó mucha atención a los hombres que corrían o marchaban por su lado; su contribución en la batalla había terminado, y lo único que quería era tumbarse y olvidarse de las tristezas del día. La última sensación que había recibido de Glaedr todavía vibraba en su mente: «Estaba solo. Estaba solo y en la oscuridad... ¡Solo!». Eragon se quedó sin respiración y sintió náuseas. «Así que eso es lo que sucede cuando uno pierde a su Jinete o a su dragón. No es extraño que Galbatorix se volviera loco.»

Somos los últimos —dijo Saphira.

Eragon frunció el ceño, sin comprender.

El último Jinete y el último dragón —explicó ella—. *Somos los únicos que quedamos. Estamos...*

Solos.

Sí.

Eragon tropezó con una piedra que no había visto. Se sentía desgraciado. Cerró los ojos un momento.

No podemos hacer esto solos —pensó—. *¡No podemos! No estamos preparados.*

Saphira estuvo de acuerdo y el dolor y la ansiedad de la dragona, añadidos a los suyos propios, casi lo incapacitaban.

Cuando llegaron a las puertas de la ciudad, Eragon se detuvo un momento, renuente a abrirse paso por entre la multitud que se encontraba reunida allí e intentaba huir de Feinster. Miró a su alrededor en busca de otra ruta. Cuando miró hacia los muros de la ciudad, un enorme deseo de contemplar la ciudad a la luz del día se apoderó de él.

Se alejó de Saphira y subió corriendo unas escaleras que conducían a la parte alta de los muros. Saphira emitió un gruñido de enojo y lo siguió, con las alas medio desplegadas para saltar desde la calle hasta el muro.

Permanecieron juntos en las murallas casi una hora y observaron el amanecer. Uno a uno, los rayos pálidos y dorados atravesaron los verdes campos desde el este, iluminando las incontables motas de polvo que poblaban el aire. Las columnas de humo parecían brillar con un naranja rojizo a la luz del sol, como con energía renovada. Los fuegos de fuera de las murallas de la ciudad casi se habían apagado por completo, aunque desde que Eragon y Saphira habían llegado, la lucha había hecho que se prendiera fuego en muchas casas de Feinster. Las llamas que todavía se levantaban de las ruinas otorgaban a la ciudad una extraña belleza. Más allá de Feinster, el brillante mar se extendía hasta el horizonte, lejos, donde todavía eran visibles las velas de un barco que navegaba hacia el norte.

Mientras el sol lo calentaba a través de la armadura, Eragon sintió que la melancolía se disipaba como las nubes de bruma que adornaban los ríos, abajo. Inspiró con fuerza y exhaló, relajando los músculos.

No —dijo—. *No estamos solos. Yo te tengo a ti, y tú me tienes a mí. Y están Arya, y Nasuada, y Orik, y muchos otros que nos ayudarán durante el camino.*

Y también Glaedr —añadió Saphira.

Sí.

Eragon bajó la mirada hasta el eldunarí, que estaba cubierto con el saco; sintió una corriente de compasión. Sentía que debía proteger a ese dragón que estaba atrapado dentro del corazón de corazones. Apretó la piedra contra el pecho y puso una mano sobre Saphira, agradecido de su compañía.

Podemos hacerlo —pensó—. *Galbatorix no es invulnerable. Tiene punto débil, y nosotros podemos utilizarlo contra él… Podemos hacerlo.*

Podemos y debemos —dijo Saphira.

Por el bien de nuestros amigos y de nuestra familia…

… y por el resto de Alagaësia…

… debemos hacerlo.

Eragon levantó el eldunarí de Glaedr por encima de su cabeza, presentándolo al sol y al nuevo día. Sonrió, ansioso por las batallas que estaban por llegar y que los llevarían, a él y a Saphira, a enfrentarse a Galbatorix y a matar a ese rey oscuro.

AQUÍ TERMINA EL TERCER LIBRO
DE LA SERIE EL LEGADO.

LA HISTORIA CONTINUARÁ Y TERMINARÁ
EN LA CUARTA ENTREGA.

Sobre el origen de los nombres

Para el observador casual, los diversos nombres que el intrépido viajero encontrará en toda Alagaësia pueden parecer una aleatoria colección de etiquetas sin ninguna coherencia cultural ni histórica. Pero, al igual que sucede en cualquier territorio que las distintas culturas —y, en este caso, distintas razas— han colonizado de manera continuada, Alagaësia adquirió sus nombres de un amplio espectro de fuentes únicas, entre los cuales se cuentan el lenguaje de los enanos, el de los elfos, el de los humanos e, incluso, el de los úrgalos. Así podemos encontrarnos con el valle de Palancar (un nombre humano), con el río Anora y Ristvak'baen (nombres élficos) y con la montaña Utgard (un nombre enano), todos ellos separados entre sí solamente por unos cuantos kilómetros.

Por otra parte, está la cuestión de cuál es la pronunciación correcta de estos nombres. Por desgracia, no existen reglas establecidas para el principiante. El asunto se hace todavía más complejo cuando uno se da cuenta de que en muchos lugares, la población ha modificado la pronunciación de las palabras extranjeras para adaptarlas a su propio idioma. El río Anora es un excelente ejemplo. En su origen, «anora» se pronunciaba «äenora», que significa «ancho» en el idioma antiguo. En sus escritos, los humanos simplificaron la palabra convirtiéndola en «anora» y, así, modificando las vocales «äe» (ay-eh) en la más fácil «a» (ah), crearon el nombre tal y como era en tiempos de Eragon.

Para ahorrar a los lectores tantas dificultades como sea posible, he elaborado las siguientes listas, a modo de mera guía. Desde aquí animo al entusiasta a estudiar las fuentes de los idiomas para aprender sus verdaderas complejidades.

Pronunciación

Ajihad: AH-si-jod.
Alagaësia: Al-ah-GUEI-si-ah.
Arya: AR-i-ah.
Blödhgarm: BLOD-garm.
Brisingr: BRIS-in-gur.
Carvahall: CAR-vah-jal.
Dras-Leona: DRAHS-li-OH-nah.
Du Weldenvarden: Du WEL-den-VAR-den.
Ellesmera: El-ahs-MIR-ah.
Eragon: EHR-ah-gahn.
Farthen Dûr: FAR-den DOR.
Galbatorix: Gal-bah-TOR-ics.
Gil'ead: GIL-i-ad.
Glaedr: GLEY-dar.
Hrothgar: JROZ-gar.
Islanzadí: Is-lan-SAH-di.
Jeod: JOUD.
Murtagh: MER-tag.
Nasuada: Nah-su-AH-dah.
Nolfavrell: NOL-fah-vrel
Oromis: OR-ah-mis.
Ra'zac: RAA-sac.
Saphira: Sah-FIR-ah.
Shruikan: SHRU-kin.
Silthrim: SIL-zrim (sil es un sonido difícil de transcribir; se produce
     al chasquear la punta de la lengua con el paladar superior).
Skgahgrezh: Skah-GAH-gres.
Teirm: TIRM.
Trianna: TRI-ah-nah.
Tronjheim: TROÑS-jim.
Urû' baen: U-ru-bein.
Vrael: VREIL.
Yazuac: YAA-zu-ac.
Zar'roc: ZAR-roc.

EL IDIOMA ANTIGUO

Adurna rïsa: crecida, aumento del caudal de agua.

Agaetí Blödhren: celebración del Juramento de Sangre (llevada a cabo una vez cada cien años en honor al pacto originario entre elfos y dragones).

Älfa-kona: elfa.

Äthalvard: organización de los elfos dedicada a la preservación de sus canciones y poemas.

Atra du evarínya ono varda, Däthedr-vodhr: «Que las estrellas te protejan, honorable Däthedr».

Atra esterní ono thelduin, Eragon Shur'tugal: «Que la fortuna gobierne tus días, Jinete de Dragón Eragon».

Atra guliä un ilian tauthr ono un atra ono waíse sköliro fra rauthr: «Que la suerte y la felicidad te acompañen y te protejan de la desgracia».

Audr: arriba.

Bjartskular: Escamas Brillantes.

Blödhgarm: elfo lobo.

Brisingr: fuego.

Brisingr, iet tauthr: «Fuego, sígueme».

¡Brisingr raudhr!: «¡Fuego rojo!».

Deyja: morir.

Draumr kópa: ojos de sueño.

Dröttningu: princesa.

Du deloi lunaea: alisar la tierra.

Du Namar Aurboda: El destierro de los nombres.

Du Vrangr Gata: El Camino Errante.

Edur: risco, loma.

Eka eddyr aí Shur'tugal… Shur'tugal… Argetlam: «Soy un Jinete de Dragones… Jinete de Dragones… Mano de Plata».

Eka elrun ono: «Te doy las gracias».

Elda: sufijo honorífico de género neutro que expresa una gran alabanza (se une a la palabra con guion).

Eldhrimner O Loivissa nuanen, dautr abr deloi / Eldhrimner nen ono weohnataí medh solus un thringa / Eldhrimner un fortha onr fëon vara / Wiol allr sjon: «Crece, oh hermosa Loivissa, hija de la tierra. / Crece a tu gusto bajo el sol y la lluvia. / Crece y echa tu flor de primavera / para que todos la vean».

Eldunarí: el corazón de corazones.

Erisdar: farol sin llama usado por los elfos y los enanos (recibe el nombre del elfo que lo inventó).

Faelnirv: licor élfico.

Fairth: retrato que se obtiene por medios mágicos sobre una placa de pizarra.

Fell: montaña.

Finiarel: sufijo honorífico que designa a un joven muy prometedor (se une a la palabra con guion).

Flauga: volar.

Fram: hacia delante.

Fricai onr eka eddyr: «Soy tu amigo».

Gánga: ve.

Garjzla, letta!: «¡Luz, detente!».

Gedwëy ignasia: palma reluciente.

Helgrind: Las Puertas de la Muerte.

Indlvarn: cierto tipo de pareja de Jinete y dragón.

Jierda: romper, golpear.

Könungr: rey.

Kuldr, rïsa lam iet un malthinae unin böllr: «Oro, ven a mi mano y forma una esfera».

Kveykva: relámpago.

Lámarae: tejido de lana y fibra de ortiga (similar a la irlanda, pero de mayor calidad).

Letta: detener.

Liduen Kvaedhí: escritura poética.

Loivissa: azucena azul de corola alta que crece en el Imperio.

Maela: tranquilo.

Naina: iluminar.

Nalgask: mezcla de cera de abeja y aceite de avellana usada para humedecer la piel.

Nen ono weohnata, Arya Dröttningu: «Como desees, princesa Arya».

Seithr: bruja.

Shur'tugal: Jinete de Dragón.

Slytha: dormir.

Stenr rïsa!: «¡Álzate, piedra!».

Svit-kona: título formal y honorífico para una elfa de gran sabiduría.

Talos: cactus que se encuentra cerca de Helgrind.

Thaefathan: fortalecer.

Thorta du ilumëo!: «¡Di la verdad!».

Vakna: despierto.

Vodhr: sufijo honorífico de mediana categoría (se une a la palabra con guion).

¡Waíse heill!: «¡Cúrate!».

Yawë: un vínculo de confianza.

El idioma de los enanos

Ascûdgamln: puños de hierro.

Az Knurldrâthn: Los Árboles de Piedra.

Az Ragni: el Río.

Az Sartosvrenht rak Balmung, Grimstnzborith rak Kvisagûr: La saga del rey Balmung de Kvisagûr.

Az Sindriznarrvel: la Gema de Sindri.

Barzûl: para maldecir el destino de alguien.

Delva: palabra de cariño que utilizan los enanos entre ellos; también es un tipo de nódulo de oro autóctono de las montañas Beor; muy apreciado por los enanos.

Dûr: nuestro.

Dûrgrimst: clan (literalmente, «nuestra sala/hogar»).

Dûrgrimstvren: clan de guerra.

Eta: no.

¡Eta! ¡Narho ûdim etal os isû vond! ¡Narho ûdim etal os formvn mendûnost brakn, az Varden, hrestvog dûr grimstnzhadn! Az Jurgenvren qathrid né dômar oen etal: «¡No! ¡No permitiré que eso suceda! ¡No permitiré que esos locos lampiños, los vardenos, destruyan nuestro país! La Guerra de los Dragones nos ha debilitado y no…».

Fanghur: criaturas parecidas a los dragones, pero más pequeñas y menos inteligentes que sus primos (naturales de las montañas Beor).

Farthen Dûr: Padre Nuestro.

Feldûnost: barba de escarcha (una especie de cabra natural de las montañas Beor).

Gáldhiem: cabeza brillante.

Ghastgar: campeonato de lanzamiento de lanza parecido a un torneo y que se realiza a lomos de los Feldûnost.

Grimstborith: jefe de clan (literalmente, «medio jefe»; el plural es «grimstborithn»).

Grimstcarvlorss: el que arregla la casa.

Grimstnzborith: dirigente de los enanos, sea rey o reina (literalmente, «jefe de sala»).

691

Hûthvír: arma larga de doble filo usada por el Dûrgrimst Quan.

¡Hwatum il skilfz gerdûmn!: «¡Escuchad mis palabras!».

Ingeitum: trabajadores del fuego, herreros.

Isidar Mithrim: Rosa Estrellada (el zafiro estrellado).

Knurla: enano (literalmente, «hecho de piedra»; el plural es «knurlan»).

Knurlaf: mujer/ella.

Knurlag: hombre/él.

Knurlagn: hombres.

Knurlcarathn: trabajadores de la piedra.

Knurlnien: corazón de piedra.

Ledwonnû: collar de Kílf; también se utiliza como nombre común para designar todos los collares.

Menknurlan: los que no están hechos de piedra o los desposeídos de piedra (es el peor insulto en el idioma de los enanos y no tiene traducción directa).

Mérna: lago, charca.

Nagra: jabalí gigante, natural de las montañas Beor.

¡Nal, Grimstnzborith Orik!: «¡Salve, rey Orik!».

Ornthrond: ojo de águila.

Ragni Darmn: río de los Pequeños Peces Rojos.

Ragni Hefthyn: guardián del Río.

Shrrg: lobo gigante, natural de las montañas Beor.

Skilfz Delva: Delva mía (ver traducción en «delva»).

Thriknzdal: línea de temple en un arma templada de forma especial.

Tronjheim: yelmo de Gigantes.

¡Ûn qroth Gûntera!: «¡Así habló Gûntera!».

Urzhad: oso gigante de cueva, natural de las montañas Beor.

Vargrimst: sin clan o desaparecido.

Vrenshrrgn: lobos de Guerra.

Werg: entre los enanos, equivalente a «agh» (utilizado en sentido cómico en el topónimo «Werghadn»; Werghadn se traduce tanto como «la tierra del agh» o, más libremente, como «la tierra fea»).

EL IDIOMA DE LOS NÓMADAS

no: sufijo honorífico que se añade al nombre de alguien a quien se respeta.

EL IDIOMA DE LOS ÚRGALOS

Herndall: madres úrgalo que gobiernan a sus tribus.

Namna: retazos de tejidos que se colocan a la entrada de sus cabañas y que narran historias familiares.

Nar: título de gran respeto.

Urgralgra: el nombre que los úrgalos se dan a sí mismos (literalmente, «los que no tienen cuernos»).

Agradecimientos

Kvetha Fricaya. Saludos, amigos.

Brisingr ha sido un libro divertido, intenso y, a veces, difícil de escribir. Cuando empecé, me parecía que la historia era como un enorme rompecabezas tridimensional que tenía que resolver sin pistas ni instrucciones. La aventura ha sido inmensamente satisfactoria a pesar de los desafíos que ha ido presentando de vez en cuando.

A causa de su complejidad, *Brisingr* acabó siendo mucho más largo de lo esperado; tan largo, de hecho, que tuve que alargar la serie de tres a cuatro libros. Así, la trilogía de El Legado se convirtió en el ciclo de El Legado. Estoy satisfecho con el cambio. El hecho de tener previsto otro volumen en la serie me ha permitido explorar y desarrollar los personajes y sus relaciones a un ritmo más natural.

Igual que sucedió con *Eragon* y con *Eldest*, nunca hubiera podido terminar el libro sin el apoyo de un ejército entero de personas con talento, a quienes estoy inmensamente agradecido. Les doy las gracias.

En casa: a mamá, por la comida, el té, los consejos, la comprensión y la paciencia sin límite, además del optimismo; a papá, por su punto de vista único, sus observaciones agudas sobre la historia y el estilo, por haberme ayudado a poner título al libro y por ofrecerme la idea de que la espada de Eragon se prendiera en llamas cada vez que él pronuncia su nombre (muy guay); y a mi única e inimitable hermana, Angela, por permitirme de nuevo retomar su personaje y por la gran cantidad de información que me ha ofrecido sobre nombres, plantas y todas las cosas naturales.

En Writers House: a Simon Lipskar, mi agente, por su amistad, su duro trabajo y por haberme dado la patada en el culo que tanto necesitaba (y sin la cual hubiera tardado dos años más en terminar el libro); a su ayudante, Josh Getzler, por todo lo que hace por Simon y por el ciclo de El Legado.

En Knopf: a mi editora, Michelle Frey, que hizo un impresionante trabajo para ayudarme a limpiar y a cohesionar el manuscrito (la primera versión era «mucho» más larga); a la editora asociada Michele Burke, quien trabajó en la edición del manuscrito y que me ayudó a unificar la sinopsis de *Eragon* y de *Eldest*; a la directora de Comunicación y de *Marketing*, Judith Haut, que desde el principio hizo correr la voz del manuscrito por todas partes; a la directora de Publicidad Chirstine Labov; a la directora artística Isabel Warren-Lynch y a su equipo, por haber creado un libro tan elegante; a John Jude Palencar por la majestuosa ilustración de la portada (¡no sé cómo se podrá superar en el cuarto libro!); a la editora ejecutiva Artie Bennett por haber comprobado cada palabra, real o inventada, de *Brisingr* con tanta escrupulosidad; a Chip Gibson, jefe de la División Infantil de Random House; a la directora editorial de Knopf, Nancy Hinkel por su constante apoyo; a Joan DeMayo, directora de Ventas y a su equipo (¡muchas gracias!); al director de *Marketing* John Adamo, cuyo equipo diseñó unos materiales increíbles; a Linda Leonard, de Nuevos Medios, por todos los esfuerzos en el *marketing on line*; a Linda Palladino, Milton Wackerow y Carol Naughton, de Producción; a Pam White, Jocelyn Lange y al resto del equipo de Derechos, que han realizado un trabajo extraordinario vendiendo el ciclo de El Legado a países y lenguas de todo el mundo; a Janet Renard, Redacción; y a todas las personas de Knopf que me han apoyado.

696

En Listening Library: a Gerard Doyle, que con su voz trae a la vida el mundo de Alagaësia; a Taro Meyer por pronunciar mis idiomas con exactitud; a Orli Moscowitz, por unir todos los cabos; y a Amanda D'Acierno, editora de Listening Library.

Gracias a todos.

The Craft of the Japanese Sword, de Leon e Hiroko Kapp y de Yoshindo Yoshihara, me ofreció mucha de la información que necesitaba para describir con detalle el proceso de fundición y de forja del capítulo «Mente y metal». Recomiendo el libro a todo aquel que esté interesado en aprender más acerca de la fabricación de espadas (en especial, japonesas). ¿Sabíais que los herreros japoneses empezaban el proceso de forja de una espada golpeando una barra de hierro hasta que la dejaban al rojo vivo y que luego la pasaban por una pieza de cedro bañada en sulfuro?

Para quienes han entendido la referencia a un «dios solitario» cuando Eragon y Arya están sentados ante el fuego del campamento, mi única excusa es que el doctor puede viajar a todas partes, incluso a realidades alternativas.

¡Eh, yo también soy un fan!

Finalmente, y lo más importante, gracias a vosotros. Gracias por haber leído *Brisingr* y gracias por haber seguido el ciclo de El Legado durante estos años. Sin vuestro apoyo, nunca hubiera podido escribir esta serie, y no me imagino qué otra cosa podría estar haciendo.

De nuevo, las aventuras de Eragon y de Saphira han terminado, y de nuevo han llegado al final de un sinuoso camino…, pero sólo por el momento. Todavía nos quedan por recorrer muchos kilómetros. El cuarto libro se publicará tan pronto como lo haya terminado, y os prometo que será el episodio más emocionante de toda la serie.

¡Sé onr sverdar sitja hvass!

CHRISTOPHER PAOLINI
20 de septiembre del 2008

Índice

Sinopsis de *Eragon* y de *Eldest* 9

Las puertas de la muerte 15
Alrededor de la hoguera 23
El ataque a Helgrind 47
Caminos separados 63
Jinete y Ra'zac 72
Caminando solo 79
La Prueba de los Cuchillos Largos 99
Sublimes noticias 113
Huida y evasión 127
Un asunto delicado 150
El elfo lobo 160
¡Piedad, Jinete de Dragón! 173
Sombras del pasado 182
Una llegada en olor de multitudes 208
Responder a un rey 220
Un festín entre amigos 230
Historias entrecruzadas 239
Errores que corregir 247
Regalos de oro 257
¡Necesito una espada! 275
Visitas inesperadas 286
Fuego en el cielo 293
Marido y mujer 319
Susurros en la noche 330
Órdenes 334
Huellas de Sombra 348
Por colinas y montañas 359
Para mi amor 372

Un bosque de piedra 382
Los muertos sonrientes 396
Sangre *on the rocks* 405
Una cuestión de perspectiva 425
Bésame, cariño 434
Glûmra 437
La Asamblea de Clanes 445
Insubordinación 467
Mensaje en un espejo 489
Cuatro golpes de tambor 496
Reencuentro 504
Ascensión 509
Unas palabras sabias 519
La picota 523
Entre las nubes 532
La embestida 539
Genealogía 549
Dos amantes condenados 557
Herencia 570
Almas de piedra 575
Manos de guerrero 586
El árbol de la vida 592
Mente contra metal 607
Un Jinete completo 621
Brazaletes y espinilleras 627
Despedida 630
Vuelo 640
¡Brisingr! 645
Sombra de condena 661
Amanecer 677

Sobre el origen de los nombres 687

Agradecimientos 695

ESTE LIBRO UTILIZA EL TIPO ALDUS, QUE TOMA SU NOMBRE

DEL VANGUARDISTA IMPRESOR DEL RENACIMIENTO

ITALIANO, ALDUS MANUTIUS. HERMANN ZAPF

DISEÑÓ EL TIPO ALDUS PARA LA IMPRENTA

STEMPEL EN 1954, COMO UNA RÉPLICA

MÁS LIGERA Y ELEGANTE DEL

POPULAR TIPO

PALATINO

* *

* *

*

BRISINGR SE ACABÓ DE IMPRIMIR EN

UN DÍA DE OTOÑO DE 2008, EN LOS

TALLERES DE BROSMAC, CARRETERA

VILLAVICIOSA – MÓSTOLES, KM 1

VILLAVICIOSA DE ODÓN

(MADRID)

* *

* *

*